호르헤 루이스 보르헤스 Jorge Luis Borges

1899년 아르헨티나의 부에노스아이레스에서 태어났다.
1919년 스페인으로 이주, 전위 문예 운동인 '최후주의'에
참여하면서 본격적인 문학 활동을 시작한 그는
부에노스아이레스에 돌아와 각종 문예지에 작품을 발표하며,
1931년 비오이 카사레스, 빅토리아 오캄포 등과 함께
문예지 《수르》를 창간, 아르헨티나 문단에 새로운 물결을
가져왔다. 한편 아버지의 죽음과 본인의 큰 부상을 겪은 후
보르헤스는 재활 과정에서 새로운 형식의 단편 소설들을
집필하기 시작한다. 그 독창적인 문학 세계로 문단의 주목을
받으며 세계적인 명성을 얻기 시작한 그는 이후 많은
소설집과 시집, 평론집을 발표하며 문학의 본질과 형이상학적
주제들에 천착한다. 1937년부터 근무한 부에노스아이레스
시립 도서관에서 1946년 대통령으로 집권한 후안 페론을
비판하여 해고된 그는 페론 정권 붕괴 이후 아르헨티나
국립도서관 관장으로 취임하고 부에노스아이레스 대학에서
영문학을 가르쳤다. 1980년에는 세르반테스 상, 1956년에는
아르헨티나 국민 문학상 등을 수상했다. 1967년 66세의
나이에 처음으로 어린 시절 친구인 엘사 미얀과 결혼했으나
3년 만에 이혼, 1986년 개인 비서인 마리아 코다마와
결혼한 뒤 그해 6월 14일 제네바에서 사망했다.

KB109062

아틀라스

SELECTED WORKS: Volume 5
by Jorge Luis Borges

NUEVE ENSAYOS DANTESCOS Copyright © María Kodama 1995
ATLAS Copyright © María Kodama 1995
TEXTOS CAUTIVOS Copyright © María Kodama 1995
BIBLIOTECA PERSONAL. PRÓLOGOS Copyright © María Kodama 1995
All rights reserved.

Korean Translation Copyright © Minumsa 2019

Korean translation edition is published by arrangement with
María Kodama c/o The Wylie Agency (UK) Ltd.

이 책의 한국어 판 저작권은 The Wylie Agency (UK) Ltd.와 독점 계약한
㈜민음사에 있습니다.

저작권법에 의해 한국 내에서 보호를 받는 저작물이므로
무단 전재와 무단 복제를 금합니다.

아틀라스

보르헤스
논픽션 전집 　5

Atlas

호르헤 루이스 보르헤스
송병선 박정원 옮김

민음사

일러두기

1.   이 작품집은 1982년 발간된 『단테에 관한 아홉 편의 에세이』를 1부
     로, 1984년 발간된 『아틀라스』를 2부로, 1986년 발간된 『나를 사로잡
     은 책들』을 3부로, 1988년 발간된 『개인 소장 도서 서문』을 4부로 구
     성해 담았다.
2.   원서에 실린 각주는 주석 내용 끝에 (원주)로 표기했다.

2부
아틀라스

3부
나를 사로잡은 책들

4부
개인 소장 도서 서문

1부

단테에 관한

아홉 편의 에세이

서문

어느 동양의 도서관에 있는 아주 오래전 도판을 상상해 보자. 그것이 아랍에서 온 경우, 우리는 그 안에 『천하루 밤의 이야기』의 모든 이야기가 표현되어 있다고 생각할 수 있다. 그것이 중국에서 온 경우라면 그 안에 수백 혹은 수천 명의 인물이 등장하는 소설이 그려져 있으리라 생각할 수도 있다. 이렇듯 그 그림에는 많은 형상들이 뒤섞여 있다. 우리의 관심은 그중 어떤 것(거꾸로 된 원뿔 모양과 흡사한 나무, 어느 쇠 벽과 맞닿은 몇 개의 주홍색 모스크 사원)에 머물렀다가도 이 형상, 저 형상으로 옮겨 다닌다. 날이 저물고 빛은 엷어지며, 우리는 도판으로 들어가 그곳에 없는 것은 이 지상에도 없다는 사실을 깨닫는다. 과거의 것, 현재의 것, 그리고 미래의 것, 과거의 역사와 미래의 역사, 내가 가졌던 것들과 내가 갖게 될 것들, 이런 모든 것이 이 조용한 미로의 한 공간에서 우리를 기다린다……. 나는 마술적인 작품을,

즉 소우주도 되는 도판을 머릿속으로 그렸다. 단테의 시는 바로 세계를 포함하는 그 도판이다. 그러나 나는 순수하고 순진하게 그 작품을 읽을 수만 있다면(하지만 그런 행복은 우리에게 금지되어 있다.), 우리가 가장 먼저 인지하게 될 것은 작품의 보편성이나 장엄하고 숭고한 측면이 아니리라고 생각한다. 그보다는 훨씬 덜 위압적이며 훨씬 즐겁고 유쾌한 성격을 감지하게 될 것이다. 그런 점에서 가장 두드러지는 사람들이 영국의 단테 연구자들이다. 그들은 그 작품이 정확한 특징을 지니면서도 다양하고 적절하게 꾸며진 이야기들로 구성되어 있다고 말한다. 사람과 뱀이 껴안고 있는 장면을 묘사할 때, 단테는 사람이 뱀으로 변하고 뱀이 사람으로 변한다고 말하는 것으로 만족하지 않는다. 그는 이 상호 변신을, 종이를 삼키는 너울거리는 불꽃과, 그런 다음 흰색이 죽어 가지만 아직 검은색이 되지 않은 불그스레한 종잇조각과 비교한다.(「지옥편」 25곡 64행) 단테는 일곱 번째 고리의 어둠 속에서 저주받은 사람들이 눈을 지그시 감고 자기를 쳐다본다고 말하는 것으로 만족하지 않는다. 그들을 어슴푸레한 저녁달 아래서 서로를 쳐다보는 사람들, 혹은 바늘귀를 꿰는 늙은 양복장이와 비교한다.(「지옥편」 15곡 19행) 단테는 우주의 깊은 바닥에서 물이 얼어붙었다고 말하는 것으로 충분하다고 여기지 않는다. 그는 물이 아니라 마치 유리 같다고 덧붙인다.(「지옥편」 32곡 24행). 매콜리¹는 그런 비교를 떠올리며, 캐

I   토머스 배빙턴 매콜리(Thomas Babington Macaulay, 1800~1859). 영국의 시인이자 역사가.

리[2]와 반대로 밀턴[3]의 '모호한 숭고함'과 '고상한 일반성'은 단
테 식의 상세한 비교에 비해 감동이 덜하다고 말한다. 나중에
러스킨[4]은 밀턴의 안개와 불확실성을 비난했고, 단테가 설계
한 지옥의 지도가 지형적으로 아주 엄격하고 정확하다는 사실
을 인정했다.(『근대 화가론』 4권 14장) 익히 알려져 있듯이 시인
들은 과장법을 자주 사용한다. 페트라르카[5]에게서건 공고라[6]
에게서건, 여자의 모든 머리카락은 금이며, 모든 물은 유리이
다. 이런 투박하고 유치하며 기계적이고 초보적인 상징은 말
의 엄정함을 해치고, 불완전한 관찰에 근거한 무관심으로부터
나오는 것 같다. 단테는 이런 실수를 용납하지 않는다. 그의 책
에는 근거가 충분하지 않은 단어가 하나도 없다.

　　방금 내가 지적한 정확성은 수사적 장치가 아니다. 그것은

2　　헨리 프랜시스 캐리(Henry Francis Cary, 1772~1844).
　　　영국의 작가이자 번역가. 단테의 『신곡』 번역자로 유
　　　명하다.

3　　존 밀턴(John Milton, 1608~1674). 영국의 시인이자
　　　청교도 사상가. 기독교 성격의 서사시 『실낙원』의 작
　　　가이다.

4　　존 러스킨(John Ruskin, 1819~1900).영국의 예술 비
　　　평가이자 사회 비평가. 대표작으로 『근대 화가론』,
　　　『베네치아의 돌』이 있다.

5　　프란체스코 페트라르카(Francesco Petrarca, 1304~
　　　1374). 이탈리아의 시인이자 인문주의자. 대표작으로
　　　『칸초니에레』가 있다.

6　　루이스 데 공고라 이 아르고테(Luis de Góngora y
　　　Argote, 1561~1627). 스페인의 시인. 대표작으로 『폴
　　　리페모와 갈라테아의 우화』가 있다.

성실성과 완전성을 확인해 주며, 시가 서술하는 각각의 사건
이 그런 성실성과 완전성 안에서 상상되었음을 보여 준다. 마
찬가지로 너무나 훌륭하면서도 동시에 너무나 겸손한 심리적
성격의 특징에 관해서도 똑같이 공언할 수 있다. 그의 시는 바
로 그런 특징을 갖고 짜여 있는데, 그중에서 몇 개를 인용해 보
겠다. 지옥으로 가야 하는 영혼들은 울면서 하느님을 모독한
다. 카론⁷의 배에서 그들의 두려움은 욕망과 참을 수 없는 갈망
으로 바뀐다.(「지옥편」3곡 124행) 단테는 베르길리우스의 입술
을 통해서 베르길리우스는 결코 천국으로 들어갈 수 없으리라
는 말을 듣는다. 그러자 단테는 즉시 그를 '스승님'과 '선생님'
이라고 부른다. 베르길리우스의 그런 고백에도 그에 대한 애
정과 사랑이 식지 않았다는 사실을 보여 주기 위해서다. 베르
길리우스가 지옥에 떨어진 것을 알고 그를 더욱 사랑하게 되
었기 때문이다.(「지옥편」4곡 39행) 두 번째 고리의 검은 폭풍
속에서 단테는 파올로와 프란체스카의 사랑이 어떻게 시작되
었는지 궁금해한다. 그러자 프란체스카는 두 사람이 사랑했
으면서도 그걸 몰랐다면서 "soli eravamo e sanza alcun sospetto.
(우리는 단둘이 있으면서 그 어떤 것도 의심하지 않았다.)"라고 말
한다. 그리고 그들은 자신들이 사랑하고 있다는 사실을 우연
히 읽은 책을 통해 알게 되었다고 이야기한다. 베르길리우스
는 교만한 사람들에게 그들이 무한한 신성을 인간의 이성으

---

7   그리스 신화에 등장하는 저승의 신. 암흑의 신 에레보
     스와 밤의 여신 닉스 사이에서 태어났으며, 아케론강
     에서 죽은 자들을 저승으로 실어 나른다.

로 둘러싸고자 했다고 나무란다. 그러나 이내 고개를 숙이고
침묵에 잠긴다. 그런 불행한 사람 중의 하나가 자기이기 때문
이다.(「연옥편」 3곡 34행) 연옥의 험준한 산기슭에서 소르델로[8]
는 베르길리우스의 그림자에게 고향이 어디냐고 묻는다. 베르
길리우스는 만토바라고 말한다. 그러자 소르델로는 그의 말을
끊고서 그를 끌어안는다.(「연옥편」 6곡 75행) 우리 시대의 소설
은 지나치게 많은 말로 정신적 과정을 따라간다. 하지만 단테
는 의도적인 말 하나 혹은 하나의 동작으로 그런 과정을 엿보
게 한다.

　폴 클로델[9]은 죽음의 고통 뒤에 우리를 기다리는 광경은 십
중팔구 지옥의 아홉 고리는 아닐 것이며, 연옥의 계단식 비탈도
아닐 것이고, 동심원의 천국도 아니리라고 말했다. 단테는 당
연히 그의 의견에 동의했을 것이다. 그는 죽음의 지형도를 스콜
라 철학과 그의 시 형식이 요구한 장치로서 고안했다.

　단테의 세계는 프톨레마이오스[10]의 천문학과 기독교 신학
으로 설명된다. 땅은 움직이지 않는 구체이며, 북반구(인간에
게 허락된 반구)의 중앙에는 시온산이 있다. 그 산으로부터 동
쪽으로 90도에 위치한 곳에서 강이, 즉 갠지스강이 죽어 간다.

8　　　Sordello(1200년경~1269?). 만토바 태생의 음유 시인.

9　　　Paul Claudel(1868~1955). 프랑스 외교관이자 극작가
　　　이며 시인. 대표작으로 「황금의 머리」, 「비단 구두」가
　　　있다.

10　　클라우디오스 프톨레마이오스(Claudios Ptolemaeos,
　　　83년경~168년경). 고대 그리스의 수학자이자 천문학
　　　자이며 지리학자이고 점성학자. 천동설을 주장했다.

그리고 그 산에서 서쪽으로 90도 위치한 곳에서는 강, 즉 에브로강이 시작된다. 남반구는 땅이 아니라 물로 이루어져 있으며, 인간은 갈 수 없는 지역이다. 중앙에는 시온과 대척점에 있는 산이 있는데, 그것이 연옥의 산이다. 등거리에 있는 두 개의 강과 두 개의 산이 구체 속에서 십자가를 새긴다. 시온산 아래로, 하지만 훨씬 더 넓게 거꾸로 된 원뿔이 땅의 중앙까지 파고 들어간다. 그 원뿔이 지옥인데, 그것은 원형 경기장의 계단식 관람석을 연상시키는, 점점 작아지는 고리들로 나뉘어 있다. 고리는 모두 아홉 개이며, 그것의 지형도는 섬뜩하고 파괴적이다. 처음 다섯 개의 고리는 위쪽 지옥을 형성하고 나머지 네 개의 고리는 아래쪽 지옥을 형성한다. 거기에는 붉은 모스크들이 있는데, 모두 쇠로 된 성벽에 둘러싸여 있다. 그 안에 무덤과 웅덩이, 벼랑과 늪지와 모래밭이 있다. 그리고 원뿔 꼭대기에 루키페르, 그러니까 "세상을 갉아먹는 흉측한 벌레"가 있다. 레테의 강물 때문에 바위에 생긴 틈은 지옥의 가장 아래쪽과 연옥의 산의 받침 부분을 연결한다. 이 산은 하나의 섬이며 문은 하나이다. 산비탈은 계단으로 이루어져 있으며, 이 계단은 용서받을 수 없는 죄를 의미한다. 그리고 에덴동산은 그 꼭대기에서 꽃을 피운다. 아홉 개의 동심 구체들이 대지를 중심으로 회전한다. 처음 일곱 개의 구체들은 행성의 하늘(달의 하늘, 수성의 하늘, 금성의 하늘, 태양의 하늘, 화성의 하늘, 목성의 하늘, 토성의 하늘)이다. 여덟 번째 구체는 항성의 하늘이며, 아홉 번째는 수정의 하늘인데, 이것은 또한 원동의 하늘, 즉 원동천이라고 불린다. 이 하늘은 최고의 하늘에 둘러싸여 있으며, 이곳에서는 헤아릴 수 없이 많은 복자들의 장미가 한 지점을 중심으로 활짝 꽃잎을 연다. 바로 그 지점에 하느님이 있다. 익히 예측할 수 있듯이, 장미의 무리는 아홉 개다……. 이것이 대략 단테의 세계를 일반적으로 구성하는 구조이며, 독자 여러분이 곧 알게 되겠지만 이 세계는 1과 3이라는 특별한 숫자, 그리고 특권적인 고리에 종속되어 있다. 단테가 언급한(『향연』 3권 5; 「천국편」 4곡 49행) 책 『티마이오스』[11]에 나오는 세계 형성자 혹은 장인(匠人)은 가장 완벽한 움직임은 회전이며 가장 완벽한 육체는 구체라고 여겼다. 플라톤의 '세계 형성자'는 크세노파네스[12]와 파르메니데스[13]와 이런 주장을 공유한다. 그리고 이런 주장은 단테가 돌아다니던 세 세계의 지리를 지배한다.

회전하는 아홉 개의 하늘과 가운데에 있는 산 하나, 그리고 물로 이루어진 남반구는 너무나 분명하게 시대에 뒤진 우주 철학에 해당한다. '뒤진'이라는 이 형용사를 그의 시가 보여 주는 초자연적인 하늘의 섭리에도 적용할 수 있다고 보는 사람들이 있다. 그들의 주장에 따르면, 지옥의 아홉 고리는 프톨레마이오스가 주장한 아홉 개의 하늘처럼 시대에 뒤떨어져 옹

---

11   플라톤의 후기 저작물. 소크라테스와 대화자들인 티마이오스, 헤르모크라테스, 그리고 크리티아스 사이의 이야기가 대화체로 적혀 있다. 이 작품의 중요 개념 중의 하나는 존재와 생성이다.

12   Xenophanes(기원전 560년경~기원전 478년경). 그리스의 음유 시인이자 종교 사상가. 엘레아학파의 선구자로 알려져 있다.

13   Parmenides(기원전 510년경~기원전 450년경). 고대 그리스의 철학자. 엘레아학파의 대표 철학자로 「자연에 대하여」라는 철학 시를 지었다.

호의 여지가 없으며, 연옥은 단테가 위치시키는 산처럼 비현
실적이다. 이런 반대 주장은 여러 이유로 반박될 수 있다. 첫
째, 단테는 다른 세상의 정확한 지형 또는 사실적인 지형을 설
정하고자 하지 않았다. 단테 자신도 그렇게 밝혔다. 라틴어로
써서 베로나의 칸그란데에게 보낸 유명한 서한에서 그는 『신
곡』의 주제는 사실상 죽은 다음의 영혼의 상태지만, 비유적인
의미의 주제는 사람이 그의 공적과 과실을 통해 하느님께 벌
을 받을지, 아니면 상을 받을지가 결정된다는 것이라고 썼다.
시인의 아들인 이아코포 디 단테[14]는 여기서 더욱 생각을 발전
시켰다. 그는 주해서 서문에 『신곡』은 비유의 색깔로 인류의
세 가지 존재 방식을 보여 주고자 했다고 썼다. 1부에서 작가
는 악을 살펴보면서 그것을 지옥이라고 부른다. 2부에서는 악
덕에서 미덕으로 가는 통로를 고찰하면서 그것을 연옥이라고
부른다. 그리고 3부에서는 완벽한 사람의 조건을 검토하면서
그것을 천국이라고 부르는데, 천국은 "완벽한 사람들의 미덕
과 행복의 고결함을 보여 주기 위한 것이며, 이 두 가지는 최고
의 선을 구별하기 위해" 인간에게 필요하다고 말한다. 고대의
다른 주해자들도 그렇게 이해했다. 예를 들면, 이아코포 델라
라나[15]는 이렇게 설명한다. "시인에 의하면 인간의 삶은 세 가
지 상태로 나뉠 수 있다. 바로 죄인의 삶, 통회자의 삶, 그리고

---

14   Iacopo di Dante(1300~1348). 단테의 아들로 『신곡』의
       최초 주해자 중 한 사람으로 기억된다.
15   Iacopo della Lana(1290~1365). 이탈리아의 학자로
       『신곡』을 연구한 최초의 연구자 중 한 사람.

착한 사람의 삶이다. 작가가 자신의 책을 「지옥편」, 「연옥편」,
「천국편」으로 나눈 것도 그 때문이다."

또 다른 신뢰할 수 있는 증언은 14세기 말에 『신곡』을 주해
한 프란체스코 다 부티[16]이다. 그는 단테의 편지에 적힌 말을
바탕으로 자신의 의견을 밝힌다. "겉으로 드러나는 이 시의 주
제는 육체에서 이미 분리된 영혼의 상태이며, 도덕적 차원에
서는 사람이 자유 의지의 실천으로 얻게 되는 보상이나 고통
이다."

시 「그림자의 입이 전하는 말」에서 위고는 지옥에서 유령
은 카인에게 아벨의 모습으로 나타나는데, 그것은 네로가 아
그리피나로 인지하는 유령과 같다고 적었다.

진부하고 낡았다고 비난하는 것보다 더 심각한 것은 잔인
하다고 고발하는 경우다. 니체는 『우상의 황혼』(1888)에서 이
개념을 경망스러운 경구로 유통시킨다. 그는 단테를 "무덤에
서 시를 짓는 하이에나"로 규정한다. 이 구절에서 알 수 있듯
이, 이 정의는 독창적이기보다는 부정적인 의미를 강조하기
위해 사용된 강한 어조이다. 이 경구가 과도한 명성을 얻은 것
은 그것이 멋대로 과격하게 일반적인 의견을 만들었기 때문이
다. 그것을 반박하는 최고의 방법은 이런 평가의 이유를 연구
하는 것이다.

기술적으로는 단테의 냉혹함과 잔인함이 비난받고 고발
되었다는 다른 유형의 설명도 있다. 신이 우주이며, 각각의 피

---

16   Francesco da Buti(1324~1406). 이탈리아의 문학 비평
          가이며, 최초의 『신곡』 주해자 중 한 사람.

조물이고, 그런 피조물의 운명이라는 범신론적 사상은 어쩌면 이단과 오류일 수 있으며, 따라서 그것을 현실에 적용하기는 어려울 것이다. 그러나 그것을 시인과 그의 작품에 적용하는 것은 다른 문제다. 시인은 자기가 쓴 허구적 세계에 등장하는 각각의 인물이며, 그런 인물이 내쉬는 각각의 호흡이자, 그가 가진 각각의 사소한 것이기도 하다. 그의 과제 중 하나는 이런 편재성을 숨기거나 위장하는 것인데, 그것은 쉬운 일이 아니다. 문제는 단테의 경우 특히 힘들고 어려웠다는 것이다. 그는 자기 시의 성격 때문에 어쩔 수 없이 영광이나 천벌을 할당해야만 했다. 그리고 이런 선고를 내리는 재판관이 최종적으로 자기 자신이라는 사실을 독자가 눈치챌 수 없게 해야 했다. 이런 목표를 위해, 그는 『신곡』의 작중 인물로 자기 자신을 포함시켰고, 그 자신의 반응이 하느님의 결정과 반대가 되게, 또는 한두 번만(필리포 아르젠티[17]나 유다의 경우) 일치하게 만든다.

---

17   Filippo Argenti. 「지옥편」 8곡과 「천국편」 16곡에 등장 하는 인물로, 단테와는 늘 적이었던 흑당의 일원이다.

「지옥편」 4곡의 고귀한 성

19세기 초에서 18세기 말 사이에 색슨어나 스코틀랜드어에 기원을 둔 여러 형용사(eerie(섬뜩한), uncanny(괴기한), weird(무시무시한))들이 영어에서 유통되기 시작했다. 이 단어들은 막연히 공포를 연상시키는 장소나 물건을 정의하는 데 사용되었을 것이다. 그런 형용사는 풍경화법이라는 낭만적 개념에 해당한다. 독일어에서 이런 단어들은 완벽하게 'unheimlich(무서운)'라는 단어로 번역된다. 스페인어에서 가장 적절한 단어는 아마도 'siniestro(불길한)'일 것이다. 'uncanniness(괴기)'라는 단어의 특성을 염두에 두고, 나는 언젠가 이런 글을 썼다. "우리는 윌리엄 벡퍼드[18]가 쓴 『바테크』의

---

18   William Beckford(1760~1844). 영국의 괴짜 예술 애
      호가. 대표작으로 고딕 소설의 고전으로 꼽히는 『바테

마지막 부분에서 '지하의 불 궁전'을 찾을 수 있다. 이것은 문학에 처음 등장한 정말 지독하고 흉악한 지옥이었다. 문학 작품에서 가장 유명한 지옥 또는 지옥의 입구는 『신곡』의 '고통스러운 왕국'이다. 그러나 이곳은 지독하고 흉악한 장소가 아니다. 이곳은 그런 사건이 일어나는 장소이다. 이는 구분되어야 마땅하다."

에세이 「꿈에 대하여」에서 스티븐슨은 어린 시절 꿈속에서 끔찍한 다갈색 때문에 끊임없이 고통을 받았다고 말한다. 체스터턴은 『목요일이었던 남자』의 4장에서 세상의 서쪽 끝에는 아마도 나무 한 그루, 그러니까 나무와 대략 비슷한 것이 하나 있으며, 동쪽 끝에는 아마도 탑이 있을 것이라고, 그러니까 아주 무시무시한 형태의 탑이 있을 것이라고 상상한다. 포는 「병 속에서 발견된 원고」에서 남쪽의 바다에 관해 말하는데, 거기서는 배가 살아 있는 선원의 몸처럼 커진다. 멜빌은 『모비 딕』의 많은 부분을 할애해서 고래의 하얀색이 얼마나 소름 끼치는지 설명한다……. 내가 너무 예를 많이 든 것 같다. 아마도 단테의 지옥은 감옥의 개념을 확장하고 있으며,[19] 벡퍼드의 지옥은 악몽의 터널을 확장하고 있다고 말하는 정도면 충분할 것이다.

며칠 전날 밤에 콘스티투시온 기차역 플랫폼에서 나는 갑

크』가 있다.

[19] 베르길리우스는 지옥에 대해 "빛이 들지 않는 감옥"(「연옥편」22곡 103행) 또는 "눈먼 감옥"(「지옥편」 10곡 58~59행)이라고 말한다.(원주)

자기(uncanniness), 즉 조용하고 차분한 공포의 완벽한 경우를 떠올렸다. 바로 『신곡』의 시작 부분이었다. 그 작품을 살펴보니 그 뒤늦은 기억이 옳았음이 확인되었다. 지금 내가 말하는 부분은 너무나 유명한 노래 중의 하나인 「지옥편」의 4곡이다.

「천국편」의 마지막 부분까지 모두 읽은 독자에게, 『신곡』은 많은 것, 아니 아마도 모든 것이 될 수 있을 것이다. 시작 부분에서부터 잘 알려져 있듯이 이것은 단테가 꾼 꿈이며, 단테는 꿈의 주체에 불과하다. 그는 자기가 어떻게 어두운 숲에 들어섰는지 알지 못한다면서, "그때 잠에 취해 있었던 것은 분명하다."라고 말한다. 여기서 '잠'은 죄지은 영혼의 흐린 판단력에 대한 은유지만, 꿈꾸는 행위가 불명확하게 시작되었음을 암시하기도 한다. 그러고서 그는 자신의 길을 가로막는 암늑대가 살아 있는 많은 사람들을 고통스럽게 한다고 쓴다. 귀도 비탈리[20]는 이 정보가 단순히 야수를 보았다는 사실에서 나온 것이 아니라면서, 단테는 우리가 꿈속의 물체들이 어떤지를 알고 있는 것처럼 그것을 알고 있었다고 지적한다. 숲에서 어느 이방인이 나타난다. 단테는 그를 보자마자 이 사람이 오랫동안 침묵을 지키고 있었다는 사실을 알게 된다. 그것은 꿈과 관련된 또 다른 지식이다. 모밀리아노[21]에 따르면, 이 사실은 논리적인 이유가 아니라 시적인 동기로 합리화된다. 그들

---

20   Guido Vitali(1872~1918). 이탈리아의 외교관, 언어 학자.

21   아르날도 단테 모밀리아노(Arnaldo Dante Momigliano, 1908~1987), 이탈리아의 역사학자.

은 몽환의 여행을 떠난다. 베르길리우스는 나락의 첫 번째 고리로 들어가면서 얼굴이 파랗게 질린다. 단테는 창백한 안색을 두려움 탓으로 돌린다. 베르길리우스는 사람들의 고통에 대한 연민 때문에 안색이 바뀐 것이며, 자기도 지옥에 떨어진 사람 중의 하나라고("나도 그들 중 하나란다.") 확언한다. 이 말을 들은 단테는 공포를 느끼지만, 그 공포를 숨기기 위해, 또는 자신의 연민을 표현하기 위해 존경의 호칭을 아낌없이 사용한다. "말해 주세요, 선생님! 말해 주세요!" 한숨, 고통 없는 슬픔의 한숨 소리가 영겁의 허공을 흔든다. 베르길리우스는 그들이 지옥에 있으며, 그곳에는 기독교가 선포되기 이전에 죽은 사람들이 있다고 설명한다. 네 개의 커다란 그림자가 그에게 인사한다. 얼굴에 슬픔도 기쁨도 없는 그들은 호메로스, 호라티우스, 오비디우스, 그리고 루카누스이다. 호메로스의 오른손에는 칼이 하나 들려 있으며, 그것은 서사시에서 최고를 상징한다. 이 유명한 유령들은 단테를 자기들과 대등한 사람으로 받아들이고 그를 영원한 처소로 데려간다. 그곳은 높은 성벽에 의해 일곱 번(일곱 개의 학예 과목, 또는 세 개의 지성적 미덕과 네 개의 도덕적 미덕) 둘러싸인 성이다. 또한 해자(속세의 재산 또는 웅변술)에는 물이 철철 흐른다. 그들은 마치 마른 땅인 듯 그 위를 가로지른다. 성에 사는 주민들은 묵직한 위엄을 갖추고 있다. 그들은 말을 하는 일이 거의 없고, 어쩌다 말을 하더라도 목소리가 아주 부드럽다. 그들의 눈빛은 진지하고 활기가 없다. 성안의 정원에는 불가사의한 초록의 풀밭이 있다. 단테는 언덕 위로 올라가고, 거기서 고전의 인물들과 성경의 인물들, 그리고 아주 특별한 이슬람 학자("위대한 주석자였던 아베

로에스")를 본다. 그들 중 한 사람은 외모 때문에 눈에 띄는데,
그 특징적인 외양("독수리 눈을 한 갑옷 차림의 카이사르")은 그를
잊을 수 없게 만든다. 그리고 고독 때문에 위대해진 다른 사람
("살라딘은 한쪽에 떨어져 혼자 있었다.")도 있다. 그들은 희망을
접은 채 정신적 고뇌 속에서 살고 있으며, 육체적 고통을 받지
는 않지만 하느님이 자기들을 배제한다는 사실을 알고 있다.
흥미를 유발하기보다는 정보적 차원에 머무른 고유 명사들의
무미건조한 목록으로 이 노래는 끝이 난다.

　"아브라함 곁"(「루카 복음서」16장 22절)이라고도 불리는 조
상들의 고성소(古聖所), 그리고 세례를 받지 못하고 죽은 유
아들의 영혼이 있는 고성소는 신학에서 흔히 사용되는 개념
이다. 프란체스코 토라카[22]에 따르면, 그곳 또는 그런 장소들
에 고결한 비신자를 받아들인다는 발상은 단테의 머리에서 나
온 것이었다. 불운한 시절의 공포를 가라앉히기 위해 시인은
로마라는 위대한 기억 속에서 피난처를 찾았다. 귀도 비탈리
의 의견에 따르면, 단테는 자기 책에서 로마를 기리고자 했지
만, 고전 세계를 너무 주장하는 것은 교리적 목적에 부합하지
않는다는 사실을 이해하지 않을 수 없었다. 단테는 신앙을 거
스르면서까지 자신의 영웅들을 구할 수 없었다. 그래서 그들
을 부정적인 지옥에 있도록 구상했고, 그들이 앞을 보지도 못
하고 천국에서 하느님을 알지도 못하게 하고서, 그들의 불가

22　　프란체스코 파올로 주세페 토라카(Francesco Paolo
　　　Giuseppe Torraca, 1853~1938). 이탈리아의 학자이며
　　　문학사가. 특히 단테 연구로 국제적인 명성을 얻었다.

사의한 운명을 가엾게 여겼다. 몇 년 후, 유피테르의 천국을 상상하면서 그는 다시 이 문제로 돌아간다. 보카치오[23]는 단테가 「지옥편」의 7곡을 쓴 후, 망명으로 인해 오랫동안 집필하지 못하다가 8곡을 썼다고 말한다. 이 사실은 "이어서 얘기하자면"이라는 시구에서 암시되거나 확인된다. 이것은 사실일 수 있지만, 성에 대한 노래와 그다음에 이어지는 노래는 훨씬 더 크고 깊은 차이를 드러낸다. 5곡에서 단테는 프란체스카 다 리미니[24]에게 불멸의 말을 하게 한다. 그런데 그가 이미 이런 방법을 생각했더라면, 그 이전의 노래에서 아리스토텔레스, 헤라클레이토스, 혹은 오르페우스에게는 무슨 말을 하게 했을까? 계획적이건 아니건, 그의 침묵은 더욱 소름 끼치게 만들고, 그것은 그 장면에 적합하다. 베네데토 크로체[25]는 이렇게 적고 있다. "위인들과 현자들과 함께 고귀한 성에 있으면서 제공하는 무미건조한 정보는 신중한 시라는 장소를 짓밟는다. 존경과 칭찬과 우울함은 서술된 느낌이지 상상되거나 표현된 느낌이 아니다."(『단테의 시』, 1920) 주해자들은 중세 성의 건축과 그곳에 있는 고전 시대의 손님들 사이에 현저한 차이가 있다는 사실을 개탄했다. 하지만 이런 융합이나 혼동은 당시 미술의 특

---

23   조반니 보카치오(Giovanni Boccaccio, 1313~1375). 이탈리아의 작가. 『데카메론』으로 르네상스 문학의 태동을 이끌어 냈다.

24   프란체스카 다 리미니(Francesa da Rimini, ?~1285). 구이도 다 폴렌타의 딸.

25   Benedetto Croce(1866~1952). 이탈리아 현대 철학자. 대표작으로 『미학』, 『시론』이 있다.

징이며, 의심할 나위 없이 그 장면의 몽상적인 색조를 강화시
킨다.

　「지옥편」4곡을 구상하고 실행하면서 단테는 일련의 상황
을 만들어 냈는데, 그중 몇 개는 신학적 성격을 띤다. 『아이네
이스』의 열렬한 독자인 그는 엘리시움 또는 그런 아름답고 찬
란한 들판이 중세적으로 변형된 곳에 있는 죽은 사람들을 상
상했다. "밝은 빛이 드는 탁 트인"이라는 시구는 아이네이아스
가 자기 동포인 로마인들을 보았던 매장지와 "여기 더 고결한
높은 곳의 공기(largior hic campos aether)"를 떠올리게 한다. 교리
적인 이유로 어쩔 수 없이 그는 고귀한 성을 지옥에 위치시켜
야만 했다. 마리오 로시는 형식과 시적인 문제, 천국의 직관적
통찰과 무섭고 소름 끼치는 선고가 충돌한다는 점을 깨닫는
다. 다시 말해, 이 노래에서 가장 일치하지 않는 측면과 몇몇 모
순점의 뿌리를 발견한다. 가령 어느 대목에서는 한숨 소리가
영겁의 허공을 벌벌 떨게 한다고 말해 놓고, 다른 대목에서는
그들의 표정에서 슬픔이나 기쁨을 볼 수 없었다고 서술하는
것이다. 시인의 상상 능력이 아직은 절정에 이르지 않았던 탓
이다. 이렇게 상대적으로 서투르고 조잡하기 때문에 성과 그
곳 주민들, 혹은 포로들은 엄격하고 엄정한 것에 특별한 공포
를 느낀다. 괴롭고 답답한 밀랍 박물관의 인물들이 바로 이 조
용한 경내에 있다. 그들은 바로 갑옷을 입고 놀고 있는 카이사
르와 영원히 아버지 옆에 앉아 있는 라비니아이다. 이것은 내
일도 오늘 같을 것이며, 오늘은 어제와 같았으며, 어제는 매일
매일과 같았다는 확실성을 의미한다. 「연옥편」의 마지막 대목
중 하나는 시인들의 그림자는 지옥에 있기 때문에 글을 쓰는

것이 금지되어 있으며, 단지 문학 토론으로 그들의 영원성을
혼란스럽게 하려 애쓴다고 덧붙인다.[26]

기술적인 이유, 다시 말해 성을 두려워하게 만드는 언어적
이유는 충분히 입증되지만 마음속의 심오한 이유는 아직도 입
증되지 않는다. 하느님의 신학자라면 아마 신의 부재만으로도
성은 충분히 두려운 장소가 될 수 있다고 말할 것이다. 그런 신
학자라면 아마도 속세의 영광은 헛되다고 주장하는 3행 연구
와의 유사성을 인정할 것이다.

속세의 명성이란 지나가는 한 줄기 바람에 지나지 않으니
이 길 저 길로 옮겨 다니다가
방향이 바뀌는 대로 이름도 바뀌는 법이오.

나는 순전히 개인적인 성격의 다른 이유를 제안하고자 한
다. 『신곡』의 이 지점에서 호메로스, 호라티우스, 오비디우스
와 루카누스는 단테의 심상(心象)이거나 단테를 비유하는 표
현이다. 단테는 그동안의 업적이나 앞으로의 가능성에서도 자
기가 이 위대한 인물들보다 못나지 않았으며, 못나지 않으리
란 것을 알고 있었다. 단테는 이미 자기 자신에게 단테였으며,

---

26   빈센초 조베르티(Vincenzo Gioberti, 1801~1852, 이탈
      리아의 정치가, 철학자 — 옮긴이 주)는 『신곡』 전체
      에서 단테는 "그가 만들어 낸 이야기의 단순한 증인과
      거의 다름없다."라고 썼는데, 시작 부분의 노래에서
      단테의 역할은 그의 의견과 일치한다.(『이탈리아인의
      도덕적, 시민적 우수성』, 1840)(원주)

아마도 다른 사람들에게도 단테였을 것인데, 그들은 바로 그
런 유형의 예이다. 이 위대하고 존경받는 그림자들은 단테를
그들의 무리로 받아들인다.

나를 초청하여 내가 그들의 무리 중에서
여섯 번째가 되도록 한 것이다.

그들은 단테의 초기 꿈의 형태이며, 그들을 꿈꾸는 사람과
거의 떨어져 있지 않다. 그들은 끊임없이 문학에 대해 말한다.
(하기야 다른 무엇을 할 수 있을까?) 그들은 『일리아드』 혹은 『파
르살리아』[27]를 읽었거나 『신곡』을 쓰고 있다. 그들은 모두 대단
한 시인들이지만, 지옥에 있다. 베아트리체가 그들을 잊었기
때문이다.

---

27   루카누스가 쓴 로마 서사시. 특히 율리우스 카이사르
      와 폼페이우스 마그누스가 이끄는 로마 원로원이 벌
      인 내전을 다룬다.

우골리노의 진위성 문제

나는 단테에 관한 모든 평을 읽은 것이 아니며, 그런 사람은 아무도 없다. 하지만 「지옥편」 33곡의 그 유명한 75행은 많은 이들이 문제적으로 보면서 여러 의견을 제시한다. 그것은 현실과 예술의 혼동에서 비롯된다. 그 행에서 피사의 우골리노는 '굶주림의 감옥'에서 아이들이 죽은 것을 이야기하고는 고통보다 배고픔을 더 참을 수 없었다고 말한다.("고통보다도 배고픔을 참을 수가 없었소.") 나는 고대 주해자들은 질책과 비난에서 제외해야 한다고 생각한다. 그들은 이 작품을 문제적으로 보지 않았고, 고통은 우골리노를 죽일 수 없었지만 배고픔은 그랬다고 해석하기 때문이다. 제프리 초서 역시 『캔터베리 이야기』에 조잡하게 요약하여 삽입한 일화에서 그렇게 이해했다.

이 장면을 다시 생각해 보자. 아홉 번째 고리의 얼음장 같

은 바닥에서 우골리노는 루지에리 데글리 우발디니의 뒤통수
를 끝없이 갉아 먹으며 지옥에 떨어진 그 죄인의 머리카락에
자신의 흉악한 입을 문질러 닦는다. 그는 끔찍하게 변한 먹이
에서 얼굴이 아니라 입을 들고서, 루지에리가 자기를 배신했
으며, 자기를 아이들과 함께 가두었다고 말한다. 감옥의 좁디
좁은 창문으로 그는 수많은 밤에 달이 찼다가 이우는 것을 보
았다. 그런데 어느 날 밤 그는 루지에리가 침을 질질 흘리는 맹
견들을 데리고 산허리에서 늑대와 그 새끼들을 사냥하는 꿈을
꾸었다. 새벽녘에 그는 탑 아래 입구에서 문에 못질하는 소리
를 듣는다. 한 번의 낮과 한 번의 밤이 조용히 지나간다. 우골
리노는 괴로운 나머지 손을 물어뜯는다. 그러자 아이들은 그
가 허기를 참지 못해 그런다고 생각하고 자신들의 육신을, 그
가 낳아 준 육신을 먹으라고 권한다. 닷새와 엿새 사이에 그는
아이들이 하나씩 하나씩 죽어 가는 것을 본다. 그는 시력을 잃
고 죽은 아이들에게 말하면서 눈물을 흘리고, 어둠 속에서 아
이들의 몸을 더듬는다. 그러면서도 고통보다도 배고픔을 참을
수 없었다.

　나는 주해자들이 이 대목에 부여한 의미를 밝힌 적이 있다.
14세기에 람발디 다 이몰라[28]는 이렇게 썼다. "이것은 엄청난

28　벤베누토 람발디 다 이몰라(Benvenuto Rambaldi da
　　Imola, 1320?~1388). 볼로냐 대학교 교수로『신곡』에
　　대한 주해로 널리 이름을 알렸다. 그의 주해서『단테
　　알리기에리의 신곡에 대한 주석』은 14세기의 그 어떤
　　주석자들의 작품보다 뛰어나다는 평가를 받는다.

고통도 이길 수 없었고 죽일 수 없었던 사람을 배고픔이 굴복시켰다는 것과 같은 말이다." 현대의 학자들인 프란체스코 토라카, 귀도 비탈리, 토마소 카시니[29]도 같은 의견을 밝힌다. 토라카는 우골리노의 말에서 인사불성과 양심의 가책을 본다. 그리고 카시니는 이렇게 덧붙인다. "현대 해석자들은 우골리노가 결국 자기 아이들의 육신을 먹이로 삼았다고 상상했지만, 이것은 자연과 역사에 반하는 추측이다." 그러면서 그는 이에 대한 논쟁은 무의미하다고 말한다. 베네데토 크로체도 동일한 의견을 밝히면서 두 개의 해석 중에서 더 적합하고 어울리는 것은 전통적인 관점이라고 주장한다. 비앙키[30]는 매우 합리적이고 이치에 맞는 해석을 내놓는다. "다른 학자들은 우골리노가 자기 아이들의 육신을 먹었다고 이해한다. 이것은 도저히 있을 수 없는 해석이지만, 그렇다고 이런 해석을 거부하는 것은 합당하지 않다." 루이지 피에트로보노[31]는 이 행이 일부러 불가사의한 의미로 작성되었다고 말한다. 그의 의견에 대해서는 나중에 다시 언급할 예정이다.

'무의미한 논쟁'에 참여하기 전에, 나는 아이들이 한목소리로 자기들의 육신을 제공한 순간에 대해 곰곰이 생각해 보고

---

29   Tommaso Casini(1859~1917). 이탈리아의 작가이자 역사가이며 단테 학자. 대표작으로 『미발표 자료를 담은 단테 연구』, 『단테 읽기』가 있다.

30   브루노네 비앙키(Brunone Bianchi, 1803~1869). 이탈리아의 문인.

31   Luigi Pietrobono(1863~1960). 이탈리아의 문학 비평가. 20세기 초에 단테 작품 연구로 명성을 얻었다.

싶다. 아이들은 아버지에게 그가 낳아 준 육신을 가져가라고
애원한다.

아버지가 이 불쌍한 육신을
입혀 주셨으니 이제는 벗겨 가세요!

이 말은 이 작품을 기리는 사람들에게 갈수록 불쾌감을 야
기하는 것 같다. 데 상크티스[32]는 이질적인 이미지들이 뜻하지
않게 연결되어 있다고 말한다. 도비디오[33]는 "과격한 효심을 보
여 주는 당당한 경구(警句) 조의 표현은 거의 모든 비평을 무효
화시킨다."라며 동의한다. 하지만 내가 보기에 이것은 『신곡』
이 수용하는 몇 안 되는 거짓 말투이다. 나는 이런 말투가 단테
의 작품보다는 말베치의 펜이나 그라시안의 존경하는 말에 더
어울린다고 생각한다. 나는 단테가 아이들의 말이 거짓이라
는 것을 느끼지 않을 수 없었고, 거의 한목소리로 어린 네 아이
들이 동시에 배고픔의 향연을 제공하면서 그런 허위성을 심화
시켰다는 사실을 알았을 것이라고 생각한다. 누군가는 우리가
우골리노의 거짓말과 직면하고 있으며, 그런 거짓말은 그가

---

32   프란체스코 데 상크티스(Fancesco de Sanctis, 1817~
      1883). 19세기 이탈리아의 문학 비평가. 현재까지도
      이탈리아 문학 비평에 상당한 영향을 미친 것으로 알
      려져 있다. 크로체는 그의 수제자이다.
33   프란체스코 도비디오(Francesco D'Ovidio, 1849~
      1925). 이탈리아의 문학 비평가. 대표작으로 『라틴 문
      학사』, 『신곡 연구』가 있다.

이전에 저지른 범죄를 합리화하기 위해(연상시키기 위해) 만들어졌을 것이라고 주장할 수도 있다.

우골리노 델라 게라르데스카[34]가 1289년 2월 초에 이런 만행을 저질렀는지는 역사적으로 해결할 수 없는 게 분명하다. 그러나 미학적 혹은 문학적 문제는 이와 성격이 아주 다르다. 여기서 이런 생각을 해 볼 수 있다. 그러니까 단테는 우골리노(역사적인 존재가 아닌 그의 「지옥편」에 나오는 우골리노)가 자기 자식들의 살을 먹었다고 우리가 생각하기를 바랐을까? 나는 단테가 우리가 그렇게 생각하기를 원치는 않았지만, 우리가 그렇게 의심해 보기를 원했을 것이라고 감히 대답하고 싶다.[35] 불확실성은 단테의 의도 중 일부이다. 우골리노는 대주교의 머리 아랫부분을 갉아 먹는다. 우골리노는 늑대의 옆구리를 찢는 날카로운 송곳니를 가진 개들을 꿈꾼다.("이어 날카로운 이빨이/ 그들의 옆구리를 찢는 장면이 보였소.") 우골리노는 괴로운 나머지 손을 물어뜯는다. 우골리노는 자기 아이들이 스스로 육신을 제공하는, 상상도 못 할 소리를 듣는다. 우골리노는 모호한 말을 하고서 다시 대주교의 머리를 물어뜯는다. 이런 행위는 잔혹하고 소름 끼치는 사실을 암시하거나 상징한

---

34   Ugolino della Gherardesca(1220?~1289). 이탈리아의 백작이며 피사의 해군 사령관.

35   루이지 피에트로보노는 이렇게 지적한다. "배고픔은 우골리노의 죄를 확인해 주지 않지만, 예술이나 역사적 엄격성을 해치지 않은 채 그럴 수도 있다고 추정하도록 허락한다. 그것을 '가능하다'고 판단하는 것으로 충분하다."(「지옥편」 47곡)(원주)

다. 그리고 두 가지 기능을 수행한다. 즉, 우리는 그 이야기의 일부로서 그 행위들을 믿고, 그것들을 예언으로 여기게 된다.

로버트 루이스 스티븐슨(『윤리 연구』 110)은 한 책의 작중 인물들은 일련의 단어들이라고 말한 바 있다. 이 말은 우리에게 신성 모독처럼 들릴 수도 있지만, 아킬레우스와 페르 귄트, 로빈슨 크루소와 돈키호테는 일련의 단어로 축소된다. 또한 이 땅을 통치했던 권력자들도 그렇다고 할 수 있다. 알렉산드로스 대제는 일련의 단어이며, 아틸라는 또 다른 일련의 단어이다. 우골리노에 대해서도 우리는 그가 약 서른 개의 3행 연구로 구성된 언어의 직물이라고 말해야 한다. 이 직물에 식인과 같은 만행을 포함시켜야 할까? 다시 말하지만, 우리는 두려움과 불확실성을 갖고 그 사실을 의심해야 한다. 우골리노의 끔찍한 죄를 어렴풋이 보는 것이 그것을 단호하게 부정하거나 긍정하는 것보다 더 무섭고 무시무시하다.

"책은 그것을 구성하는 단어들이다."라는 견해는 싱겁고 멋없는 금언처럼 보일 위험이 크다. 그러나 우리 모두는 내용에서 분리될 수 있는 형식이 있으며, 헨리 제임스와 10분간만 대화를 나눠도 그가 우리에게 『나사의 회전』의 '진짜' 줄거리를 드러낼 것이라고 믿는 경향이 있다. 나는 진실은 그렇지 않다고 생각한다. 나는 단테가 그의 3행 연구로 언급하는 것 이상으로 우골리노에 대해 알고 있었다고 생각하지 않는다. 쇼펜하우어는 자기 대표작의 I권은 단 하나의 사상으로 이루어져 있으며, 그것을 더 간략하게 전하는 방법은 찾을 수 없었다고 밝혔다. 반면에 단테는 자신이 우골리노에 관해 상상했던 것은 우리가 논의했던 3행 연구에 모두 담겼다고 말할 것이다.

실제 시간에서, 역사에서, 여러 대안과 직면할 때마다 사람은 하나를 선택하고 나머지를 버린다. 그러나 예술이라는 모호한 시간 속에서는 그렇지 않다. 그것은 희망이나 망각의 시간과 흡사하다. 그 시간 속에서 햄릿은 제정신인 동시에 미친 사람이다.[36] '배고픔의 탑' 속 어둠에서 우골리노는 사랑하는 시체들을 먹기도 하고 안 먹기도 한다. 그런 너울거리는 부정확성, 그 불확실성은 그가 이상한 재료들로 만들어져 있기 때문이다. 그래서 두 개의 가능한 죽음을 상상하면서 단테는 그를 꿈꾸었고, 따라서 다음 세대들도 그렇게 그를 꿈꾸게 될 것이다.

---

36   일종의 호기심이 발동했다는 이유로, 우리는 두 개의 유명한 모호성을 적절하게 떠올릴 필요가 있다. 하나는 케베도의 '핏빛의 달'이다. 이것은 전쟁터이면서 동시에 오토만 제국 국기 속의 달이다. 다른 하나는 셰익스피어의 소네트 107번에 등장하는 '인간 세상의 달(mortal moon)'로 이것은 하늘의 달이며 동시에 처녀 여왕(빅토리아 여왕)이다. (원주)

율리시스의 마지막 여행

여기서 나의 목적은 『신곡』의 다른 구절에 비추어 단테가 율리시스[37]의 입으로 들려주었던 불가해한 이야기를 다시 생각해 보는 것이다. 권모술수를 일삼던 자들이 벌을 받는 그 고리의 비참한 바닥에서 율리시스와 디오메데스는 하나이면서 끝이 둘로 갈라진 불길 속에서 끊임없이 불타고 있다. 베르길리우스는 그들에게 어떻게 죽음과 만났는지 설명해 달라고 청한다. 그러자 율리시스는 가에타에서 그를 1년 넘게 데리고 있던 키르케와 헤어진 후, 자식의 귀여움도 늙은 아버지의 연민도 페넬로페를 향한 사랑도 세상과 인간의 결점과 미덕을 알고 싶은 그의 가슴속 열정을 이길 수 없었다고 말한다. 마지막

---

37   오디세우스의 로마 이름.

남은 배를 타고 늘 그와 함께했던 몇 안 되는 동료들과 그는 망망대해로 나섰다. 그리고 이제는 늙은 몸으로 헤라클레스가 기둥을 세워 놓은 비좁은 어귀에 도착했다. 어느 신이 야심차게 또는 무모하게 표시해 놓은 그 세상의 끝에서 그는 동료들에게 이제 목숨이 얼마 남지 않았으니 사람이 살지 않는 세상과 그 누구도 여행한 적이 없는 반대편의 바다를 알아보자고 권했다. 그러고는 그들의 혈통을 언급하면서 그들은 짐승처럼 살려고 태어난 것이 아니라 덕과 지혜를 찾기 위해 태어났다는 사실을 상기시켰다. 그들은 서쪽으로 항해했고, 그런 다음 남쪽으로 갔다. 그리고 남반구에 있는 모든 별을 보았다. 다섯 달 동안 그들의 뱃머리는 바다를 가르며 나아갔고, 어느 날 수평선 위로 어두운 색깔의 산을 보았다. 그들은 그것이 그 어떤 산보다도 높다고 생각하여 기뻐했다. 하지만 그 기쁨은 얼마 지나지 않아서 통곡으로 바뀌었다. 폭풍우가 일더니 배를 세 바퀴 돌게 했고, 네 바퀴째에는 하느님이 원하신 대로 배를 침몰시켰으며, 마침내 바닷물이 그들을 덮쳤던 것이다.

이것이 율리시스의 이야기이다. 무명의 피렌체 작가부터 라파엘레 안드레올리[38]까지 많은 주해자들은 이것을 작가의 여담으로 평가한다. 협잡꾼 율리시스와 디오메데스는 사기꾼들의 구렁에서 고통받는데("그 불꽃 속에서 그들은…… 목마의 기습을 한탄하고 있다."), 이 율리시스의 여행은 부차적인 일화로

---

38   Raffaele Andreoli(1823~1891). 이탈리아의 학자. 『신곡에 관한 주석』(1856)으로 유명하다.

일종의 장식에 불과하다. 반면에 토마세오[39]는 아우구스티누스가 쓴『신국론』의 한 대목을 인용하면서, 인간이 지구의 가장 낮은 부분에 도착할 수 있다는 사실을 부정한다. 이런 점에서라면 그는 아마도 알렉산드리아의 클레멘스[40]의 또 다른 구절도 인용할 수 있었을 것이다. 나중에 카시니와 피에트로보노는 이 여행을 신성 모독이라고 비난한다. 실제로 깊은 나락에 묻히기 전에 그리스 사람이 얼핏 보았던 산은 연옥의 성스러운 산으로 인간에게 금지된 곳이다.(「연옥편」 I곡 I30~I32행). 후고 프리드리히[41]는 정확하고 예리하다. "여행은 파국으로 끝나는데, 그것은 단지 바닷사람의 운명이 아니라 하느님의 말씀이 이루어진 것이다."(『지옥의 오디세우스』, 베를린, I942)

율리시스는 자신의 공적을 이야기하면서 그것을 어리석고 분별없는 짓이었다고 평가한다.「천국편」 27곡은 율리시스의 경솔하거나 어리석은 항해를 "오디세우스가 항해한 미친 뱃길"로 지칭한다. 단테는 동일한 형용사를 어두운 숲에서 베르

---

39 니콜로 토마세오(Niccolò Tommaseo, I802~I874). 이탈리아의 언어학자이자 언론인. '미회수된 이탈리아' 운동의 선구자이다. 대표작으로『새 이탈리아어 동의어 사전』,『신 단테 연구』등이 있다.

40 티투스 플라비우스 클레멘스(Ttus Flavius Clemens, I50~2I5). 알렉산드리아학파의 기독교 신학자이며 오리게네스의 스승.

4I Hugo Friedrich(I904~I978). 독일의 문학자이자 작가. 대표작으로『신곡에 나타난 법 형이상학』,『데카르트와 프랑스 정신』등이 있다.

길리우스의 무시무시한 초대를 받았을 때("혹시 미친(경솔한) 짓
이 되지 않을까 두렵습니다."[42])에도 사용한다. 동일한 형용사가
반복된다는 것은 계획적이고 신중한 행위를 의미한다. 단테는
율리시스가 죽기 전에 언뜻 보았던 해변에 발을 내딛고, 아무
도 그 바다를 항해한 적이 없었고 아무도 돌아갈 수 없었다고
말한다. 그런 다음 베르길리우스가 그에게 띠를 매어 주었다
고 말하면서 "다른 분이 바라셨던 대로(com' altrui piacque)"라고
언급한다. 그것은 율리시스가 자기의 비극적 종말을 선언했을
때 사용했던 말이다. 카를로 스테이너는 이렇게 쓴다. "단테는
그 해변을 보며 조난당했던 율리시스를 생각했던 것이 아닐
까? 당연히 그랬을 것이다. 그러나 율리시스는 스스로의 힘으
로, 그리고 하늘이 선포한 인간의 한계에 도전하면서 그 해변
에 도착하고자 했다. 새로운 율리시스인 단테는 겸손의 띠를
맨 승리자로서 그 땅을 밟았을 것이며, 교만이 아닌 은총으로
환하게 빛나는 이성의 안내를 받았을 것이다." 아우구스트 뤼
에그[43]도 저서 『단테 이전의 상상을 넘어서』(2권 114)에서 이런
의견을 반복한다. "단테는 율리시스처럼 아무도 가지 않은 길
을 걸어가는 모험가이다. 그는 그 누구도 보지 못했던 세상을
떠돌고, 가장 힘들고 가장 멀리 있는 목표를 이루고자 한다. 율
리시스는 자신의 힘으로 금지된 모험을 떠나기로 한다. 반면,
단테는 더 높은 힘을 가진 자들의 안내를 받는다."

---

42   「지옥편」2곡 35행.
43   요제프 아우구스트 뤼에그(Joseph August Rüegg,
        1882~1972). 독일의 문학가이며 라틴 문학 전공자.

널리 알려진 『신곡』의 두 대목은 이런 구별을 정당화한다. 첫 번째는 단테가 자기 자신이 세 개의 저승을 방문할 자격이 없다고 말하는 대목이다.("나는 아이네이아스도, 바울도 아닙니다.") 그러자 베르길리우스는 베아트리체가 위임한 사명이 무엇인지 알려 준다. 두 번째는 단테의 조상 카치아귀다가 시를 출판하라고 권하는 대목(「천국편」 17곡 100~142행)이다. 이런 증언을 읽으면, 지복의 세계와 인류가 쓴 최고의 책으로 이끄는 단테의 순례를 지옥에서 절정을 맞이하는 율리시스의 신성모독적인 모험과 동일한 수준으로 간주하는 것은 상식을 벗어나는 일이다. 오히려 그의 행위는 단테의 것과 상반된 것처럼 보인다.

그러나 이런 주장에는 한 가지 오류가 있다. 율리시스의 행위는 의심할 나위 없이 율리시스의 여행이다. 즉, 율리시스는 그런 행위의 주체와 다르지 않다. 하지만 단테의 행위나 모험은 단테의 여행이 아니라 책을 쓰는 데 목적이 있다. 이는 너무나 자명하지만, 종종 잊히는 사실이다. 그것은 『신곡』이 1인칭으로 서술되어 있으며, 죽은 사람은 불멸의 주인공에 의해 빛을 잃고 있기 때문이다. 단테는 신학자였다. 따라서 『신곡』을 쓰는 행위는 율리시스의 마지막 여행보다 덜 힘들고 아마도 덜 위험하며 덜 파멸적이라고 생각했을 것이다. 그는 성령의 펜이 거의 지적하지 않은 신비, 즉 의도 역시 죄를 수반할 수 있다는 점을 감히 생각해 냈던 것이다. 그는 베아트리체 포르티나리를 감히 성모 마리아와 예수와 같은 수준으로 놓고 비교했다.[44] 그는 축복받은 사람들이 모르는 불가사의한 마지막 심판의 판결을 감히 미리 예상했다. 또한 성직 매매를 일삼은 교황들의 영혼을 심판하고 벌을 선고했으며, 순환적인 시간 개념을 가르쳤던 아베로에스학파[45]의 일원이었던 시제루스[46]의 영혼을 구원했다.[47] 영광을 얻기 위해 그토록 힘들게 애쓰지만, 그것은 덧없는 일 아닌가!

> 속세의 명성이란 지나가는 한 줄기 바람에 지나지 않으니
> 이 길 저 길로 옮겨 다니다가
> 방향이 바뀌는 대로 이름도 바뀌는 법이오.

이런 불일치를 그럴듯하게 보여 주는 흔적이 작품에 남아 있다. 카를로 스테이너는 유명한 대화에서 그런 흔적 중의 하나를 발견한다. 바로 베르길리우스가 단테에게 두려움을 이겨 내고 전례 없는 여행을 시작하게 하는 대목이다. 스테이너는 이렇게 쓴다. "이런 토론은 베르길리우스에게 일종의 허구로

---

44   조반니 파피니,『살아 있는 단테』3권 34페이지를 참고할 것.(원주)

45   12세기 이슬람 철학자인 아베로에스의 작품에 바탕을 둔 중세 철학 학파. 토마스 아퀴나스는 이 용어를 만들면서 '지성 단일체'라는 제한적 의미로 사용했다.

46   시제루스 드 브라방(Sigerus de Brabant, 1240~1284). 파리의 아베로에스주의자들을 이끈 대표적인 중세 철학자 중의 한 사람.

47   모리스 드 울프(Maurice de Wulf)의『중세 철학사』를 참고할 것.(원주)

일어나지만, 아직 시를 쓰기로 결심하지 않은 단테의 마음에서는 정말로 일어났다. 이런 흔적은 시의 출판을 고려하는 「천국편」의 17곡에 나오는 또 다른 토론에서도 나타난다. 이미 작품을 쓴 상태였다면, 그는 그것을 출판하고 적들의 분노에 도전할 수 있었을까? 두 경우 모두 가치가 있고 고귀한 목적을 지닌 작품을 쓰겠다는 생각이 승리를 거두었다."(『신곡』 15) 그런 대목에서 단테는 정신적 충돌과 대립을 상징했다. 여기서 나는 단테가 자기 뜻이나 생각과 상관없이 율리시스의 비극적인 이야기를 상징화시켰으며, 그것의 감정적인 힘은 엄청난 장점이 되었다고 생각한다. 단테는 율리시스였고, 어느 정도 율리시스의 벌을 두려워했을 수 있다.

이제 마지막 생각을 하나만 더 적고자 한다. 바다와 단테를 깊이 사랑한 영어권의 두 문학 작품은 어느 정도 단테풍의 율리시스에게 영향을 받았다. 엘리엇(그 이전에 앤드루 랭,[48] 그리고 그 이전에 롱펠로[49])은 이 영광의 원형에서 테니슨[50]의 훌륭한 시집 『율리시스』가 나왔음을 암시했다. 내가 아는 한 아직, 보다 깊은 유사성, 즉 지옥의 율리시스와 또 다른 불행한 선장인

48   Andrew Lang(1844~1912). 스코틀랜드의 학자이자
      문인. 대표작으로 『호메로스의 세계』가 있다.

49   헨리 워즈워스 롱펠로(Henry Wadsworth Longfellow,
      1807~1882). 미국의 시인. 「인생 찬가」, 「에반젤린」
      등의 시로 널리 알려져 있다.

50   앨프리드 테니슨(Alfred Tennyson, 1809~1892). 영국
      빅토리아 시대의 계관 시인. 대표작으로 『이노크 아
      든』, 『인 메모리엄』이 있다.

『모비 딕』의 아합의 유사성은 지적되지 않았다. 아합 선장은 율리시스처럼 밤샘과 용기로 자신의 파멸을 달성한다. 전반적인 줄거리는 동일하고, 대단원도 같으며, 마지막 말도 거의 똑같다. 쇼펜하우어는 우리의 삶에서 그 어떤 것도 본의가 아닌 것은 없다고 말했다. 이 비범한 금언의 관점에서 볼 때 두 작품은 은밀하게 숨겨져 있고 복잡하게 뒤얽힌 자살의 과정을 묘사한다.

1981년 후기

단테의 율리시스는 수세기 후에 아메리카와 인도의 해변에 도착하게 될 유명한 탐험가들을 미리 보여 준다는 말이 있다. 『신곡』이 쓰이기 수세기 전에 이미 그런 유형의 인간은 탄생했다. 붉은 에이리크[51]는 985년경에 그린란드섬을 발견했다. 그의 아들 레이프는 11세기 초에 캐나다에 상륙했다. 단테는 이런 것들을 알 수 없었다. 스칸디나비아의 것들은 마치 꿈인 듯 비밀이 되려 하는 경향이 있다.

---

51   Erik the Red(950년~1005년경). 바이킹. '토르발드의 아들'이라는 뜻으로 '에이리크 토르발드손'이라고도 불린다.

인정 많은 사형 집행인

모두가 아는 것처럼, 단테는 프란체스카를 지옥에 위치시키고, 무한한 연민을 느끼면서 그녀의 죄에 대해 듣는다. 작가가 그녀를 지옥에 놓고 불쌍히 여기는 이 모순은 어떻게 해야 완화될 수 있을까? 나는 어렴풋이 네 개의 추측이 가능하리라 생각해 본다.

첫 번째 추측은 기술적인 문제이다. 자기 책의 전반적인 형태를 결정한 단테는 지옥에 떨어진 영혼들의 고백으로 활기를 불어넣지 않으면, 이 책이 고유 명사만 가득한 하잘것없는 목록이나 지형적 설명으로 변질될 것이라고 생각했다. 이런 생각으로 그는 자기가 만든 지옥의 모든 고리에 흥미롭지만 너무 멀게 느껴지지 않는 죄인들을 배치했다.(라마르틴[52]은 이런

---

52   알퐁스 드 프라 드 라마르틴(Alphonse de Prat de La-
       martine, 1790~1868). 프랑스의 낭만파 시인. 대표 시

손님들 때문에 너무나 고통스러운 나머지 "『신곡』은 피렌체 지방의 관보"라고 말했다.) 물론 그들의 고백은 애절할수록 좋았다. 그래도 아무 위험이 없었다. 이미 작가는 화자들을 지옥에 가두면서 모든 공모 혐의에서 안전하게 벗어났기 때문이다. 이는 아마도 가장 그럴듯한 추측일 것이다.(무미건조한 신학 소설에 부과된 '시적 천체'라는 개념은 크로체에 의해 논의되었다.) 하지만 쩨쩨하고 역한 측면이 있으며, 단테에 대해 우리가 생각하는 것과 어울리지 않는 부분이 있다. 또한 『신곡』처럼 거의 무한한 책에 대한 해석은 그렇게 간단할 수가 없다.

융의 학설에 따르면,[53] 두 번째 추측은 문학 창작을 꿈의 창

집으로 『명상시집』, 『주느비에브』 등이 있다.

53   융의 학설은 어느 정도 꿈을 연극의 기능으로 보는 고전적 은유에 의해 예시되어 있다. 공고라의 소네트 「여러 상상」("꿈, 연극 상연의 작가./ 바람 위에 붙박인 극장에서/ 사랑스럽고 아름답게 그림자들을 꾸민다.")에서뿐 아니라, 케베도의 「죽음의 꿈」("무거운 짐을 덜면 영혼은 게을러지고, 외부적 감각 없이, 그리고 이런 방식으로 다음 연극 작품이 나를 덮쳤다. 그래서 나의 힘은 어둠 속에서 영혼을 노래했다. 내 환상 속에서 청중이자 극장이 된 내 자신과 함께.")도 그렇게 노래한다. 또한 조지프 애디슨(Joseph Addison, 1672~1719, 영국의 수필가이자 시인이며 극작가. 대표작으로 『자유 수호자』, 『북치는 사람』 등이 있다. ― 옮긴이)도 잡지 《스펙테이터(Spectator)》 487호에서 "영혼이 꿈을 꿀 때면 극장이자 배우이며 관객이다."라고 말한다. 그리고 수백 년 전에 범신론자인 오마르 하이얌(Omar Khayyam, 1048~1131, 페르시아의 시인이자 수학자이며 천문학자. ― 옮긴이)은 한

작과 동일시했으리라는 것이다. 이제 우리의 꿈이 된 단테는 프란체스카의 고통을 꿈꾸었고, 자기가 그것을 보며 안타까워하는 꿈을 꾸었다. 쇼펜하우어의 말에 따르면, 꿈에서 우리가 보고 듣는 것은, 궁극적으로 그것이 우리에게 뿌리를 두고 있더라도 우리를 놀라게 할 수 있다. 이와 유사하게 단테는 자기가 꿈꾸었거나 만들어 낸 것을 가엾게 여길 수 있었다. 또한 프란체스카는 시인의 고안품에 불과할 수도 있다. 이것은 지옥의 여행자라는 역할을 수행하는 단테 자신에게도 그대로 적용된다. 그러나 나는 이것이 잘못된 추측이라고 생각한다. 인간 공통의 기원을 책과 꿈 때문이라고 말하는 것과, 책 속에서 꿈의 비논리성과 무책임을 감내하는 것은 전혀 다른 문제이기 때문이다.

세 번째 추측은 첫 번째와 마찬가지로 기술적 성격과 관련이 있다. 단테는 『신곡』을 쓰는 동안 하느님의 신비스러운 결정을 예상해야 했다. 틀리기 십상인 자기의 정신 외에 다른 빛은 없이 그는 최후의 심판에서 내려질 몇몇 판결을 예언하려고 했다. 비록 허구의 문학 작품이긴 하지만, 그는 교황 첼레스티노 5세를 저주했고, 영원한 회귀라는 점성학의 주장을 옹호했던 시제루스를 구원했다.

연(連)을 썼는데, 매카시는 다음과 같이 직역한다. "이제 넌 네가 알고 있는 그 누구에게서도 숨지 못한다. 이제 너는 창조된 모든 것 안에서 보인다. 넌 구경거리이고 동시에 관객이면서 이런 불가사의를 행한다. 그게 바로 너 자신의 기쁨."(원주)

이런 계획을 숨기기 위해 그는 지옥에서 하느님은 정의를 실현하는 분이라고("나의 창조주는 정의로 움직이시어",「지옥편」3곡 4행) 규정한 다음 하느님의 속성인 이해와 동정을 자기만을 위해 간직한다. 그는 프란체스카를 지옥으로 떨어진 사람들 사이에 배치하고 불쌍히 여겼다. 베네데토 크로체는 이렇게 말한다. "신학자로서, 신자로서, 윤리적인 사람으로서 단테는 죄인들을 비난한다. 하지만 감정적으로는 그들을 비난하지도 용서하지도 않는다."[54](『단테의 시』 78)

네 번째 추측은 정확성이 떨어진다. 이것을 이해하려면 먼저 토론을 해야 한다. 두 개의 주장을 고려해 보자. 하나는 살인자들은 사형을 받아도 된다는 주장이다. 다른 하나는 로지온 라스콜니코프는 사형을 받아도 된다는 주장이다. 이 두 가지 주장은 분명히 의미가 다르다. 역설적이지만 살인자들은 구체적인 인물이고 라스콜니코프는 추상적인 가공의 인물이어서가 아니라, 그 반대이다. 살인자들이라는 개념은 전적인 일반화를 보여 준다. 반면에 라스콜니코프의 이야기를 읽은 사람에게 그는 정말로 존재하는 사람이다. 사실 엄격하게 말하자면 살인자들이란 존재하지 않는다. 단지 우리 언어가 그런 불특정한 전체 속에 포함시키는 우둔한 개인들이 있을 뿐이

---

54   앤드루 랭은 뒤마가 『삼총사』에서 포르토스를 죽였을 때 눈물을 흘렸다고 언급한다. 이것과 비슷하게 우리는 알론소 키하노가 죽을 때 세르반테스의 감정을 느낀다. "(돈키호테) 거기 있는 사람들의 눈물과 동정의 말 속에서 마지막 그의 정신을 바쳤다. 말하자면 죽었다."(원주)

다.(요컨대 로스켈리누스[55]와 오컴의 윌리엄[56]의 유명론 가설도 마찬
가지다.) 다시 말하면, 도스토예프스키의 소설을 읽은 사람은 서
로 연결된 불가피한 상황들이 그것을 예정하고 지시했기 때문
에 라스콜니코프가 '죄'에서 자유롭지 않았다는 것을 알고 있다.
죽인 사람은 살인자가 아니며, 훔친 사람은 도둑이 아니고, 거짓
말한 사람은 사기꾼이 아니다. 지옥에 떨어진 사람들은 이것을
알고 있다.(조금 더 정확하게 말하면, 그걸 느낀다.) 따라서 정의롭
고 정당한 벌이란 없다. 범죄 소설에서 '살인자'는 사형 선고를
받아 마땅하지만, 자신의 과거사와 어쩌면 세계의 역사에 이끌
려(아, 라플라스 후작[57]이여!) 살인을 범한 불행한 사람은 그렇지
않다. 마담 드 스탈[58]은 이런 추론을 유명한 문장으로 요약했
다. "모든 것을 이해하는 것은 모든 것을 용서하는 것이다."

　단테는 우리 모두가 불가피하다고 느끼는 프란체스카의
죄를 섬세하게 동정하면서 언급한다. 시인 역시 불가피하다고

55　　Roscellinus(1050년경~1124년경). 프랑스의 스콜라
　　　철학자이며, 보편 논쟁에 있어서 최초의 유명론 대표
　　　자이다.

56　　William of Occham(1280년경~1349). 영국 프란체스
　　　코 수도회의 수사이자 철학자. 유명론의 선구자로 근
　　　대 철학의 아버지로 인정받는다.

57　　피에르시몽 드 라플라스 후작(Pierre-Simon, Marquis
　　　de Laplace, 1749~1827). 프랑스의 수학자. 대표작으
　　　로『천체 역학』이 있다.

58　　Madame de Staël(1766~1817). 프랑스의 낭만주의 소
　　　설가이자 비평가. 샤토브리앙과 더불어 프랑스 낭만
　　　주의의 선구자로 인정받는다. 대표작으로『문학론』,
　　　『독일론』등이 있다.

느꼈을 것이다. 그래서 그는 신학자가 「연옥편」(16곡 70행)에서 만일 사람들의 행위가 별의 영향에 의해 좌우된다면, 우리의 자유 의지는 없어질 것이며, 선행에 상을 주고 악행에 벌을 주는 것은 부당한 일일 것이라는 주장을 무시한다.[59]

단테는 이해하지만 용서하지는 않는다. 그것이 해결할 수 없는 역설이다. 나는 그가 논리를 초월해 해결했을 것이라고 생각한다. 그는 인간의 행위는 필요하며, 그런 행위로 말미암아 영원 혹은 천국의 축복을 누리거나 지옥에 떨어지는 것도 필요하다고 느꼈지만 이해하지는 않았다. 또한 스피노자주의자들과 스토아학파의 철학자들은 도덕법을 공포했다. 여기에서 절대적 신의(神意)는 어떤 사람들은 지옥에, 그리고 다른 사람들은 천국에 예정해 놓는다고 주장한 칼뱅을 떠올릴 필요는 없다. 나는 세일[60]의 『쿠란』에 실린 머리말에서 이슬람의 한 종파는 이런 의견을 옹호한다는 글을 읽는다.

보다시피 네 번째 추측은 문제를 해결하는 것이 아니라, 아주 활발하게 문제를 제기한다. 다른 추측들은 논리적이지만, 이 마지막 추측은 그렇지 않다. 그러나 내 눈에는 사실인 것처럼 보인다.

---

59 『제정론』 I권 14, 「연옥편」 18곡 73행, 「천국편」 5곡 19행을 참고할 것. 「천국편」 31곡에서는 더 감동적이고 설득력 있게 훌륭한 말로 설명한다. "당신은 나를 속박에서 자유로 이끌었습니다."(85행)(원주)

60 조지 세일(George Sale, 1697~1736). 동양학자이며 1734년에 『쿠란』을 영어로 번역했다.

단테와 앵글로색슨 몽상가들

「천국편」10곡에서 단테는 태양의 구체에 올라갔고, 그 행성의 주위에서(태양은 단테의 신학적 섭리에서 하나의 행성이다.) 열두 개의 영혼으로 이루어진 불타는 면류관을 보았다고, 그것은 빛을 등지고 있었는데 빛보다도 더 밝았다고 말한다. 그 영혼들 중의 첫째인 토마스 아퀴나스는 나머지 사람들의 이름을 알려 준다. 일곱 번째는 베다[61]이다. 단테의 주해자들은 그가 재로 수도원의 부제이며 『영국 교회사』의 저자인 '존엄한

---

61   존엄한 베다(Beda Venerabilis, 672?~735). 영국의 사
제이며 역사가. 『영국 교회사』를 집필했으며, 영국 역
사의 아버지라고 불린다. 그의 지혜와 학문을 높이 인
정한다는 의미에서 '존엄한 자(Venerable)'라는 칭호를
받았다.

자' 베다를 지칭한다고 설명한다.

'존엄한'이라는 형용사가 붙지만, 영국 최초의 역사서로 8세기에 작성된 그 책은 엄격한 교회주의를 초월한다. 그것은 문인이자 빈틈없이 꼼꼼한 학자의 감동적이면서도 개인적인 작품이다. 베다는 라틴어에 정통했고, 그리스어를 알았으며, 그의 펜에서는 베르길리우스의 시구가 자동적으로 솟아 나왔다. 그는 모든 것에, 가령 세계사, 성경 주석, 음악, 수사법,[62] 철자법, 기수법(記數法), 자연 과학, 신학, 라틴 시, 자국어 시에 관심을 보였다. 그러나 그가 의도적으로 침묵을 지키는 지점이 있었다. 그는 매우 집요한 사명을 띠고 연대기를 서술했고, 그것을 통해 결국 예수 그리스도의 신앙을 영국의 게르만 왕국들에게 강제하는 데 성공했다. 그 연대기에서 베다는 스노리 스툴루손[63]이 약 500년 후에 스칸디나비아의 이교 신앙에게 하게 될 일을 색슨 이교 신앙에게 할 수 있었다. 작품의 경건한 신앙적 목표를 배신하지 않은 채 그는 자기 조상들의 신화를 밝

---

62   베다는 성경에서 수사법의 예를 찾았다. 그래서 일부러 전체를 나타내는 환유법으로는 「요한 복음서」1장 14절 "말씀이 살이 되시어……."(우리 성경에서는 '살'이 '사람'으로 번역되어 있으나, 여기서는 이후의 글과 어울리도록 원문을 직역한다. ─ 옮긴이)를 인용했다. 엄격히 말하자면 말씀은 살로만 이루어진 것이 아니라, 뼈와 연골과 피로도 이루어져 있다.(원주)

63   Snorri Sturluson(1179~1241). 아이슬란드의 시인이자 역사가. 『산문 에다』와 『헤임스크링글라』의 저자이다.

히고 윤곽을 그릴 수 있었다. 그러나 익히 예상할 수 있듯이 그
는 그렇게 하지 않았다. 그 이유는 분명하다. 게르만족의 종교
나 신화가 너무나 가까이 있었기 때문이다. 베다는 그것을 잊
고 싶었다. 영국이 그것을 잊기 바랐다. 우리는 석양이 헹기스
트[64]가 숭배했던 신들을 기다리는지, 또는 태양과 달을 늑대들
이 먹어 치우는 그 무시무시한 날에 죽은 자들의 손톱으로 만
든 배가 얼음 왕국을 출발할 것인지 결코 알 수 없을 것이다. 또
한 그 타락한 신들이 판테온을 이루고 있는지, 아니면 기번이
추측했던 것처럼, 그 신들이 야만인들의 막연한 미신인지 결
코 알 수 없을 것이다. 모든 왕족 가문의 계보에서 나타나는 의
식이나 주문과 같은 '쿠유스 파테르 보덴(cujus pater Voden, 그들
의 아버지는 보덴이었다.)'이라는 문구를 제외하고, 그리고 예수
를 위해 제단을 하나 갖고 있었고, 악마를 위해서는 조그만 제
단을 구비해 놓았던 신중한 왕의 경우를 제외하고, 베다는 게
르만 학자들이 갖게 될 미래의 호기심을 그다지 충족시켜 주지
못했다. 그러나 그는 연대기라는 곧고 좁은 길에서 벗어나 저
승 세계의 꿈을 기록하면서, 단테의 작품을 미리 예시했다.

그 꿈 중의 하나를 떠올려 보자. 베다는 아일랜드의 수도자
인 푸르사[65]가 많은 색슨인들을 개종시켰다고 말한다. 병을 앓
는 도중에 천사들이 내려와 그의 영혼을 빼앗아 하늘로 올려

---

64 Hengist(?~488). 주트족의 우두머리. 동생과 함께 440
    년경 브리튼 남부에 침입했다.

65 Fursa(?~650). 푸르시, 푸르세우스, 푸르세오라고도
    불린다.

보냈다. 승천하는 도중에 그는 검은 공기를 붉게 물들이는 네 개의 불을 보았는데, 그것들은 서로 멀리 떨어져 있지 않았다. 천사들은 그에게 이 불들이 세상을 태워 버릴 것이라고 설명하고서 그것들의 이름은 불화, 부정, 거짓과 탐욕이라고 말했다. 불들이 커지더니 마침내 하나로 합쳐졌고, 그가 있는 곳으로 왔다. 푸르사는 무서웠지만, 천사들은 그에게 말했다. "네가 붙이지 않은 불은 너를 태우지 않을 것이다." 정말로 천사들은 불꽃들을 나누었고, 푸르사는 천국에 도착했으며, 그곳에서 수많은 놀라운 것들을 보았다. 지상으로 돌아오자 그는 다시 불의 위협을 받았다. 그 불에서 어느 악마가 죄인의 불타는 영혼을 집어 던졌고, 그 영혼은 그의 오른쪽 어깨와 턱을 태웠다. 한 천사가 그에게 말했다. "이제 네가 붙인 불이 너를 태울 것이다. 지상에서 너는 죄인의 옷을 수락했고, 따라서 이제 그의 죗값을 함께 받아야 한다." 푸르사는 죽는 날까지 이 꿈의 낙인을 지니고 살았다.

또 다른 꿈은 노섬브리아 왕국에 사는 사람의 것으로 그의 이름은 드리셸름이다. 그는 며칠간 병을 앓은 후에 해 질 녘에 죽었고, 여명이 밝아 올 무렵에 갑자기 다시 살아났다. 그의 아내가 밤을 새워 그를 지키고 있었다. 드리셸름은 아내에게 자기가 정말로 죽은 사람들 가운데서 다시 태어났으며, 이제는 이전과 완전히 다른 삶을 살고자 한다고 말했다. 그는 기도를 하고 자기 땅을 세 개로 나누었다. 그런 다음 첫 번째 땅을 아내에게 주었고, 두 번째 땅을 자식들에게 물려주었고, 나머지를 가난한 사람들에게 주었다. 그리고 모든 사람들에게 작별 인사를 하고 수도원으로 가서 칩거했다. 그곳에서 그는 엄격하고 준엄한 삶을 살았는데, 그것은 그가 죽었던 그날 밤에 그에게 나타났던 많은 끔찍한 것들과 바람직한 것들에 대한 증거였다. 그는 그것들에 대해 이렇게 말했다. "나를 인도한 사람의 얼굴은 환하게 빛났고, 그의 옷은 번쩍거렸다. 우리는 말없이 걸었다. 내가 보기에는 동북쪽으로 가는 것 같았다. 우리는 아주 깊고 넓으며 끝없이 긴 골짜기에 도착했다. 왼쪽에는 무시무시한 불이 있었고, 오른쪽에는 우박과 눈이 소용돌이치면서 사방으로 흩어졌다. 슬픔에 빠진 사람들의 영혼이 폭풍에 실려 이리저리 던져졌고, 그래서 꺼지지 않는 불에서 도망치던 가련한 영혼들은 살을 에는 추위와 맞닥뜨렸다. 그런 현상이 무한히 반복되었다. 나는 그 잔인하고 매정한 지역이 지옥이 되고도 남는다고 생각했지만, 내 앞에 가던 안내자는 내 생각을 읽고 '아직은 지옥이 아니다.'라고 말했다. 우리는 계속 앞으로 나아갔고, 어둠은 갈수록 짙어졌다. 나는 나를 안내하는 사람이 입은 옷의 광채 외에는 아무것도 볼 수 없었다. 공처럼 생긴 수많은 검은 불꽃이 깊은 심연에서 솟아오르더니, 다시 그 안으로 떨어졌다. 나를 안내하던 자가 나를 버리고 갑자기 사라졌고, 나는 끝없이 솟아났다가 떨어지는 영혼으로 가득한 구체들 사이에 혼자 남았다. 견딜 수 없는 악취가 구덩이에서 올라왔다. 나는 두려움에 사로잡혀 발길을 잠시 멈추었다. 잠깐이었지만 내게는 영겁처럼 긴 시간이었다. 그리고 등 뒤에서 슬픔에 젖은 울음소리와 섬뜩하고 요란한 웃음소리가 들려왔다. 마치 야만인 무리가 포로가 된 적들을 비웃는 소리 같았다. 웃으며 행복해하는 잔인무도한 악마 무리가 다섯 명의 울부짖는 영혼들을 어둠의 한복판으로 끌고 갔다. 한 영혼은 성직자처럼 삭발을 하고 있었고, 다른 영혼은 여자였다. 그들은 불타는 구덩이 속으로 모습을 감추고 있었다. 나는 인간들의 통곡과 악마의 웃음소리를 더 이상 구별할 수 없었는데, 아직도 내 귀에는 그 끔찍한 소리가 남아 있다. 검은 영혼들이 불타는 심연에서 나타나 나를 에워쌌다. 그들은 나를 건드리지 않았지만, 그들의 눈과 불꽃을 보니 공포스러웠다. 적과 어둠으로 포위되어 나는 나 자신을 제대로 방어할 수 없었다. 길을 가면서 나는 별이 하나 오는 것을 보았다. 그 별은 점점 커지면서 나를 향해 빠르게 다가왔다. 그러자 악마들이 도망쳤고, 나는 그 별이 나를 안내한 천사라는 것을 알았다. 천사는 오른쪽으로 돌았고, 우리는 남쪽으로 걸었다. 우리는 어둠에서 나와 밝은 곳으로, 환한 빛이 비추는 곳으로 갔다. 그리고 그곳에서 무한히 높고 양쪽으로 끝없이 펼쳐진 성벽을 보았다. 문도 없고 창문도 없었고, 나는 어떻게 우리가 성벽 아래로 갔는지 알 수 없었다. 그런데 어떻게 된 일인지, 갑자기 우리는 성벽 위에 있었고, 꽃으로 가득한 넓은 들판이 눈앞에 펼쳐졌다. 꽃 냄새가 풍기자 어두운 지옥의 악취가 곧 사라졌다. 초원에는 흰옷을 입은 사람들이 살고 있었다. 안내자는 나를 그 행복한 주민들 사이로 이끌었고, 나는 아마도 이곳이 천국일 것이라고, 귀가 따갑도록 들었던 천국일 것이라고 생각했다. 하지만 안내자는 내 생각을 읽은 듯이 '아직은 천국이 아니다.'라고 말했다. 그곳 주민들이 살고 있던 집 너머로 화려하고 근사한 빛이 한 줄기 보였다. 그 안에서 사람들이 노래하는 목소리가 들렸고 너무나 굉장한 향기가 풍겨서 내가 향긋하다고 여겼던 이전의 냄새를 지워 버렸다. 나는 우리가 그 기쁨과 환희의 장소로 들

어갈 것이라고 믿었다. 그런데 그때 안내자가 갑자기 우뚝 멈
추더니 뒤로 돌았다. 그리고 나를 우리가 왔던 기나긴 길로 이
끌었다. 그러면서 그는 추위와 불이 함께 있던 계곡은 연옥이
라고, 그리고 악취 풍기는 깊은 심연은 지옥의 입구이며, 초원
은, 즉 최후의 심판을 기다리는 정의로운 사람들이 사는 곳이
며 음악과 빛이 있는 장소는 천국이라고 말해 주었다. 그리고
서 덧붙였다. '이제 너는 너의 육체로 돌아가 다시 사람들 속에
서 살게 될 것이다. 네게 말하노니, 정직하고 올바르게 살면 초
원에 있다가 천국으로 가게 될 것이다. 내가 너를 잠시 떠난 것
은 네 미래의 운명이 어떤 것인지 물어보고자 함이었다.' 나는
이 몸으로 돌아오는 것이 너무 싫고 마음에 들지 않았지만, 감
히 한마디도 하지 못했다. 그리고 다시 이 땅에서 깨어났다."

내가 방금 전에 옮겨 적은 이야기에서 여러분은 아마도 단
테의 작품을 연상시키는(아니, 아마도 미리 예시한다고 말할 수 있
는) 장면들을 감지했을 것이다. 성직자는 그가 붙이지 않은 불
에 타지는 않는다. 비슷하게 베아트리체는 지옥의 불에도 상
처 하나 입지 않는다.("이 타오르는 불길도 나를 위협하지 못합니
다.",「지옥편」2곡 93행)

끝이 없는 것처럼 보이는 그 계곡의 오른쪽으로 우박과 눈
의 태풍이 죄지은 자들을 벌한다. 마찬가지로 세 번째 고리에
있는 쾌락주의자들은 동일한 고통을 받는다. 노섬브리아 출신
의 사람은 천사가 잠시 혼자 두자 절망한다. 한편 단테는 베르
길리우스가 홀로 떠나 사라지자 절망에 빠진다.("나의 구원을
위해 영혼을 맡겼던 베르길리우스여.",「연옥편」30곡 51행) 드리셀
름은 자기가 어떻게 성벽 위로 올라갈 수 있었는지 모른다. 마

찬가지로 단테는 '아케론의 슬픈 강'을 어떻게 지나갈 수 있었는지 모른다.

물론 일치하는 대목은 내가 언급한 것보다 훨씬 더 많다. 그러나 일치보다 중요한 것은 베다가 그의 이야기에 세세한 상황을 삽입하여, 그것을 통해 내세의 모습을 정말 그럴듯하고 생생하게 보여 준다는 사실이다. 영원히 지워지지 않는 어깨와 턱의 화상, 천사가 사람의 조용한 생각을 읽고 예측하는 행위, 웃음과 탄식의 뒤섞임, 높은 벽 앞에서 실제가 아닌 꿈속의 사람이 당황하는 것을 떠올리는 것만으로도 충분할 것이다. 아마도 구전(口傳)으로 전해지는 이런 세세한 내용을 역사가가 펜으로 기록했을 것이다. 분명한 것은 그것들이 단테의 특징인 개인적인 것과 기적적인 것의 결합을 포함하고 있으며, 비유적인 문학의 관습과는 하등 관계가 없다는 사실이다.

그렇다면 단테는 『영국 교회사』를 읽었을까? 그렇지 않았을 가능성이 아주 높다. 매우 엄격히 따져 볼 때, 베다(2음절이라 시구로 쓰기에 너무나 편한)라는 이름은 신학자들의 목록에 포함되었지만, 그것은 입증하는 것이 거의 없다. 중세 사람들은 다른 사람들을 믿었다. 그래서 앵글로색슨 학자의 권위를 인정하기 위해 그의 책을 구태여 읽을 필요는 없었다. 마찬가지로 거의 비밀스러운 언어 속에 감금된 호메로스의 시를 읽지 않아도, 호메로스가("손에 칼을 들고 있는…… 자를 보아라.", 「지옥편」 4곡 86행) 오비디우스, 루카누스, 호라티우스를 지휘하고 통솔한다는 것을 알 수 있었다. 그리고 또한 다른 지적도 할 수 있다. 우리에게 베다는 영국의 역사가이며, 그의 중세 독자들에게는 성경 주해자이자 수사학자였고 연대기 기록자였

다. 당시 영국이라는 모호한 통일체에 관한 역사가 단테의 특
별한 관심을 끌었을 이유는 없다.

단테는 베다가 기록한 꿈을 알았을 수도 있고 그렇지 않았
을 수도 있다. 그러나 그것은 중요하지 않다. 중요한 것은 베다
가 그런 꿈을 기억할 만한 가치가 있다고 평가하고 그것을 자
기의 역사책에 포함시켰다는 사실이다.『신곡』과 같은 위대한
책은 고립된 개인의 산물이나 우연한 변덕의 산물이 아니다.
많은 사람들과 수많은 세대가 그 작품을 향하고 있었다. 그런
작품의 선구자들을 연구하는 것은 범죄 소설이나 탐정 소설과
같은 하찮은 과제에 빠지는 것과 다르다. 그것은 인간 정신이
어떻게 움직이는지, 어떻게 탐구하는지, 어떻게 모험하는지,
어떻게 어렴풋하게 인식하는지, 어떻게 예견하는지를 연구하
는 작업이다.

「연옥편」1곡 13행

모든 추상적인 단어들처럼, '은유(metaphor)'라는 단어는 은유이다. 그것은 그리스어로 '이동' 혹은 '이전'을 의미하기 때문이다. 일반적으로 은유는 두 개의 관계로 이루어진다. 일시적으로 하나는 다른 것으로 바뀐다. 그래서 색슨 사람들은 바다를 '고래의 길' 또는 '백조의 길'이라고 불렀다. 첫 번째 예에서 고래의 거대함은 바다의 거대함에 해당한다. 두 번째 예에서 백조의 자그마함은 광활한 바다와 대조를 이룬다. 우리는 그런 은유를 만든 사람들이 그 함축적인 의미를 알고 있었는지 결코 알 수 없다. 「지옥편」 I곡 60행은 다음과 말한다. "태양이 침묵하는 곳으로 나를 밀어 넣었다."

"태양이 침묵하는 곳", 여기서 청각 동사는 시각적 이미지를 표현한다. 이것은 『아이네이스』의 유명한 육보격 행 "테네도로부터, 달의 조용한 우정 속에서 말없이(a Tenedo, tacitae per amica silentia lunae)"와 마찬가지다.

　두 개의 관계가 융합되는 것을 넘어, 지금 나는 세 개의 흥미로운 행을 검토하고자 한다.

　첫 번째는 「연옥편」의 I곡 13행 "동쪽의 감미로운 사파이어 색채"이다.

　부티는 사파이어가 하늘색과 파란색 사이의 색깔, 즉 눈에 가장 기쁨을 주는 색깔의 보석이며, 동양의 사파이어는 메디아에서 발견되는 변종이라고 말했다.

　단테는 앞서 인용한 행에서 사파이어가 동양의 색깔이며, 사파이어는 이름 자체에 동양을 포함한다고 말했다. 그렇게 그는 무한히 계속될 수 있는 상호 간의 놀이라는 것을 암시했다.[66]

　바이런의 『히브리 선율』(1815)에서 나는 비슷한 방식을 발견했다. 바이런은 "그녀는 아름다움에 싸여 걷는다, 밤처럼.(She walks in beauty, like the night.)"

　이 행을 수용하려면 독자는 밤처럼 걷는 키가 훤칠하고 까무잡잡한 여인을 상상해야 한다. 그런데 밤도 키가 훤칠하고

66　공고라의 『고독』의 첫 연에서 우리는 이와 유사한 내용을 읽을 수 있다.
　　"그해의 꽃 피는 계절에
　　에우로페의 외투 입은 납치범
　　그의 무기는 이마 위의 반달
　　태양의 모든 햇살은 그의 머리카락
　　하늘의 반짝이는 영예
　　사파이어 들판에는 별들의 초원"
　　「연옥편」의 행은 은은하고 보드랍다. 하지만 『고독』의 행은 의도적으로 소란스럽고 떠들썩하다.(원주)

까무잡잡한 여인이다. 이렇게 무한히 계속된다.[67]

세 번째 예는 로버트 브라우닝[68]의 시이다. 그는 장편 극시 「반지와 책」의 헌사에 "오, 노래하는 사랑아, 반은 천사이고 반은 새인……."이라는 행을 포함시킨다.

시인은 죽은 엘리자베스 배럿[69]이 반은 천사이고 반은 새라고 말한다. 그러나 천사는 이미 반은 새이며, 따라서 또다시 나누는 행위는 무한히 이어질 수 있다고 말한다.

나는 무심결에 행한 이 선집에 밀턴(『실낙원』 4권 323)의 논쟁적인 행 "the fairest of her daughters, Eve"를 포함시켜야 할지 말지 모르겠다.

"그녀의 딸 중에서 가장 아름다운 딸, 이브." 이성적인 사람이 보기에는 말도 안 되는 행이다. 그러나 상상을 하는 사람에게는 아마 그렇지 않을 것이다.

---

67   보들레르는 「평정」에서 이렇게 쓴다. "들어 보렴, 내 사랑아, 걸어오는 달콤한 밤의 소리를."(원주)

68   Robert Browning(1812~1889). 영국의 시인이자 극작가. 알프레드 테니슨과 더불어 빅토리아 왕조 시대를 대표하는 시인.

69   엘리자베스 배럿 브라우닝(Elizabeth Barrett Browning, 1806~1861). 영국의 시인. 로버트 브라우닝의 아내.

시무르그[70]와 독수리

　문학적으로 볼 때, 다른 존재들로 구성된 존재, 말하자면 다른 새들로 이루어진 새라는 개념에서 얻을 수 있는 것은 무엇일까?[71] 이런 문제에 대해서는, 실제로 불쾌하지는 않지만, 평범하고 대단치 않은 해결책만 가능할 것처럼 보인다. 수많은 깃털과 눈과 혀와 귀가 있는 '몬스트룸 호렌둠 인겐스(monstrum horrendum ingens, 크고 끔찍한 괴물)'가 이런 질문에 대해 남김없이 답을 했다고 말할 수 있을 것이다. 그러면서『아이

70　페르시아 신화에 등장하며, 공작과 그리핀, 그리고 사
　　자와 개가 합쳐진 새로 하늘을 상징한다.

71　유사하게 라이프니츠의『단자론(單子論)』에는 세계
　　가 더 작은 세계들로 이루어져 있고, 동시에 그 작은
　　세계들은 세계를 포함하고 있으며, 그렇게 무한하게
　　계속된다는 글이 있다.(원주)

네이스』 4권에서 파마(혹은 추문이나 소문)[72]가 사람으로 나타나고, 또한 칼과 지팡이로 무장하고 많은 사람들로 만들어져서 『리바이어던』의 속표지를 장식하는 왕도 있다. 프랜시스 베이컨(『에세이들』, 1625)은 이런 이미지들 중에서 첫 번째 것을 찬양했다. 초서와 셰익스피어는 그것을 모방했다. 오늘날에는 그 누구도 그것이 '야수 아케론'보다 낫다고 여기지 않는다. 50여 개의 필사본으로 구성된 「툰달루스의 환상」[73]에 따르면, 야수 아케론은 둥근 배 속에 죄인들을 저장하는데, 그곳에서 개와 곰, 사자와 늑대와 살무사들이 그들을 괴롭힌다.

다른 존재들로 구성된 하나의 존재라는 추상적 개념은 절대 좋은 것을 예고하지 않는 듯하다. 그러나 믿을 수 없게도 서양 문학에서 가장 기억할 만한 인물 중 하나와 동양 문학의 중요한 인물이 이것에 해당한다. 그 경이로운 문학을 설명하는 것이 이 짧은 글의 목적이다. 하나는 이탈리아에서 고안되었고, 다른 하나는 니샤푸르[74]에서 착상되었다.

첫 번째 인물은 「천국편」의 18곡에 나온다. 동심원의 천국을 여행하면서 단테는 베아트리체의 눈에서 커다란 행복을, 그녀의 아름다움 속에서 큰 힘을 본다. 그리고 화성의 불그스름한 하늘에서 목성의 하늘로 올라갔음을 깨닫는다. 그

72　베르길리우스는 『아이네이스』 4권에서 파마를, 머리를 구름에 두고 땅 위를 여행하는 많은 눈과 입술과 혀와 귀를 가진 재빠르고 새처럼 생긴 괴물로 묘사했다.

73　툰달루스의 천국과 지옥의 꿈에 대한 라틴 시이다. 툰달루스는 1149년에 죽은 전설적인 아일랜드 기사이다.

74　이란 북동부, 호라산주(州)의 도시.

구체의 넓은 지역에서 빛은 희고, 천국의 피조물들은 날아 다니며 노래한다. 그러면서 그것들은 차례대로 금언 'Diligite justitiam(정의를 사랑하라)'이라는 글자를 이루고, 그런 다음 독수리 머리의 형상으로 나타난다. 그것은 속세의 독수리들을 모방한 것이 아니라 성령께서 직접 제작하신 것이다. 그러고서 날개를 활짝 편 독수리의 몸 전체가 환하게 빛난다. 수많은 정의로운 왕들이 그 독수리를 구성한다. 제국을 상징하는 그 독수리는 하나의 목소리를 내면서, '우리'라는 말 대신 '나'라는 말을 사용한다.(「천국편」 19곡 11행) 오래된 문제 하나가 단테의 의식을 산란하게 만들었다. 인더스 강변에서 태어나 예수에 관해 아무것도 알지 못했지만 모범적인 삶을 산 사람을 하느님을 믿지 않았다는 이유로 벌주는 것은 부당하지 않은가 하는 문제였다. 그러자 독수리는 하느님의 계시에 걸맞게 애매하게 대답한다. 그리고 그런 저돌적이고 건방진 질문을 비난하고, 구원자에 대한 믿음은 필수 불가결하다고 재차 말하면서, 하느님은 몇몇 고결한 이교도에게 이 신앙을 스며들게 했을 수 있다고 말한다. 그리고 은총을 입은 사람들 중에는 트라야누스 황제[75]와 트로이 사람 리페우스[76]가 있으며, 트라야누스 황제는 성 십자가 바로 이후에 살았고, 리페우스는 성 십자가 이전에

---

[75]　　Traianus(53~117). 로마 제국의 13대 황제. 오현제 중의 한 사람이다.

[76]　　트로이의 영웅이며, 베르길리우스의 『아이네이스』에 나오는 인물의 이름으로 아이네이아스의 동료이다. 베르길리우스는 그를 가장 의로운 자라고 평한다.

살았다고 지적한다.[77](독수리의 출현은 14세기에는 찬란하고 눈부신 효과를 자아냈지만, 20세기에는 그다지 효과를 발휘하지 않는다. 일반적으로 빛나는 독수리와 크고 격렬한 글자는 상업 광고에 쓰이기 때문이다. 체스터턴의『내가 아메리카에서 본 것』(1922)을 참고하라.)

누군가가『신곡』의 위대한 인물 중 하나를 능가할 수 있었다는 것은 믿기 어려워 보이는데, 이는 정당한 현상이다. 그러나 그런 일이 일어났다. 단테가 독수리의 상징을 상상하기 1세기 전에 수피교도이며 페르시아 사람인 파리드 알 딘 아타르[78]는 이상한 시무르그(서른 마리 새)를 상상했다. 실질적으로 단테의 독수리를 포함할 뿐만 아니라, 오히려 그 이상인 새였다. 파리드 알 딘 아타르는 니샤푸르에서 태어났다.[79] 그곳은 터키

---

77   폼페오 벤투리(Pompeo Venturi, 1693~1752). 기도
        문과 풍자시의 작가이며 18세기『신곡』의 가장 훌륭
        한 주해자. ― 옮긴이)는『아이네이스』(2권 339, 426)
        의 몇 줄 정도에서만 이상적으로 미화되었을 뿐인 리
        페우스를 선택한 것에 동의하지 않는다. 베르길리우
        스는 그를 트로이 사람들 중에서 가장 의로운 사람으
        로 선언하면서 그의 사망 소식에 체념하듯이 생략적
        인 말 "Dies aliter visum(신들은 다른 방식으로 결정했
        다)"을 덧붙인다. 세계 문학을 모두 뒤져도 그의 흔적
        은 더 이상 찾을 수 없다. 아마도 단테는 상징으로, 즉
        그의 모호함을 기리기 위해 선택했던 것 같다. 카시니
        (1921)와 귀도 비탈리(1943)의 평을 참고하라.(원주)
78   Farid al-Din Attar(1145~1221). 중세 페르시아의 신비
        주의 시인.
79   『두 바다의 만남』의 저자 카티비는 이렇게 말했다. "나
        는 아타르처럼 니샤푸르의 정원 출신이다. 하지만 나
        는 니샤푸르의 가시였고, 그는 장미였다."(원주)

석과 칼의 조국이라고 불리는 곳이다. 아타르는 페르시아어로 '약제사'라는 뜻이다. 새뮤얼 존슨의 『시인들의 삶』에서 우리는 그의 직업이 바로 그것이라는 사실을 읽을 수 있다. 어느 날 오후 이슬람교 수도승이 약국으로 들어와 많은 약병과 약상자를 보더니 울음을 터뜨렸다. 너무 놀라고 불안해진 약제사는 그에게 약국에서 떠나 달라고 부탁했다. 그러자 수도승이 대답했다. "떠나는 건 하나도 어렵지 않아요. 난 아무것도 가져가지 않아요. 하지만 당신은 내가 보고 있는 보물들과 작별하기 아주 힘들 겁니다." 그러자 아타르의 심장은 마치 장뇌처럼 차가워졌다. 수도승은 떠났지만, 다음 날 아침 아타르는 자기 가게를 버렸고 속세의 일을 그만두었다.

메카의 순례자가 된 그는 이집트와 시리아, 투르키스탄과 인도 북부를 여행했다. 그리고 돌아온 뒤에는 하느님에 대해 명상하고 문학 작품을 쓰는 일에 전념했다. 그가 2만 개의 2행 연구를 남겼다는 것은 익히 알려진 사실이다. 그의 작품으로는 『나이팅게일의 책』, 『역경의 책』, 『교훈의 책』, 『신비의 책』, 『신성한 지식에 대한 책』, 『성인 열전』, 『왕과 장미』, 『기적 선언』과 더불어 아주 훌륭한 작품 『새들의 회의』가 있다. 그는 110세까지 살았다고 전해지는데, 말년에는 시 쓰기를 포함해 모든 속세의 기쁨을 포기했다. 그는 칭기즈 칸의 아들인 툴루이 칸의 병사들에게 살해되었다. 내가 언급했던 대단히 큰 이미지는 『새들의 회의』의 토대이다. 그 작품은 다음과 같이 이야기한다.

모든 새들의 왕으로 먼 곳에 살고 있는 시무르그는 중국 중앙에 아주 멋진 깃털 하나를 떨어뜨린다. 그러자 새들은 예로부터 이어져 내려온 혼란스러운 무정부 상태에 진저리를 내면서 그 깃털을 찾으러 가기로 결정한다. 그들은 자기들 왕의 이름이 '서른 마리 새'를 뜻한다는 것과, 그의 궁궐이 이 땅을 에워싼 나선형의 산 카프[80]에 있다는 사실도 알고 있다.

그들은 거의 무한한 모험을 감행한다. 그들은 일곱 개의 계곡을 지나가야 했다. 마지막에서 두 번째 계곡은 '혼란의 계곡'이고 마지막 계곡은 '전멸의 계곡'이다. 많은 새들이 도중에 순례를 포기하고, 몇몇은 죽는다. 필사의 노력으로 죄를 씻고 깨끗해진 서른 마리의 새들은 시무르그의 산을 밟는다. 마침내 그들은 그 산을 보고, 자기들이 시무르그이며 시무르그는 그들 각자이며 모두라는 사실을 깨닫는다. 시무르그에는 서른 마리의 새가 있으며, 각각의 새에게는 시무르그가 있는 것이다.[81](『엔네아데스』5집 8.4에서 플로티노스[82] 역시 정체성의 원칙이 천국과 같은 규모라는 사실을 이렇게 말한다. "이해 가능한 천국의 모든 것은 모

---

80   세상의 끝에 있으며 도달하기 불가능하다고 알려진 전설의 산.

81   실비나 오캄포(Silvina Ocampo, 1903~1993, 아르헨티나의 시인이자 단편 소설 작가. 아돌포 비오이 카사레스의 부인이다. 대표작으로 『사랑하는 사람은 미워한다』, 『정원의 소네트』 등이 있다. ― 옮긴이)는 시집 『운율 공간』에서 이 일화를 시로 쓴다.
"이 새는 하느님이었다. 커다란 거울처럼.
그들 모두가 있었다. 그건 단순한 반영이 아니었다.
그들의 깃털에서 각자는 자신의 깃털을 찾았다
눈에서, 깃털을 기억하는 그들의 눈에서."(원주)

82   Plotinos(204년경~270). 고대 그리스의 철학자.

든 부분에 있다. 무엇이든 그것은 모든 것이다. 태양은 모든 별이며, 각각의 별은 모든 별이다. 각각의 별은 모든 별이며 태양이다.")

독수리와 시무르그의 불일치는 그들의 유사성만큼 분명하다. 독수리는 믿기 힘든 수준이지만, 시무르그는 불가능하다. 독수리를 구성하는 개인들은 그 안에서 사라지지 않는다.(다윗 왕은 한쪽 눈의 눈동자로 사용되고, 트라야누스, 히즈키야(유대의 왕이었던 그는 죽을 때가 되자 하느님에게 자기의 회개와 헌신을 기억해 달라고 기도했다.)와 콘스탄티누스 대제[83]는 눈썹으로 사용된다.) 시무르그를 바라보는 새들은 동시에 시무르그이다. 독수리는 일시적이고 과도적인 상징이다. 그 이전에 글자가 그랬던 것과 마찬가지다. 그리고 그것을 그리는 사람, 즉 자신의 몸으로 독수리의 모습을 이루는 사람들은 자신들의 본질을 그대로 유지한다. 편재하는 시무르그는 해결할 수 없을 정도로 뒤엉켜 복잡하다. 독수리 뒤에는 이스라엘과 로마의 인격신[84]이 있지만, 마술적인 시무르그의 뒤에는 범신론이 있다.

마지막으로 한 가지만 더 언급하겠다. 시무르그의 전설이자 우화에서 상상의 힘은 너무나 분명하다. 반면에 구원의 섭

---

83   플라비우스 발레리우스 아우렐리우스 콘스탄티누스 (Flavius Valerius Aurelius Constantinus, 272~337). 첫 번째 기독교인 로마 군주로 알려져 있으며, 비잔티움을 새로운 로마로 공표하고 로마 제국의 새 수도로 정했다.

84   인간처럼 지성과 감정과 의지를 갖추고 행동하는 신. 고대 그리스와 로마의 신화에 나오는 신을 일컬으며, 그리스도교나 이슬람교의 신도 대표적인 인격신이다.

리와 그것의 적용은 그다지 뚜렷하지 않다. 하지만 현실과 동떨어져 있지는 않다. 순례자들은 알 수 없는 목표를 찾는다. 그 목표가 무엇인지는 마지막에야 드러난다. 이것은 경이로움을 야기해야 하며, 덧붙여진 것이 되거나 그렇게 보여서는 안 된다. 작가는 고전적으로 우아하게 이런 어려움을 해결하고, 교묘하게도 목표를 찾는 사람들은 그들이 찾는 것이 된다. 똑같은 방식으로 다윗 왕은 나단이 그에게 들려주는 이야기의 숨겨진 주인공이다.(「사무엘기 하권」 12장) 다르지 않은 방법으로 드퀸시는, 일반적인 사람이 아닌 개인 오이디푸스는 테베의 스핑크스가 제시한 수수께끼에 대한 심오한 해결책이라는 의견을 제시했다.

꿈속에서의 만남

지옥의 아홉 고리와 연옥의 험한 계단식 비탈을 통과한 단
테는 속세의 천국에서 마침내 베아트리체를 본다. 오자남[85]은
이 장면(당연히 문학이 달성한 가장 놀라운 장면 중의 하나)이 『신
곡』의 가장 중요한 핵심일 것이라고 추측한다. 이 글의 목표는
이 장면을 이야기하면서 고전 주해자들이 말하는 것을 요약하
고, 한 가지 심리적 성격의 의견, 아마도 새로운 것일 수도 있는
의견을 제시하는 것이다.

---

85   앙투안-프레데리크 오자남(Antoine-Frédéric Ozanam,
      1813~1853). 프랑스의 학자이며 작가. 소르본에서 외
      국 문학사 교수를 역임했고, 비교 문학의 선구자 중 한
      사람으로 여겨진다. 단테에 관한 논문으로 박사 학위
      를 받았다.

1300년 4월 13일 아침, 여행이 끝나기 전날, 단테는 일을 마치고 속세의 천국으로 들어간다. 그것은 연옥의 꼭대기에 있다. 그는 일시적인 불과 영원한 불을 보았고, 불의 벽을 지나갔으며, 그의 의지는 자유롭고 정직했다. 베르길리우스는 그에게 왕관과 면류관을 씌워 주었다.("너의 머리에 왕관과 면류관을 씌운다.", 「연옥편」 27곡 142행) 고대의 정원으로 난 길로 그들은 그 어떤 강보다도 맑고 깨끗한 강에 이른다. 하지만 나무들은 햇빛이나 달빛을 허용하지 않고, 그래서 강물은 검은빛을 띠고 있다. 공중으로 음악이 흐르고, 건너편 강둑 위로 알 수 없는 행렬이 지나간다. 스물네 명의 흰옷을 입은 노인들이 앞서 가고, 그 뒤를 여섯 개의 날개가 달린 동물들이 따른다. 그 동물들의 날개는 활짝 뜬 눈으로 뒤덮여 있다. 그 뒤로 그리핀이 끌고 가는 이륜 개선 전차가 따라온다. 전차 오른쪽에서 세 여인이 춤을 춘다. 그중의 한 여자는 너무나 빨개서 불 속에서 거의 알아볼 수 없을 정도이다. 왼쪽에는 자주색 옷을 입은 네 명의 여인이 있는데, 그중 한 사람은 눈이 세 개나 된다. 전차가 멈추고 하얀 너울을 쓴 여자가 나타난다. 그녀의 옷은 활활 타오르는 불꽃 색깔이다. 눈으로 보아서가 아니라 정신이 혼미해진 까닭에, 그리고 자기 피에서 느낀 두려움 때문에, 단테는 그녀가 베아트리체라는 것을 알아차린다. 영광의 문턱에서 그는 피렌체에서 너무나 많이 자신을 관통했던 사랑을 느낀다. 당황한 어린아이처럼 그는 베르길리우스에게 보호받고자 하지만, 베르길리우스는 이미 그의 옆에 없다.

그러나 베르길리우스는 이미 우리를 떠나 홀로 사라졌다.

더없이 따스한 아버지 베르길리우스여,
나의 구원을 위해 영혼을 맡겼던 베르길리우스여.

베아트리체는 당당하고 오만하게 그의 이름을 부른다. 그
러면서 베르길리우스가 없는 것을 슬퍼할 것이 아니라, 그가
저지른 죄를 슬퍼해야 한다고 말한다. 그녀는 그에게 행복한
곳에 발을 들여놓기 위해 어떻게 자신을 낮추었는지 비꼬듯이
묻는다. 공중엔 천사들이 가득하다. 베아트리체는 천사들에게
단테가 진실에 이르는 길에서 벗어나 잘못을 저질렀던 것을
가차 없이 드러낸다. 그녀는 자기가 꿈에서 그를 찾았지만 모
두 헛된 노력이었다고, 그가 너무나 아래로 떨어져 그를 구원
하려면 영원한 형벌을 받는 죄인들을 보여 주는 것 외에는 다
른 방법이 없었다고 말한다. 단테는 부끄럽고 창피해서 눈을
떨구고는 말을 더듬으면서 울먹인다. 모든 전설적인 존재들
이 듣고 있고, 그래서 베아트리체는 그에게 공개적으로 고백
을 하도록 요구하고……. 형편없이 평범한 나의 관점에서 본
다면, 천국에서 베아트리체와 처음으로 만나는 장면은 그렇게
불쌍하고 가련하다. 그런데 흥미롭게도 테오필 스포에리[86]는
『신곡 입문』(취리히, 1946)에서 이렇게 지적한다. "분명히 단테
자신은 이 만남을 다른 방식으로 계획했을 것이다. 지난 페이
지의 그 어떤 것도 그의 인생에서 가장 큰 수치가 그곳에서 기
다리고 있음을 보여 주지 않는다."

---

[86]   Theophil Spoerri(1890~1974). 스위스의 작가이자 학자.

주해자들은 그 장면을 상징별로 해석한다. 성 히에로니무스[87]의 『갈레아투스 서문』에 따르면, 「요한 묵시록」(4장 4절)에 먼저 등장하는 스물네 명의 원로는 스물네 권의 구약 성경이다. 여섯 개의 날개를 가진 동물은 사도들(토마세오) 또는 복음서(롬바르디)를 의미한다. 여섯 날개는 여섯 개의 법(피에트로 디 단테)이거나 여섯 공간의 방향으로 분산되는 교리(프란체스코 다 부티)를 뜻한다. 전차는 보편 교회이다. 그리고 두 바퀴는 두 개의 성경(부티) 또는 활동적인 삶과 명상적인 삶(벤베누토 다 이몰라), 또는 성 도미니코와 성 프란체스코(「천국편」 12곡 106~111행), 또는 정의와 자비(루이지 피에트로보노)이다. 그리핀(사자와 독수리)은 말씀과 인성의 위격적 결합이며 따라서 그리스도이다. 디드롱[88]은 그것이 교황이라고, "제사장 또는 독수리로서 하느님의 옥좌까지 올라가 그의 명령을 받으며, 사자나 왕처럼 힘과 활력을 갖고 땅 위를 걸어 다닌다."라고 주장한다. 오른쪽에서 춤을 추는 여인들은 '신학적 덕(믿음, 소망, 사랑)'이며, 왼쪽에서 춤을 추는 여인들은 '자연적 덕(현명, 정의, 용기, 절제)'을 뜻한다. 세 개의 눈을 가진 여인은 과거와 현재와 미래를 보는 지혜의 여신이다. 베아트리체가 나타나고 베르길

---

87 에우세비우스 소프로니우스 히에로니무스(Eusebius Sophronius Hieronymus, 348~420). 로마 가톨릭교회 신학자이자 4대 교부 중의 한 사람으로 성인으로 추대된 교회 박사다.

88 아돌프 나폴레옹 디드롱(Adolphe Napoléon Didron, 1806~1867). 프랑스의 예술 사학자이자 고고학자. 대표작으로 『기독교 성화』가 있다.

리우스는 사라진다. 그것은 베르길리우스가 이성이고 베아트
리체는 신앙이기 때문이다. 또한 비탈리에 따르면, 고전 문화
다음에 기독교 문화가 나오기 때문이다.

내가 열거한 해석들은 분명히 고려할 가치가 있다. 논리적
으로(시적이 아니라) 말하자면, 불분명한 요소들을 상당히 정
밀하게 설명하고 합리화한다. 몇몇 해석을 지지하면서 카를로
스테이너는 이렇게 쓴다. "세 개의 눈을 가진 여자는 괴물이지
만, 여기서 시인은 예술이라는 이유로 그런 표현을 억제하지
않는다. 그에게는 도덕성을 표현하는 것이 더욱 중요하고, 그
것이 그가 소중하게 여기는 것이기 때문이다. 그것은 이 위대
한 예술가의 영혼에서 가장 중요한 장소를 차지하는 것은 예
술이 아니라 선에 대한 사랑임을 보여 주는 부정할 수 없는 증
거이다." 한편 스테이너보다는 조금 더 감정을 자제하면서, 비
탈리는 이런 견해를 확인한다. "비유를 들어 말하려는 열의 때
문에 단테는 의심스러운 아름다움을 만들어 냈다."

내가 보기에 두 가지 사실은 명백하다. 단테는 행렬을 아름
답게 만들고 싶었다.("아프리카누스나…… 이토록 아름다운 전차
를 타고 로마를 행진하지는 못했을 것이며."(「연옥편」29곡 115~116
행)). 그러나 행렬엔 온갖 것이 뒤얽혀 있어서 추하다. 전차에
매인 그리핀, 날개에 활짝 뜬 눈이 가득한 동물들, 에메랄드로
만들어진 것 같은 초록색 여자, 자주색 옷을 입은 여자, 눈이 세
개인 여자, 잠든 채 걸어가는 남자, 이들은 영광의 땅에서 왔다
기보다는 지옥의 무익한 고리에서 온 것처럼 보인다. 이런 인
물들 중의 하나가 예언서에 나오는 사람이고("하지만 「에제키
엘서」를 읽어 보라. 에제키엘은 그들을 본 대로 적었다.") 다른 사람

들은 「요한 묵시록」에 나온다. 이런 나의 비난은 시대착오적이지 않다. 그것은 다른 천국의 장면들은 괴물적인 요소들을 배제하고 있기 때문이다.[89]

모든 주해자들은 베아트리체의 엄격함을 강조했다. 그리고 어떤 주해자들은 특정 상징의 추악함을 지적했다. 내가 보기에 이런 두 이례적 특징은 동일한 기원에서 비롯된다. 물론 이것은 하나의 추측일 뿐이며, 나는 이것을 간략하게 적고자 한다.

사랑에 빠진다는 것은 속기 쉬운 신을 섬기는 종교를 만드는 것과 같다. 단테가 베아트리체를 우상을 섬기듯 맹목적으로 숭배했다는 것은 반박할 수 없는 진실이다. 또한 그녀가 언젠가 그를 비웃었고, 또 한 번은 무시했다는 것은 『새로운 인생』에 기록된 사실이다. 이런 사실들이 다른 사람들의 모습이라고 주장하는 사람들도 있다. 그렇다면 그것은 불행하고 미신과 같은 사랑이 있다는 우리의 확신을 더 강화시켜 준다. 단테는 죽은 베아트리체, 영원히 사라진 베아트리체를 갖고 허구를 통해 그녀와 다시 만나는 장난을 치면서 자신의 슬픔을

---

89 이렇게 쓴 다음, 나는 프란체스코 토라카의 주석에서 그리펀은 이탈리아의 어느 동물 우화집에 악마의 상징으로 등장한다는 글을 읽는다.("Per lo Grifone intendo lo nemico." (그리폰에 대해 나는 적이라고 말한다.) 여기서 나는 엑서터 코덱스에서 아름다운 선율의 목소리로 부드럽게 숨을 쉬는 표범이 구원자의 상징으로 나온다는 사실을 덧붙여도 무방한지 잘 모르겠다.(원주)

완화시켰던 것이다. 나는 그가 자기 시를 3중으로 구성해서 이 만남을 그 속에 삽입한 것이라고 굳게 믿는다. 그는 꿈에서 일어날 때 종종 일어나는 현상을 떠올렸다. 그것은 꿈이 종종 슬픈 장애물로 얼룩진다는 사실이다. 단테의 경우가 바로 그랬다. 베아트리체에게 영원히 거부당한 그는 베아트리체를 끔찍하게 엄격하고 가혹한 여인으로 꿈꾸었다. 하지만 가까이 다가갈 수 없는 여인으로 꿈꾸었고, 사자가 끄는 전차 안에 있는 모습으로 꿈꾸었다. 그런데 베아트리체의 눈이 그를 기다리는 동안 그 사자는 한 마리 새였고, 또한 모든 새였으며, 모든 사자였다.(「연옥편」31곡 121행) 그런 모습은 악몽을 예시할 수 있다. 그리고 악몽은 여기에 고정되고, 다른 노래에서 확장된다. 베아트리체는 사라진다. 독수리와 여우, 그리고 용이 전차를 공격한다. 바퀴와 끌채가 모두 깃털에 뒤덮인다. 그러자 전차는 일곱 개의 머리를 내민다.("그렇게 변한 거룩한 구조물은 여기저기서 머리들을 내밀었는데…….") 그리고 한 거인과 한 논다니가 베아트리체가 있던 장소를 차지한다.[90]

　단테에게 베아트리체는 무한하고 영원한 존재였다. 그러

---

90   이런 추함은 앞에 언급한 아름다움의 반대라고 이의를 제기할 수 있을 것이다. 물론 당연하다. 그러나 그것은 의미가 깊은데…… 비유적으로 독수리의 공격은 초기의 박해를, 여우는 이단을, 그리고 용은 사탄 또는 무하마드 또는 그리스도의 적을 표현한다. 머리는 대죄(벤베누토 다 이몰라) 또는 성사(부티)를, 그리고 거인은 프랑스의 왕이며 '미남 왕'으로 알려진 필리프 4세를 의미한다.(원주)

나 베아트리체에게 단테는 정말 하찮은, 아마 아무것도 아닌 존재였을 것이다. 우리 모두는 딱한 마음에, 아니면 존경하는 마음에, 단테가 잊을 수 없었던 이런 비통하고 괴로운 불일치를 잊는 경향이 있다. 나는 꿈속에서 이루어진 그와 그녀의 만남이라는 불행한 사건을 읽고 또 읽는다. 그러면서 알리기에리가 두 번째 고리의 폭풍우 속에서 꿈꾸었던 두 사랑하는 연인들을 떠올린다. 단테가 그들이 어떻게 될지 이해했는지, 아니면 이해하려고 하지 않았는지는 알 수 없지만, 그들은 그가 이룰 수 없었던 기쁨과 행복의 모호한 상징이었다. 나는 지옥에서 영원히 하나가 된 파올로와 프란체스카를 생각한다.("그이는 나를 결코 떠날 수 없게 되었지요.") 섬뜩한 사랑을 느끼며, 그리고 불안해하며, 또한 존경을 금치 못하고, 동시에 질투하면서 말이다.

베아트리체의 마지막 미소

이 글의 목적은 문학 작품이 이룩한 가장 감동적이고 슬픈 시구를 평하는 것이다. 그것은 「천국편」의 31곡에 수록되어 있다. 익히 잘 알려진 시구지만, 그 누구도 그 안에 담긴 슬픔의 무게를 깨닫지 못했고, 아무도 그것들을 완전히 듣지 않았다. 사실대로 말하자면, 그 안에 담긴 비극적 내용은 작품이라기보다는 작품을 쓴 작가의 것이고, 주인공 단테라기보다는 작가 혹은 고안자 단테의 것이다.

상황은 다음과 같다. 연옥의 산 정상에서 단테는 베르길리우스를 잃어버린다. 그런 다음 베아트리체의 인도를 받는다. 그들이 새로운 하늘에 이를 때마다 그녀는 더욱 아름다워진다. 그는 베아트리체와 함께 각각의 동심원 구체를 돌아다니다가 다른 모든 동심원 구체들을 에워싸고 있는 원동의 하늘로 나간다. 그의 발아래에는 항성들이 있다. 그 위로 최고의 하늘인 최고천이 있다. 그것은 더 이상 유형이 아닌 무형의 하늘이며, 빛으로만 이루어진 영원한 하늘이다. 둘은 최고천으로 올라간다. 이 무한한 지역에서(라파엘 전파의 캔버스에서처럼) 멀리 있는 형태는 아주 가까이 있는 것처럼 선명하다. 단테는 고귀한 빛의 강을 보고, 천사들의 무리를 보며, 원형 극장 형태로 정돈되어 복자들의 영혼들로 이루어지고 층층으로 싸인 천국의 장미를 본다. 불현듯 그는 베아트리체가 떠난 것을 깨닫는다. 그는 높은 곳에서, 장미의 어느 고리에서 그녀를 본다. 바다 밑바닥에서 천둥소리가 나오는 곳으로 눈을 드는 사람처럼, 그는 그녀를 찬미하고 간청한다. 그는 착하디착한 그녀의 동정심에 감사하면서 자기의 영혼을 그녀에게 맡긴다. 그러자 작품은 이렇게 말한다.

> 이렇게 기도하자 멀리 있던, 혹은 멀리 있는 듯 보였던
> 그녀는 나를 바라보고 미소를 지었다. 그리고
> 영원한 샘으로 다시 돌아갔다.

이것을 어떻게 해석해야 할까? 비유 작가들은 이렇게 말한다. 이성(베르길리우스)은 믿음에 이르기 위한 도구이고, 믿음(베아트리체)은 신성함에 도달하기 위한 도구이다. 이 도구들은 그 목적이 성취되면 사라진다. 독자들이 이미 눈치챘겠지만, 이는 흠잡을 데 없는 설명이면서도, 일견 너무 형식적이고 냉정한 설명이다. 이 시구는 그런 가치 없고 지질한 도식에서 나온 것이 결코 아니었다.

내가 살펴본 평들은 베아트리체의 미소에서 오로지 묵인

의 상징만을 본다. 프란체스코 토라카는 이렇게 적고 있다. "마지막 시선, 마지막 미소, 하지만 확실한 약속이다." 한편 루이지 피에트로보노는 이렇게 평한다. "그녀가 단테에게 미소를 짓는 것은 그의 기도가 받아들여졌음을 의미한다. 그를 쳐다보는 것은 자기가 그를 사랑하고 있음을 다시 한번 말하는 것이다." 내가 보기에 이 주장(카시니도 같은 의견이다.)은 매우 적절하지만, 그 장면을 살짝 스칠 뿐이라는 평가를 받는다.

오자남(『단테와 가톨릭 철학』, 1895)은 베아트리체의 이상화가 『신곡』의 가장 중요한 주제라고 주장한다. 그리고 귀도는 단테가 그의 천국을 창조하면서 무엇보다 자기 여인을 위한 왕국을 설립하려는 기대로 움직이지 않았을까 추측한다. 『새로운 인생』의 유명한 대목("나는 그 어떤 여자도 들어 보지 못했던 말을 그녀에게 들려주고 싶다.")은 이런 추측이 어느 정도 근거가 있거나 충분히 가능하다는 것을 보여 준다. 나는 그보다 더 나아가려고 한다. 나는 단테가 문학 역사상 최고의 작품을 고안한 것은 되찾을 수 없는 베아트리체와 몇 번 만나기 위해서가 아니었을까 의심해 본다. 조금 더 정확하게 말하자면, 지옥에서 천벌을 받는 고리들과 남쪽의 연옥, 그리고 아홉 개의 동심원 고리들, 세이렌,[91] 그리핀과 베르트랑 드 보른[92]은 삽입된 것

---

91   사람들을 유혹하여 탐욕, 대식, 음란의 죄를 짓게 만드는 괴물.

92   Bertrand de Born(1140년경~1215년경). 「지옥편」 28곡에 나오는 인물로, 프랑스 남부 지방의 영주이자 음악가. 그가 모시던 영국 왕 헨리 2세의 장남인 헨리 3세를 꾀어 아버지를 배반하게 했다.

들이다. 반면에 그가 잃어버렸음을 알았던 하나의 미소와 하나의 목소리는 필수적인 것이었다. 『새로운 인생』의 시작 부분에서 우리는 서간문에 열거된 60개의 여자 이름을 읽게 되는데, 단테는 거기에 슬그머니 베아트리체의 이름을 포함시켰다. 나는 『신곡』에서도 그가 이런 우울한 놀이를 반복한다고 생각한다.

불행한 사람이 행복을 상상하는 것은 전혀 이상한 일이 아니다. 우리 모두는 매일 그렇게 한다. 단테도 우리와 마찬가지였다. 하지만 무슨 이유에서인지 몰라도 우리는 이런 즐겁고 행복한 문학 작품이 숨기고 있는 공포를 엿볼 수 있다. 체스터턴의 어느 시는 '기쁨의 악몽'에 대해 말한다. 이런 모순 어법은 앞서 인용한 「천국편」 3행 연구의 의미를 대략 밝혀 준다. 그러나 체스터턴의 구절은 '기쁨'이란 단어를 강조하는 데 반해 단테의 3행 연구는 '악몽'을 강조한다.

이 장면을 다시 살펴보자. 단테는 베아트리체와 함께 최고천에 있다. 그들 위에는 헤아릴 수 없는 복자들의 장미가 원형 천장을 이룬다. 장미는 멀리 있지만, 그곳에 있는 형태들은 아주 선명하다. 시인은 "그렇게 거대한 넓이와 높이를 보아도"(「천국편」 30곡 118행) 흐릿하지 않았다고 합리화하지만, 이것은 모순이다. 그리고 이 모순은 아마도 정신적 불일치의 첫 번째 징후일 것이다. 갑자기 베아트리체가 그의 옆에 없다. 그녀가 있던 곳에는 어느 노인이 있다.("베아트리체를 보리라 생각했건만, 내 눈에 들어온 사람은 한 노인이었다.") 단테는 간신히 베아트리체가 어디에 있는지 묻는다. "그녀는 어디에 있습니까?"라고 소리친다. 노인은 아주 높은 곳에 있는 장미 둘레 하나를 가리킨다. 베아트리체는 빛을 반사하는 영광의 면류관을 쓰고 그곳에 있다. 그를 쳐다보면서 참을 수 없을 만큼 지극한 행복을 가득 채워 주던 베아트리체다. 항상 붉은 옷을 입던 베아트리체다. 그가 한시도 잊지 않고 너무나 생각했던 베아트리체다. 어느 날 아침 피렌체에서 만난 순례자들이, 그녀에 관해 말하는 것을 한 번도 들어 본 적이 없다는 것을 알고 너무나 놀라기까지 했을 정도로. 또한 언젠가 그에게 인사하기를 거부했던 베아트리체다. 그리고 스물네 살의 나이로 죽은 베아트리체다. 바르디와 결혼했던 베아트리체 데 폴코 포르티나리다. 단테는 높은 곳에 있는 그녀를 바라본다. 맑은 하늘은 바다 바닥에서 그리 멀지 않다. 오히려 그와 그녀의 사이가 더 멀다. 단테는 하느님에게 기도하듯이 기도하지만, 그것은 또한 오랫동안 그리워했던 여자에게 바치는 기도이기도 하다.

> 언제나 나에게 희망을 불어넣고
> 나의 구원을 위해 지옥의 문턱에
> 발자국을 남기는 수고를 한 나의 여인이여!

그러자 베아트리체는 그를 잠시 쳐다보면서 미소를 짓는다. 그러고는 다시 영원한 빛의 샘으로 돌아간다.

프란체스코 데 상크티스(『이탈리아 문학사』 7권)는 이 대목을 이렇게 이해한다. "베아트리체가 떠나자, 단테는 한마디 슬픈 말도 하지 않는다. 그의 안에 있던 속세의 모든 찌꺼기가 타 버리고 파괴되었기 때문이다." 우리가 시인의 목표에 귀를 기울인다면 이 말은 사실이다. 하지만 시인의 감정을 생각한다면, 잘못된 지적이다.

여기서 명백한 사실 하나를 염두에 두자. 정말 별것 아닌 사실이다. 바로 단테가 '상상했던' 장면이다. 우리가 보기엔 아주 사실적인 장면이다. 그러나 그에게는 그리 사실적이지 않다.(사실대로 말하자면 우선 삶이, 그리고 이후 죽음이 그에게서 베아트리체를 앗아 갔다.) 베아트리체와 영원히 함께 있을 수 없게 되자, 혼자서, 아마도 무안을 당하고서, 그는 그 장면을 상상해 자기가 그녀와 함께 있는 장면을 머릿속으로 그렸던 것이다. 그에게는 불행한 일이었지만, 그에 관한 것을 수백 년 동안 읽게 될 사람들에게는 행복하게도, 그는 이 만남이 상상이라는 것을 알았고, 그래서 그의 환상이 왜곡되었던 것이다. 그녀와의 만남이 최고천에서 이루어졌기 때문에 거기서 잔인무도한 상황, 그리고 더 지옥 같은 상황이 연출된 것이다. 베아트리체는 사라지고, 노인이 그 자리를 차지하며, 베아트리체는 갑자기 장미로 올라가고, 덧없는 미소를 지으며 무상하게 그를 바라보며, 영원히 고개를 다른 곳으로 돌린다.[93] 그러자 그는 공포를 느끼고, 그 감정은 시구에서 감지된다. 'como parea(~처럼 보이다)'는 'lontana(멀리 있는)'를 언급하지만, 'sorrise(미소 지었다)'와 혼합된다. 그래서 롱펠로는 1867년 번역본에서 이 대목을 다음과 같이 번역할 수 있었다.

---

93   『새로운 인생』을 번역했던 단테 가브리엘 로제티가 그린 「축복받은 다모젤」 역시 천국에서 불행한 표정을 짓는다.(원주)

Thus I implored; and she, so far away,

Smiled as it seemed, and looked once more at

me⋯⋯.

(그렇게 나는 기도했고, 그녀는 그토록 멀리 떨어져

미소 짓는 것 같았고, 다시 한번 나를

바라보았으며⋯⋯.)

'eterna(영원한)'라는 단어 역시 'si tornò(다시 한번)'와 혼합
되는 것 같다.

2부   아틀라스

서문

나는 존 스튜어트 밀[94]이 '원인의 다양성(plurality of causes, 동일한 결과나 현상이 발생해도 그것은 다양한 원인에 의해 야기될 수 있다는 견해)'이란 말을 처음으로 사용한 사람이라고 생각한다. 흔히 볼 수 있는 지도책이 아닌 이 책과 관련하여 말하자면, 나는 두 가지 분명한 원인을 지적할 수 있다.

첫 번째 원인은 알베르토 히리[95]다. 지상에 살면서 흡족한

---

94   John Stuart Mill(1806~1873). 영국의 사회자이자 철학자이며 정치 경제학자로서 논리학, 윤리학, 정치학, 사회 평론 등에 걸쳐 방대한 저술을 남겼다. 대표작으로 『논리학 체계』, 『정치 경제학 원리』, 『자유론』이 있다.

95   Alberto Girri(1919~1991). 아르헨티나의 시인으로 그의 문체는 어떤 구체적인 문학 운동에도 속하지 않는 것으로 유명하다. 대표작으로 『개인적인 것은 모두의

시간을 보내는 동안 마리아 코다마[96]와 나는 많은 지역을 여행했고 그곳들을 음미했다. 그리고 그 과정에서 수많은 사진과 작품을 떠올렸다. 두 번째 원인은 발행인이며 비평가인 엔리케 페소니[97]이다. 그는 그 지역들을 두 눈으로 보았다. 그리고 히리는 현명하게도 그것들이 혼란스러운 한 권의 책으로 엮일 수 있다는 의견을 냈다. 이 책은 그렇게 해서 여기 있게 되었다.

이 책은 사진을 담은 일련의 글이나, 글로써 설명되는 일련의 사진으로 구성되지 않았다. 각각의 글은 이미지와 단어의 결합을 구체적으로 보여 준다. 사실 미지의 것을 발견하는 것은 신드바드나 붉은 에이리크 또는 코페르니쿠스 같은 사람들만의 특권이 아니다. 우리 각자는 모두 발견자가 될 수 있다. 발견자는 씁쓸함과 짭짜름함, 옴폭함과 매끈함과 거침, 그리고 무지개의 일곱 빛깔과 스무 개가 조금 넘는 알파벳 글자를 발견하는 것으로 시작하여, 얼굴과 지도, 동물과 행성을 지나간 다음, 의심으로, 혹은 믿음이나 자기 자신의 무지를 거의 완전히 확신하는 것으로 끝을 맺는다.

마리아 코다마와 나는 매우 다르면서도 독특한 소리와 언어, 석양과 도시, 정원과 사람들을 발견하면서 항상 그런 기쁨과 놀라움을 함께 느꼈다.

것』, 『말하는 사람은 죽지 않았다』가 있다.

96   보르헤스의 비서. 보르헤스가 죽기 두 달 전 보르헤스
와 결혼했다.

97   Enrique Pezzoni(1926~1989). 아르헨티나의 시인이며
작가이자 문학 비평가. 대표작으로 아르헨티나 문학
의 중요한 기록인 『작품과 그들의 목소리』가 있다.

이 글들은 아직도 계속되는 그 긴 모험의 기념비가 되고자
한다.

호르헤 루이스 보르헤스

갈리아 지방의 여신

로마가 이 마지막 땅과 이곳의 불명확하고 어쩌면 끝이 없을 강물에 도착했을 때, 카이사르[98]와 로마라는 이 두 개의 명쾌하고 고귀한 이름이 도착했을 때, 불탄 나무의 여신은 이미 이곳에 있었다. 사람들은 그 여신을 디아나 혹은 미네르바라 부르기로 했다. 선교를 주장하지도 않고, 오히려 정복된 신들을 인정하고 추가하는 것을 선호했던 제국들의 무관심한 태도 속에서 일어난 일이었다. 예전에 그 여신은 아마도 엄밀한 계급 제도 아래서 자신의 자리를 차지했을 것이며, 어느 신의 딸이자 다른 신의 어머니였을 것이다. 또 봄의 선물이나 전쟁의

---

98   가이우스 율리우스 카이사르(Gaius Julius Caesar, 기원전 100년~기원전 44년). 고대 로마의 정치가이며 장군이자 작가이다.

공포와 관련이 있었을 것이다. 그러나 이제는 이 이상한 것, 그러니까 박물관 속에 머물면서 전시되고 있다.

그 여신은 신화도 없이, 자신이 했던 말도 기억되지 못한 채 우리에게 온다. 그러나 오늘날에는 묻혀 버린 여러 세대의 숨죽인 외침으로 다가온다. 그것은 이제 부서졌지만 성스러운 이미지이고, 그래서 우리의 게으른 상상은 그것을 무책임하리만치 풍요롭게 만들 수 있다. 그래도 우리는 이 여신 숭배자들의 기도 소리를 들을 수 없을 것이며, 그들의 의식도 끝내 알 수 없을 것이다.

토템

포르피리오스[99]가 전하는 바에 따르면, 알렉산드리아의 플로티노스는 초상화 그리기를 거부하면서, 자기는 플라톤이라는 원형의 그림자에 불과하며, 초상화는 그런 그림자의 그림자일 뿐이라고 주장했다.

여러 세기가 지난 후, 파스칼은 그림이라는 예술에 반대하는 그 주장을 다시 발견하게 된다. 여기서 우리가 보는 이미지는 캐나다에 있는 어느 우상의 복사본이다. 그러니까 어느 그림자의 그림자에 대한 그림자이다. 그것의 원본은 부에노스아이레스의 레티로 동네에 있는 세 개의 철도역 중에서 마지막

---

99   Porphyrios(234~305). 3세기의 신플라톤주의 철학자.
      스승인 플로티노스의 사상을 집대성한 논문집《엔네
      아데스》를 출판했다.

역의 뒤에 숭배자들 없이 우뚝 서 있다. 그것은 자기 나라가 그런 야만적인 이미지로 그려질 수 있다는 사실을 전혀 개의치 않는 캐나다 정부가 보낸 공식 선물이다. 남아메리카의 어떤 정부도 이름 하나 없는 그런 익명의 투박한 신의 형상을 선물로 주는 위험을 감수하지는 않을 것이다.

이 모든 것을 알면서도 우리의 상상력은 추방된 토템, 즉 비밀스럽게 신화나 부족, 또는 주문이나 아마도 희생 제물을 요구하는 토템을 떠올리면서 즐거워한다. 우리는 그것이 어떻게 숭배되는지 전혀 알지 못한다. 그것이 바로 모호한 석양 속에서 다시 꿈을 꿀 또 다른 이유이기도 하다.

카이사르

여기 단도가 남긴 것들이 있다
여기 그 가련한 것, 카이사르라는
죽은 남자가 있다. 단도가
그의 살을 베어 갈랐다.
여기 잔혹하게, 여기 멈추어 버린 기계가 있다.
어제는 영광을 위해,
역사를 쓰고 역사를 실행하는 데,
그리고 생명으로 가득한 기쁨을 위해
사용했던 것이다.
여기에는 또한 다른 사람도 있다. 총명한 황제이다.
그는 월계관을 사양하면서, 전투와 전함을 지휘했다.
그것은 그의 명예였고, 모든 사람이 그것을 질투하고
시기했다.

여기에는 또한 다른 사람도 있다. 그는 미래의 영주다.
그의 커다란 그림자는 세상 전체가 될 것이다.

아일랜드

고대의 관대한 그림자들은 내가 아일랜드를 아는 것을, 혹은 내가 그것을 역사적으로 즐겁게 받아들이는 것을 원치 않는다. 이 그림자들의 이름은 요하네스 스코투스 에리우게나[100]이다. 그에게 우리의 모든 역사는 그저 하느님의 광대한 꿈에 불과하다. 말하자면, 결국 하느님에게 맡겨지리라는 것이다. 이것은 조지 버나드 쇼[101]의 극작품 「므두셀라로 돌아가라」와

---

100   Johannes Scotus Eriugena(815?~877?). 아일랜드 출신으로 스콜라 철학의 선구자. 중세 전기의 유럽에서 뛰어난 사상가이다. 대표작으로 『자연 구분론』이 있다.

101   George Bernard Shaw(1856~1950). 아일랜드의 극작가 겸 소설가이자 수필가. 1925년에 노벨 문학상을 수상했으며, 대표작으로는 『비사회적 사회주의자』, 『피그말리온』이 있다.

위고[102]의 유명한 시 「어둠의 입이 전하는 것」에서 선포된 가르침이다. 또한 이 그림자들은 조지 버클리[103]라고도 불린다. 그는 하느님이 세세하게 우리를 꿈꾸고 있으며, 그가 잠에서 깨어나면 하늘과 땅은 사라질 것이라고, 마치 『거울 나라의 앨리스』에 나오는 붉은 왕이 깨는 것과 마찬가지일 것이라고 판단했다. 또한 오스카 와일드[104]라고도 불린다. 그는 불행과 불명예로 점철된 운명의 깊은 구렁에서 아침이나 물처럼 행복하고 순결한 작품을 남겼다. 나는 웰링턴[105]을 생각한다. 그는 워털루에서 공훈을 세운 다음 승리가 패배 못지않게 끔찍하다는 것을 깨달았다. 나는 두 명의 바로크 시인, 즉 예이츠[106]와 조이스[107]를 생각한다. 그들은 같은 목적으로, 즉 아름다움을 노래

---

102   빅토르 마리 위고(Victor-Marie Hugo, 1802~1885).
        프랑스의 시인, 소설가, 극작가. 대표작으로 『레미제라블』, 『황혼의 노래』가 있다.

103   George Berkeley(1685~1753). 아일랜드의 철학자이자
        성공회 주교. 대표작으로 『인간 지식의 원리론』이 있다.

104   Oscar Wilde(1854~1900). 아일랜드의 극작가이자 소
        설가이며 시인이고 프리메이슨 회원. 대표작으로 극작
        품 『살로메』와 소설 『도리언 그레이의 초상』이 있다.

105   아서 웨슬리 웰링턴 공작(Arthur Wellesley, 1st duke of
        Wellington, 1769~1852). 영국의 군인이자 정치가. 워
        털루에서 나폴레옹을 무찔러 세계의 정복자를 정복한
        사람으로 이름을 알렸다.

106   윌리엄 버틀러 예이츠(Wlliam Butler Yeats, 1865~
        1939). 아일랜드의 시인이자 극작가로 1923년 노벨
        문학상을 수상했다. 대표작으로 시집 『탑』, 『나선 계
        단』이 있다.

107   제임스 조이스(James Joyce, 1882~1941). 아일랜드

하기 위해 산문이나 운문을 사용했다. 조지 무어[108]는 『환호와 작별』로 새로운 문학 장르를 열었다. 사실 그것은 그렇게 중요하지 않다. 하지만 그가 매우 즐겁게 했다는 것, 그것이 중요한 업적이다. 이 수많은 그림자들은 내가 기억하는 수많은 것들과, 모든 날과 마찬가지로 여러 사건들로 가득했던 이틀 혹은 사흘 동안에 느낄 수 있었던 얼마 안 되는 것 안에 있다.

이 며칠 동안 내가 받은 인상 중에서 가장 생생한 것은 아일랜드의 원탑(圓塔), 즉 클레그하크이다. 볼 수는 없었지만, 나는 그것을 만져 보았다. 그곳에서 우리의 은인인 사제들은 힘든 시기에 라틴어와 그리스어, 즉 문화를 구해 냈다. 내가 보기에 아일랜드는 본질적으로 선하고 태생적으로 기독교적이며, 끊임없이 아일랜드 사람이 되려는 이상한 열정에 도취된 사람들의 나라이다.

나는 『율리시스』의 모든 주민들이 걸어 다녔으며 아직도 걷고 있는 거리를 걸었다.

의 소설가이자 시인이며 극작가. 대표작으로 『율리시스』와 『젊은 예술가의 초상』이 있다.

108   조지 오거스터스 무어(George Augustus Moore, 1852~1933). 아일랜드의 소설가이자 시인이며 극작가. 대표작으로 『어느 젊은이의 고백』이 있다.

늑대

마지막 석양 속에 교활하고 희끄무레한 늑대가

자기 흔적을 이름 없는, 이미 목구멍의 갈증을

해소한 이 강의 기슭에 남긴다.

이제 강물에는 별들이 되풀이되지 않는다.

오늘 밤 늑대는 혼자 있는 외로운 그림자,

자기 짝을 찾으며 추위를 견딘다.

그건 영국의 마지막 늑대.

오딘[109]과 토르[110]는 알고 있다. 높은 석조 주택에 사는

---

109   북유럽 신화의 주신(主神). 바람, 전쟁, 마법, 영감, 죽
       은 자의 영혼 등을 주관한다.
110   북유럽 신화에서 망치를 든 신으로 등장한다. 천둥, 번
       개, 참나무, 인류 보호, 정화, 생산성 등과 관련이 있다.

왕은 늑대를 완전히 제거하기로 마음먹었다.

너를 죽일 무서운 쇠는 이미 벼려졌다.

색슨족의 늑대, 너는 새끼를 낳았지만, 그래도 소용없었다.

잔인한 것만으로는 충분하지 않다. 너는 최후의 늑대이다.

천 년이 흐른 후에야 어느 노인이 아메리카에서

너를 꿈꿀 것이다. 하지만 이런 미래의 꿈은

너에게 아무런 도움도 되지 않는다.

오늘 마지막 석양 속에 교활하고 희끄무레한,

네가 남긴 흔적을 쫓아 사람들이

밀림을 지나 너를 에워싼다.

이스탄불

카르타고는 문화의 명예가 훼손된 가장 분명한 사례이다. 우리는 그 문화에 대해 아무것도 알 수 없으며, 플로베르[III] 역시 무자비한 그 도시의 적들이 언급하는 것 말고는 아무것도 알지 못했다. 터키에서는 그와 비슷한 일이 일어날 수 없다. 우리는 잔인한 나라를 생각할 때 십자군 전쟁을 떠올린다. 그것은 역사에 기록된 가장 잔혹한 모험이었지만 가장 비난받지 않은 전쟁이었다. 기독교인들의 증오를 생각해 보면 그것은 이슬람교도들의 증오 못지않게 광적이다. 서양에서 우리는 이 오토만 제국 사람들 사이에서 위대한 터키인의 이름이 없다는

III   귀스타브 플로베르(Gustave Flaubert, 1821~1880). 프랑스의 19세기 소설가. 대표작으로 『보바리 부인』, 『감정 교육』이 있다.

사실을 깨닫는다. 우리가 아는 이름은 위대한 술레이만 대제[112] 뿐이다.(나는 살라딘[113]에 대해서만 부분적으로 살펴본 적이 있다.)

고작 사흘을 머물면서 내가 터키에 대해 무엇을 알 수 있겠는가? 나는 빛나는 도시와 보스포루스해협, 그리고 골든 혼과 연안에서 룬 문자를 새긴 돌이 발견된 흑해를 보았다. 나는 상냥하고 유쾌한 언어를 들었다. 그것은 아주 부드러운 독일어처럼 들린다. 이 부근으로 다양하고 많은 국가의 유령이 떠돌아다닐 것이다. 그래서 나는 스칸디나비아 사람들이 비잔티움 황제의 의장대 대원들이었으며, 헤이스팅스 전투[114] 이후 잉글랜드로 도망쳤던 색슨 사람들이 그들과 뭉쳤다고 생각하고 싶다.

---

112   술레이만 1세(Süleyman I, 1494~1566). 오스만 제국의 제10대 술탄. 서양인들은 그를 '위대한 술레이만 (the Magnificent)'이라고 부른다. 한국에서는 '술레이만 대제'로 번역된다. 터키에서는 '입법자'라는 별명으로 불린다.

113   살라흐 앗딘 유수프 이븐 아이유브(Ṣalāḥ ad-Dīn Yūsuf ibn Ayyūb, 1138~1193). 십자군에 점령된 예루살렘을 1세기 만에 탈환한 술탄.

114   1066년 10월 14일 영국 남동부 헤이스팅스에서 노르망디 공국(노르웨이)의 정복 왕 윌리엄과 잉글랜드 국왕 해럴드의 군대가 맞붙은 전투로, 이 전투에서 잉글랜드가 패배하고 노르망디군이 승리했다.

은혜

눈에 보이지 않는 음악이 선사되었다.
그것은 시간의 선물이고, 시간 안에서 멈춘다.
비극적인 아름다움이 주어졌다.
사랑이 주어졌다. 그것은 무엇보다도 끔찍한 선물.

그는 이 땅의 미녀 중 단 한 명만
얻게 되리란 것을 알았다. 어느 날 오후
그는 달을 발견할 수 있었고, 달과 함께
별들의 산수를 깨달을 수 있었다.

그는 불명예를 선사받았다. 순순히
칼의 범죄를 연구했고,
카르타고의 유적과 동양과 서양의

치열한 전투를 공부했다.

그에게 언어가, 그 거짓말이 주어졌다.
그에게 살이 주어졌다. 그것은 흙이었다.
그에게 음탕하고 넌더리 나는 악몽이 주어졌고
유리에는 다른 사람이 있고, 그 사람은 우리를 쳐다본다.

시간이 축적한 책들 중에서
몇 페이지가 그에게 할애되었다.
아직 시간의 부식이 이루어지지 않은
역설의 창고인 엘레아학파의 글.

인간 사랑으로 고상하게 피가 주어졌다.
(그 모습은 어느 그리스 사람이 주조한 것이다.)
그것을 준 사람의 이름은 칼
그는 문학을 구술하여 전하는 사람.

다른 것들도 주어졌다. 각자의 이름과 함께.
정육면체, 피라미드, 구체,
무수한 모래알, 나무
그리고 사람들 사이로 걷기 위한 육체.

매일매일의 맛을 느낄 자격이 있었다.
그것이 당신의 역사이며, 또한 나의 역사.

베네치아

울퉁불퉁한 큰 바위들, 산꼭대기에서 수원(水源)이 시작되는 강들, 아드리아해의 바닷물과 합쳐지는 이런 강물들, 역사와 지질의 우연성 혹은 숙명, 조수(潮水), 모래, 점진적으로 형성되는 섬들, 그리스 인근, 물고기, 사람들의 이주, 아르모리카 전쟁과 발트 전쟁, 갈대 막사, 진흙으로 붙여진 나뭇가지들, 뒤엉킨 수로들, 원시 늑대들, 달마티아 해적들의 습격, 섬세한 테라코타 그릇들, 평평한 옥상, 대리석, 아틸라의 말 떼와 창들, 가난해서 보호받는 어부들, 롬바르드 사람들, 서양과 동양이 만나는 장소라는 사실, 오늘날 오랫동안 잊힌 세대들의 낮과 밤, 이것들이 이곳을 만든 장인들이었다. 또한 부센타우루 갤리선의 뱃머리에서 공화정 총독이 매년 떨어지게 놔두던 황금 반지도 기억하자. 어둠 속에서, 그리고 물의 어두컴컴함 속에서 그것들은 시간의 이상적인 사슬을 구성하는 무한한 고리들이다. 여기에서 열성적이고 세심하게 『애스펀의 러브레터』[115]를 찾은 사람, 단돌로,[116] 카르파초,[117] 페트라르카,[118] 샤일록,[119] 바이런,[120] 베포,[121] 러스킨,[122] 마르셀 프루스트[123]를 잊는 건 부당한 일일 것이다. 그리고 우리의 기억 속에는 넓게 펼쳐진 평원의 양쪽 끝에서 수세기 전부터 보이지 않게 서로를 쳐다보고

---

115 헨리 제임스(Henry James, 1843~1916)의 소설.

116 엔리코 단돌로(Erico Dandolo, 1107~1205). 제4차 십자군 전쟁을 추진하여 그리스계 비잔틴 제국을 무너뜨리고 베네치아의 세력을 넓힌 인물.

117 비토레 카르파초(Vittore Carpaccio, 1460년경~1527년). 이탈리아의 화가. 작품으로 「산우르술라 이야기」, 「산지롤라모의 서재」가 있다.

118 프란체스코 페트라르카(Francesco Petrarca, 1304~1374). 이탈리아의 시인이자 인문주의자. 대표작으로 서정시집 『칸초니에레』가 있다.

119 셰익스피어의 희곡 「베니스의 상인」에 나오는 유대인 고리대금업자.

120 조지 고든 바이런(Gorge Gordon Byron, 1788~1824). 영국의 시인. 대표 시집으로 『꿈』, 『프로메테우스』가 있다.

121 바이런이 1817년 베네치아에서 쓴 장시에 등장하는 인물.

122 존 러스킨(John Ruskin, 1819~1900). 영국의 사회 비평가. 화려한 예술 비평가의 길과 험난한 사회 사상가의 길을 차례로 걸었던 19세기 영국의 저명한 지식인이다. 대표작으로 『베네치아의 돌』, 『티끌의 윤리학』이 있다.

123 Marcel Proust(1871~1922). 프랑스의 소설가이자 수필가이며 평론가. 대표작으로 『잃어버린 시간을 찾아서』가 있다.

있는 청동 선장들이 우뚝 서 있다. 에드워드 기번[124]은 고대 베
네치아 공화국의 독립은 칼로 선언되었고, 아마도 펜으로 합
리화되었을 것이라고 지적한다. 파스칼[125]은 강들은 걸어 다니
는 길이라고 쓰고 있는데, 베네치아의 수로들은 상복을 입은
곤돌라가 다니는 길이다. 이런 곤돌라들은 슬픔에 젖은 바이
올린과 유사하며, 또한 선율이 너무 아름다워 음악을 떠올리
게 만든다.

나는 어느 책의 서문에 "수정처럼 투명하고 황혼처럼 어스
레한 베네치아"라는 구절을 쓴 적이 있다. 내게 황혼과 베네치
아라는 두 단어는 거의 동의어지만, 우리의 황혼은 빛을 잃고
서 밤이 오는 것을 두려워한다. 반면에 베네치아의 황혼은 과
거도 미래도 없이 은은하고 섬세하며 영원하다.

---

124   Edward Gibbon(1737~1794). 영국의 역사학자이며 작
       가. 대표작으로 『로마 제국 쇠망사』가 있다.

125   블레즈 파스칼(Blaise Pascal, 1623~1662). 프랑스의
       수학자이며 과학자이고 신학자이며 작가. 대표작으로
       『팡세』, 『시골 친구에게 보내는 편지』가 있다.

볼리니[126]의 뒷골목

권총, 소총, 불가사의한 자동 화기의 시대에, 양차 세계 대전과 베트남 전쟁, 그리고 레바논 전쟁의 시대에, 우리는 수수하고 비밀스러운 싸움을 그리워한다. 바로 1890년경에 이곳에서, 그러니까 리바다비아 병원에서 몇 발짝 떨어지지 않은 곳에서 있었던 싸움을. 공동묘지 뒤쪽과 교도소의 노란 벽 사이에 위치한 지역은 한때 '티에라델푸에고', 즉 '불의 땅'이라고 불렸다. 우리가 들은 바에 따르면, 그 변두리에 사는 사람들은 그 뒷골목을 선택해서 칼싸움 혹은 결투를 했다. 아마도 결투는 단 한 번만 있었겠지만, 이후 여러 번 일어났다고 말이 돌았을 것이다. 이런 소문을 입증해 줄 사람은 없지만, 아마도 단 한

---

126   부에노스아이레스의 동네.

사람만은 예외일 것이다. 바로 호기심 많은 경찰인데, 그는 아마도 칼날이 오가는 것을 매서운 눈으로 지켜보았을 것이다. 왼팔에 걸려 있는 판초는 아마도 방패로 사용되었을 것이고, 칼끝은 상대의 배나 가슴을 찾았을 것이다. 결투하는 두 사람의 칼솜씨가 뛰어났다면, 아마도 싸움은 오랫동안 지속되었을 것이다.

그 사건이 어떻게 전개되었든 간에, 해 질 녘에 높은 하늘을 지붕 삼아서 이 집 안에 있는 것은 행복하다. 또한 아마도 출처가 의심스러운 빈약한 신화의 그림자로 가득한 오늘날, 존재하지 않는 공동 주택의 울타리를 기억하는 지붕 낮은 집들이 아직도 이 집 말고도 남아 있다는 사실을 아는 것 역시 행복한 일이다.

포세이돈 신전

나는 바다의 신도 없었고 태양의 신도 없지 않았을까 의심해 본다. 두 개념은 원시적인 정신과 전혀 맞지 않는다. 바다가 있었고, 포세이돈이 있었다. 그는 또한 바다였다. 한참이 지나서야 신들의 계보와 호메로스[127]가 왔다. 새뮤얼 버틀러[128]에 따르면, 호메로스는『일리아드』의 익살스러운 막간극을 중심으로 그 이후에 일어나는 이야기들을 만들었다. 시간이 흐르고

---

127   Homeros(기원전 8세기경). 고대 그리스 암흑기 말에
      활동했던 유랑 시인. 현존하는 고대 그리스어로 쓰인
      가장 오래된 서사시『일리아드』와『오디세이』를 비롯
      해 여러 시의 작가이며, 맹인 시인으로 알려졌다.
128   Samuel Butler(1835~1902). 영국의 소설가이자 사상
      가. 대표작으로『에레혼』,『호메로스의 오디세이』가
      있다.

전쟁이 수차례 일어나면서 신의 모습은 사라졌지만, 그래도 아직 바다, 즉 신의 또 다른 모습은 남아 있다.

내 여동생은 아이들이 기독교보다 앞선다고 항상 말한다. 기독교는 둥근 지붕과 성상을 지니고 있고, 그리스인들도 마찬가지다. 어쨌든 그들의 종교는 꿈의 복합체라기보다는 일종의 학문이었고, 기독교의 신들은 위대한 그리스 여신 케르[129]보다 힘이 세지 않다. 포세이돈 신전이 지어진 시기는 기원전 5세기, 다시 말해 철학자들이 모든 것을 의심하던 시절로 거슬러 올라간다.

이 세상에는 불가사의하지 않은 것이 하나도 없지만, 다른 것들보다 유달리 불가사의한 것들이 있다. 그것은 바로 바다와 나이 먹은 사람들의 눈, 그리고 노란색과 음악이다.

---

129   복수형인 '케레스'로 많이 알려져 있으며, 그리스 신화에서 죽음의 여신으로 등장한다.

시작

그리스 사람 둘이 대화를 나눈다. 아마도 소크라테스[130]와 파르메니데스[131]인 것 같다.

그러나 두 사람의 이름은 모르는 게 낫다. 그래야 역사는 더 간단하고 오묘해질 것이다.

대화의 주제는 추상적이고 관념적이다. 그들은 때때로 신화를 언급하지만, 두 사람 모두 그걸 믿지는 않는다.

그들이 주장하는 이유들은 오류로 가득하고, 그들은 그 대

---

130 Socrates(기원전 470년경~기원전 399년). 고대 그리스의 철학자. 흔히 공자, 예수, 석가와 함께 세계 4대 성인으로 불린다.

131 Parmenides(기원전 510년경~기원전 450년경). 고대 그리스의 철학자로 엘레아학파를 대표한다.

화를 끝맺지 못한다.

그들은 논쟁하지 않는다. 그들은 상대방을 설득하거나 상
대방에게 설득되려고 하지도 않는다. 그들은 이길 생각도 없
고 지려고 하지도 않는다.

그들은 단 한 가지에만 의견의 일치를 보인다. 그들은 토론
이란 진실에 도달하는 불가능하지 않은 길이라는 사실을 알고
있다.

신화와 은유법에 얽매이지 않고 그들은 생각하거나 생각
하려고 한다.

우리는 결코 그들의 이름을 알지 못할 것이다.

그리스의 어느 장소에서 있었던 모르는 두 사람이 나눈 이
대화는 역사에서 중대한 사건이다.

그들은 기도문과 마술을 잊어버렸다.

열 풍선 여행

꿈이 보여 주는 것처럼, 천사들이 보여 주는 것처럼, 하늘을 나는 것은 인간의 근본적인 열망 중 하나이다. 나는 아직 공중 부양을 경험하지 못했지만, 아무런 이유도 없이 죽기 전에 그걸 경험할 것이라고 상상한다. 비행기는 우리에게 날아다니는 것과 비슷한 느낌을 전혀 주지 못한다. 유리와 금속으로 된 정돈된 영역에 갇혀 나는 것은 새들의 비행이나 천사들의 비행과 비교가 되지 않는다. 비행기 객실의 승무원은 산소 마스크, 안전벨트, 측면의 출구, 불가능한 공중 곡예 같은 불길한 것들을 열거하면서 무시무시한 예고를 하는데, 이런 것들은 결코 좋은 징조가 아니다. 구름은 땅과 바다를 덮고 감춘다. 그 궤도나 경로는 지루하다고 할 수 있다. 반면에 열 풍선은 우호적이고 다정한 바람이 휘젓는 것과, 새들이 가까이에서 나는 것을 느끼게 하면서 우리에게 난다는 확신을 준다. 모든 단

어는 경험을 공유한다는 사실을 전제로 한다. 빨간색을 한 번
도 보지 못한 사람에게, 신학자 성 요한이 말하는 핏빛의 달이
나 분노를 빗대는 것은 쓸모없는 짓이다. 마찬가지로 열풍선
여행이 주는 특별한 행복감을 모르는 사람에게 그것을 제대로
설명하기란 어려운 일이다. 나는 '행복감'이라는 단어를 사용
했는데, 가장 적당한 단어라고 생각한다. 약 30일 전에 마리아
코다마와 나는 나파 밸리의 어딘가에 있는 허름한 건물로 갔
다. 아마도 새벽 4시나 5시쯤이었을 것이다. 우리는 곧 날이 밝
으리란 걸 알고 있었다. 트럭이 우리를 더 먼 곳으로 데려갔고,
우리 뒤를 따라오는 트레일러에는 바구니가 실려 있었다. 우
리는 어느 평평한 장소에 도착했는데, 그곳은 평원에 있는 어
디라도 될 수 있었다. 바구니가 내려졌다. 가느다란 가지와 나
무로 만든 사각형 바구니였다. 그리고 천천히 조심스럽게 큰
컨테이너에서 커다란 열 풍선이 꺼내졌고, 그것은 땅 위에 펼
쳐져 나일론 천처럼 보이는 것과 분리되었다. 열 풍선은 점점
부풀더니, 마침내 배(梨)를 거꾸로 놓은 듯한 모양이 되었다.
어렸을 때 백과사전의 삽화에서 본 것과 같은 모양이었다. 열
풍선은 서서히 부풀어 몇 층짜리 집의 넓이와 높이가 되었다.
거기에는 측면 출구도 없었고 계단도 없었다. 나는 직원들의
도움을 받으며 가장자리로 올라가 열 풍선에 탔다. 우리를 포
함해서 승객은 모두 다섯 명이었고, 조종사는 정기적으로 커
다란 열 풍선의 요면에 가스를 주입했다. 우리는 서서 바구니
의 가장자리를 붙잡았다. 날이 밝았다. 천사들 혹은 고공비행
하는 새들의 높이에서 우리는 발밑으로 포도밭과 벌판을 내려
다보았다.

허공은 활짝 펼쳐져 있어서 아무것도 우리의 시야를 막지 않았고, 천천히 흘러가는 강처럼 서두르지 않고 우리를 데려가던 바람이 이마와 뺨, 그리고 목덜미를 부드럽게 어루만졌다. 나는 우리 모두가 똑같은 행복을, 거의 육체적인 행복을 느꼈다고 생각한다. 내가 '거의'라고 쓴 이유는 순전히 육체적인 행복이나 고통은 없기 때문이다. 거기에는 항상 과거가 개입하며, 상황과 놀라움을 비롯해 다른 의식적인 성분들도 개입한다. 약 한 시간 반 정도 지속되었을 이 여행은 또한 19세기를 이루는 그 잃어버린 천국으로의 항해이기도 했다. 몽골피에[132]가 상상했던 열 풍선을 타고 여행하는 것은 또한 포,[133] 쥘 베른,[134] 웰스[135]의 책으로 돌아가는 것이기도 했다. 아마도 우리는 달 안에 살면서 우리가 탄 열 풍선과 비슷한 것을 타고서 이 방 저

---

132   조제프-미셸 몽골피에(Joseph-Michel Montgol-fier, 1740~1810). 프랑스의 발명가이다. 공기보다 가벼운 기체가 있다는 것을 알고, 동생 자크 에티엔 몽골피에(Jacques-Étienne Montgolfier, 1745~1799)와 함께 열을 가한 공기를 부풀려 커다란 기구를 높게 띄워서 사람들을 놀라게 했다.

133   에드거 앨런 포(Edgar Allan Poe, 1809~1849). 미국의 작가이자 시인이며 문학 평론가. 대표작으로는 『모르그가의 살인 사건』, 『도둑맞은 편지』가 있다.

134   Jules Verne(1828~1905). 프랑스의 과학 소설 분야를 개척한 작가. 대표작으로는 『지구 속 여행』, 『80일간의 세계 일주』가 있다.

135   허버트 조지 웰스(Hrbert George Wells, 1866~1946). 과학 소설로 유명한 영국의 소설가이자 문명 비평가. 대표작으로는 『타임머신』, 『투명인간』이 있다.

방을 여행하면서도 전혀 현기증을 느끼지 않던 '달나라 사람'
을 기억할 수 있을 것이다.

독일에서의 꿈

오늘 아침에 꾼 꿈은 나를 너무나 어리둥절하게 했다. 시간이 조금 지나서야 나는 그 꿈을 정리할 수 있었다.

당신의 조상들이 당신을 낳는다. 사막의 머나먼 경계에는 먼지로 뒤덮인 교실이 있다. 아니, 먼지투성이 창고라고 하는 게 좋을 것 같다. 거기에는 아주 낡은 칠판들이 줄지어 서 있는데, 그 줄의 길이는 수십 킬로미터, 아니 수백 킬로미터에 이른다. 창고들의 정확한 수는 아무도 모른다. 물론 매우 많은 수다. 각각의 창고에는 열아홉 줄로 칠판이 늘어서 있는데, 누군가가 그 칠판을 분필로 쓴 단어와 아라비아 숫자로 가득 채웠다. 각 교실의 문은 일본식 미닫이이며, 녹슨 쇠로 만들어져 있다. 글자는 칠판의 왼쪽 모서리에서 개시되고 하나의 단어로 시작한다. 그 아래로 다른 단어가 있고, 모든 단어는 백과사전처럼 엄격하게 알파벳 순서를 따른다. 가령 첫 번째 단어를 어느 도시의 이름인 '아헨(Aachen)'이라고 하자. 그 단어 바로 아래에 있는 단어는 베른에 있는 강 '아르(Aare)'이다. 세 번째 장소에 있는 단어는 레위 지파인 '아론(Aaron)'이다. 그다음에는 '아브라카다브라(abracadabra)'[136]와 '아브락사스(abraxas)'[137]이다. 이 각각의 단어들 다음에는 우리가 사는 동안 그것을 몇 번이나 보고 들으며 기억하거나 사용하게 될지 정확한 숫자가 덧붙여져 있다. 태어나서 죽을 때까지 우리가 셰익스피어나 케플러[138]의 이름을 몇 번이나 말하게 될지는 분명하지 않지만, 무한하지 않은 것만은 분명하다. 아주 멀리 떨어진 교실의 마지막 칠판에는 독일어로 암수한몸을 뜻하는 '츠비터(Zwitter)'라는 단어가 있다. 그리고 그 아래로 우리에게 운명적으로 할당된 몬테비데오 도시 모습의 숫자를 지겹도록 쓰면서 우리는 계속 살아갈 것이다. 우리는 이런저런 육각형을 몇 번이나 말하도록 할당되었는지 그 숫자를 지겹도록 쓰면서 계속 살아갈

---

136   주문.

137   단어로 보이는 그리스 문자들의 나열을 의미하는데, 이것이 마술적인 효력을 갖고 있다고 믿어서 부적이나 장식물에 새겼다.

138   요하네스 케플러(Johannes Kepler, 1571~1630). 독일의 수학자이며 천문학자. 17세기 천문학 혁명의 핵심 인물로 행성의 공전 궤도가 동그란 원이 아니라 타원이며(케플러 제1법칙), 행성의 공전 속도가 늘 일정한 것이 아니라 태양에 가까워지면 빨리 움직이고 태양에서 멀어지면 천천히 움직이며(케플러 제2법칙), 태양에 가까울수록 빨리 공전한다는(케플러 제3법칙) 사실을 밝혀냄으로써 행성 운동의 비밀을 풀었다.

것이다. 우리는 우리 심장이 몇 번이나 고동치도록 할당되었는지 그 숫자를 지겹도록 쓰고는 아마도 죽을 것이다.

이런 일이 일어나면 분필로 쓴 글자와 숫자는 즉시 지워지지 않을 것이다.(우리 인생의 순간마다 누군가가 숫자를 바꾸거나 지워 버린다.) 이런 모든 것은 하나의 목표를 위한 것이지만, 우리는 그 목표가 무엇인지 결코 이해할 수 없을 것이다.

아테네

아테네에 체류한 첫날 이른 아침 시간에 나는 이런 꿈을 꾸었다. 내 앞의 긴 책장 선반에 책이 한 줄로 놓여 있었다. 그것은 나의 잃어버린 천국 중 하나인 『브리태니커 백과사전』 한 질이었다. 나는 그중 아무렇게나 한 권을 골라서 꺼냈다. 그리고 콜리지[139]의 이름을 찾았다. 관련 항목은 끝은 있지만 시작 부분이 없었다. 다음으로는 '크레타'라는 항목을 찾았다. 그것 역시 끝은 있지만 시작하는 곳이 없었다. 이번에는 '체스'라는

---

[139] 새뮤얼 테일러 콜리지(Samuel Taylor Coleridge, 1772~1834). 영국의 시인이자 비평가. 워즈워스와 함께 쓴 『서정 민요집』은 영국 낭만주의 운동의 시발이 되었고, 그의 『문학 평전』은 영국 낭만주의 시대에 나온 문학 비평 중 가장 중요한 작품이다.

항목을 찾았다. 그 순간 꿈이 바뀌었다. 관객들이 가득한 어느 원형 경기장의 높은 무대에서 나는 아버지와 체스를 두고 있었다. 우리 아버지는 가짜 아르탁세륵세스[140]였다. 자는 동안 귀가 잘렸고, 그의 수많은 여자 중 하나에 의해 발견된 사람이었다. 그 여자는 그를 깨우지 않으려고 그의 머리를 아주 부드럽게 만졌고, 그런 다음 그는 살해되었다. 나는 말을 움직였다. 내 적수는 그 어떤 말도 움직이지 않았지만, 마법을 부려서 내 말 중의 하나를 지워 버렸다. 이런 일이 여러 번 반복되었다.

나는 잠에서 깨어나 혼잣말로 중얼거렸다. "난 그리스에 있어. 모든 게 시작된 곳이야. 내가 꿈에서 본 백과사전의 항목과 달리 시작이 있는 곳이지."

---

140   Artaxerxes. 페르시아 제국 아케메네스 왕조의 대왕으로 기원전 474년~기원전 424년 동안 재위했다.

제네바

지구상의 모든 도시 중에서, 우리가 여행을 하면서 찾아다니고 자랑할 수 있는 여러 은밀한 장소 중에서, 내가 보기에 제네바는 행복을 느끼기에 가장 적합한 곳이다. 1914년부터 나는 이곳에서 프랑스어, 라틴어, 독일어를 알게 되었고, 뜻하지 않게 표현주의와 쇼펜하우어,[141] 그리고 불교 교리와 도교, 콘래드[142]와 래프카디오 헌[143]을 알게 되었으며, 부에노스아이레

---

141   아르투어 쇼펜하우어(Athur Schopenhauer, 1788~
        1860). 독일의 철학자. 대표작으로 『의지와 표상으로
        서의 세계』, 『자연에서의 의지에 관하여』가 있다.

142   조지프 콘래드(Joseph Conrad, 1857~1924). 폴란드 출
        신의 영국 소설가. 대표작으로 『암흑의 핵심』, 『로드
        짐』이 있다.

143   Lafcadio Hearn(1850~1904). 그리스에서 태어난 일본

스에 향수를 느끼게 되었다. 또한 사랑과 우정, 수치와 자살의
유혹을 알게 되기도 했다. 기억 속에서는 모든 것이 즐겁고 흡
족하다. 심지어 불행까지도 그렇다. 지금까지 말한 것은 모두
개인적인 이유이다. 그래서 이제는 일반적인 이유에 대해 말
하고자 한다. 다른 도시들과 달리, 제네바는 그리 눈에 띄는 곳
이 아니다. 파리를 보면 파리라는 것을 알 수 있으며, 점잖고 단
정한 런던을 보면 런던이라는 것을 알 수 있다. 그러나 제네바
에는 제네바라는 것을 보여 주는 게 거의 없다. 칼뱅,[144] 루소,[145]
아미엘,[146] 페르디난트 호들러[147]의 위대한 그림자가 여기에 있
지만, 아무도 여행자에게 그들을 떠올려 주지 않는다. 일본과
약간 비슷하게, 제네바는 과거를 잃어버리지 않은 채로 스스
로 새로워졌다. 아직도 구시가의 좁은 산악 도로가 남아 있고,

인 소설가. 일본의 유서 깊은 사무라이 가문인 고이즈
미가의 여성과 결혼을 하고 일본으로 귀화했다. 처가
의 성인 '고이즈미(小泉)'를 따서 '고이즈미 야쿠모'라
는 이름을 사용했다.

144   장 칼뱅(Jean Calvin, 1509~1564). 종교 개혁을 이끈
      프랑스 출신의 개혁 교회 신학자이며 종교 개혁가. 대
      표작으로『기독교 강요』가 있다.

145   장자크 루소(Jean-Jacques Rousseau, 1712~1778). 스
      위스 제네바에서 태어난 프랑스의 사회 계약론자이
      자 공화주의자이며 계몽주의 철학자. 대표작으로『에
      밀』,『고백록』등이 있다.

146   앙리 프레데리크 아미엘(Henri Frédéric Amiel,
      1821~1881). 스위스의 도덕 철학자이자 시인이며 비
      평가. 대표작으로『사적인 일기』가 있다.

147   Ferdinand Hodler(1853~1918). 스위스의 화가.

성당의 종과 분수들도 남아 있지만, 또한 서점이 많고 동양과
서양의 무역이 활발한 대도시의 면모도 갖추고 있다.

　나는 내가 항상, 아마도 내 육체가 죽은 후에도 제네바로 돌
아갈 것임을 알고 있다.

피에드라스와 칠레[148]

나는 이곳을 수없이 지나갔을 것이다.

하지만 더 이상은 떠올릴 수 없다. 갠지스강보다

이미 지나간 이곳의 아침이나 오후가 더 멀리 있다.

더 이상 운명의 반전(反轉)은 기대할 수 없다.

그것은 이미 고분고분한 점토의 일부.

시간이 지우거나 예술이 만지작거리는 내 과거,

어떤 점쟁이도 해석하지 못한 내 과거.

아마도 어둠 속에 하나의 칼이 있었으리라.

아니, 아마도 그건 장미였으리라. 뒤섞여 짜인

---

148 '피에드라스와 칠레'는 부에노스아이레스의 산텔모
     지역에 있는 피에드라스 거리와 칠레 거리가 교차하
     는 곳을 가리킨다.

어둠은 오늘날 그것들을 칼집 속에 보관한다.
내게 남은 건 오로지 그들의 재. 무(無).
한때 내가 썼던 모든 가면에서 사면받아
나는 죽음 속에서 완전한 망각이 되리라.

브리오슈

중국인들은 지구상의 모든 새로운 것들은 각각 하늘에 있
는 자신의 원형을 보여 준다고 생각한다. 몇몇 중국인들은 그
렇게 생각했고, 아직도 그렇게 생각하고 있다. 지금의 '누구'
혹은 '무엇'은 칼의 원형, 탁자의 원형, 핀다로스[149] 송시의 원
형, 삼단 논법의 원형, 모래시계의 원형, 시계의 원형, 지도의
원형, 망원경의 원형, 저울의 원형을 가지고 있다. 스피노자[150]
는 각각의 것들이 존재하는 가운데에서 지속되기를 바란다고

---

149 Pindaros. 고대 그리스의 가장 위대한 서정시인. 에피
     니키온, 즉 합창용 성가의 대가.

150 바뤼흐 스피노자(Baruch Spinoza, 1632~1677). 네덜
     란드 암스테르담에서 태어난 포르투갈계 유대인 혈
     통의 철학자. 대표작으로는『데카르트 철학의 원리』,
     『에티카』가 있다.

말한다. 그러니까 호랑이는 호랑이가 되고자 하고, 돌은 돌이
되고자 한다. 개인적으로 나는 자신의 원형이 되려 하지 않는
것은 하나도 없으며, 가끔 어떤 것은 원형 그 자체가 된다고 말
한 바 있다. 우리는 사랑에 빠지는 것만으로도 다른 남자 혹은
다른 여자가 이미 자신의 원형이라고 충분히 생각할 수 있다.
마리아 코다마는 '오 브리오슈 드 라 뤼느' 베이커리에서 커다
란 브리오슈를 사서 호텔로 가져오면서, 내게 그것이 원형이
라고 말했다. 나는 그녀의 말이 맞다는 것을 바로 알아차렸다.

기념비

어느 조각가가 작품의 주제를 찾아 떠난다고 생각해 보자. 그러나 그런 정신적인 사냥은 예술가보다는 뜻밖의 것들을 찾는 사람에게 더 적당하다. 아마도 예술가라는 사람은 갑자기 무언가를 보는 사람이라고 추측하는 게 더 맞을 것이다. 장님이나 눈을 감은 사람만 보지 못하는 것은 아니다. 우리는 기억 속의 것들을 본다. 특히 동일한 사상이나 형태를 반복해서 기억할 때 더욱 그렇다. 나는 내가 이름을 기억하지 못하는 모모(某某) 씨가 인류 역사가 시작한 이래 그 누구도 보지 못한 것을 갑자기 보았다고 확신한다. 그가 본 것은 단추였다. 그는 손가락을 바쁘게 놀리도록 만드는 일상의 도구를 보았고, 그토록 단순한 것이 드러내는 계시를 전하려면 그 크기를 키워야 하고, 우리가 이 페이지와 필라델피아 광장 중심에서 보는 크고 고요한 원을 제작해야 한다는 사실을 깨달았을 것이다.

에피다우로스[151]

멀리서 전투를 바라보는 사람처럼, 짭짜름한 공기를 들이마시며 파도의 작업을 듣고 바다를 예감하는 사람처럼, 어느 국가로 들어가거나 어떤 책으로 들어가는 사람처럼, 그저께 밤에 나는 에피다우로스의 극장에서 「결박된 프로메테우스」[152]를 감상했다. 나는 셰익스피어처럼 그리스어를 전혀 알지 못한다. 그리스 사람들이 몰랐던 도구나 학문을 지칭하는

---

151   그리스 펠로폰네소스 반도 동부에 위치한 고대 그리스의 항구 도시.

152   고대 그리스의 비극 작가 아이스킬로스(Aeschylos, 기원전 525년~기원전 456년)의 작품으로 프로메테우스 3부작의 하나. 프로메테우스를 통해 살아 있는 한 고통은 불가피하며 지혜란 고통을 통해서만 얻어질 수 있음을 보여 준다.

많은 그리스어 단어들만 알 뿐이다. 처음에 나는 그 비극의 스페인어 판본을 떠올려 보려고 애썼다. 읽은 지 반세기도 넘은 번역본이었다. 그러고는 위고와 셸리[153]를 생각했고, 이후 산에 매인 타이탄을 묘사하던 에칭 판화를 생각했다. 그런 다음 몇몇 단어들을 확인하려고 애썼다. 나는 이제는 보편적인 기억의 일부가 된 신화를 생각했다. 그리고 아무런 의도 없이 혹은 아무것도 예상하지 않은 채 두 개의 음악에 마음을 빼앗겼다. 하나는 연주 음악이었고, 다른 하나는 단어로만 이루어진 음악이었는데, 그 의미는 헤아릴 수 없었지만, 고대의 열정만은 알 수 있었다.

　내 생각에 배우들은 운율을 붙여 낭송하지 않았다. 그러나 유명한 우화의 운문을 초월해 그 깊은 밤에 그 깊은 강은 내 것이 되었다.

153　퍼시 비시 셸리(Percy Bysshe Shelley, 1792~1822). 영국 시인. 바이런, 키츠와 함께 영국 낭만주의의 3대 시인으로 꼽힌다. 대표작으로 『사슬에서 풀린 프로메테우스』, 『아도네이스』가 있다.

루가노[154]

지금 내가 말하는 단어 옆에는 길고 완만한 산들에 둘러싸인 커다란 지중해의 호수와, 커다란 호수 안에 그런 산들이 거꾸로 비친 모습이 있을 것이다. 내가 확실하게 기억하는 루카노의 모습은 그러하지만, 그것 말고 다른 기억도 있다.

그중의 하나는 그리 춥지 않았던 1918년 11월의 어느 날 아침이다. 그날 나와 아버지는 거의 아무도 없는 광장에서 1차 세계 대전 동맹국들의 항복, 다시 말해 그렇게 기다려 온 평화를 알리는 글을 읽었다. 글은 분필로 쓰여 있었다. 우리 둘은 호텔로 돌아와 좋은 소식을 알렸고(당시에는 아직 무선 전화가 없었다.) 샴페인이 아니라 이탈리아산 레드 와인으로 축배를 들

---

154   스위스 남부 티치노주(州)에 있는 도시.

었다.

루가노에 대해서는 다른 기억도 있는데, 그 기억은 세계사의 중요한 사건이 아니라 나의 개인적인 이야기로서 더 중요하다. 첫째는 콜리지의 가장 유명한 설화 시를 발견한 것이다. 나는 콜리지가 18세기 말, 그가 바다를 보기 전에 꿈꾸었던 운율과 이미지의 조용한 바다로 들어갔다. 한참 후에 독일에 간 그에게 바다는 실망감만을 안겨 주는데, 현실의 바다는 콜리지의 관념 속 바다보다 광활하지 않았기 때문이다. 둘째(하지만 이 두 개는 대략 거의 동시에 일어났기 때문에 두 번째 것이 없을 수도 있지만, 그래도 있다면)는 또 다른 마술 음악이라고 말해도 과언이 아닌 것을 보았기 때문이다. 그것은 바로 베를렌[155]의 시였다.

---

155   폴마리 베를렌(Paul-Marie Verlaine, 1844~1896). 프
       랑스의 시인. 프랑스 세기말 시인의 대표자. 대표 시집
       으로는 『사투르누스의 시』, 『말 없는 연가』가 있다.

나의 마지막 호랑이

내 인생에는 항상 호랑이가 있었다. 독서는 내가 살아온 시절의 다른 습관들과 너무나 뒤엉켜 있어서, 나는 내가 보았던 첫 번째 호랑이가 책 속의 삽화였는지, 아니면 이미 죽은 것 같았던 그 호랑이, 다시 말하면 완고하게 우리 안을 왔다 갔다 하고, 내가 쇠창살 너머에서 홀린 듯이 지켜보던 호랑이였는지 잘 기억이 나지 않는다. 우리 아버지는 백과사전을 몹시 좋아했다. 나는 백과사전을 그 안에 삽입된 호랑이 그림에 따라 평가했다고 확신한다. 지금 나는 몬타네르와 시몬 출판사[156]에서 출판된 백과사전의 호랑이들을 떠올린다. 하나는 벵골 호랑이였고 하나는 시베리아 호랑이였다. 그리고 또 다른 호랑이

---

156   스페인 카탈루냐에 있는 출판사.

도 기억한다. 펜으로 꼼꼼하게 그린 것이었는데, 그 그림 속에
는 강 같은 것이 갑자기 모습을 드러냈다. 이렇게 눈으로 보는
호랑이에 단어로 된 호랑이가 덧붙여졌다. 블레이크[157]의 그 유
명한 모닥불("호랑이, 호랑이, 활활 불타오르는 불빛")과 체스터
턴[158]의 "무서운 우아함의 상징"이라는 말이었다. 나는 어렸을
때 『정글 북』을 읽었는데, 이야기 속에서 호랑이 시어 칸이 주
인공의 친구가 아니라 악당이라는 것을 알고 괴로워했다. 나
는 구불구불한 호랑이를 떠올리고 싶었지만 그럴 수 없었다.
어느 중국 화가가 붓으로 그린 것으로, 그 화가는 호랑이를 한
번도 보지 못했지만 호랑이의 원형을 본 것이 분명했다. 그 관
념적인 호랑이는 아니타 베리(Anita Berry)의 『아이들을 위한 예
술』에 실려 있다. 왜 재규어나 표범이 아니라 호랑이냐고 묻는
사람도 있을 텐데, 그것은 지극히 당연한 질문이다. 내가 할 수
있는 대답은 나는 얼룩이나 반점은 싫어하지만 줄무늬는 싫어
하지 않는다는 것뿐이다. 내가 '호랑이' 대신에 '표범'이라고
썼다면, 독자 여러분은 직관적으로 그것이 거짓말이라는 것을
알아챌 것이다. 이렇게 눈에 보이고 언어로 표현되는 호랑이

---

157   윌리엄 블레이크(William Blake, 1757~1827). 영국의
       시인이자 화가. 시화집 『천국과 지옥의 결혼』, 『경험
       의 노래』가 유명하다.
158   길버트 키스 체스터턴(Gilbert Keith Chesterton,
       1874~1936). 영국의 소설가이며 비평가이고, 호탕한
       성격과 육중한 체구의 소유자로도 유명하다. 대표작
       으로 『브라운 신부의 결백』, 『브라운 신부의 지혜』가
       있다.

에 나는 다른 것을 덧붙였다. 나는 친구 쿠티니[159] 덕분에 그것을 '동물 세상'이라는 이름의 흥미로운 동물원에서 점차 알게 되었는데, 그곳은 동물들을 우리라는 곳에 가두지 않는 곳이었다.

이 마지막 호랑이는 피와 살이 있는 진짜 호랑이였다. 나는 그 호랑이가 있는 곳에서 분명히 두려운 행복의 상태에 도달했다. 그 호랑이는 혀로 내 얼굴을 핥았고, 그 동물의 무관심하거나 사랑스러운 발톱은 내 머리 위에 있었다. 앞서 언급한 호랑이들과 달리, 이 호랑이는 냄새도 나고 무게도 나갔다.

나는 나를 놀라게 한 이 호랑이가 다른 호랑이들보다 더 사실적이고 현실적이라고 말할 생각은 없다. 실제 떡갈나무가 꿈속의 떡갈나무보다 더 현실적이라고 말할 수 없는 것과 같다. 하지만 나는 여기서 내 친구에게 그날 아침 내 감각 기관이 느꼈던 그 피와 살이 있는 호랑이를 알게 해 주어 고마웠다는 말을 전하고 싶다. 책에서 보았던 호랑이가 자꾸만 생각나는 것처럼 그 호랑이의 이미지도 머릿속을 떠나지 않기 때문이다.

---

159   호르헤 쿠티니(Jorge Cuttini). 동물원 관리자이며 '동물 세상' 창립자.

미드가르소르므르

끝없는 바다. 끝없는 물고기, 꼬리를 물고 있는
초록색 천지 창조의 뱀, 초록 뱀과 초록 바다가
원형의 대지를 에워싼다. 뱀의 입은
머나먼 지하의 경계에서 온 꼬리를 물어뜯는다.
우리를 에워싸는 준엄한 반지는 태풍의 광채이자
반영 중의 반영이며, 그림자이고 속삭임이다.
또한 그것은 쌍두의 뱀이다. 수많은 눈들은
공포 없이 영원히 서로를 바라본다.
각각의 머리는 상스럽게 전쟁 무기들과
약탈한 물건들의 냄새를 맡는다.
그것은 아이슬란드에서 꾼 꿈. 입을 크게 벌린
바다는 그것을 보았고 무서워 벌벌 떨었다.
그것은 죽은 사람들의 손톱과 발톱으로 만든

저주받은 배를 타고 돌아올 것이다.

그리고 상상조차 할 수 없는 그 그림자는

불쑥 모습을 드러내리라, 창백한 세상 위로,

고귀한 늑대들이 나타나고 이름 없는

석양이 화려한 죽음의 고통을 느끼는 날에.

그 상상의 모습은 우리 세상을 어둡게 만든다.

새벽녘에 나는 그 모든 걸 악몽에서 보았다.

악몽

나는 아파트 문을 닫고 승강기로 걸어갔다. 승강기 버튼을
누르려는 순간 너무나 이상한 사람이 나의 눈길을 사로잡았
다. 그는 너무나 컸다. 그 때문에 나는 내가 그를 꿈에서 보고
있다는 사실을 분명히 알았을 것이다. 원뿔 모자 때문에 그의
키는 커 보였다. 그의 얼굴(나는 옆면을 한 번도 보지 못했다.)은
타타르 사람이나, 아니면 내가 타타르 사람에 대해 상상했던
모습과 유사했다. 나는 그런 사람은 역시 원뿔 모양의 검은 수
염이 있어야 한다고 생각했다. 그의 눈은 나를 비웃는 듯이 쳐
다보았다. 그는 바닥에 닿을 정도로 긴, 검고 윤기 나는 외투를
입고 있었고, 외투는 크고 하얀 원반으로 가득했다. 어쩌면 내
가 꿈을 꾸고 있을지 모른다고 생각하면서, 나는 그에게 왜 그
런 식으로 옷을 입었느냐고 용기를 내서 물었다. 하지만 어떤
언어로 물었는지는 모르겠다. 그는 내게 비웃는 미소를 짓고

서 외투의 단추를 풀었다. 나는 외투 아래서 동일한 천으로 만든 긴 외투를 보았다. 그것도 마찬가지로 하얀 원반으로 뒤덮여 있었다. 그러자 나는 그 아래에 또 다른 긴 외투가 있을 것임을 알았다. 꿈에서 우리가 무언가를 알게 되는 방식 그대로였다.

바로 그 순간 나는 혼동할 수 없는 악몽의 맛을 느꼈고 잠에서 깨어났다.

데야[160]에서의 로버트 그레이브스[161]

내가 이 글을 구술하는 동안에도, 아니 어쩌면 당신이 이 글을 읽는 동안에도, 이미 시간에서, 즉 시간의 숫자와 날짜에서 벗어난 로버트 그레이브스는 마요르카에서 죽어 가고 있다. 그는 죽어 가고 있지만 죽음으로 괴로워하고 있지는 않다. 괴로움과 고통은 투쟁이기 때문이다. 의자에 앉아 꼼짝하지 않는 노인보다 투쟁에서 멀리 있고 환희보다 가까이 있는 이는 없다. 그는 아내와 자녀들, 손자들, 그리고 세계 각지에서 온 다양한 방문자들(그중 한 사람은 페르시아 사람이라고 나는 믿

---

160   스페인 마요르카섬에 있는 작은 해안 마을.
161   Robert Graves(1895~1985). 영국의 시인이며 역사 소
       설가이고 고전학자. 대표작으로 『나는 황제 클라우디
       우스다』, 『열두 명의 카이사르』가 있다.

는다.)에게 둘러싸여 있었다. 가장 어린 아이는 그의 무릎 위에 있었다. 키가 큰 그의 육체는 그 기능을 계속하고 있었다. 그러나 그는 아무것도 보지 못하고, 아무것도 듣지 못하며, 아무 말도 하지 못했다. 그는 외로운 영혼이었다. 나는 그가 우리가 누구인지 구별하지 못했다고 믿었지만, 내가 작별 인사를 하자 내 손을 잡았고, 마리아 코다마의 손에 키스를 했다. 정원 문 앞에서 그의 아내가 말했다. "꼭 다시 오세요! 여긴 천국이에요!" 1981년의 일이었다. 우리는 1982년에 다시 그곳에 갔다. 그의 아내는 숟가락으로 그에게 음식을 먹이고 있었고, 모두가 아주 슬픈 표정으로 그의 임종을 기다렸다. 나는 내가 말한 날짜가 그에게는 영원한 순간임을 알고 있었다.

독자 여러분은 『하얀 여신』을 잊지 않았을 것이다. 나는 여기서 그의 시 중 하나를 골라 요점을 떠올리고자 한다.

알렉산드로스는 서른두 살의 나이로 바빌로니아에서 죽은 것이 아니다. 전투가 끝난 후 길을 잃고, 수많은 밤 동안 숲속을 헤치며 길을 찾았다. 마침내 그는 어느 야영지를 어렴풋이 밝히는 모닥불을 발견한다. 노란 피부에 눈꼬리가 치켜 올라간 사람들이 그를 받아들여 목숨을 구해 준 다음, 마침내 그들의 군대에 입대시킨다. 병사로서의 운명에 충실하면서 그는 자기가 모르는 지역의 사막을 가로지르는 기나긴 군사 행동에 참가한다. 그리고 병사들에게 월급을 주는 날이 된다. 그는 한 은화에서 자기 얼굴을 알아보고 이렇게 생각한다. '이것은 내가 마케도니아의 알렉산드로스였을 때 아라비아에서 거둔 승리를 기념하기 위해 제작하게 한 것이군.'

이 이야기는 아주 오랫동안 기억될 만한 가치가 있다.

꿈

나의 물리적인 육체는 루체른에 있을 수도, 콜로라도에 있
을 수도, 카이로에 있을 수도 있지만, 매일 아침 눈을 뜨며 보
르헤스가 되려는 습관을 다시 받아들이면서, 나는 부에노스아
이레스에서 일어나는 꿈에 변함없이 모습을 드러낸다. 꿈속의
이미지에는 산이 포함될 수도, 수상 가옥이 있는 늪이 포함될
수도, 지하로 내려가는 나선형의 달팽이 계단이 포함될 수도,
내가 모래알 숫자를 일일이 세어야 하는 사구가 포함될 수도
있다. 그러나 어떤 것이 되든지, 항상 부에노스아이레스에 있
는, 그러니까 팔레르모 지역이나 수르 지역에 있는 특별한 교
차로는 나타난다. 잠이 오지 않을 때면, 나는 언제나 회색이나
파란색 색조를 띠는 어렴풋하고 밝은 안개의 중심에 있다. 잠
들 때면 꿈속에서 죽은 사람들을 보거나 그들과 대화를 나눈
다 7 어떤 것에도 나는 절대 놀라지 않는다. 나는 결코 현재의

꿈을 꾸지 않고, 과거의 부에노스아이레스, 그리고 멕시코 거리에 있는 국립 도서관의 회랑들과 채광창들을 꿈꾼다. 나의 의지와 의식을 넘어서 이 모든 것은 불가사의하게도, 내가 어쩔 수 없이 부에노스아이레스 항구 사람들의 후손임을 의미하는 것일까?

거룻배

그건 부서진 나무로 만든 것이었다. 그리고 그 누구도 브렌누스[162] 가문의 사람들이 미리 계획하고서 작업했다는 사실을 알지 못하고 영원히 알지 못할 것이다. 그 가문은 쇠로 만든 칼을 집어던졌고(전설은 이런 방식을 원한다.) "Vae Victis!"("패자에게 화 있으라!")라는 말을 내뱉었다. 그 배에는 이제는 모두 먼지가 되어 버린 수백 척의 자매선이 있었을 것이다. 그것은 자기가 론강과 아르브강의 강물을 갈랐으며, 유럽 중앙에서 넓어지는 커다란 민물 바다인 제네바호의 물을 갈랐다는 것도 알지 못하고, 영원히 알지 못할 것이다. 그것은 자기가 그 어떤 강보다도 훨씬 더 오래되고 끝없이 흐르는 강, 그러니까 시간

---

162   Brennus. 갈리아의 세노네스 장군. 기원전 390년 알리아 전투에서 로마인을 무찔렀다.

이라고 불리는 강의 강물을 헤치고 나아갔다는 사실을 모르고
영원히 모를 것이다. 갈리아 사람들은 카이사르보다 1세기 먼저
그 기나긴 항해를 떠나기 위해 배를 건조했고, 그 배는 19세기
중엽에 제네바의 두 거리가 만나는 교차로에서 발굴되었다.
이제 그런 사실도 모른 채, 그 배는 우리의 눈앞에, 그리고 놀랍
게도 장 칼뱅이 예정론을 설교했던 대성당에서 그리 멀지 않
은 박물관에 전시되어 있다.

길모퉁이들

　이곳에는 부에노스아이레스에서 흔히 볼 수 있는 길모퉁이의 모습이 있을 것이다. 그게 어떤 것인지 내게 말해 줄 필요는 없다. 그건 차르카스와 마이푸 거리가 만나는 길모퉁이, 그러니까 우리 집이 위치한 곳일 수도 있다. 나는 나 자신의 유령으로 가득 찬 그 집을 상상한다. 들어오고 나가며 서로 교차하면서 도저히 풀 수 없을 정도로 뒤엉킨 집을. 그것은 앞집일 수 있다. 이제 그곳에는 경사로가 설치된 높은 빌딩이 있고, 그 전에는 발코니에 꽃 화분이 걸려 있던 길쭉한 하숙집 건물이 있었을 것이며, 그 이전에는 다른 집이었을 테지만 나는 전혀 알지 못한다. 그리고 독재자 로사스[163] 시절에는 비포장된 흙길에

163　후안 마누엘 데 로사스(Juan Manuel de Rosas, 1793~
　　　1877). 아르헨티나의 군인이자 정치인. 아르헨티나

보도에는 벽돌이 깔린 농장 가옥이었을 것이다. 이곳은 당신의 천국과 같았던 그 정원이 있는 길모퉁이일 수도 있다. 또한 온세 거리의 제과점이 있던 길모퉁이일 수도 있다. 바로 그곳에서 죽음을 경외하는 마세도니오 페르난데스[164]는 죽음은 우리에게 일어날 수 있는 것 중 가장 하찮은 일이라고 설명했다. 그것은 내가 레옹 블루아[165]를 알게 된 알마그로 수르 도서관이 있는 길모퉁이일 수도 있다. 한편 아직 팔각형으로 다시 조직되지 않은 광장, 그러니까 몇 개 남지 않은 그런 광장의 길모퉁이일 수도 있다. 또한 마리아 코다마와 내가 대서양을 건너 오딘이라는 이름의 가볍고 조그만 아비시니안 고양이를 담은 버들가지 바구니를 가져온 집 옆의 길모퉁이일 수도 있다. 그리고 자기가 나무인지도 알지 못하고 아낌없이 그늘을 풍성하게 제공하는 나무가 있는 길모퉁이일 수도 있다. 그것은 레안드로 알렘[166]이 닫힌 마차에서 총탄을 맞아 죽기 전에 마지막으로

연방을 통치한 독재자.

164   Macedonio Fernández(1874~1952). 아르헨티나의 작가이며 철학자. 보르헤스를 비롯한 다른 아방가르드 아르헨티나 작가들의 스승으로 널리 알려져 있다. 대표작으로 『에테르나 소설 박물관』이 있다.

165   Léon Bloy(1846~1917). 프랑스의 소설가이자 에세이스트. 그의 작품은 가톨릭교회에 대한 깊은 신앙심을 보여 주며, 대부분 절대자에 대한 커다란 소망을 반영한다. 대표작으로 『가난한 여자』가 있다.

166   Leandro N. Alem(1842~1896). 아르헨티나의 정치인이자 혁명가이며 비밀 결사 조직원. '급진 시민 연합'을 창단하여 두 개의 무장 혁명을 이끈 것으로 유명하다.

보았던 수많은 길모퉁이 중의 하나일 수도 있다. 마찬가지로 시간이 흐르면서 내가 두 개의 중국 철학사를 발견했던 서점이 있는 길모퉁이일 수도 있다. 또한 에스타니슬라오 델 캄포[167]가 죽었던 에스메랄다 거리와 라바예 거리가 만나는 길모퉁이일 수도 있다. 그리고 산산조각 난 체스 판의 조각이 각각 길모퉁이가 될 수도 있다. 혹은 이런 길모퉁이의 대부분이 될 수 있고, 따라서 그것은 보이지 않는 원형이다.

---

167   Estanislao del Campo(1834~1880). 아르헨티나의 시
        인이자 군인. 대표작으로 풍자시 『파우스토』가 있다.

레이캬비크[168]의 에스야 호텔

인생을 살다 보면 가장 보잘것없는 것들이 일종의 은혜가 되는 경우가 종종 있다.

나는 막 호텔에 도착했다. 평소처럼 맹인의 눈이 볼 수 있는 그 맑은 안개의 한가운데에서 나는 배정된 알 수 없는 방을 살펴보았다. 약간 울퉁불퉁하고 가구로 둘러싸인 벽을 어림으로 확인하면서, 나는 크고 둥근 기둥을 발견했다. 그 기둥은 너무나 넓어서 내가 양팔을 벌려도 다 감을 수 없었고, 기둥 뒤로 내 두 손을 잡기도 매우 힘들었다. 나는 곧 그것이 흰색이라는 것을 알았다. 단단하고 육중한 기둥은 천장을 향해 일어나고 있었다.

---

168   아이슬란드의 수도이며 항구 도시.

잠시 나는 거의 원형에 가까운 것이 인간에게 주는 이상한 행복을 경험했다. 나는 그 순간 내가 처음으로 느꼈던, 그러니까 유클리드 기하학의 순수한 형태(원통, 정육면체, 구체, 피라미드)가 내게 드러났을 때 느꼈던 단순하고 소박한 기쁨을 되찾았다는 사실을 알았다.

미로

이것은 크레타섬의 미로이다. 이것은 크레타섬의 미로이
며, 그 중앙이 미노타우로스였다. 이것은 크레타섬의 미로이
며, 그 중앙은 미노타우로스였고, 단테는 그것을 사람의 머리
가 달린 황소로 상상했으며, 그 돌 그물 속에서 수많은 세대가
나와 마리아 코다마가 그랬던 것처럼 길을 잃었다. 이것은 크
레타섬의 미로이며, 그 중앙은 미노타우로스였고, 단테는 그
것을 사람의 머리가 달린 황소로 상상했으며, 그 돌 그물 속에
서 수많은 세대가 나와 마리아 코다마가 그날 아침 그랬던 것
처럼 길을 잃었으며, 우리는 또 다른 미로인 시간 속에서 계속
길을 잃고 헤매고 있다.

티그레 군도(群島)[169]

내가 아는 한 초록색 섬들로 이루어진 이 비밀스러운 군도
와 경계를 이루는 도시는 어디에도 없다. 이곳의 섬들은 멀어
지면서 확실치 않은 어느 강물로 사라지는데, 그 강물은 너무
나 천천히 흘러서 문학 작품들은 '움직이지 않는 강물'이라고
불렀다. 내가 한 번도 보지 못했던 이런 섬 중의 하나에서 레오
폴도 루고네스[170]는 스스로 목숨을 끊었다. 그는 아마도 인생을

---

169 '티그레'는 부에노스아이레스에서 북쪽으로 28킬로
미터 거리에 있는 마을이며, '파라나섬'으로 알려진 여
러 개의 섬들로 이루어진 파라나강의 삼각주에 위치
한다.

170 Leopoldo Lugones(1874~1938). 아르헨티나의 시인이
자 소설가이며 정치인. 그의 단편 소설은 아르헨티나
환상 문학과 과학 소설의 선구적 작품으로 평가된다.

살면서 처음으로 자기가 이 세상의 모든 것들에게 은유와 형용사와 동사를 찾아 줘야 한다는 불가사의한 의무감에서 해방되는 느낌을 받았을 것이다.

한참 전에 나는 티그레 마을에서 이미지를 얻어서 콘래드의 작품에 등장하는 말레이시아 장면이나 아프리카 장면을 설명했는데, 어쩌면 그것은 완전히 잘못된 설명일 수도 있다. 하지만 그 이미지는 하나의 기념비를 세우는 데는 도움이 될 것이다. 물론 끝없이 계속되는 일요일마다 보는 청동 조각상보다야 오래 견디지 못하겠지만. 나는 호라티우스[171]를 떠올렸다. 내게 있어 그는 아직도 가장 불가사의한 시인이다. 그의 연(聯)은 끝나지만 종결되지 않고, 또한 조리에 맞지 않으며 산만하다. 그의 고전적인 정신이 의도적으로 강조를 자제했을 가능성도 있다. 나는 내가 쓴 글을 다시 읽으면서, 이 세상의 모든 것들에 관해 말할 때면 항상 인용을 하거나 책을 언급한다는 사실을, 일종의 달콤쌉쌀한 슬픔을 느끼며 확인한다.

---

171   퀸투스 호라티우스 플라쿠스(Quintus Horatius Flaccus, 기원전 65년~기원전 8년). 고대 로마의 서정 시인. 대표 시집으로 『카르페 디엠』, 『소박함의 지혜』 가 있다.

분수들

수많은 것들 중에서 레오폴도 루고네스는 우리에게 "산지에서 자란 나는 영혼에게 돌과의 우정이 얼마나 가치 있는지 알고 있다."라는 확신에 찬 시구를 남겼다.

나는 루고네스가 어느 정도나 산지 사람이라고 불릴 수 있었는지 잘 알지 못한다. 하지만 그런 의문, 즉 완전히 지리적 성격을 띤 의심보다는 그 형용사의 미학적 내용이나 효율성이 더 중요하다.

그 시인은 인간과 돌의 우정, 즉 따뜻한 관계를 분명히 밝힌다. 나는 다른 관계, 보다 본질적이고 설명할 수 없는 우정을 언급하려고 한다. 그것은 물과 사람의 우정이다. 보다 본질적인 이유는 우리가 살과 뼈로 만들어진 것이 아니라, 시간과 덧없음으로 이루어졌고, 그것을 나타내는 즉각적인 은유는 물이기 때문이다. 헤라클레이토스[172]는 그렇게 말했다.

모든 도시에는 분수가 있지만, 그런 분수들이 존재하는 이유는 각기 다르다. 아랍 국가들의 분수는 사막에 대한 고대의 향수에서 비롯된다. 우리가 알고 있는 것처럼, 그곳의 시인들은 저수지나 오아시스를 노래했다. 이탈리아의 분수들은 이탈리아 정신의 전형, 즉 아름다움을 갈구하는 정신을 만족시켜 주기 위해 존재하는 것 같다. 스위스의 분수들은 도시들이 항상 알프스에 있고자 하기 때문이며, 많은 공공 분수들은 산에서 내려오는 폭포를 흉내 내기 위해 존재한다고 할 수 있다. 부에노스아이레스의 분수들은 제네바나 바젤에 있는 것들보다 훨씬 더 눈에 띄고 훨씬 더 화려하다.

---

172   Heracleitos(기원전 540년경~기원전 480년경). 고대
      그리스의 전소크라테스 철학자. "같은 강물에 두 번
      들어갈 수 없다."라는 말로 유명하다.

단도의 밀롱가[173]

페우아호[174]는
관대한 손들을 내게 주었다.
로사스의 시절이 돌아오리라
예견할 필요는 없을 것이다.

수난의 십자가가 없는 손잡이는
나무와 가죽으로 만든 것.
그 아래로 칼날은
호랑이의 어두운 꿈을 꾼다.

---

173 19세기 말 가우초 문화에서 유래하여 부에노스아이
     레스에서 유행했던 경쾌한 음악.
174 부에노스아이레스 지방에 있는 도시.

단도는 자신을 망각에서 구해 준
어느 손을 꿈꿀 것이다.
그런 다음 그 손을 가진 사람의
결정에 좌우될 것이다.

페우아호의 단도,
그건 단 하나의 죽음만 야기한 것이 아니다.
대장장이는 끔찍한 운명을 갖도록
그것을 주조했던 것이다.

나는 그 칼을 쳐다보면서, 단도
또는 칼(무엇이든 상관없다.)
또는 다른 살상 무기의
미래를 예측한다.

그런 무기는 너무나 많아
세상 전체는 죽음의 순간 앞에 있다.
그것들은 너무나 많아 이미
죽음은 어디를 선택해야 할지 모른다.

이 평화로운 물건들 사이에서
너의 편한 잠을 자라
단도여, 초조해하지 말라,
곧 로사스의 시절로 돌아갈 테니.

1983년

시내 중심가의 어느 식당에서 아이데 랑헤[175]와 나는 대화를 나누고 있었다. 테이블에는 식기가 놓여 있었고, 빵 조각이 몇 개 남아 있었다. 그리고 아마도 두 개의 와인 잔이 있었던 것 같다. 충분히 우리가 함께 저녁을 먹었다고 생각할 수 있는 상황이었다. 우리는 킹 비더[176]의 영화에 대해 토론하고 있었던 것 같다. 와인 잔에는 약간의 포도주가 남아 있었을 것이다. 나는 따분함을 느끼면서, 내가 이미 말했던 것을 반복하고 있으

---

175 Haydée Lange(1902~1976). 아르헨티나의 작가. 보르헤스와 먼 친척이었으며 연인 관계였다고 알려졌다.

176 King Vidor(1894~1982). 미국의 영화감독 겸 제작자. 대표작으로는 「대행진」, 「전쟁과 평화」, 「오즈의 마법사」가 있다.

며, 그녀는 그런 사실을 알면서 기계적으로 대답하고 있다는 것을 알았다. 갑자기 나는 아이데 란지가 오래전에 죽었다는 사실을 떠올렸다. 그녀는 유령이었지만, 그런 사실을 모르고 있었다. 나는 아무런 두려움도 느끼지 않았고, 그녀에게 그 자신이 유령이라고, 아름다운 유령이라고 밝히는 것은 있을 수 없는 일이며, 어쩌면 무례한 짓일지도 모른다고 느꼈다.

이 꿈은 내가 잠에서 깨기 전에 다른 꿈으로 가지를 뻗었다.

카르티에 라탱[177]의
어느 호텔에서 구술한 메모

오스카 와일드는, 사람은 일생을 살면서 매 순간 자기 과거의 모든 것이자 자기 미래의 모든 것이라고 썼다. 그렇다면 최고의 시절을 보내고 훌륭한 문학 작품을 썼던 와일드는 이미 감옥에 갇힌 와일드였고, 또한 옥스퍼드에서 공부했던 와일드였고, 아테네에 있던 와일드였으며, 1900년에 카르티에 라탱의 알사스 호텔에서 거의 신원 불명으로 죽게 될 와일드였다. 그 호텔은 이제 '로텔' 호텔이며, 거기에는 똑같은 방이 하나도 없다. 그곳은 건축가들이 설계한 것이 아니고, 벽돌공들이 세운 것도 아니며, 오히려 가구상이 만들었다고 할 수 있을 만한 곳이다. 와일드는 사실주의를 혐오했다. 이 거룩한 은신처를

---

177   프랑스 파리의 한 구역으로 흔히 라탱 또는 라틴 지구라고 일컬어진다.

방문하는 순례자들은 이곳이 마치 오스카 와일드의 상상력을
보여 주는 유고 작품처럼 재현된 것 같다는 점에 이의를 제기
하지 않는다.

"나는 정원의 반대편을 알고 싶었어요."라고 와일드는 말
년에 앙드레 지드[178]에게 말했다. 그가 파렴치한 행위를 하고
감옥에 갇혔다는 것을 모르는 사람은 아무도 없지만, 그에게
있는 젊고 성스러운 것은 그런 불행을 무시했고, 애처로움과
감동을 추구한 어느 유명한 담시(譚詩)는 그의 작품에서 가장
훌륭한 것이 아니다. 나는 『도리언 그레이의 초상』, 그러니까
로버트 루이스 스티븐슨[179]의 유명한 소설을 헛되고 사치스럽
게 다시 쓴 작품에 대해서도 똑같이 말할 수 있다.

오스카 와일드가 쓴 작품들은 우리에게 어떤 끝 맛을 남길
까? 그것은 오묘한 행복의 맛이다. 그럴 때면 우리는 파티, 즉
샴페인을 생각한다. 우리는 기쁘고 감사하는 마음으로 「창녀
의 집」, 「비밀 없는 스핑크스」, 미학적 대화, 에세이들, 동화, 명
언들, 보석과 같은 서지에 관한 주석, 그리고 끝이 없는 희극들
을 떠올린다. 그 연극들은 너무 순진해서 너무 멍청한 인물들
을 우리에게 보여 준다.

와일드의 문체는 당대의 특정 문학 학파, 즉 시각적이자 음

---

178   André Gide(1869~1951). 프랑스의 소설가이자 비
        평가. 1947년 노벨 문학상 수상자. 대표작으로『좁은
        문』, 『지상의 양식』이 있다.

179   Robert Louis Stevenson(1850~1894). 영국의 소설가.
        대표작으로『보물섬』, 『지킬 박사와 하이드 씨』가 있다.

악적 효과를 추구했던 '옐로 나인티스(Yellow Nineties)'의 장식적인 양식이었다. 그는 이런 문체를 구사했지만, 결코 미소를 잃지 않았다. 아마도 그 어떤 문체를 사용했더라도 그랬을 것이다.

와일드를 전문적으로 비평하는 것은 내 한계를 넘어서는 일이다. 그를 생각하는 것은 친한 친구, 그러니까 한 번도 보지 못했지만 목소리를 알고 있어서 매일 그리워하는 사람을 생각하는 것과 같다.

아르스 마그나 혹은 위대한 비법

나는 마요르카의 라이문도 룰리오[180] 거리 모퉁이에 서 있다.

에머슨[181]은 언어란 화석이 되어 버린 시라고 말했다. 이 금언을 이해하려면 모든 추상적인 단어들은 실제로 은유라는 것을 떠올리는 것으로 충분하다. 심지어 '은유(metaphor)'라는 단어도 그리스어로 '이동하다' 또는 '운반하다'라는 뜻이다. 성경, 다시 말해 성령이 선택해서 승인한 단어들의 통일체를 숭

---

180   Raimundo Lulio 혹은 Ramón Llull(1232년경~1315년
       혹은 1316년). 마요르카 왕국의 철학자이자 시인이며
       신학자. 복자로 선포되었으며 축일은 11월 27일이다.
       대표작으로는 『명상의 기술』, 『아르스 마그나』가 있다.
181   랠프 월도 에머슨(Ralph Waldo Emerson, 1803~1882).
       미국의 시인이자 사상가. 대표작으로 『자연』, 『위인이
       란 무엇인가』가 있다.

배한다고 공언했던 13세기는 은유적인 방식의 생각을 할 수 없었다. 비범한 재능을 지니고, 몇몇 단어들(선행, 위대함, 영원성, 권력, 지혜, 의지, 미덕과 영광)은 하느님의 것이라고 여겼던 라이문도 룰리오는 일종의 생각하는 기계를 구상했다. 그것은 나무의 동심원으로 만들어지고, 하느님의 단어을 보여 주는 상징으로 가득했다.

체계적인 연구자가 장치를 작동시키면, 신학적 질서에 대해 한계가 없는, 거의 무한하게 많은 개념을 제공할 터였다. 영혼의 능력과 이 세상에 존재하는 만물의 성질에 대해서도 그는 같은 구상을 했다. 익히 예상할 수 있듯이, 이런 모든 조합 장치는 어디에도 쓸모가 없었다.

몇 세기가 지난 후 조너선 스위프트[182]는 『걸리버의 세 번째 여행기』에서 룰리오를 비웃었다. 그리고 라이프니츠[183]는 이것을 심각하게 고려했지만, 물론 그걸 재구성하지는 못했다.

프랜시스 베이컨[184]이 예언했던 실험 과학은 이제 우리에게 인공 두뇌학을 선사했다. 그것은 사람이 달을 밟게 해 주었고 이런 과학의 산물인 컴퓨터는(이런 말이 받아들여진다면) 룰리오의 야심적인 동심원들의 때늦은 자매들이다.

---

182   Jonathan Swift(1667~1745). 아일랜드의 소설가이자 성공회 성직자. 대표작으로 『걸리버 여행기』가 있다.

183   Gottfried Wilhelm Leibniz(1646~1716). 독일의 철학자이자 수학자. 대표 작품으로 『결합 법론』, 『인간 오성 신론』이 있다.

184   Francis Bacon(1561~1626). 영국의 철학자이자 정치인. 데카르트와 함께 근세 철학의 개척자이다.

마우트너[185]는 동운(同韻) 사전 역시 생각하는 기계라고
말한다.

프리츠 마우트너(Fritz Mauthner, 1849~1923). 독일
의 사상가이자 연극 평론가. 인간 지식에 대한 비판에
서 비롯된 철학적 회의론의 주창자이다.

라 종시옹[186]

두 개의 강이 이곳에서 합류한다. 하나는 더할 수 없이 유명한 론강이고, 다른 하나는 거의 비밀스럽게 남아 있는 아르브강이다. 신화는 사전에서 나온 허황된 것들이 아니라, 영혼의 영원한 기질이다. 하나로 합쳐지는 두 강은 하나로 융합되는 고대의 두 정령과 다소 비슷하다. 라바르덴[187]은 송가를 썼을 때 틀림없이 그런 느낌을 받았을 것이다. 하지만 그가 느낀 것과 본 것에 수사와 과장의 문체가 개입해서 두 개의 커다란 흙

---

186   제네바에 있으며, 아르브강과 론강이 만나 짧은 거리나마 나란히 흐르는 곳.

187   마누엘 호세 데 라바르덴(Manuel José de Lavardén, 1754~1809). 아르헨티나의 교육자이며 변호사이자 시인이며 극작가. 대표작으로 시집 『파라나강 송가(頌歌)』가 있다.

탕물 강을 자개로 바꾸었다. 이것 말고도 물과 관련된 모든 것은 시적이며, 그래서 결코 끊임없이 불안을 야기한다. 육지 안으로 들어오는 바다는 '피오르드', 즉 '내포(內浦)'인데, 이 단어들에는 무한한 울림이 있다. 바다 안으로 흘러드는 강들은 "우리의 삶은 죽음이라는 저 바다로 흘러드는 강과 같다."라는 만리케[188]의 은유를 생각나게 한다.

'라 종시옹'의 강둑에 내 외할머니 레오노르 수아레스 데 아세베도의 유해가 묻혀 있다. 할머니는 우루과이의 메르세데스라는 곳에서 태어났다. 작은 전쟁이 일어나는 동안이었는데, 아직도 우루과이에서는 그것을 '큰 전쟁'이라고 부른다. 그리고 1917년경에 제네바에서 세상을 떠났다. 할머니는 자기 아버지가 후닌의 팜파 지역에서 말을 타고 이룬 업적을 기억하면서 살았다. 또한 "라플라타강의 세 위대한 폭군인 로사스, 아르티가스[189]와 솔라노 로페스[190]"에게 증오를 느끼며 살았다. 하지만 갈수록 진저리를 냈고, 결국 그들은 순전히 입으로만 증오하는 존재가 되었다. 할머니는 기운이 완전히 빠져 세상

---

188 호르헤 만리케(Jorge Manrique, 1440~1479). 스페인의 시인이며, 대표작으로는 「아버지의 죽음을 애도하는 시」가 있다.

189 호세 헤르바시오 아르티가스(José Gervasio Artigas, 1764~1850). 우루과이의 국민 영웅 혹은 '우루과이 독립의 아버지'라고 불린다.

190 프란시스코 솔라노 로페스(Francisco Solano López, 1827~1870). 1862년부터 죽을 때까지 파라과이의 대통령이었던 독재자.

을 떠났다. 우리 모두는 할머니의 침상을 에워쌌고, 할머니는 너무나 희미해서 들릴락 말락한 목소리로 "내가 평화롭게 죽게 놔둬."라고 말했고, 이것이 내가 처음이자 마지막으로 할머니의 입으로 들은 상스러운 말이었다.

1982년 7월, 마드리드

공간은 마(碼)나 야드 또는 킬로미터로 측정될 수 있다. 수명과 같은 시간은 공간처럼 도량형 단위로 재기에 적당하지 않다. 나는 얼마 전에 I도 화상을 입었고, 의사는 내게 마드리드 호텔의 이 비인간적인 방에서 열흘이나 열이틀 정도 머물러야 한다고 했다. 나는 이 날짜들의 총량은 불가능하다는 사실을 알고 있다. 하루하루는 실재하는 순간들로 이루어지며, 각각의 순간은 나름의 맛, 그러니까 우울, 기쁨, 흥분, 싫증, 혹은 열정의 맛을 갖고 있을 것이다. 윌리엄 블레이크는 『예언서』의 어느 시구에서 I분은 각각 60여 개의 쇠문을 가진 60여 개의 황금 궁전으로 구성된다고 주장했다. 매우 당연한 소리지만, 이 인용문은 독창적일 뿐만 아니라 너무나 모험적이고 잘못된 것이다. 유사한 방식으로 조이스의 『율리시스』는 『오디세이』의 기나긴 모험을 더블린의 단 하루로, 일부러 평범하고 사소하게 요약했다.

내 발은 내게서 약간 멀리 떨어져서 내게 소식을 보낸다. 그것은 아픔처럼 보이지만, 아픔은 아니다. 나는 이미 내가 이 순간에 대해 향수를 느끼게 될 순간에 대해 향수를 느낀다. 기억 속에서 이 강요된 체류라는 믿기지 않는 시간은 단 하나의 이미지가 될 것이다. 부에노스아이레스로 돌아가면 나는 그 기억을 그리워할 것임을 안다. 아마도 오늘 밤은 끔찍할 것 같다.

라프리다 거리 1214번지

나는 이 계단으로 올라갔다. 몇 번인지는 오늘날 비밀이다. 위에서 술 솔라르[191]가 나를 기다리고 있었다. 그는 키가 크고 항상 웃는 얼굴에 광대뼈가 솟아난 사람이다. 그에게는 프로이센 사람과 슬라브족, 그리고 스칸디나비아 사람의 피가 뒤섞여 흐른다.(그의 아버지 슐츠는 발트해 사람이다.) 또한 롬바르드족과 라틴족의 피도 흐른다.(그의 어머니는 이탈리아 북부 출신이다.) 하지만 더 중요한 것은 또 다른 결합이다. 즉, 수많은 언어와 종교, 그리고 언뜻 모든 별들이 결합되어 있는 듯 보이는 것이다. 그가 점성술사이기 때문이다. 사람들, 특히 부에노스아이레스 시민들은 현실이라고 불리는 것을 수용하면서 살

---

191   Xul Solar(1887~1963). 아르헨티나의 화가이자 작가이며 인공어 발명자.

아간다. 하지만 술은 모든 것을 바꾸고 다시 만들면서 살았다. 그는 두 개의 언어를 만들었다. 하나는 '크레올'이라는 언어인데, 그것은 바보 같은 말들을 약간 제거하고 뜻하지 않은 신조어로 풍요롭게 만든 스페인어였다. 그는 스페인어로 '장난감'을 뜻하는 후게테(juguete)라는 단어에서 몸에 해로운 후고(jugo, 주스)라는 단어를 간파했다. 그리고 '토이키스'나 '토이러브'와 같은 단어로 말하는 걸 좋아했다. 또한 사람들에게 앉으라고 할 때, '세인트싯다운'이라고 말하기도 했으며, 망연자실한 어느 아르헨티나 부인에게는 "당신에게 노자의 책을 추천합니다."라고 말하면서 이렇게 덧붙였다. "뭐라고요? 『도덕경』이 너 자신을 모른다고요?" 또 다른 언어는 점성술에 바탕을 둔 '팬랭귀지(panlanguage)'[192]이다. 그는 또한 '판후에고(panjuego)'[193]를 고안했는데, 그것은 일종의 복잡한 12진법 체스로 144칸의 체스 판 위에서 전개되는 놀이였다. 내게 그 놀이를 설명할 때마다 그는 너무 초보적이고 단순하다고 생각했는지, 새로운 것을 파생시켜 좀 더 풍요롭게 만들었고, 따라서 나는 그 놀이를 끝내 배울 수 없었다. 우리는 함께 윌리엄 블레이크의 작품을 읽었다. 특히 그의 『예언서』를 읽었는데, 그는 내게 그 책에 실린 신화를 설명했지만, 그것에 항상 동의한 것은 아니었다. 그는 터너[194]

---

192   '범(汎)언어'라는 의미.

193   '범(凡)놀이'라는 의미.

194   조지프 말로드 윌리엄 터너(Joseph Mallord William Turner, 1775~1851). 영국의 풍경화 화가. 당대에는 문제적인 인물로 여겨졌지만, 현재는 풍경화를 역사화의 수준으로 높인 예술가로 평가된다.

와 파울 클레[195]를 존경했고, 대담하게도 1920년대에 피카소를
높이 평가하지 않았다. 나는 그가 시를 언어보다 낮게 평가하
지 않았으며, 그에게는 미술과 음악이 본질이었으리라 생각한
다. 그는 반원형의 피아노를 제작했다. 또한 돈이나 성공 같은
것에 관심이 없었다. 그는 블레이크나 스베덴보리[196]처럼 영혼
의 세계에서 살았다. 그리고 하나의 신으로는 부족하다고 여
겨 다신교를 숭배했다. 또한 바티칸을 지도책에 있는 거의 모
든 도시에 지점을 두는 로마의 기관으로 찬양했다. 나는 그의
서재보다 융통성 있고 유쾌한 도서관을 본 적이 없다. 그는 내
게 도이센[197]의 『철학사』를 소개해 주었는데, 그 책은 다른 것
들처럼 그리스에서 시작하는 게 아니라 인도와 중국의 철학에
서 시작하며, 한 장을 길가메시 서사시에 할애했다. 그는 티그
레 군도의 한 섬에서 세상을 떠났다.

술은 자기 아내에게 그녀가 자기 손을 잡고 있는 한 죽지 않
을 것이라고 말했다.

그런데 어느 날 밤 그녀는 잠시 그의 곁을 떠나야 했고, 돌
아왔을 때 술은 죽어 있었다.

기억에 남는 유명한 인물들은 모두 일화 속에 갇힐 위험이

---

195   Paul Klee(1879~1940). 스위스 화가. 화풍은 초현실주
       의, 표현주의와 입체파 등 다양하다.
196   에마누엘 스베덴보리(Emanuel Swedenborg, 1688~
       1772). 스웨덴의 신학자이자 천문학자. 대표적인 저
       서로 『천국은 있다』가 있다.
197   파울 야코프 도이센(Paul Jakob Deussen, 1845~1919).
       독일의 철학자로 프리드리히 니체의 친구로 유명하다.

있다. 나는 이제 그 불가피한 운명이 목표를 달성하도록 도우
려 한다.

사막

피라미드에서 300미터나 400미터쯤 떨어진 곳에서 나는 몸을 숙여 모래 한 줌을 떴고, 그것을 조금 더 떨어진 곳에 조용히 떨어뜨렸다. 그러면서 작은 목소리로 "나는 지금 사하라를 바꾸고 있어."라고 말했다. 별것 아닌 행위였지만, 별로 독창적이지 않은 그 말은 정확했고, 나는 그 말을 하는 데 내 평생이 필요했다고 생각했다. 기억하건대, 나의 이집트 체류에서 가장 의미 있는 순간 중 하나였다.

1983년 8월 22일

브래들리[198]는 현재의 순간이란 우리를 향해 흘러나오는 미래가 과거로 분해되는 것이라고, 다시 말하면, 부알로[199]가 다소 울적한 마음으로 말했던 것처럼, 존재란 존재하는 것이 중지되는 것이라고 믿었다.

내가 말하는 순간은
이미 내게서 멀리 있다.

---

198   프랜시스 허버트 브래들리(Francis Herbert Bradley, 1846~1924). 영국의 관념론 철학자. 대표작으로는 『현상과 실재』가 있다.

199   니콜라 부알로(Nicolas Boileau, 1636~1711). 프랑스의 시인이자 평론가. 대표작으로 시집 『풍자시』와 에세이집 『숭고함에 관하여』가 있다.

어쨌든 간에, 무언가를 하기 전날 밤이나 풍부한 기억은 불가해한 무형의 현재보다 사실적이다. 여행을 떠나기 전날 밤은 여행에서 빠질 수 없는 부분이다. 우리의 유럽 여행은 사실상 그제, 즉 8월 22일에 시작했지만, 18일의 그 저녁 식사 때 미리 나타났다. 마리아 코다마와 알베르토 히리, 그리고 엔리케 페소니와 나는 일본 식당에서 모였다. 그때 먹은 음식은 금방 사라지는 동양의 여러 맛을 조금씩 모아 놓은 것이었다. 임박해 보이던 여행은 이미 대화 속에서 존재했고, 그 식당의 여주인이 우리에게 준 뜻하지 않은 샴페인에도 존재했다. 내가 보기에 피에다드 거리에 있는 일본풍 장소도 독특했고, 여기에 생일을 축하하던 나라 혹은 가마쿠라에서 온 몇몇 사람들이 합창하는 목소리와 음악이 더해졌다. 우리는 그렇게 부에노스 아이레스에 있으면서 곧 유럽으로 여행을 떠날 예정이었지만, 동시에 기억되고 예감된 일본에 있었다. 결코 잊지 못할 밤이었다.

슈타우프바흐 폭포

　　나이아가라 폭포의 유명세에는 비교할 수 없지만, 라우터브루넨[200]의 '슈타우프바흐'는 훨씬 더 위압적이고 기억에 남는 폭포이다. 그것은 맑은 샘물에서 먼지가 바람에 날리듯이 떨어지는 물줄기로, 내가 그 폭포를 처음 본 것은 1916년경이었다. 멀리서 수직으로 떨어지는 무거운 물줄기의 커다란 속삭임이 들렸다. 그것은 아주 높은 곳에서 돌우물 속으로 무너져 내리면서, 아마도 시간이 거의 시작할 무렵부터 계속해서 그 바위를 깊게 파는 듯했다. 우리는 그곳에서 하룻밤을 보냈다. 마을 사람들처럼 우리에게도 끝없는 물소리는 결국 침묵이 되고 말았다.

200　　스위스 베른주에 위치한 도시.

다양하고 복잡한 스위스에는 수많은 것들이 있다. 거기에는 또한 끔찍하게 멋지고 인상적인 장소도 있다.

콜로니아 델 사크라멘토[201]

전쟁은 마찬가지로 이곳으로도 지나갔다. 내가 '마찬가지로'라고 쓴 것은 이 단어가 지구상의 거의 모든 지역에 적용될 수 있기 때문이다. 사람이 사람을 죽이는 것은 마치 출산이나 꿈처럼 인류의 가장 오래되고 독특한 습관 중 하나이다. 여기에, 바다 반대편에서부터 알주바로타와 이제는 먼지가 된 그곳 왕들의 거대한 그림자가 드리워졌다. 여기서 스페인과 포르투갈이 전투를 벌였고, 포르투갈은 나중에 다른 이름을 수용했다. 나는 브라질 전쟁 동안 내 조상 중의 한 명이 이 광장을 포위했다는 사실을 알고 있다.

여기서 우리는 시간의 존재를 너무나 분명하게 느낀다. 그

---

201   우루과이 남서부에 위치한 도시로 콜로니아주의 주도 이다.

것은 이 위도에서는 너무나 보기 힘든 현상이다. 이곳의 벽들
과 집에는 과거가 있는데, 라틴아메리카에서는 그런 맛을 감
사하게 여긴다. 여기서는 이름이나 날짜는 필요 없다. 마치 음
악을 듣는 것처럼 우리가 즉시 느끼는 것만으로 충분하다.

부에노스아이레스의 라 레콜레타 공동묘지

여기에는 후닌 전투에서 경기병들의 진격을 지휘했던 이시도로 수아레스[202]가 없다. 거의 전투라고도 할 수 없었지만, 그 전투는 라틴아메리카의 역사를 바꾸었다.

여기에는 펠릭스 올라바리아가 없다. 그는 수아레스와 함께 군사 행동을 감행하고 함께 음모를 꾸몄으며, 함께 긴 행진을 했고, 함께 눈 덮인 산꼭대기를 지났으며, 함께 위험을 감수했고, 함께 우정을 나누었으며, 함께 추방을 당했다. 여기에는 그의 먼지의 먼지가 남아 있다.

---

202   Isidoro Suárez(1799~1846). 아르헨티나의 군인으로 후닌 전투에서 페루와 콜롬비아 기갑 부대를 이끌면서 라틴아메리카 독립 전쟁에서 싸웠다. 후에 아르헨티나 내전에도 참가했다.

여기에는 라 베르데에서 미트레[203]가 항복하자 스스로 목숨을 끊은 우리 할아버지도 없다.

여기에는 내게 참을 수 없는 불멸을 불신하도록 가르쳐 주었던 우리 아버지도 없다.

여기에는 내게 너무 많은 것을 용서해 주었던 우리 어머니도 없다.

여기의 비문과 십자가 아래에는 거의 아무것도 없다.

여기에 나는 없을 것이다. 내 머리카락과 손톱은 여기에 있겠지만, 그것들은 나머지가 죽었으며, 자신들이 계속 자랄 것이며 결국 먼지가 되리라는 사실은 모를 것이다.

여기에 나는 없을 것이다. 나는 망각, 그러니까 세상을 만들고 있는 보잘것없는 물체의 일부가 될 것이다.

---

203   바르톨로메 미트레 마르티네스(Bartolomé Mitre Martínez, 1821~1906). 아르헨티나의 군인이자 정치인. 1862년부터 1868년까지 아르헨티나 대통령을 역임했다.

업적으로 구원된 것에 관해

시간이 흐르면 오는 어느 가을에 신도[204]의 신들이 이즈모에 모였다. 신들이 모인 건 처음이 아니었다. 사람들 말에 따르면, 신들의 수는 800만이라고 하지만, 성격이 매우 소심한 나는 그렇게 많은 이들 속에 있으면 약간 당황할 것 같다. 어쨌든 생각조차 할 수 없는 숫자를 취급하는 건 바람직하지 않다. 그냥 여덟 신이라고 말하자. 이 열도에서는 8이 좋은 징조이기 때문이다.

그들은 풀이 죽어 있었지만, 그걸 드러내지는 않았다. 신들의 얼굴은 제대로 해독할 수 없는 간지, 즉 한자이기 때문이다. 신들은 어느 작은 산의 푸른 정상에 둥글게 둘러앉았다. 그들

---

204 神道. 일본의 민속 신앙 체계로, 일본 고유의 다신교 종교.

은 하늘에서 혹은 바위에서, 또는 눈송이에서 사람들을 감시하고 있었다. 어느 신이 말했다.

수많은 날, 혹은 수천 년 전에 우리는 이곳에 모여 일본과 세상을 만들었습니다. 물, 물고기, 무지개의 일곱 빛깔, 여러 세대의 식물과 동물이 모두 잘 만들어졌습니다. 사람들이 너무 많은 것에 압도되지 않도록, 우리는 그들에게 자손을 주었고, 여러 개의 낮과 하나의 밤을 주었습니다. 우리는 사람들에게 몇 가지 변화를 실험할 수 있는 재능을 부여했습니다. 벌은 벌통을 계속 반복해서 만듭니다. 그러나 사람은 쟁기, 열쇠, 만화경 같은 도구를 상상했습니다. 또한 칼과 전쟁 기술을 상상했습니다. 그리고 얼마 전에는 역사에 종지부를 찍을 수 있는 눈에 보이지 않는 무기를 상상했습니다. 이런 분별없는 일이 일어나기 전에, 사람들을 지워 버립시다.

그들은 생각에 잠겼다. 다른 신이 전혀 서두르는 기색 없이 말했다.

사실입니다. 사람들은 그런 흉악한 것을 상상했지만, 또한 전혀 다른 이런 것도 있습니다. 열일곱 개의 음절이 포함된 공간에 딱 들어맞습니다.

그 신은 열일곱 음절을 읊조렸다. 내가 모르는 언어의 음절이라 나는 무슨 말인지 이해할 수 없었다.

그때 최고의 신이 판결을 내렸다.

사람들을 그대로 두라.

그랬다. 하이쿠의 업적 덕분에 인류는 목숨을 구했다.

이즈모, 1984년 4월 27일

후기

우리에게 아틀라스란 무엇이었죠, 보르헤스?

그것은 세계의 영혼으로 구성된 우리의 꿈을 시간의 직물로 짜기 위한 핑계였어요.

여행을 떠나기 전에 우리는 눈을 감고 양손을 모은 채 지도책을 아무 데나 펼쳐서 우리의 손가락 끝이 불가능한 것을 알맞게, 그러니까 산이 얼마나 가파른지, 바다가 얼마나 매끄러운지, 섬을 마술적으로 보호하는 것이 무엇인지 짐작하도록 놔두었지요. 현실은 문학과 예술, 그리고 우리 어린 시절의 기억으로 이루어진 팔림프세스트[205]였어요. 당신이 혼자 있을

---

205   Palimpsest. 양피지가 귀했던 중세 시대, 양피지 표면의 글씨를 긁어 내고 재사용하는 것. 보르헤스는 원래 쓰인 언어를 이렇듯 베끼고 지우고, 지우는 것을 반복하

때면 이런 것들은 너무나 흡사했어요.

로마는 내게 괴테의 비가를 읊는 당신의 목소리일 것이고, 당신에게 베네치아는 내가 산마르코스 광장에서 해 질 녘에 연주회를 들으면서 전해 주었던 무엇일 거예요. 파리는 고집 부리던 어린 당신, 그러니까 호텔 방에 틀어박혀 초콜릿을 먹으면서 위고를 읽던 당신일 거예요. 그러면서 당신은 당신의 방식으로 파리를 발견했지요. 내게 파리는 루브르 박물관의 돌계단 위에서 「사모트라케의 니케」를 보았을 때 우리가 흘린 눈물일 거예요. 아버지가 내게 아름다움을 가르쳐 주었던 바로 그 석상이죠. 아름다움은 실현된 조화였고, 불가능을 가능하게 한 것이며, 움직이는 튜닉의 주름 속에 바다의 산들바람을 영원히 멈추게 하는 것이었어요. 사막은 옴두르만 전투[206]와 아라비아의 로런스, 그리고 침묵의 신비주의였어요. 그러나 당신과 함께 있으면서 피라미드 옆에서 당신이 내게 주었던 말들의 제국, 즉 "사막을 바꾸고 있다."라는 말과 달이 나의 거울이라는 것을 밝혀 주었던 그날 밤이 되었어요.

우리에게 시간은 오목했고 우리의 보호자였어요. 우리는 오딘과 베포, 그러니까 바구니와 가구 속에 있는 우리의 고양이들처럼, 너무나 순진하게, 그리고 신비를 발견하고 싶은 호기심에 굶주려 시간 속으로 들어갔지요.

이제 나는 여기에 남아서, 시간 너머의 또 다른 시간을 만

는 것이야말로 창작의 본질이라고 보았다.

206   영국과 이집트의 연합군이 수단의 알라군과 싸워 승리한 전투.

들고 있어요. 거기서 당신은 별들을 돌아다니고, 우주의 언어를 배우고 있어요. 당신도 이미 아는 것처럼 시와 아름다움과 사랑은 그곳에 있어요. 눈이 부시고 강렬하기 때문이지요. 반면에 나는 매일매일 부지런하게 나라들을 돌아다니며 부지런히 사람들을 만나고 있어요. 이런 각각의 순간이 나를 당신에게 가까이 가게 할 것이고, 그러면 우리가 손을 함께 잡기 위해 필요한 그런 모든 것들이 이루어질 거예요. 실제로 이런 일이 이루어진다면, 우리는 또다시 파올로와 프란체스카, 헹기스트와 호르사, 울리카와 하비에르 오탈로라, 보르헤스와 마리아, 프로스페로와 아리엘이 될 거예요. 그러면서 결정적으로 함께 있게 될 것이고, 영원의 빛이 될 거예요.

    사랑하는 보르헤스, 내 사랑과 평화가 당신과 함께하기를. 그때까지.

마리아 코다마

3부   나를 사로잡은

책들

「나를 사로잡은 책들(Textos cautivos)」은 호르헤 루이스 보르 헤스가 1936년부터 1940년까지 잡지《엘 오가르(El hogar)》에 연재한 작품을 모은 선집이다. 엔리케 사세리오-가리와 에미 르 로드리게스 모네갈이 편집했다. 보르헤스가 기고한 '외국 작가와 책' 부분은 1) 에세이, 2) 전기, 3) 리뷰, 4) '문학계 단 신'이라는 제목으로 발표된 논평, 이렇게 네 영역으로 구분된 다. 여기서는 1986년 부에노스아이레스에서 출간된 투스켓 출 판사(Tusquets Editores)의 판본을 따랐다. 이 판본은 시간 순서 를 유지하는데, 제목 옆의 오른쪽 끝에 괄호를 넣어 그 안에 1), 2), 3) 영역에 해당하는 약자를 표시했고, 4) 영역의 논평은 원 래의 제목을 그대로 썼다.《엘 오가르》에 연재한 90여 편의 작 품은 여전히 책의 형태로 편집되지 않은 보르헤스의 다른 작 품과 함께 엮어 낼 예정이다.

칼 샌드버그

[전기]

　　미국 최초의 시인이자 가장 미국적인 시인이라 할 수 있는 칼 샌드버그(Carl Sandburg)는 1878년 1월 6일 일리노이주의 게일스버그에서 태어났다. 그의 아버지 오거스트 존슨은 스웨덴 출신으로 시카고 철도 작업장의 직원이었다. 그 직장에는 존슨, 젠슨, 존스턴, 제이슨, 잰슨과 같이 유사한 이름이 많았기 때문에 아버지는 결코 혼동되지 않을 성으로 샌드버그를 택했다.

　　이사를 다니지는 않았지만 칼 샌드버그는 월트 휘트먼, 마크 트웨인, 그리고 그의 동료인 셔우드 앤더슨과 같이 다양한 직종에서 일했고 그중 몇 가지는 매우 고단한 것이었다. 열세 살에서 열아홉 살까지 이발소 문지기, 마부, 무대 장치사, 벽돌 공장의 인부, 목수, 캔자스시티·오마하·덴버의 호텔들에서 접시닦이, 농장 노동자, 난방기와 벽에 그림을 그리는 일을 했다. I898년에는 일리노이주의 제6 보병 부대에 자원입대하여 푸에르토리코에서 스페인을 상대로 I년 가까이 복무했다.(하지만 그의 시에는 군대에서의 경험이 담겨 있지 않다.) 제대 후에는 군대 동료의 충고를 받아들여 게일스버그 칼리지에 등록했다. 그 기간 동안(I899~I902) 처음으로 글을 썼다. 몇몇 습작들은 샌드버그답지 않은 것이었다. 당시에 그는 자기가 글보다는 야구를 더 좋아한다고 믿었다. I904년에 나온 첫 번째 책에는 이미 그의 제자라면 거부하지 못할 요소들이 담겨 있었다. 샌드버그의 특징은 I0년 이상 걸려 쓴 「시카고」라는 시에 본격적으로 드러난다. 미국은 바로 그를 알아보고 찬사를 보냈으며, 이후 기억을 통해 그를 발굴하기도 하고 비난하기도 했다. 비난하는 이들은 그의 시에 동음운이 없다며, 따라서 시가 아니라고 단정했다. 옹호하는 편에서는 이에 맞서 하인리히 하이네[207]나 다윗 왕, 월드 휘트먼의 이름과 예를 들었다. 세계 다른 나라에서는 사라졌지만 아직 아르헨티나에서만 진행 중인 이 논쟁을 반복할 필요는 없을 것이다.

　I908년에 (당시 밀워키의 기자였던) 샌드버그는 결혼했다. I9I7년에는 《데일리 뉴스》에 입사했고, 이듬해에는 선조들의 땅인 스웨덴과 노르웨이를 여행했다. 몇 년 후 『매연과 강철』을 출간했다. 이 책에는 다음과 같은 헌사가 실려 있다. "밤의 풍경과 얼굴의 화가이자, 징조와 순간을 녹음하고, 오후의 푸른 바람과 몽상적이고 신선한 노란 장미에 귀를 기울이며, 정

207　　Heinrich Heine(I797~I856). 유대인 출신의 독일 시인.

원과 계곡, 전장의 위대한 아침을 알리는 기병 에드워드 스타이켄[208] 대령에게 바친다."

샌드버그는 강연에서 자신의 시를 천천히 음미하며 낭송하고, 오래된 노래를 수집하면서 미국 전역을 순회했다. 그의 진지한 목소리와 기타를 녹음한 축음기용 음반이 남아 있다. 샌드버그는 시를 실제 말하는 것처럼 쓴다. 사전에는 나오지 않고 미국의 거리에서나 들을 수 있는 구어체이자 대화체 영어이며, 결론적으로 말해 토종 미국어이다. 그의 시에는 의도된 서투름과 부주의를 가장한 재능이 끊임없이 드러난다.

칼 샌드버그의 시에는 피곤한 슬픔, 황혼이 깃드는 평원의 시간, 탁한 강물, 별 의미는 없지만 소중한 기억, 밤낮으로 시간이 허비되는 것을 보며 느끼는 인간의 슬픔이 보인다. 뉴욕의 3층 건물이나 4층 건물에서 휘트먼은 하늘을 향해 수직으로 뻗은 도시를 찬양했다. 아찔한 도시 시카고에서 샌드버그는 고독과 쥐 떼와 벌판이 잔해로 남는 도시의 먼 미래를 예견했다.

샌드버그는 여섯 권의 시집을 발간했다. 마지막 시집 중 하나의 제목은 『굿모닝 아메리카!』이다. 역시 일리노이주 출신인 링컨의 어린 시절에 관한 전기와 어린이를 위한 책 세 권을 내기도 했다. 같은 해 9월에는 장편 서사시 「민중이여, 옳습니다」를 발표했다.

---

208   Edward J. Steichen(1879~1973). 미국의 사진작가.

아주 오래된 거리

어느 오래된 도시의 거리를 걸었네, 오랜 시간 동안 소금에 절여 보관한 딱딱한 바다 생선의 목구멍처럼 거리는 말라 있었네.

우리는 늙었고, 늙었고, 늙었구나! 이것저것 간섭하는 늙은 시골 아낙네처럼, 지쳐서 꼭 필요한 것만을 하는 나이 든 대모처럼.

이 도시가 외지인인 나에게 줄 수 있는 가장 큰 것은 모든 골목마다 있는 왕의 동상. 모든 민중을 위해 책을 쓰고 신의 사랑에 대해 말하는, 수염이 덥수룩한 노왕의 동상과, 군대를 이끌고 국경을 넘어 적들의 목을 베고 왕국을 확장시킨 젊은 왕의 동상들.

내가 보기에 가장 이상한 것, 이 오래된 도시의 이상한 것은 겨드랑이와 동(銅)으로 만든 왕의 손가락을 통과하는 바람의 소음이다. 피할 방법은 없는가? 바람은 영원히 그치지 않을 것인가?

눈발이 날리는 이른 아침, 왕들 중 하나가 소리친다. "피곤한 아낙네가 나를 볼 수 없는 곳으로 나를 내려다 다오, 나를 만든 동을 사나운 불길 속에 던져 다오, 그리고 춤추는 아이들을 위해 나에게 훈장을 만들어 다오.

　　　　　　　　　　　　　　　　　— 칼 샌드버그

구스타프 마이링크의 『서쪽 창문의 천사』

[리뷰]

상당히 신화적인 소설인 『서쪽 창문의 천사』는 제목처럼 아름다운 소설은 아니다. 작가인 구스타프 마이링크(Gustav Meyrink)는 환상 소설 『골렘』으로 명성을 얻었다. 이 소설은 신화학, 에로스, 관광, 프라하의 '지역색', 검열되지 않은 꿈, 다른 이들의 삶이나 과거에 대한 동경, 여기에 현실까지 유머 있게 결합한 매우 시각적인 작품이다. 뒤이어 쓴 책은 그보다 재미있지 않았다. 이 책에서는 호프만이나 에드거 앨런 포의 영향보다는 독일에서 유행했던(그리고 여전히 유행하는) 다양한 신화적 분파의 영향이 확인된다. 동양 방문은 그에게 불행한 결과를 안겼지만, 동양의 지혜는 그를 '빛나게 했다.' 그는 점차 가장 순진한 독자와 스스로를 동일시하게 되었다. 그의 작품은 그가 가진 믿음을 표현하는 행위이자, 나아가 선전으로 변했다.

『서쪽 창문의 천사』는 훌륭한 시적 분위기로 복구된, 혼란스러운 기적의 연대기이다.

매티슨의 『T. S. 엘리엇의 성취』

[리뷰]

이 책에서 강조하는 것은 엘리엇의 무지가 아니라 명석함이다. 그에 대한 스캔들을 내세우거나 속물처럼 그를 찬양하

는 방식과 거리를 두면서 매티슨(F. O. Matthiessen)은 엘리엇의
시학과 비평 작품을 연구했다. 즉, 토머스 엘리엇이라는 개인
보다는 그의 사상에, 사상보다는 그것을 제시하는 형식에 관
심을 두었다. 모든 페이지에 인간적 문서나 핵심 없이 일반적
내용을 포함하는 시를 담은 것은 오류로 보인다. 결과적으로
그는 섬세하고 형식론적인 비평을 택했다. 이 힘든 기획을 표
명하자마자 완성하지 않기를 희망했다는 것은 참으로 애석한
일이다. 처음에는 약속한 엄밀한 수사적 분석으로 시작하나
이후에는 흥미로운 토론으로 바뀐다.

비록 임의적인 측면과 한계를 지니지만, 나는 특이하고 강
렬한 엘리엇의 시학을 이보다 잘 소개한 책을 알지 못한다.

『프랑스 백과사전』

[리뷰]

중국의 백과사전이 총 1628권에 각 권이 8절판 200페이지
인 데 반해, 복제를 덜 한 새로운 『프랑스 백과사전』은 스물한
권을 넘지 않는다. 각 분야 전문가의 자문을 받아 아나톨 드 몽
지[209]가 총괄 책임을 맡았으며, 제10권, 16권, 17권이 이미 출간
되었다. 그리고 9권이 곧 발간될 예정이다. 새로운 백과사전은
알파벳 질서(혹은 무질서)를 거부하고 사물을 '유기적'으로 분

---

209   Anatole de Monzie(1876~1947). 프랑스 출신의 관료,
정치가, 학자이자 백과사전 편찬자.

류하고 요약한다. 편집자들뿐 아니라 비평 영역에서도 알파벳 순서를 거부하고 분류와 구분, 그리고 하위 구분을 통해 작업하는 방식의 독창성을 언급한다. 그런데 사실 최초의 백과사전은 이런 방식이었다. 알파벳 분류가 중시된 것은 최근의 일이다.

또 다른 즐거운 '혁신'은 (뉴욕에 대한『사전』에서와 같이) 이『백과사전』의 일부분을 떼어 내어 다른 것으로 새롭게 교체할 수 있으며, 이를 구독자에게 보낸다는 점이다.

이 책은 각 항목을 설명하는 방식 또한 뛰어나다.

1936년 10월 30일

버지니아 울프

[전기]

버지니아 울프(Virginia Woolf)는 '영국의 첫째가는 소설가'로 평가받아 왔다. 문학은 시합이 아니기에 정확한 서열은 중요하지 않다. 하지만 그녀가 현재 영국 소설의 흥미로운 실험을 대표하는 동시에, 가장 예리한 지성과 상상력을 보여 준다는 점은 부정할 수 없다.

애덜린 버지니아 스티븐(Adelina Virginia Stephen)은 1882년 런던에서 태어났다.(첫 번째 이름은 자취 없이 사라지고 말았다.) 그녀는 스위프트, 존슨, 홉스의 전기를 쓴 레슬리 스티븐의 딸이다. 그의 저작은 분석이나 새로운 창조보다는 산문으로서의 명징함과 정확한 사실을 제공한다는 점에서 가치가 있다.

애덜린 버지니아는 네 자녀 중 셋째 딸이었다. 도안가인 로덴스타인은 "사색적이고 말수가 적으며, 하얀 목깃과 소맷부리를 제외하고는 온통 검정색으로 된 옷을 입고 있던" 그녀를 기억했다. 가족들 사이에서도 어릴 때부터 말수가 적었다. 그녀는 학교에 가는 대신 집에서 그리스어를 공부했다. 일요일이 되면 메러디스,[210] 러스킨,[211] 스티븐슨, 존 몰리,[212] 고스,[213] 하디가 집을 다녀가곤 했다.

여름은 바닷가인 콘월 지방에서 보냈다. 그곳에는 과수원과 온실, 테라스가 있는 정돈되지 않은 커다란 별장이 있었고, 버지니아는 별장 옆의 작은 집에서 지냈다. 이 집은 1927년의 소설에 다시 등장한다.

1912년에 버지니아 스티븐은 런던에서 레너드 울프와 결혼한 뒤 인쇄기를 마련했다. 이들은 때로는 배신을 하기도 하지만 문학과 공모 관계에 있는 활판 인쇄에 매혹되었고, 이를 가지고 자신의 책들을 만들거나 편집했다. 인쇄가이자 시인인 윌리엄 모리스의 영광스러운 선조에 대해 생각한 것은 물론이었다.

3년 후에 버지니아 울프는 첫 소설 『항해』를 발표했다. 1919년에는 『밤과 낮』을, 1922년에는 『제이콥의 방』을 출간했다. 이 책의 특징은 이미 완벽했다. 서사적 측면에서 보자면 단어는 어떤 주장도 하지 않았다. 한 남자의 성격이 그 주제인데

---

210   조지 메러디스(George Meredith, 1828~1909). 영국의 시인이자 소설가.

211   존 러스킨(John Ruskin, 1819~1900). 영국의 사회 비평가.

212   John Morley(1838~1923). 영국의 정치가.

213   에드먼드 고스(Edmond Gosse, 1849~1928). 영국의 저술가.

그 사람 자체보다 주변의 인물이나 사물을 통해 간접적으로
주인공을 드러냈다.

『댈러웨이 부인』(1925)은 한 여인의 하루를 다룬 책이다.
조이스가 쓴 『율리시스』를 심각하지 않게 반영했다고 할 수 있
다. 『등대로』(1927)는 과정 그 자체를 다룬다. 몇 명의 인물이
보내는 몇 시간을 보면서 그 시간 동안 우리는 그들의 과거와
미래를 보게 된다. 『올랜도』(1928)에도 시간에 대한 사유가 드
러난다. (버지니아 울프의 가장 긴장감 넘치는 소설이자 우리 시대
가 기다려 온 가장 독특한 작품 중의 하나인) 이 독창적인 소설에
서 주인공은 300년을 사는데, 이것은 곧 영국, 특히 그녀가 가
진 시학을 상징적으로 보여 준다. 또한 산문이 가진 비유적인
성격뿐 아니라, 특정한 숫자로 회귀하고 교차하는 주제를 형
상화하는 구성이라는 자체 구조로 인해 음악적 성격을 띤 책
이 된다. 마찬가지로 『자기만의 방』(1930)에서도 우리는 일종
의 음악을 듣는다. 여기서는 현실과 꿈이 교차하는 가운데 균
형이 유지된다.

1931년에 버지니아 울프는 다른 소설 『파도』를 발표한다.
이 작품의 제목이 된 파도는 다양한 시간의 변곡점을 거치면
서 인물들의 내적 독백을 담아 낸다. 각 시기는 아침부터 밤 사
이 일정한 시간의 삶에 상응하는 구조를 지닌다. 어떤 주장도
대화도 행위도 없지만 소설은 매우 감동적이다. 버지니아 울
프의 나머지 작품들과 마찬가지로 구체적이면서 미묘한 사건
으로 구성된다.

엘러리 퀸의 『중간의 집』

탐정 소설(단순히 모험을 다루는 소설과도, 불가피하게 사랑에 빠지는 낭만적인 스파이나 비밀 서류를 다루는 국제적 스파이 이야기와도 혼동해서는 안 되는) 입문자들에게 엘러리 퀸(Ellery Queen)의 이 최근 작품을 추천한다. 나는 이 소설이 장르가 요구하는 기본적인 전제들을 충족하고 있다고 확신한다. 사건의 결말을 모든 측면에서 설명하고, 인물과 자원을 경제적으로 활용하며, '누구'보다는 '어떻게'를 우위에 놓으면서, 경이롭지만 초자연적이지는 않은 해결의 필요를 드러낸다.(탐정 이야기에서 최면이나 텔레파시, 불길한 음모, 마법사와 마녀가 제조한 약, 진짜 마법과 유희적 오락은 사기에 해당한다.) 엘러리 퀸은 체스터턴과 같이 초자연적인 것을 적법한 방식으로 다루면서 유희를 벌인다. 즉, 사건을 구성하면서 미스터리를 극대화하기 위해 초자연성을 암시하지만, 결말에 가서는 그것을 누락하거나 그 거짓을 폭로한다.

(에드거 앨런 포의 단편 「모르그가의 살인 사건」의 출간일인 1841년의 4월로 거슬러 올라가는) 탐정 소설이라는 장르의 역사에서 엘러리 퀸의 소설은 변형 또는 작은 진보라는 중요성을 지닌다. 여기서 내가 지칭하는 것은 그의 기법이다. 이 소설가는 미스터리를 대중적인 방식으로 설명하며, 독자들에게 독창적인 해결책을 보여 준다. 다른 작품들과 마찬가지로 엘러리 퀸은 별로 흥미롭지 않은 설명을 이어 가다가 (마지막에 가서야) 아름다운 해결책을 넌지시 보여 주는데, 독자들은 사랑에

빠지며 이에 저항하다 결국은 올바른 세 번째 해결책을 발견
하기에 이른다. 항상 두 번째보다는 덜 이상하지만 예측하기
어렵고 만족스럽다.

　엘러리 퀸의 다른 훌륭한 소설로는 『이집트 십자가 미스터
리』, 『네덜란드 구두 미스터리』, 『샴쌍둥이 미스터리』가 있다.

아르베드 바린의 『강박증』

[리뷰]

　'살아 있는 역사(La Vivante Histoire)' 시리즈의 편집자들은
아르베드 바린(Arvède Barine)의 이 책을 막 재편집했다. 전기적
이고 문학적인 성격의 연구라는 점에서 두 사람의 이름이 어
렵지 않게 떠오른다. 그중 한 사람은 제라르 드 네르발(Gérard
de Nerval)이며, 다른 사람은 토마스 드퀸시(Tomés de Quincey)이
다. 작가는 이 두 사람을 병리학적, 감정적 관점에서 다룬다. 예
를 들어, 드퀸시가 "아편의 유혹에 빠지지 않았다면" 대작가가
되었을 것이라고 주장하며 그의 우울과 악몽을 통탄하는 식이
다. 실제로 드퀸시는 위대한 작가이며, 악몽은 그에게 빛나는 명
성을 가져다준 산문의 원동력이었다는 사실을 잊은 것이다. 실
제로 그의 산문은 악몽에 호소하거나 악몽을 생산했다. 또한 '절
멸'에 관한 문학, 비평, 자서전, 유머, 미학, 경제 작품이 약 열네
권으로 구성된다는 점과 보들레르, 체스터턴, 조이스가 이 책을
결코 그냥 읽지 않았다는 사실을 잊고 있다. 만약 미래파들이 선
구자를 원한다면, 드퀸시를 불러낼 것이다. 그는 1841년까지

근면함이 막 드러내기 시작한 새로운 '운동의 영광'에 대한 논문을 열정적으로 쓴 작가이기 때문이다.

앙리 드 몽테를랑의 『젊은 처녀들』

[리뷰]

이 서간체 소설의 주제를 유추하자면 버나드 쇼의 『인간과 초인』에 나오는 많은 장면으로서 구애를 받는 자가 아니라 관능적인 구애자로서의 여성이다. 이 작품은 이미 많은 분노를 야기했다. 구애를 받은 주인공인 피에르 코스타가 앙리 드 몽테를랑(Henri de Montherlant)의 별명이라는 것이 (때로는 인쇄된 형태로) 알려졌으며, 이 책의 절반 이상을 차지하는 여자의 편지가 상당한 진실이라는 것 또한 알려졌다. 알다시피 이에 대한 거부는 도덕적 명령으로부터 나온다. 사실주의적인 책에서 문서가 진짜처럼 보인다는 것은 미덕이다. 실제로 그렇다면 이 소설가는 열심히 노력하고, 영감을 발휘하고, 조직하는 능력이 있는 것이다. 선택은 이미 일종의 예술이다. 모루아[214]는 "무엇보다 전기 작가의 예술은 망각에 있다."라고 말했다.

---

214   앙드레 모루아(André Maurois, 1885~1967). 프랑스의 평론가이자 전기 작가로 『바이런』(1930), 『마르셀 프루스트를 찾아서』(1949) 등 일련의 전기 소설을 발표했다. 또한 엄밀한 자료를 기초로 『영국사』(1937), 『프랑스사』(1947), 『미국사』(1947) 등의 역사서를 펴냈다.

1936년 11월 13일
리온 포이히트방거

[전기]

'독일 소설가'라는 어구는 다소 모순적인데, 왜냐하면 형이상학의 조직자, 서정적 시인, 석학, 예언자 그리고 번역가가 넘치는 독일에는 소설가가 부족하기로 유명하기 때문이다. 리온 포이히트방거(Lion Feuchtwanger)의 작품은 이러한 규범에 하나의 균열을 가져온다.

포이히트방거는 1884년 뮌헨에서 태어났다. 언젠가 "위치와 도서관, 갤러리, 축제, 맥주가 그 도시가 가진 최고의 것이다."라고 말한 것으로 보아 자기가 태어난 도시를 사랑한 것 같지는 않다. 그는 "뮌헨의 예술이라고 불리는 것은 주정뱅이들의 관광을 목적으로 유지되는 학문적 제도를 공식적으로 대표한다."라고 매섭게 덧붙이기도 했다. 앞으로 보겠지만 포이히트방거는 모욕의 예술을 무시하지 않는다.

포이히트방거는 뮌헨에서 공부를 시작했고, 베를린에서

몇 년간 철학 공부에 전념했다. 1905년에는 바이에른주로 돌아와서 혁신적 목표를 가진 문학 그룹을 창설했다. 당시 습작으로 쓴, 그리고 이후 쓴 것을 후회하는 현학적인 소설 한 편을 완성했다. 최상위 계층 출신 소년의 생애를 매우 솔직하게 묘사한 이 소설은 "르네상스 시대의 화가와 사악한 여성의 사랑"을 다룬 슬픈 비극이다.

그는 1912년에 결혼했다. 1914년 8월에 튀니지에서의 전쟁은 그를 놀라게 했다. 프랑스 당국에 체포됐으나 부인 마르타 로플러 덕분에 이탈리아 증기선을 타고 본국으로 돌아올 수 있었다. 이는 전쟁을 가깝게 경험하는 기회가 되었다. 1914년 10월 독일에서 쓴 초기 혁명시 한 편을 잡지 《샤우뷔네》[215]에 발표했다. 이후 인도의 통치자가 된 열정적인 작가를 주인공으로 하는 비극 『워런 헤이스팅스』를 출간했다. 드라마틱한 소설 『토마스 웬트』와 단편 「전쟁 포로들」의 경우 출간을 금지당했다. 그리스어로 된 고전 희극 「평화」를 번역했는데, 신들이 인간을 가루가 되도록 조롱하며 평화의 여신을 지하에 가두어 버린다는 내용이다. (2300년 전에 쓰인) 이 희극은 1916년 정부가 출간을 허용하기에는 지나치게 '현재적'이었다. 당연히 작품의 출간은 금지되었다.

포이히트방거가 쓴 두 편의 주요 소설은 『유대인 쥐스』와 『못생긴 공작 부인』이다. 두 작품 모두 주인공의 심리와 운명뿐 아니라, 여러 삶이 얽혀 불타는 당대의 복잡한 유럽 상황을

---

215   Die Schaubühne. 독일에서 현재까지 출간되고 있는 연극 전문 잡지.

자세하고 총체적으로 보여 준다. 모두 급류처럼 독자를 사로
잡았고, (끝없는 연속되는 산문으로 인해) 작가마저도 사로잡은
듯했다. 역사 소설이지만 회고적인 성격과는 거리가 멀고, 이
장르를 견딜 수 없게 만드는 자극적인 장식과도 관계가 없다.

1929년에는 미국에 관한 그다지 유쾌하지 않은 풍자시를
담은 책을 출간한다. 미국에 한 번도 간 적이 없지 않느냐는 말
에, 그는 18세기에도 살아 본 적이 없으며, 이런 (가능하다면 수
정할 의향이 있는) 심각한 오류도 『유대인 쥐스』의 집필을 막지
는 못했다고 대답했다.

1930년 말에 『성공』을 출간했다. 이 소설은 미래에서 기억
하는 현재를 다룬다.

아라비아의 로런스

[리뷰]

아라비아의 해방자이자 『오디세이』의 영웅적 번역가, 고
행자, 고고학자, 군인이며 작가인 신화적 인물 로런스에 관한
새 책이 영국에서 출간되었다. 책의 제목은 『T. E. 로런스의 초
상』이며, 이 영웅과 개인적 친분이 있는 비비안 리처즈(Vyvyan
Richards)의 서명이 있다. 친분은 있지만 친한 친구는 아니었던
것이, 실제로 로런스의 험난한 삶에는 친한 우정이나 사랑 같
은 것이 존재하지 않았다. 그는 지나치게 독립적인 인물로, 곁
에서 식사를 하거나 잠을 자는 것, 남자들 사이에 존재할 수 있
는 친근감 같은 것을 모두 거부했다. 영광도 거부했을 뿐만 아

니라 문학 작품을 창작하는 기쁨조차 싫어할 정도였다. 종국에는 글쓰기도 멈추었다.

　로런스에 관한 책이 여러 권 전해지지만, 그중 비비안 리처즈의 작품이 가장 괜찮아 보인다.(바실 헨리 리델 하트[216]의 작품도 뛰어난데 주로 로런스의 전략이나 전술 문제를 다루고 있다. 다른 사람들은 의도적으로 그를 신화화하기 위해 애국적인 면모만을 찬양하고 있다.) 로런스에 관한 모든 전기가 그랬던 것처럼 리처즈도 처음에는 어려움을 겪었다. 『지혜의 일곱 기둥』에서 항상 로런스가 이야기했던 사실들을 다른 방식으로 반복해야 했던 것이다. 이에 관해 로런스와 경쟁하여 승리하기란 불가능했다. 리처즈는 하나의 해결책을 찾아내는데, 바로 사실을 요약하고 텍스트 인용을 풍부하게 하면서 로런스가 언급하지 않은 시기를 조명한 것이다.

　리처즈의 글은 풍요롭다. 암시적인 세부 사항을 무시하지 않는다. 그는 로런스가 자신이 쓴 작품의 모든 페이지가 결점이 없도록 텍스트를 줄이고 늘리곤 했던 인쇄술에 열정적으로 개입했다는 사실도 언급했다.

216　Basil Henry Liddell Hart(1895~1970). 영국의 군인이자 군사 이론가, 군사 역사가. 『전략론』과 『현대 육군의 개혁』을 썼으며, 양차 대전에 걸쳐 전쟁 역사와 군사 전략에 대한 작업을 진행했다.

앨런 프라이스-존스의 『사적인 견해』

[리뷰]

영국인 중에는 말수가 적은 사람이 상당히 많지만, 아예 대
화를 하지 않는 사람도 많다. 이런 점에서 볼 때 영국 산문가들
의 말하는 스타일이나 대화 스타일은 매우 훌륭하다고 할 수
있다. 여기에서 제시하는 책은 그 모범이다.

불행하게도 저자의 견해에 비해 그가 종합적으로 제시하
는 부분에는 결점이 많다. 어떤 부분에서는 스튜어트 메릴[217]에
대해 "아마도 에드거 앨런 포 이후 가장 훌륭한 서정시인일 것
이다."라고 말한다.

이는 불합리한 칭찬이다. 다른 상징주의 동료들에 비해 스
튜어트 메릴은 중요도가 떨어지는 인물이다. (시드니 러니어[218]
는 언급하지 않더라도) 프로스트, 샌드버그, 엘리엇, 리 마스터
스,[219] 린지[220]를 비롯한 스무 명이 넘는 상징주의자들과 비교할
때 메릴은 그다지 특별하지 않다. 다른 곳에서는 이렇게 말한

---

217   Stuart Merrill(1863~1915). 미국 작가로 상징주의에
        속하며 주로 프랑스어로 작품을 썼다.

218   Sidney Lanier(1842~1881). 미국의 시인이자 음악가.

219   에드거 리 마스터스(Edgar Lee Masters, 1868~1950).
        미국의 시인이자 극작가. 대표 시집으로 『스푼 리버
        선집』(1913)이 있다.

220   데이비드 린지(David Lindsay, 1876~1945). 스코틀랜
        드 작가로 SF 소설에 이정표를 남긴 『아크투르스로의
        여행』(1920)을 썼다.

다. "나는 가끔 근대 시학의 형식과 맥락의 절반이 몬테비데오라는 도시에 빚지고 있다고 주장하는 논문에 동감한다."

(이전부터 생각의 변화가 많았던 탓에 크게 비난을 받지는 않은) 그 주장이 반갑긴 하지만, 솔직히 말해 쥘 라포르그[221]의 유년기와 로트레아몽 공작의 견디기 힘들었던 젊은 시절이 그 주장을 정당화한다고 생각하는 사람은 없을 것이다.

반면, 앨런 프라이스-존스(Alan Pryece-Jones)는 몬테비데오가 매력이 없다고 단언한다. 나는 구도시의 화사한 안뜰과 몰리노 길[222]의 물기 머금은 주택들의 이름으로, 부드럽지만 단호하게 반대하고자 한다.

데니스 휘틀리, J. G. 링스 등의 『마이애미에서의 살인』

[리뷰]

(인쇄적 측면에서) 이 소설의 새로움은 부정하기 어렵다. 놀란 독자들은 데니스 휘틀리(Dennis Wheatle), J. G. 링스(J. G. Links) 등이 쓴 이 소설이 책이라기보다는 웨스턴유니언 회사의 전보를 포함하는 소포나 경찰 보고서, 두세 개의 원고, 평면도, 증언자의 서명이 담긴 진술서, 증언자의 사진, 피가 묻은 커튼 조각과 몇 개의 봉투라고 생각할 것이다. 또한 독자들

---

221   Jules Laforgue(1860~1887). 우루과이 출신의 프랑스 시인. 자유시의 창안자이다.

222   우루과이의 수도 몬테비데오에 위치한 지역.

은 한 봉투에는 나무 성냥이, 다른 봉투에는 사람의 머리카락
이 들어 있다는 사실에 놀랄 것이다. 이 놀라운 잡동사니는 플
로리다 경찰서의 존 밀턴 슈와브에게 보내지며 그 안에는 범
죄에 관한 모든 사실이 언급되어 있다. 훌륭한 독자라면 그 증
언들을 잘 조립하고 사진을 자세히 살피고 사람의 머리카락을
검사하며 그 성냥의 정체를 파악하고 피 묻은 천 조각을 분석
하여, 종국에는 범죄자와 그 신분 및 작동 방식을 파악할 것이
다. 해결책은 세 번째 봉투 안에 기다리고 있다.

아이디어는 기발하며 탐정 장르의 다양한 측면을 보여 준
다. 시간순으로 몇 가지를 예측해 보겠다. 첫 번째 단계에서 독
자는 두 인물이 서로 닮은 것을 보고 이들이 부자지간이라고
생각한다. 두 번째 단계에 이르면 두 인물이 서로 닮아서 이 둘
이 부자지간일 거라고 의심하지만 이후 그렇지 않다는 것을
알게 된다. 세 번째 단계에는 둘이 서로 너무나 닮은 나머지 독
자는 둘이 부자지간이 아닐 거라고 의심하지만, 결국은 아버
지와 아들로 밝혀진다.

커튼과 성냥의 소재에 대해서는 칼에 에이스를 표시하는
대신 천에다 에이스 모양을 붙이는 화가들의 방식을 생각나게
한다.

유진 오닐과 노벨 문학상

[에세이]

(다이너마이트, 그리고 니트로글리세린과 실리카의 강력한 결합체를 만들어 낸 장본인이자 보급자로, 백과사전도 무시하지 못할 알프레드 베른하르트 노벨이 설립한) 노벨상의 규정 중 하나는 매년 다섯 분야에 수여하는 상 중 네 번째는 작가의 국적에 상관없이 가장 가치 있는 문학 작품에 수여한다는 것이다. 마지막 조건은 크게 거슬리지 않는다. 우리가 가치 있는 것으로 판단한다면, 세상에서 '이상적'이지 않은 작품은 존재하지 않는다. 반면에 첫 번째 조건은 문제의 소지가 있다. 작가의 국적을 구별하지 않고 공평하게 상을 배분한다는 영예로운 본래의 목적은 사실상 지리적 로테이션을 통한 현명하지 못한 국제주의로 해결된다. 현실적이면서도 무한한 가능성은 그해의 가장 뛰어난 작품이 파리, 런던, 뉴욕, 빈 또는 라이프치히에서 출간되는 것이다. 그러나 위원회는 그렇게 이해하지 않는다. 이상한 '공정

성'을 통해 이 위원회는 아디스아바바,[223] 태즈메이니아,[224] 레
바논, 아바나와 베른에 있는 서점들을 괴롭힌다.(애국적인 공
정함으로 인해 스톡홀름의 서점에서도 동일한 현상이 나타난다.) 작
은 국가의 권리가 정의보다 우세해지는 것이다. 예를 들어, 나
는 100년 안에 아르헨티나 공화국에서 세계적 중요성을 지닌
작가가 배출될지에 대해서는 장담하지 못하겠다. 하지만 모
든 대서양 국가들 사이의 로테이션이라는 단순한 명목 때문에
100년 안에 아르헨티나 작가가 노벨상을 탈 가능성은 있다고
생각한다. 이로써 역설적인 결론이 도출된다. 프랑스 작가나
미국 작가가 노벨상을 타는 것은 덴마크 작가나 벨기에 작가
가 타는 것만큼 어렵다. 많지 않은 평범한 동료들이 아니라 자
기 나라 안의 수많은 작가들과 경쟁해야 하기 때문이다. 유진
오닐이 칼 샌드버그, 로버트 프로스트, 윌리엄 포크너, 셔우드
앤더슨,[225] 에드거 리 마스터스와 같은 국적이라는 점을 고려한
다면, 그의 최근 수상이 얼마나 어렵고 영광스러운 일인지 이
해할 수 있을 것이다.

　많은 이들이 오닐의 격정적 삶에 대해 글을 썼다. 두 개의
대륙 사이에 있는 위험한 바다를 건넌, 문자 그대로 격정적인
삶이었다. 요약하자면 오닐이라는 인물과 정확히 일치하는 삶
이었다. 유진 글래드스턴 오닐은 1888년 브로드웨이의 한 호

223　에티오피아의 수도.

224　호주 동남쪽에 딸린 태즈메이니아섬과 주변 섬들로
　　　구성된 주.

225　Sherwood Anderson(1876~1941). 미국의 소설가.

텔에서 태어났다. 그의 아버지는 램프등 아래서 수천 번 훌륭하게 죽음을 연기한 비극 배우였다. 유진 글래드스턴은 프린스턴 대학에서 공부했고, 1909년까지 지하에 묻힌 금을 찾아 온두라스에 머물렀다. 1910년에는 선원이었고 다르세나[226]의 남쪽을 떠나 부에노스아이레스에 도착해 사탕수수를 맛보았다.("나는 언제나 아르헨티나를 좋아했다. 럼주를 제외한 모든 것, 특히 사탕수수가 좋았다."라고 작품 속의 주인공 하나가 말한다. 이후 고통 속에서 바라카스[227]의 영화관과, 피아니스트와의 싸움, 그리고 제혁소에서 나는 가죽 냄새를 떠올린다.)

오닐의 격정적 작품은 두 시기로 구분할 수 있다. 첫 번째는 사실주의의 시기로 「카리브의 달」, 「안나 크리스티」, 「십자가는 어디에 걸려 있나」에 나타나며 무엇보다 인물과 이들의 운명 그리고 영혼에 관심을 두었다. 두 번째는 점진적 상징주의의 시기로 「기이한 막간극」, 「위대한 신(神) 브라운」, 「황제 존스」에 나타나며 실험과 기법에 관심이 많았다. 아일랜드의 희극 작가 성(聖) 존 어빙은 후기 작품들에 대해 다음과 같이 기술했다. "오닐은 아리스토텔레스부터 G. P. 베이커[228]까지 권위 있는 모든 드라마의 구성 규칙을 알았고, 그렇지만 조심스럽게 그 정보를 숨기고 그것들을 전혀 모르는 것처럼 대본을 구성했다. 어떤 대본은 세 개만으로 충분했지만 여섯 개의 막으

---

226   밀라노의 항구 역할을 했던 곳.
227   부에노스아이레스의 동남쪽에 위치한 지역.
228   조지 필립 베이커(George Phillip Baker, 1879~1951).
       영국 작가.

로 구성되었다. 다른 대본은 시작과 끝은 있지만 중간이 없었다. 「황제 존스」는 3막 중 제 1막의 8장에 이르러 독백이 되어 버린다. 오닐이 어떤 기법의 장난을 쳤는지 아리스토텔레스가 알았다면 아마도 그의 무덤이 흔들렸을 것이다. 하지만 시도가 성공했으니 용서를 받았으리라. 모든 드라마는 새로운 실험이었고 놀라운 점은 그 실험이 정당화되었다는 것이다. 각각의 구조는 다음 작품뿐 아니라 이전 작품과도 관계가 없었다. 하지만 오닐의 특별한 목적과 정확히 맞아떨어졌다. 그의 작품 세계를 한마디로 정리하자면 각기 다른 모험이다. 오닐은 질서의 균열 가운데서 느끼는 긴장감을 언급한 적이 없다. 그렇지만 그의 작품은 계획의 실행이라기보다 창조의 결과이며, 그런 점에서 모험과 같다고 판단할 수도 있다. 예를 들어 보자. 「기이한 막간극」의 진정한 가치는 두 개의 드라마를 평행으로 배치하는 것이다. 하나는 단어를 통해서, 다른 하나는 사고와 감정을 통해서. 그 목적을 달성하기 위해 오닐이 만든 우화(寓話)는 거기에 포함되지 않는다. 다른 예를 보자. 「위대한 신(神) 브라운」에서 남자, 아이, 여자의 자리를 가면이 대신하면서 마지막에 한 사람 안에 두 사람이 섞이는 혼합 또는 혼동은 우리에게, 그리고 오닐에게 앤서니 브라운과 친구, 건축가라는 고정적인 인물의 이야기보다 훨씬 흥미롭다. 종합하자면 야망 넘치는 거대한 기획을 가진 오닐의 마지막 드라마에는 '현실'이 빠져 있다. 이는 그의 드라마가 세계의 일상을 제대로 드러내지 못한다는 주장이 아니다. 일상은 실제로 드러나며 작가가 목적한 바가 바로 그것이다. 인물과 사건에 있어서 구체적 상상력이 일치하지 않는다는 점도 비판받을 수 있다.

누군가는 오닐이 상징과 세속적 세계를 잘 모른다고 생각한다. 누군가는 인물이 복합적이지 않으며 갈피를 잡을 수 없다고 느낀다. 어떤 이는 이러한 혼동과 환상 속에 갇혀 버린 순진하고 무지하며, 산만한 관객에 불과하다고 오닐을 평가한다. 누군가는 오닐이 하나씩 절차를 만들어 가다가 이후에는 무관심으로 일관하며 작품을 즉흥적으로 썼다고 느낀다. 누구는 등장인물을 보며 현실보다는 비현실이나 명목상의 배경이 가진 효과만이 오닐을 움직였다고 느낀다. 윌리엄 포크너의 소설과 마찬가지로 오닐의 드라마 앞에서 누군가는 종종 무엇이 일어나는지 알지 못하지만, 누군가는 일어나고 있는 것이 끔찍하다고 느낀다. 그러므로 예술은 즉각적 방식으로 우리에게 작동하며 음악과 결합한다. (한슬리크[229]가 말하길) 음악은 우리가 말하고 이해하는 언어지만 우리가 번역할 수 있는 것은 아니다. 여기서의 번역은 당연히 개념으로서의 번역이다. 이것이 바로 오닐의 드라마에 해당한다. 그의 놀라운 효과는 해석 이전의 것들이며 해석에 의존하지 않는다. 우리를 파괴하고 우리에게 활력을 주며 우리를 죽이지만 그것이 무엇인지 우리가 결코 알 수 없는 우주와 같다.

---

229   에두아르드 한슬리크(Eduard Hanslick, 1825~1904).
        체코 태생의 오스트리아 음악 평론가.

베네데토 크로체

[전기]

베네데토 크로체(Benedetto Croce)는 현대 이탈리아에서 몇 명 되지 않는 중요한 작가 중 한 사람이다. 다른 작가로는 루이지 피란델로[230]가 있다. 크로체는 아킬라주의 페스카세롤리에 있는 한 마을에서 1866년 2월 25일에 태어났다. 소년 시절, 부모님과 함께 나폴리에 정착했다. 그곳에서 가톨릭 교육을 받았는데 선생님들의 무관심과 그의 종교적 의심으로 인해 가톨릭으로부터 거의 영향을 받지 않았다. 1883년 90초간 지속된 지진이 이탈리아 남부를 강타했다. 그 지진에서 부모와 누나가 사망했다. 그 자신도 잔해에 묻혔으나 두세 시간 후에 구조되었다. 완전한 절망에서 빠져나오기 위해 우주를 생각하게 되었는데, 이는 불행을 당한 이들이 일반적으로 거치는 과정이었으며 종종 방향유와 같은 역할을 했다.

그는 철학의 질서 정연한 미로를 향해했다. 1893년에 두 개의 에세이를 발표했다. 하나는 문학 비평에 관한 것이었고 하나는 역사에 관한 것이었다. 1899년에 공포에 대한 두려움과 행복에 대한 두려움 속에서 형이상학의 문제는 그 내부에서 조직되며 해결책이 절박한 상태라고 경고한다. 그리하여 독서를 중단하고 밤이나 낮이나 깬 채로 조용히 아무것도 보지 않고 도시를 비틀거리며 배회했다. 당시 서른세 살이었는데, 유

---

230   Luigi Pirandello(1867~1936). 이탈리아의 극작가.

대인 신비주의자에 따르면 그때가 사람이 비로소 제 모습을 갖추는 나이다.

1902년에 영혼의 철학에 관한 첫 번째 책을 집필하기 시작했다. 제목은 『미학』이었다.(건조하지만 탁월한 이 책에서는 배경과 형식의 차이가 부정되며 모든 것이 직관으로 환원된다.) 『논리학』은 1905년에 출간되었고, 『실천학』은 1908년에, 『역사 이론』은 1916년에 나왔다.

1910년부터 1917년까지는 왕국의 상원 의원을 지냈다. 전쟁이 선포되고 모든 작가들이 증오라는 이유을 창출하는 기쁨에 자신을 맡길 때에도 크로체는 평정심을 유지했다. 1920년 6월부터 1921년 7월까지 교육부 장관을 역임했다.

1923년에 옥스퍼드 대학은 그에게 명예박사 학위를 수여했다.

당시까지 스무 권의 작품을 썼으며, 그는 이탈리아 역사와 19세기 유럽의 문학 연구, 헤겔, 비코, 단테, 아리스토텔레스, 셰익스피어, 괴테, 코르네유의 저작들을 이해했다.

성녀(聖女) 잔 다르크

[리뷰]

영국 문학이 잘한 일 중 하나는 잔 다르크에 관한 전기를 쓴 것이다. 이러한 전통을 마련한 사람 중 한 명인 드퀸시는 1847년에 열정적으로 이 계획에 착수했다. 마크 트웨인은 1896년까지 잔 다르크에 대한 개인적 기억을 썼다. 1908년에

앤드루 랭은 『프랑스의 성녀』를 출간했으며, 힐레어 벨록[231]은
약 14년 후에 직접 쓴 『잔 다르크』를 발표했다. 1923년에 버나
드 쇼는 『성녀 잔』을 쓴다. 최초의 아편 중독자들부터 미시시
피의 전 기장, 스코틀랜드 출신 헬레니즘주의자, 체스터턴과
의 동지를 거쳐 『므두셀라로 돌아가라』의 작가[232]에 이르기까
지 잔 다르크의 전도자들이 잘 정리되어 있다. 새로 막 발간된
책 한 권이 시리즈에 추가되었다. 제목은 『성녀 잔 다르크』이
며 작가는 빅토리아 색빌웨스트(Victoria Sackvill-West)이다.

  이 전기는 열정보다 지성을 우위에 두고 있지만, 열정이 없
는 것은 아니다. 과도한 감상주의가 없는 것은 사실이다. 남성
들이 갖고 있는 미신 없이 다른 여성에 관해 이야기하는 여성
에게서 볼 수 있는 당연한 부족함을 의미한다.

  페기,[233] 앤드루 랭, 마크 트웨인, 드퀸시는 동정녀를 '찬양
했다.' 색빌웨스트의 책은 상찬(賞讚)이라는 단어와 매우 잘 어
울린다. 문체는 정돈되고 효과적이며 결코 과시적이지 않다.

  그는 작품의 마지막 장에 "성스러움의 측면에서 잔은 동료
들과 확연히 구분된다."라고 적었다. "그녀는 천상의 남편이라
거나 사랑의 주님이라는 관습적인 표현을 절대 사용하지 않는
다. 성녀 중 가장 감상적이지 않고 가장 실제적이다. 히스테리
가 있는 여성은 절대 아니다. 같은 이유로 절제나 과장된 기쁨
이 없다. 영혼의 어두운 터널을 지나는 시기도 결코 그녀의 성

---

231   Hilaire Belloc(1870~1953). 프랑스 출신의 영국 작가.

232   버나드 쇼를 지칭한다.

233   샤를 페기(Charles Péguy, 1873~1914). 프랑스의 시인.

격에 영향을 미치지 못한다."

사실 색빌웨스트가 제시하는 성녀 잔은 본질적으로 조지
버나드 쇼가 제안한 그녀의 모습과 그리 다르지 않다.

주세페 도니니의 『살아 있는 도스토예프스키』

[리뷰]

제목으로 보아 뭔가 야심이 있는 책이다. 시중에 나와 있는
도스토예프스키에 관한 다른 전기들에 죽음을 선고하는 동시
에, 모든 전기 중에서 유일하게 살아 있는 인간을 묘사한다고
말하는 것 같기 때문이다. 그러나 작가의 의도는 그것이 아니
었다. 여기서 말하는 살아 있는 도스토예프스키란 단순히 도
스토예프스키의 삶을 가리킨다. 사실 관계가 평가를 배제하
지 않고, 더욱이 그것을 요구하는 것은 확실하다. 이 책은 견습
생, 준위, 유명 잡지의 편집자, 푸리에[234]에 감동한 독자, 죽음을
선고받은 자, 죄수, 사병, 사무원, 소설가, 놀음꾼, 빚쟁이 도망
자, 신문사 편집장, 제국주의자, 슬라브 민족주의자, 간질 환자
인 도스토예프스키의 열정적인 생애를 공유한다.(공유한다고
믿는다.) 주세페 도니니(Giuseppe Donnini)는 도스토예프스키의
모든 작품에 나타나는 통합적 사고는 생(生)에 대한 사랑이라

234　　장 밥티스트 조제프 푸리에(Jean Baptiste Joseph Fou-
rier, 1772~1837). 생시몽, 오웬과 함께 프랑스를 대표
하는 공상적 사회주의자.

는 감정을 통해 삶의 모든 사유를 화해하는 능력이라고 주장
한다. 도스토예프스키는 항상 복잡하고 많은 경우 혼란스럽지
만, '화해하는 역량'이 결국 '통합적 사고'임을 파악하면 그의
작품을 이해하는 데 도움이 될 것이다.

더욱 빛을 발하는 부분에서 도니니는 실수와 죄가 영혼에
더하는 신비로운 가치에 대해 논한다. 그러한 신비로운 미로
는 신에게서 나온다고 주장한다. 도스토예프스키는 삶에 대해
의문을 제기하면서 자기처럼 처음에는 희생자였다가 이후에
는 시인이 되는 사람은 아무도 없다고 결론 내린다. 도니니는
도스토예프스키의 생생한 경험을 톨스토이와 비교하며, 도스
토예프스키의 타고난 솔직함, 급한 성질 그리고 우울했던 유
년기를 그 차이로 들고 있다.

H. G. 웰스의 『다가올 세상』

[리뷰]

(최근작이 아니라 가장 훌륭한 작품을 나열하자면) 『투명 인
간』, 『모로 박사의 섬』, 『달의 첫 방문자』, 『타임머신』의 작가
가 최근 영화 「다가올 세상」에 관한 140쪽의 짧은 글을 막 출
간했다. 아마도 영화를 이해하지 못한 척하려고, 그리고 자신
에게 영화에 대한 모든 책임이 있는 것은 아니라는 점을 알리
기 위해서 발간한 것은 아닐까 싶다. 이런 의심이 드는 것도 과
언은 아니다. 첫 번째 장의 소개 부분에서, 웰스(H. G. Wells)는,
미래의 인간은 전신주(電信柱)로 변장할 일도 없고, 셀로판 갑

옷, 알루미늄으로 만든 보일러, 혹은 유리로 만든 그릇을 입고 이곳저곳을 돌아다니지도 않을 것이라고 썼다. "오스왈도 카발이 방패를 든 검투사나 핫바지를 입은 광인이 아닌 우아한 기사처럼 보이기를 바란다. ……재즈도 아니고 공포의 기구도 아니다. 모든 것의 규모가 더 크지만 결코 괴물 같은 것은 아니기를 바란다." 독자는 영화 속 인물에게 셀로판 갑옷과 알루미늄으로 만든 보일러가 없다는 점을 기억할 것이다. 하지만 (세부 사항보다 더 중요한) 일반적 평가가 괴물 같고 악몽 같다는 것 또한 기억할 것이다. 괴물 같은 것이 나오는 초반부를 지칭하는 것이 아니다. 후반부는 피가 난무하는 초반부의 무질서와 대조를 이루는 장치를 만들어야 하며, 단지 대조를 보여 주는 것을 넘어 추악함 속에서 그것을 극복하는 모습을 보여 주어야 한다.

그러니 웰스를 판단하고 그의 의도를 파악하기 위해서는 이 책을 읽을 필요가 있다.

문학계 단신

『아메리카의 비극』, 『제니 게르하르트』 등 여러 권의 소설을 쓴 시어도어 드라이저는 영화가 소설의 종말을 가져올 것이라고 확언했다. "그는 이렇게 말했다. 이전 같으면 성공한 소설은 10만 권에서 20만 권이 넘게 팔렸다. 반면에 하루에 1000만 명의 미국인들이 영화를 보러 간다. ……마찬가지로 신문이 있다. 역설적으로 신문은 잡지를 죽였다. 한 세기 전의 사람들

은 매주 또는 보름 단위로 디킨스와 유진 수[235]의 작품 줄거리를
따라갔다. 이제는 세상 전체가 하우프트만 사건[236]을 매일매일
따라간다. 소설은 지금껏 수세기를 살아남았지만 그것이 영원
하리라 생각하는 것은 불합리하다."

드라이저는 소설이 사라지거나 그것을 덜 훌륭한 다른 형
태가 대체한다고 해서 괴로워할 필요는 없다고 덧붙였다.

그리고 발자크, 한때의 디킨스, 한때의 새커리,[237] 도스토예
프스키, 톨스토이, 마크 트웨인, 에드거 앨런 포 등 그가 존경
하는 인물들을 나열한다.

---

235   Eugène Sue(1804~1857). 프랑스의 소설가로 당시 대
       중적으로 인기를 끌었던 시리즈 소설의 대표 작가 중
       한 사람이다.
236   1932년 목수인 하우프트만이 뉴저지의 비행기 조종
       사 린드버그의 아들을 납치하여 살해한 혐의로 기소
       된 사건. 그에 관한 재판은 '세기의 재판'으로 주목받
       았고 하우프트만은 당시 '세상이 가장 싫어하는 사람'
       이었다.
237   윌리엄 메이크피스 새커리(William Makepeace Thac-
       keray, 1811~1863). 영국의 소설가.

에드거 리 마스터스

〔전기〕

에드거 리 마스터스(Edgar Lee Masters) 가문은 수세기 전부터 미국에서 살았다. 그의 선조 중 한 명인 이즈리얼 푸트넘[238]은 200년 전에 윌리엄 하우 경이 이끄는 영국인 및 붉은 피부의 원주민과 싸웠으며, 조각상으로 남아 기억되고 있다.

에드거 리 마스터스는 1869년 8월 23일 캔자스주에서 태어났다. 일리노이주의 상거먼강에서 5킬로미터쯤 떨어진 곳에서 유년기의 몇 년을 보냈다. 당시 그는 물과 나무 사이로 말을 달리거나 차를 타고 산책하곤 했다. 마찬가지로 책을 접했다. 마스터스가의 별장에는 고통스럽도록 명민한 셰익스피어, 『톰 소여의 모험』 그리고 그림 이야기책이 있었다. (우연히 만

---

238   Israel Putnum(1718~1790). 독립 전쟁 당시 미국 대륙
       군의 장군.

들어진 그 작은 도서관에는 『천하루 밤의 이야기』도 있었는데 좋아
하지는 않았다.) 에드거 리 마스터스는 어릴 때부터 독일어를
배웠다. 얼마 전에 그는 이런 말을 했다. "그 사실은 상당히 중
요하다. 독일어를 알았기에 괴테의 작품을 읽을 수 있었다. 셸
리, 바이런, 키츠, 스윈번, 워즈워스는 오래전에 떠났지만 괴테
는 항상 내 곁에 있었다."

　1891년 초에 리 마스터스는 법학 공부를 마쳤다. 아버지의
사무실에서 1년 넘게 일하다, 이후 시카고로 옮겼고 거기에서
1920년까지 자신의 사무실을 운영했다. 지금의 부에노스아이
레스도 그렇지만 당시 시카고에서 변호사가 '시'를 사랑한다
고 고백하는 것은 어울리지 않는 일이었다. 이런 이유로 그의
첫 번째 책은 가명으로 출간되었다. 아무도 그에게 관심을 보
이지 않았고, 그를 좋아하지도 않았다. 1908년 에머슨의 무덤
을 방문했을 때 운명은 그를 패배시켰지만, 그는 세간의 평판
을 별로 중요하게 생각하지 않았다.

　1914년에 한 친구가 그에게 그리스 선집을 빌려주었다. 에
드거 리 마스터스는 큰 흥미 없이 10세기 초에 편집된 경구 모
음집의 아홉 번째 편을 읽은 후, 문득 『스푼 리버 선집』을 구상했
다. 이 책은 미국 문학에서 가장 독창적인 작품 중 하나로 미국
중서부 남녀의 내밀한 고백을 일인칭 시점에서 서술한 200개
의 시리즈로 된 경구 모음집이다. 일례로 한 남자와 그의 아내
가 나눈 두 문장을 단순히 결합하는 경우 비극의 전조를 보여
주거나 아이러니를 유발한다. 책이 거둔 성과는 엄청났고 스
캔들도 일으켰다. 그때부터 에드거 리 마스터스는 성공을 반
복하기 위해 많은 시집을 발표했다. 휘트먼, 브라우닝, 바이런,

로웰, 그리고 에드거 리 마스터스 자신을 모방했다. 하지만 모든 시도가 실패로 돌아갔다. 바꾸어 말하면 그는『스푼 리버 선집』작가였던 셈이다.

1931년『링컨, 그 남자』라는 산문을 발표한다. 이 책은 위선과 분노, 잔인함, 무관심과 정신적 미숙으로 비난받은 영웅의 몰락을 다루고 있다.

마스터스의 다른 저작으로는『노래와 풍자』(1916),『커다란 계곡』(1917),『고통스러운 허기』(1919),『열려 있는 바다』(1921),『스푼 리버의 새로운 선집』(1924),『판사의 행운』(1929)이 있으며, 마지막 작품『인간의 시』는 1936년 8월에 출간되었다.

애나 러틀리지[239] 비문

영원한 음악의 떨림이
어둡고 화가 나 있는 나에게서 흘러나온다.
"누군가에 대한 분노가 아니라, 모두를 위한 사랑이다."
나에게는 수백만을 위해 수백만 명의 용서와
정의와 진실로 빛나는
한 나라의 선한 얼굴이 있다.
이 풀 밑에서 쉬고 있는 나는 애너 러틀리지다.
삶 속에서 에이브러햄 링컨이 사랑한,

---

239   에이브러햄 링컨의 약혼자.

결합이 아니라,

이별을 통해 그와 함께 결합했다.

오 공화국이여, 내 가슴의 먼지 속에서

영원히 피어나라.

— 에드거 리 마스터스

루이스 골딩의 『추적자』

[리뷰]

진정한 소설이나 훌륭한 드라마의 주인공은 미치광이가 될 수 없다는 말이 있고 그 말은 반복된다. 맥베스와, 살인 분석가 로지온 라스콜니코프,[240] 돈키호테, 리어왕, 햄릿, 칩거를 고집했던 짐 경을 떠올릴 때, 드라마나 소설의 주인공은 미치광이임에 틀림없다고 말할지도 모른다. 혹자는 아무도 미치광이를 동정할 수 없다고, 광기가 의심되는 인간은 다른 이들로부터 완전히 유리되어야 한다고 말할 것이다. 이에 대해 우리는 광기란 어떤 영혼에나 나타날 수 있는 불길한 가능성이며, 이 두려운 열병이 발생하는 기원과 전개 양상을 보여 주는 서사적 시도나 시각적 시도는 충분히 다룰 가치가 있다고 대답할 수 있다.(세르반테스는 사실상 그것을 심각하게 보지 않았다. 그는 우리에게 50대의 하급 귀족이 "잠을 덜 자고 너무 많이 읽어 뇌가 건

---

240   도스토예프스키가 쓴 『죄와 벌』의 주인공.

조해져서 판단력을 잃어버렸다."라고 말한다. 하지만 우리는 일상 세계에서 환각의 세계로 이동하는 것이 아니라, 환영의 세계가 펼쳐지면서 공통의 질서가 점차 변형되는 상황에 참여하게 된다.)

이러한 일반적인 관찰 속에서 루이스 골딩(Louis Golding)의 흥미로운 책, 『추적자』를 읽는 것은 즐거운 일이었다. 이 소설의 두 주인공은 미쳐 간다. 한 사람은 두려움 때문에, 다른 한 사람은 분노를 자아내는 공포가 담긴 사랑 때문에. 이후 소설에는 '광기'라는 단어나 개념이 등장하지 않는다. 우리는 인물들의 정신적 과정을 공유하면서 그들이 흥분하고 행동하는 것을 보게 된다. 미쳤다고 하는 것의 추상적 결정은 그러한 흥분이나 행동보다는 주목을 받지 않는다.(어떤 경우에 이 행동들이 이끌어 내는 범죄는 비록 일시적일지라도 일종의 경감과 같은 효과를 가져오며 공포와 사악함의 긴장으로 인해 발생한다. 그런 이유로 범죄가 발생하게 될 때 독자는 공포의 환영이 상당히 긴 페이지에 걸쳐 나타나지 않을까 겁을 먹는다.)

이 소설에서 공포는 악몽처럼 점진적으로 커진다. 문체는 매우 깨끗하고 조용하다. 나는 가볍게 훑어보려는 심산으로 점심을 먹은 후에 책을 읽기 시작했는데 (마지막) 285페이지까지 멈추지 못했다. 그때가 새벽 2시였다.

이 책에는 윌리엄 포크너에게서 나온 출판 관습이 몇 가지 발견된다. 예를 들면, 인물들의 생각이 인쇄체의 형식 속에서 일인칭으로 서술되면서 종종 서술을 방해하는 것이다.

피에르 드보의 『은어(隱語)』

[리뷰]

(모든 언어가 그렇겠지만) 속어와 관련된 가장 큰 위험은 순수
주의와 견딜 수 없는 현학주의일 것이다. 마드리드에 거주하는
언어 한림원 소속 서른여섯 명의 결정을 우리가 승인하거나 무
시하는 것은 괜찮다. 이들을 동네 골목 상점 출신의 3만 6000명
으로 대체하는 것은 (무엇보다도 국립극장이 이 말 잘하는 이들을
돕는 것이 승인된다면) 훨씬 더 좋은 생각인 것 같다. 다행스럽게
도 이런 분리는 잘못된 것임이 밝혀졌고, 학자와 버릇없는 작
자인 작가가 사용하는 두 가지 방언을 피할 수 있게 되었다.

『은어』라는 책은 파리에 존재하는 특정 '은어'에 대해 서술
한다. 훌륭한 프랑스어를 너무 잘 아는 사람이 책을 쓴 관계로
올바른 프랑스어에 반하는 아주 작은 예시나 의도적 변형을 허
용하지 않는다. 그런 이유로 이 책은 파리 15구나 메닐몽탕[241]의
도살장에서 들을 수 있는 은어보다도 더 복잡하고 거칠다.

피에르 드보(Pierre Devaux)의 특징 중 하나는 시골 사람들
이 나눌 법한 대화의 본보기를 라발[242]이나 교황처럼 예상치 못
한 사람들에게서 찾는다는 것이다. 부에노스아이레스에 거주

---

241   Menilmontant. 파리의 동부 지역.

242   피에르 장마리 라발(Pierre Jean-Marie Laval, 1883~
       1945). 프랑스의 정치가로 제3공화국 당시 두 번에 걸
       쳐 수상을 역임했다.

하는 몬테비데오 출신 막시모 사엔즈[243] 역시 이를 효과적으로 사용했다. 대표적이라고 말할 수 있다. 프란시스코 케베도[244]의 『모든 이의 시간』에서 마르스는 17세기 스페인 악당의 은어를 사용하며 주피터 앞에서 거만을 떤다. 이렇게 세상의 모든 차이를 쉬운 수준으로 노골적이고 단순하게 환원하는 작업은 순간순간 즐거움을 자아내곤 한다.

프레이저 박사의 『원시 종교에서 죽음에 대한 두려움』

[리뷰]

인류학자인 제임스 조지 프레이저(James George Frazer) 박사의 사고가 어느 순간 돌이킬 수 없이 낡거나 쇠퇴하는 것은 가능하다. 불가능한 일은 그의 작품이 재미가 없어지는 것이다. 그에 관한 모든 의심을 버리고 의심을 확증하는 사건들을 거부하자. 그의 작품은 원시인들의 맹신에 관한 근거 없는 증거로서가 아니라, 원시인들에 대해 말할 때 인류학자가 나타내

---

243   Máximo Saenz(1867~1960). 우루과이 출신 아르헨티나 작가로 필명은 '라스트 리즌'이다. 1827년 스페인 한림원에서 수도 마드리드에서 사용하는 스페인어를 표준으로 지정한 것에 반대하는 운동을 주도하면서 라틴아메리카 및 각 지역어의 독자성을 강조했다.

244   프란시스코 고메즈 데 케베도(Francisco Goméz de Quevedo, 1596~1606). 스페인 황금 세기의 기지주의 작가.

는 맹신의 명백한 증거로서 불멸할 것이다. 달의 표면에서 피로 쓴 단어가 거울 위에 나타날 것이라고 믿는 것은 누군가가 그것을 믿는 것보다 더 이상하지 않다. 최악의 경우에 프레이저 박사의 저작은 경이적인 소식으로서, 그리고 독특한 기품으로 작성된 '다양한 교훈의 휘파람'으로서 백과사전에 남을 것이다. 플리니오[245]가 남긴 서른일곱 권의 저작이나 로버트 버튼의 『우울의 해부』처럼 오래도록 지속될 것이다.

이 책은 죽은 자에 대한 두려움을 다룬다. 프레이저의 다른 저작과 마찬가지로 흥미로운 사실들로 가득하다. 예를 들어 서고트인들이 물길을 돌리는 방법으로 알라리크 I세[246]의 시신을 강의 하구에 묻고, 이 과정에서 노동을 수행한 로마 죄수들을 죽인 일화는 유명하다.

적들이 왕의 무덤을 미리 만들기 두려워한다는 것은 일반적인 해석이다. 프레이저 박사는 이를 완전히 부정하기보다 다른 해답을 제시한다. 무자비한 영혼이 땅에서 올라와 독재자로 군림할까 봐 두려워한다는 식으로.

프레이저 박사는 미케네의 아크로폴리스에서 장례를 위해 사용하는 황금 가면에도 동일한 원리를 적용한다. 아이를 제외하고는 모두가 눈을 보호하기 위해 구멍이 없는 가면을 착용한다.

---

245   Plinio Salgado(1895~1975). 브라질의 신학자이자 작가.
246   Alaric I. 다뉴브강 하류 지방 출신의 초대 서고트 왕으로 395~410년까지 재위했다.

찰스 더프의『콜럼버스에 관한 진실』

찰스 더프(Charles Duff)가 쓴 이 책은 제목만 보면 크리스토 퍼 콜럼버스와 아메리카 발견에 대한 진실을 밝혀 줄 것처럼 보인다. 하지만 이 책은 제목의 기대를 충족시키지 못한다. 작 가는 반박할 수 없는 진실을 말하지도, 최종 판결을 내리지도, 기대하거나 두려워할 만한 사실을 드러내지도 않는다. 대신 실제 일어났던 사건들을 묘사하고 의문에 싸여 있던 사실들에 대한 진지한 토론을 지향한다. 예를 들어, 그는 크리스토퍼 콜 럼버스가 폰테베드라에서 태어났다고 주장하지 않는다. 이러 한 태도는 관심을 끌지는 않지만 훌륭한 미덕이다.

콜럼버스에 대한 전기는 모두 해결하기 힘든 어려움에 직면 한다. 연극적인 문제든 소설적인 문제든 신대륙을 출발하여 첫 번째 공물(광물, 목재, 면화, 금, 앵무새와 여섯 명의 말 못하는 인디오 들)이 바르셀로나에 도착하는 과정에 대한 독자들의 관심을 유 지할 수 있는가 하는 것이다. 모두가 콜럼버스 제독의 굴욕이나 감옥 경험을 통해 관심을 촉발하려 한다. 더프의 경우에는 제독 이 가진 종교성의 진화를 통해서 그것을 추구하고 찾아낸다.

사소한 오류도 보인다. 가톨릭 여왕 이사벨의 보석은 콜럼 버스가 첫 번째 탐험에서 얻은 것이 아니라, 두 명의 유대인이 여왕에게 후원한 것이다. 한 명은 개종자인 모센 루이스 데 산 탄헬이고, 다른 한 명은 예언자인 아이삭 아바르바넬로, 그는 이탈리아 플라톤주의의 기록에서 레오네 에브레오라고 불리 는 유다 아바르바넬의 아버지다.

1936년 12월 25일

엔리케 반츠스는 올해로
25년째 침묵하고 있다

[에세이]

단어를 조합하는 열정적이면서도 고독한 연습을 통해 듣는 이들에게 모험을 전하는 시의 기능은 신비로운 개입 또는 화재, 임의적인 월식과도 같다. 이러한 급변을 정당화하기 위해 옛사람들은 시인을 가리켜, 신에게서 우연히 버려진 고아들이며, 신의 불이 그들에게 자리를 주고, 그의 외침에 입을 주고 손을 인도하며, 짐작할 수 없는 혼란이 말을 하게 한다고 말했다. 따라서 신에게 기원을 시작하는 마술적 습관이 시적인 행위인 셈이다.

"오, 신성함이여, 펠레우스의 아들인 아킬레우스의 분노가 노래한다. 분노는 그리스인들에게 수많은 악을 가져오고, 영웅의 강력한 영혼을 지옥에 던져 버리며, 그 육신을 개와 펄럭거리는 새들에게 주었구나!" 호메로스는 이렇게 말한다. 이는 단순한 수사가 아니며 진심 어린 기원이다. 다시 말하면, 위험한 보석들로 가득하지만 불안하고 굳게 닫힌 세계의 문을 여는 "열려라, 참깨!"와도 같은 것이다. (천사 가브리엘이 코란에 따라 단어 하나하나, 기호 하나하나를 구술하도록 맹세하는 코란주의와 유사한) 이 원리는 작가를, 예측할 수 없고 비밀스러운 신의 서기가 되게 한다. 이는 명백하거나 혹은 상징적이거나 작가의 한계와 나약함 그리고 공백을 확인해 준다.

앞에서 나는 때때로 기민하나 다른 경우에는 거의 무안할 정도로 무능한 시인의 공통점을 언급했다. 조금 더 특이하고 놀라운 경우도 있다. 석사 학위를 갖고 있지만 자신의 활동을 경멸하고 활동을 하지 않거나 침묵을 택하는 사람들도 있다. 장 아르튀르 랭보는 열일곱 살에 「취한 배」를 썼다. 열아홉 살의 그에게 문학은 영광만큼이나 무가치한 것이었다. 그는 독일과 사이프러스, 자바, 수마트라, 아비시니아와 수단에서 위험한 모험을 한다.(그에게 있어 구문이 주는 독특한 즐거움은 정치와 상업이 공급하는 것들에 의해 무의미해져 버렸다.)

1918년에 로런스는 아랍인들의 봉기를 주도했다. 1919년에는 전쟁이 만들어 낸 책 중 유일하게 기억할 만한『지혜의 여섯 기둥』을 집필했다. 1924년에 개명을 했는데, 그가 영국인이고 영광을 불편하게 느꼈다는 점을 우리는 잊지 말아야 한다. 1922년에 제임스 조이스는 수세기 동안의 다양한 작품이 만들어 놓은 모든 문학에 상응하는『율리시스』를 출간했다. 이제는 절대적인 침묵에 상응하는 허튼 이야기를 내놓고 있다. 엔리케 반츠스(Enrique Banchs)는 그의 가장 훌륭한 작품이자 아르헨티나 문학의 최고작 중 하나인『항아리』를 펴냈다. 이후 신기하게도 침묵에 잠겼다. 절필한 지 25년이 지났다.

『항아리』는 경이로운 작품이다. 메넨데스 이 펠라요[247]는
다음과 같이 평가한다. "역사적인 시각으로 시를 읽지 않는다
면, 살아남는 시는 극소수에 불과할 것이다!"

시뿐 아니라 산문에서도 그것을 증명하기는 어렵지 않다.
이미 죽은 사람들의 과거까지 돌아갈 필요도 없이, 아주 가까
운 과거로 돌아가 보기만 해도 된다. 미래에도 지속될 두 권의
아르헨티나 책을 찾아보자. 루고네스의 『감상적 달빛』(1909)
에는 끊임없이 실패한 유희와 아르 누보의 장식이 개입한다.
1926년에 발간된 『돈 세군도 솜브라』에서 작가는 역사의 안내
원과 동일시된다. 일정한 압박을 가하려는 의도된 목적 없이
는 이렇게 어려운 책을 즐길 수 없다. 반면에 『항아리』는 독자
에게 동의나 자비라는 복잡함을 요구하지 않는다. 시작하면서
(인간 시간의 확장된 간격이자, 다른 질서에 대해 언급하지 않기 위
하여 장치로서 설정된 시적 혁명과 멀지 않은) 사반세기의 시간이
흘러가는 『항아리』는 동시대의 책이자 새로운 책이다. 경이롭
거나 비어 있는 단어를 동원해야 한다면 영원한 책이라 할 수
있다. 이 책의 두 가지 근본적인 미덕은 깨끗함과 떨림이며, 이
러한 측면에서 소동을 일으킨 발명품도 미래를 짊어질 실험도
아니다.

비평가들이 예술보다는 예술사에 관심을 둔다는 것은 잘
알려진 사실이다. 그들은 또한 미를 효과적으로 획득하는 것

---

247   마르셀리노 메넨데스 이 펠라요(Marcelino Menendez y
        Pelayo, 1856~1912). 19세기 말에서 20세기 초까지 활
        동한 스페인의 대표적 문학 평론가.

보다 위험하게 미를 추적하는 일에 더 관심을 둔다. 본질적 가치를 완벽함으로 설정하는 책은 모험의 상흔이나 단순한 무질서를 보여 주는 책보다 언급되는 횟수가 적을 수도 있다.

마찬가지로 『항아리』에 대해서는 논쟁적인 평판이 부족하다. 엔리케 반츠스는 베르길리우스에 비견된다. 시인으로서 이보다 즐거운 일이 없겠지만, 독자에게는 더없이 재미없는 일이다.

여기에 내가 거주했던 곳들에서 고독 가운데 반복해 읽었던 소네트가 있다.(호기심 많은 독자라면 그 구조가 셰익스피어의 것과 동일하다는 점을 지적할 것이다. 인쇄로 인한 변동에도 불구하고 자유 운율로 이루어진 세 개의 4행시와 평운을 가진 2행의 연으로 구성된다.)

친절하고 충직한 것이
그 외모에 반영된다.
어스름 환한 달과 같이
살아 있는 것들이 거울에 비친다.

거품은 한밤중의
전등처럼 떠다니는 환함을 주며,
꽃병 속의 장미는 고통스럽고, 슬픔은
마찬가지로 그 안에 고개를 묻는다.
고통을 접을 때, 또한 반복되고
사물은 나에게 영혼의 정원이 되며,
언젠가 자리 잡기를 기다린다,

푸르스름한 고요함의 환상 속에서
손을 맞잡고 이마를 맞댄
하숙인이 비친다.

반츠스의 또 다른 소네트는 비현실적인 침묵에 대한 암호를 제공한다. 여기서 침묵은 그의 영혼을 의미한다.

속세의 학생들은 폐허를 선호하며
오늘날의 명사들은 이지러진 야자수를 선호한다.

아마도 조르주 모리스 드 게렝[248]과 같이 그에게 있어 문학 경력은 "누군가 그에게 요청하는 기쁨의 측면에서 본질적으로" 비현실적일 것이다.

아마도 그는 이름과 명성으로 시간을 귀찮게 하기를 원하지 않을 것이다.

아마도 그는 (내가 독자에게 제시하는 마지막 해결책이 될 텐데) 실력이 너무 출중한 나머지 문학을 쉬운 놀이로 생각하여 문학을 경멸하게 되었을 것이다.

부에노스아이레스에 거주하면서 변화하는 현실 속에 살았던 엔리케 벤치스가 알면서도 그 현실을 정의하지 않는 모습을 상상하는 것은 유쾌한 일이다. 그것은 더 이상 마법을 실

---

248   George Maurice de Guérin(1810~1839). 프랑스의 시인
으로 시골풍의 요소를 도입하여 주로 자연에 대한 열
정을 노래했다.

행하지 않는 행복한 주술사와도 같다.

오스발트 슈펭글러

[전기]

영국과 프랑스의 철학자들은 우주 전체나 일부에 관심을 두는 반면, 독일인들은 이를 거대한 변증법적 건물의 단순한 모티프이자 물적 원인으로 파악한다. 항상 근거가 없지만, 항상 거대하다. 시스템의 좋은 대칭은 그 열망을 보여 주지만, 서로 뒤섞여 무질서한 우주와 결과적인 일치를 이루지 않는다. 알베르투스 마그누스,[249] 마이스터 에크하르트,[250] 라이프니츠, 칸트, 헤더, 노발리스[251] 및 헤겔의 후계자이자, 이 계보의 마지막 건축자가 오스발트 슈펭글러(Oswald Spengler)이다.

슈펭글러는 1880년 5월 29일 브런즈윅 공작령에 있는 마을인 블랑켄부르크-하츠에서 태어났다. 뮌헨과 베를린에서 공부했으며, 20세기 초에 철학과 문학으로 학위를 받았다. 센세이션을 일으킨 헤라클레이토스에 관한 박사 논문(Halle,

---

249　Albertus Magnus(1193~1280). 독일의 신학자, 철학자, 자연 과학자. 도미니크회의 중심 인물로 스콜라 철학을 완성시킨 인물 중 한 명이다.

250　Meister Eckhart(1260~1327). 독일 로마 가톨릭의 신비 사상가로 루터에게 영향을 미쳤다.

251　Novalis(1772~1801). 독일의 시인이자 철학자로 낭만주의 운동을 주도했다.

1904)은 유명해지기 전에 출간한 유일한 저작이었다. 6년에 걸쳐『서구의 몰락』을 썼다. 얼룩진 커튼 사이로 굴뚝이 보이는, 전경이 좋지 않은 뮌헨의 배고픈 수도원에서 6년간 금욕적인 생활을 했다. 당시 오스발트 슈펭글러에겐 책이 없었다. 공립 도서관에서 오전을 보내고 노동자들을 위한 식당에서 점심을 해결하고 아플 때는 뜨거운 차를 많이 마셨다. 1915년에 이르러서야 첫 번째 권의 수정을 마쳤다. 친구도 없었다. 그런 점에서 역시 외톨이였던 독일과 비교할 만하다.

『서구의 몰락』은 1918년 여름에 빈에서 출간되었다. 쇼펜하우어는 다음과 같이 적었다. "역사에 대한 일반 과학은 없다. 역사는 인간이 가진 끝날 수 없으며 앞뒤가 맞지 않는, 어려운 꿈에 관한 볼품없는 이야기이다."

책에서 슈펭글러는 역사가 특정한 사건의 단순한 여담을 나열하는 것 이상이 될 수 있다는 것을 보여 주려고 했다. 역사의 법칙을 결정하고 문화 형태론의 기초를 확립하고자 했다. 1912년에서 1917년 사이에 쓰인 그의 강건한 글에는 힘들었던 당시에 대한 증오의 감정이 전혀 묻어나지 않는다.

1920년에 이르자 영광이 찾아온다.

슈펭글러는 이자르강 근처에 아파트를 얻고, 한가롭게 수천 권의 책을 구입했으며, 프러시아, 터키, 인도의 무기를 수집하고, 사진가의 은혜를 거부하고 직접 산에 올랐다. 무엇보다도 책을 썼다.『비관론』(1921),『젊은 독일의 정치적 의무』(1924), 그리고『독일 국가의 재건』(1926)을 썼다.

오스발트 슈펭글러는 그해 중엽에 사망했다. 그가 발전시킨 역사에 대한 생물학적 이해는 토론의 여지가 있다. 하지만 그의 빛나는 스타일은 논쟁의 여지가 없다.

C. E. M. 조드의 『철학 가이드』

[리뷰]

철학의 역사는 놀랍게도 철학적 사색을 둔감하게 만들곤
한다. 철학이 서로 다른 시간과 언어 속에서 수백, 수천의 복잡
한 인간이 벌이는 (혼자 생각하는 독백이 아닌) 불완전한 토론에
다름 아니라는 것을 기억한다면 시간적 지연은 피할 수 없다. 버
클리, 스피노자, 오컴의 윌리엄,[252] 쇼펜하우어, 파르메니데스,[253]
르누비에[254] 등이 그런 예이다. 그럼에도 불구하고 새로운 시간
순으로 선조들의 과정을 되짚고 탈레스[255]와 화이트헤드 박사
사이에 존재하는 무한한 시기를 가로지르려는 학생들의 노력

---

252   William of Occam(1280~1349). 청빈론을 꿈꾼 영국
       프란체스코 수도회의 수사이자 철학자.

253   Parmenides(기원전 510년경~기원전 450년경). 모든
       진리의 바탕은 이성이며, 이성에 의해서 생각할 수 없
       는 것은 존재하지 않는다고 주장한 엘레아학파의 대
       표자.

254   샤를 베르나르 르누비에(Charles Bernard Renouvier,
       1815~1903). 프랑스의 철학자로 칸트적 자유주의와
       개인주의를 발전시켰다.

255   Thales(기원전 624~기원전 545). 고대 그리스 철학자
       로 밀레토스 학파의 창시자. 아리스토텔레스는 그를
       '철학의 아버지'라 칭했다.

은 충분히 가치가 있다. 조드(C. E. M. Joad)는 이 책의 600페이지 중에서 초반부 300페이지는 플라톤, 아리스토텔레스, 칸트, 헤겔, 마르크스, 베르그송 및 화이트헤드의 체계를 명확하게 그리고 세부적으로 논한다.

쇼펜하우어를 과소평가하여 생략한 것은 명백히 비정상이지만, 마르크스를 포함한 것에 비하면 놀라운 일도 아니다.(이러한 호의는 C. E. M. 조드가 변증법적 유물론을 배척하려는 목적으로 포함했다는 가정에 동의할 때 더욱 신기하다.)

11페이지를 읽어 보자. "내가 아는 바에 의하면 우주가 20세기 지성에 의해 쉽게 이해될 수 있다고 생각할 만한 근거는 어디에도 없다." (다른 모든 책에서와 마찬가지로) 이 책이 우리에게 우주를 이해하게 하지는 못한다. 그것이 복잡한 명암을 지닌 철학에 대한 존중받을 만한 토론이라고 할 수 있다.

펄 키브의 『피코 델라 미란돌라의 도서관』

[리뷰]

스물셋의 나이에 900개의 논제를 제안하고 그와 토론을 벌일 모든 유럽의 현자들에 대항했던 금발 소년의 도서관에는 어떤 책들이 있었을까? 논쟁은 끝내 이루어지지 못했고 책은 화재로 소실되었다. 하지만 카탈로그의 원고와 900개의 자랑스러운 질문 목록은 남아 있다. 컬럼비아 대학의 펄 키브(Pearl Kibbe)는 실현된 적 없는 백과사전적 논쟁과 불타 버린 도서관의 관계에 대한 연구를 막 책으로 펴냈다.

당시에는 책의 권수가 어마어마해서 1191권에 이른 것으로 추정된다. 1496년에 조반니 피코 델라 미란돌라가 죽은 2년 후에 그리말디 주교는 500더컷[256]의 금을 주고 책을 사들였다. 포함된 목록 중 700권은 라틴어로 되어 있었고, 556권은 그리스어, 110권은 히브리어, 나머지는 칼데아어[257]와 아랍어로 되어 있었다. 호메로스, 플라톤, 아리스토텔레스, 알렉산드리아의 필론, 이븐 루시드,[258] 라이문도 룰리오, 아벤가비롤,[259] 아베네아라[260]가 여기에 들어 있다. 조반니 피코 델라 미란돌라가 증명하려고 한 주제 중 하나는 다음과 같다. "마법과 신비보다 예수 그리스도의 신성함의 증거를 더 잘 드러내는 과학은 없다." 다른 주장도 있다. "신학자라면 문장과 인물들의 연구에 있어 위험을 피할 수 없다." 유클리드의 『구성 요소』의 아랍어 판과 레오나르도 데 피사의 책 『기하학』은 그 자신이 순간적으로라도 그러한 위험에 직면했다는 사실을 증명한다.

---

256   중세 시대 유럽, 특히 스페인에서 쓰이던 주화.
257   고대 메소포타미아를 뜻하며 바빌로니아 지방의 그리스어 식 표기.
258   Ibn Rushd(1126~1198). 스페인의 아랍계 철학자.
259   Abengabirol(1021~1058). 스페인의 유대계 철학자.
260   Abeneara(1006~1066). 스페인의 유대계 철학자.

핼리팩스 경의 『귀신 책』

11세기 한 비잔틴 역사가가 영국이 두 부분, 즉 하나는 강과 도시, 다리로, 다른 하나는 구렁이와 유령으로 구성된다고 처음 말하면서 영국과 다른 세계의 관계가 관심의 대상이 되었다. 1666년에 조지프 지안빌[261]은 윌트셔주의 한 수영장에서 밤마다 들리는 타악기 소리에 영감을 받아 주술과 주술사에 관한 철학적 고찰을 담은 책을 펴냈다. 1705년에 대니얼 디포는 『비알 부인의 출현에 관한 진실』을 썼다. 19세기 말까지 엄밀한 통계를 들어 이 애매한 문제를 다루었고 최면과 텔레파시로 인해 발생하는 환영에 관한 두 가지 조사를 실시했다.(후자에 관해서는 1만 7000여 명의 성인이 포함되었다.) 이제 막 런던에서 미신과 속물근성에 매혹되는 현상을 연구한 핼리팩스(Halifax) 경의 『귀신 책』이 출간되었다. 이 책은 "영국인들의 안정을 뒤흔들며 출현한 유명한 유령에 대해 다룬다. 믿을 만한 증거를 통해 기록되었다." 고링 부인, 데스보로 경, 리튼 경, 하팅덤 백작, 데본셔 공작이 유령으로 인해 삶의 안정이 흔들린 경험이나 유령에 대한 증거를 제공했다. 나는 잘 모르겠다. 놀라운 유령이 나타나지 않는 이상 레지날드 포르테스크가 제공한 증거를 믿고 싶지 않다.

서문에는 이런 아름다운 일화가 담겨 있다. 두 신사가 기차

---

261   Joseph Gianvill(1636~1680). 영국의 철학자이자 목사.

의 화물칸에 함께 있었다. "나는 유령을 믿지 않습니다."라고 그
들 중 하나가 말하자. 다른 사람이 "정말이오?" 하고 물은 뒤 사
라진다.

1937년 1월 8일

제임스 패럴의 『스터즈 로니건』

[리뷰]

　　미국 3부작『스터즈 로니건(Studs Lonigan)』을 담당한 영국의 편집자들은 간단한 묘사와 기록으로 담아 내기에는 인물과 사건이 너무 많고, 지나치게 무섭고 광대하다고 주장했다. 나는 열심히 그리고 안됐다고 생각하며, 가끔은 역겨워하면서 이 책을 읽었고, 지금은 온전히 이 책에 동의한다. 하지만 몇 가지 평가 지점이 존재하는 것은 사실이다. 그러나 840페이지에 이르는 책에 대해 (대충 넘겨 볼 생각은 물론이거니와) 평가를 서두를 생각은 없다.

　　멩켄[262]은 소설가의 근본적인 주제는 한 인물의 해체라고 말한 바 있다. 『스터즈 로니건』은 이 법칙을 증명한다. 가난하

262　헨리 루이 멩켄(Henry Louis Menken, 1880~1956). 미국의 문예 비평가.

지만, 행복하고 의젓한 집안 출신의 아들인 주인공은 스스로를 강한 남자이자 대부라고 믿는데, 슬프게도 그것은 사실이다. 점차 술과 폐병이 그를 끝내 버린다. 이런 종류의 작품은 영웅의 꿈이나 허구와 현실 사이의 불균형을 과장하곤 한다. 주인공 옆에는 대단한 사람, 매력이 넘치는 사람, 도전, 트라브존[263]의 제국이, 다른 한편에는 속담과 배신이 존재한다. 반면 『스터즈 로니건』에 나오는 상상의 세계는 현실과 다르지 않다. 아마도 주인공 스터즈의 가장 큰 비극은 상상의 세계가 결핍됐다는 점일 것이다. 보이지 않는 담이 우리처럼, 아니 어쩌면 우리보다는 조금 더 많이 상상의 세계를 둘러싸고 있다. 스터즈는 파세오 데 훌리오[264]나 보에도[265]에 사는 동료들처럼 삼인칭으로 산다. 강한 남자의 역할을 대표하여 고독을 두려워하지 않고, 아무것도 무서워하지 않으며, 다른 사람들의 견해대로 세계를 다스린다. 아마도 아메리카 대륙 어디에서도 대부가 가진 최고의 특징은 이러한 근본적인 비현실성이겠지만, 이것은 명백한 오류이다.

제임스 패럴(James T. Farrell)의 소설에 기억할 만한 부분이 있을 거라고는 생각하지 않는다. 하지만 전체로서는 매우 강력하다. (싱클레어 루이스[266]의 어떤 부분과 유사하게) 분노나 냉소

---

263 터키 북동부의 흑해에 위치한 도시.
264 부에노스아이레스의 거리.
265 부에노스아이레스의 동네.
266 Sinclair Lewis(1885~1951). 미국의 작가로 1930년 미국인으로는 처음으로 노벨 문학상을 수상했다.

로 왜곡되지 않았다. 나는 실제 일어났던 사실을 옮겨 쓴 것 같
다고, 더 정확히 말하면 재창조한 것 같다고 말하고 싶다.

　이전에는 아일랜드인의 개인적인 분노가 드러났으나 이제
는 이탈리아 조직으로 대체된 시카고의 남쪽 지역은 이 책에
서 오래 계속될 것이다.

1937년 1월 15일

헉슬리 가문의 왕조

[리뷰]

올더스 레너드 헉슬리(Aldous Leonard Huxley)가 예언하는 군
사적 파국이 책을 쓰는 행위나 과제를 절멸시키지 않는다면,
가까운 미래의 사람들은 분명히 헉슬리 왕조의 역사를 쓸 것이
다. 「전도서」는 "여러 책을 짓는 것은 끝이 없다."라고 씁쓸
한 어조로 말하고 있다. 우리는 사건이 실제로 일어났다는 것
을 인정한다. 또한 '예언가 헉슬리' 혹은 에밀 졸라의 잘 알려
진 문구를 빌려 헉슬리 가문의 자연사나 사회사에 관한 가능
한 형태를 상상할 수 있다. 첫 번째 역사가는 이제는 더욱 유명
해진 올더스 레너드의 기능에 관해 쓸 것이며, 할아버지인 토
머스와 아버지인 레너드 그리고 형 줄리안이 『연애 대위법』 작
가의 단순한 변형이자 그와 비슷하다는 것을 알게 될 것이다.
자신을 반대하는 책을 비난하지 않는 책은 없다. 가족의 '진화'
로 보는 이 진부한 해석에 프랑스인이 된 손자가 전투적인 할

아버지를 굴복시키는 이야기가 추가된다. 이후 이 3세대의 차이를 강조하는 책이 나오고, 당연하게도 그다음에는 유사성을 다룬 책, 프랜시스 골턴[267]이 가정한 유전적 사진술을 통해 수명이 긴 한 명의 계속적 연장으로서의 다양한 헉슬리에 주목할 것이다. (작가가 이러한 예측만큼 천재적이라면) 이 책의 속표지에는 내가 말한 플라톤적 사진과 줄리안의 문구로 된 헌사가 써 있을 것이다. "끊임없이 생기가 넘치는 인간군(群)이라 불리는 개체는 개인이라 불리는 고립된 조각으로 나뉜다. 이는 모든 고등 동물에게서 발생하지만, 필수적 요소는 아니다. 일종의 방편과 같다. 살아 있는 사물은 두 가지 행위를 전개해야 한다. 하나는 외부 세계와의 즉각적인 교류이며, 다른 하나는 미래를 위한 영구 보전이다. 개인은 일정량이 살아 있는 물체가 주어진 환경 속에서 감당하고 실행하는 장치이다. 시간이 지나면 분해되고 죽어 간다. 그럼에도 다음 세대에게 불멸의 요소를 남긴다."

언급된 단락의 어조는 차분하다. 그러나 개념은 처량하다. "나는 단단하며, 평평한 표면과 줄에 관하여 쓰는 것처럼 인간에 대한 글을 쓸 것이다."라고 스피노자는 말했다. 이러한 천문학적 경멸과 신에 가까운 공평무사함은 헉슬리 가문의 전형적인 성격이다. 그것을 비인간적이라고 부르는 것은 옳지 않다. 단어 고유의 의미에 인간적인 것이 있다면 그것은 이미 죽은 사람에게 일어났던 것처럼 우리 자신의 운명, 우리의 가장

---

267   Francis Galton(1822~1911). 영국의 인류학자.

내밀한 기쁨과 부끄러움을 육화하는 능력이다. 헉슬리 가문의 기본적인 감정은 비관주의다. 모두가 그렇다. 조상인 토머스 헨리 헉슬리도 영국 문학을 다윈과 싸우는 시끄러운 논쟁자들로만 보고자 했다. 그는 노력의 상당 부분을, 심지어는 무례까지도 호모 사피엔스와 사티로스,[268] 옥스퍼드 대학과 보르네오 오랑우탄의 혈연관계를 밝히는 데 바쳤다. 하지만 칼라일[269]이 결코 용서하지 않은 이런 분별없는 주장이 이 복합적 작품을 고갈시키지는 않는다. 우리가 사는 20세기에 널리 유포되어 있는 미신은 19세기를 절대적 유물론과 낙관주의라는 치료할 수 없는 우둔함으로 등치시키는 것이다. 1879년에(!) 토머스 헉슬리는 이 첫 번째 짐을 던져 버렸다. "지구상의 모든 현상이 물질과 운동으로 환원된다면, 이상주의자는 그것을 인지하는 순간 물질과 운동은 존재하지 않는다고 대답할 수 있을 것이다. 단순한 정신적 상태를 말하는 것이 아니다. 그 주장은 거부하기 어렵다. 나에게 절대적 유물론과 절대적 이상주의 중 하나를 선택하라고 한다면, 두 번째를 선택할 것이다." 불공평하고 순진한 낙관주의라는 또 다른 짐에 대해서는 다음과 같은 말로 대신하고자 한다. "나는 (그 형태가 지나치게 과장되어 있다 하더라도) 운명 결정론, 원죄, 인간의 본질적 약점, 세계의 불

---

268   그리스 신화에 나오는 숲의 신으로 사람의 얼굴과 몸에 염소의 뿔과 다리가 달렸다.

269   토머스 칼라일(Thomas Carlyle, 1795~1881). 영국의 역사가. 이상적 사회 개혁을 주창하여 19세기 다른 사상가들에 많은 영향을 주었다.

행, 대지에 존재하는 사탄의 왕국, 악의적인 조물주에 대한 원
칙이, 아이들은 모두 선하게 태어났고 이후 타락한 사회가 이
들을 나쁜 길로 인도한다는 우리의 자유주의적 환상보다 훨씬
논리적이라고 생각한다. 마찬가지로 신의 섭리가 자비롭게 숨
겨져 있다거나 모든 것이 종국에는 나아진다는 말도 믿지 않
는다." 다른 부분에서는 자연 안에서 어떠한 도덕적 목적의 흔
적도 인지하지 못했다는 점을 공표한다. 아울러 도덕이 인간
이 만들어 낸 예외적 작업이라는 점을 첨부한다. 헉슬리에게
진화란 반드시 무한한 것이 아니다. 상승 후에 세계에 대한 점
차적인 환멸 속에서 나타나는 하강기를 인지한다. 직립한 인
간은 비스듬히 서 있는 원숭이, 경련의 외침과 목소리, 밀림이
나 사막의 정원, 뒤엉킨 나무에 앉은 새, 별 속의 행성, 광대한
성운의 별, 예측할 수 없는 신성함 속의 성운으로 떨어질 것이
라고. (암시한다.) 이런 역전 혹은 우주적 과정의 쇠퇴는 창조적
시기보다는 무한대로 짧은 시간 동안 진행될 것이다. 침울해
진 전면이 드러나고 그 윤곽이 더욱 잔인하게 투사되는 데 수
세기가 소요될 것이다. 이 가설은 음산하지만 올더스 헉슬리
에게는 좋을 것이다.

　샤를 모라스[270]는 우리에게 '전통이라는 스승'에 대해 직설
적으로 말한다. 군인의 아들이자 손자, 증손자인 J. F. 블라데[271]

270　　Charles Maurras(1868~1952). 프랑스의 사상가. 왕정
　　　　주의, 반의회주의, 반혁명주의 사상 등 복고주의를 지
　　　　향했다.

271　　J. F. Bladé(1827~1900). 프랑스의 민속학자.

는 이런 전통을 유지하기 위해 "과학의 영역에서 독일에 대항할 것을 결정했다." 비난받는 자가 틀렸다는 것을 증명하는 법적인 작업에서 과학을 폄훼하면서 과학을 이해하는 것은 얼마나 슬픈 일인가! 증오의 놀이 가운데 전통을 비난하면서 전통을 이해하는 것은 얼마나 슬픈 방식인가! 헉슬리 가문은 자신들의 결벽 외에는 어떤 것도 증명하지 않고 세계를 심문하면서 전통에 봉사한다. 그것은 불쾌함의 지속이라기보다는 도구로서의 전통일 것이다.

1937년 1월 22일

폴 발레리

[전기]

폴 발레리(Paul Valéry)의 삶에 관한 사실들을 열거하는 것은 발레리를 논하는 것이 아니라, 무시하는 것이다. 사실은 그에게 있어 사고를 자극하는 것으로서만 유효하다. 그에게 사고는 관찰할 수 있을 때에만 유효하다. 그는 이 관찰을 관찰하는 데에 관심을 둔다.

폴 발레리는 1871년 세트의 작은 마을에서 태어났다. 많은 사람들처럼 그도 유년 시절의 기억을 떠올리고 싶어 하지 않는다. 겨우 알 수 있는 것은 어느 아침 파도 치는 바다 앞에서 선원이 되고 싶은 본능적인 꿈을 깨달았다는 것 정도다.

1888년에 몽펠리에 대학에서 발레리는 피에르 루이[272]와

---

272   Pierre Louys(1870~1925). 프랑스의 시인이자 작가.

대화를 나누게 된다. 이를 계기로 I년 후에 잡지《라 콩크(La Conque)》를 창간한다. 잡지에는 신화와 소리에 기댄 발레리의 초기 시들이 실린다.

1891년에는 파리로 간다. 이 도시는 그에게 두 가지 열정을 심어 주었다. 스테판 말라르메와의 대화 및 기하학과 대수를 연구하는 것이다. 그의 문체에는 쉼표, 이탤릭체, 대문자가 많은 다변과 같이 청년기에 상징주의와 가졌던 교류의 흔적이 남아 있다.

1895년에 첫 번째 책『레오나르도 다 빈치의 방식에 관한 소개』를 출간했다. 추측이 많고 상징적인 성격이 강한 이 책에서 레오나르도는 창조를 묘사하기 위한 탁월한 선례가 되었다. 레오나르도는 폴 발레리가 추구하는 '에드몽 테스트',[273] 한계 혹은 반신반인의 밑그림이 되었다. 짧은 글「테스트 씨와의 하룻밤」안에서 인터뷰를 했던 이 조용한 영웅은 아마도 현존하는 문자로 된 가장 훌륭한 발명품일 것이다.

1921년에 잡지《라 코네상스(La Connaissance)》로부터 질문을 받았던 프랑스 문인들은 최고의 현대 시인으로 폴 발레리를 꼽았다. 그는 1925년에 학술원에 등록했다.

발레리의 명성은「테스트 씨와의 하룻밤」과 열 권의 평론집『바리에테(Variété)』에 의해 지속되었다고 해도 과언이 아니다. 그의 시학은 오래도록 기억되기에는 산문보다 조직적이지 못하다. 대표적인 시인「해변의 묘지」에도 회고적인 장면이나

---

273   발레리의 작품에 나오는 인물. 모범이 되는 인간상을 의미한다.

시각적 장면에서 연결되는 유기적 결말은 없고, 그저 단순한
순환만이 존재한다. 이 시의 스페인어 판본은 다양하다. 가장
훌륭한 판본은 1931년 부에노스아이레스에서 출간된 것으로
알려졌다.

윌리엄 포크너의 『압살롬, 압살롬!』

[리뷰]

두 종류의 작가가 있다. 단어의 사용에 열정과 관심을 두는
작가와, 인간의 열정과 노동에 집중하는 작가다. 첫 번째는 '비
잔틴'[274]이라는 별명으로 폄하되며, '순수 예술'이라는 이름으
로 칭송되곤 한다. 두 번째는 한편으로는 '심오하고' '인간적
이고' '심도 있게 인간적인'이라는 영광스럽고 행복한 평가를
받기도 하지만, 다른 한편으로는 '야만적'이라는 혹평도 받는
다. 전자에 속하는 이는 스윈번 혹은 말라르메이고, 후자에 속
하는 이는 셀린과 시어도어 드라이저다. 다른 이들은 두 범주
에 속한 미덕을 함께 즐긴다. 빅토르 위고는 셰익스피어 안에
공고라가 있다고 썼다. 우리는 위고 안에도 도스토예프스키가
있음을 관찰할 수 있다. 위대한 소설가 중 조지프 콘래드는 소
설의 절차와 운명, 사람들의 성격에 동일하게 주목한 마지막
소설가일 것이다. 윌리엄 포크너라는 경이로운 인물이 나타날

---

274   오래되고 시대착오적이라는 의미를 포함한다.

때까지는.

포크너는 인물들을 통해 소설을 드러내는 방식을 선호한다. 그 방식이 완전히 독창적이라고는 할 수 없다. 로버트 브라우닝의 『반지와 책』(1868)은 같은 범죄를 열 개의 입과 열 개의 영혼으로 열 번 동안 자세하게 말한 바 있다. 하지만 포크너는 거의 참을 수 없는 긴장감을 불러일으킨다. 이 책에는 무한한 분열과 음험한 색욕이 들어 있다. 연극은 미시시피의 상태와 같다. 시기심과 주류, 고독, 증오의 침식으로 해체된 영웅과 인간들이 무대에 등장한다.

『압살롬, 압살롬!』은 『소리와 분노』에 비견할 만하다. 나는 이보다 나은 찬가를 알지 못한다.

마이클 이네스의 『학장의 죽음』

[리뷰]

에드거 앨런 포의 세 가지 대표적 이야기 중 가장 훌륭한 이야기에는 훔친 편지를 찾아내려고 애쓰지만 조직적인 조사의 자원을 헛되이 낭비하는 파리 경찰이 등장한다. 그사이 조용한 인물인 오거스트 뒤팽은 파이프 담배를 몇 대 피우고, 문제의 조건을 고려한 다음 경찰의 면밀한 조사를 조롱해 온 집을 방문한다. 그리고 들어가자마자 편지를 찾아낸다. 이러한 성공에도 불구하고 사색적인 오거스트 뒤팽보다 명령에 복종하고 비효율적인 경찰을 모방하는 이들이 더 많다. 엘러리 퀸이나 브라운 신부와 같은 주도면밀한 '탐정'을 위해 열 명의 성냥 수집가와 증거 판독가가 등장한다. 독극물학, 탄도학, 비밀 외교, 인체 측정, 자물쇠 제조업, 지형학 그리고 범죄학까지 다양한 영역이 개입하면서 탐정 장르의 순수함이 희석된다. 『학장의 죽음』에서 마이클 이네스(Michael Innes)는 다양한 심리학을 탐정 소설에 도입한다. 이러한 과정은 투박한 코난 도일보다는 포에 가깝고, 포보다는 윌키 콜린스에 가깝다.(이는 고전 작품들이다. 동시대인들 중에서는 앤서니 버클리와 동급이라고 할 수 있는데 『두 번째 샷』이라는 소설의 서문에서 마이클 이네스가 주인공 중 누군가의 입을 통해 말한 것과 거의 동일한 방식을 보여 주기 때문이다.)

이 책의 훌륭한 특징 두 가지를 적어 본다. 우선, 책에 나오는 인간 성격에 관한 연구는 S. S. 밴 다인의 소설이 종종 제시하는 복수의 층을 가진 집의 설계도에 대한 연구보다 훨씬 매력적이다. 다음으로, '심리학자' 마이클 이네스는 정신 분석이라는 경솔한 늪에 빠지지 않는다.

미겔 데 우나무노의 현존

[에세이]

우나무노의 주요 작품이 『생(生)의 비극적 감정』이라고 말할 수 있는지 의문이 든다. 이 작품의 주제는 개인의 불멸성이다. 다시 말해 인간이 상상해 온 헛된 불멸과 그 사고가 우리에게 부과하는 공포와 희망에 대해 말하고 있다. 이 주제를 피해 갈 사람은 많지 않다. 스페인인들과 남미인들은 불멸을 주장하거나 간단하게 부정하지만, 이를 토론하거나 구체화하려는 시도는 하지 않는다.(이를 보면 불멸을 믿지 않는다고 추정해도 될 것 같다.) 다른 이들은 『돈키호테와 산초의 생애』(1914)를 최고의 작품이라고 한다. 나는 동의하지 못하겠다. 미겔 데 우나무노(Miguel de Unamuno)의 견딜 수 없는 무절제보다는 세르반테스의 내밀함과 아이러니, 그리고 통일성을 선호한다. 어떤 작품도 열정적인 스타일의 측면에서 다시금 세르반테스를 떠올리게 하는 『돈키호테』를 넘어서지 못한다. 어떤 작품도 『돈키

호테』를 이기지 못하며, 감상적 측면에서 귀스타브 도레[275]가
제공하는 비교할 수 없는 파란만장한 인생 유전을 넘어서지
못한다. 우나무노의 작품과 열정은 나를 매혹시키지 못했지
만,『돈키호테』에 삽입된 에피소드 또한 시대착오적인 실수이
기는 하다.

　그가 쓴 작품 중에는 아직도 활발한 논의가 지속되는 에
세이와 소설 그리고 연극이 있다. 또한 시집도 여러 권 있다.
1911년 출간된『로사리오의 서정적 소네트』가 좋은 예다. 어
떤 작가를 이해하기 위해서는 가장 훌륭한 작품을 읽어야 한
다는 말이 있다. 하지만 (우나무노도 부정하지 않았을 역설인데)
작가를 잘 알고 싶다면 가장 평가를 받지 못한 작품을 고찰해
야 한다는 말도 있다. 왜냐하면 누구에게나 인정받는 작품보
다는, 정당화할 수 없고 용서받을 수 없는 작품들에서 작가가
더 드러나기 때문이다.『로사리오의 서정적 소네트』에는 많은
미덕이 있다. 하지만 확실한 것은 '오점'이 훨씬 많이 알려지
고, 우나무노의 성격을 잘 보여 준다는 것이다.

　우선, 첫인상은 모두가 불쾌하다는 것이다.「건강은 아니
고, 무지」라고 불리는 소네트와「반자유주의 선언」,「기독교인
머큐리에게」,「개미의 위선」,「나의 독수리에게」라는 다른 소
네트들 역시 제목이 이상하다. 다음 시를 예로 들어 보자.

　　싹이 튼 것과 그렇지 않은 것이 같은 가지에서 나온다.

275　　Gustave Dore(1832~1883). 프랑스의 화가로 삽화 작
　　　　품들로 유명하다.

혹은 다음 사행시를 보자.

미소 짓는 아펜니노산맥[276]이 아니라
아르찬다[277]가 우리에게 주는 모욕감
이번 여름에는 힘을 모아
에스메랄다의 대지에서 신선한 장미를 모았다.

좋아하는 사람이 가진 어리석은 비밀로 인해 우리는 원치
않게 큰 불편을 느낀다. 특징이 (셰익스피어의 말을 빌리자면)
"한 인간의 확실성을 세계에 주기 위해" 점차로 조직되고 확정
된다. 그 확실성이란 미겔 데 우나무노라는 인간이 가진 육체
에 가까운 확실성을 의미한다.

우나무노의 모든 주제는 이 짧은 책에 다 들어 있다. 다음은
시간에 대한 예이다.

영원한 내일과 같은 샘물로부터
이 밤, 시간의 강이 흐른다.

일반적인 관념으로 보자면 시간의 강은 미래로 흐른다. 반
대를 상상하는 것은 이성적이지는 않지만, 시적이다.

우나무노는 두 편의 시에서 시간의 역전을 시도한다. 하지
만 나는 시 창작을 통해 자신의 주제를 정의하는 데까지는 이

---

276   이탈리아를 종단하는 산맥.
277   스페인에 위치한 산.

르지는 못했다고 생각한다.

사도 바울에 따르면 미래의 실재는 믿음이다. 명예를 극복하는 도덕적 의무와 불멸이 다음의 12행시에 반영되어 나타난다.

> 나는 너를 기다린다, 삶의 실재.
> 우연히 죽음의 춤으로 진입하는
> 그림자를 지나지 않았다.
> 그리하여 무언가를 위해 나는 태어났고
> 나약함 속에서 접착제와 같은 너의 강함에 구애하고
> 당신을 기다리며 살 것이다. 희망이여!

영원에 대한 갈구와 과거가 사라지는 두려움도 드러난다.

> 다시 사는 것은 새로운 삶을 사는 것이 아니고
> 나의 열망을 사는 것이고,
> 영원한 어제를 향하여 나의 비행이
> 조국으로 돌아가지 않고 계속되게 하라.
> 왜냐하면, 주여, 나의 유일한 기쁨은
> 방법을 갈구하는 것이기 때문입니다.

불신자들의 용기 있는 믿음도 볼 수 있다.

> ……나는 너의 해안을 경험하고
> 신은 존재하지 않는다, 그리고 당신은 존재한다.
> 나 또한 진실로 존재하리라.

스페인의 두 지역에 대한 동일한 사랑도 드러낸다.

나의 위안은 카스티야의 비스카야이며
나의 비스카야 안에서 나의 카스티야를 그리워한다.

이야기는 요약이 아닌 이상 꾸며진 이야기이기 때문에 모든 문학 장르가 소설로 동화되는 것은 불가능하지 않다.(분명히 악의는 없다.) 역사는 역사 소설의 오래된 변종이다. 우화는 주제 소설의 초보적 형태이다. 서정적 시는 시인이 쓰는 한 인물에 대한 소설이다. 『로사리오의 서정적 소네트』를 만든 100여 개의 조각은 우리에게 미겔 데 우나무노라는 풍요로운 인물을 소개한다. 토머스 매콜리는 연구에서, 한 인간의 상상력이 수많은 타자(他者)들에 대한 내밀한 기억에서 나왔다는 사실에 놀라움을 표한다. 나라는 인물의 전지전능함은, 즉 영혼에서 다른 영혼으로의 지속적 확산은 아마도 가장 본질적이고 어려운 예술의 기능 중 하나일 것이다.

나는 우나무노가 우리 언어의 첫 번째 작가라는 것을 이해한다. 그의 육체적 죽음은 그의 죽음이 아니다. (논쟁적이고, 투박하고, 고통스러운, 그리고 종종 참을 수 없는) 우나무노라는 존재는 우리와 함께한다.

1937년 2월 5일

제임스 조이스

[전기]

　제임스 조이스(James Joyce)는 1882년 2월 2일 더블린에서 태어났다. 그의 개인사는 여러 나라 중 하나처럼 신화 속에서 사라진다. 그에 대한 일화 중 하나는 아홉 살에 미신적이고 용감한 사내로, 독일 민중이 신성 로마 황제를 기다렸듯, 오랫동안 아일랜드인들이 그의 귀환을 열망한 지도자, 찰스 스튜어트 파넬[278]에 대해 쓴 애조 띤 글과 관련이 있다. 그는 예수교 전통에서 자랐고, 열일곱 살에 《격주간 평론(Fortnightly Review)》[279]에서 입센에 관한 긴 연구를 발표했다. 입센을 숭배하여 노르웨이어를 배우게 되었다. 1901년에 아일랜드 국립극장을 설립하

278　　Charles Stewart Parnell(1846~1891). 아일랜드의 정치
　　　　인이자 독립운동가.
279　　19세기 영국에서 가장 권위 있던 잡지.

려는 기획에 반대하는 성명을 발표했다. 제목은 '우민(愚民)의 날'이다. 1903년에 의학을 공부하러 파리로 떠났다. 단테, 셰익스피어, 호메로스, 토마스 아퀴나스, 아리스토텔레스, 조하르[280] 등 세계에 대한 이해를 돕는 다양한 작품에 매혹되었다.

조이스가 발표한 첫 번째 책은 중요하지 않다. 다시 말하자면 그것은 『율리시스』의 예고편으로서, 그리고 그의 지능을 도울 수 있었다는 측면에서만 의미가 있다. 조이스는 1914년부터 1921년까지 힘든 시기를 거치며 『율리시스』의 작업을 진행했다.(1904년에 어머니가 사망했고, 그해에 골웨이 출신의 노라 힐리와 결혼했다.) 조국을 자발적으로 떠났을 때 "침묵, 추방, 예민함이라는 나에게 남아 있는 세 개의 무기를 가지고" 지속할 수 있는 책을 쓰겠다고 다짐했다. 이 약속을 지키기 위해 8년을 쏟아부었다. 땅에서, 공기에서, 바다에서 유럽은 영광을 얻기보다는 죽어 가고 있었다. 그동안 (영어 숙제를 수정해 주거나, 잡지 《피콜로 델라 세라》를 위해 즉흥적으로 이탈리아어 원고를 쓰면서) 더블린에서의 단 하루, 1904년 6월 16일에 관한 거대한 창조물을 제작해 나갔다. 한 사람의 작품을 넘어 『율리시스』는 많은 세대가 이루어 낸 노동으로 보인다. 처음에는 일종의 혼돈처럼 보인다. 길버트가 작성한 소개 형식의 책인 『제임스 조이스의 율리시스』(1930)는 엄격하고 숨겨진 법칙을 설명한다. 산문의 정교한 음악성은 독보적이다.

『율리시스』가 가져다준 명성은 스캔들을 넘어선다. 조이

---

280   유대교 신비주의인 카발라의 가장 중요한 경전 중 하나.

스의 다음 책『준비 기간의 작품』은 출판된 부분으로 판단하
자면 독일어, 이탈리아어와 라틴어가 포함된 영어 잡담과도
같다.

　이제 제임스 조이스는 파리의 한 아파트에서 아내 그리고
두 자녀와 함께 살고 있다. 항상 이들 셋과 함께 오페라에 가며
매우 즐겁고 보수적으로 산다. 그리고 시력을 잃었다.

H. G. 웰스의『크로케 선수』

[리뷰]

　웰스의 이 긴 이야기 혹은 짧은 소설을, 어리석음과 잔인함
이라는 괴기스러운 르네상스에 의해 위협받는 유럽 문명의 단
순한 비유로 환원하는 것은 불가능하지 않다. 불가능하지는
않지만 온당하다고 할 수는 없을 것이다. 이 책은 비유와는 다
르다. 오래된 형태의 알레고리와 상징을 새롭게 한 것이다. 해
석은 상징을 고갈시키는 것으로 믿어지는 경향이 있다. 이보
다 더 잘못된 것은 없다. 상징의 기본적인 기능으로 예측의 예
를 들 수 있다. 스핑크스가 오이디푸스에게 던진 "새벽에는 네
발로, 정오에는 두 발로, 저녁에는 세 발로 걷는 동물은 무엇인
가?"라는 질문을 무시하는 사람은 없다. '인간'이라는 것도 무
시하지 않는다. 우리 중 누가 '인간'이 벌거벗은 개념이라는 것
을 즉시 인지하지 못하겠는가? 인간은 자신을 괴물과 동일시
하고, 70년을 하루로, 노인의 지팡이를 세 번째 다리로 비유하
는 이 마법의 동물보다 열등하다. 이 비유와 H. G. 웰스의 비유

적 소설은 내용보다 형식의 측면이 동일하다.

이 책에서 웰스의 문학적 방식은 테베의 스핑크스와 일치한다. 스핑크스는 애정을 담아, 변신하는 괴물을 묘사한다. 그 괴물은 바로 그것을 듣는 인간이다. 웰스는 무서운 사건이 일어났던 독이 있는 늪지대를 묘사한다. 그 지역은 런던일 수도 있고 부에노스아이레스일 수도 있으며, 사건에 대해 책임이 있는 사람은 당신과 나를 포함한 우리들이다.

프랭크 어니스트 힐의 『캔터베리 이야기』 새 판본

[리뷰]

(카리온의 랍비인 셈 톱[281]과, 페드로 로페스 데 아얄라[282]의 수반과 비슷한 시대에 살았던) '영국 시의 아버지' 제프리 초서의 언어는 더 이상 쓰이지 않는다. 하지만 그렇지 않다고도 말할 수 있는데, 현대의 독자는 약간의 관심과 용어만 알면 그 언어를 얼마든지 이해할 수 있다고 믿는 경향이 있다.

1387년 당시의 영어는 오늘날의 영어와 일반적으로 일치하지만, 단어의 정확한 의도는 일치하지 않는다. 따라서 그 표면적 정체성으로 인해 현혹된 현재의 독자는 오래된 시를 변형시킬 위험이 있다. 마찬가지로 미국 시인 프랭크 어니스트

---

281 Sem Tob(1290~1369). 스페인의 저술가.
282 Pedro López de Ayala(1332~1407). 스페인의 역사가이자 시인.

힐(Frank Earnest Hill)이 발표한 이 책처럼 여러 판본이 존재할 가능성이 있고, 이를 정당화하기도 한다.

힐은 초서가 무엇보다 이야기꾼이라는 점을 이해했다. (시간의 비자발적인 선물인) 오래된 맛을 의도적으로 희생시키면서 각각의 단어와 심리적 특징을 충실하게 번역했다.『이야기』를 운문으로 만든 이 버전에서 초서는 '스페인의 페트로(Petro of Spayne)'를 '잔인한 페트로'로, '미스터리'를 '예언'으로, '헤르나데(Gernade)'[283]를 '그라나다'로, '헬로이스(Helowys)'를 '엘로이사(Eloisa)'[284]로, '알리산드르(Alisandre)'[285]를 '알렉산드리아'로 말한다.

나는 이 모든 것에 대해 스스로 물어본다. 왜 "망토 아래에 칼을 들고 웃는 사람(The smyler with the knyf under the cloke)"을 "자신의 망토 안으로 칼을 들고 웃는 사람(The smiler with a knife beneath his cloak)"으로 '번역'하는가? 그에 답하기는 쉽지 않다.

---

283   스페인 남부의 도시.

284   12세기 철학자 피에르 아벨라르의 부인.

285   이집트 북부의 해안 도시.

아르헨티나와 부에노스아이레스의 작가들[286]

[에세이]

작가이자 아르헨티나인이 되는 것이 일종의 모순이고 거의 불가능하다고 확신하는 작가(와 독자)들이 있다. 멀리 갈 필요도 없이 나는 부에노스아이레스인이 되는 것은 부에노스아이레스에서 범할 수 있는 가장 신중하지 못한 행위 중의 하나라고 추정한다. 다시 말해, 할 수 없고, 하지 말아야 하는 행위 중 하나가 부에노스아이레스 사람이 되는 것이다. 이유는 명확하다. 부에노스아이레스 사람들은 이국적인 매력이 부족하고 우리는 서로에게 지나치게 의존적이다. 어떤 이는 다른 사람이 자기를 돕기를 기다린다. 아무도 80만 명이 자기를 돕기

---

286 이 글에 언급되는 아르헨티나 작가들에 대해서는 보르헤스 논픽션 전집 2권 중 「가우초 시」와 「아르헨티나 직가와 진통」을 침조하라.

를 기다릴 수는 없다. 리아추엘로[287]의 보카[288]에서만 일종의 조직이 형성된다. 그곳은 부에노스아이레스와 어떤 면에서도 유사하지 않은 부에노스아이레스의 유일한 구역이면서, 다른 지역에서 온 관광객들이 모이는 유일한 지역이라고 할 수 있다. 보카 주니어[289]의 팬이 되지 못하는 부에노스아이레스 작가는 외로움에서 벗어나지 못한다. 작가가 지닌 비참함이라는 특권조차 그를 살려 내지 못한다. 항구에서 배고픔으로 고생하는 것은 낭만적인 특징이다. 센트로, 팔레르코, 혹은 산크리스토발[290]에서 동일한 경험을 하는 것은 불편한 데다가, 전기(傳記)를 쓰는 데에도 도움이 되지 않는다. 북쪽 지역이 부에노스아이레스 작가들을 만들어 낸다고 생각하는 사람들이 있지만 오류일 뿐이다. (우리가 북쪽 지역에 대해 이해하는 지형보다도 사회적 범주에서) 북쪽 지역은 다른 이들보다 한 개인을 칭송하는 데 관심이 없다. 광고에 의해 현혹되지도 않는다. 마타데로스나 벨그라노[291] 아래쪽 지역과 같은 신흥 지구는 칭송보다는 조롱이나 의심의 대상이 되곤 한다. 대중적이고 토착적인 것

---

287 부에노스아이레스의 남부 지역.

288 항구 도시 부에노스아이레스의 하역이 이루어지던 구시가.

289 보카 주니어 축구 클럽을 지칭한다. 아르헨티나를 대표하는 축구 선수 마라도나가 이 팀 출신이다.

290 센트로, 팔레르모, 산크리스토발 모두 부에노스아이레스의 중심 지구다.

291 마타데로스와 벨그라노는 부에노스아이레스의 북쪽에 위치한 지역이다.

에 대한 무한한 선호로 인해 사실이 아닌 미신의 영향을 받는다. 리카르도 구이랄데스는 『사이마카』를 발표했으나 아무도 관심을 갖지 않았다. 북쪽 지역 사람들을 비롯하여 이후 다른 사람들도 흥미를 느끼도록 『돈 세군도 솜브라』에서는 목동을 찬양할 필요가 있었다. 내가 이야기하는 것은 10년 전에 있었던 일이다. (마찬가지로 지리적 측면이 아닌 사회적 가치를 지니는 두 지역) 플로레스와 로마스 데 사모라[292]는 어떤 저항도 거부한 것으로 기억한다. 『조고이비』는 이들에게 더 잘된 작품이다.

내가 지적한 바가 독자에게 얼마만큼의 놀라움을 주었는지는 모르겠다. 나에게는 그저 너무나 자명해서 두말할 필요도 없는 이치이다. 나는 항상 그렇게 생각해 왔다. 그래서 영토 내부에서 작가가 직면하는 특별한 고난과, 이 도시가 가진 문학적 냉담함에 관해 순수한 운명이 나에게 (한쪽으로는 말과 다른 한쪽으로는 글, 진실로 이 두 가지로 된) 불평에 직면하라고 할 때까지는 언급할 가치가 없다고 느꼈다. 글과 말로 된 이 두 가지 불평이 불가피하게도 카르타고와 비교하도록 했다. 다른 측면에서 우리는 안개 낀 대도시의 예술적 애호와 비취향에 대해 별로 알지 못한다. 나는 그러한 불평을 들었고 나의 첫 번째 운동은 큰 놀라움에서 출발했다. 이후 나는 앤드루 랭이 내뱉었던 고통과 체념의 말을 기억한다. "사람들을 증오하는 것은 어리석은 일이다. 왜냐하면 그들은 우리와 문학적 선호를 정확하게 공유하지 않기 때문이다." 앤드루 랭이 가장 문학적

---

292   플로레스와 로마스 데 사모라는 부에노스아이레스 내부의 지역 명칭이다.

인 국가인 영국에서 그러한 말을 했다면, 우리 도시의 예술적 무관심이야 어찌 예상할 수 없었겠는가? 한 지방의 작가에게 (상대적으로) 외부 조건에 대해 무관심하다고 비난하는 것보다 쉬운 실수가 있을까? 어떠한 불행도 외부적이고 일반적인 이유로 돌리는 것만큼 좋은 유혹의 정체는 무엇일까?

다른 사건들은 그런 우울한 가정을 반박하고 있다. 루고네스, 마르티네스 에스트라다, 캅데빌라는 아르헨티나 공화국 최초의 작가들이다. 이들의 위치가 산타페 사람이 되는 특징, 그리고 코르도바 사람이 되는 특징을 무시하는 것을 의미하지는 않는다. 엔트레 리오스[293] 사람인 에바리스토 카리에고는 부에노스아이레스 외곽을 노래하는 시인이 되었다. 바르톨로메 이달고가 우리 가우초 시학에서 한 역할처럼 플로렌시아 산체스의 영광스러운 유산은 아르헨티나의 극장에 남아 있다. 페르난 실바 발데스나 '다른 집단'이 가진 명성을 이용하려는 크리오요[294] 시인은 없다. 아드로게에서 참고 서적 없이 이 글을 끄적인다. 호기심 많은 독자라면 산티아고 출신의 저명한 리카르도 로하스가 저술한 『아르헨티나 문학사』의 훌륭한 목차를 심문하고 부가적인 사례를 추가할 수 있을 것이다. 바로 사르미엔토, 알베르디, 엘 데안 푸네스, 후안 크리소스토모 라피누르, 일라리오 아스카수비, 헤르바시오 멘데스, 올레가리오 안드레데, 마르코스 사스트레, 페르난데스 에스피로 같은 사

---

293   아르헨티나 북동부 주의 명칭.

294   아메리카에서 태어난 스페인인. 독립 이후에는 인종
       적으로 백인을 지칭한다.

람들이다.

이러한 목록을 열거하는 것은 무지한 사람들이 함부로 하는 부에노스아이레스의 무용한 친절함을 찬양하기 위해서가 아니다. 오히려 아메리카 남부에 위치한 우리 모든 사람들이 가진 본질적인 정체성에 대한 증거이다. 그것은 영혼과 피의 정체성이다. 예를 들어, 나는 부에노스아이레스 사람이고, 부에노스아이레스의 아들이자 손자, 증손자, 고손자이다. 하지만 (다른 연원에서) 코르도바, 로사리오, 몬테비데오, 메르세데스, 파라나, 산후안, 산루이스, 팜플로나, 리스본, 한리와 그 밖의 지역에서 태어난 선조들이 있다. 즉, 나는 전형적인 부에노스아이레스 사람이다. 전형적인 부에노스아이레스 사람이 되기 위해 내게 부족한 것은 오직 이탈리아 혈통이다.

이미 오래전에 부에노스아이레스에 대항하는 지방에 대한 논란이 해결되었다. 파본과 카냐다 데 라 크루스의 오래된 의견 대립을 다시 꺼내는 것은 무용하다. 부에노스아이레스 작가를 볼 때, 비센테 피델 로페스와 에체베리아의 확실한 전통을 볼 때, 그 누구도 부에노스아이레스의 비교 불가능한 가치에 도전하지는 않을 것이다. 그 가치는 고통스럽고 끊임없는 자극이다. 시학과 다른 어떤 형식의 문화가 도시보다는 시골에서 더 발달한다고 추정하는 것은 『시골에 대한 경멸과 도시에의 찬양』[295]에서와 마찬가지로 잘못된 작품을 탄생시키는 감상적이고 피로한 편견이 만들어 낸 악습이다. 남미 대륙의 가

---

295   17세기 스페인의 극작가 로페 데 베가의 대표작 중 하나.

장 창의적인 장르인 우리의 가우초 문학은 항상 부에노스아이레스에서 직조된다. 코르도바에서 태어났다고 알려지며, 이야기 혹은 전통에서는 몬테비데오에서 출생했다는 아스카수비 대령을 제외하고, 에스타니슬라오 델 캄포부터 에두아르도 구티에레스까지, 가우초 마르틴 피에로부터 돈 세군도까지 모든 문인들이 부에노스아이레스 사람이다. 이러한 일치는 우연이 아니다. 그 이유에 대해서는 언젠가 기회가 닿을 때 설명하겠다.

1937년 2월 19일
랭스턴 휴스

[전기]

카운티 컬런[296]의 몇몇 시를 제외하고 오늘날 흑인 문학에는 불가피한 모순이 있다. 이 문학의 목적은 모든 인종적 편견의 분별없음을 드러내는 데 있다. 그러나 흑인이라고 반복하지 않을 다른 방도는 없었다. 즉, 그것이 부정하고 있는 차이를 강조한 것이다.

흑인 시인인 제임스 랭스턴 휴스(James Langston Hughes)는 1902년 2월 1일 미주리주의 조플린에서 태어났다. 어머니 쪽 조부는 자유인이자 소유주인 흑인이었다. 그의 아버지는 변호사였다. 열네 살까지 캔자스주에 살았고, 거기서 군인이 되었다. 그리고 법을 준수하고 보타이를 잘 매는 방법을 배웠다.

---

296   Countee Cullen(1903~1946). 할렘 르네상스 시기에 활동한 미국의 시인이자 소설가.

1908년에는 멕시코의 톨루카시(市) 근방에서 여름을 보냈다. 땅이 흔들리고 산이 흔들렸다. 제임스 랭스턴 휴스는 땅이 천천히 흔들리고 하늘이 푸를 때 조용하게 무릎을 꿇은 수천 명의 현지인들을 잊지 못할 것이다.

1919년에 클로드 맥케이와 칼 샌드버그의 영향 아래 서툴게 쓴 첫 번째 시가 발표되었다. 1920년에 멕시코로 돌아와 1922년에는 1년 동안 컬럼비아 대학에서 전공 없이 공부를 한 후에 아프리카로 떠났다. 그는 "다카르에서 사막을 보았고, 콩고에서 원숭이 한 마리를 훔치고, 골드코스트에서 야자 술을 마셔 보고, 지친 나머지 나이지리아를 떠났다."라고 적었다. 그의 많은 여행 중 첫 번째 여행이었다. 다른 장소에서는 "파리의 가장 좋은 음식점들에서 나는 배고픔을 알게 되었다."라고 말했다. "팁을 빼고는 다른 월급이 없는 퐁텐 거리의 카바레에서 문지기로 일했다. 동네 사람들이 프랑스인들이었기에 급여는 거의 없었다. 그리고 그랑 두에에서 보조 요리사로 일했다. 제노바에서는 돈 한 푼 없이 과일과 검은 빵만 먹고도 행복한 나날을 보냈다. 나는 뉴욕행 증기선을 청소하면서 뉴욕으로 돌아왔다."

1925년에는 시 「타오스의 어느 집」으로 상을 받아 150달러를 벌었다. 1926년에 첫 번째 책 『피곤한 블루스』가 출간되었다. 이후 『유대인을 위한 비싼 옷』(1927)과 소설 『웃음 없이』(1930)를 출간했다.

　　흑인이 강에 대해 말한다
　　나는 강을 만났다…….

나는 세상과 같은 강을 만났고, 사람의 정맥을 흐르는 피의 흐름보다 더 오래된 강을 만났다.

나의 영혼은 강처럼 깊어졌다.

아직 이른 새벽에 유프라테스에서 목욕을 했다.

콩고에서 가까운 곳에 오두막을 만들었고, 꿈을 꾸었다.

나일강에 시선을 던지고, 피라미드를 높이 세웠다.

에이브러햄 링컨이 뉴올리언스로 내려왔을 때 미시시피의 노래를 들었다.

그리고 진흙 빛의 가슴이 석양에서 황금빛으로 빛나는 걸 보았다.

나는 강을 만났다.

먼 옛날의 어두운.

내 영혼은 강처럼 깊어졌다.

— 랭스턴 휴스

발레리 라르보의 『처벌받지 않은 악행』

[리뷰]

19세기 초에 영국인들은 자신들이 게르만족이라는 사실을 알게 되었고, 앞으로도 그러하겠지만 다만 이를 적용하는 과정에서 게르만족임을 더 강조하는 방향으로 나아가기로 결정했다. 콜리지와 드퀸시를 이어받아 칼라일은 자신은 프랑스인이 아니며, 피를 나눈 형제가 로마나 파리가 아닌 라이프치히에 있었다고 맹세했다. 우리는 두 가지 답변으로 이 불편한 생각을 반박한다. 첫째로 (게르만에 대해 다루는) 게르만성(性)의 수도는 단연코 독일이 아니라 유럽의 십자로이며 많은 유목민과 군대를 가로질렀다. 다른 하나는 프랑스와 영국의 문자가 발전시킨 세속적인 우정이다. 초서는 프랑스어로부터 번역한다. 셰익스피어는 몽테뉴의 독자였고, 아직 그의 이름이 서명된 책을 가지고 있다. 스위프트는 자신의 거대한 그늘을 볼테르 위에 드리운다. 보들레르는 토머스 드퀸시와 에드거 앨런 포로부터 배웠다. 발레리 라르보(Valéry Larbaud)처럼 월트 휘트먼에서 출발하는 시인도 있다. 다행스럽게도 앵글로에 대한 애호는 『바르나부트(Barnabooth)』에서처럼 미국적인 것이나 영국적인 것의 단순한 '조합'에 한정되지 않으며, 그것을 논평하고 정당화하고 번역한다. 그가 쓴 마지막 책의 부제는 '영국인들의 분야'로 코벤트리 패트모어,[297] "아일랜드에 새로운 신화를 부여한" 제임스 스티븐, 윌리엄 포크너, 제임스 조이스, 새뮤얼 버틀러에 관한 논평을 담고 있다.(내가 알기로 새뮤얼 버틀러에게는 당시 부에노스아이레스에 이미 다섯 명의 독자가 있었다. 아르투로 칸셀라, 빅토리아 오캄포, 마리아 오사 올리버, 페드로 엔리케스 우레냐와 나다. 잘 알려지지 않은 독자 및 이 불완전한 목록을 알게 해 준 이름을 알 수 없는 버틀러의 친구에게 용서를 구한다.)

---

297   Coventry Patmore(1823~1896). 영국의 시인, 평론가.

도로시 세이어스의 『탐정 이야기, 새로운 선집』

[리뷰]

나는 도로시 L. 세이어스(Dorothy L. Sayers)에 대해 다음 세 가지를 알고 있다. 탐정 이야기의 역사 분석, 이 장르에 관한 지속적인 선집 출간, 그리고 그 탐정 소설들. 그의 연구는 훌륭하며 선집은 세련되었다. 하지만 소설은 가끔 시시하다.

세이어스가 막 출간한 편집물은 에브리맨스 라이브러리[298] 928권에 포함되며 목록의 스무 번째에 올라 있다. 생략된 부분을 넣어 시작하는 것이 논리적인데 이 부분은 종종 '누가 그걸 무시했어?'라는 생각이 들게 할 정도로 선집의 가장 매혹적인 부분을 구성하곤 한다. 이런 이유로 나는 열심히 모리스 르블랑, 플레처, 에드거 월리스 및 S. S. 밴 다인의 잘못, 그들의 좋은 잘못에 감사를 표해야 한다. 반면에 실, 엘러리 퀸, 필포츠, 아서 코난 도일의 잘못은 질책하고 싶다.(여기에 감상적인 마음이 더해져 「다섯 명의 나폴레옹」, 「붉은 머리 그룹」, 「황색 얼굴」을 다시 읽고 싶다.)

포함된 작품들을 언급하자면, 에드거 앨런 포의 「도둑맞은 편지」와 윌키 콜린스, 스티븐슨, 체스터턴의 「복도의 남자」, 토머스 버크, 로널드 녹스 신부, 앤서니 버클리, 밀워드 케네디, 앙리 크리스토퍼 베일리의 이야기들은 이 책의 필요성을 충분히 정당화한다. 다른 작품들은 잊어도 용서되는 것들이다.

---

298   영국의 출판사로 고전이 된 작품들을 다시 출간한다.

금욕과 참회적인 특징. 이 선집에서 세이어스 양은 용서받지 못한다. 그녀가 쓴 이야기의 제목은 '거울의 이미지'이다. 두세 가지 비극적 상황에서 한 인간이 자기 자신을 만난다. 그는 공포에 짓눌려 기회주의적 탐정인 피터 윔지 경을 찾는데, 이 귀족은 악마적 쌍둥이가 존재한다는 놀라운 진실을 알려 준다.

헤르만 브로흐의 『몽유병자』

[리뷰]

석양이 질 때 한 여인이 꿈을 공유할 수 없다는 사실에 슬퍼했다. "한 사람이 이집트의 미로를 여인과 거니는 꿈을 꾸었는데, 다음 날 그 꿈을 넌지시 내비쳤을 때, 그녀가 그것을 기억하고, 우리가 보지 못한 꿈에 나오는 매우 진기한 사물을 설명한다는 것은 얼마나 아름다운 일인가." 나는 이렇게 우아한 욕망을 찬양했고, 두 명 혹은 2000명의 행위자들이 이를 현실로 실현할 가능성에 대해 이야기했다.(이미 공유된 꿈이 존재하고, 구체적으로 현실이라는 것을 바로 앞에 상기시켰다.)

헤르만 브로흐(Hermann Broch)의 『몽유병자』 서사에서 불일치의 존재는 실제 사실과 꿈 사이가 아니라, 실제 사실과 수학의 빛나고 어지러운 세계 사이에서 발생한다. 영웅 리처드 히크는 (우리의 알마푸에르테[299]처럼) "자신의 삶에 관심이 없는"

---

299   아르헨티나의 시인 페드로 보니파시오 팔라시오스 (Pedro Bonifacio Palacios)의 필명.

수학자로서, 그의 진정한 세상은 상징 세계였다. 거기에서 화자는 자신이 수학자라고 말하는 데서 멈추지 않는다. 우리에게 이 세상을 소개하고 우리에게 수학이 갖는 오점 없는 승리를 깨닫게 했다. 남동생의 자살은 히크를 '현실'과 다른 인간들이 공존하는 정상 궤도로 돌아오게 했다. 여기서 이야기를 중단할 필요가 있다. 이 사건으로 그가 집시 여인이나 마를레네 디트리히[300]와 사랑에 빠지지 않게 된 것을 감사하자.

하지만 나는 플라토닉한 상징 세계가 일상생활에 급진적으로 침입하는 반대의 경우를 더 좋아했을 것 같은 생각이 든다.

---

300   Marlene Dietrich(1901~1992). 팜므 파탈의 이미지를 지닌 독일의 유명 여배우.

1937년 2월 26일
'새로운 세대'의 문학

[리뷰]

　새로운 잡지에서 단정한 부분을 읽는다.(왜냐하면 요즘 젊
은이들은 고통스러운 부분이 아닌 도시적인 단정함과 위신을 택하
기 때문이다.) "새로운 세대 또는 영웅적이라 불리는 이 세대는
의무를 완벽히 완수했다. 바스티유를 습격하듯 문학적 편견
을 쓸어버리고, 병약한 상징주의자들에게 새로운 미학적 사
고를 채택하게 했다……." 과거를 일소하며, 세금을 매기고,
의무를 다하는 이 세대가 바로 나의 세대이다. 따라서 집단적
인 영웅으로 간주된다. 사도와 같은 나의 동료들이 이런 지위
상승을 어떻게 생각할지 모르겠다. 망연자실, 초조, 가벼운 후
회, 완전한 불편의 과정을 경험한 덕분이라고 나는 맹세할 수
있다.

방금 했던 칭찬에서 막 빠져나와 캄부르스 오캄포[301]는 『프리즘, 뱃머리, 시작, 마르틴 피에로와 평가』라는 작품에서 이를 '영웅적 세대'로 지칭한다. 1921년과 1928년 사이의 시기를 말한다. 기억에서 이 시절에 대한 정취는 매우 다양하다. 그럼에도 거짓이라는 달고 쓴 맛이 지배한다고 단언할 수 있다. 예의 바른 단어가 요구된다면 거짓을 위선으로 대체할 수 있다. 특별한 위선은 나태와, 충직함, 대수롭지 않은 장난, 체념, 사랑, 동료애 그리고 아마도 분노와 협력할 것이다. 나는 그 누구도 탓하지 않고 당시의 나도 탓하지 않는다. 에세이는 타키투스가 암시하는 '시간이라는 커다란 공간'과 같이 거울에 비추는 자기반성의 연습이다. 혼란스러운 세계에 열린 비밀을 드러내는 공포가 나를 단념하게 하지 못한다. 나는 진실을 말하고자 한다. 무용하고 시대착오적인 진실을 나는 잘 알고 있다. 하지만 누군가에 의해서, 정확히는 '영웅적인 세대'에 속하는 사람에 의해 밝혀져야 한다.

이 문학 세대가 가진 다른 성격이 세계와 시민에 대한 은유를 남용한 예라는 점은 아무도 무시하지 않는다.(다시 말하면 모두가 잊어버린 것이다.) 이들은 (세르히로 피녜로, 솔레르 다라스, 올리베리오 히론도, 레오폴도 마레찰 또는 안토니오 바예호의 펜 아래서는) 이미 불손한 작가로 몰렸으며, (노라 랑헤, 브란단 카라파, 에두아르도 곤살레스 라누사, 카를로스 마스트로나르디, 프란시스코 피녜로, 프란시스코 루이스 베르나르데스, 기예르모 후안 또

---

301   Cambours Ocampo(1908~1996). 아르헨티나의 시인
        이자 극작가.

는 호르헤 루이스 보르헤스의 펜 아래서는) 동정을 받았다. 그러한 불안한 이미지들이 영속적인 또는 현재의 사건, 변치 않는 또는 순환적인 하늘의 사물, 그리고 늘 변화하는 도시와 결합된다. 모든 새로운 세대가 그렇듯이, 결국은 자연, 진실로의 귀환과 헛된 수사의 죽음을 선언하는 것을 추천하게 되었다. 또한 동시대인이 되는 것이 어렵고, 자발적인 행위이며 숙명적인 특징이 아닌 것처럼 생각하며 우리 시대에 인간이 되려고 하는 대담함을 가졌었다. 첫 번째 충동에서 (오, 최종적인 단어인) 구두점의 표시를 없앴다. 도움이 되지 않는 모든 것을 제거하는데, 왜냐하면 우리만의 특징으로 (운이 좋은 이론에서) 문자에 영원히 병합된 '새로운 가치'를 만들어 냈음에도 불구하고 (현실에서는 안타깝게도) 공백으로 만들지 못하고 기호를 조잡하게 모방하게 된 '쉼표'를 가지고 구두점을 대체했기 때문이다. 이후 나는 미결정의 기호, 동정의 기호, 부드러움의 기호, 심리적이고 음악적인 기호 등, 새로운 기호를 사용한 에세이가 더 매력적이었을 것이라고 생각했다. 또한 (호메로스의 음유시, 성서의 「시편」, 셰익스피어, 윌리엄 블레이크, 하이네, 휘트먼의 현실적 이유 및 모든 측면에서) 운율은 레오폴도 루고네스가 생각하는 것처럼 필요 불가결한 것이 아니다. 이 의견은 상당히 중요하다. 우리가 과거처럼 거부하는 비자발적이고 나쁜 학생은 아니며 '계승자'란 단어가 더 어울리는 것은 분명한 사실이다.

　루고네스는 이 책『감상적 달력』을 1909년에 출간했다. 우리가 개별 작품을 평가하는 기준이 된 '마르틴 피에로'와 '프로아' 컬렉션에 나오는 시인의 모든 작품이 이 책에 미리 완벽하게 그려져 있다고 생각한다. 그 부분은 「불꽃놀이」, 「시민의 달」, 「달에 관한 학문의 일부」, 「달에 대한 찬양가」에 어지럽게 흩어진 정의에서 나타난다. 서문에서 루고네스는 은유와 운율의 풍요로움을 요구했다. 12년에서 14년 정도가 지난 후 우리는 은유를 열정적으로 사용하지만 운율은 거부했다. 우리는 루고네스의 단 한 가지 특징을 뒤늦게 계승한 사람들이다. 아무도 그걸 지적하지 않았다는 것이 거짓말처럼 보인다. 유음운과 자음의 결핍[302]은 항상 독자들을 불편하게 만든다. 주위가 산만하고, 화를 잘 내는 소수의 독자들은 우리의 시학이 단순한 혼돈이며, 광기나 무능력이 만들어 낸 작품이라고 판단하고 싶어 한다. 젊은 독자들은 이런 불공평한 무시에 맞서 역시 정당하지 않은 경외를 표한다. 루고네스의 반응은 이성적이었다. 우리가 메타포를 연습하는 것을 그는 매우 흥미롭게 바라볼 것이다. 그 자신이 이미 오래전에 바닥났기 때문이다. 그가 자음을 생략하는 것을 용인하지 않으리란 것이 당연하게 생각될 수 있다. 핍진성이 떨어지는 것에 대한, 믿을 수 없는 것에 대한, 이제는 독백이 되어 버린 것 같은 지나간 논쟁이 1937년인 오늘날에도 계속되고 있다.

그렇다면 우리는 어떤가? 루고네스의 이미지에 대한 참을 수 없는 달콤한 기억 없이는 마당이나 창문의 달을 보는 데 시간을 들이지 않았다. "그리고 영원한 태양이 호랑이마냥 죽을

---

302 여기에서는 모음을 각운으로 사용하거나, 자음을 포함한 음절을 각운으로 사용하지 않는 은율의 부재를 지칭한다.

것이다."라는 시를 반복하지 않고는 낙조를 열정적으로 바라
보는 일도 없었다. 우리가 그 아름다움과 그것을 발명한 루고
네스를 변호했던 일을 기억한다. 부당함과 비방과 조롱으로.
우리는 달라야 한다는 의무감을 갖고 그 일을 잘해 냈다.

　의심 많은 독자는 『감상적 달력』을 연구하고, 이후 『여행
중에 읽기 위한 스무 편의 시』 또는 내가 쓴 『부에노스아이레
스의 열기』나 『알칸다라』를 연구하더라도 하나의 분위기에서
다른 분위기로 전환되는 것을 감지하지 못할 것이다. 반복되
는 문구가 있지만 그것은 내가 강조하고 싶었던 것이 아니다.
각각의 책이 가진 본질적이고 비교 불가능한 가치를 언급하는
것도 아니다. 마찬가지로 각각의 다른 목적, 행운이나 불운을
이야기하는 것도 아니다. 오히려 이 작품들이 지닌 문학적 습
관, 사용되는 절차 그리고 구문의 풍요로운 정체성을 말하는
것이다. 첫 번째 책부터 가장 최근의 작품 사이에는 15년 이상
의 시간이 존재한다. 하지만 이 사실이 네 작품이 동시대적이
라는 사실을 방해하지 않는다. 단순한 시간 차이로 속이려 할
지라도 본질적이고 모두 진실로 현대적이다.

　잘 알려져 있듯이, 문단에서 각 세대는 두 명 혹은 세 명의
선구자를 선택한다. 이들은 독특한 특징으로 인해 일반적으로
잊히는 것에서 비껴 간 구시대의 존경받는 남성들이다. 우리
세대는 두 명을 선택했다. 한 명은 나처럼 다른 모방꾼들 때문
에 고생하지 않은 천재 마세도니오 페르난데스이다. 다른 한
사람은 『유리 방울』을 쓴 아직 미성숙한 구이랄데스인데 그의
책은 명백히 루고네스의 『감상적 달력』의 유머러스한 영향을
받았다고 할 수 있다. 또한 그 사실은 내 학설에 반하지 않는다.

1937년 3월 5일
데이비드 가넷

[전기]

상상력 넘치는 이야기의 혁신가인 데이비드 가넷(David Garnett)은 1892년, 사전에 이름이 나오지 않는 영국의 한 지역에서 태어났다. 어머니 콘스탄스는 도스토예프스키와 체호프, 톨스토이의 작품 전체를 차분히 영어로 번역했다. 아버지는 문인의 아들이자, 손자이자, 증손자였다. 할아버지인 리처드 가넷은 영국 박물관의 사서였고 유명한 이탈리아 문학사의 저자였다. 세대를 건너는 다양한 책들을 관리하는 것은 가넷 가족을 힘들게 했다. 데이비드에게 금지된 첫 번째 일 중 하나는 산문과 시를 연습하는 것이었다. 이후 그 가족에서 오늘날까지 사서는 한 명도 나오지 않았다.

가넷이 제일 먼저 공부한 것은 식물학이었다. 5년 동안 조용히 여러 곳을 돌아다니며, 한 희귀 버섯의 하위 범주를 찾아냈다. 후세에 이름이 남은, 독성이 있는 그 명칭은 fungus garnetticus이다. 1914년의 일이었다. 1919년에는 소호에 있는 스페인·이탈리아 거주지인 제라드 거리에 서점을 열었다. 동료인 프랜시스 비랠이 그에게 진열하는 법을 가르쳐 주었다. 1924년 문을 닫을 때까지 주로 예술 서적을 취급했다.

가녯의 첫 번째 작품인 「여우가 된 부인」은 1923년에 출간되었다. 이 작품은 환상물 장르에 혁신을 가져왔다. 볼테르나 스위프트와 달리 가녯은 풍자적 의도를 배제했고, 에드거 앨런 포가 제안한 공포의 전시도 배제했다. H. G. 웰스와 달리 이성적인 정당화와 가설도, 프란츠 카프카나 메이 싱클레어[303]와 달리 독특한 기후와 연계되는 악몽도, 초현실주의자들과 달리 무질서도 배제했다. 첫 작품은 즉시 성공을 거두었다. 1924년에는 『동물원에 간 남자』를, 1925년에는 『선원의 귀향』을 출간했다.(마법 같은 작품들이지만, 반응은 절대적으로 조용했고 종종 싸늘하기까지 했다.) 1929년에는 리얼리즘 소설인 『사랑 없이』와 모루아가 쓴 『안장 나라로의 여행』의 영역본을 출간했다.

현재 데이비드 가녯은 세인트아이브스에 살고 있으며 결혼해서 두 아이를 두었다. 아내 레이첼 마셜은 소묘가이다. 나는 얼마 전에 『선원의 귀향』을 그린 그림을 보았다. 몇 개의 조심스럽고 반짝이는 문장들은 존경하는 주인공 다호메의 군트메이 공주를 의미한다.

---

303   May Sinclair(1863~1946). 영국의 소설가이자 시인.
           대표작으로 『기묘한 이야기』, 『해리엇 프린의 삶과 죽음』이 있다.

라몬 페르난데스의 『이보게, 그는 인간인가?』

[리뷰]

이 책의 유일한 논쟁거리는 복잡함이 없다는 것이다. 적들의 주장을 편하게 변형시키거나 단순화한 후에 단순하고 변형된 것을 승인한다. 단순화와 변형이라는 이전의 방식은 피로를 만들지 않았다. 일반적으로 그 작업을 완성한 사람들은 적의 제자들이었다. 이 경우에 적은 쥘리앵 방다[304]이다. 그에 반대하는 사람은 다음과 같이 말한다.

"쥘리앵 방다는 놀랍게도 이성과 도덕적 원칙이 지닌 최상의 가치를 상기시켰다. 하지만 동시에 그것이 현실이나 인간 세상과 양립할 수 없다는 것을 보여 주었으며, 그 결과 사악하고 물질주의적인 이 세상을 등지고, 순수한 상념의 세계로 돌아가는 신중함에 머물고 말았다. 방다 씨에 따르면 이성과 현실은 양립할 수 없다. 하지만 주의 깊게 분석해 보면 그 양립 불가능함이 하나의 환영(幻影)이라는 것이 드러난다. 사실상, 우리의 신체 구조와 우리 인생의 자연스러운 운동은 우리에게 이성을 강제한다. 그것을 정당화하기 위해서는 세련된 논증이 필요한 게 아니다. 우리의 자발적인 행위 과정을 분석하는 정도면 충분하다. 나는 그런 분석을 완료했다."

나는 오류가 없기를 바라는 것이 아니며 그래 오지도 않았다. 하지만 방다는 "놀랍게도 이성과 도덕적 원칙이 가지

---

[304]   Julien Benda(1867~1956). 프랑스 철학자이자 소설가.

는 최상의 가치를 상기시키는 것"이 단순한 수사적 놀이만은
아니라는 것을 강조한다. 또한 이성적인 것과 현실의 양립 불
가능성을 주장하는 것 또한 간접적이든 직접적이든 그의 원
리를 그려 내지 않는다고 지적한다. 라몬 페르난데스(Ramón
Fernández)가 덧씌운 공포에 질린 평온에 관해서는 1936년 이
탈리아 제국주의와, 1914년 전쟁, 그리고 드레퓌스 사건 앞에
서 그가 취한 단호한 행동을 기억하는 것만으로도 충분하다.

래드클리프 홀의 『여섯 번째 복(福)』

[리뷰]

　내가 기억하기로는, 민중 문학의 문제는 해결된 적이 거의
없으며 민중 작가들에 의해서는 결코 해결된 것이 없다. 그 문
제는 (누군가가 생각하듯이) 시골의 언어를 제대로 모방하는 것
으로 환원되지 않는다. 오히려 두 가지 더블 플레이와도 같다.
구어에 대한 올바른 모방과 그 언어의 가능성에 기초하지 않
고 자연스러운 흐름으로 연결되는 문학적 효과를 얻는 것이
다. 이 장르는 두 걸작에 기대고 있다. 우리의 『마르틴 피에로』
와 마크 트웨인의 『허클베리 핀』이다. 이 두 작품은 일인칭으
로 서술되고 있다.

　래드클리프 홀(Radclyffe Hall)이 계획해 놓은 설정은 훨씬
더 쉽다. 그의 소설에서 보통사람(sermo plebeius)은 대화 중이
며, 나머지는 삼인칭으로 기술된다. 결과적으로 존경할 만한
것은 아니다. 그는 300페이지에 걸쳐 두 가지를 계속 강조하며

불편함을 준다. 하나는 감상주의이며 다른 하나는 미성숙한 사나움이다. 사나움에 관한 예는 생략하는 편이 좋겠다. 감상주의에 대해 짧게 언급하자면 "이 아름다운 사과나무에 꾀꼬리가 날아 앉자, 골목의 모든 이들이 노래를 듣기 위해 나온다. 왜냐하면 가난한 사람들은 추악함에 대한 지각이 없지만 아름다움에는 항상 무의식적으로 매혹되기 때문이다." 같은 문장이 있다.

홀은 이 소설에서 비참한 요소를 무한히 끌어모았다. 습기, 더러운 음식, 충치, 구세군, 알코올, 죽음, 젊은이들의 오만, 노인들의 혼란스러운 탐식.

궁금증을 자아내게 하는 특징도 존재한다. 위와 같은 요소들은 아무리 축적되어도 어떠한 작은 즐거움에 관한 소식보다 감동을 주지 않는다. 예를 들어 과부인 로치 부인이 망원경을 살 때 가난한 동네에 감도는 거의 신비에 가까운 행복과 같은 것 말이다. 이 행복은 괴로움을 묘사하는 것보다 더 슬픔을 준다. 결국 비스듬히 보는 방식이 가장 나쁜 것은 아니다.

1937년 3월 19일

앙리 바르뷔스

[리뷰]

프랑스인 아버지와 영국인 어머니의 혈통을 이어받은 앙리 바르뷔스(Henri Barbusse)는 1874년 중반 파리에서 태어났다. 롤랭 컬리지에서 수학하고 수년간 저널리즘 분야에서 일했다. 《주세투(Je Sais Tout)》라는 매우 유명한 잡지의 편집장을 지냈다. 전기 사전과 선집은 그가 저명하고 뛰어난 카튈 망드[305]의 딸과 결혼했다는 사실을 간과하지 않는다.

1895년에 유일한 시집『탄식하는 여인들』을 펴냈다. 첫 번째 소설인『신청자들』은 1903년에 출간되었고, 중요한 첫 번째 소설인『지옥』은 1908년 초에 출간되었다.『지옥』의 무질서한 페이지들에서 바르뷔스는 고전적인 작품이자, 불멸의 작

---

305   Catulle Mendes(1841~1909). 프랑스의 시인.

품이 될 글쓰기를 연습했다. 시간과 공간의 다양한 색채에서 벗어나 그는 인간의 본질적인 행동에 초점을 맞추고자 했다. 모든 책 속에 숨 쉬고 있는 책의 본질을 보여 주고자 했다. 그렇지만 (시적 산문에서의 대화와 호텔 칸막이의 틈이 화자에게 주는 음란하고 치명적인 장면에 대한) 주제도 (위고에게서 유래한) 스타일도 그 플라톤적인 선한 목적을 달성하도록 허용하지 않았다. 나머지도 마찬가지다. 1919년 이래로 나는 이 책을 다시 읽지 않고 있다. 하지만 그 산문이 가진 대단한 열정은 아직도 기억한다. 인간이 가진 핵심적 고독에 대한 선언도 마찬가지다.

1914년에 앙리 바르뷔스는 보병에 입대했다. 거기서 잔혹함, 의무, 복종 및 잘못된 영웅주의를 알게 되었다. 군대의 날에 그의 이름이 두 번 인용되었다. 부상을 당해 병원에 있는 동안 『포화』를 집필했다. (에리히 레마르크와 달리) 전쟁을 비판하려는 의도는 없었다. 유명한 『서부 전선 이상 없다』보다 『포화』가 우월한 이유이다. 이 다른 접근이 앙리 바르뷔스의 주요한 문학적 탁월함이다. 『포화』는 1916년에 출간되었고 공쿠르상을 받았다.

평화 서명이 실행되었을 때 바르뷔스는 《뤼마니테(L'Humanite)》의 통신원이었고, 이후에는 《르 몽드(Le Monde)》의 편집장을 지냈다.

공산당에 입당했다. 자발적으로 자신의 작품 『클라르테』, 『심연에서의 빛』, 『연쇄 작용』, 『예수』를 교훈적이고 논쟁적인 의도에 복종시켰다. 죽음 직전에 파리에서 반파시스트 동맹을

조직했다. 몇 시간이나 그와 논쟁한 시인 맬컴 카울리[306]는 그
에 대해 이렇게 말했다. "그는 창백한 외모와 함께 영국 문인처
럼 키가 크지만, 손은 프랑스적으로 가늘고 길며 유려하다."

1935년 8월의 어느 새벽에 러시아에서 사망했다. 병과 과
로로 인해 폐병이 악화되었던 것이다.

바르뷔스의 불멸과 죽음은 1914년의 전쟁에서 비롯되었
다. 1914년의 참호에서 20년 후 모스크바의 한 병원에서 그를
사망에 이르게 한 결핵에 걸렸고, 그 참호에서 진흙과 피로 물
든 영예로운 작품이 나온 것이다.

H. L. 멩켄의 『미국의 언어』

[리뷰]

나는 다른 이에게 혹은 스스로에게 종종 이렇게 묻곤 한다.
이 나라에서 국가를 비난하고 조롱하는 예술에 대해 과연 H.
L. 멩켄같이 갈채를 보내는 전문가가 존재할까? 내 생각에는
없을 것 같다. 애국주의, 아르헨티나에 대한 유사 애국주의는
안타깝게도 일상적인 풍자, 몬테비데오의 발길질 혹은 뎀시가
휘두른 왼쪽 주먹으로 인해 위험에 처해 있다. 미소와 순진한
망각이 우리를 고통스럽게 한다. 멩켄의 인기는 미국의 지속
적인 중상모략 덕분이다. 멩켄이 아르헨티나에 있었다면 그는

---

306   Malcolm Cowley(1898~1989). 미국의 저술가이자 역
사가, 문학 평론가.

결코 성공할 수 없었을 것이다.

그러나 혹평이 멩켄의 유일한 문학적 장치는 아니다. 그는 신학과 철학 연구에도 관심이 많았다.『미국의 언어』초판은 1918년에 나왔다. 막 출간된 네 번째 판본은 700페이지에 이르는데 거의 전 부분에 걸쳐 수정되었다. 목차는 만 개의 단어와 구문을 포함한다. 특히 우리의 관심을 끄는 것은 스페인에서 유래한 단어들이다. rancho에서 나온 농장(ranch), abode에서 나온 흙집(dobie), desesperado에서 나온 절망적인(desperado), renta에서 나온 밧줄(lariat), lagarto에서 나온 도마뱀(alliagator), apa 혹은 (아르헨티나에서 말하는 것처럼) yapa에서 나온 '경품(lagniappe)'을 들 수 있다. 마지막 세 단어는 관사를 포함한다. Alcorán, alcohol, alhucema 등의 단어를 보면 스페인어도 아랍어와 마찬가지로 관사를 포함한다.

책의 초반 판본들에서 멩켄은 미국의 영어는 시간이 흐르면서 다른 언어가 되었다고 주장한다. 지금은 영국 영어가 북아메리카 영어의 유럽적이고 어두운 방언으로 생존할 수 있다는 견해를 갖고 있다.

그러한 주장은 에두아르도 샤피노[307]와 마드리드의 언론인 고메스 데 바케로 사이에 벌어진 일종의 논란을 떠올리게 한다. 바케로는 일간지《엘 솔(El Sol)》에서 아르헨티나 공화국의 스페인어가 처한 큰 위험에 관한 스페인인들의 익숙한 불평을 언급했다. 샤피노는 그에게 부에노스아이레스에서 스페인어

---

307   Eduardo Schiaffino(1858~1935). 아르헨티나의 화가
       이자 역사가.

가 위험에 처한 것은 안달루시아 식 변형은 말할 것도 없고 바
스크어, 아스투리아 방언, 비속어, 부르고스 방언, 아라곤 방
언, 갈리시아어, 카탈란어, 발렌시아어, 마요르카어가 유입되
었기 때문이라는 사실을 알려 주었다.

키플링과 그의 자서전

[에세이]

라몬 페르난데스[308]는 잡지《NRF》의 최근 호에서 자서전이 소설화된 전기에 이어 대중의 흥미를 끌고 있다고 말했다. 의심 많은 사람들은 소설화된 자서전이라고 말할지도 모르겠다. 하지만 사실 자서전 작가는 전기 작가보다 훨씬 덜 감성적이다. 또한 쥘리앵 방다가 자기 자신에 대해 아는 것보다 루드비히 키플링(Ludwig Kipling)이 예수나 우리 산마르틴 장군의 내면을 더 잘 안다고 할 수 있다. 최근에 웰스, 체스터턴, 알랭, 방다의 자서전이 출간되었다. 이 목록에 키플링의 미완성 작품이 막 추가되었다. 제목은 '나 자신의 일부'이며, 텍스트는 제목의 아이러니로 인해 완성된다. 내 생각에는 이 아이러니

---

308   Ramon Fernandez(1894~1944). 프랑스의 저널리스트.

를 슬퍼할 수 없다는 점이 슬프다. 어떤 자서전이라도 그 관심
은 심리적 방식으로 정렬되며, 일정 부분을 생략하는 것은 그
부분을 더 파고드는 것보다 전형적인 방식이라고 할 수 있다.
사건은 성격을 드러내기에 충분하며 화자는 자신의 선호에
의해 침묵할 수 있다는 점을 이해한다. 항상 마크 트웨인의 결
론으로 돌아오게 되는데, 그는 자서전이 갖는 이 문제에 골몰
했다. "한 인간이 자기 자신에 대한 진실을 말하는 것, 혹은 자
기 자신에 대한 진실을 독자에게 알리는 것은 중단할 수 없는
일이다."

　의심할 여지 없이 책의 가장 유쾌한 부분은 유년기와 젊은
시절을 다룬 장들이다.(성인기를 다루는 부분은 비현실적이고 증
오로 가득하다. 미국인, 아일랜드인, 남아프리카인, 독일인, 유대인을
증오하고, 오스카 와일드의 유령을 싫어했다.)

　키플링의 고유한 방식 덕분에 초반부는 특히 매력적이다.
그는 (이미 인용했듯이 쥘리앵 방다가 『젊은 사무원』에서 모리스 바
레스[309]에 대한 반감으로 인해 섬세하게 자신의 유년기를 변형시켰
던 것과는 달리) 과거에 대한 서술에 현재가 개입되는 것을 허
락하지 않았다. 유년기의 이야기에서 (번 존스[310]나 윌리엄 모리
스와 같은) 집안의 뛰어난 친구들은 검은색 피아노나 방부 처
리된 표범의 머리보다도 중요성이 떨어진다. 러디어드 키플링

---

309   Maurice Barres(1862~1923). 프랑스의 시사 평론가이
　　　자 정치인.

310   에드워드 번 존스(Edward Burne-Jones, 1833~1898).
　　　영국의 예술가.

(Rudyard kipling)은 마르셀 프루스트와 같이 잃어버린 시간을 회복하지만, 그 시간을 이해하거나 개입하려고 하지는 않았다. 오래된 맛에서 기쁨을 느낄 뿐이다.

"집을 둘러싼 푸른 공간들 옆쪽으로 그림과 기름 냄새로 뒤덮인, 즐거움을 주는 접합제의 조각들이 있는 환상적인 장소가 있었다. 그 자리에 가서 깊이가 있는 광대한 심연 주위를 걸었는데 커다란 날개를 가진 괴물이 나를 습격했다. 그 이후로 나는 닭을 좋아하지 않는다."

"강력한 빛과 어두움의 나날이 지났다. 각 방향의 시계를 막는 거대한 반원형의 선체는 시간을 갖고 있었다. 사막을 가로지르는 기차(당시 여전히 수에즈 운하는 열리지 않았다.)와 바위, 그리고 내 앞자리에 숄로 감싸 얼굴을 볼 수 없는 소녀가 있었다. 이후 어두운 대지와 추위로 둘러싸인 더 어두운 방이 있었으며, 그 방의 벽에서 흰 여인이 불을 피우고 있어서 나는 두려움으로 소리를 질렀다. 왜냐하면 한 번도 굴뚝을 본 적이 없었기 때문이다."

키플링이 대영제국에 비교되는 것은 영광스러우면서도 모욕적인 일이다. 영국 제국주의자들은 자신의 이름과 '만약'이라는 도덕을 부르짖는다. 그의 작품엔 영국, 힌두스탄, 캐나다, 남아프리카, 호주라는 다섯 나라의 셀 수 없는 다양함과 제국의 운명을 위해 기꺼이 개인을 희생하는 내용이 담겨 있다. 제국의 적들(혹은 다른 제국의 당(黨)들, 예를 들어 현재의 소비에트 제국)은 영국을 부정하거나 무시했다. 평화주의자들은 키플링의 다양한 작품을 에리히 레마르크의 두 소설과 대비시켰다. 하지만 이들은 (전쟁의 불명예와 어려움, 영웅들이 육체적 두려움

앞에서 드러내는 특이한 기호들, 군대 '비속어'의 사용과 남용을 담아
낸)『서부 전선 이상 없다』의 가장 놀라운 새로움이 1892년에
첫 번째 시리즈가 시작되어 비판을 받은 러디어드 키플링의
『거친 발라드』에 존재한다는 점을 망각한다. 당연하게도 '신
랄한 리얼리즘'은 빅토리아 여왕 시대의 비평에서 부정적 평
가를 받았다. 지금 이들을 계승한 사실주의자들은 감상주의를
내비친다. 이탈리아 미래파들은 키플링이 기계를 뮤즈로 삼은
최초의 유럽 시인이었다는 점을 잊고 있다. 중국에는 모두가
흥분해 비판하며 그를 제국의 앵무새로 단순화했다. 그에게서
보이는 정치적 질서에 대한 단순한 사고가 미학적 질서가 담
긴 스물일곱 권의 다양한 작품에 대한 분석을 고갈시킬 수 있
다고 믿는다. 이러한 신념은 강력하다. 이 오류를 설득하기 위
해서는 이 신념을 열거하는 것으로 충분할 것이다.

　　한 가지 확실한 점이 있다. 키플링의 시와 산문에는 주제
보다 훨씬 더 복잡한 측면이 존재한다.(마르크스주의 예술은 이
와 정반대다. 헤겔에서 보는 것처럼 주제는 복잡하지만, 그것이 조
명하는 예술을 단순하다.) 모든 사람과 마찬가지로, 러디어드 키
플링은 영국 기사, 제국주의자, 전기 작가이며 군인과 산에 관
한 대화를 즐겼다. 하지만 예술가라고 부르는 것이 가장 확실
하다. 그의 펜이 사용한 단어로 말하자면 그는 공예가였다. 그
의 삶에서는 기술자의 열정만 한 것이 없었다. 그는 "자비롭게
도 글을 쓰는 단순한 행위는 나에게 언제나 육체적 기쁨을 주
었다. 따라서 잘 안 되는 다른 것은 단념하기가 쉬웠고 누군가
말한 것처럼 이 단계를 거쳤다." 다른 곳에서는 이렇게 쓰고
있다.

"라호르[311]와 알라하바드[312]라는 도시에서 나는 색감, 무게, 향기, 그리고 다른 단어와의 관계 속에서 단어의 성격에 대한 실험을 처음으로 시도했다. 단어의 소리를 확인하기 위해 큰 소리로 반복했고, 인쇄된 페이지를 통해 전경을 보여 주려고 단어들을 세심하게 선별했다."

키플링은 단순히 비물질적 단어를 다룬 것이 아니라, 더욱 봉사하는 작가의 마음과 겸손한 견습 사제의 태도를 갖추고 있었다.

"1889년에 한 통의 잉크를 얻었고 그것을 펜 끝에 찍어 이야기와 책의 목록을 적었다. 하지만 청소를 맡은 사람이 그것을 지웠고, 그로 인해 이제는 양피지에 쓴 고문서보다 더 알아보기가 힘들어졌다. 나는 항상 가장 진한 잉크를 원했다. 천재적인 나의 친구는 푸른빛이 도는 검정색을 싫어했고, 나는 이니셜을 서명할 때 절대 선홍색을 사용하지 않았다. 내 메모장은 넓고 푸른 바탕에 흰색을 넣은 모델로, 나는 그것을 많이 썼다. 여행 중에도 메모장이 필요했지만, 그것 없이도 지닐 수 있었다. 마찬가지로 연필은 납으로 된 것만 사용한다.(아마도 보도 기자 시절에 납으로 된 연필을 썼기 때문일 것이다.) 모두가 자기만의 방식을 갖고 있는 법이다. 나는 기억하고 싶은 것들을 대략 묘사한다. 내 탁자 왼쪽과 오른쪽에 커다란 지구본 두 개가 있었는데, 그중 하나는 한 비행사가 하얀 도화지에 당시 사용되던 동양과 호주로 가는 항로를 지시하고 있다."

---

311   파키스탄 북동부의 도시.
312   인도 북동부의 도시.

나는 키플링의 삶에서 기법에 대한 열정만 한 것이 없다고
말했다. 그것을 잘 보여 주는 예가 『거친 발라드』라는 작품으
로 이 책의 마지막 이야기들은 매우 실험적이고 신비로워서
이 분야를 잘 모르는 독자는 이해할 수 없다. 이것은 마치 조이
스와 루이스 데 공고라가 벌이던 비밀 놀이와 같다.

1937년 4월 2일

이든 필포츠

[전기]

"대영 박물관의 신중하지 못한 카탈로그에 따르면, 나는
149권의 책을 쓴 작가이다. 후회스럽고, 화가 나고, 놀라운 일
이다."라고 이든 필포츠(Eden Phillpotts)는 말한다.

"영국 작가 중 가장 영국적"인 이든 필포츠는 유대계로서
인도에서 태어났다. 다섯 살인 1867년에 아버지 헨리 필포츠
장군은 그를 영국으로 보냈다. 열네 살에 처음으로 데번주 중
심의 흐리고 황량한 평원 다트무어³¹³를 횡단했다.(신비한 시적
체험이었던 1876년의 이 도보 여행은 총 24마일의 거리로 그의 모든
후기 작품을 관통하며, 첫 번째 작품인 『안개의 아이들』은 1897년에
발간되었다.) 열여덟 살에 위대한 배우가 되리라는 희망과 열

---

313   영국 남부에 펼쳐져 있는 습지 지형의 지역.

정을 품고 런던에 갔다. 관객은 그 꿈을 단념하게 만들었다. 1880년에서 1891년까지 한 사무실에서 내키지 않는 일을 했다. 밤에는 글을 쓰고, 쓴 글을 다시 읽고, 지우고, 확장시키고, 다시 쓰고, 불에 던지곤 했다. 1892년에 결혼했다.

영광까지는 아니더라도 그의 명성은 이든 필포츠라는 이름과 함께 널리 알려졌다. 필포츠는 일련의 강연을 위해 대서양을 주저 없이 건넜던 원만한 인물로 히아신스 꽃이나 유전자에 관해 정원사와 토론할 정도였으며, 애버딘, 오클랜드, 밴쿠버, 심라와 봄베이의 독자들은 그의 방문을 고대했다. 이 조용한 영국 독자들은 가을에 관한 진실을 밝히려는 혹은 우화의 비극적 결말을 비통해하는 글을 썼다. 세계 각국의 독자들은 이든 필포츠라는 영국 정원을 위해 작은 씨앗을 보냈다.

그의 소설은 세 가지 범주로 구분된다. 가장 중요한 첫 번째 범주에는 당연히 다트무어에 관한 소설이 포함된다. 지역적 특징이 드러나는 이 범주의 작품들로는 『배심원』, 『아침의 아이들』, 『남자들의 아이들』을 언급하는 것으로도 충분하다. 두 번째는 역사 소설로 『에반드로스』, 『티폰의 보물』, 『라벤더 용』, 『달의 친구들』이 있다. 세 번째는 탐정 소설이다. 『딕위드 씨와 럼브 씨』, 『의사여, 네 병이나 고쳐라』, 『회색 방』 등이 속한다. 마지막에 언급한 작품의 엄밀함과 경제성은 놀라울 정도다. 그중에서도 나는 『붉은 머리 가문의 비극』이 가장 괜찮다고 생각한다. 『천성』이라는 다른 작품은 탐정 이야기로 시작하여 점차 비극적 역사 이야기로 발전한다. 무관심(혹은 신중함)은 필포츠의 전형적인 특징이다.

또한 그는 희극 작가로 몇몇 작품은 자신의 딸이나 아널드 베넷[314]과 작업했으며, 『IOI개의 소네트』, 『사과 한 상자』 등의 시집도 냈다. 최근에는 『밀림의 요정』이라는 소설을 발표했다. 지금은 다트무어에 관한 또 다른 소설을 작업 중이다.

에드워드 섕크스의 『에드거 앨런 포』

[리뷰]

이 책은 당연히 포에 관한 찬사라 할 수 있다. 반면에 (남아메리카나 프랑스의 독자들이 말하는 것처럼) 사과로 보는 것은 이상하다. 영국 문인이 미국인을 칭송하는 것은 매우 드문 일이다.(스티븐슨이 통 크게 월트 휘트먼에게 헌사한 논문을 다시 읽어 보기 바란다.) 이 소견은 올바르다. 하지만 섕크스의 책 뒤에는 학문적 경멸을 넘어서는 무언가가 존재한다. 포가 발명가 혹은 천재적 상상가였다는 일반적 사고가 담겨 있지만, 또한 그 발명품을 잘못 사용했다고 생각한다. 아무리 하찮아 보여도 번역가들은 이런 부분에 열정을 보인다. 사람들은 그 산문의 번잡함과 쓸데없는 강조에 대해 번역가들을 비난한다. 그의 시는 거의 살아남지 못했다. 「까마귀」, 「종」, 「애너벨 리」는 낭송의 세계에서 (지옥이라기보다는 비호감의) 지하로 추방되었다. 나머지는 겨우 몇 개의 연과 행만 살아남았다.

---

314   Arnold Bennet(1867~1931). 영국의 소설가.

(아, 이 정원의 매혹을 기억하라!)

그리고 붉은 바람이 하늘에서 시들고 있다.

(마지막 문장의 문자 그대로의 의미는 '붉은 바람이 하늘에서 시들고 있다'인데 훌륭한 통역사에 의해 스페인어로 '통역'되었다. 우리에게는 다음과 같은 메시지가 전달된다. "이제 사방에 무시무시한 북풍의 소리가 그쳤다!")

그의 시학 이론은 실제 작품보다 낫다. 아홉 개나 열 개의 훌륭한 단편이 남아 있다. 「장수풍뎅이의 눈」, 「모르그가의 살인 사건」, 「백포도주 통」, 「구덩이와 추」, 「M. 발데마르 사건의 진실」, 「도둑맞은 편지」, 「대혼란으로」, 「병 속에서 발견된 원고」, 「개구리」가 이에 속한다. 그의 서사에는 얼굴 혹은 음악과 같이 혼동이 일어날 수 없는 독특한 상황이 나타난다. 「아서 고든 핌의 모험」도 있다. 탐정 장르의 발명에 관한 이야기도 있다. 폴 발레리에 대한 이야기도 남아 있다. 이 모든 것들이 매 페이지에서 발견되는 반복과 무기력에도 불구하고 포의 영광을 정당화하기에 충분하다.

에드워드 섕크스(Edward Shanks)의 이 책은 여덟 개의 장으로 구성된다. 처음 네 장은 포의 비참한 삶을 조명한다. 5장과 6장에는 작품에 대한 분석이, 마지막 장에는 그가 세계 문학에 미친 다양한 영향이 담겨 있다.

앙리 뒤베르누아의 『자신을 되찾은 남자』

이 소설은 문자 그대로 제목과 일치한다. 전혀 영웅적이지 않은 영웅인 포르트로는 포의 단편 「윌리엄 윌슨」처럼 상징이나 은유가 아닌, 실제 존재하는 자기 자신과 만난다. 인류 역사가 순환적으로 반복되며, 거기에서 각 개인은 최하의 항목에서 머무른다는 피타고라스의 학설은 잘 알려져 있다. 앙리 뒤베르누아(Henri Duvernois)는 작품의 메커니즘을 위해 이러한 원칙(혹은 악몽)을 다양하게 사용했다.

55세의 평화로우면서도 관능적인 포르트로는 켄타우루스자리의 프록시마 항성 주위를 도는 한 행성에 도착한다. 놀랍게도 그는 오스트리아-헝가리 영토에서 출발한다. 이 행성은 지구의 복사판이지만 40년이나 시간이 늦게 흐른다. 그는 (1896년의 다채로웠던) 파리로 가서 자신의 가족에게 자신을 캐나다에서 막 돌아온 친척이라고 소개한다. 그의 어머니를 제외하고는 아무도 그를 환대하지 않는다. 그의 아버지는 그에게 인사조차 건네지 않고 여동생은 그를 침입자로 여긴다. 미래에 대한 지식으로 작성한 재정 계획은 모두 거절되고, 그는 건전하지 못하고 비효율적인 사기꾼으로 낙인찍힌다. 그렇지만 그에게 가장 적대감을 보인 사람은 어리석게도 그와 싸우게 된 과거의 자신이다.

경외할 만한 이 작품은 아마도 웰스의 가장 긴장감 넘치는 책과 비교해도 부족함이 없을 것이다.

1937년 4월 9일

현실주의 작가,
에두아르도 구티에레스

[에세이]

　　스페인과의 전쟁이 끝난 후 부에노스아이레스에서 제기된
주요한 두 가지 과제는 가우초[315]와의 병영 없는 전쟁과 가우초
의 문학적 신격화라고 할 수 있다. 이 무자비한 전쟁은 70년간
지속되었다. 아르티가스[316]의 남자들이 우루과이의 평원에서
그것을 시작했다. 이 전쟁의 진화는 지옥의 모든 비극을 다양
하게 보여 준다. 라프리다는 필라르에서 타살되었고 그의 죽
음은 어둠 속에 묻혔다. 마리아노 아차는 안가코에서 처형되

315　　아르헨티나의 내륙 팜파스 지역에서 목축업에 종사하
　　　　는 이들을 지칭한다. 미국의 카우보이와 유사하다.

316　　호세 헤르바시오 아르티가스(José Gervasio Artigas,
　　　　1764~1850). 우루과이의 전쟁 영웅으로, '우루과이의
　　　　국민 아버지'라고 불리기도 한다.

었다. 라우치의 머리는 남쪽 평원의 말 안장에 매달려 돌아왔다. 훼방을 받고, 사막에 미쳐서, 배고픈 군대와 행군의 미로에서 정처없이 헤매고 다녔다. 지칠 대로 지친 라바예는 후후이에 있는 어느 집 마당에서 죽었다. 부에노스아이레스는 그들에게 돈과 거리를 제공했지만 이후 그들을 잊었다. 부에노스아이레스는 가우초라는 이름의 신화를 직조하기 좋아했다. 자신을 보호하려는 도시가 가진 꿈은 천천히 팜파스와 가우초에 대한 이중의 신화를 생산해 왔다.

가우초 숭배가 형성되는 데 에두아르도 구티에레스(Eduardo Gutiérrez)는 어떤 역할을 했는가? 로하스가 쓴 『아르헨티나 문학』 중 첫 번째 권은 "에르난데스는 그의 서사적 순환, 즉 소설과 연극에서 가우초의 새로운 순환을 포함하여 운문으로 노래하는 가우초 전통 이외의 장점은 거의 인정하지 않는다."라고 기록했다.

그 이후 "조형의 조악함, 색깔의 빈곤, 운동의 상스러움, 그리고 무엇보다도 언어의 사소함을 드러냈으며, 자신이 가진 회화적인 사투리를 비판했다. 이는 인물에 대한 지나친 밀착과 사실주의의 과잉으로 형식의 가벼움을 낳게 했으며, 이로 인해 에르난데스가 보여 주는 활기찬 시골 연대기가 가치를 가진 진정한 소설이 되는 것을 방해했다." 게다가 구티에레스는 "고귀한 사막의 아들"인 에르난데스를 그리워하고, 그의 형제인 "아름답고, 풍요롭고, 상냥한 영혼" 카를로스를 칭찬했다. 또한 "가우초 논쟁에 있어 『마르틴 피에로』는 가우초와 팜파스라는 양자의 신화가 나란히 만들어지는 데 있어 커다란 영향력을 행사한다."라고 적었다.

마지막 특징은 공정하지 못하다. 『마르틴 피에로』가 이루어 낸 성과는 추적하고 칼을 꽂는 다른 가우초들에게 기회를 제공했다는 것이다. 구티에레스는 이 기회를 확대하는 역할을 맡았다. 이제 그의 소설들은 에르난데스가 제기한 두 가지 주제인 '마르틴 피에로의 출정과 싸움'과 '마르틴 피에로와 원주민의 싸움'에 관한 끝없이 다양한 놀이와 같을 수도 있다. 그럼에도 불구하고, 그것이 출간되었을 때는 아무도 그러한 주제가 에르난데스 고유의 것이라고 상상하지 않았다. 모두가 이 두 가지를 제공하는 외부의 현실에 대해 알고 있었다. 게다가 구티에레스가 벌인 어떤 싸움들은 존경할 만하다. 그중 하나가 후안 모레이라와 레기사몬의 싸움이었다고 생각한다. 구티에레스의 단어는 지워지고 오직 장면만 남아 있다. 두 명의 동포가 나바로에 있는 한 거리의 모퉁이에서 칼부림을 하며 싸웠다. 다른 사람이 도끼를 휘두르자 그 앞에 있던 사람이 뒷걸음을 친다. 모든 장면에서 한 걸음, 한 걸음, 지루할 정도로 조용히 싸운다. 모퉁이의 끝에 이르러 한 사람이 상점의 어두운 벽에 등을 기댄다. 거기에서 다른 한 명이 그를 죽인다. 지방 경찰서의 경사가 이 결투를 지켜본다. 그는 말에 탄 후 경찰에게 잊고 있던 칼을 달라고 부탁한다. 겸손한 경위는 시체에서 칼을 뽑으려 안간힘을 써야 했다. 쓸모없는 서명처럼 허세 넘치는 결말 앞에서 조용하게 벌어진 이런 결투를 창작해 내는 것은 기억할 만한 일 아닌가? 마치 영화를 위해 상상된 것 같지 않은가?

하지만 이 작품 『모레이라』는 내가 추천하는 구티에레스의 소설이 아니다. 나는 잘 알려지지는 않았지만, 가우초를 매우 경외하는 정직한 독자들에게 혼란을 준 다른 작품을 선호한다. '흑개미'라는 별명을 가진 산니콜라스 출신의 칼잡이 기예르모 오요에 관한 전기이다. (로하스에 대한 비난의 원천인) 스타일의 선호에 실망하지 않는 이들은 그 소설에서 진실성에 관한 느껴 본 적 없는, 만족스러운, 거의 스캔들에 가까운 맛을 느낄 것이다. 구티에레스의 다른 작품이나 『돈 세군도 솜브라』를 포함하여 최근의 모든 가우초 소설의 감정적 거품과는 대조를 이룬다.

내가 보기에 우리 문학에 넘쳐 나는 나쁜 가우초 어느 누구도 인상이 험악한 청년인 기예르모 오요보다 실제적이지 않다. 그는 아버지와 장난으로 칼로 싸우는 시늉을 하다가 아버지에게 칼자국을 남기고는 그것을 자랑으로 여긴다. 구티에레스 책의 마지막에 나오는 모레이라는 바이런의 호화로운 주인공처럼 엄숙함으로 죽음과 눈물을 부여하는 인물이다. 이 '흑개미'는 아내를 패는 것으로 시작하여, "내 소유인 딸의 몸에 손을 대자마자" 죽이겠다고 아내를 위협하는 사악한 남자였다. 이후 범죄와 살인이라는 행위에서 기쁨을 느끼며 타락해 간다.

그 격화된 이야기에는 잊을 수 없는 부분이 존재한다. 예를 들어, 싸움의 상대는 산타페 출신의 잘생긴 필레몬 알보르노스인데, 그 둘은 싸움을 피할 뻔하지만 명성이 그들을 싸움에 직면하게 한다.

『파쿤도』에서 사르미엔토는 이를 비난한다. 『마르틴 피에로』에서 에르난데스는 그것을 변론한다. 『돈 세군도 솜브라』에서 구이랄데스는 신념의 행위였다고 평한다.

구티에레스에게는 한 사람을 보여 주는 것으로 충분하다.
즉, 햄릿에 나오는 오래된 어구를 통해 "우리에게 한 남자의 확
실성을 주는 것"으로 충분하다. '진짜' 기예르모 오요가, 구티
에레스가 묘사한 칼부림과 경솔한 행동을 한 사람이었는지는
모른다. 하지만 구티에레스의 기예르모 오요가 진짜라는 것은
알고 있다. 나는 이렇게 묻고 싶다. 가우초 신화에서 구티에레
스의 작품은 어떤 의미를 갖는가? 아마도 신화를 거부하는 것
이라고 대답할 수 있을 것이다.

　(서른한 권의 책을 쓴) 에두아르도 구티에레스는 사망했다.
이미 '유명한 아르헨티나 작가'의 작품은 브라질 거리나 레안
드로 알렘가의 가판대에서 판매된다. 이제 박사 논문이나 내
가 쓰는 논문 같은 것 외에 그의 삶을 복제하거나 죽음을 복제
하는 방법은 없다.

　그가 민중의 가슴에 영원히 남아 있도록 하는 것은 부질없
는 노력이다. 그렇지만 아마도 가장 좋은 경구는 1911년에 나
온 루고네스의 잘 알려지지 않은 문구일 것이다. "우리의 잡지
에서 일종의 퐁송 뒤 테라유[317]인 천재 에두아르도 구티에레스
는 칼날처럼 날카로우면서도 우스꽝스럽고 유쾌함이 넘치는
풍자를 만들어 냈다. 이런 의미에서 부에노스아이레스 잡지계
의 뮤즈였다. 그리고 비록 재능이 허비되기는 했지만, 그는 국
가가 낳은 유일한 천부적 소설가이다."

　잡지를 피와 포화로 얼룩지게 만든 작가인 에두아르도 구

317　　Ponson du Terrail(1829~1871). 프랑스의 작가. 환상
　　　　모험 소설로 유명하다.

티에레스는 부에노스아이레스 사람들의 낭만적인 요구에 맞춰 가우초를 소설화하는 일에 오랜 시간을 쏟았다. 어느 날 그러한 허구에 지쳐 '흑개미'라는 실제 인물을 다룬 책을 썼다. 신통치 않은 작품이었다. 그의 산문은 비교할 수 없는 사소함에서 나온다. 그러나 오직 하나의 사실로 인해 이 작품은 구원받고 불멸성을 획득한다. 바로 인생과 닮아 있다는 것이다.

1937년 4월 16일

프란츠 베르펠

[전기]

시인이자, 소설가, 희곡 작가인 프란츠 베르펠(Franz Werfel)은 1890년 9월 10일 프라하에서 태어났다. 탈무드와 레싱[318]이라는 두 가지 문화의 계승자인 유대계 독일인으로 부조화와 천년의 원한이 만나고, 보헤미아와 게르만이라는 두 개의 문화가 합류하는 천년의 도시에서 태어난 것이다.

프라하의 고등학교에서 공부하고, 라이프치히에서 철학과 문학으로 박사 학위를 받았다. 열여덟 살 때부터 고향의 문학 동호회에 자주 참석했다. 그는 막스 브로트,[319] 악몽의 작가 프

---

318   고트홀트 에프라임 레싱(Gotthold Efraim Lessing, 1729~1781). 독일 계몽주의의 대표적 극작가.

319   Max Brod(1884~1968). 유대계 체코인으로 작가이자 작곡가.

란츠 카프카, (『서쪽 창문의 천사』와 『골렘』을 쓴) 공상 작가인 구스타프 마이링크, 『강자(强者)들의 포도주』, 『밤』, 『사원의 수호자』의 작가인 오토카 브레지나[320]의 친구였다. 마지막에 열거한 이 체코 작가의 시를 '정오에서 자정까지 부는 바람'이라는 제목의 독일어로 번역했다.

그의 작업은 이미 보편적 시에 대한 열망 속에서 진행되었다.

스물한 살이었던 1913년에 성서의 「시편」과 휘트먼의 영향 아래 첫 번째 시집 『세계의 친구』를 냈으며, 1915년에는 『우리는』, 1915년에 '각 개인' 또는 '서로가'라는 뜻으로 번역될 수 있는 『아이난더』를 발표했다.

전쟁을 증오하면서도, 1914년에서 1918년까지 러시아 전선을 위해 싸웠다. 《행동》이라는 평화주의 저널에서 "전쟁에 반대하는 내 권리를 이겨 내고 싶었다."라고 선언했다.

1919년부터는 빈에 정착했다. 베르펠은 "아직 인간에게서 증오를 떼어 내는 절망적인 과제를 수행하고 있다."라고 썼다.

『잘못은 암살자가 아닌, 암살된 사람들에게 있다』와 『촌놈의 죽음』이라는 두 권의 소설을 발표했다. 그리고 『거울의 남자』라는 상징주의 삼부작과 열세 권으로 된 『후아레스와 막시밀리안』이라는 역사 드라마를 발표했다.

---

320   Otokar Brezina(1868~1929). 체코 상징주의를 대표하는 작가.

구스타프 얀센의 『자신을 되찾은 남자』

[리뷰]

스웨덴 문학을 사려 깊게 살펴보게 된다. 서너 권으로 된 스베덴보리[321]의 신학과 환상을 담은 작품을 비롯하여, 한때 니체와 함께 나에게는 신과도 같았던 스트린드베리[322]가 발간한 열다섯에서 스무 권에 달하는 책, 그리고 하이덴스탐[323]의 단편선은 내 짧은 학식의 한계를 넘어선다. 최근에 새로운 작가 구스타프 얀센(Gustaf Janson)의 『자신을 되찾은 남자』를 읽었다. 훌륭한 영국어판은 클로드 네피어가 번역했다. 『노인의 귀환』은 영국의 러밧 딕슨(Lovat Dickson) 출판사에서 나왔다.

거의 신에 가까운 나머지 다른 이들로부터 증오를 받고 누명을 쓴 인물을 드러내기 위해 전지전능한 마지막 판결이 소설의 마지막 부분에 등장한다. 여기에서 사건과 인물에 대해 설교하는 작가의 명백한 의도가 드러난다는 점에서 이 작품은 실패작이다. 하지만 용서할 수 있는 실패다. 밀턴은 시인과 시의 동일시를 요구했다. 이러한 요구는 (예를 들어, 조각가 자신이 이륜마차가 되고, 건축가는 자신이 주춧돌이 되며, 극작가 자신이 막간극을 하는 것과 같이) 결코 만족시킬 수 없는 어리석은 능력이지만 근

---

321 에마누엘 스베덴보리(Emanuel Swedenborg, 1688~1772). 스웨덴의 신학자이자 천문학자.

322 아우구스트 스트린드베리(August Strindberg, 1849~1912). 입센과 더불어 스웨덴을 대표하는 극작가.

323 베르너 폰 하이덴스탐(Verner von Heidenstam, 1859~1940). 스웨덴의 시인이자 소설가.

본적인 문제를 제기하고 있다. 작가는 자신보다 우월한 인물을 창조할 수 있는가? 지적인 수준에서는 아니다. 셜록 홈스는 코난 도일보다 똑똑한 것 같지만 우리 모두에게 비밀이 있다. 홈스는 작가가 밝혀내는 해결책을 제시한다. 예언적 스타일의 위험한 결과인 차라투스트라는 니체보다 덜 똑똑하다. 이 소설에서 신에 버금가는 영웅인 그레비의 찰스 헨리가 보여 주는 하찮음은 그의 달변보다 더 악명이 높다. 그런 측면에서 얀센은 계산적이지 않다. 영웅이 돌아오기 전에 전개되는 8절판 크기의 400페이지는 우리의 초초함을 자아내거나, 도중에 논점에서 벗어나는 지점들이 의도가 있다는 생각을 하지 못하게 한다. 마지막에 조롱받은 자가 나타나면 그가 실제로 성인이라는 것을 확인하게 된다. 당연히 우리는 전혀 놀라지 않는다.

나는 소설의 체계와 태도를 검토했다. 인물에 대해서만은 축하를 보낼 수 있다. (자비롭게도 414쪽까지 불길한 출현을 연기해 온) 상징적 또는 초자연적인 영웅으로 인정한다면, 뱅트와 같은 인물은 존경할 만하다.

올더스 헉슬리의 이야기, 에세이, 시

[리뷰]

에브리맨 라이브러리에 들어가는 것, 존경하는 베다[324]와

---

324   Beda(672~735). 영국의 기독교 수도사로 신학자, 역
       사가, 연대기 작가이다.

셰익스피어, 『천하루 밤의 이야기』, 『페르 귄트』와 어깨를 나
란히 한다는 것은 바로 얼마 전까지 정전(正傳)이 된다는 것을
의미했다. 최근에 이 좁은 문이 열렸다. 피에르 로티[325]와 오스
카 와일드가 들어왔다. (이미 부에노스아이레스에서 몇 권을 볼 수
있는) 올더스 헉슬리 또한 들어왔다. 이 책에는 I만 7000개의
단어가 들어 있고 분량이 제각기 다른 네 부분, 다시 말해 단편,
여행 기록, 논문, 시가 있다. 논문들은 헉슬리가 가진 이유 있
는 비관주의와 견디기 힘든 찬란함을 보여 준다. 단편과 시의
경우 그의 창조성 속에 치유할 수 없는 결핍이 드러난다. 이러
한 우울을 어떻게 생각하는가? 그것은 서투르지도, 어리석지
도 않으며, 지루하지도 않다. 간단히 말해 무용하다. (이 대답은
적어도 나에게) 무한한 당혹감을 자아낸다. 겨우 몇 편의 시만
이 살아남는다. 예를 들어 다음은 흐르는 시간을 가리킨다.

상처는 죽을 운명이며 상처는 나의 것이다.

「다양함의 극장」이라는 시는 브라우닝[326]과 닮아 있다. 단
편 「다양함의 극장」과 「모나리자의 미소」는 경찰 장르를 표방
한다. 많건 적건 간에 그의 의도가 드러난다. 따라서 아무것이
아니더라도 그 의도는 이해할 수 있다. 이에 대해 나는 감사를

---

325   Pierre Loti(1850~1923). 프랑스의 소설가이자 해군
       장교.
326   로버트 브라우닝(Robert Browning, 1812~1889). 영국
       의 시인이자 극작가.

표한다. 이 책에 나온 다른 시나 단편은 도대체 왜 썼는지 의문스럽다. 나의 임무는 이해하는 것이기 때문에 겸손하고 공개적으로 이렇게 밝힐 뿐이다.

내가 보기에 올더스 헉슬리는 과분한 명성을 얻었다. 그의 문학은 프랑스에서 당연하게 생산되고 영국에서 더 정교하게 만들어지는 그런 문학 중의 하나이다. 그러한 불편함을 느끼지 않는 독자도 있겠지만 나는 계속 그렇게 느꼈으며, 그의 작품에서는 불순한 기쁨만을 감지했다. 헉슬리는 항상 빌려 온 이야기만 하는 것처럼 보인다.

문학계 단신

자크 뱅비유[327]의 『독재자들』이 막 발간되었다. 삭가는 히에론 2세의 아들부터 베를린의 히틀러까지 모든 독재자들의 정치적이고 개인적인 역사를 연구하고자 하지만, 실제로는 백과사전의 조각들로 급조한 랩소디 같다. 우리 나라를 대표하는 인물은 당연히 훌리안 로카[328]와, 팜파스의 가우초들이 '남쪽의 조지 워싱턴'이라고 부른 후안 마누엘 로사스[329]다. 실제

---

327   Jacques Bainville(1879~1936). 프랑스의 역사가이자 기자.

328   Julián Roca(1843~1913). 아르헨티나의 군인이자 정치인. 1860년에서 1866년까지, 1898년부터 1904년까지 두 번에 걸쳐 대통령을 역임했다.

329   Juan Manuel Rosas(1793~1877). 1829년부터 1852년

로 뱅비유는 우리 가우초의 박식함과 역사적 평행 이론을 과
장하고 있다.

독재에 관한 다른 책인 토마스 루커의 『안데스의 독재자』
는 베네수엘라의 '제헌 대통령' 후안 비센테 고메스[330]의 잘못
된 삶과 조용한 죽음을 서술한다.

까지 아르헨티나를 통치한 연방주의자.

330   Juan Vicente Gómez(1857~1935). 베네수엘라의 정치
       가이자 대통령.

로드 던세이니

[리뷰]

로드 던세이니(Lord Dunsany)는 전기 사전이 그 이름을 기록하지 않은 아일랜드의 한 지역에서 태어났고 1878년 중엽에 불멸에 이르렀다. "내가 가진 모든 스타일은 (얼마 전에 내 어머니가 쓴) 일기에 담긴 이혼에 대한 자세한 연대기를 읽는 것으로부터 유래했다. 그 때문에 어머니는 나에게 읽기를 금지시켰고 이후 나는 그림 형제[331]의 이야기에 빠지게 되었다. 나는 항상 석양을 마주한 큰 창문 앞에서 경외심을 가지고 그것들을 읽었다. 학교에서는 성경과 함께 이 책들과 친해졌다. 오랫동안 나는 성경을 '발췌'한 것이 아닌 모든 스타일의 글쓰기를 인공적인 것으로 보았다. 이후 침 스쿨에서 그리스어를 공부

---

331   독일의 동화 작가 형제.

했다. 다른 신에 대해 읽는데 이제는 아무도 경외하지 않는 아
름다운 대리석 인물들 때문에 거의 눈물이 날 것 같았다. 아직
도 마음이 아프다."

　1904년에 로드 던세이니는 베아트리체 빌리어스와 결혼
했다. 1899년에 트란스발[332] 전투에 참여했다. 1914년에는 독
일에 맞서 싸웠다. 후에 그는 이렇게 말했다. "나는 키가 비정
상적으로 크다. 6피트 4인치[333]나 된다. 1917년에 참호 깊이는
6피트[334]였고 나는 가엾게도 몸이 드러나는 상황에 적응해야
했다." 군인이었던 로드 던세이니는 지금도 말을 타고 사냥을
다닌다.

　그의 초자연적 단편은 알레고리적이고 과학적인 것 모두
를 비켜 간다. 이솝이나 H. G. 웰스 둘 다 선호하지 않는다. 정
신 분석 대화식의 엄정한 조사를 좋아하는 것도 아니다. 오히
려 간결하고 매혹적이다. 로드 던세이니는 그가 사는 불안정
한 세상에 편안함을 느꼈다.

　그의 작품은 매우 다양하다. 연대기적 무질서라고밖에 설
명되지 않는 유명한 작품들로는 『페가나의 신들』, 『시간과 신
들』, 『몽상가의 이야기』, 『불행하고 먼 신과 인간의 드라마』,
『로드리고의 연대기』, 『가깝고 먼 드라마』, 『빛나는 문』, 『판의
축복』, 『조지프 조킨 씨의 여행 이야기』가 있다.

332　　남아프리카 공화국의 북쪽 지역.

333　　약 193센티미터.

334　　약 183센티미터.

리델 하트의 『무기 속의 유럽』

[리뷰]

내 서가를 정리하면서 원고의 노트를 위해 가장 많이 다시 읽고 압도된 작품은 마우트너[335]의 『철학 사전』, 쇼펜하우어의 『의지와 표상으로서의 세계』, 그리고 B. H. 리델 하트(Liddell Hart)의 『세계 전쟁 역사』이다. 『무기 속의 유럽』이라는 새 작품 역시 같은 즐거움을 반복하게 할 것이라고 생각한다. 깨달음의 즐거움, 지식을 습득하는 즐거움, 비관적이 되어 가는 즐거움을 말이다.

리델 하트 장군에 의하면 유럽의 거의 모든 군대는 거대화라는 병을 잃고 있다. 볼테르와 필리도르[336]의 동시대인인 작센주 백작의 유명한 경고를 잊은 것이다. "군중은 거추장스러운 것 이상이 되지 못한다." 또한 고풍스러움이라는 병도 잃고 있다. 유럽에서 가장 앞서가는 군대 중 하나인 러시아 군대는 기사단의 열여섯 개 구분을 유지한다. "무질서한 기병 부대는 하나의 거대한 서커스처럼 보인다. 전투 장소에 거대한 묘지를 제공할 만큼 좋지 않은 전략이다." 독일 군대는 클라우제비츠[337]의 원리를 신뢰했다. "몸과 몸이 밀착된 전투가 근본적이

---

335   프리츠 마우트너(Fritz Mautner, 1849~1923). 오스트리아-헝가리 제국 출신의 철학자.

336   프랑수아 앙드레 다니캉 필리도르(François-André Danican Philidor, 1726~1795). 프랑스의 작곡가.

337   카를 폰 클라우제비츠(Karl von Calusewitz, 1780~1831). 프로이센 왕국의 군사 사상가.

다." 하지만 이것은 일종의 낭만적인 편견이다. 리델 하트는 나폴레옹, 이후 알렉산더 I세의 전쟁을 지휘했으며, 많은 것들을 목격했지만 두 개의 총검이 부딪히는 것은 보지 못했던 앙투안 조미니[338] 장군의 증언을 암송했다. 리델 하트는 14만 명이 되지 않는 작은 영국 군대야말로 물리적, 전술적으로 가장 뛰어나며 "지금까지도 이들을 능가하는 군대는 없다."라고 주장했다. 1914년에는 그렇지 않았다. 따라서 '수많은 낫 사이에서 날카로운 단도'는 전쟁에 대한 실제적 지식을 가진 유일한 전략이었다.

(작가가 주장하기에) 방어는 날마다 점점 조직적이고 용이해진다. 공격적이 되는 것은 불가능하다. 기관총과 한 사람만 있으면 총검을 갖고 공격하는 100명, 아니 300명, 1000명을 전멸시킬 수 있다. 가스만 한번 배출해도 공격을 멈추게 할 수 있다. 여기에 기계화되고 신출귀몰한 군대의 편리함이 있다. 마찬가지로 달 없이 어둠이 짙은 밤에, 자연이나 예술의 안개 속에서 그림자라는 친절한 존재를 발견하는 편안함이 있다.

"당연히 전쟁에는 과학이 존재한다. 하지만 그것만을 발견하는 것으로는 부족하다."라고 리델 하트 장군은 결론 내린다.

---

338   Antoine Jomini(1779~1869). 프랑스와 러시아 군대에 복무했던 스위스 장군.

호르헤 이삭스가 쓴
『마리아』의 재발견

[에세이]

 "사람들은 더 이상 호르헤 이삭스(Jorge Isaacs)의 『마리아』
를 참아 내려고 하지 않는다. 이제 아무도 그렇게 순진하고 낭
만적이지 않기 때문이다."라는 말을 수없이 듣는다. 이런 막연
한 의견(혹은 일련의 막연한 의견들)은 두 가지로 나뉜다. 첫째로
이 소설이 지금은 읽기가 힘들다는 것이다. 두 번째는 상당히
사변적인데 사실과 핍진성의 측면에서 문제가 있다고 한다.
그러나 양자 모두 설득력이 없고 사실도 아니다. 반대 논거를
제시하자면 I) 『마리아』는 읽기 힘들지 않으며, 2) 호르헤 이
삭스는 우리보다 낭만적이지 않다. 두 번째 논거를 증명해 보
이겠다. 첫 번째에 관해서는 내가 360페이지를 힘들이지 않고
읽었다는 말로 대신하겠다. I937년 4월 24일 2시 I5분에서 밤
9시 5I분까지 소설 『마리아』는 정말 잘 읽혔다. 내 말로도 독
자를 설득할 수 없다거나 책의 가치가 나에 의해 고갈되지 않

왔다는 것을 증명하고 싶다면, 독자 자신이 선정적이지도, 불
쾌하지도 않은 증거를 가져와야 할 것이다.

　나는, 이삭스가 우리보다 낭만적이지 않다고 주장했다. 우
리는 그가 크리오요이자 유대인, 즉 두 의심스러운 혈통의 자
식이라는 것을 잘 알지 못한다. 한 백과사전의 라틴아메리카
에 관한 부분에는 "자기 나라에 대한 근면한 봉사자"라고 나와
있다. 즉 정치가이지만 희망을 잃은 사람으로 풀이된다. (내가
보내는 존경에 더하여) "다른 입법의 시기에 그는 안티오키아,
카우카, 쿤디나마르카주(州)[339]의 대표자 의회 의원이었다." 정
부와 대농장의 수반이었고, 국회의 수반이었으며, 공교육 단
장이었고, 칠레 영사였다. 열거한 것들이 다가 아니다. 훌리오
로카 장군에게 시를 바쳤는데, 이 위대한 장군은 부에노스아
이레스에서 이 시를 화려한 책으로 만들도록 명령했다. 이는
그가 도피하지 않는, 그러면서도 '낭만적인' 것에 대한 정의를
요구하지 않는 인물임을 드러낸다. 종합하자면 이삭스는 현실
과 불화하는 인물이 아니었다. 나는 그의 작품이 그러한 오류
를 증명한다고 말하고 싶다.

　『마리아』에 나타난 주장은 낭만적이다. 이 말은 호르헤 이
삭스가 아름다운 두 사람에 대한 열정적인 사랑을 불만족스럽
게 생각한다는 것을 의미한다. (셰익스피어도 마찬가지이고) 우
리 모두가 이 능력을 무한하게 공유하고 있다는 것을 증명하
기 위해서는 영화만 보아도 된다. 주요 이야기로 볼 때 이 소설

339　　콜롬비아 남서부의 지역들이다.

의 특징이나 스타일엔 낭만적 과잉이 없다. 노예제에 관한 주제를 찾아보자. 두 가지 슬프고 반대되는 경향이 이 주제의 낭만적인 점과 연결된다. 하나는 노예의 고통을 강조하는 것이며, 다른 하나는 노예들의 공헌 혹은 소박함을 찬양하고 그들을 부러워하는 듯이 보이는 것이다. 호르헤 이삭스는 물론 이를 교묘히 피해 간다. "봉사할 준비가 되어 있는 잘 차려입고 만족한 노예들"이라고 말한다. 호랑이 사냥 장면에서 그 경향이 잘 드러난다. 호랑이가 죽어 가는 앞에서 (몽테를랑[340]이나 헤밍웨이는 차치하고라도) 바이런 혹은 우고는 이 열대적 상황을 과장했을 것이다. 우리의 콜롬비아 작가 이삭스는 이를 절제한다. 그는 이야기를 지나치게 비극적으로 받아들이는 흑인을 놀리는 것으로 시작한다. "후안 앙헬은 자세한 이야기를 듣자 땀을 닦은 후, 풀섶 위에 들고 있던 광주리를 놓고, 살인 계획에 대한 논의를 듣는 사람의 눈으로 우리를 보았다." 잠시 후 사람들은 호랑이를 포획한 후 개들을 통해 큰 위험이 있었다는 사실을 숨기지 않는다. "개 여섯 마리 중 두 마리는 이미 싸움 중에 사라졌다. 그중 한 마리는 맹수의 발밑에 쓰러져 창자가 드러났고, 다른 한 마리는 (갈비뼈가 부러져 그 속으로 내장이 보이는 채로) 우리에게 다가와 바위 옆에서 아픈 듯 낑낑거리면서 숨을 거두었다." 이삭스는 이 수렵 장면을 사슴 사냥 상황과 교묘하게 교차시킨다. 왜냐하면 다른 장면에서 마리아가 나타나 꼬마 사슴의 생명을 보호하기 때문이다.

---

340   앙리 밀롱 드 몽테를랑(Henry Milon de Montherlant, (1895~1972). 프랑스의 소설가, 극작가.

호르헤 이삭스의 작품으로부터 여전히 뭔가 독특한 즐거
움을 이끌어 낼 수 있을까? 나는 몇 가지가 있다고 생각한다.
첫 번째 측면은 충분히 이해 가능하고, 충분히 놀라운 당대의
지역적 색채이다.

> 달은 이미 저물었네,
> 노를 저어라, 노를 저어라.
> 나의 여인이여 왜 홀로 노를 젓는가?
> 울어라, 울어라,
> 너의 어두운 밤이 나를 안는다.
> 산후안, 산후안

혹은 "라우레아노와 그레고리오가 치료사인지 알아보는
것은 의미가 없다. 송곳니를 가진 다양한 종류의 독사와 그와
대비되는 사물을 동반하지 않는 치료는 드물다. 그중에서 구
아코,[341] 베후코스 아타하상그레,[342] 셈퍼비범속, 잔디풀과 더불
어 이름은 없지만 호랑이와 악어의 도려낸 송곳니에서 자라는
풀들이 있다."

마지막 예로는 사물에 관한 이삭스의 호메로스 식 즐거움
을 들 수 있다. 어떤 페이지에는 "테이블에 놓인 지구본," 다른
곳에는 "텅빈 배에서 자라는 날개 잘린 비둘기", "주머니 안의

---

341   guaco. 중남미에 서식하는 덩굴 식물의 일종.
342   bejucos atajasangre. 중남미에 서식하는 덩굴 식물. 구아
      코와 모양이 유사하다.

아름다운 시계", "담배 내음, 백양나무 덩어리, 여행객과 사냥꾼, 가난한 자의 다정한 친구", "바위 모양의 치즈, 우유로 만든 빵, 오래되고 큰 은 항아리에 담긴 물" 등이 나온다.

호르헤 이삭스는 위와 같이 일상의 물건을 좋아한다. 그리고 일상의 반복을 사랑한다. 달의 변화, 새벽의 시간을 엄수하는 색, 사계절의 순환이 이 작품에는 계속해서 되풀이된다.

오늘날의 소설가는 놀라움을 통제하는 경향이 있다. 『마리아』에서 호르헤 이삭스는 기대와 예감을 주저 없이 드러낸다. 어떤 순간에도 마리아가 죽으리란 걸 숨기지 않는다. 이러한 확실함이 없다면 작품은 의미를 갖지 못할 것이다. 나는 첫 부분에 나오는 인상적인 문장을 기억한다. "어느 오후, 마치 내 조국의 것과 같은 오후, 마리아와 같은 아름다운, 나의 마리아와 같이 아름답고 일시적인……."

호르헤 산타야나

[전기]

　(활동 순서에 따른다면) 시인이자 철학자인 호르헤 산타야나 (Jorge Santayana)는 1863년 말 마드리드에서 태어났다. 1872년 에 부모는 그를 아메리카로 데려갔다. 그들은 가톨릭 신자였 다. 산타야나는 신앙심을 잃어버린 걸 후회하면서 "그 빛나는 오류는 영혼의 충동과 야망과는 잘 맞았다."라고 밝힌 바 있다. 한 미국 작가는 이렇게 말했다. "산타야나는 신이 없다고 하면 서도 한편으로는 성녀가 신의 어머니라고 말한다."

　그는 1886년 하버드에서 박사 학위를 받았다. 8년 뒤에 첫 책『소네트와 시』를 출간했다. 이후 1906년에『상식의 이성』, 『사회의 이성』,『종교의 이성』,『예술에서의 이성』,『과학의 이 성』등 이성에 관한 유명한 전기를 냈다. 지금은 그것을 조금 후회하고 있는데, 내용 때문이 아니라 방식 때문이었다.

　영어로 된 음악의 영향을 받았지만, 결국 스페인 사람이었던 산타야나는 유물론자였다. "나는 유물론에 설득되었고, 아마도 스페인에서 유일한 유물론자일 것이다. 무엇이 물질이냐 하는 것을 알고자 하지는 않는다. 그것이 무엇이든 간에, 나는 지인인 스미스나 존스에게 그들의 비밀이 무엇인지 알지 못하고도 말을 거는 것처럼 물질에게도 말을 건다." 그리고 또한 "이원론은 자동 장치와 유령의 어설픈 결합과도 같다." 관념론은 사실일 수도, 그렇지 않을 수도 있다. 하지만 세계가 수천 년 동안 마치 우리의 결합된 관념이 정확하다고 믿어 온 것처럼, 가장 신중한 것은 이런 실용주의적 사고를 존중하고 다가올 날들을 신뢰하는 것이다.

다른 장소에서 그는 기독교가 유대인들의 비유를 문자 그대로 해석한 잘못된 종교라고 말한다.

산타야나는 하버드 대학에서 형이상학을 오랫동안 가르친 후 지금은 영국에 거주하고 있다. 영국은 자기 자신이 되는 조용한 기쁨과 함께 격조 있는 행복을 누릴 수 있는 최적의 장소라고 그는 말한다.

산타야나의 작업은 방대하다. 『세 명의 철학적 시인』(1910), 『원리의 바람』(1913), 『영국에서의 독백』(1922), 『회의주의와 동물적 믿음』(1923), 『림보에서의 대화』(1925), 『플라톤주의와 영성의 삶』(1927), 『본질의 세계』(1928), 『물질의 세계』(1930) 등을 썼다.

G. K. 체스터턴의 『폰드 씨의 역설』

[리뷰]

포의 기억할 만한 단편 하나에서 파리 경찰서의 금욕적인 서장은 편지 한 장을 복원하는 작업을 맡고는 상세한 조사를 하느라 많은 시간을 허비한다. 그동안 집에 틀어박힌 오거스트 뒤팽은 뒤노 거리에 있는 자신의 응접실에서 담배를 피우며 생각을 이어 간다. 다음 날, 문제는 해결되고 이 주도면밀한 경찰은 한 번도 가 보지 않은 집을 방문해 도둑맞은 편지를 바로 찾아낸다. 1855년에 이 사건이 일어났다. 그 이후 파리 경찰서의 열정적인 경감은 무수하게 복제되었지만, 사색적인 오거스트 뒤팽의 경우는 그렇지 않았다. 엘러리 퀸이나 브라운 신부, 살레스키 왕자와 같은 이성적인 '탐정'으로 담뱃재를 검사하는 열 명의 감식관과 흔적을 조사하는 직업을 가진 이들이 생겨났다. 내가 셜록 홈스 자신도 송곳과 현미경을 가진 사람이었지, 이성의 탐구자가 아니었다고 말하면 무분별하다는 평가를 받을까?

나쁜 탐정 소설에서 해결책은 비밀의 문, 추가된 수염 등과 같은 물질적 질서로부터 나온다. 좋은 서사에서는 결점, 정신적 습관, 미신 등의 심리학적 순서로부터 해결책이 나온다. 좋은 사례, 아니 최상의 사례는 체스터턴(G. K. Chesterton)의 모든 이야기다. 그러한 우월성을 부정하곤 하는 도로시 세이어스나 S. S. 밴 다인이 타락시킨 독자들에 대해 알고 있다. 이들은 설명할 수 없는 것들을 설명하는 멋진 습관을 용인하지 않는다. 시간과 지도를 의도적으로 생략하는 것도 용서하지 않는다.

마찬가지로 독자들은 범죄자가 죄를 지을 때 사용한 권총을 구입한 병기 저장소의 거리와 숫자만을 원할 것이다.

사후에 출간된 책에서는 문제가 언어에서 출발한다. 책은 작가가 직면하는 부가적인 엄밀함을 다룬다. 주인공인 폰드 씨는 언어를 통해 신비한 성격을 드러낸다. "그렇지, 결코 동의 하지 않았듯이 토론을 할 수 없었다."라거나 "모두가 그가 머 물기를 원했지만, 그를 쫓아내지는 않았다." 같은 말이다. 그리 고 이후에 놀랍게도 그 조사를 드러내는 이야기를 언급한다.

이 책에 실린 여덟 개의 단편은 훌륭하다. 「묵시록의 세 기 사」라는 첫 번째 단편은 실제로 역작이다. 체스 놀이 혹은 툴레[343] 의 『반운율』만큼 치열하면서도 우아하다.

---

343   폴장 툴레(Paul-Jean Toulet, 1867~1920). 프랑스의 시
        인. 『반운율』 시집을 출간하여 유명해졌다.

1937년 5월 28일

E. M. 포스터

[전기]

에드워드 모건 포스터(Edward Morgan Foster)는 1879년에 영국 남부에서 태어났다. 그리고 케임브리지 대학에서 공부했다. 열 살이나 열한 살 때부터 소설가 외에는 다른 미래를 생각하지 않았다. 공부를 끝내자마자 자신의 목표를 향해 조용하지만 열심히 나아갔다. 첫 번째 소설 『천사가 힘이 나지 않는 곳』은 1905년에 나왔다. 이후 『가장 긴 여행』(1907), 『전망 좋은 방』(1908), 『종말』(1910)이 더 나왔다. 그는 당시에 벌써 그노시스파의 지치고 노쇠한 신성함으로 인해 이 세계가 불순한 물질로 변하고 있다고 상상하는 문제를 연구하고 있었다. 그것은 악의 존재에 대한 문제였다.

전쟁 중에 포스터는 이집트로 향했다. 그 나라에서 『알렉산더, 한 가지의 묘사와 이야기』(1923)라는 개인적 경험을 넘어선 작품을 완성했다. 이슬람 친구들은 그에게 인도 방문을 요청했다. 포스터는 그곳에서 놀라운 3년을 보냈다. 영국으로 돌아와『인도로 가는 길』을 출간했다.

이 소설이 우리 시대의 가장 중요한 소설 중 하나라는 말이 자주 언급된다. 그리 유쾌하지 않은 문구다. 아마도 최상급이 가치가 떨어졌거나 혹은 '중요함'과 '우리 시대'라는 두 가지 개념이 더 이상 매력적이지 않기 때문일 것이다. 하지만 사실임에는 틀림없다.

『인도로 가는 길』에는 긴장감, 빛나는 슬픔, 지속적인 우아함이 있다. 마찬가지로 독서의 즐거움도 제공한다. 물론 흥미롭지도 중요하지도 않은 작품이라고 말한 지나치게 엄정한 독자도 있다.

포스터는『천상의 옴니버스』(1923),『영원한 순간』(1928)이라는 두 권의 단편집도 발표했다. 그리고 소설의 구성에 대한 긴 분석, 그리고 1936년에는 에세이를 냈다. 이 책들의 책장을 넘기면서 다음 구절을 옮겨 적는다. "입센은 진정한 '페르 귄트'이다. 구레나룻을 비롯한 모든 것이 입센을 마법에 걸린 소년으로 보이게 한다." 다음과 같이 거친 진실을 말하기도 한다. "소설가는 비록 아름다움을 획득하지 못하면 실패한다는 것을 알고 있을지라도 결코 아름다움을 추구해서는 안된다."

W. B 예이츠의『옥스퍼드 현대시』

[전기]

영국 서정시(1892~1935)에 관한 이 새로운 선집은 임의

적이라는 점이 문제다. 예를 들어, 처음에 나오는 유머러스한
「시」는 형식적으로는 자유시를 가장한 월터 페이터[344]의 산문
중 일부이다. 시를 괄호 안에 묶고서 보면 쉼표가 과장되어 있
어 리듬을 수정하는 것으로도 충분하기 때문이다. 키플링의
시는 두 편, 월프리드 깁슨[345]의 시는 네 편, 윌리엄 헨리 데이비
스[346]의 경우 일곱 편, 편집자 자신의 시는 열네 편이나 포함시
켰다. 또한 루퍼트 브룩[347]의 시는 한 편만 담았다. 다른 예로 인
도 시인 시리 푸로히트 스와미[348]가 쓴 짧으며 견디기 힘든 시
세 편을 보여 준다. 편집자는 오스카 와일드의 「레딩 감옥의 발
라드」에서 상당수의 연을 삭제한다. 서문에는 "이제 펜을 꺾
으면서 시에 들어 있는 토마스 하디와 유사한 강한 사실주의
를 감지하게 되었다."라고 썼다. 나의 경우 '강한 사실주의'가
독자를 즐겁게 하는 성분이라면 항상 인공적인 것을 추구하는
와일드처럼 무능력한 사람은 없을 것이라고 생각한다. 이런
이유로 그의 가장 훌륭한 작품은 「스핑크스」라고 생각하는데,
현실과의 접촉이 더 미세하게 드러나기 때문이다.

---

344   Walter Pater(1839~1894). 영국 옥스퍼드 대학의 교수
         이자 평론가.

345   Wilfrid Gibson(1878~1962). 영국의 시인으로 1차 대
         전에 관한 작품을 남겼다.

346   William Henry Davies(1871~1940). 영국 웨일스 출신
         의 시인.

347   Rupert Brooke(1887~1915). 영국의 시인으로 전쟁과
         이상주의를 대비시킨 작품을 썼다.

348   Shri Purohit Swami(1882~1941). 인도의 힌두 사상가.

이 책의 가장 훌륭한 순간들은 언제인가? 100명의 시인과
400편의 시 중에서 각자가 선택할 수 있다. 정전(正傳)이 된 프
랜시스 톰슨[349]의 「하늘의 개」, 체스터턴의 「레판토」, 도슨[350]의
「과거의 내가 아니다」, 파운드의 「프로페르티우스 찬양」, 엘리
엇의 「바위」에 나오는 첫 번째 합창, 터너의 「미지의 여인을 향
한 송가」, 조이스의 난해한 문장, 랭보의 제자인 로이 캠벨, 도
로시 웰슬리[351]에서 나는 실제로 시학의 존재를 느끼게 되었다.
회상하면 「영혼의 어두운 밤」이라는 훌륭한 번역에서도 느낄
수 있다. 산 후안 데 라 크루스[352]가 쓴 시의 마지막 연을 반복하
는 것으로도 충분하다.

나를 멈추고 잊는다,
얼굴은 사랑하는 이에게로 기울어진다.
모든 것을 멈추고 나를 내버려 둔다,
나의 관심을
잊어버린 흰 백합 사이에 고정한다.

아서 사이먼스[353]는 이 구절을 다음과 같이 번역했다.

---

349   Francis Thomson(1859~1907). 영국의 시인.
350   어니스트 도슨(Ernest Dowson, 1867~1900). 영국의
       시인이자 소설가.
351   Dorothy Wellesley(1889~1956). 영국의 저술가.
352   San Juan de la Cruz(1542~1591). 스페인 반종교 개혁
       의 상징이 되는 인물이자 신비주의자.
353   Arthur Simons(1865~1945). 영국의 시인이자 작가.

당시 내가 잊은 모든 것,

나를 기다리는 그에게 나의 뺨이 다가가

모든 것은 멈추고 나는

백합들 사이에서 백합을 잊으면서

주위와 부끄러움을 남긴다.

엘비라 바우어의 『맹세하더라도 결코 유대인을 신뢰하지 말라』

[리뷰]

엘비라 바우어(Elvira Bauer)의 이 교육용 책은 이미 5만 1000권이 팔렸다. 반유대주의에 관한 끝없는 의무와 희열을 어린아이들에게 주입하려는 목적에서다. 비판이 금지된 책이라 독일의 비평가들은 책에 대한 묘사 외에는 어떤 비판도 할 수 없다고 들었다.

따라서 내 역할도 이 두꺼운 책에 포함된 일부를 묘사하는 것으로 제한하려고 한다. 불평(혹은 칭찬)은 독자의 몫으로 남겨 두겠다.

첫 번째 수록된 이야기가 핵심 주제이다. "악마는 유대인의 아버지이다."

두 번째 이야기에서는 채무자의 돼지와 소를 가져가는 유대인 채권자를 묘사한다.

세 번째는 목걸이를 선물한 음탕한 유대인으로 인해 놀란 게르만 여성 이야기이다.

네 번째는 노르딕 계통의 거지 두 명을 쫓아낸 (담배와 붉은

펠트 모자를 들고 있는) 백만장자 유대인 이야기이다.

다섯 번째는 고기를 뭉개는 유대인 푸줏간 주인 이야기이다.

여섯 번째는 셈족의 장난감 가게에서 어릿광대 인형을 거부한 독일 소녀의 결정을 기리는 이야기이다.

일곱 번째 이야기에서는 유대인 변호사를 비난하고, 여덟 번째 이야기에서는 유대인 의사를 고발한다.

아홉 번째 이야기에서는 예수의 말을 인용한다. "유대인은 살인자다."

열 번째 이야기에서는 예상 밖으로 시오니즘의 관점을 투영한다. 예루살렘으로 향하는 쫓겨난 유대인들의 눈물 나는 행렬을 보여 준다.

그리고 위트 있고 반박할 수 없는 열두 개의 이야기가 더 담겨 있다.

본문에 대해서는 다음 시를 번역하는 정도면 충분할 것 같다. "독일의 아이들은 총통을 사랑한다. 하늘에 있는 신을 두려워한다. 유대인을 경멸한다." 그리고 이어지는 구절은 다음과 같다. "독일인은 걷는다. 반면 유대인은 끌려간다."

1937년 6월 11일

S. S. 밴 다인

윌러드 헌팅턴 라이트(Willard Huntington Wright)는 1888년 버지니아에서 태어났다. 많은 가판대에서 그 이름을 찾을 수 있는 S. S. 밴 다인(S. S. Van Dine)은 1926년, 캘리포니아의 한 병원에서 태어났다. 윌러드 헌팅턴 라이트는 평범하게 태어났다. 반면, (간략하게 줄인 가명인) S. S. 밴 다인은 병에서 회복되는 시기에 태어났다.

여기 두 명의 이야기가 있다. 포모나 대학과 하버드 대학에서 교육을 받은 라이트는 큰 영광을 얻지 못한 채 드라마 비평과 음악 비평을 했다. 자전적 소설(『약속하는 사람』), 미학 이론(『철학과 작가, 창조적 의지, 오늘의 문학, 오늘의 미술』), 이론에 관한 토론(『니체가 생각한 것』), 이집트학과 예언(『미술의 미래』) 등을 발표했다. 세상은 그의 작품에 별 관심을 보이지 않았다. 남아 있는 그의 작품들을 통해 판단할 때 세상의 판단이 옳았다.

1925년에 라이트는 심각한 병에서 회복했다. 회복기와 범죄적 환상은 잘 어울린다. 공포가 사라진 침상에서 편안해진 라이트는 에드거 월러스 씨가 불완전한 미로를 해결하면서 느끼는 고통보다는 문제 자체를 만드는 방식을 선호하게 되었다. 그래서 『벤슨의 암살』을 집필했다. 네 세대 전부터 지켜 오던 이름으로 서명을 했다. 바로 어머니 쪽의 조부모 이름인 실라스 S. 밴 다인(Silas S. Van Dine)이다.

그 소설은 크게 성공했다. 다음 해에 발표한 『카나리아의 암살』은 (알리바이를 증명하기 위해 축음기 음반을 사용하는 중심 아이디어는 코난 도일에게서 차용하지만) 아마도 가장 훌륭한 작품일 것이다. 예리한 한 조간신문은 이 소설의 스타일을 『철학과 작가』의 한 부분과 대조했고, 그 결과 "전능한 밴 다인이 유명한 철학자인 윌러드 헌팅턴"이라는 사실을 알아냈다. 다른 석간신문은 같은 스타일을 보여 주는 두 명의 혐의자와 비교했고 이 작성자 "역시 유명한 철학자 윌러드 헌팅턴"이라는 것을 발견했다.

1929년에 밴 다인은 『체스 말의 범죄』를 발표했고, 1930년에는 『놀라운 투구벌레의 범죄』, 1936년에는 『용의 범죄』를 발표했다. 마지막 작품은 수영장의 가장자리에서 날렵하게 잔디로 뛰어오르는 세 갈래로 갈라진 발과 잠수복을 입은 한 양서류 백만장자의 놀라운 모습을 보여 준다.

또한 밴 다인은 몇 개의 선집을 묶어 냈다.

라빈드라나트 타고르의 『시와 희곡 선집』

[리뷰]

13년 전에 나는 부드러운 성품의 존경받는 라빈드라나트 타고르(Rabindranath Tagore)와 대화를 나누는, 대단한 영광을 누렸다. 우리는 보들레르의 시학에 대해 이야기했다. 누군가가 침대, 소파, 꽃, 굴뚝, 선반, 거울, 천사가 있는 소네트 「연인들의 죽음」을 반복했다. 타고르는 열심히 듣다가 끝에 가서 이렇게 말했다. "나는 당신이 언급한, 가구를 애호하는 시인을 좋아하지 않습니다." 나는 그의 의견에 동감했다. 지금 그의 작품을 다시 읽어 보니 낭만적인 골동품에 대한 공포보다는 방랑에 대한 꺾을 수 없는 사랑이 타고르를 움직였다는 생각이 든다.

타고르의 부정확함은 교정이 불가능하다. 그가 쓴 1001개의 시에는 서정적 긴장감이 없으며, 음성에 대한 경제학도 없다. 한 서문에서는 "형식의 대양에 침전되었다."라고도 했다. 이미지는 타고르의 특징으로, 매끄러우면서 희미하다.

여기 시 한 편을 번역하겠다. 서사적 특징은 감탄사의 과도한 사용으로 볼 수 있다. 제목은 다음과 같다.

꿈의 어두운 길을 따라

꿈의 어두운 길을 따라 오랜 삶에서 나의 것이었던 사랑을 찾아갔다.

집은 황폐한 거리의 끝에 있었다.

오후의 공기 속에서 가장 좋아하는 칠면조는 테두리 안에서 잠들어 있고 비둘기는 구석에서 숨을 죽였다.

그녀는 램프를 현관에 두고 내 앞에 섰다.

커다란 눈을 들어 내 얼굴을 보며 아무 말도 없이 묻는다. 친구야, 괜찮은가?

대답하고 싶었다. 우리는 언어를 잃어버렸고 잊었다.

생각하고 또 생각했다. 우리의 이름은 내 기억에 닿지 않는다.

그 눈에서 눈물이 빛났다. 나에게 오른손을 건넨다. 나는 조용히 그 손을 잡았다.

램프가 오후의 공기 중에 흔들리다 죽었다.

—타고르

1937년 6월 25일

T. S. 엘리엇

[전기]

　「세인트루이스 블루스」³⁵⁴에 등장하는 비현실적인 동료 토
머스 스턴스 엘리엇(T. S. Eliot)은 1888년 9월에 신화적인 미시
시피 주변의 그 이름처럼 활기찬 도시에서 태어났다. 상류층이
자, 사업가이고 유복한 집안의 아들로 하버드와 파리에서 교육
을 받았다. 1911년 가을에 미국으로 돌아와 심리학과 형이상
학을 공부했다. 3년 후 영국으로 갔다. 그 섬에서 (처음에 어떤 불
안도 없이) 그의 여자, 조국, 이름을 만났다. 첫 번째 에세이인 『라
이프니츠에 관한 두 개의 기술적 아티클』도 출간했다. 초기 시로
는 「바람이 센 밤의 랩소디」, 「아폴리낵스 씨」, 그리고 「J. 앨프리
드 프루프록의 연가」가 있다. 그에게 라포르그가 미친 영향은

---

354   W. C. 핸디(Handy)가 작곡, 1914년에 발표해 큰 성공
　　　을 얻은 재즈 블루스 음악의 고전.

명백하다. 서문이 특히 그렇다. 구조는 활기가 없다. 하지만 이미지는 따라잡기 어려울 만큼 명료하다. 예를 들어 보자.

나는 낡아 빠진 발톱이었어야 했다.
조용한 바다의 바닥을 헤엄쳐 건너면서.

1920년에 이 시집을 발표했는데, 아마도 그의 시집 중에서 가장 비정상적이고 불안정할 것이다. 「노인」이라는 절망적 독백과 어색한 프랑스어가 들어간 습작 「감독」, 「모든 것의 부정한 조합」, 「허니문」을 포함하고 있기 때문이다.

1922년에 『황무지』를, 1925년에 『텅 빈 사람들』을, 1930년에 『재의 수요일』을, 1934년에 『바위』를 출간했다. 1936년에 발표한 『성당에서의 살인』이라는 아름다운 제목은 애거서 크리스티로부터 나온 듯하다. 이 시들 초반의 계획된 어두움은 지금까지도 비평가들에게 혼동을 준다. 하지만 그 아름다움보다는 중요하지 않다. 미(美)에 관한 인식은 모든 해석 이전에 존재하며, 해석에 의존하지 않는다.(시에 관한 분석은 넘쳐 난다. 가장 섬세하고 신뢰할 만한 것은 『T. S. 엘리엇의 성취』에 나오는 F. O. 매티슨[355]의 분석이다.)

시에서는 폴 발레리와 마찬가지로 부족한 면모를 보이지만 엘리엇은 모범적인 산문가이다. 1932년 런던에서 출간된 에세이 선집은 산문의 본질을 보여 준다. 『시학과 비평의 활용』(런던, 1933)이라는 책의 언급이 생략되었지만 큰 문제는 아니다.

---

355 프랜시스 오토 매티슨(F. O. Matthiessen, 1902~
     1950). 미국의 문학 평론가이자 교육자.

'바위'에 관한 첫 번째 합창

천상 꼭대기에서 독수리가 비상하면

사냥꾼은 개와 함께 그 선호를 추적해 가네.

오, 배열된 별들의 영원한 운행이여!

오, 정해진 계절의 영원한 순환이여!

오, 봄과 가을, 탄생과 죽음의 세계여!

사고와 행동의 끝없는 주기,

끝없는 발명과, 끝없는 실험이,

움직임에 대한 지식은 주지만, 정지에 대한 지식은 주지 않고,

발언에 대한 지식은 주지만, 침묵에 대한 지식은 주지 않으며,

말에 대한 지식은 주어도, 말씀에 대해서는 무지하게 만드

는구나!

우리의 모든 지식은 우리를 무지하게 만들고,

우리의 모든 무지는 우리를 죽음으로 이끌지만,

죽음으로 다가가는 것이 하나님께 가까이 가는 것은 아니

구나!

생활 속에서 잃어버린 삶은 어디에 있는가?

지식 속에서 잃어버린 지혜는 어디에 있는가?

정보 속에서 잃어버린 지식은 어디에 있는가?

20세기 천상의 주기는

우리를 하느님으로부터 더욱 멀어지게 하고, 티끌과 더욱

가깝게 하는구나.

— T. S. 엘리엇

아르투르 랭보에 관한 두 가지 해석

[리뷰]

프랑스를 섣불리 판단하는 사람들은 프랑스가 천재를 배출하지 못하며, 수입한 것들을 조직하거나 세련되게 하는 데에만 능하다고 말한다. 예를 들어, 오늘날 프랑스 시인의 절반이 월트 휘트먼으로부터 영향을 받았다는 이야기가 있다. 초현실주의 혹은 프랑스 초(sobre)현실주의는 독일 표현주의의 시대착오적인 반복이라는 평가 역시 그렇다.

독자도 알 수 있듯이 이러한 판단은 중상모략이다. 이들은 세계 모든 국가의 야만을 비난하며 프랑스의 황폐함을 비난한다. 장 아르튀르 랭보(Jean Arthur Rimbaud)의 작품은 이것이 완전히 잘못된 판단이라는 것을 입증하는 다양한 증거 중에서도 가장 훌륭한 사례일 것이다.

랭보에 관한 두 권의 상업 서적이 파리에서 출간되었다. (다니엘 롭스[356]의 책은) 랭보를 천주교의 관점에서 '연구한다.' (고클레르[357]와 에티앙블[358]이 발표한) 다른 하나는 지루한 변증법적 유물론의 관점을 보여 준다. 다니엘 롭스의 책에선 랭보보다 가톨릭이 훨씬 중요하다는 것을, 고클레르와 에티앙블의 책은 랭

---

356   앙리 다니엘 롭스(Henri Daniel-Rops, 1901~1965). 프랑스의 가톨릭 작가이자 역사가.

357   고클레르 야수(Gauclère Yassu, 1907~1961). 프랑스의 저술가.

358   르네 에티앙블(René Étiemble, 1909~2002). 프랑스의 문학 평론가.

보보다 변증법적 유물론에 더 주목한다는 것을 부연할 필요는 없을 것이다. 다니엘 롭스는 "랭보에 관한 딜레마는 미학적 설명이 아니다." 롭스에게는 종교적으로 설명할 수 있는가가 중요하다. 그 결과는 흥미롭지만 결정적이지는 않다. 랭보는 (윌리엄 블레이크나 스베덴보리의 방식으로) 시각적이기보다는, 결코 얻을 수 없는 경험을 찾는 예술가이기 때문이다. 여기 그의 발언을 옮긴다.

"나는 새로운 꽃, 새로운 별, 새로운 육체, 새로운 언어를 발명하고 싶다. 초자연적인 힘을 얻게 될 것이라고 믿었다……. 이제 나는 상상력과 기억을 묻어야 한다. 예술가와 이야기꾼의 아름다운 영광이 나에게서 사라졌다. 나를 대지로 돌려주었다. 마술사나 천사가 되기를 꿈꾸었던 나에게! 나에게!"

엘러리 퀸의 『사이의 문』

[리뷰]

지속적으로 관심을 두는 문제가 있다. '아무도 들어오거나 나갈 수 없는' 폐쇄된 공간에 놓인 시체의 문제이다. 에드거 앨런 포는 그것을 발명했고 최상은 아니지만 좋은 해결책을 제시했다.(내가 말하는 것은 「모르그가의 살인 사건」이라는 단편에 나온 형식이다. 여기에서 해결책은 높은 창문과 인간의 모습을 한 유인원으로 보인다.) 포의 단편은 1841년에 나왔고, 1892년 영국 작가 이즈리얼 쟁월[359]은

359　Israel Zangwill(1864~1926). 영국의 소설가. 시온주의 운동의 지도자. 대표작으로 『거지들의 왕』, 『도가니』

이 문제를 다시 제기하는 「빅 보 미스터리」라는 짧은 소설을
발표했다. 쟁월의 해결책은 천재적이다. 두 명이 같은 시간대
에 범죄가 발생한 방에 들어온다. 그중 한 명은 공포에 떨며 주
인의 목이 잘렸다는 사실을 알린다. 그리고 동료가 놀란 틈을
이용해 살인을 완성한다. 가스통 르루[360]가 『노란 방의 비밀』에
서 제안한 뛰어난 해결책도 있다. 놀라움은 덜하지만 『지그소』
에서 이든 필포츠가 내놓은 가설도 있다.(이 소설에서는 한 남자
가 탑에서 칼에 찔렸고, 마지막에 단도는 총검에서 나왔다는 사실이
밝혀졌다.) 「개의 신탁선」(1926)에서 체스터턴이 이 문제를 제
기한다. 실마리는 둥근 터에서 발견된 검과 균열이었다.

엘러리 퀸의 작품은 여섯 번째로 이 고전적인 문제로 돌아
간다. 실마리가 완전히 만족스럽지는 않지만, 그것을 알려 주
는 실수는 하지 않겠다. 사건에 상당히 개입하기 때문이다. 『사
이의 문』은 흥미롭기는 하지만, 그의 대표작인 『중국 오렌지
미스터리』, 『샴쌍둥이 미스터리』, 『이집트 십자가 미스터리』
보다는 가치가 떨어진다.

가 있다.

360   Gaston Leroux(1868~1927). 프랑스의 추리 소설 작
       가. 뮤지컬과 영화로 만들어진 「오페라의 유령」의 원
       작자이다.

1937년 7월 9일

리엄 오플래허티

리엄 오플래허티(Liam O'flaherty)는 역경을 이겨 낸 인물이
다. 1896년 가난하고 엄격한 가톨릭 집안에서 태어나 예수회
학교에서 교육받았다. 그는 어릴 적부터 두 가지에 열정을 기
울였다. 영국을 향한 증오와 가톨릭 교회에 대한 존경이 그 하
나이며, 다른 하나는 사회주의다. 1914년에 이르러서는 두 개
의 충성심이 충돌한다. 리엄 오플래허티는 영국의 패배를 원
했지만 작은 가톨릭 국가 벨기에의 상황이 그를 격앙시켰다.
당시 아일랜드와 비교되던 벨기에는 영국만큼이나 강력한 이
단 국가인 독일에 짓밟히고 있었다. 그는 1915년에 이 문제에
관한 해결책을 제시했다. 가족의 명예를 훼손시키지 않으려고
가짜 이름으로 군에 입대했다. 2년간 독일에 대항하여 싸웠다.
조국으로 돌아오는 길에 영국과 싸우기 위해 아일랜드 혁명을
이용했다. 자신을 지역 혁명가로 규정했기에 한동안 제국에서

벗어나야 했다. 캐나다에서는 나무꾼이었고, 베네수엘라의 한 항구에서는 하역 노동자였으며, 소아시아에서는 터키인들의 대리인이었고, 미네소타와 위스콘신에서는 커피숍 웨이터, 라이노타이프 인쇄업자, '반체제적' 설교자였다. 세인트 폴의 한 타이어 공장에서 첫 번째 단편을 집필했다. 매일 아침 다시 읽으면서 실망했고 원고를 쓰레기통에 던져 버렸다.

그의 첫 번째 소설인 『당신이 좋아하는 여자』는 1924년 런던에서 출간되었다. 1925년에는 『밀고자』를, 1927년에는 『팀힐리의 삶』을, 1928년에 『암살자』를, 1929년에는 (작은 수도원들, 척박한 대지, 황무지와 늪의 땅에 관한 자세한 설명이 포함된) 『아일랜드 관광 안내』를, 1930년에는 자전적 작품인 『2년』을, 1931년에는 『나는 러시아에 있었다』를 발표했다. 오플래허티는 친절하고 보수적인 사람이었다. 사람들은 그가 세련된 갱스터 같았다고 말한다. 그는 가 보지 못한 도시들과 술, 도박, 새벽, 밤, 토론을 좋아했다.

폴 발레리에 관한 책

[리뷰]

위베르 파뷔로[361]가 폴 발레리에 대한 비평서를 출간했다. 240페이지를 읽는 것은 어렵지 않다. 그렇지만 사소한 악감정

---

361   Hubert Fabureau(1901~1950). 프랑스의 문학 평론가.

과 불필요한 것들을 번식시킴으로써 불편한 감정을 일으킨다.
여기에 그러한 불편한 부분들을 적어 보겠다.

I77쪽에서 (실제로는 앙리 샤르팡티에[362]보다 나중에 나온)
위베르 파뷔로의 최종 판본에는 "미스터리 없이 선택하라
(départage avec mystère)"로 나와 있으나, 처음에는 "미스터리와
함께 선택하라(départage sans mystère)"라고 되어 있었다고 지적
한다.

이러한 재해석, 달리 말해 순진한 재해석은 우리를 다음
과 같은 분별없는 결론으로 이끈다. "다른 판본들에서 연의 의
미가 뒤집힌다. 폴 발레리는 독자를 놀리고 있다." 폴 발레리
는 원하면 많은 것들에 대답할 수 있을 것이다. 시에서 부사를
반대로 사용하는 것이(여기서 부사라고 했는데 '신비로움과 함께
(avec mystère)'는 '비밀리에(mystérieusment)'와 상응한다.) 연의 의미
를 변화시키지 않는다고 대답할 것이다. 또한 우리가 계속 읽
는 시인은 '……없이'라는 단어가 '……와 같이'라는 단어보다
어떤 상황에서는 더 정확하고 효과적이라고 판단한다. 단어를
수정하는 미학적 행위가 조롱의 혐의에 관한 도덕적 판단을
승인할 수는 없다고 대답할 것이다.

I78쪽에서 이 비평가는 발레리가 보여 주는 애정의 이미지
가 여성을 의미하는 것이 아니라 영감을 의미한다는 것을 슬
퍼한다. 이러한 태도는 추상 명사와 교환되지 않는 형상의 이
중적 직관이 우리에게 암시하는 상징이나 알레고리의 본질을

---

362   Henri Charpentier(I880~I96I). 프랑스의 저술가이자
       요리사.

알지 못하는 데서 나온다. 『신곡』 첫 번째 노래에 나오는 배고
프고 마른 늑대는 욕심이 아니다. 그것은 한 마리 늑대이자 꿈
에서처럼 탐욕이 될 수 있다.

위베르 파뷔로는 알레고리와 상징을 이해하지 못한다.
「해상 묘지」라는 시의 초반에는 바다를 언급한 유명한 구절이
있다. "이 조용한 지붕 위로 비둘기가 걷는다." 위베르 파뷔로
는 이렇게 설명한다. "세속에 사는 우리는 지중해의 가장자리
에서 그리스-로마 신화에 나오는 신들의 방문을 받는다. 바다
의 심연에서 넵튠 궁전이 깨어난다. 우리가 인지하는 것은 파
도가 방해하지 않는 평화로운 바다의 표면에 의해 재현된 지
붕뿐이다. 하얀 불빛을 깜빡이는 배는 잠을 청하기 위해 내려
오는 비둘기와 같다. 이미지는 매혹적이지만 그 전원적인 우
아함에는 무언가 부족한 것이 있다. 시골 기사와도 같은 비둘
기를 불러내는 것은 바다 신의 위대함을 약화시킨다." 그렇다
면 메타포는 두 사물의 질서 정연한 동일시가 아니라, 두 이미
지의 순간적인 만남이다. 거기에서 이러한 긴 확장의 불합리
함, 낭비된 궁전이 보여 주는 허영심, 근거 없는 넵튠의 이미지
가 드러난다.

알렉산더 랭의 『귀신 옴니버스』

[리뷰]

영국에는 초자연에 관한 단편집이 넘친다. 독일이나 프랑
스와 달리 이들은 마법적인 예술을 유포하는 데에는 관심이

없으며 오히려 순수한 미학적 즐거움을 추구한다. 아마도 그
런 이유로 더 우월할 것이다. 현재 가장 훌륭한 초자연적인 단
편인 헨리 제임스의 「나사의 회전」, 메이 싱클레어의 「결코 불
이 꺼지지 않는 곳」, 제이콥스[363]의 「원숭이의 발」, 키플링의
「욕망의 집」, 포의 「병 속에서 발견된 원고」는 초자연적인 것
을 믿지 않는 작가들의 작품이다. 이유는 명확하다. 회의적인
작가가 마법적 효과를 더 잘 조직하기 때문이다.

유령에 관한 선집 중에서 도로시 세이어스의 작업을 능가
할 만한 것은 없다. 알렉산더 랭(Alexander Laing)의 선집은 그에
조금 못 미친다. 이 책은 마흔 개가 넘은 작품을 포함한다. A.
E. 코퍼드,[364] 윌키 콜린스,[365] 오 헨리, 래프카디오 헌,[366] W. W.
제이콥스, 기 드 모파상, 아서 맥켄, 소플리니우스,[367] 에드거 앨
런 포, 로버트 루이스 스티븐슨, 메이 싱클레어는 대표적인 작
가들이다. 독자들의 기쁨과 놀람을 위해서 I. A. 아일랜드[368]의
「환상 소설의 가능한 결말」을 번역해 보겠다.

"얼마나 사악한 방인가? ……소심하게 앞으로 나가면서 소

---

363   윌리엄 위마드 제이콥스(William Wymard Jacobs,
       1863~1943). 영국의 단편 작가.

364   앨프리드 에드거 코퍼드(Alfred Edgar Coppard,
       1878~1957). 영국의 단편 작가, 시인.

365   Wilkie Collins(1823~1889). 영국의 소설가.

366   Lafcadio Hearn(1850~1904). 그리스에서 태어난 일본
       인 소설가로 고이즈미 야쿠모로도 불린다.

367   고대 로마의 문학가이자 철학자.

368   I. A. Ireland(1871~?). 영국의 소설가.

녀가 말했다. ······너무 무거운 문이다. ······말하면서 문을 만
지고 쾅 닫는다."

"세상에나! ······남자가 말한다. ······자물쇠가 없는 것 같
다. 우리 둘은 갇히고 말았어······."

"······둘이라고, 아니야. 하나야! ······소녀가 말한다. 그리
고 단단한 문을 통과해 사라져 버린다."

문학계 단신

버나드 쇼가 쓴『사회주의로 향하는 인텔리 여성의 지도
서』의 새로운 판본이 나왔다. 한 권에 6페니이므로, 약 60센트
에 해당한다. 이 판본에는 소비에트주의와 파시즘에 관한 두
개의 장이 부가적으로 추가되었다. 쇼는 다음과 같이 주장한
다. "부자와 가난한 자들은 혐오스럽다. 나는 가난한 자들을 혐
오하여 그들이 사라질 미래를 상상한다. 부자들에게는 약간의
동정심을 느끼지만, 그들 역시 사멸하기를 바란다. 노동계급,
상업 계급, 전문직 계급, 돈 많은 계급, 행정 계급도 마찬가지
로 증오스럽다. 그들은 살 권리가 없다. 그들이 죽음을 선고받
고 그들의 자녀가 그들과 같다는 걸 알지 못한다면 절망할 것
이다."

1937년 7월 23일

로맹 롤랑

[전기]

　　로맹 롤랑(Romain Rolland)의 영광은 상당하다. 아르헨티나 공화국에서는 호아킨 곤살레스의 추종자들이, 카리브 지역에서는 마르티의 추종자들이, 미국에서는 헨드릭 빌렘 판론의 추종자들이 그를 경외하곤 한다. 조국 프랑스 안에서는 벨기에와 스위스의 도움이 필요치 않아 보인다. 그를 더 즐겁게 할 단어를 열거하자면 그의 미덕은 도덕적이라기보다는 문학적이며, '인도주의적'이기보다는 구조적이다.

　　로맹 롤랑은 1866년 1월 29일 클라메시에서 태어났다. 어릴 때 음악을 하기로 결심했다. 스무 살에 파리 고등 사범 학교에 들어갔다. 스물세 살에 로마의 프랑스 학교에 입학했다. 이때 톨스토이, 바그너, 셰익스피어의 작품을 알게 되었다. 세 사람은 그에게 상당한 영향을 끼친 것으로 전해진다. 첫 희곡「오시노」를 쓰면서는 셰익스피어처럼 되기를 꿈꾸었다. 그의 박사 학위 논문인 「스카를라티와 륄리 이전의 오페라 역사」는 1899년 프랑스 학술원 상을 받았다. 1899년에 회화적 서사시 인 총 여섯 개 막(혹은 일곱 개 노래)으로 구성된 독립된 일곱 개 의 드라마 「혁명의 주기」 초고를 완성했다.

1904년에는 『장 크리스토프』 전체 열 권 중 I권을 출간했 다. 주인공은 베토벤과 롤랑 자신을 뒤섞은 인물이었다.

작품보다 더 존경할 만한 것은 세상의 모든 국가에서 이룬 조용하지만 열렬하고 충성도 높은 성공이다. 1917년까지 다 음과 같은 말이 여전히 반복되었다. "장 크리스토프는 성인(聖 人)이자 새로운 세대의 징표이다."

로맹 롤랑은 1914년에, 독일은 악마의 왕국이고 연합국은 침략당한 천사로 그려지는 강력한 신화를 거부했다. 당해 9월 과 10월에 《제네바 저널》에 일련의 논문을 발표했다. 그 논문 들을 짧은 책으로 엮어 1915년 노벨 문학상을 받았다.

롤랑의 작품은 다양하다. 언급된 책 외에도 『민중의 연극』 (1901), 『베토벤』(1903), 『미켈란젤로』(1906), 『콜라스 브레이 그논』(1918), 『클레랑보』(1910), 『아니타와 실비아』(1922), 『여 름』(1924), 『마하트마 간디』(1925), 『어머니와 아들』(1927)이 있다.

H. G. 웰스의 『별에 의한 발생』

[리뷰]

런던과 파리의 많은 사람들이 웰스가 환상 소설로 돌아

왔다고 주장한다. (마크 트웨인이 그의 죽음에 대해 말한 것과 같이) 그것은 과장된 소식이었다. 여기에서 사실을 알려 주겠다. 1936년 12월 말에 웰스는 『크로케 선수』를 출간했는데, 이미 이 칼럼에서 언급된 책으로 환상 소설보다는 알레고리적인 서사를 담고 있다. 주인공은 사악한 사건이 일어났던 독성 늪지대를 묘사한다. 책을 평가하자면 악취가 나는 그 지역은 런던일 수도 있고 부에노스아이레스나 어느 대도시일 수도 있다. 어디든 해당된다. 이제 웰스는 『별에 의한 발생』이라는 책을 출간했다. 부제는 이 책이 생물학적 변덕을 다루고 있음을 알려 준다. 하지만 독자는 오래 지나지 않아 이 책에 명사가 없으며 생물학, 그것도 엄청난 생물학적 논쟁뿐이라는 것을 깨닫는다.

책의 주장은 기분 나쁘지 않다. 웰스가 존중감 없이 '은하계의 친구들' 또는 '행성 사이의 후견인'이라고 부르는 먼 행성의 주민은 우주 광선을 발사함으로써 인간의 존재를 비춘다. 웰스는 다양한 방법으로 이를 증명했다. 예를 들어, 처음 보았을 때 모든 면에서 이질적인, 하지만 결국은 두 그룹으로 나뉜 인간 집단을 보여 주기도 했다. 순전히 지상의 인간 집단과 천상의 인간 집단이 그것이다.

또 한 가지 예로 둘 중에서 호전적인 또는 우정(혹은 적대감)이 넘치는 환경에 있는 천상 인간의 고독한 운명을 보여 주기도 했다. 하지만 H. G. 웰스는 세계사에 천상이 비밀스럽게 개입할 가능성에 관해 토론하고자 했다. 현실을 그대로 보여 주는 대신에 우리를 설득하고, 나아가서는 자기 자신을 설득하려 했다. 결과는 지루하지 않았다. 교육적 의도가 웰스를 눈

멀게 할 때를 제외하고는 거의 그렇지 않았다. 그렇지만 소설답지는 않았다.

그에 대해서는 미화된 측면이 없지 않다. 독창성에 사로잡힌 주인공은 로마 제국의 영광과 영웅적 덕성에 관해 열정적으로 강의하면서 영국의 학교들을 순회했다. 학생들은 심각한 얼굴로 넋을 놓고 있었다. 소외된 몇 명은 주의를 잃거나 미소를 띠고 있다. 강연자는 원하는 것을 제공했다.

올라프 스테이플던의『마지막 인류와 최초의 인류』

[리뷰]

2000만 세기의 시간 경과와 함께 인류의 미래 역사를 300페이지에 걸쳐 보여 주는 예언적 성격을 지닌 이 방대한 소설을 우리는 70센트라는 믿을 수 없이 감동적인 가격에 '펠리칸 북스' 판본으로 접할 수 있다. 이 책의 몇 가지 특징은 다음과 같다. 현재와 달리 반(反)순환적이지 않고 순환적 사고를 지닌 멀리 떨어진 인류, 물질적인 것을 존경하며 다이아몬드를 신으로 섬기는 탄산 인종, 대륙을 쉽게 괴멸시키는 로봇 군대, 물질적 고통을 지속시키는 세대들, 그 세대를 건너 과거를 회복하는 사람들, 초-유인원에게 봉사하기 위해 축소된 지하 인간, 본질적인 요소가 음악인 공동체, 금속 탑에 탑재된 커다란 뇌, 이 고정된 뇌에 의해 생산되고 통제받는 인간 종(種), 동물과 식물의 공장, 하늘의 별을 보는 안구. 나의 독자들은『마지막 인류와 최초의 인류』가 프랑츠 랑의 견디기 힘든 영화「메트로

폴리스』의 방식으로 음란함과 화려함을 통해 놀라움을 준다
고 생각할 수도 있다. 하지만 믿기 어렵게도 그런 경우는 없었
다.

올라프 스테이플던(Olaf Stapledon)의 작품은 책임감 없이 즉
흥적이지 않으며 비극, 더 나아가서는 준엄함이라는 최종적 인
상을 제공한다. 결코 풍자의 형태는 아니다. 그 어떤 것도 비대
해지고 단순화된 뉴욕, 더 정확히 말하자면 할리우드의 미래를
모델로 삼은 올더스 헉슬리의『멋진 신세계』와 관계가 없다.

흥미로운 지점이 있다. 이 작품은 대화, 성격, 인물이라는
순수하게 소설적인 측면에서 보자면 평균 이하다. 다양한 세
대와 시대를 다룰 능력이 없는 스테이플던은 인물이나 시간을
아무렇게나 다룬다. 이처럼 그는 소설가의 구체적 문제를 해
결하지는 못하지만, 문제를 기획하거나 암시하는 법은 잘 안
다. 따라서 역사책에서 볼 수 있는 비(非)인칭 스타일로 기민하
게 직조된 중간과 마지막 부분은 탁월하다.

문학계 단신

전기가 계속 등장하고 있다. 사람들은 지쳐서 강과 상징을
떠돈다. 에밀 루드비히[369]는 닐로에 관한 열정이 담긴 전기를

---

369   Emil Ludwig(1881~1948). 전기 소설과 역사 소설로
       유명한 스위스 작가.

발간했다. 클로드 루제 드릴[370] 사망 100년을 기념하여 헤르만
벤델[371]은『라 마르세유, 국가(國歌)에 관한 전기』를 발간했다.

---

370   Claude Rouget de Lisle(1770~1836). 프랑스 국가「마
        르세유 행진곡」을 만든 작곡가.
371   Hermann Wendel(1884~1936). 독일의 정치인.

1937년 8월 6일

헤르만 주더만

[전기]

헤르만 주더만(Hermann Sudermann)은 러시아 국경에서 가까운 마치켄[372]의 벽촌에서 1857년 말에 태어났다. 평범한 가정 출신의 부모는 메노파[373] 신도였다. 신자들이 성직, 사법, 무기 사용을 금하는 어두운 신앙을 지키게 하려고 노력할 만큼 열정적이었다. 주더만은 엘빙 직업 학교에서 교육받았고, 열아홉 살에 쾨니히스베르크 대학에 입학했다. 스물세 살에 베를린으로 가서 한동안 특수 교육을 공부했다. 이후 언론 분야에서 일했고, 1881년과 1882년에 걸쳐 잡지 《독일 홍보(Deutshes Reichsblatt)》를 운영했다. 1886년 『어스름 속에서』

---

372   현재의 리투아니아 변경 지역.

373   종교 개혁 시기에 나타난 기독교 교단으로 유아 세례를 인정하지 않는다.

라는 이야기책을 펴냈다. 1887년에는 『회색 부인』을 발표했
다. 작품의 내용은 불명료하고 우울한 제목과 어울리지 않았
다.(1871년에 거둔 힘든 승리를 전후하여 독일은 매우 불행했다.)
1889년에 「명예」라는 전쟁 드라마를 초연했다. 이 드라마로
얻은 성공은 자연스럽게 다음 소설인 『고양이의 여정』으로 이
어졌다. 그런데 여기에서 역설적인 상황이 발생했다. 리얼리
즘이 유럽 문학의 주인이 된 것이다. 기본적으로 낭만주의자
였던 헤르만 주더만은 유럽에서 이 리얼리즘의 거두가 되었
다.(영국에는 이에 상응하는 토마스 하디가 있다.)

주더만의 작품은 방대하다. 배우 엘레오노라 두세[374]의 공
연으로 유명해진 희곡 「집」(1893), 「나비의 전투」(1894), 「모
리토리」(1896)(이 작품은 막 하나에 장면들이 순환한다. 사망하게
되는 전투의 바로 전 순간에 한 남자가 그를 알지 못하고 관심도 없
던 친구들과 작별을 하는 마지막 장면이 유명하다.), 「매에 달린 세
개의 깃털」(1899), 「돌 사이의 돌」(1905), 「시라쿠사의 걸인」
(1911), 「독일인의 운명」(1921)이 있다. 소설 중에서는 두 개
의 서사적 작품이 기억할 만하다. 바로 비스마르크 시대의 연
대기인 『정신 나간 교수』(1926)와 『슈테펜 트롬홀트의 여자』
(1927)다. 단편 중에서는 간결하고 부드러운 명작인 「욜란다
의 결혼식들」이 있다. 그 모든 작품에서 낭만적인 맛을 부정할
수 없다.

주더만은 1928년 베를린에서 사망했다.

---

374   Eleonora Duse(1858~1924). 이탈리아 배우.

프란츠 카프카의 『심판』

[리뷰]

에드윈과 윌라 뮤어는 이 환상적인 작품을 영어로 막 옮겼다.(프란츠 카프카(Franz Kafka)가 1919년에 썼고, 사후인 1927년 출간되었으며, 1932년에 프랑스어로 번역되었다.) 카프카의 모든 단편과 같이 핵심 주장은 아주 단순한 것에서 나온다. 엉터리 같은 과정에 의해 어찌할 바를 모르고 당황한 주인공은 자신을 기소한 범죄를 밝히지도 못했으며, 그를 판결하는 보이지 않는 재판관에 맞서지도 못했다. 재판관은 공판 없이 그를 교수형에 처하기로 결론 내린다. 카프카의 다른 서사에서 주인공은 성(城)이라고 불리는 측량 기사로 성에는 결코 들어가 본 적이 없으며, 그를 통치하는 당국에 의해 인정받지도 못한다.

다른 작품의 주제는 전달자의 계획을 방해하는 사람들로 인해 결코 도달한 적 없는 제국의 메시지이다. 또 다른 작품에서는 옆 동네를 방문하지 못하고 죽어 버린 사람에 대해 이야기한다.

카프카의 작품은 계속해서 악몽을 감지한다. 세부적인 엉뚱함까지도 그렇다. 『심판』의 첫 번째 장에서 요제프 K를 감금한 남자의 쫙 달라붙는 검정색 양복은 "정확히 무슨 일에 봉사하는지 알 수 없지만, 그에게 매우 실용적인 기운을 주는 다양한 버클, 걸개, 단추, 주머니, 허리띠를 갖추고 있다." 법정은 매우 낮아서 방청석을 채운 청중은 곱사등처럼 보이고 "몇몇은 매끈한 천장에 부딪혀 머리를 다치지 않도록 방석을 가지고 왔다."

카프카의 의도는 다시 언급할 필요도 없다. 독일에서는 그의 작품에 관한 신학적 해석이 넘친다. 카프카가 파스칼과 키르케고르를 신봉했다고 생각하는 것은 이상한 일이 아니다. 하지만 이런 해석이 반드시 필요하지는 않다. 한 친구는 카프카를 아킬레우스와 거북이의 끝나지 않는 경주를 만든 엘레아학파의 제논으로 지목했다. 제논은 최소한이지만 무한함을 갖는 장애물로 인해 실패가 불가능해지는 허구를 창안한 선구자다.

나이절 몰런드의 『탐정 소설 작법』

[리뷰]

도로시 세이어스는 탐정 장르의 기술에 관하여 가장 훌륭한 분석을 했으며, 애드거 윌리스[375]와 R. 오스틴 프리먼[376]과 더불어 우리가 알고 있는 최악의 탐정 소설을 썼다. 이와 비교하자면 나이절 몰런드[377]의 소설 『달빛의 살인』, 『표범의 거리』, 『석수장이 숙모의 발자국』은 완벽하다. 사실 크게 놀랄 일은 아니다. 왜냐하면 미학적 효과를 정확히 분석하는 능력을 지닌 사람이 있는가 하면, 작품을 만들어 낼 수 있는 열 명 혹은

375　Edgar Wallace(1875~1932). 영국의 작가. 영화 「킹콩」의 각본가로도 알려져 있다

376　R. Austin Freeman(1862~1943). 영국의 추리 작가.

377　Nigel Morland(1905~1986). 영국의 저술가.

백 명이 존재하기 때문이다.

이 책은 탐정 소설 쓰기를 전업으로 하는 사람에게 그 방법을 가르치기 위해 쓰였다. "(서문에서 말하듯) 불필요한 추상화 과정이 없으며 현대적 탐정 소설에 필요한 기본 법칙을 보여 준다는 의미에서 근본적으로 실용적인 책"이다. 그렇지만 텍스트는 표절, 명백한 사실, 절대적 오류라는 세 가지 문제에 쉽게 빠질 수 있다. 표절의 좋은 예를 보여 주는 초반에는 도로시 세이어스의 사상이 반복적으로 요약된다. 명백한 사실의 좋은 예는 36페이지에 나오는 경고다. "현대 독자는 소설의 초반에 양탄자의 색이 붉은색이라고 했다가, 소설의 끝에서 그것이 초록색이라고 말하는 것을 즉시 감지한다." 오류의 가장 좋은 예는 나이절 몰런드에게서 볼 수 있다. 그는 소설 작가들에게 독극물학, 탄도학, 지문학, 법률 의학, 정신 의학 등에 관한 화려한 지식을 추천한다. 이런 연구의 심각한 결과는 이미 알려진 바다.

미스터리의 '과학적인' 해결책은 속임수가 될 수 없지만 속임수가 될 위험성을 내포한다. 왜냐하면 독자는 나이절 몰런드가 작가들에게 추천한 것보다 독극물, 탄도학 등의 지식이 부족하기 때문에 해결책을 (작가들만큼) 상상할 수 없는 것이다. 언제나 그러한 기술 없이도 얻을 수 있는 기술이 더 훌륭하다고 나는 생각한다.

게르하르트 하웁트만

[전기]

　　호텔 경영자의 아들이며, 직물공의 손자이자 증손자인 게르하르트 하웁트만(Gerhart Hauptmann)은 1862년 슐레지엔[378] 마을에서 태어났다. 오베르잘츠브룬의 학교를 다녔으며, 이후 다닌 브레슬란 직업 학교에서는 가장 게으른 학생이었다. 그가 처음으로 열정을 보인 일은 조각이었다. 1880년에 브로츠와프의 왕립 예술 학교에 입학했고, 1882년에 에나 대학에 들어갔다. 거기에서 루돌프 오이켄[379]의 철학 수업을 들었다. 1883년에 스페인과 이탈리아를 정처 없이 여행했다. 로마에 있는 조각 실습실에서 장티푸스로 쓰러졌고, 조용한 성품에 늘 미소를 잃지 않는 마리 티네만이 그를 돌보아 주었다. 현

378　폴란드 남서부 지역으로 체코 북동부가 포함된다.

379　Rudolf Eucken(1846~1926). 독일의 철학자.

실에서는 드문 일이지만 이 여인은 후에 그의 아내가 되었다.
1885년에 첫 번째 책을 출간했다. 바이런의 『차일드 해럴드의
편력』과 (실제로 그리고 겉으로도) 유사한 애매한 서사시였다.
얼마 지나지 않아 『철로지기 틸』이라는 긴 이야기를 출간했
다. 1887년에는 아르노 홀츠[380]와의 우정과 대화를 통해 자연
주의자가 되었다. 홀츠는 그가 소유한 도서관에서 하웁트만에
게 시골 사람들이 쓰는 독일어 속어나 방언을 가르쳐 주었다.
시골 출신으로 전통에 대한 존경심을 가지고 있던 하웁트만이
전혀 상상하지 않았던 문학적 방식이었다.

　　그는 사실주의 작품을 많이 쓴 것으로 유명하다. 가족에 대
한 공포와 감옥 제도와도 같은 가족은 『해뜨기 전에』, 『고독
한 사람들』, 『평화의 축제』의 주된 주제였다. 『직조자』(1892)
와 『플로리언 가이어』(1896)는 잘 알려지지 않은 두 편의 서사
드라마다. 1903년에 발간된 『로사 번트』는 아들을 살해한 여
자의 운명을 그린다. 『가브리엘 실링의 도주』(1907)는 두 여자
를 사랑하는 분열증으로 자살한 남자를 다룬다. 상징주의극도
역시 언급할 만하다. 『한넬레의 승천』(1893), 『물에 잠긴 종』
(1896), 그리고 『피파가 춤춘다』(1906), 『그리셀다』(1908)가 있
다. 『율리시스의 활』(1914)은 영웅 호메로스의 눈부신 복수를
축소된 형태로 다룬다. 『하얀 메시아』(1920)는 스페인 정복자
들이 발견한 목테수마[381]의 슬픈 죽음을 다루는데, 사아군 신
부에 따르면 그는 무거운 인형을 가지고 놀았다고 한다. 『인

380　　Arno Holz(1863~1929). 독일 시인.

381　　Moctezuma. 아즈텍 제국의 마지막 황제.

디포디』(1923)는 셰익스피어의 『폭풍』을 새롭게 해석한 작품이다.

게르하르트 하웁트만의 산문 중에서는 『에마누엘 퀸트』(1910), 『아틀란티다』(1912), 『환영』(1923), 『여인들이 사는 섬의 경이로움』(1924), 『열정의 책』(1930), 『소아나의 이단자』(1918) 등이 있으며, 마지막 작품이 가장 기억할 만하다. 하웁트만은 현재 아그네텐도르프 산지의 고독 속에 살고 있다. 1912년에 노벨 문학상을 받았다.

올라프 스테이플던의 『별의 창조자』

[리뷰]

H. G. 웰스의 작품을 좋아하는 독자라면 심장이 뛸 만한 소식이 있다. 올라프 스테이플던이 다른 책을 막 출간했다. 스테이플던은 예술가로서는 웰스에 미치지 못하는데, 작품의 숫자와 발명의 복잡성 측면에서는 그를 능가하지만, 이를 제대로 발전시키는 부분에서는 그렇지 못하다. 『별의 창조자』에서는 모든 쓸데없는 장식을 삭제하는 정확성을 보여 준다.(228쪽에는 그 규칙을 위반한 불편한 부분이 존재하기는 한다.) 또한 역사가가 갖는 비개인적인 스타일에서 개인적 놀라움을 표현하는 미덕이 드러난다. '역사가'라는 단어가 지나치게 무겁다는 생각도 든다.

이 책은 세계에 관한 상상적 탐험을 다룬다. 주인공의 정신은 한 행성에 도착하여 어느 '인간 거주자'의 몸에 거주한다. 몸속에 담긴 두 개의 의식은 개인적 특징을 잃지 않은 채 공존하고 서로를 가로지르기도 한다. 이후 형체 없이 다른 세계의 다른 영혼을 찾아가 중독된 것처럼 거의 셀 수 없는 집단적 '나'를 만든다. 그런 '내'가 형성하는 다양한 개인은 그 개성을 지키지만, 동시에 기억과 경험을 공유한다. 처음 순간부터 마지막까지 별들의 공간을 탐험한다. 『별의 창조자』는 거대한 모험의 요약이다.

어떤 행성에서는 기호의 의미가 매우 미묘하다. "그 사람들은 입뿐만 아니라 어둡고 축축한 손과 발을 좋아한다. 금속과 나무, 달고 쓴 대지, 바위, 달리는 맨발에 밟힌 식물의 수줍거나 오만한 향기와 맛은 거대하고 독창적이며 내밀한 세계를 표현한다." 크기가 큰 행성에서는 중력이 너무 커서 아주 가벼운 새들도 겨우 비상을 하는 정도다. 뇌는 매우 작아서 집단은 오직 하나의 의식을 가진 복합 기관이 된다. "우리는 고통스럽게도 100만 개의 같은 눈으로 보고 환경의 상태를 100만 개의 날개로 인지하게 된다는 것을 배운다." 어떤 거대하고 건조한 행성에서는 의식을 가진 몸의 복합체는 곤충 무리의 일부가 된다. 셀 수 없이 밀착된 다리로 우리는 축소된 물질세계에 진입하고, 셀 수 없는 안테나로 농업 또는 산업이라는 은밀한 작업에 동원되거나, 작은 배를 타고 얕은 수로와 저수지를 항해한다. 또한 청각의 세계도 있는데 거기에서는 공간은 무시되고 오직 시간만이 존재한다. 작가가 사회주의자인 것도 사실이다. 그의 상상력은 (거의 항상) 집단적이다.

신성함의 기하학자인 바뤼흐 스피노자는 우주가 무한한 방식으로 무한한 것들로 구성된다고 믿었다. 소설가로서 스테이플던은 이 압도적 의견을 공유한다.

조지 맥문 경의 『장인(匠人), 러디어드 키플링』

이 두꺼운 책의 명칭인 『장인(匠人), 러디어드 키플링』은 그의 문학적 여정에 관한 분석으로 보인다. 자원은 무한정하다. 왜냐하면 (학창 시절 호전적인 애국주의와 질서에 대한 열정으로 알 수 있는) 키플링의 단순한 사고력은 그가 예술에서 보여주는 유쾌한 복합성의 직접적 이유이기 때문이다. 조지 맥문 경은 이런 분석을 하지 않는다. 이 문호가 좋아하던 성경적 언어를 확인한다거나, 셰익스피어와 스윈번,[382] 모리스에 대한 메아리를 적어 놓는다.

이 책은 일화를 통해 모든 것을 드러낸다. '키플링과 진실한 사랑', '동방의 여인', '개와 동물, 그리고 아이들'이라는 장이 그렇다. 불명예나 비난받는 것에 대한 영국인의 두려움은 언급된 일화가 모두 싱겁거나, 이름 자체가 대문자인 오래된 군인이나 영국 관료를 간접적으로 암시하는 데서 끝난다. 오스카 와일드가 언급하기를 영국에서는 이미 기억을 완전히 잃어버린 사람들만이 그들의 기억을 출간한다.

조지 맥문(George MacMunn) 경은 가끔 직설적이다. 킴[383]에 관한 '진실한' 이야기를 언급하거나 (라호르의 오래된 평야의)

---

382 찰스 스윈번(Charles Swinburne, 1838~1909). 영국의 시인이자 평론가.

383 러디어드 키플링의 소설 『킴(Kim)』에 나오는 주인공 소년의 이름.

I00가지 슬픔을 가진 항구의 정확한 위치를 알려 준다.

잘 보면 그 과정은 계속 역설적이다. 시간은 모든 이와 마찬가지로 예술가에 대한 경험을 축적한다. 생략과 강조, 망각과 기억을 통해 예술가는 일부를 조합하는 방식으로 예술 작품을 만들어 낸다. 그 후에 비평은 근면하게 작품을 벗겨 내고, 작품을 만든 동기가 된 정돈되지 않은 현실을 복구하거나 복구하는 체한다. 즉, 처음의 혼돈 상태로 돌아가는 것이다.

E. E. 커밍스

[전기]

시인인 에드워드 에스틀린 커밍스(Edward Estlin Cummings)
의 삶에 관한 통계적 사실은 단 몇 줄로도 충분하다. 1894년 매
사추세츠주에서 태어났고 하버드 대학을 다녔다. 1917년 초
반 적십자에 들어갔다가 분별없는 편지를 쓰는 바람에 3개월
간 감옥 생활을 했다.(그는 첫 책 『거대한 방』에서 감옥은 "모든 불
편함이 자리를 잡고 모든 슬픈 소음이 자신의 방을 갖고 있는 곳"임을
인정했다.) 이후 포병대의 병사로 복무했다. 그는 영감을 가진
대화자였으며, 그리스, 로마, 영국, 독일, 프랑스 문학의 텍스
트에서 자신이 했던 담화를 언급하기도 했다. 1928년에는 앤
바턴과 결혼했으며, 종종 소묘, 수채화, 유화를 연습했다. 문학
보다 디자인을 더 좋아했다는 것도 잊으면 안 되겠다.

실제로 커밍스의 작품 『튤립과 굴뚝』(1923), 『41편의 시』
(1925), 『그리고』(1925), 『그』(1923), 『활기찬』(1932)에서 가장

먼저 주의를 끄는 것은 시작품 또는 구두점 기호의 생략과 같은 형식의 자유분방함이다.

이 자유로움이 첫번째이자 유일한 특징이라는 점은 유감이다. 독자가 이러한 것들에 화내거나 열광한 나머지, 커밍스가 제안한 훌륭한 시학에 관심을 두지 않게 되기 때문이다.

여기에 문자 그대로 번역한 연을 소개한다.

"숟가락보다 빛나는 신의 지독한 얼굴은 오직 치명적 단어 이미지 하나를 요약한다. (해와 달을 좋아한) 내 인생이 일어난 적 없었던 어떤 것과 닮을 때까지. 나는 새가 없는 새장이고, 개를 찾는 목걸이이고, 입술 없는 키스이며, 무릎 없는 기도이다. 내 셔츠 앞에서 어떤 것이 고동치고 있는데, 그것은 아무도 아닌 이가 아닌 살아 있는 이가 죽음에서 되살아나는 증거이다. 하지만 사랑하는 이여, 지금 당신을 사랑하는 것만큼 결코 당신을 사랑한 적이 없다."

(불완전한 대칭, 끊임없는 놀라움으로 인해 좌절하고 안심하는 것에 대한 묘사는 이 연이 보여 주는 악명 높은 방식이다. '검'이나 '별' 대신에 '숟가락', '없이' 대신에 '찾는', '새장'과 '목걸이' 뒤에 나오는 '키스'라는 행위, '가슴'이라는 단어 대신에 '셔츠', 인칭 대명사를 사용하지 않는 '사랑해', '살아 있는'을 표현하기 위해 '죽음에서 되살아나는'을 사용하는 것은 더 명백한 변주의 증거로 보인다.)

올더스 헉슬리의 『평화주의 사전』

악에 맞서는 치료법을 연구하는 책 『우울의 해부』(1621) 두 번째 부분에서 작가는 궁전, 강, 미로, 하수구, 동물원 공원, 사원, 오벨리스크, 가장행렬, 불꽃놀이, 왕위 즉위 및 전투에 대한 사유를 열거한다. 그 진중함은 우리를 즐겁게 한다. 이제는 아무도 멋진 장관의 목록에 전투에서 벌어지는 사건을 포함하지 않을 것이다.(또한 역설적으로 「새로움이 없는 전쟁터」라는 평화주의 영화에 총검이 등장하는 것에 매혹되기를 멈추지 않을 것이다.)

128페이지로 압축된 『평화주의 사전』의 모든 부분에서 헉슬리는 전쟁과 차갑게 맞선다. 그는 혹평이나 단순한 미사여구를 사용하지 않는다. 논지에 대해 감정적인 경향도 드러내지 않는다. 방다나 쇼처럼 그는 전쟁 범죄보다는 전쟁 자체의 무분별함과 전쟁의 복합적 어리석음에 분노한다. 그의 논증은 감상적이기보다 지적이다. 하지만 지나치게 지적이어서 그가 공표한 평화주의가 군인들의 단순한 복종 이상의 가치를 요구한다는 사실을 드러내지 못한다. "폭력 없는 저항이 아무것도 하지 않는 것을 의미하는 건 아니다. 그것은 선을 통해 악을 이기려는 거대한 노력을 의미한다. 그 노력은 강력한 근육이나 악마적인 설교를 신뢰하지 않는다. 도덕적 가치와 자기 자신을 통제하는 것, 잊을 수 없는 의식을 믿는 것이며, 적절한 매개를 사용하여 도달이 가능한 유대라는 기반과 정의에 대한 사랑, 진실과 선에 대한 존중 없이는 (아무리 잔인하고 인간적으로 적대적이라 해도) 지상에 인간은 없다고 믿는 것이다.

헉슬리는 존경스러울 만큼 공평하다. '좌파 운동가' 및 계급 투쟁의 참여자는 파시스트만큼 위험하다. "군사적 효율성은 권력의 집중, 상당한 정도의 집중화, 징용과 정부에 의한 노예화, 국가 혹은 상당 정도로 신격화된 우상의 창조를 요구한다. 파시즘에 대항한 사회주의의 군사적 방어는 실제로 사회주의 공동체를 파시스트 공동체로 변형시킨다." 그리고 이후 "프랑스 혁명은 폭력 속에서 결국 군사 독재와 계속된 징용 강제, 혹은 군사적 노예화로 귀결되었다. 러시아 혁명은 폭력에 의지했다. 지금의 러시아는 군사 독재 상태이다. 비인간적인 것에서 인간적인 것으로 변화하는 진정한 혁명은 폭력적인 방식에 의해 실현되지 않는다."

밀워드 케네디의 『영광은 이렇게 지나간다』

[리뷰]

감사의 말에서 밀워드 케네디(Milward Kennedy)는 탐정 소설이 곧 고갈될 것이라고 보고, 즉각적으로 심리학적인 혁신을 이루어야 할 필요성을 주장했다. 나는 여기서 한 걸음 더 나아가고 싶다. 나는 언젠가 순수한 탐정 소설은 어떤 심리학적 복잡성도 없는 가짜 장르라는 것을 증명하고, 가스통 르루의 『노란 방의 비밀』, 엘러리 퀸의 『이집트 십자가 미스터리』, S. S. 밴 다인의 『놀라운 투구벌레의 범죄』와 같은 대표작이 짧은 단편으로 줄어들 때 더 많은 것을 얻는다는 사실을 보여 주고 싶다. 하나의 예측과 가설이 300페이지나 된다는 것은 웃음을 자아내는 일이다. 시간적인 면에서, 그리고 아마도 질적인 면에서도, 역사에 기록된 첫 번째 탐정 소설인 윌키 콜린스의 『월장석(月長石)』(1868)이 훌륭한 심리 소설이라는 점도 주목할 만하다.

밀워드 케네디는 『영광은 이렇게 지나간다』에서 이 훌륭한 전통을 복원한다. "작가가 말하길, 작품은 여자 친구가 죽어 버린 한 남자의 인생 며칠을 그리는 하나의 실험이다. 나는 독자에게 남자가 하는 행위의 결과와 경찰의 태도, 선고, 그리고 그 밖의 모든 것의 결과를 독자들이 판단하도록 한다."

그것은 즐거운 실험이었다. 어느날 오후에서 저녁까지 『영광은 이렇게 지나간다』를 읽었다. 밀워드 케네디가 출간한 아홉 편인가 열 편 중 가장 훌륭한 『구출되길 기다리는 죽음』이라는 소설보다는 긴장감이 떨어지고 사나운 작품이지만 재미가 없지는 않았다. 사건뿐 아니라 인물의 성격에도 주목하는 소설이다. 다시 말하면 사건이 인물로 인해 주목을 받는 것이다. 나는 독자들에게 이 소설을 추천한다. 탐정 소설을 싫어하는 사람들도 읽어 볼 만하다.

문학계 단신

루덴도르프의 잡지 《독일 세력의 성스러운 근본으로부터》는 뮌헨에서 유대인, 교황, 불신자들, 프리메이슨, 신비주의자, 예수의 사회, 공산주의, 마틴 루터 박사, 영국 그리고 괴테의 기억에 반대하는 캠페인을 보름마다 전개한다.

1937년 9월 17일

프리츠 폰 운루

[전기]

1914년의 사건으로 뒤흔들린 모든 나라 가운데 독일만큼 다양하고 근본적인 반전(反戰) 문학을 만들어 온 나라는 없다. (요하네스 베허, 발터 하젠클레버, 프란츠 베르펠, 빌헬름 클렘, 알베르트 에런스타인, 알프레트 바츠 등) 전쟁을 비판한 많은 독일 시인 중 프리츠 폰 운루(Friz Von Unruh)는 심리학적으로 명석한 인물이다. 내 생각에 바르뷔스, 레마르크, 세리프, 레너드 프랭크와 마찬가지로 전쟁 비판자인 이들은 참호라는 당혹스러운 지옥에 갑자기 던져진 민간인들이었다. 반면 프리츠 폰 운루는 항상 자기 삶의 정당화를 위해 전쟁을 기다려 온 군인이었다.(전쟁에 임할 때 그의 인물 중 하나가 말한다. "강력한 육감이 나를 불안하게 한다. 짠 내음이 코와 폐부를 찌르는 것 같다. 그럼에도 아직 우리는 바다를 보지 못했다.")

군인의 아들이자, 손자, 증손자인 운루는 1885년 실레지아에서 태어났다. 1912년에는 창기병으로 일했다. 같은 해에 막스 라인하르트[384]는 베를린의 독일 극장에서 연극 「사관들」을 초연했고, 대단한 성공을 거두었다. 예상할 수 있듯이 언론은 작가를 하인리히 폰 클라이스트[385]와 비교했다. 라인하르트는 그에게 다른 드라마를 청했다. 운루는 그에게 「프러시아의 왕자, 루이스 페르난도」를 보내 주었다. 검열이 상연을 방해하자 운루는 책으로 출간했다. 미디어는 하인리히 폰 클라이스트와 다시 비교했지만, 입센과 스트린드베리와 비교하기도 했다.

1914년의 시원한 여름에 우리가 모두 아는 사건이 발생했다. 군대 관료였던 운루는 마침내 전쟁을 경험하게 되었다. 1915년 초까지 '앉아 있는 의자와 야영지 사이에서' 드라마틱한 시 「결심하기 전」을 완성했다.

주인공은 창기병이다. 다른 인물들은 죽은 자, 사제, 여자, 그리고 셰익스피어의 환영이다. 이렇게 비현실적인 것들을 의도적으로 끼워 넣는 것은 운루나 모든 게르만 예술가의 전형적인 방식이다. 베르됭의 요새 앞에서 1916년 3월과 4월 사이에 쓰인 책 『오페르강』은 더 특별하다. 전쟁을 모티프로 한 다수의 작품 중에서도 가장 긴장감 있는 이 진지하고 짧은 이야기는 어느 한 줄도 현실을 그대로 옮겨 놓기를 원하지 않았다. 어떤 경험이 바로 하나의 상징이 되기 위해서는 독창적인 면이 필요하다.(『오페르강』은 『베르됭』이라는 제목으로 유럽 리뷰 선

---

384   Max Reinhardt(1873~1943). 오스트리아 출신의 배우
       이자 연출가.

385   Heinrich von Kleist(1770~1811). 독일의 극작가.

집의 다섯 번째 권에 프랑스어로 실렸다).

운루의 다른 작품으로는 『가계(家系)』(1918), 『폭풍』
(1921), 『담론』(1924), 어느 여행객이 쓴 런던과 파리의 여행 일
기인 『승리의 날개』(1925), 『보나파르트』(1927)가 있다.

쥘 로맹의 「하얀 남자」

[리뷰]

(이미 지금 쓰고 있는 것처럼) 「하얀 남자」를 서사시라고 한
다면, 누군가가 나에게 서사시는 문화의 여명에 나타나는 것
이지 석양에 나타나는 것이 아니라고 말할 것이다. 또한 우리
와 동시대인이자 펜 클럽 연간 회의에서 필리포 토파소 마리
네티를 비난한 쥘 로맹(Jules Romanins)을 호메로스와 비교하는
것은 잘못이라고 느끼게 할 것이다. 이 누군가는(혹은 다른 이
는) 나에게 「라마야나」, 「일리아드」, 「오디세이」, 「롤랑의 노
래」, 「시드의 노래」, 「니벨룽겐」, 「베오울프」의 이름을 들이대
면서, 「하얀 남자」(1937, 파리)가 이 경이로운 목록과 진정 어깨
를 겨룰 수 있는지 물을 것이다. 이에 대해 나는 앞에 언급된 저
명한 시가 지역적이고 개인적인 사건을 이야기한다면, 「하얀
남자」는 수세기에 걸쳐 오직 비인칭적인 사건인 우리 인종이
지나온 과거와 다가올 운명을 다룬다고 답하겠다. 이런 광대
함이 탁월하다고 주장하는 것이 아니다. 내가 주장하는 것은
이 광대함이 오래된 서사시가 지니는 서사적 특징이며 오래된
서사시들이 항상 무시하는 특징이라는 것이다.(예를 들어, 「일

리아드」는 일리온이나 트로이에 대한 시가 아니라 아킬레우스에 대한 시이다. "펠레오의 아들, 아킬레우스의 파괴적 분노, 여신이여, 노래하라."라고 서두에서 말한다.)

「하얀 남자」를 구성하는 120페이지는 매우 들쑥날쑥하다. 때때로 시인의 노래는 단순한 웅변으로 전락한다.

> 억압의 끝. 인간이 인간에게서 해방되고
> 힘에 대한 정의의 지배, 그리고 돈에 대한 노동의 지배
> 현명한 군중의 가득한 숨소리

부르짖음에 빠지는 경우도 많다.

> 몸을 일으킨 경찰이 마치 오케스트라처럼 사람들을 길로 인도한다.

반면에 감동적인 장면도 있다. 예를 들어, 쥘 로맹은 4000년 전의 하얀 남자와 수줍게 집으로 들어오는 부드럽지만 강인한 조상을 보여 준다.

> 바라보라, 고개를 숙일 필요조차 없다.
> 그와 같이 문이라고 불러 본다.
> 조심스레 문을 돌리면 정확하게 맞아떨어진다!
> 문! 인류에게 이보다 지속적인 목표는 없다.

예를 들어, 후자는 사적이고 사유적이다.

내 나이 마흔. 난 많은 책을 썼고

또한 벌집의 구멍보다도 많은 시를 썼다.

모두가 떠났다. 그 앞날은 어떻게 될까?

이별이 더 기쁘고 밤은 그들을 살아가게 한다.

R. B. 모왓의 『낭만의 시대』

[리뷰]

책은 세 가지 장치로 세 가지 오류를 만들어 낸다. 먼저, 단
어와 가구, 풍습 또는 촌스러운 옷차림을 통해 감동하게 한다.
두 번째는 과거의 인물을 경배하게 한다. 이들은 (예를 들어, 제
임스 조이스의 내적 독백처럼) 존재를 의심받지 않으므로 미학적
절차를 거치지 않아도 된다. 세 번째 오류는 과거를 현재에 대
한 예측으로 축소하여, '선구자' 이상으로 바라볼 수 없게 한다
는 것이다.

일반적으로 R. B. 모왓(R. B. Mowat)은 이러한 결점을 숨겨
왔다. 19세기 초반에 대한 묘사는 상당히 활력이 넘친다. 작품
제목이 '낭만의 시대'이기 때문에 그 안에 좋든 싫든 독일을 과
거나 현재를 통틀어 영국을 포함한 유럽에서 가장 낭만적인
나라로 묘사한 것은 당연하다. 주요 부분에서 독일을 다루며,
다른 부분에서는 프랑스, 영국, 러시아, 스페인, 오스트리아,
이탈리아, 터키를 다루었다.

중간에서 이해되지 않는 오류 하나를 발견했다. 괴테의
『젊은 베르테르의 슬픔』이 낭만주의자의 작품이 아니라고 평

가한 I42페이지를 말한다. 나는 이렇게 묻고 싶다. 눈물을 자아내는 이 저명한 작품에 '낭만적'이라는 단어가 적용되지 않는다면, 하늘과 땅을 통틀어 어떤 것에 적용돼야 한단 말인가?

마찬가지로 이미 언급한 유명인 각각에 대해 일종의 백과사전식 작은 전기를 삽입하는 습관은 적절치 않다. 이런 정보는 작가에 대한 이해를 돕기는커녕, 주제나 표현에 대한 이해를 방해한다.

장자크 루소의 자연으로 돌아가라, 할러의 중세의 이상화, 바이런의 화려하고 섬세한 비관주의, 샤를리의 영웅에 대한 숭배와 보편 역사를 소수의 영웅적 전기로 환원하는 것, 가톨릭 부흥을 위한 월터 스콧 경의 비자발적인 도움, 독일에서 만들어진 절대 국가에 관한 다양한 이론, 샤토브리앙이 명시한 십자가로의 귀환은 이 책이 보여 주고 논쟁을 시도하는 소재들이다.

문학계 단신

인도에 관한 새로운 책이 두 권 나왔다. 하나는 『인도로의 여행』으로 폴란드 작가 페르난도 괴넬의 작품이다. 다른 하나는 모리스 마그레의 작품으로 악의 없이 수다스러운 작품이다. 제목은 『인도, 마법, 호랑이, 야생의 밀림』이다. 신중한 독자들은 이 목록에 있는 마지막 세 단어가 첫 단어 안에 들어 있다는 것과, 이것들이 첫 단어를 약하게 만든다는 것을 눈치챘을 것이다.

1937년 10월 1일

카운티 컬런

[전기]

　　카운티 컬런(Countée Cullen)의 삶에 일어난 사건들은 많은 분량을 필요로 하지 않는다.(여기서 사건이란 주로 통계학적 사건을 의미한다.) 컬런은 흑인이었지만 노동자나 하인 출신이 아니었다. 그는 도시적인 부르주아였으며 귀족적이기까지 했다.(존경받는 아버지 애브너 컬런은 살렘 도시에서 감리교 주교회를 창설했다.) 컬런은 1903년 뉴욕에서 태어났다. 뉴욕 대학을 다닌 후 하버드에서 공부했다. 1928년에는 구겐하임 장학생으로 영국과 프랑스에 갔다.

　　열네 살에 첫 시를 썼다. 「수영 선수에게」라는 제목의, 작가도 요약하기 힘든 자유시였다. 문학 교수의 자극을 받아 쓴 이 시는 이듬해 《모던 스쿨 매거진》이라는 잡지에 게재되었다. 잡지에 실린 자신의 시를 발견했을 때의 행복과 열광은 (한 글자가 조금 지워진 것과 쉼표가 생략된 것이 아쉽기는 했지만) 그가 다른 시를 쓰는 계기가 되었다. 1919년에 「나는 삶과 지켜야 할 약속이 있다」라는 시를 발표했고, 1923년에는 백인들의 잡지 《더 북맨》에 「흑인 소년에게」를 발표했다.

테니슨, 앨프리드 에드워드 하우스먼, 에드나 성 빈센트 밀레이와 존 키츠는 컬런이 열광했던 대상들이다. 이들의 이름이 영어로 된 네 명의 음악인이고, 네 명의 열정적인 예술가인 것은 우연이 아니다. 컬런이 가장 관심을 둔 것은 형식이었다. 그는 이렇게 말한 적이 있다. "나는 음악에 대한 사랑으로 시를 쓴다. 나의 열망은 시인이 되는 것이고 그 이름에 도달하는 것이지, 흑인 시인이 되겠다는 것이 아님을 다시 강조한다. 그럼에도 내 시는 흑인들에 관해서, 나 자신이 한 사람의 흑인으로서 느끼는 감정의 깊이와 흥분에 관해서 이야기한다."

컬런이 발표한 시는 많은 경우 화려하다. 그의 미덕 중 상당 부분은 음악에서 나온다. 거기에서 시 번역의 무용함(또는 불가능성)이 나온다.

컬런은 『색』(1925), 『구리의 태양』(1927), 『흑인 소녀의 발라드』(1927), 『흑인 예수』(1929)를 출간했다.

G. K. 체스터턴의 『자서전』

[리뷰]

체스터턴의 책 중에서 유일하게 자서전적이지 않은 책이 『자서전』이라는 것을 파악하는 것이 대단한 역설은 아니다. 하지만 그것은 거의 완전한 진실이다. 브라운 신부나 레판토 해

전, 그것을 시작한 사람들을 죽인 책은 체스터턴에게 자서전을 쓰는 일보다 체스터턴이 되는 기회를 더 많이 제공했다. 나는 이 작품을 검열하지 않으며, 기본적으로 좋아하고, 때때로 매우 즐겁다고 생각한다. 하지만 다른 작품보다는 덜 전형적이며, 그의 기호가 다른 것들의 전조를 보여 준다고 판단한다. 이 책은 체스터턴에 대해 알고 싶은 사람에게 추천할 만한 작품은 아니다.(초기 작품으로는 『브라운 신부의 무공』 다섯 권, 빅토리아 시대에 관한 요약집, 『목요일이라 불리는 사나이』 혹은 시를 추천하고 싶다.) 하지만 체스터턴의 친구들에게는 이 책이 행복을 줄 수도 있다. 영국 기자 더글러스 웨스트는 이 책을 가장 좋아한다고 말했다. 다른 이들도 이 의견을 지지한다.

체스터턴의 매력은 새삼 언급할 필요가 없다. 나는 이 유명한 작가의 다른 미덕인 겸손과 예의에 대해 깊이 생각해 본다. 엄숙한 우리 나라에서 자서전 장르를 창작하는 문학가들은, 마치 모임에서 가끔 만나는 저명한 친척에 대해 말하듯 적당한 거리를 두고 점잖은 태도로 자기 자신에 대해 말한다. 반대로 체스터턴은 체스터턴과 활발하게 대화하고 심지어 그를 놀리기도 한다. 이러한 남성적 겸손함은 모든 페이지에서 드러난다. 「환상적인 변두리」라는 장에도 이런 예가 나타난다. (「금으로 만든 열쇠를 가진 남자」, 「어떻게 정신 나간 사람이 되나」, 「정설의 범죄」, 「검의 그늘」, 「불완전한 여행객」, 「금으로 만든 열쇠의 신」과 같은 장도 마찬가지다.) 예이츠는 자신의 시에서 "나를 친구로 대할 멍청이는 없다."라고 거만하게 말한 바 있다. 체스터턴의 의견은 이렇다. "나에 대해 말하자면 나를 친구로 대할 수 있는 얼간이가 많고, 마찬가지로 (더 정교하게 생각하자면) 나를 얼간이로 보는 친구들도 많다."

문학계 단신

우리 시대 문학의 문제점 중 하나는 무질서한 형태로 작업하는 열정 방식을 칭송한다는 것이다. 무질서를 자극하고, 혼돈을 구축하고, 우연의 효과를 위해 지식을 사용하는 것은 당시 말라르메와 제임스 조이스의 작품에 쓰이던 방식이다. 런던에서 파운드의 『노래』가 발간된 지 50년이 지났는데, 이는 언급한 것과 같은 특이한 전통이 계속 이어지고 있음을 의미한다.

1937년 10월 15일

라이문도 룰리오의 사고 기계

[에세이]

라이문도 룰리오(또는 라몬 룰)[386]는 13세기 말에 사고 기계를 발명했다. 그의 독자이자 주석가인 아타나시우스 키르허는 400년 후에 마법의 전등을 발명했다. 첫 번째 발명은 '위대한 일반 예술(Ars magna generalis)'이라는 제목의 작품이고, 두 번째는 접근하기 어려운 '빛과 그늘에 관한 위대한 예술(Ars magna lucis el umbrae)'이다. 꽤 관대한 이름들이다. 빛나는 현실에서는 어떤 마법의 전등도 마법적이지 않으며, 라몬 룰이 생각해 낸 메커니즘도 그럴싸하지 않다. 다시 말해 그 목적과 비교하고 발명가의 목표로 판단하자면, 사고 기계는 작동하지 않는다. 사건은 우리에게 부수적인 것이다. 지속적인 운동 기제 또한

---

386   Raimundo Lulio(1232~1316), Ramón Llull이라고도 불리는 스페인 철학자이자 논리학자.

작동하지 않는다. 백과사전에 나오는 묘사가 신비로움을 증폭시킬 뿐이다. 우리가 누구이고 세상은 무엇인가에 대해 규정하는 형이상학적이고 시학적인 이론도 작동하지 않는다. 그의 공적이고 유명한 무용함은 그의 관심을 축소시키지 못한다. 결과적으로 (내 생각에는) 쓸모없는 사고 기계의 일례다.

1) 기계의 발명

기계가 어떻게 시작되었는가에 대해 우리는 항상 무시해 왔다.(전지전능한 기계가 자신을 드러내기를 기다리는 것은 모험과도 같은 일이다.) 다행스럽게도 유명한 마인츠[387] 판본(1721~1742)의 필사본이 우리의 예측을 가능하게 했다. 편집자인 살징거(Salzinger)는 이 복사본이 이보다 복잡한 다른 것의 단순화된 형태라고 판단한다. 나 역시 이 복사본이 이후에 나온 것들의 훌륭한 선구자가 될 자격이 있다고 생각한다. 이전의 예를 확인해 보자.(그림 I) 신의 특징에 대한 개요 또는 도형이다. 중앙의 A는 신을 의미한다. 원형에서 B는 유대 의식을 표현하고, C는 위대함, D는 영원, E는 권력, F는 지혜, G는 의지, H는 미덕, I는 진실, K는 영광을 의미한다. 이 아홉 개의 글자 각각은 중앙과 등거리에 있으며 다른 모든 글자와 줄이나 대각선으로 통합된다. 이는 첫째, 모든 특징이 내재적이라는 것을 말한다. 둘째, 이들이 자체적으로 연결되어 있어 영광이 영원하고, 영원은 영광스러우며, 권력은 진실하고, 영광스럽고, 선

---

387   독일의 남서부 라인란트 팔츠주의 주도.

그림 1. 신의 속성

하고, 영원하고, 강력하고, 지혜롭고, 자유롭고, 미덕과 유대로
연결되며, 위대하게 영원하고, 영원하게 강력하며, 강력하게
지혜롭고, 지혜롭게 자유로우며, 자유롭게 고결하고, 고결하게
진실하다고 주장하는 것이 이단적이지 않다는 것을 말한다.

　독자 여러분이 내가 그 밖의 것이라 명명한 것의 위대함을
잘 이해했으면 좋겠다. 그것은 여기에서 표현할 수 있는 것보
다 훨씬 더 우월한 숫자의 결합을 포함한다. 모든 것이 허영에
서 나온다는 것, 즉 우리에게 영광이 영원하다고 말하는 것은
영원이 영광스러운 것이라고 말할 만큼 무의미하다는 것은 부

수적인 관심사이다. 아홉 개의 대문자가 아홉 개의 공간에서 별과 다각형에 묶여 있는 이 고정된 도형은 이미 사고 기계인 셈이다. 이것이 8세기에 만들어졌다는 사실을 잊지 말라. 이것을 발명한 사람이 우리가 배은망덕하게 생각하는 재료로 그 기계에 영양을 공급하는 것은 당연하다. 우리는 이미 유대, 위대함, 지혜, 권력, 영광과 같은 개념이 인정할 만한 결과를 만들지 못한다는 것을 알고 있다. (본질적으로 룰과 같이 순진한) 우리는 다른 방식으로 공급의 원천을 드러내려 한다. 엔트로피, 시간, 전기, 잠재적 에너지, 네 번째 국면, 상대성, 양자, 아인슈타인 등의 단어가 사용되기도 하고, 잉여 가치, 프롤레타리아, 자본주의, 계급 투쟁, 변증법적 유물론, 엥겔스 같은 말이 사용되기도 한다.

2) 세 개의 원형

아홉 개의 공간으로 다시 나뉜 원형이 상당히 많은 조합을 가능하게 한다면, 나무나 금속으로 구성되면서 하나가 열다섯에서 스무 개로 구성된 회전하는, 중심이 있고, 다루기 쉬운 세 개의 원형에서는 무엇을 기대하지 못하겠는가? 라몬 룰이 멀고 먼 마요르카의 빛나는 붉은 섬에서 이를 생각해 냈다. 이 기계(그림 2)의 조건과 목적이 아니라 그것을 움직이는 원칙이다. 하나의 문제를 해결하는 데 있어 운명의 체계적인 적용이 그렇다.

앞에서 나는 사고 기계가 작동하지 않는다고 말했다. 그 말을 여기서 뒤집겠다. 사고 기계는 압도적으로 잘 작동한다. 어떤 문제라도 한번 상상해 보자. 호랑이의 '진짜' 색을 판별하는 것이라 치자. 라이문도 룰리오가 만든 글자 하나에 한 가지 색

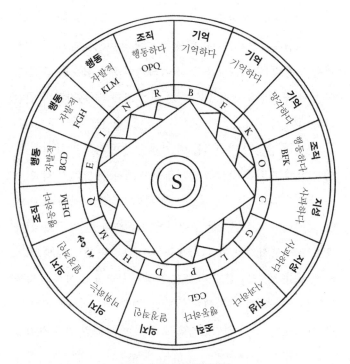

그림 2. 라몬 룰의 사고 기계

깔의 가치를 부여하고, 원판을 회전시킨다. 일정하지 않은 호랑이가 푸른색, 노란색, 검정색, 흰색, 초록색, 남색, 오렌지색, 회색 혹은 노란 파랑, 검은 파랑, 흰 파랑, 초록 파랑, 남색 파랑, 파란 파랑 등으로 구분되기 시작한다. 엄청나게 애매한 상태에서 '위대한 예술' 당원들은 포기하지 않았다. 여러 기계를 조합하면서 동시적인 사용법에 대해 조언했다. 그들에 따르면 이 조합은 '증식'과 '방정식'을 통해 지향하고 수정되어 나갈 것이다. 오랜 세월 동안 많은 이들이 원형을 계속 조작하는 과정을 통해 세계의 모든 비밀이 확실히 드러날 것이라고 믿었다.

3) 걸리버와 그의 기계

『걸리버 여행기』의 세 번째 부분에서 스위프트가 사고 기계를 조롱한다는 사실을 독자 여러분이 기억했으면 좋겠다. 이 책에서 제안하거나 묘사하는 것은 보다 더 복잡하며 인간의 개입이 적다.

걸리버 장군이 지시하는 이 기계는 목재 뼈대로, 미묘한 철사에 의해 연결된 주사위 크기의 육면체다. 육면체의 각 면에는 단어가 적혀 있다. 수평으로 된 뼈대의 옆에는 쇠고리가 있다. 움직이면서 육면체를 뒤집기에 충분하다. 한 번 구를 때마다 단어와 순서가 바뀐다. 학생들은 이 과정을 주의 깊게 읽고, 두 개 또는 세 개가 한 문장 또는 문장의 부분을 구성하는 것을 파악한 후 그것을 공책에 기록한다. 걸리버는 이렇게 덧붙였다. "교수는 곳곳이 지워진 구절로 가득한 책 여러 권을 가리켰다. 이 소중한 물건은 우리가 사는 세상에 모든 예술과 과학에 관한 백과사전적 체계를 제공하기 위해 만들어진 것이다."

4) 마지막 주장

사고 기계는 철학적 성찰의 도구로는 부적합하다. 반면에 문학적이고 시적인 도구로는 괜찮다.(프리츠 마우트너는 『철학 사전』의 첫 번째 권 284페이지에 나오는 음(音)의 사전이 일종의 사고 기계라고 강력하게 주장한다.) '호랑이'를 위해 특정한 형용사를 원하는 시인은 절대적으로 기계와 같다. 호랑이를 요약하면서 놀라운 형용사 하나를 만나게 된다. '검은 호랑이'는 밤의 호랑이가 될 수 있다. '붉은 호랑이'는 피를 함의한다는 측면에서 모든 호랑이가 된다.

알프레트 되블린

[전기]

대부분의 독일 작가는 학계 출신으로, 문학에 도달하기 위해 신학이나 형이상학을 공부한 사람들이다. 알프레트 되블린(Alfred Doblin)은 그렇지 않다. 1878년에 태어나 베를린의 노동자 지역에서 수년간 의학을 공부하다 1915년에 첫 소설을 발표했다.

되블린의 작품은 흥미롭다. 정치적 성격이나 문학적 성격을 띠는 논문을 여러 편 썼다. 조이스의 『율리시스』에 대한 분석과, 마르크스주의 문학의 기초에 관한 연구가 그 예다. 이 작품은 정확히 다섯 권의 소설로 구성되었다. 각 권은 소통되지 않는 별개의 세계에 상응한다. "인물은 허영심으로 인해 한계를 보여 준다."라고 알프레트 되블린은 1928년에 선언한다. "내 소설이 살아남는다면, 미래가 각각 다른 네 사람으로 그려지기를 바란다."(이 겸손한 욕망 또는 야심찬 욕망을 형식화한 시기는 『베를린 알렉산더 광장』이 아직 출간되기 전이었다.)

다섯 권으로 구성된 대작에서 첫 번째 권의 제목은 『왕룬의 세 번째 도약』이었다. 모반자, 복수, 의식, 중국의 비밀 사회는 이 책을 밀도 있게 만드는 재료들이다. 이 책을 쓰기 위해 되블린은 베를린 도서관의 방대한 자료를 이용했다. 두 번째 책인 『발렌슈타인』 역시 역사서이며, 주제는 피로 물든 17세기의 독일이다. 『산, 바다, 그리고 거인』(1924)은 H. G. 웰스나 올라프 스테이플던의 방식과 유사한, 미래 서사시다.(행위가 일어나는 장소는 그린란드이고 영웅은 세계 곳곳에서 등장한다.) 『마나스』

(1926)는 히말라야에서 죽은 자들에 대해 말한다. 마지막 작품인 『베를린 알렉산더 광장』(1929)은 상당히 사실적이다. 언어는 구어체이고, 베를린의 노동자나 부랑자에 대해 얘기하며, 형식은 조이스가 『율리시스』에서 사용한 것과 같다.

우리는 무료한 영웅인 프란츠 비베르코프의 행위와 사상뿐 아니라, 그를 포함하는 도시를 잘 알고 있다. 되블린은 『율리시스』가 전기적으로 정확한 책이라고 썼다.

그런 측면에서 보면 『베를린 알렉산더 광장』에 대해서도 같은 평가를 내릴 수 있을 것이다.

J. B. 프리스틀리의 『시간과 콘웨이 가문』

[리뷰]

비평은, 예술의 시간은 현실의 시간과 일치해야 하는가라는 질문을 한 번 이상 해 왔다. 대답은 복합적이다. 셰익스피어는 자신의 메타포를 통해 시간에 관한 작품에 모래시계를 뒤집어 넣었다. 조이스는 과정을 역전시키면서 독자들의 낮과 밤과는 다른 레오폴드 블룸과 스티븐 디댈러스의 하루를 서술했다. 시간을 줄이거나 연장하는 것은 과거와 미래를 뒤섞는 흥미로운 작업이다. 콘래드는 『운명』이라는 소설에서 이 방식을 처음 사용했다. 포크너는 『소리와 분노』에서 이 방식을 더욱 발전시켰다.(이 작품의 첫 장은 1928년 4월 7일과 일치한다. 두 번째 장은 1910년 6월 2일, 마지막에서 두 번째 장은 첫 장의 전날로 돌아간다.) 독자들이 스펜서 트레이시의 영화 「권력과 영광」을 기억할지 모르겠다. 이 영화는 한 남자에 대한 전기인데 의도적으로(그리고 감동적으로) 연대기적 순서를 누락시킨다. 첫 번째 장면은 그를 묻는 것으로 시작한다.

J. B. 프리스틀리(J. B. Priestley)는 장면을 뒤로 이동시켰다. 그의 드라마는 윌리엄 포크너의 『소리와 분노』처럼 한 가족의 몰락을 그린다. 1막(1919)은 스무 살의 여자 주인공 케이 콘웨이의 집에서 열리는 모임을 비춘다. 2막은 같은 장소와 같은 인물들, 하지만 1937년의 상황을 보여 준다.(동생인 캐럴 콘웨이가 죽었다.) 3막은 우리를 생일로 되돌아가게 하는데, 이미 각각의 단어는 기억 속의 단어와 같이 달콤하면서도 비참하다.

이런 극명한 대조는 이 주제가 갖는 가장 큰 위험이다. 프리스틀리는 자발적으로 이 문제를 해결했다.

처음 보았을 때는 첫 장에서 불길한 예감이 크게 부각되는 것이 실수처럼 보인다. 이후에는 그것이 없었다면 프리스틀리의 작품 초반이 드라마틱하지 않았으리라는 것을, 바로 그 애매함이 하나의 자극이 되었다는 것을 깨닫는다.

나는 『시간과 콘웨이 가문』에서 보이는 기술적 새로움을 강조했다. 그렇지만 그것 외에 다른 장점이 없다는 의미는 아니다.

1937년 10월 29일
프란츠 카프카

[전기]

이 작가의 삶은 그 뛰어난 작품이 주는 기쁨을 넘어 또 하나의 미스터리를 제공한다. 프란츠 카프카(Franz Kafka)는 프라하의 유대인 동네에서 1883년에 태어났다. 부모가 재산이 조금 있는 사람들이라 법학을 공부해서 박사 학위를 받은 후 보험 회사에서 일했다. 그의 젊은 시절에 관해서는 두 가지 사실이 알려져 있다. 그의 사랑이 괴로움으로 끝났다는 것과 모험 소설과 여행에 관한 책에 흥미를 보였다는 것이다. 그는 결핵을 앓아서 상당 기간을 티롤, 카르파토, 에르제비르게의 요양원에서 보냈다. 첫 소설 『아메리카』는 1913년에 쓴 것으로 알려졌다. 1919년에는 베를린에 정착했고 1924년 여름에 빈 근처의 요양원에서 사망했다. 그의 영어 번역가인 에드윈 뮤어(Edwin Muir)는 연합군의 악명 높은 봉쇄가 그의 죽음을 재촉했다고 적었다.

카프카의 작품은 완성되지 않은 세 편의 소설과 단편, 경구, 편지, 일기 및 초고로 구성된 세 권이 있다.(앞의 네 권은 베를린에서 나왔고 뒤의 두 권은 프라하에서 나왔다.)

그의 작품 중 가장 기대했던 『아메리카』는 가장 개성이 떨어진다. 『심판』(1925)과 『성』(1926)은 엘레아의 제논이 제시한 끝없는 역설과 모든 면에서 구조가 동일하다. 분별력 없는 심판 과정에 괴로워하는 『심판』의 주인공은 자신의 기소 이유를 알아내지 못하며, 심지어 그를 판결한 법정도 보지 못한다. 게다가 법정은 판결도 없이 그를 교수형에 처한다. 두 번째 소설의 주인공인 K는 성에 부름을 받은 측량 기사였는데, 그곳에는 들어가지도 못했으며, 그를 통치하는 당국에 의해 인정받지도 못한 채 죽었다. 이 두 소설 모두에서 중간 장들이 빠진 것은 우연이 아닐 것이다. 제논의 역설에서 아킬레우스와 거북이를 둘러싼 무한정한 지점이 부족한 것과 같다.

단편 중에는 「만리장성을 쌓을 때」이라는 작품이 가장 훌륭하다. 또한 「자칼과 아랍인」, 「법 앞에서」, 「제국의 메시지」, 「단식 광대」, 「가족과 아버지의 무게」, 「법의 문제점」, 「오래된 페이지 한 장」, 「독수리」, 「거대한 두더지」, 「한 마리 개에 관한 조사」, 「굴」이 있다.

H. G. 웰스의 『브린힐트』

[리뷰]

먼 미래를 다루는 해석학자들은 웰스의 작품에 나오는 인간을 여섯 종류로 구분한다. 1) 놀라운 화자(『타임머신』,『투명인간』,『달에 간 최초의 인간』,『모로 박사의 섬』,『플래트너 이야기』), 2) 도덕적 유토피아주의자(『오래된 세계를 통한 새로운 세계』,『미국의 미래』,『신』,『보이지 않는 왕』,『예감』,『열린 음모』), 3) 심리 소설가(『아이작 허먼 경의 여자』,『심장이 숨겨진 장소』,『주교의 영혼』,『존과 피터』), 4) 유머 넘치는 영국인(『폴리 씨의 이야기』,『사랑과 루이셤 씨』,『운명의 바퀴』,『킵스』), 5) 백과사전 발명가(『삶의 과학』,『우주 역사의 개요』,『짧은 세계사』), 6) 언론인(『그늘진 러시아』,『워싱턴과 평화에의 기대』,『예언의 해』).

다른 책들의 인물 역시 이러한 조합의 결과일 것이다. 예를 들어,『토노-번게이』는 3)과 4)의 결합이고,『도래할 세계』와 『신과 같은 인간』은 1)과 2)의 결합이다. 1)이 가미된 2)와 같다고 말하는 것이 더 맞을 것이다.

『브린힐트』는 유머 작가 웰스와 심리학자 웰스가 함께 작업한 결과라고 확언해도 좋다. 이 결합은 성공적이었다. 나는 이틀 만에 약 300페이지를 읽었다. 하지만 여주인공 브린힐트는 광고 회사의 이상한 대리인인 이매뉴얼 크루트 씨만큼도 흥미롭지 않은 인물이다. 소설 초반부에 죽어서 이후 주인공들의 대화나 기억에서 두세 번 정도 등장하는 로더 씨가 훨씬 흥미롭다. 작가가 언젠가 이 인물을 다루는 소설을 썼으면 좋겠다. 물론 '인물 전체'를 묘사하면 이번과 같은 순간적인 등장에 비해 훨씬 효과가 떨어지겠지만 말이다.

다른 훌륭한 특징은 열 번째 장에 나오는 소설가 앨프리드 번터의 고백이다. 그의 장황한 고백은 매우 인상적이다. 왜냐하면 그것이 거짓이라는 것을 의심하게 되고, 앨프리드 번터

가 범죄를 저질렀다는 것을 느낄 수 있기 때문이다. 그 자신이

방어하고 있는 한 사람을 살해한 바로 그 범죄에 관해서 말이

다.(웰스는 의도적으로 논점을 제시하지 않는다.)

1937년 11월 19일
올라프 스테이플던

[전기]

올라프 스테이플던은 다음과 같이 말한다. "나는 천성적으로 자본주의에 의해 보호받는(혹은 특혜를 받는) 데 서투른 사람이다. 반세기에 걸친 노력 끝에 최근에야 나의 임무를 다하는 법을 배우기 시작했다. 내 유년기는 약 25년 정도였고, 수에즈 운하, 애보츠홈 학교, 옥스퍼드 대학에서 형성되었다. 늘 심각한 재난으로부터 도피하면서 다양한 직업을 전전했다. 교사로서 성서의 모든 부분을 외우면서 신성한 이야기가 주는 가르침을 배웠다. 리버풀의 한 사무실에서 물건의 목록을 잃어버렸다. 사이드 항구[388]에서는 어리석게도 선장들이 약속한 것보다 많은 석탄을 실어 나르는 것을 허락했다. 민중을 교육하

---

388   이집트의 항구 도시.

기로 결심했다. 워킹턴의 광부와 크루의 선로 노동자들은 내가
가르친 것보다 훨씬 많은 것을 나에게 가르쳐 주었다. 1914년
의 전쟁은 나를 평화주의자로 만들었다. 프랑스 전선에서 적
십자의 앰뷸런스를 몰았다. 이후 낭만적인 결혼과 가정을 꿈
꾸었다. 35세의 지친 청년으로 깨어났다. 고통스러운 애벌레
시기를 거쳐 변형되고 뒤처진 성숙기에 도달했다. 나를 지배
하는 것은 두 가지다. 하나는 철학이며, 다른 하나는 우리 인간
집단의 비극적 무질서에 대한 확신이다. 이제는 내가 한 발은
정신적 성숙함의 그늘에, 다른 한 발은 무덤의 주변에 두고 있
다는 것을 웃으며 말할 수 있다.”

　　마지막 줄의 소소한 은유는 그의 무한한 상상력 대신 문학
적 서투름(혹은 무관심)을 보여 주는 좋은 예다. 웰스는 촉수를
지닌 화성인, 투명인간, 머리가 큰 괴물을 일상의 우스꽝스러운
사람들로 교체했지만 스테이플던은 구체적인 묘사와 상당 부
분 자연주의적인 방식을 통해 상상의 세계를 구축했다. 인간적
사건이 생물학적 환상의 볼거리에 개입하게 하지 않았다. 그의
저서는 우주와 영원을 보여 주고자 했다. 작품으로는 『마지막
인류와 최초의 인류』, 『런던의 마지막 인류』, 『이상한 존』, 『윤
리학의 새로운 이론』, 『깨어나는 세상』, 『별의 창조자』가 있다.

조설근의 『홍루몽』

[리뷰]

　　케베도가 죽은 해인 1645년에 중국은 문맹(文盲)의 기마족

인 만주인들에게 점령당했다. 그러한 재난에서 흔히 볼 수 있는 가혹한 사건들이 발생했다. 거친 정복자들은 정복당한 이들의 문화에 매혹되었고 예술과 문학을 인내와 함께 숙성시켰다. 오늘날 고전이 된 수많은 책이 나타났다. 그중에서 프란츠 쿤 박사가 독일어로 번역한 저명한 소설은 우리를 즐겁게 할 것이 틀림없다. 3000년이 된 문학에서 가장 유명한 이 소설의 첫 서양 버전이다.(다른 것들은 작품에 대한 요약이다.)

첫 번째 장은 하늘에서 유래한 돌에 관한 이야기로 이 돌은 손상된 하늘을 접합시키려 하나 그 거룩한 목적을 이루지 못한다. 두 번째 장은 작품의 주인공이 혀 아래에 얇은 비취를 물고 태어난 이야기이다. 세 번째는 우리에게 영웅을 알려 주는데, "그의 얼굴은 추분점에 뜨는 달처럼 밝으며, 그의 살결은 이슬을 머금은 꽃처럼 신선하고, 그의 눈썹은 붓과 먹의 작업 같고, 그의 눈은 입이 미소 지을 만큼 진지하다." 이후 소설은 무책임하고 두서없이 진행된다. 주변 인물들이 너무 많아 누가 누군지 모르게 된다. 흡사 정원이 많은 집에서 길을 잃어버린 느낌이다. 그렇게 다섯 번째 장에 도달하고, 여섯 번째 장에서는 예상치 못한 마술처럼 "주인공이 달과 비의 놀이를 처음으로 보여 준다." 이 장들은 우리에게 작가가 대문호임을 확신하게 한다. 에드거 앨런 포나 프란츠 카프카만 한 가치가 있음을 입증하는 열 번째 장에는 "가보옥이 바람과 달의 거울을 이용해 허용되지 않는 방식으로 자신의 악행을 되비쳐 본다."라고 적혀 있다."

작품 전체에 걸쳐 강렬한 성적 욕망이 드러난다. 주제는 인간의 타락과 종국의 순간에 나타나는 신비로운 구원이다. 꿈이 넘쳐 나는데, 작가가 그들이 꿈을 꾸고 있다는 것을 말해 주지 않아 우리는 그들이 꿈에서 깰 때까지 그것이 현실이라고 생각하기에 긴장감이 넘친다.(도스토예프스키도 『죄와 벌』의 마지막에 이르러 이 절차를 한 번 혹은 연속해서 두 번 다루고 있다.) 환상적인 장면도 많다. 중국 문학은 '환상 문학에 대해 알지 못한다.' 왜냐하면 어느 순간까지는 모든 것이 환상적이기 때문이다.

맥스 이스트먼의 『웃음의 즐거움』

[리뷰]

맥스 이스트먼(Max Eastman)의 이 책은 일정 부분 유머에 관한 분석이고, 일정 부분 선한 사람과 다른 이들에 관한 농담 선집이다. 작가는 가장 무시하기 쉬운 베르그송과 프로이트를 비판한다. 하지만 (『의지와 표상으로서의 세계』 1권의 13장과 2권 13장에 나오는) 보다 날카롭고 그럴듯한 쇼펜하우어의 이론은 언급하지 않는다. 하지만 소수만이 그것을 기억한다. (쇼펜하우어에게서 영향을 받은) 우리 시대는 그의 지적인 측면을 용서하지 못한 것 같다. 쇼펜하우어는 하나의 대상에 대한 역설적이고 예상치 못한 모든 우스운 상황을 다른 차원의 범주로 치환하는 동시에, 개념과 현실 사이의 불일치를 우리의 서투른 인식 탓으로 돌린다. 마크 트웨인은 우리에게 하나의 사례를 제시한다. "내 시계는 늦게 간다. 하지만 그것을 수리하러 보냈고 오히려 빨리 가게 되었다. 그 결과 이 도시의 가장 좋은 시계들보다 늦게 가지 않는다." 경주마와 증기선에서 다른 이들과 거리를 두려는 전략이 가지는 장점과 같다. 시계도 마찬가지다. 로런스 스턴[389]의 확신을 여기에 다른 예로 제시하겠다. 그는 이렇게 말한다. "내 삼촌은 빈틈이 없는 사람으로 면도가 필요할 때마다 이발소에 가는 일에 시간을 쓰지 않는다." 마찬가지로 이는 쇼펜하우어의 법칙을 만족시킨다. 실제로 개인적으로 일을 처리하는 것은 미덕일 수 있다. 또한 이에 매료된 조카가 삼촌을 따라 면도를 하는 것은 아주 자연스러운 행위이다. 쇼펜하우어는 그의 공식이 모든 농담에 적용된다고 생각했다. 나는 그렇게 생각하지 않는다. 마찬가지로 이미 분석한 두 가지 농담에서 작동하고 있는 유일한 법칙이라고 보지 않는다. 독자들이 이스트먼의 책에서 내가 읽는 다음의 훌륭한 대화에 이 법칙을 적용해 주었으면 좋겠다.

"신시내티에서 우리가 만나지 않았나요?"

"나는 신시내티에 간 적이 없는데요."

"나도 안 가 봤어요. 다른 두 명이 거기 있었나 보죠."

(쇼펜하우어의 주장에 가장 합치될 수 있고) 놀라운 것은 78페이지의 다음 구절이다. "아주 커다란 굴 하나를 삼키기 위해서는 두 사람이 필요하다."[390]

P. G. 우드하우스와 스티븐 리콕, 애니타 루스, 채플린은 『웃음의 즐거움』을 찬양했다.

---

389   Laurence Sterne(1713~1768). 아일랜드 출신의 영국
       소설가이자 성직자.
390   한 가지 사실을 드러내기 위해 불가능한 것을 표현하
       고 있다.

1937년 12월 3일

H. R. 르노르망

[전기]

앙리 르네 르노르망(Henri René Lenormand)은 1882년 파리
에서 태어났다. 시와 페르시아 음악, 그리고 『아시아 사랑 선
집』(이 선집은 아프가니스탄 시인 무하마드지의 「검게 땋은 머리」
등 모든 에로틱한 시 중에서도 가장 애절하고 절박한 시들을 모아 놓
았다.)의 편집자인 르네 르노르망의 아들이다. 르노르망은 장
송드사이 고등학교에서 교육받았고, 이후 소르본 대학을 졸업
했다. 1906년에 첫 책을 출간했다. 산문 형식으로 된 일련의 시
로 불행한 한 영혼이 벨기에와 스코틀랜드와 잉글랜드를 풍경
으로 방랑한 이야기를 담아 냈다. 입센에게 영감을 받아 희곡을
쓰게 되었다. 그의 첫 번째 드라마는 「소유된 이들」로 1909년
파리의 예술 극장에서 초연되었다. 두 번째 드라마인 「포화」는
1914년에 무대에 올려졌다.

「시간은 꿈이다」(1919), 「실패자들」(1920), 「꿈을 먹는 자」

(1922), 「붉은 바람」(1923) 등 전쟁 후에 그가 올린 드라마들은 일반적인 3막이 아니라 여러 막으로 구성되었다. 예를 들어, 「실패자들」은 긴장감 넘치는 열다섯 개의 막으로 구성되는데 한 여자와 남자의 영혼이 분열되는 과정을 시간의 흐름 속에서 자세하게 보여 준다.

「열풍」과 「악의 그림자」에서는 "피에르 로티, 콘래드, 키플링의 소설과 유사한 이국적 분위기"가 넘치는 드라마를 창조하려는 열망에 답한다.

마찬가지로 르노르망은 다음과 같이 썼다. "인간적 본능에 기후가 어느 정도 영향을 미친다는 생각은 나를 북아프리카로 이끌었고, 그곳에서 「열풍」에 등장하는 무게와 길이를 측정하는 명예로운 조사관, 귀머거리 아랍 하인, 아름다운 독충과 같은 창녀 등 거의 모든 주변 인물을 알게 되었다."

르노르망의 다른 단편집으로는 『인간과 그의 유령들』, 『겁쟁이』, 『거짓 사랑』, 『죄 없는 사람』, 『비밀스러운 삶』이 있다.

J. B. 프리스틀리의 「나는 전에 여기에 있었다」

[리뷰]

프리스틀리의 마지막에서 두 번째 비극 「시간과 콘웨이 가문」의 첫 번째 막은 1929년의 한 석양 무렵을 보여 준다. 두 번째 막은 1937년의 어느 밤을, 세 번째 막은 1929년 석양이 시작되는 지점을 보여 준다. 「나는 전에 여기에 있었다」라는 마지막 드라마에서는 시간이라는 테마가 매우 중요하게 다루어진다. 등장 인물은 네 명이다. 그중 한 사람인 고틀러 박사는 생면부지의 여인이 그에게 자신의 불행한 결혼, 올리버 파란트라는 사람과의 도주, 그리고 남편인 월터 오먼드의 자살에 관해 이야기를 들려주는 꿈을 꾼다.

이후 고틀러는 더 어린 여인을 알게 되는데 꿈속의 여인과 동일했다. 남편인 월터 오먼드가 그녀와 같이 있었다. 대화에는 학교 선생님이 개입한다. 고틀러는 그 이름이 파란트라는 사실을 알고도 그리 놀라지 않는다. 비극적인 일은 일어나지 않았다. 비극은 앞으로 일어날 일이었고, 인물 중 하나가 그것이 무엇이라는 것과 다른 세부 사항을 알고 있다. 넓은 의미에서 초자연적이라고 할 수 있지만, 내가 전에 여기에 있었다는 말이 믿지 못할 주장은 아니다. 결말은 더 드러내지 않겠다. 월터 오먼드가 자살하지 않는다는 것을 말하는 정도로 끝내겠다.

위에서 보이는 대체와 면제가 고틀리의 전조적 꿈과 작품의 전체 개념을 무효화시키는데 이는 최악의 결과이다. 실제로 그렇게 정확한 정보를 가진 꿈에 어떻게 오류가 있다고 가정하겠는가? 프리스틀리 자신은 우리에게 그러한 오류는 없다고 답한다. 이런 상상의 어려움을 풀 열쇠를 던[391]의 흥미로운 가정이 제공한다. 그는 미래와 현실의 가능성에 대한 무한한 숫자가 각각의 개인 그리고 그들의 각 순간에 달려 있다고 말한다. 우리가 보듯이 그 주장은 프레스틀리가 쓴 세 개의 막보다 훨씬 더 복잡하고 천재적이다.

---

391   존 윌리엄 던(John William Dunne, 1875~1949). 영국의 철학자, 공학자 및 작가.

마이클 이네스의 『복수하라 햄릿이여!』

『대통령의 거처에서의 죽음』을 쓴 천재 작가의 이 두 번째 소설에는 엘러리 퀸이 9년 혹은 10년 전에 상상한 것이 풍부하게 그려진다. 그 내용은 미스터리를 제안하고, 그럴듯하기보다는 우아하면서도 놀라운 해결책을 암시하거나 보여 준 뒤 종국에는 복잡하지만 설득력 있고, 오히려 애매한 '진실'을 밝혀낸다. 마이클 이네스(Michael Innes)는 이 책에서 올던의 군주인 이안 스튜어트의 죽음에 대한 세 가지 해결책을 제안한다. 71쪽에 나오는 첫 번째 해결책은 체스터턴의 관용이며, 두 번째 해결책은 304~319쪽에 나오는데 첫 번째보다는 기발하지도 않고 설득력도 떨어진다.

세 번째이자 마지막 해결책(340~351쪽)은 기발하지도 훌륭하지도 않다. 너무 무미건조하거나 미숙해서(여기서는 한 명 대신에 두 명의 범죄자가 필요하다고 말하는 정도로 충분할 것이다.) 믿음을 주지 못한다.

이런 실수에도 불구하고 『복수하라, 햄릿이여!』는 훌륭한 소설이다. 한 가지 오랫동안 강조하고 싶은 것은, 작품의 서문에 나오는 햄릿의 드라마에 대한 해석은 이후 우리가 읽게 될 이야기를 은밀하게 드러내고 있다는 것이다. 따라서 쉽게 무시해선 안 된다.

이 책은 탐정 장르의 어려움이 많아지고 있음을 보여 준다. 독자가 예상하지 못하도록 작가는 필요하지 않은 해결책을 선호해야 한다. (미학적으로는) 잘못된 결론인데도 말이다.

1937년 12월 24일

주세페 마르체민의
『베네치아의 로마적 기원』

[리뷰]

깁슨은 그가 쓴 이야기의 60번째 장에서 다음과 같이 밝혔다. "나는 아틸라의 이탈리아 창조에서 아퀼라와 파두아 가문이 훈족의 위협으로부터 도망쳐 아드리아만을 둘러싸고 있는 100여 개의 섬에서 어두운 피난처를 발견했다고 말했다." 가난하고 다가갈 수 없기에 자유로운 물 가운데에 공화국을 형성하게 되었으며 이것이 베네치아의 기원이다. 아틸라는 세계를 정복하고 그의 말이 딛는 곳마다 풀이 나지 않는 것을 거만하게 자랑했다. 하지만 그의 불법 행위는 강력한 공화국의 기반을 무너뜨렸다.

이 책은 1786년에 나왔다. 이 책에 나오는 말들은 지금까지도 이탈리아 역사가들의 동의를 얻고 있다. 베네치아 출신의 주세페 마르체민(Giuseppe Marzemin)은 500페이지와 30개의 삽화를 통해 그것들을 극복하고자 했다. 그의 책이 담고 있는 주장은 논쟁의 여지가 있다. 하지만 단순히 새롭기 때문만은 아니다. 마르체민은 이 도시의 기원을 '도주'로 정의하는 것을 부정했다. 오히려 베네토주(州)³⁹² 역사에 400년을 더한 숭고한 역사라고 주장했다. 그의 주장은 다음과 같다. 베네치아라는 도시는 마르코 주니오 브루노의 사촌인 주니오 브루토 10세가 기원전 44년에 세웠는데, 그는 줄리어스 시저와 같이 상속자이자 암살자였다. 주니오 브루토 10세는 다리를 건설하여 함대 기지를 돕고 공화국이 바다를 지배하도록 함대를 이끌고 갔다. 하지만 그의 목적은 철저하게 실패했으며, 공화국은 패배했고, 브루토는 갈리아인들에게 배신당해 로마의 검으로 처형되었다. 하지만 (주장에 의하면) 항구는 계속 남았고, 후에 레판토의 월계수와 바이런과 바그너의 이름이 그것과 연결되었다.

---

392   수도를 베네치아로 둔 이탈리아의 북동부 지역.

1938년 1월 7일

윌 제임스

[전기]

우리 아르헨티나 공화국은 파울리노 루세로, 엘 파우스토, 마르틴 피에로, 후안 모레이라, 산토스 베가, 돈 세군도 솜브라, 라몬 아사냐 등으로 대표되는 풍부한 가우초 문학의 전통을 가지고 있다. 이러한 전통은 전적으로 수도인 부에노스아이레스 작가들의 어린 시절이나 휴가의 기억 속에 기록되어 있다.

미국은 이에 상응하는 작품을 생산하지 못했다. 미국 문학에서 카우보이는 남부의 흑인이나 중서부의 야인에 비해 주목받지 못했고, 현재까지도 훌륭한 영화에 영감을 주지 못하고 있다. 하지만 진정한 카우보이가 쓴 카우보이에 관한 책 혹은 카우보이 자신이 쓰거나 이야기한 작품이 등장했다. 이는 자랑할 만한 소식이라 할 수 있다.

1892년 6월 초순, 밤에 텍사스에서 도착한 지친 짐마차가 캐나다 국경과 가까운 비터 루트산의 사막에 멈춰 섰다. 그 밤에 길 잃은 짐마차에서 텍사스 마부인 아버지와 스페인 혈통의 어머니 사이에서 윌 제임스(Will James)가 태어났다. 제임스는 네 살 때 고아가 되었다. 늙은 사냥꾼 장 보프레가 그를 입양했고 제임스는 말 위에서 자랐다. 대부의 오두막에 있던 성경과 낡은 잡지를 통해 그는 글을 배웠다.(열네 살 때까지는 인쇄체로 쓰는 법만 알았다.) 가난 때문에, 또는 자발적으로 하인, 마부, 현장 감독, 기병 등의 직업을 전전했다. 1920년에 네바다 출신의 여인과 결혼했고 1924년 첫 책 『남부와 북부의 카우보이』를 발표했다.

윌 제임스의 책은 흥미롭다. 감상적이지도 거칠지도 않다. 영웅적 일화를 제시하지도 않는다. 목장이나 열린 초원에 정착하고 일하는 것, 험준한 땅에서 소 떼를 이끄는 것, 망아지에 올라타는 것에 대한 다양한 묘사나 논쟁이 풍부하게 드러난다. 목가적이면서도 이론적인 자료들이다. 나보다 나은 독자들을 만날 자격이 있다. 다른 작품의 제목으로는 『떠돌이 카우보이』(1925), 『스모키라는 이름의 말』(1926), 『소들이 많은 카운티』(1927), 『모래』(1929), 『고독한 카우보이의 자서전』(1930), 『태양은 높이』(1931)에 수록된 일련의 이야기가 있다.

지금 윌 제임스는 몬태나주에서 목장 주인으로 살고 있다.

알프레트 되블린의 『죽음 없는 나라로의 여행』

[리뷰]

"생각만 해도 두려움이 되살아난다.(che nel pensier rinova la

paura.)"라는 유명한 구절로 우리 도시의 설립 400주년을 기념
하는 것은 흥미롭게도 복잡한 현실을 보여 준다. 정복과 식민
화가 우리에게 상기시키는 감정은 우울감뿐이다. 이 우울감은
부분적으로 '이달고(hijosdalgo)'와 '당신들(voacedes)'과 같은 의
고체(擬古體), 오래된 표현, 그리고 열정적이고 잔인했던 정복
자들을 경외할 필요성에서 나온다. 마찬가지로 누락된 볼테르
의『알지르』(페루의 공주 알지르는 아타우알파가 아닌 몬테세 또는
목테수마의 딸이다.[393])와 오닐의『분수』로 인해 발생하기도 한
다. 아마도 유일한 예외는 베를리의 의사인 알프레트 되블린
이 쓴『죽음 없는 나라로의 여행』일 것이다.

　되블린은 우리 시대의 가장 유연한 작가이다. 그의 모든
책은 (조이스의『율리시스』에 나오는 각각의 18개 장과 마찬가지
로) 자신만의 수사와 특별한 용어를 가진 별개의 세계를 보여
준다.『왕룬의 세 번의 도약』(1915)의 중심 주제는 중국으로,
이들의 의례, 복수, 종교, 비밀 사회를 다룬다.『월러스타인』
(1920)은 피비린내 나고 미신적인 18세기의 독일을 다룬다.
『산, 바다, 거인들』(1924)에서는 2700년의 인간 사회를 그리
고, 서사시『마나스』(1926)에서는 인도 왕의 승리와 죽음 그리
고 부활을 다룬다.『베를린 알렉산더 광장』(1929)은 실직자인
프란스 비버코프의 비참한 삶을 그린다.

393　　목테수마는 오늘날의 멕시코인 아즈텍 제국의 황제로
　　　　페루 왕국의 공주라는 것과 모순된다. 여기에서 보르
　　　　헤스는 아즈텍과 잉카 제국을 혼돈하는 볼테르의 무
　　　　지를 드러내고 있다.

『죽음 없는 나라로의 여행』에서 알프레트 되블린은 서사를 그의 소설에 나오는 인물인 아마존의 복잡한 정글에 사는 부족, 군인들, 선교사들 그리고 노예들과 결합시킨다. 플로베르가 자신의 작품에 개입하지 않는 것이 아니고, 『살람보』의 관객으로서 개입한다는 것은 잘 알려진 사실이다.(예를 들어, 인부들이 벌이는 유명한 연회에 대한 묘사는 플로베르의 고고학적 노동이며, 그들이 진정으로 느끼고 판단하는 것과는 아무 관계가 없다.) 반면, 되블린은 그의 창조물로 변하는 것 같다. 그는 스페인 침입자들을 백인이나 수염을 기른 자들이라고 묘사하지 않는다. 그들의 얼굴과 손이 (나머지는 구별하지 못하는) 물고기 비늘의 색이고 그중 하나의 볼과 턱에 털이 있다고 쓴다. 첫 번째 장에 의도적으로 불가능한 사실을 끼워 넣은 것은 영혼이 가지는 마술적 특징에 충실하기 위해서다.

1938년 1월 21일

에벌린 워

[전기]

　『라사리요 데 토르메스의 삶』, 『대단한 구두쇠』, 그리고 힐 블라스 출신 그리멜스하우젠의 『짐플리치스무스의 모험』 등 피카레스크 소설[394]의 특징 중 하나는 주인공이 피카로[395]가 아니라는 점이다. 종종 순진하고 열정적인 젊은이가 운명에 의해 피카로라는 불명예를 쓸 뿐이다. 에벌린 워(Evelyn Waugh)의 소설인 『쇠퇴와 추락』(1929), 『추한 몸』(1930)이 정확히 이러한 경우에 해당한다.

　에벌린 워는 1903년 말에 런던의 문인 가정에서 태어났다. 아버지는 유명한 출판사 채프먼앤홀의 주간 편집인이었다. 그

394　16세기 중엽부터 17세기까지 스페인에서 유행한 악
　　　자(惡者) 소설.

395　악자(惡者).

의 오빠인 앨릭 워 또한 소설과 여행에 관한 책을 썼다. 에벌린은 런던과 옥스퍼드에서 공부했다. 입학 후 "석 달을 유화 그리기에 전념했으며, 2년 동안 목수업의 기본을 배웠다." 이후 교사가 되었고, 1928년에 첫 번째 책을 출간했다. 디자이너이자 최고 의 시인인 단테이 게이브리얼 로세티[396]에 관한 비평 전기였다. 1929년에는 『쇠퇴와 추락』, 1930년에는 『추한 몸』을 냈다. 두 권 모두 비현실적이면서도 재미있는 책이다. 누군가 두 작품이 (조금이라도) 닮았다고 한다면, 스티븐슨[397]이 보기에 『존 니콜슨 의 불운』과 『천일야화』는 무책임한 동시에 훌륭한 작품들이다.

워의 다른 책에는 1931년에 발간된 (유럽 대륙 여행에 관한 노트인) 『간판』과 1935년에 나온 전기 비평서 『스위프트』, 그 리고 『에드먼드 챔피언의 삶』(1936)이 있다.

에벌린 워는 "나에게 기분 전환이란 먹고, 마시고, 그리고, 여행하고, 올더스 헉슬리를 비판하고, 증오라는 이름의 사랑, 좋은 대화, 연극, 문학, 게일스 대공(大公)"이라고 말한 바 있다.

에리히 루덴도르프의 『총력전』

[리뷰]

에리히 루덴도르프(Erich Ludendorff)가 펴낸 많은 책 중에는

---

396   Dante Gabriel Rossetti(1828~1882). 영국의 화가.

397   로버트 루이스 스티븐슨(Robert Louis Stevenson, 1850~
       1894). 영국의 소설가. 『보물섬』의 작가이기도 하다.

『기독교에 의한 민중의 파괴』,『어떻게 우리를 예수로부터 자
유롭게 할 것인가』,『비밀의 유출로 인한 프리메이슨의 궤멸』,
『예수교 권력의 비밀』이 있다. 이 책은 가장 많이 팔린 작품을
다시 엮은 것으로 무상한 시간의 표식과도 같이 교리적으로는
중요성이 떨어진다. 1920년에 클라우제비츠는 다음과 같이 썼
다. "전쟁은 정치적 악기이고, 정치적 행위의 형식이며, 다양한
방식으로 이 행위를 지속시킨다. ……정치에는 항상 목적이
있는데, 전쟁은 그 수단이다. 목적에 복종하지 않는 방법이란
생각하기 힘들다." 놀랍게도 이 경구들이 루덴도르프의 화를
돋우었다. 그는 이렇게 주장했다. "전쟁의 본질이 바뀌었고 정
치의 본질도 바뀌었다. 따라서 전쟁과 정치의 관계도 바뀌었
다. 둘 다 민중을 위해 봉사해야 하지만, 전쟁은 민중이 표현하
는 가장 높은 수위의 의지이다. 결과적으로 정치는, 새로운 총
체적 의미로서의 정치는 총체적 전쟁에 복종해야 한다." 나는
10페이지에 나오는 이 내용을 보고 놀라움을 금할 수 없었다.
115페이지에서 루덴도르프는 훨씬 더 명백하게 말한다. "군대
의 수장은 국가 정치의 명확한 선을 그려 내야 한다." 다른 말
로 하자면 루덴도르프의 원칙은 군사 독재를 요구하는데 군대
에 의해 실행되는 정부의 공통된 의미에서뿐 아니라, 전적으로
호전적인 목적의 독재 또한 의미하는 것이다. "근원적인 것은
영혼을 움직이는 것이다. 언론, 무선 통신, 영화 및 모든 종류의
시위는 이 목적에 부합해야 한다. 괴테의『파우스트』는 군인의
가방에 어울리지 않는다." 이후 그늘진 얼굴로 만족을 표시한
다. "전장은 이제 호전적인 나라의 전체 영토로 이해된다."

　15세기의 이탈리아에서 전쟁은 많은 이들이 별것 아니라

고 간주하는 완벽함에 도달하게 되었다. 군대를 직면하게 되었을 때 장군들은 이들의 숫자와 위치를 비교하고, 둘 중에 누가 패배할 것인지를 파악한다. 운명은 제거되고 희생자가 생긴다. 이런 방식으로 전쟁을 치르는 것을 '총체적'이라는 존경스러운 단어로 분류할 필요는 없을 것이다. 하지만 나는 이런 방식이 루덴도르프가 예언한 엄청난 학살보다 신중하고 현명하다고 판단한다.

윌리엄 배럿의 『개성은 죽은 후에도 살아남는다』

[리뷰]

이 책은 사후에 발표되었다. 이제는 고인이 된 (정신연구사회의 창설자이자 이전의 대표인) 윌리엄 배럿(William Barret) 경이 다른 세계에서 그의 미망인에게 그 책을 구술했다.(이는 영매인 오스본 레오나르드 여사를 통해 전달되었다.) 생전에 윌리엄 경은 교령술사도 아니었고, 출처가 의심스러운 '정신적' 현상을 즐겨 논하지도 않았다. 환영과 천사에 둘러싸여 죽은 상황에서도 마찬가지였다. 그는 다른 세상의 존재를 믿었다. "왜냐하면 나는 내가 죽었다는 것을 알고 있으며, 내가 미쳤다고 생각하고 싶지도 않기 때문이다." 그럼에도 불구하고 죽은 사람이 산 사람을 도울 수 있다는 것을 부정했고 중요한 것은 예수를 믿는 것이라고 반복해서 말했다. 그리고 다음과 같이 선언했다.

"나는 그를 보았고 그와 대화했다. 이 부활절에 그를 다시 볼 것이고, 그날이 오면 너는 그와 나를 생각하게 될 것이다."

윌리엄 배럿 경이 묘사한 다른 세계는 스베덴보리나 올리버 로지 경의 세계만큼 물질적이다. 이 탐험가들의 책 중 가장 먼저 나온 『천국과 지옥』(1758)은 천상의 사물이 지상의 것들보다 더 명확하고, 더 구체적이며, 더 다양하다고 말했으며, 하늘에는 대로와 거리가 있다고 주장했다. 윌리엄 배럿 경은 이 날짜를 입증하고 벽돌 혹은 돌의 육각형 집에 대해 이야기했다.(육각형이라니, 죽은 자와 벌 사이에 어떤 유사성이 있단 말인가?)

흥미로운 특징은 더 있다. 윌리엄 경은 지구상의 모든 나라는 정확히 천국에 그 공간이 복제되어 있다고 말했다. 천상의 영국, 천상의 아프가니스탄, 천상의 콩고, 천상의 벨기에가 존재한다는 것이다.(아랍인들은 천국에서 떨어진 장미는 정확히 예루살렘의 성전에 떨어질 것이라고 생각한다.)

이사크 바벨

[전기]

그는 1894년 오데사의 계단 모양 항구의 불규칙한 지하 묘소에서 태어났다. 셈족 전통에서 이사크 바벨(Isaac Babel)은 키예프 출신의 헌옷 장수와 몰다비아 출신 유대인의 아들이었다. 생활 환경은 재난에 가까웠다. 유대인이 박해받던 시기에 읽기와 쓰기를 배웠다. 문학을 사랑하고 모파상, 플로베르, 라블레의 작품을 좋아했다. 1914년에 사라토프의 법과 대학에서 학위를 받았다. 1916년 위험을 무릅쓰고 페트로그라드를 여행했다. "배신자와 불평꾼 및 유대인"은 수도를 출입할 수 없었다. 분류는 임의적이었지만 (운명적으로) 바벨이 포함되었다. 그는 자신의 집에 숨겨 두었던 갈색 고양이와의 우정, 세바스토폴[398]에

---

398   흑해 연안 크림 반도에 위치한 도시.

서 얻은 리투아니아 악센트, 그리고 가짜 여권에 의지해야 했
다. 이 시기에 첫 번째 글이 나왔다.『막심 고리키 연대기』와 유
명한 신문에 발표된 전제적 관료제에 대한 두세 개의 풍자가
발표되었다.(공적 사무실이라 칭할 만한 생면부지의 미로인 소비에
트 러시아에 대해 상상하지 못할 것이 무엇이겠는가?) 이 풍자는 정
부의 관심을 끌었다. 포르노라는 비판과 함께 계급 간의 증오
를 자극한다는 비난을 받았다. 다른 재난이 그를 재난에서 구
출했는데 바로 러시아 혁명이었다.

　1921년 초에 바벨은 카자크 기병에 입대했다. 당연히도 떠
들썩하지만 쓸모없는 병사들은 (인류 역사상 아무도 카자크만큼
패배해 본 적이 없다.) 반유대주의자들이었다. 유대인이 말에 타
고 있다는 사실만으로도 그들은 경멸감을 드러냈고 바벨이 훌
륭한 기마병이라는 사실도 경멸감과 적대감을 일으킬 뿐이었
다. 그러나 몇 가지 기억할 만한 무훈을 통해서 바벨은 평화를
얻었다.

　목록이 아닌 유명세로 볼 때, 이사크 바벨은 이제 책 하나를
냈을 뿐이다.

　책의 제목은『붉은 기사도』이다.

　그가 좋아하는 취향의 음악은 어떤 장면에서 거의 말로 표
현할 수 없을 만큼 강렬한 대조를 이룬다.

　그의 단편 중「소금」이라는 작품은 운문을 위해 만들어졌
는데, 산문으로는 도저히 다가갈 수 없는 영광을 얻고, 많은 이
들의 기억 속에 남았다.

올더스 헉슬리의 『목적과 수단』

[리뷰]

올더스 헉슬리의 책 『목적과 수단』은 18세기 초에 헤르만 부센바움[399]의 "목적이 수단을 정당화한다."라는 선고 혹은 명령이 불러온 유명한 논쟁을 새롭게 해석한다.(이 격언이 예수회를 비방하기 위해 사용되었다는 사실은 잘 알려져 있지만, 원래 중립적 행위를 의미한다는 것은 잘 알려져 있지 않다. 그것은 좋은 것도 나쁜 것도 아니다. 예를 들어 승선하는 행위는 중립적이지만, 목적이 몬테비데오로 가는 것처럼 합법적이라면 풍경을 훔칠 권리를 부여하지 않는 이상 그 수단도 정당하다.)

이 책에서 올더스 헉슬리는 『가자에서 눈이 멀어』의 마지막 페이지에서처럼 목적은 수단을 정당화하지 않는데, 수단이 목적의 본성을 결정한다는 간단하고 매우 강력한 이유 때문이라고 주장한다. 수단이 나쁘면 목적은 악으로 오염된다. 헉슬리는 공산주의 혁명, 파시스트 혁명, 소수자에 대한 박해, 제국주의, 테러리즘, 공격성, 계급 투쟁, 합법적 방어 등 모든 폭력을 비난한다. 실제로 파시즘에 대항한 민주주의의 방어는 파시스트 상태에서 민주적 상태로 점차로 변화하는 것을 의미한다.(고 말한다.) "전쟁을 준비하는 상태는 무장의 필요성을 자극하며, 불가피하게 전쟁 준비 상황에 돌입하게 한다."

올더스 헉슬리가 제안한 해결책은 "전면적인 무장 해제, 독

---

399   Hermann Bausenbaum(1600~1668). 독일의 신학자.

점적 제국에 대한 단념, 모든 경제적 민족주의의 포기, 어떠한
상황에서도 폭력이 아닌 방식에 호소할 결심, 그러한 방법에
대한 체계적 배움이다." 그것은 앞부분의 내용이며, 마지막에
는 신학에 포박되지 않고, 지상에서 가난과 절개에 기초한 수
도의 설립을 제안한다. 하지만 자비와 지성이라는 근본적인
두 가지 덕성을 배우는 것에도 동의한다. 절제로 이루어진 무
위는 웰스가 소설 『모던 유토피아』(1905)에서 제안한 것과 매
우 유사하다.

볼프람 에버하르트가 번역한 『중국 동화와 민담』

[리뷰]

우화를 제외하면 요정 이야기만큼 지루한 장르는 없다.(동
물의 순진함과 무책임은 매혹적이다. 내가 보기에 이솝과 라퐁텐처럼
동물을 도덕의 도구로 강등시키는 것은 일종의 착각이다.) 이미 우화
가 지루하다고 고백했지만 지금은 이 책의 초반에 포함된 것들
을 매우 흥미롭게 읽었다고 말해야겠다. 10년 전 빌헬름의 중
국 민담을 읽을 때도 그랬다. 이 모순을 어떻게 극복해야 할까?

문제는 간단하다. 유럽과 아랍의 요정 이야기는 모두 관습
적이다. 세 가지 법칙이 모든 것을 지배한다. 질투심 많은 두 자
매와 한 명의 착한 자매, 왕의 세 아들, 세 마리의 까마귀, 세 번
째 예언자를 판독하는 새점이 존재한다. 서양의 이야기는 대
칭적으로 구획된 일종의 장치와 같다. 완벽한 대칭이다. 완벽
한 대칭보다 아름답지 않은 것이 있을까?(혼돈을 옹호하려는 것

이 아니다. 나는 모든 예술에서 완벽한 어떤 것도 불완전한 대칭만큼 즐거움을 주지는 않는다고 생각한다.) 반면에 중국의 동화는 불규칙하다. 독자의 눈에는 일관성이 없어 보일 수도 있다. 사건들이 연결되지 않고 제멋대로인 부분들이 많다고 생각할 수도 있다. 이후 (아마도 갑작스럽게) 이러한 균열의 이유가 드러난다. 애매함과 파격적인 구문들은 화자가 서술하는 경이로운 것들이 진실이라고 완전히 믿는다는 것을 의미한다. 현실은 대칭적이지 않으며 어떤 설계도 되어 있지 않다.

이 책을 구성하는 서사 중 가장 재미있는 것은 「유령 형제」, 「천상의 황후」, 「돈을 가진 사람들의 이야기」, 「거북이 유령의 아들」, 「마술 상자」, 「구리 동전」, 「통 포후아는 천둥을 판다」, 「이상한 그림」이 있다. 마지막 이야기는 불멸의 손을 가진 화가의 이야기이다. 화가는 하늘에 있는 달과 동시에 기울고, 사라지고, 커지는 둥근 달을 그렸다.

목차에는 체스터턴을 생각나게 하는 제목이 보인다. 「뱀의 보은」, 「잿더미의 왕」, 「배우와 유령」이 같은 것들이다.

1938년 2월 18일

어니스트 브래머

[전기]

　　1731년 한 독일 연구가는 책의 상당 부분을 할애하여 아담이 그 시대의 가장 훌륭한 정치가이자 역사가이며 지리학자이자 지형학자인가에 대한 논쟁에 참여했다. 이 재미있는 가설은 경쟁자의 완벽한 부재나 기생 상태의 완벽함을 보여 주었을 뿐만 아니라, 인류가 처음 시작될 때 여러 가지 원재료를 쉽게 찾을 수 있었음을 보여 준다. 인류 역사는 우주에 존재하는 유일한 거주자의 역사였다. 과거래야 고작 이레였으니, 고고학자가 되기가 얼마나 쉬웠겠는가?

　　이 전기는 아담이 쓴 세계 역사만큼이나 허황되며 백과사전의 성격을 보여 준다. 어니스트 브래머(Ernest Bramah)에 대해서는 그의 이름이 어니스트 브래머라는 사실 외에는 알려진 것이 없다. 1937년 8월 펭귄 출판사의 편집자들은 전집 목록에 『카이룽이 자신의 양탄자를 펼치다』라는 책을 포함시켰다.《후스 후》[400]라는 간행물을 참조하여 "작가: 어니스트 브래머"라는 문구를 추가했고, 뒤이어 작품과 대리인의 연락처를 기록했다. 대리인은 (확신하건대 위조된) 사진을 이들에게 건넸고, 더 많은 정보를 원하면 다시《후스 후》를 참조하면 된다고 썼다.(이러한 서지는 목록에 아이러니가 있음을 의미한다.)

브래머의 책은 두 가지 범주로 나뉘며 매우 불균질한 성격을 지닌다. (다행스럽게도 소수인) 몇 권은 맹인 '탐정' 맥스 캐러도스의 모험에 관한 이야기이다. 그 책들은 괜찮기도 하고 평범하기도 하다. 다른 작품들은 출발부터 모순적이다. 중국어에서 번역한 것처럼 꾸미기도 했다. 그의 엉뚱함은 1922년에 힐레어 벨록에 대한 무조건적인 찬양에서 절정에 이른다.『카이룽의 배낭』(1900),『카이룽의 힘든 시간들』(1922),『카이룽이 자신의 영역을 구축하다』(1928),『공화의 거울』(1931),『큰 기쁨의 달』(1936) 등이 있다.

몇 개의 명언을 번역해 보겠다.

"뱀파이어와 저녁 식사를 원하는 사람이라면 자기 살을 내놓아야 한다."

"꿀맛 나는 올리브의 검소한 맛은 옻으로 제작한 천년의 상자를 가져와 다른 사람에게 내놓을 수 있는 강아지 혀로 만든 케이크보다 낫다."

---

400   여러 직업의 사람들에 대한 이력과 데이터를 실은 잡지로 1849년부터 영국에서 발간되었다.

F. P. 크로지어의 『내가 죽인 사람들』

[리뷰]

보병 군인 바르뷔스가 『포화』를 발표하기 전후로 노예 상태 속에서 다른 이를 죽이거나 죽음을 기다리는 군대에 질려 버린 많은 민간인들이 전쟁에 반대하는 독설을 남겼다. 『내가 죽인 사람들』 역시 그러한 독설 중의 하나로 특이하게도 영국 군대의 장군이 작성했다. F. P. 크로지어(F. P. Crozier)는 권위를 갖고 전쟁을 언급할 수 있는 사람이다. 수단, 미얀마, 트란스발, 네덜란드, 아일랜드, 리투아니아, 러시아에서 전투에 참여했기 때문이다. 그는 작품의 첫 번째 장에서 "죽이는 것에 대해 조금은 알고 있다."라고 밝히고 있다. "사실, 죽이는 것에 대해 잘 알고 있다. 너무 잘 알고 있다."

『내가 죽인 사람들』이라는 제목에서 암시하는 죽은 이들은 실제로 조국을 위해 죽었지만 엄밀히 말하면 영광스럽게 죽은 것은 아니다. 그들은 두려움에 떨거나 놀란 사람들로 다른 이들에게 두려움을 전염시킬 수 있으며, 결국 전장의 뒤편에서 경찰의 총이나 참을성 없는 동료의 총검에 찔려 살해되었다. 이들의 징벌적 죽음은 큰 전투에서 벌어지는 많은 사상자들 사이에서 통상적으로 잊히고, 자녀들에게 존경을 받게 되곤 한다. 크로지어 장군은 다음과 같이 주장한다. "많은 이들이 영국 군대의 안전은 대포와 용기 그리고 탄창의 문제라고 알고 있다. 거짓말이다. 그 시각, 그 상황에서 전선의 안전은 필요하다면 명예와 전통을 온전히 무시할 수 있는 두 명에서 세 명의 똑똑한 사람들이 있느냐의 문제다. 내 전투에는 언제나 그런 사람들이 있었다. ……하지만 대중은 이런 것들에 대해 의심하지 않는다. 대중은 전투가 살해가 아닌 가치를 통해 승리한다고 생각한다."

장군은 그의 책을 "어떤 국가 출신이든지 전선에서 끝까지 버텨 낸 이들과, 감옥에서 마지막까지 견딘 진정한 평화주의자들에게 바친다."라고 썼다.

E. S. 드라우어의 『이라크와 이란의 만다이즘 교도』

[리뷰]

(믿음이나 신학이라기보다는 구원의 절차에 가까운) 불교를 빼고 모든 종교는 악명 높고 종종 참을 수 없는 세계의 불완전함과 가장 강력하고 자애로운 신에 관한 주장 혹은 가설을 화해시키려는 헛된 시도를 한다. 이 화해는 매우 허약해서 양심적인 주교인 뉴먼은 (『동의의 문법에 관한 에세이』의 두 번째 부분, 아홉 번째 장에서) 다음과 같은 질문을 던진다. "신이 전능하다면 어떻게 지상에 고통이 존재하는 것을 견디는가?" 이는 출구 없는 진정한 길에서 벗어나 막다른 골목으로 우리를 내몰지도, 직접적인 종교 연구를 방해하지도 않는다.

기독교 시대의 원칙에서 그노시스파들은 문제를 그 근원에서부터 바라본다. 불완전한 세계와 완벽한 신 사이에 신성함의 거의 무한정한 위계를 삽입한다. 하나의 예를 찾자면 이레네오가 바실리데스에게 빚지고 있는 혼란스러운 우주 진화설을 들 수 있다. 이 우주 진화설의 원칙에는 움직일 수 없는 신

이 존재한다. 그가 쉬는 동안 첫 번째 천상에 주재하는 일곱 개
의 하위 신성이 나타난다. 이 첫 번째 조물주의 왕국에서 유래
한 두 번째 왕국이 천사와 권력, 왕좌와 함께 그 아래 다른 하
늘을 만드는데 그것은 최초의 하늘과 같다. 두 번째 순환이 동
시에 전개되고, 세 번째, 네 번째도 마찬가지로 (신성함이 감소
하면서) 365도까지 회전한다. 맨 아래 있는 하늘이 우리의 것
이다. 강등된 조물주의 작품으로 신성함은 아래로 내려오면
서 무에 가까워진다. ……19세기 전에는 이러한 믿음 안에 그
노시스파들이 살았다. 유사한 믿음 안에서 지금은 페르시아와
이라크에 사비아노[401]들이 산다.

사비아노들이 섬기는 불변의 신인 아바투는 진흙으로부터
심연을 들여다본다. 영원한 시간 이후에 불순한 반사가 생기
면서 우리가 사는 하늘이 열리며 행성의 일곱 천사의 도움으
로 땅이 창조된다. 거기에서 신의 단순한 복제 작품인 세계의
불완전함이 생겨난 것이다.

이라크에 5000명, 페르시아에 2000명의 사비아노가 존재
한다. 이 책은 의심의 여지없이 이들에 관해 가장 자세히 쓴 작
품이다. 작가인 드라우어(E. S. Drower) 여사는 1926년부터 사
비아노들과 함께 살아왔다. 거의 모든 의식에도 참여했다. 이
들의 화려한 의식이 열여덟 시간 이상의 계속된다는 것을 기
억한다면 대단한 업적이라고 할 수 있다. 그녀는 또한 많은 자
료들을 대조하고 번역했다.

---

401   수메르인의 후예를 가리킨다.

1938년 3월 4일

힐레어 벨록의 『유대인』

[리뷰]

100년도 훨씬 전 매콜리는 환상적인 이야기를 상상해 냈다. 여러 세대에 걸쳐 유럽에 있는 모든 붉은 머리의 사람들이 착취당하고 억압받으며, 악명 높은 동네에 살도록 거주를 제한당하고, 여기서 쫓겨나 저기에 감금당하고, 돈과 이빨을 빼앗기며, 저지르지 않은 범죄에 대해 기소당하고, 성난 말에 끌려가 교수형당하고, 고문당하며, 산 채로 태워지고, 군대와 정부에서 제외되고, 군중에 의해 돌팔매를 맞고 강가로 끌려 나가는 상상이었다. 이후에 한 영국인이 이 이상한 운명을 슬퍼하며 다른 영국인에게 이렇게 설명하는 장면도 상상했다. "붉은 머리 사람들에게 공공의 직책을 개방하는 것은 불가능하다. 이 얼간이들은 영국인들을 재단하기도 한다. 붉은 머리의 프랑스인을 금발의 같은 교구 사람보다 더 친밀하게 느낀다. 한 외국의 주권자는 이들이 자신들의 왕보다 자신을 더 좋아

하도록 하기 위해서 붉은 머리를 보호하거나 인정해 준다. 이
들은 영국인이 아니며, 영국인이 되기를 원하지도 않는다. 세
상 순리가 그들을 피하며 경험을 통해 그들이 영국인이 되는
것이 불가능함을 증명한다."

　벨록은 매콜리의 명백한 비유를 구체화한다. 자신의 책 상
당 부분을 통해 붉은 머리 사람을 유대인으로 치환하는 것을
비판한다. 벨록은 반유대주의자는 아니지만 유대인의 문제점
을 주장한다.(그리고 강조한다). 이스라엘은 개별 국가에 어쩔
수 없이 존재하는 외래 국가라고 반복한다. 이로 인해 유대인
의 문제는 "모든 조직에서 외부 신체의 개입이 유발하는 불편
함을 축소하거나 수정하는 문제"라고 말한다. 19세기는 그것
을 부정하면서 그 문제를 폐지하고자 했다.(이것이 이 나라 아르
헨티나에서 이탈리아인과 스페인인에게 일어난 일이다. 아르헨티나
인이 외국인을 그렇게 느낀다고 하지만 외국인으로서가 아니라 관습
에 의해서이다.)

　문제에 직면하여 힐레어 벨록은 두 가지 해결책을 제시했
다. 첫 번째는 유대인을 제거하는 것이다. 파괴는 지독한 것이
었다. 추방 혹은 유형의 경우는 이보다 잔인함이 덜하다. 이들
을 흡수하는 상황은 벨록이 거부한 절차로서 구체적인 이유가
존재하지 않는다.

　다른 해결책은 유대인은 외국인이고 이 차이에 대한 인정
에 기초한 삶의 태도, 즉 모두스 비벤디(modus vivendi)를 찾는
것이다. 이것은 벨록이 책의 결말에 제안한 해결책이다. 또한
이러한 태도는 절대적으로 우리가 아닌 이스라엘에서 출발해
야 한다고 역설한다. 그것은 공평하지만 상당한 측면에서 계

몽적이지는 않다.

존 딕슨 카의 『밤을 걷는다』

[리뷰]

드퀸시가 자신이 쓴 열네 권의 책 중 한 권의 어떤 페이지에서 문제를 발견한 것은 해결책을 발견한 것만큼이나 존경스러운 일이다.(오히려 더 생산적이다). 에드거 앨런 포가 탐정 소설을 발명했다는 것은 잘 알려진 사실이다. 하지만 그가 쓴 첫 번째 탐정 단편「모르그가의 살인 사건」이 이 허구 장르의 기반을 마련했다는 사실은 잘 알려지지 않았다. "조각 난 시체가 있는 닫힌 그곳으로는 아무도 들어가지 않았고 나가지도 않았다."(제시된 해결책이 결코 최선의 것이 아니라고 덧붙일 필요는 없다. 매우 안일한 경찰과, 창문의 부서진 못, 인간을 닮은 원숭이가 요구된다.) 포의 단편은 1841년에 나왔다. 1892년에 영국 작가 이즈리얼 쟁윌은 이 문제를 다시 다루는 짧은 소설「빅 보 미스터리」를 발표했다. 쟁윌의 해결책은 비실용적이긴 하지만 천재적이다. 두 사람이 같은 시간에 범죄가 일어난 방으로 들어온다. 그중 하나가 공포에 질려 주인의 목이 잘렸다고 알리며 동료를 놀라게 하고는(이 짧은 순간이 놀라움을 무화시키고 눈을 멀게 한다.) 이를 이용해 살인을 완수한다. 또 다른 저명한 해결책은 가스통 르루가 『노란 방의 비밀』에서 제시했다. (확실히 명성이 떨어지는) 이든 필포츠의 『지그소』도 있다. 한 남자가 성에서 칼에 찔렸고, 마침내 매우 내밀한 무기인 단도가 총에서 발

사되었다는 사실이 드러난다.(이 장치의 역학은 우리의 기쁨을 축
소하거나 없애 버린다. 나는 월리스의『새로운 브로치의 단서』에 대
해서도 같은 말을 했다.) 내가 기억하기에 체스터턴은 이 문제
를 두 번 다루었다.『투명인간』(1911)에서 범죄자는 특별한 이
유 없이, 평소처럼 부주의하게 집에 들어간 우체부였다. 한편,
「개의 신탁」(1926)에서는 예리한 칼과 광장의 균열이 신비함
을 감소시킨다.

　『장님 이발사』,『비어 있는 남자』,『여덟 개의 검』을 쓴 존
딕슨 카(John Dickson Carr)의 이번 책은 다른 결론을 제안한다.
여기서는 그 결론을 드러내지 않겠다. 이 책은 매우 재미있다.
비현실적인 파리에서 상당수의 죽음이 등장한다. 마지막 부분
은 약간 실망스러운 것이 사실이다. 풀릴 수 없는 문제를 이성
적으로 해결하려는 이와 같은 허구에서 거의 피할 수 없는 좌
절감을 느끼게 된다.

문학계 단신

　F. T. 마리네티(F. T. Marinetti)는 사건 속에서 살지만, 자신
에게는 어떤 일도 잘 일어나지 않는 작가군에 속하는 가장 유
명한 예시일 것이다. 그가 로마의 전보에 남긴 마지막 모의는
다음과 같다. "이탈리아 여성들은 롬바르디아 평원의 초록색
과 알프스의 눈이 가진 순백의 정조에 붉은색의 입술과 손톱
을 추가해야 한다. 매력적인 세 가지 색의 입술은 사랑의 단어
에 완벽함을 가져다줄 것이고, 불패의 전쟁으로 돌아가는 거

친 병사들에게 입맞춤에 대한 열망을 불러일으킬 것이다."

　순결을 불러일으키고 '입맞춤에 대한 열망'을 억제하는 이 작은 입술의 문장학은 마리네티의 재능을 고갈시키지 않았다. 마찬가지로 유사한 의미지만 칙(chic)이라는 1음절 단어 대신에 5음절인 엘렉트리산테(electrizante)를 사용한다, 또한 1음절인 바(bar) 대신에 4음절인 키시베베(qui si beve)를 사용하면서 복수(複數) 음절을 통한 풀리지 않은 수수께끼를 제시한다. "우리 이탈리아어는 외국어에서 자유롭다!"라고 필리포 토마소는 세하도르[402]나 40명의 스페인 한림원 회원이 고수하는 순수주의를 통해 주장한다. 매우 이국적인(!) 미래파라는 오래된 사업에 이러한 장난이 들어갈 자리는 이제 없다.

402　홀리오 세하도르 이 프라우카(Julio Cejador y Frauca, 1864~1927). 스페인의 철학자이자 문학 평론가.

1938년 3월 18일

쥘리앵 그린

[전기]

영국과 프랑스라는, 서구 세계에서 가장 풍요로운 전통을
가진 두 나라 문학 사이에 싹튼 우정은 둘 모두를 위해 긍정적
이었다. 쥘리앵 그린(Julien Green)은 이런 우정의 살아 있는 예
시라 할 수 있는데, 그 안에는 프랑스 산문과 제인 오스틴, 헨리
제임스의 전통이 섞여 있기 때문이다.

아일랜드계와 스코틀랜드계의 증손자이자, 미국인의 아들
인 그는 1900년 9월 6일 파리에서 태어났다. 비사교적인 성격
으로 인해 유년기를 고독과 책 속에서 보냈다. 그의 모국어는
두 개였다. 열정적으로 디킨스, 유진 수, 제인 오스틴을 읽었
다. 중등학교에서 라틴어를 잘했고, 화학은 중간이었으며, 수
학은 잘하지 못했다. 1917년에 베르됭과 이탈리아 전선에서
싸웠다. 1918년에는 프랑스 포대에 입대했다.

독일과 평화 협정이 체결되자 한 해 내내 아무것도 안 하며

지냈다. 1920년에 대서양을 건너 샬롯스빌에 있는 버지니아 대학에서 2년을 보냈다.

거기서 『심리학 견습생』이라는 환상적인 이야기의 영어 초고를 썼다. 이 이야기는 이후 프랑스어로 번역되었고 『대지로의 여행』이라는 제목으로 출간되었다. 그리고 굉장한 성공을 거두었다.

쥘리앵 그린이 문학을 직업으로 삼는 것을 이해하지 못한 인물은, 과도하게 음악과 미술에 관한 연구에 매진했으나 불행한 결과를 경험한 쥘리앵 그린 자신뿐이었다. 얼마 지나지 않아 샬럿 브론테, 새뮤얼 존슨, 찰스 램, 윌리엄 블레이크에 관한 연구인 『영국 속편』을 출간했다.

독실한 가톨릭 신자의 집념으로 집필한 「프랑스 가톨릭 교회에 반대하는 팸플릿」도 이 시기에 익명으로 발표했다.

1925년 봄, 편집자가 쥘리앵 그린에게 6개월의 기한을 주며 장편 소설을 써 달라고 청했다.

이 요청의 결과 본질적으로 극악무도하고 증오스럽지만, 정돈된 책인 『시네르산』이 나왔다.

쥘리앵의 다른 책으로는 『아드리엔 므쥐라』(1928), 『레비아탕』(1929), 『크리스틴』(1930)이 있다.

H. G. 웰스의 『형제들』

[리뷰]

이제는 아무도 디에고 데 사베드라 파하르도[403]의 『정치 회
사』를 기억하지 못하는 것 같다. 이 책은 수수께끼 같은 100개
의 삽화와 이에 대한 설명으로 구성된다. 정원에 놓인 팔 없는
조각상이나, 모래시계를 감고 있는 뱀이 두 거울 사이에 위치
한 삽화가 그 예이다. 그 아래에는 장관은 감시하기 위해 눈을
가져야 한다거나, (뱀이 상징하는) 신중함은 과거와 미래를 고
려한다는 문구가 써 있다. 처음에는 흥미로운 인물이 나오고
이후에는 가르침이 나온다. 유사한 것이 H. G. 웰스의 글에도
등장한다. 배경보다는 형식면에서 그렇다. 작가가 가진 다양
한 가능성을 보여 주는 데 힘을 쏟지 못했다는 점은 아쉽다. 작
품을 보면 논의가 우화를 방해하지만, 마찬가지로 우화 역시
토론을 방해한다.

　『형제들』은 스페인 내전에 관한 비유라 할 수 있다. 파시스
트 장군 리처드 볼라리스는 리처드 라첼이 주도하는 공산주의
자들이 수호하는 한 이름 없는 도시를 포위하고 있었다.(여기
서 볼 수 있듯이 비유는 매우 명확하다.) 리처드 볼라리스는 유일
한 영웅이자, 무인(武人)이며, 자신을 증명해 보일 시간에 조국
에 헌신하는 크롬웰이다. 당연히 그는 쿠데타를 염두에 두고
있다. 이와 관련하여 도시의 참호에 들어와 라첼을 포획한 정

403　　Diego de Saavedra Fahardo(1584~1648). 스페인의 외
교관.

찰병이 도착한다. 그를 데리고 와서 보니 볼라리스와 외모도 똑같고 목소리도 너무나 비슷해서 모든 사람들이 잠깐 장군이 그를 흉내내고 있는 줄로 착각한다. 이내 볼라리스와 라첼이 정치 언어의 차이를 제외하고는 내적으로 동일하다는 논쟁을 하게 된다. 다른 이는 프롤레타리아 독재에 관해 말한다. 라첼은 본질적으로 명령하는 이들의 독재에 분개한다. 볼라리스는 무능함과 허영심에 분노한다. 독자들이 이미 짐작한 것처럼 이들은 쌍둥이였다.(모든 것이 관습적인 역사에서 관습은 당연한 것이다.) 작품의 결말은 비극적이다.

한 가지 의견을 강조하고 싶다. "마르크스는 허버트 스펜서의 냄새에 감염되고, 허버트 스펜서는 마르크스의 냄새로 인해 부패했다." 마찬가지로 웰스와 일치하는 것뿐만 아니라, 버나드 쇼의 경우에서도 이런 현상이 나타난다. "인간은 늙은 원숭이, 악어 또는 멧돼지와 같이 이미 형성된 동물이 아니다. 인간은 강아지와 같다."

엘러리 퀸의 『악마에게 지불하기』

[리뷰]

엘러리 퀸은 11개의 탐정 소설을 쓴 노쇠한 창작자라고 할 수 있다. 『이집트 십자가 미스터리』, 『샴쌍둥이 미스터리』, 『중국 오렌지 미스터리』 등 그가 쓴 두세 개의 작품은 이 장르에서 가장 뛰어난 작품에 속한다.

『로마 모자 미스터리』, 『미국 권총 미스터리』와 같은 다른 작품들은 훌륭하지는 않지만 그렇다고 민망한 작품도 아니다.
『그리스식 관의 미스터리』, 『네덜란드 신발 미스터리』는 좋은
작품이다.

이번에 나온 열두 번째 작품은 놀랍지 않은 기록을 더한다.
이전에는 우리 시대의 가장 뛰어난 탐정 소설 작가 중 하나라
고 말할 수 있었지만, 지금은 가장 잘 잊힐 수 있는 작가 중 하
나라는 사실을 더할 수 있게 되었다.

과장이 아니다. 청산가리와 사탕수수를 혼합한 치명적인
화살촉이 달린 18세기의 인도차이나 화살이 시체 이름인 솔리
스패스의 미스터리를 밝혀내는 데 개입한다는 것을 드러내는
정도로 충분하다. 그리고 이제는 모두가 본능적으로 이 화살
이 소설의 결말에 개입한다는 것은 좋은 것이 아니며, S. S. 밴
다인으로부터 유래한 것도 아니라는 것을 알게 되었다.

흥미로운 특징은 이 나쁜 소설이 엘러리 퀸의 특징적 결점
에서 거의 벗어나 있다는 것이다. 그것은 인물과 무용한 배경
의 확장된 목록으로 우리를 압도하지 않는다. 문이나 시간표
등을 남발하지도 않는다. 스타일은 종종 기지가 넘친다. 예를
들어 "아나톨 루히그가 빈에서 태어났다는 것은 곧 수정될 오
류이다." 같은 문장이 그렇다.

다른 세부 사항으로는 할리우드가 이 소설에 그려지는데,
할리우드는 (미국인인) 작가에 의해 엉터리이며, 선호되지 않는,
근본적으로 우울한 장소로 그려진다. 다른 말로 하면 이미 미국
작가들에게는 전통이 되어 버린 평가를 반복한다는 말이다.

엘머 라이스

나의 독자들은 아마도 엘머 라이스(Elmer Rice)란 이름을 모를 것 같다. 그가 쓴 「거리의 풍경」이라는 희극 작품을 독자들이 기억하는 것은 불가능하다. (여기서는 「거리」라는 제목으로) 킹 비도르에 의해 영화로 옮겨졌다.

엘머 라이스의 진짜 이름은 발음이 거의 불가능한 엘머 라이젠스타인이다. 1892년 9월 28일이 뉴욕에서 태어났다. 1914년에 첫 드라마 「과정」을 썼고 그것을 봉투에 넣어 모르는 극단에 보낼 만큼 순진했다. 극단은 호기심에 그의 원고를 읽었고, 「과정」은 브로드웨이에서 성공한 작품 중 하나가 되었다. 이 희극에서 엘머 라이스는 프리스틀리의 방식을 예상하고, 미래의 장면을 과거의 장면과 대비하면서 시간과 놀이를 한다. 비평가들은 이 희극이 영화의 영향을 받았다고 비판했다.

이 성공을 기반으로 같은 뉴욕 출신의 헤이즐 레비와 결혼했으며 그 도시에서 두 명의 자녀를 낳았다.

1923년에 라이스는 「계산기」를 초연했는데 이 작품은 기계에 의해 대체되어 예상할 수 있는 방식으로 상사를 살해한 한 직장인을 매우 상징적으로 그리고 있다. 1924년에는 「가까이 있는 여자」, 1927년에는 경찰 드라마인 「콕 로빈」을 초연했다.

1929년 초에는 뉴욕의 모든 극단이 '몇 명의 인물이 있는 풍경'이라는 제목이 붙은 「거리의 풍경」의 원고를 거부했다. 이 희극은 어렵게 초연되었는데 극장에서 1년 넘게 상연되었고 퓰리처상을 수상했다.

라이스의 다른 작품으로는 「철의 십자가」(1917), 「자유인들의 조국」(1918), 「지하철」(1929), 「나폴리에 가서 죽다」(1930)가 있다. 그리고 「푸에릴리아로의 여행」(1931)이라는 반(反)할리우드 소설도 있다.

『알바트로스에 관한 책과 새로운 산문』

[리뷰]

노발리스는 "변형 또는 이질적인 것을 섞는 것만큼 시적인 것은 없다."라고 말했다. 이 주장은 이 책에 관한 설명은 아니지만, 이 선집의 독특한 매력을 보여 준다. (다양한 기후, 행동, 함의를 통해) 두 가지를 단순히 섞는 작업은 단편에서는 얻을 수 없는 미덕을 부여한다. 더욱이 책의 한 문단을 복사하여 그것만 보여 주는 것은 이미 세심하게 그것을 변형시키는 것이다. 이러한 변형은 소중한 것이 될 수 있다.

『알바트로스에 관한 책과 새로운 산문』은 14세기부터 우리 시대까지 전해지는 150개 이상의 사례를 담고 있다. 모든 유럽에 존 경으로 알려진 유쾌한 거짓말쟁이 존 맨더빌 경이 작은 퍼레이드를 열었다. 찰스 모건 경은 세심하게, 하지만 기적을 행하지 않고 퍼레이드를 중단했다. 영국 산문과 나아가 모든 산문 중에서 이 두 사람보다 높은 위치를 차지하는 작가가 있다면 그것은 기적이라고 말할 수 있는데, 바로 그 사람이 열정적이면서도 섬세한 토머스 브라운 경이다.

이 책을 엮은 사람들은 오류로부터 자유롭지 않다. 간접적으로 아놀드, 랭, 키플링, 체스터턴, 버나드 쇼, 아라비아의 로런스, T. S. 엘리엇을 누락시켰다.(반면에, 찰스 몬터규 다우티[404]의 일부를 포함시켰는데 지나치게 읽기 어려워서『아라비아 사막』은 64만 단어를 가진 거대한 책임에도 불구하고 로런스 자신을 찬양하는 작품으로 얻은 당황스러운 유명세를 떨치게 되었다.) 대표 작품을 선택하는 데는 성공하지 못했다. 어떤 것들은 지나치게 짧고, 다른 것들은 소설이나 단편의 일부로 맥락을 알지 못하면 거의 판독할 수가 없다.

그럼에도 이 책은 살아남았다. 책은 그 이름을 정당화한다. 자료가 풍부하여 거의 그 자체로 엮은이들의 무능함이나 미숙함을 보완한다. 과거 영국 문학에 대한 설명은 19세기나 현재보다 훌륭하다. 원인은 분명하다. 시간이 이미 선택을 하게 된 것이다.

---

404   Chlares Montagu Doughty(1843~1926). 영국의 시인.

현존하는 인물 중에는 조이스, 골즈워디와 버지니아 울프
가 포함되어 있다.

책으로 돌아가 여기에 존슨이 쓴 흥미로운 부분을 남겨 본
다. "종종 로체스터 공작은 시골로 돌아가 엄정한 진실에 얽매
이지 않는 풍자글을 쓰는 즐거움을 누렸다."

로버트 에런의 『워털루에서의 승리』

[리뷰]

쇼펜하우어는 말했다. "역사적 사실은 개인적 전기로부터
나온 다른 현실은 고려하지 않은 채, 보이는 세계를 단순히 형
상화한 것에 불과하다. 이러한 사실을 해석하려 하는 것은 구
름 사이로 일군의 동물과 사람들을 찾아내려는 것과 같다. 역
사가 언급하는 것은 길고 무겁고 복잡한 인간의 꿈에 다름 아니
다. 진정한 과학에 존재하는 것과 같은 역사에서의 체계는 존
재하지 않는다. 특정한 사건의 끊임없는 나열이 있을 뿐이다."

반면에, 오스발트 슈펭글러는 역사는 주기적이라고 주장
하면서 역사적 평행에 대한 특별한 기술과 문화에 관한 역사
형태학을 제안했다.

1844년에 드퀸시는 역사는 고갈되지 않는다고 말했다. 왜
냐하면 등록된 사실을 혼합하고 교환할 가능성이 사건의 무한
한 숫자와 실제로 동등하기 때문이다. 쇼펜하우어와 같이 드
퀸시는 역사를 해석하는 것이 구름으로부터 형상을 보는 것처
럼 임의적이라고 믿었지만, 이 형상의 다양성은 그를 만족시

켰다.

이 소설의 작가인 로버트 에런(Robert Aron)에게 역사는 불가피하고 치명적이다.(여기에서 부연할 것은 이 제목이 파리에서는 모순이 될지 모르지만, 부에노스아이레스에서는 그렇지 않다는 것이다. 우리에게 워털루는 패배가 아니며, 이런 이유로 승리로 분류하는 것이 놀랍지 않다.) 1815년 6월 18일 나폴레옹은 워털루에서 웰링턴 공작에게 패배했다. 그의 기병대는 영국 포병대의 포격으로 괴멸당했다. 이 경이로운 책에서 에런은 반대 입장을 취한다. 블뤼허와 웰링턴이 나폴레옹에게 항복당하는 것이다. 에런은 워털루 전투를 뒤집어 이런 환상적인 사건이 어떤 결과를 만들어 낼지 묻고 그에 답한다. 이미 우리가 알고 있는 진실들이다. 워털루의 승리자인 나폴레옹은 곧 사임한다. 이유는 모든 것이 이전 역사의 결과이지 우연이 아니기 때문이다. 서문은 이렇게 말한다. "이 책은 놀라운 사실을 알려 준다. 어떤 재앙을 승리로, 강요된 사임을 자발적 사임으로 변환하기 위해서는 아주 작은 것을 바꾸거나 상상하기만 해도 된다는 것을. 사건은 인간의 인생에 아주 조금만 개입할 뿐, 인생을 지배하는 것은 도덕과 심리라는 다른 요인들이다."

작가의 주장은 끝없는 논쟁을 불러올 만하다. 작품의 새로움이나 매혹은 그렇지 않다.

1938년 4월 8일

『문학에 관한 우려할 만한 이야기』

[리뷰]

독일에 관련된 선집에서 클라분트[405]의 이름은 독창적인 중국 서정시의 모방이나, 오히려 그렇지 않은 어떤 독창적인 시를 이끌면서 영광 없이, 하지만 특별한 불명예도 없이 흘러갔다. 나는 『분필의 원형』이라는 제목의 소설과 『무함마드』라는 영웅 소설을 기억한다. 그렇지만 훌륭한 '노동 출판사'[406]에서 스페인과 미국에 내놓은 오류로 가득한 복제품 『문학의 역사』에 대해서는 아무것도 몰랐음을 고백해야겠다. 세 명의 카탈루냐 사람이 스페인어 버전에 서명했다. 나는 이 세 사람이 클라분트를 비방했다고 생각하고 싶지만, 책의 모든 오류에 대

---

405   Klabund(1890~1928). 독일의 소설가이자 극작가. 본명은 알프레트 헨슈케(Alfred Henschke)이다.

406   Editorial Labor. 1915년 바르셀로나에 세워진 출판사.

한 비난이 이들에게 쏟아지는 믿기 힘든 상황이 연출되고 있다. 다시 말하자면 대부분은 유기적인 것이다. 카탈루냐 사람들의 세 가지 논리는 실제로는 둘로 구성된다. 첫째, 세계 문학사에서 하신토 베르다게르[407]가 제임스 조이스보다 더 큰 자리를 차지한다고 주장한다. 마찬가지로 폴 발레리에게는 이름 두 단어를 언급하면서 네 단어만을 사용한 반면, 자국 출신 아소린[408]에게는 칭찬으로 가득한 두 페이지를 할애한다.(한 페이지는 바예 인클란[409]으로, 다른 한 페이지는 오르테가 이 가세트[410]로 채웠다. 하지만 슈펭클러와 셔우드 앤더슨에게는 단 두 줄 만을 할애하며, 포크너를 위해서는 한 줄도 할애하지 않았다.)

두 번째 오류는 악취미를 지녔다는 것이다. 149페이지에 무오류를 자신했던 세 논리는 아마도 공고라의 모든 작품 중 가장 우스꽝스러울 이 시에 경의를 표하자고 제안한다.

젊었을 때는 맨몸으로, 이제는 의복을 입고
대양을 마시고,
그에게 모래사장을 복원하게 하며,

407　Jacinto Verdaguer(1845~1902). 스페인의 저술가.

408　Azorín(1873~1967). 스페인의 극작가. 아소린은 필명으로 본명은 호세 마르티네스 루이스(José Martinez Luiz)이다.

409　바예 인클란(Valle Inclán, 1866~1936). 스페인의 소설가, 극작가, 시인.

410　호세 오르테가 이 가세트(José Ortega y Gasset, 1883~1995). 스페인의 철학자. 생의 철학을 기초했다.

찰랑거리며

이윽고 태양으로 확장되며

부드러운 불의 달콤한 혀가

천천히 그것에 닿고, 부드러운 방식으로

작은 파도가 작은 결을 따라 밀려간다.

번역가들은 이 연(聯)을 '유쾌한' 것으로 해석한다.(302페이지에 에우헤니오 도스[411]가 "프랑스의 지식인 사회에서 엄청난 영향력을 행사했다."라고 쓴 것을 잊고 있었다. 그리고 하우메 보필 이 마타스[412]가 "전형적인, 제멋대로의 예술가"라는 것도 잊고 있었다. 마찬가지로 명백히 부적절한 부분이 존재한다. 괴테의 저명한 시에 있는

그렇다면 인간이 고통 속에 침묵하면서

한 신은 나에게 고통받고 있음을 말하도록 허락했다.

를 우리 카탈루냐 사람들은 이렇게 번역한다.

만약 인간이 고통 속에서 침묵한다면

내가 고통받고 있음을 말할 대상으로서의 나에게 신을 다

오!)

다른 큰 실수는 더 판단하기 어려운 소속 관련 주제로부터

---

411   Eugenio D'Ors(1881~1954). 스페인의 저술가.

412   Jaume Bofill i Matas(1910~1965). 스페인의 작가.

나온다. 예를 들어 '폴 클라우델이라는 동양 종교인'이 1937년에 사망했다는 슬픈 소식을 전한, 이제는 고인이 된 편집장 골드사이더 또는 카탈루냐 출판사에게 감사를 전해야 할까? 이전에 내가 앙리 바르뷔스, 폴 클라우델과 프란시스 잠[413]이 '정확히 프랑스계 독일인'이고, 그것은 단어의 기본적 의미를 제외하고는 동양으로부터 나오지 않았다는 것을 몇 장에 걸쳐 읽었음에도 불구하고 이와 같은 오류가 있는 것이다. 텍스트는 계속된다. "찰스 드 코스터[414]가 프랑스어로 플라멩코에 관해 썼던 것처럼, 바르뷔스, 클로델, 프랑시스 잠도 프랑스어로 독일인에 대해 썼다. 프랑스보다 독일에서 열렬한 독자들을 만났다. 프랑스인들은 이들을 겨우 자신들의 동료로 인정할 뿐이었다."

이 책에 빈번하게 나타나는 특징 중 하나는 정보가 충분치 않다는 점이다. 우리는 앨프리드 앨로이시어스 혼[415]이 미국인이고, 체스터턴이 아일랜드인이고, 윌리엄 블레이크는 휘트먼과 동시대인이고, 가벼운 프랑스 드라마가 폴 제랄디와 앙리 르노르망에 의해 계속 발전되고 있다는 사실을 읽게 된다.(이 책에서 불가능한 것은 거의 없지만, 두 개의 이름을 섞는 것에 놀리려는 의도나 어떤 논쟁적인 목적이 있는 것은 아니다. 하지만 작가는 그것을 어떤 방식으로든 지시했어야 했다.)

---

413   Francias Jammes(1868~1938). 프랑스 시인.

414   Charles de Coster(1927~1879). 벨기에의 소설가.

415   Alfred Aloysius Horn(1861~1931). 아프리카 중부의 탐험가.

또 하나의 나쁜 습성은 우연적이고 논쟁적인 숫자이다. 조지프 콘래드에게 헌정된 네 줄 반이 그렇다. 일군의 전기적 사실을 제대로 적은 이후에 책은 "포에게서 영향을 받은, 선원을 이야기하는 그의 소설"에 대해 말한다. 그렇다면 "포는 콘래드에게 어떤 영향을 행사했을까?" 이러한 언급은 논쟁을 유발할 수 있는 개인적 주장이기에 지금까지는 아무도 의심하지 않았다. 하지만 참고 서적에 포함하는 것은 적절하지 않다.

나는 몇 가지 가벼운 오류를 언급했다. 이제 보다 근본적인 지점으로 넘어가자. 지속되는 문학적 허영심으로 인해 클라분트는 각각의 작가들에 대한 구체적이고 도움이 되는 묘사를 하는 대신, 비판만 하거나 비유적으로 정의하는 것에 머물렀다. 어떤 이가 콜레트[416]를 읽어 본 적이 없다는 불운을 알게 되었다고 가정해 보자. 그에게 "푸른 하늘색과 진홍색 장미에 관한 그녀의 잡담"에 대해 말하는 것이 무슨 소용이 있을까? 마찬가지로 프란츠 베르펠을 결코 읽어 본 적이 없는 불운한 사람이 있다고 해 보자. 나는 이 고통스러운 누락이 이 일화에 의해 수정될 수 있으리라고는 믿지 않는다. "헤임은 메겔 호수의 얼음 위에서 스케이트를 타다가 스물넷의 나이에 물에 빠져 숨졌다. 그렉 헤임이 물 밑으로 사라졌을 때, 바다의 신이 봄의 수증기로 만들어진 구름 위로 태양까지 올라와 빛에 취해 기쁨의 환호성을 질렀다. 우리는 프란츠 베르펠을 언급했다."(n. en praga, 1890)

---

416   시도니 가브리엘 콜레트(Sidonie-Gabrielle Colette, 1873~1954). 프랑스의 작가. 사랑의 비극을 테마로 한 심리 소설을 주로 썼다.

스페인어 독자들은 종종 오토카 브레지나[417]를 무시하곤 한다. 여기에 클라분트가 말한 복사판과도 같은 초상이 있다. "인생의 미소를 짓고 그의 이마는 얼음장 같은 별의 눈처럼 빛난다. 브레지나는 이삭의 신이며, 수많은 꽃과 곤충으로 가득한 나무이다." 당연히 이 얼굴은 우리에게서 변하지 않는다. 이제 라이너 마리아 릴케를 알게 된다.(또는 인정하게 된다.)

"릴케는 회색빛 법복을 졸라매는 대신에 자줏빛 의복을 입는 승려다." 어떤 사람과 그 작품에 대해 이해하지 못하고 자발적으로 괴물이 된 다음과 같은 묘사는 훨씬 더 우려스럽다. "오스카 와일드는 헨리 경과 마찬가지로 단추에 난을 꽂고 다녔다. 도리언 그레이와 함께 특별한 우정을 나누며 인생을 강렬하게 즐겼다. 그 결과로 주위 사람들은 와일드와 불화하게 됐는데 이로 인해 그는 가장 높은 상류 사회에서 감옥이라는 나락으로 떨어졌다……. 그의 시학으로 인해 우리는 달의 피에로가 되는데, 그의 창백함의 연원은 달에서도, 화장에서도 연유하지 않는다."

임의적인 요소가 나온 이후에, 우리는 이와 같은 자명한 진리를 다시 마주하게 된다.(106페이지) "『천하루 밤의 이야기』는 오늘날까지 젊음의 매혹과도 같다."

그럼에도 불구하고 작품의 정점은 266페이지라 할 수 있다. 이 페이지에는 시인 랭보가 "동물 비비를 끌어안는 것을 좋아한다."라고 쓰여 있다. 멍청한 경쟁심 속에서 번역가들은 비비가 "원숭이의 일종"이라는 주석을 덧붙였다.

---

417   Otoka Brezina(1868~1929). 체코의 시인.

1938년 4월 15일

T. F. 포이스

[전기]

영국 남부 도싯산맥의 한 집에 영어와 라틴어로 된 수천 권의 책과 장미를 사랑하는 과묵한 여성, 그리고 백발에 푸른 눈을 가진 큰 키의 슬픈 남자가 있다. 그 남자는 이미 30년 전에 오후 3시 30분부터 6시까지 모든 글자를 절제 있는 사랑으로 써 내려가면서 하루에 한 장 또는 두 장을 완성했다.

시어도어 프랜시스 포이스(Theodore Francis Powys)는 1874년 셜리라는 마을에서 태어났다. 학식 있는 가문 출신으로 이 가문에는 존 던과 윌리엄 코퍼의 피가 흐르고 있었다.(오래된 게일스의 왕자들에 대해서는 말하지 않겠다. 왜냐하면 이미 전설이고, 그 때문에 오히려 거짓말 같아 보이기 때문이다.) 성직자의 아들이자 손자인 시어도어 프랜시스는 신학을 공부하기 시작했다. 지금까지도 확인할 수 있는 건 그가 신자였다는 것 정도다. 본질적으로 그의 소설은 우화이다. 이단적이고, 냉소적이고, 스캔들을 일으키지만 근본적으로는 우화이다. 그는 언젠가 "나는 신을 전적으로 믿는다."라고 고백한 적이 있다.

1905년에 셜리에 정착하여 같은 해에 결혼했다. 또한 그 해에 도서관에 오후 3시에 들어가 6시까지 글을 썼다. 그가 집중한 것은 두 가지였다. 하나는 절대적 선과 악에 관한 문제였고, 다른 하나는 영향을 받지 않는 듯 보이는 성경의 언어적 문제였다. 거의 20년 동안 글을 썼지만 한 줄도 발표하지 못했다. 1923년에 조각가인 친구가 초고가 든 공책을 훔쳐서「여우가 된 부인」과「동물원의 남자」를 쓴 데이비드 가넷에게 보냈다. 이 공책은『왼쪽 다리』라는 제목으로 출간되었다. 책은 마을의 모든 거주자들에게서 몸과 영혼의 힘을 얻어 가는 한 농장 노동자에 대한 이야기이다. 이후『검은 풀』(1924),『태스커 씨의 신들』(1925),『순수한 새』(1926),『웨스턴 씨의 좋은 포도주』(1928),『이슬 연못』(1928),『메아리가 있는 집』(1929),『우화』(1929),『흰색의 주기도문』(1932)이 발표되었다.

가장 기억할 만한 작품은『웨스턴 씨의 좋은 포도주』(1928)이다. 사건은 하룻밤 동안 진행되며 그 안에서 시간은 멈춘다. 중심 인물인 웨스턴은 포도주 사업을 열심히 하는 사람으로, 점차 신이라는 확신이 드는 인물이다. 작품은 처음에는 사소하거나 피카레스크적으로 보이지만 마법과 초자연적인 방식으로 끝난다. 포이스가 좋아한 작가는 리처드슨, 몽테뉴, 라블레와 스콧이다.

리처드 헐 『뛰어난 의도』

[리뷰]

신 앞에서 나를 정당화하면서도 (기쁨은 그것들을 끝내는 것이 아니라 살짝 엿보는 것이기에) 드러내지 않을 나의 계획 중 하나는 약간은 전통을 벗어난 탐정 소설을 쓰는 것이다.

1934년인가 1935년의 어느 밤 온세 지역의 커피숍에서 나오면서 그런 생각을 했다. 날짜와 상황이 정확하지 않으므로 독자에게는 이 정도만 말하겠다. 다른 것들에 대해서는 잊었고 내가 언젠가 그걸 지어냈을지 모른다는 생각도 든다. 여기에 내 계획이 있다. 현재를 배경으로 한 탐정 소설을 꾸미는 것이다. 첫 부분에는 밝혀낼 수 없는 살인 사건이 일어나고, 중간에는 천천히 논의가 전개되다가 마지막에 결론에 이른다. 이후 거의 마지막 줄에 애매한 구절이 첨가된다. 예를 들어 "모두가 이 남자와 이 여자의 만남은 우연이었다고 믿는다."라는 구절은 결론이 거짓임을 가정하게 하거나 암시한다. 당황한 독자는 이전 부분들을 검토할 것이고 다른 결론, 진짜 결론을 제시할 것이다. 이 책을 읽는 상상의 독자는 '탐정'보다 더 통찰력이 있을 것이다. 리처드 헐(Richard Hull)이 매우 재미있는 책을 완성했다. 그의 산문은 훌륭하며, 인물들은 설득력 있고, 아이러니는 매우 격조 있다. 그러나 마지막 결론은 전혀 놀랍지 않아서 진짜 이 책이 런던에서 출간되었고, 3~4년 전에 내가 발바네라[418]에서 예견한 것

---

418   부에노스아이레스의 거주 구역.

이었는가에 대해 의심하지 않을 수 없었다. 그 경우에 『뛰어난 의도』는 비밀 논지를 감추고 있다는 뜻이 된다. 불쌍한 나, 혹은 불쌍한 리처드 힐! 나는 어떤 측면에서도 이 비밀 논지를 볼 수가 없으니 말이다.

1938년 4월 29일

구스타프 마이링크

[전기]

마이링크의 삶에 관한 사실들은 그의 작품보다는 덜 문제
적이다. 1868년 바이에른주의 한 도시에서 태어났으며, 어머
니는 배우였다.(그의 문학 작품이 역사성을 띤다는 것을 증명하기
는 지나치게 수월하다.) 뮌헨, 프라하와 함부르크에서 어린 시절
을 보냈다. 그는 은행에서 일했고 그 일을 싫어했다. 또한 두 가
지의 보상 혹은 두 개의 피난처를 가지고 있었다. '숨겨진 과
학'에 관한 혼란스러운 연구와 풍자글을 작성하는 것이었다.
이를 통해 그는 군대, 대학, 은행업, 지역 예술을 공격했다.(그
는 "거기서 나온 예술에는 예술적인 것이 부재하고, 지역적인 것은
잘못되었다."라고 말했다.) 저명한 잡지 《짐플리치시무스》는
1899년부터 그가 쓴 글을 실었다. 이 시기에 그는 디킨스가 쓴
소설들과 포의 단편을 번역했다. 1910년에는 『독일 부르주아
의 마술 뿔』이라는 패러디 제목으로 50편의 단편을 모아 출간

했으며, 1915년에는『골렘』을 발표했다.

『골렘』은 환상 소설이다. 노발리스는 언젠가 "꿈과 제휴하여 만드는 꿈결의 서사, 불일치한 서사"를 열망했다. 이와 같은 서사를 만들기가 쉬운 것만큼이나 이해할 수 있도록 그것들을 구성하는 것은 불가능하다. 놀랍게도『골렘』은 꿈결 같으며 이해가 안 되는 것과는 반대다. 꿈으로 구성된 어지러운 이야기이다. (가장 훌륭한) 첫 장의 스타일은 시각적이다. 마지막에는 에드거 앨런 포보다 잡지의 영향, 배데커의 영향이 많이 드러나는데, 별표와 무절제한 대문자로 점철된 인쇄술의 세계를 즐거움 없이 통과하게 된다.『골렘』이 중요한 책인지는 모르겠지만 독창적인 책인 것만은 틀림없다.

이후에는 자신의 다른 소설인『발푸르기스의 밤』,『푸른 밤』,『서쪽 창문의 천사』등과 비슷하게 쓰려는 쓸모없는 노력을 한다.

구스타프 마이링크는 마찬가지로 환상 단편들을 다시 엮은 책『박쥐』와『비밀 황제』라는 제목의 소설 중 일부를 쓴 작가이다.

서머싯 몸의『서밍 업』

[리뷰]

상식이 빛날 수 있다는 것과, 순수한 분별심이 우리를 즐겁게 한다는 것은 놀라운 일이다. 윌리엄 서머싯 몸(William Somerset Maugham)의 경우가 그렇다. 일흔이 넘은 작가는 파란만장했던 자신의 인생과 40편 이상의 작품을 바라보며 최종 판결 혹은 잠정적 결론을 내린다. 그 결론은 그의 진정성에 대한 우리의 확신보다는 중요성이 떨어진다. 더욱이 텍스트 자체에서는 일종의 체념과 슬픔이 예감되며 자서전 이상의 것이 예상되지 않는다. 정확한 관찰이 드러날 때도 있다. 예를 들어 "많은 이들이 자신의 주장을 중요하게 사용하는 방법을 알지 못한다. 이것이 독자의 관심을 끄는 부분이다. ……제인 오스틴은 그것을 알았다. 반면에, 플로베르의 『감정 교육』은 독자의 주의를 이끌어 내지 않기 때문에 독자는 주인공들과 이들을 기다리는 운명에 대해 관심을 기울이지 않는다. 이런 이유로 결론에 이르기가 어렵다. 나는 이렇게 모호한 인상을 주는 다른 중요한 작품을 알지 못한다".

다른 장에서는 이렇게 적고 있다. "모든 이가 입센이 드물게 창조적이라는 것을 안다. 그의 독창적인 초반 설정은 막힌 부분을 부수고 거침없이 새로운 창문을 여는 외부자의 갑작스러운 도착과도 같다. 막힌 부분에 있던 사람들은 폐렴으로 죽고 모두가 불행하게 끝난다. ……극장에서 나오는 사고가 가지는 단점은 그것들이 받아들여질 정도가 되면, 이 사고를 확산시키는 데 공헌한 드라마를 죽이는 것으로 끝난다는 것이다."

여기서 나는 두 가지 상반된 상황을 경험했음을 고백한다. "내가 가진 단어의 빈약함으로 인해 대영 박물관에 가서 희귀한 암석과 비잔틴식 에나멜 등의 이름을 적어 그것들을 위치시킬 좋은 구절을 구상한다. 운 좋게 사용할 기회를 찾지 못하면 그 구절들은 내 수첩에 남아 기발한 글을 쓸 마음이 생길 때를 기다린다. 수년 후에 상반된 실수를 저질렀다. 나는 형용사

사용을 금하기 시작했다. 긴 전보와 같은 책을 쓰고 싶었고, 그 것으로 꼭 필요하지 않은 단어들은 모두 배제하려고 했다."

빌헬름 카펠의 『소크라테스 이전의 철학자』

[리뷰]

500페이지에 이르는 이 책에는 헬레니즘 초기 사상가의 원 본이나 그들의 삶, 플루타르코스, 디오게네스 라에르티오스 또는 섹스투스 엠피리쿠스에서 나올 수 있는 원리가 다시 편 집되고 번역되어 있다.

이중 다수는 현재 박물관에 남아 있다. 예를 들면, 달은 구 름의 농밀한 총합이며 구름은 달마다 증발된다고 주장한 콜로 폰 출신의 크세노파네스[419]의 경우가 그렇다. 다른 이들은 놀라 움을 자아내거나 기분 전환을 시키는 것 외에는 다른 미덕을 유지하지 못한다. 예를 들어, 아크라가스의 엠페도클레스[420]가 보여 주는 기이한 명부가 그렇다. "나는 어린아이이고, 소녀이 자, 들장미이며, 새이자, 바다에서 뛰어오르는 말 못하는 물고 기였다."(더 놀랍고 믿을 수 없는 것은 셀틱풍의 랩소디를 흥얼거리

419　　Xenophanes(기원전 570~기원전 480). 이오니아 콜로 폰 출신으로 고대 그리스의 철학자이자 시인.

420　　Empedocles(기원전 452~기원전 432). 세상 만물이 바 람, 불, 물, 흙 등 네 개의 원소로 구성된다고 주장한 고 대 그리스 철학자.

는 것이다. "나는 손에 쥐어진 검이고, 전쟁의 장수이고, 교각의 등대
이며, 100일간 물의 거품에 취했었고, 책에 나오는 한 단어이고, 최초
의 책이다.")

　소크라테스 이전의 사상이 가졌던 진정한 의미를 복구하
는 것은 거의 불가능하다. 하지만 그로 인해 이후의 모든 철학
은 풍성해진다. 우리는 베르그송이나 윌리엄 제임스를 통해
에페소스의 헤라클레이토스를 이해한다. 또한 파르메니데스
를 읽는 것은 "시대에 맞지 않게, 그리고 불합리하게" 스피노
자나 프랜시스 브래들리[421]를 기억나게 한다.

　다른 이들은 세기를 지나며 살아남는 것 같다. 아킬레우스
와 거북이의 영원한 경주를 고안한 엘레아학파의 제논이 그렇
다. 속도의 상징인 아킬레우스는 느림의 상징인 거북이를 따
라잡지 못한다. 아킬레우스는 거북이보다 열 배 더 가볍게 달
리고 10미터의 장점을 갖는다. 아킬레우스는 미터 단위로 달
리고 거북이는 센티미터로 나간다. 아킬레우스가 센티미터로
달리면 거북이는 밀리미터로 간다. 아킬레우스가 밀리미터로
달리면 거북이는 밀리미터의 10분의 1만 가면서 그렇게 무한
정으로 다가가지 못한다. 빌헬름 카펠(Wilhelm Capelle)은 이 책
의 178페이지에서 아리스토텔레스의 원본 텍스트를 번역한
다. "제논의 두 번째 주장은 소위 아킬레우스이다. 가장 느린
이가 가장 빠른 이에게 따라잡히지 않는다는 것이 논리적이라
고 가정해 보자. 추적자는 도망가는 사람이 막 빠져나가는 시

421　　Francis Bradley(1846~1924). 영국의 이상주의 철학자.

점보다 먼저 도착해야 하기에, 운 좋게도 제일 느린 이가 항상 결정적인 이익을 취한다."

철학의 역사를 연구하는 사람들은 소크라테스 이전의 철학자들을 선구자로서만 중요하게 생각한다. 반면에 니체는 그리스 철학 사상의 정점이라고 생각하며 플라톤의 변증법적 형식을 기념비적 방법으로 추켜세운다. 여기에 설득될까 지레 걱정하는 사람들이 있다. 이 책은 그런 사람들을 위해 쓰였다. 그리스 산문을 구축하고 연결시킨 것에 대한 영광을 회복하고자 하는 것이다.

1938년 5월 13일
리처드 올딩턴

리처드 올딩턴(Richard Aldington)은 1892년, 영국의 남쪽인 햄프셔의 백작령에서 태어났다. 도버 칼리지와 런던 대학에서 교육을 받았다. 열세 살에 처음으로 시를 쓰기 시작했고, 열일곱 살에는 알려지지 않은 잡지에 키츠의 모작을 기고했다. 그리고 1915년에 첫 번째 책『오래되고 새로운 이미지』를 출간했다. 1913년 10월에 결혼했다. 올딩턴은 사실 '이미지주의자'였다. 시각적 이미지가 근본적으로 시적이라고 믿었다.(100년도 더 전에 이래즈머스 다윈도 이와 같이 믿었다.) 변덕스러운 주장이 그의 특징인 불규칙적인 작법과 운율의 부재로 이끌었으며, 그로 인해 청각적인 것이 시각적인 것에 복종하게 됐다. 리처드 올딩턴은 그의 친구인 에즈라 파운드와 에이미 로웰과 함께 이런 것들에 대해 이야기를 나누었으며, 발칸반도에서의 권총 사격이 토론을 절멸시킬 것이라는 것을 알지 못했다.

1916년 초에 올딩턴은 영국 군대에 포병으로 입대했다.

전쟁에서 살아남았으나 신경 쇠약에 시달렸다. 버크셔에 있는 오두막, 과중한 번역과 몇몇 신문에서의 일이 그를 구원했다. 보카치오의 『데카메론』, 사비니앵 시라노 드베르주라크의 『태양의 상태에 관한 우스운 역사』, 볼테르와 페데리코 2세, 세니어 단장의 편지, 그리고 그리스 선집 중 수백 편의 비문과 경구를 번역했다.

1923년에 『황폐』를, 1928년에 『사랑과 룩셈부르크』를, 1929년에는 『영웅의 죽음』이라는 놀랍고 경이로운 소설을 출간했다. 작가가 책의 모든 등장인물을 비난하고 이들을 경멸하고 모욕하면서 기쁨을 느끼는 경우는 드물지만, 리처드 올딩턴은 그렇게 했다. 그의 분노는 칼라일, 게하 중케이루[422] 혹은 레옹 블루아[423]와 같은 전문적 악마의 학술 활동 이상이었다.

『영웅의 죽음』은 비교할 수 없는 작품이다. 유사한 소설이 있다면 버틀러의 『모든 육체의 방식』일 것이다.

리처드 올딩턴은 『영광의 길』과 『여성들은 일해야 한다』, 『대령의 아들』을 썼으며, 『볼테르에 관한 연구서』, 『모든 인간은 적이다』의 저자이다. 올해에 『리브스를 공격한 일곱 장수』라는 재기 넘치는 책을 출간했다.(이미 눈치챈 독자들도 있겠지만, 이 제목은 아이스킬로스[424]가 쓴 『테베를 공격한 일곱 장수』의 패러디다.)

---

422   Guerra Junqueiro(1850~1923). 포르투갈의 언론인이 자 작가.

423   Léon Bloy(1846~1917). 프랑스의 소설가.

424   Aeschylos. 고대 그리스의 극작가로 총 90여 편의 비극을 썼다.

어니스트 헤밍웨이의 『가진 자와 못 가진 자』

[리뷰]

지식인이 상상한 불량배에 관한 이야기에는 오류가 있을 수 없다. 거기에는 두 가지 경향이 발견된다. 하나는 불량배가 그렇게 사악하지 않다는 것이다. 근본은 착한 사람이지만 악행을 저지를 만큼 불행한 상태에 이르게 된 데에는 사회의 책임이 있다는 것이다. 다른 하나는 이야기의 악마적 매력을 극대화하고 극악한 기쁨 속에 머무는 것이다. 두 가지 모두 낭만적인 성격을 띤다. 아르헨티나 문학의 유명한 사례가 이 두 가지를 모두 보여 준다. 에두아르도 구티에레스의 선원에 관한 소설과 『마르틴 피에로』가 그것이다. 이 책의 초반부에서 헤밍웨이는 어떤 놀라움도 없이 야만적인 사실을 언급한다. 당연하고 무관심하게 그리고 거의 지루한 듯이 나열한다. 해리 모건은 사람을 죽이는 걸 포기하고 사건에 대해 허영심을 갖지 않으며 후회하지도 않는다. 처음 100페이지 동안 우리는 화자의 목소리가 서술된 사건과 일치하고, 단순한 엄포와 불평에서 벗어나 있다고 생각한다. 또한 『무기여 잘 있어라』를 쓴 유명 작가의 훌륭한 작품 앞에 서 있는 우리를 발견한다.

하지만 마지막 부분은 우리를 실망시킨다. 삼인칭으로 쓰인 이 장들은 흥미로운 사실을 보여 준다. 어니스트 헤밍웨이(Ernest Hemingway)에게 해리 모건은 모범적인 남자이다. 본질적으로 교훈적인 태도는 헤밍웨이가 살인을 통해 쇠락하는 세대에게 보여 주려는 것이다. 그렇기에 소설은 먼지가 된다. 손가락 사이로 남는 것은 니체적 비유에 불과하다.

아래에 한 부분을 옮겨 보겠다. 주제는 미국에서의 자살이다.

"어떤 이들은 사무실의 창문을 통해 떨어진다. 다른 이들은 조용히 두 대의 차가 있는 차고로 가서 시동을 켠다. 어떤 사람들은 콜트나 스미스 웨슨[425]이 했던 고유의 전통을 따른다. 이 기구들은 후회를 끝낼 만큼 잘 만들어져서 불면증을 종식하고, 암을 치료하고, 파산을 피하게 하고, 손가락 하나의 힘으로 참을 수 없는 위치에서 출구를 열어 준다. 이 경이적인 미국식 기구는 옮기기가 용이하고, 효과가 확실하며, 설명이 잘 되어 있다. 가족을 청소해야 하는 고통을 제외하고는 불편 없이 아메리칸 드림이 악몽이 될 때 이 꿈의 결말을 맺을 수 있다."

심농의 『7분』

[리뷰]

N. R. F.[426]라는 약자가 나를 속인 게 아니라면, 조르주 심농(George Simenon)은 탐정 작가로서 프랑스에 일정 정도의 유명세를 떨쳤다. 앙드레 데리브[427]는 '분위기를 조성하는' 그의 능력을 자랑한다. 루이 에미에[428]는 그의 이야기가 지닌 '결정적

---

425   콜트와 스미스 웨슨은 미국 최대의 권총 회사들이다.

426   프랑스 갈리마르 출판사에서 1908년부터 발행을 시작한 신 프랑스 평론(La Nouvelle Revue Française)의 약어.

427   André Thèrive(1891~1967). 프랑스의 작가.

428   Louis Emiè(1900~1967). 프랑스의 시인.

분위기'를 공개적으로 찬양했다. 『7분』을 놓고 판단하자면 이 두 사람의 의견은 타당하다. 이 책에는 활기가 지속되며, 초자연적인 무언가가 부족하지도 않다. 하지만 그 나머지는 유능하지 못하고, 속임수이거나 순진하다고 할 수 있다. 사람들은 분위기만으로도 충분하다고 말할 것이다. 그 말에는 동의한다. 그렇지만 불편한 탐정 서사를 왜 만들어 내려고 할까?

시리즈의 첫 번째 이야기에서 마지막 결말은 너무 싱거워서 어제 읽었던 것이 오늘은 기억나지 않는다. 두 번째 이야기인 「7분의 밤」은 난로, 배수구, 돌, 가죽끈과 권총을 필요로 한다. 세 번째에서 독자는 부수적 인물의 존재를 의심할 수 없다. 여기서 나는 무능력과 사기의 혐의를 지적하고 싶다. 오히려 지금은 작가의 시대착오적 오류나 무관심 때문이었다고 생각한다. 영국에서는 탐정 장르가 피할 수 없는 법에 의해 움직이는 장기와 같다고 한다. 작가는 문제의 용어에 대해 어떤 것도 속일 수 없다. 예를 들어 신비로운 범죄자는 처음부터 형상화된 인물 중 하나여야 한다. 반면에 파리는 이 모든 엄격함을 무시한다. 『7분』으로 판단하자면 셜록 홈스는 여전히 현대적이다.

이 소설의 형식은 유효하다. 작가가 드러내는 방식을 택하는 것은 평범한 것은 아닌데 우리에게 아서 코난 도일 경이 아니라, 오르치 남작[429]이나 가스통 르루를 생각나게 한다. 그는 이렇게 썼다. "나는 어둠 속에서, 빗속에서, 눈 풍경을 그린 유화에서, 북극 지방의 신비에서 나오는 두려움을 알고 있다. 하

429　에마 오르치(Emma Orczy, 1865~1947). 헝가리 태생의 영국 소설가. 의적 스칼렛 핌퍼넬 시리즈를 썼다.

지만 찬란한 해에서, 꿈의 장면에서, 따뜻한 빛을 받는 것에서
나오는 두려움은 다르다! 그것은 압도적인 무언가다".

문학계 단신

권나르 권나르손[430]의 소설 『하늘에 떠 있는 배』에서 나는
이런 흥미로운 감정을 느꼈다. "산이 없는 땅에서는 생각과 동
물도 길을 잃는다. 왜냐하면 누가 그것들을 묶어 둘 수 있는지,
밤에 초원에서 잠들기 위해 어떻게 해야 하는지 사람들이 모
르기 때문이다."

작가의 이미지를 받아들여, 나는 사고의 분산이 꿈에 어울
린다고 말하겠다.

---

430   Gunnar Gunnarsson(1889~1975). 아이슬란드의 작가.

1938년 5월 27일

반 위크 브룩스

[전기]

반 위크 브룩스(Van Wyck Brooks)는 미국에 대한 비판을 일
상적으로 시도한 미국 작가 중 한 사람이다.(다른 존경스러운 사
례로는 루이스 멈퍼드[431]와 월도 프랭크[432]가 있다.) 브룩스는 폭력
적이지 않다. 그는 미국의 원색적인 면과 상스러움을 경멸하
고 슬퍼했다. 유럽인들은 그를 좋아했다. 많은 미국인들도 그
랬는데 아마도 애국적인 것처럼 보이는 것에 대한 두려움 때
문이었을 것이다. 브룩스는 미국의 촌스러움을 비판했는데 이
촌스러움은 그를 박수 치게 하기도 했다.

반 위크 브룩스는 1886년 2월 16일 플레인필드에서 태어

---

431   Lewis Mumford(1895~1990). 미국의 역사가이자 문
화 비평가.

432   Waldo Frank(1889~1967). 미국의 소설가.

났다. 하버드 대학을 다녔으며 1909년에 첫 책『청교도의 와인』을 발표했다. 2년 후에 캘리포니아 출신 엘리너 캐니언과 결혼했다. 1913년에는 세낭쿠르, 아미엘, 모리스 드 게렝에 관한 연구인『이상이 낳은 질병』을 펴냈다. 1914년에는 존 애딩턴 시먼스의 작품을 비평했고, 1915년에는 H. G. 웰스의 세계와 노년기의 아메리카에 대한 비평서를 출간했다. 언급된 마지막 책에는 이후 작품의 징조가 나타난다. 1927년에는 앨프리드 크레임보그, 폴 로즌펠드, 루이스 멈퍼드와 함께 유명한 선집인『미국식 이동 주택』을 엮어 냈다.(1923년에 이전 책들과 이 작품으로 인해 잡지《다이얼》이 해마다 수여하는 상을 받았다. 다른 해에는 셔우드 앤더슨과 T. S. 엘리엇이 헌정한 상을 탔다.)

반 위크 브룩스의 작품은 광범위하다. 로맹 롤랑과 조지 버거의 책을 번역하고, 다양하고 독창적인 연구를 수행했다. 아마도 가장 중요한 것은 에머슨과 헨리 제임스, 마크 트웨인에게 헌정한 책일 것이다. 이 세 명은 한동안 미국인이자 예술가가 되는 것의 모순에 대해 묘사하고자 했다.

『에머슨과 다른 이들』(1927)이라는 책은 미국에 동의하지 않는 예술가의 사례를 연구한다. 두 번째 작품인『헨리 제임스의 순례』(1925)는 미국을 떠난 예술가를 다룬다.『마크 트웨인의 노력』(1920)이라는 책은 미국으로 인해 좌절한 예술가를 묘사한다. 이 마지막 작품의 주요 가치는 버나드 디 보토[433]의 열정적이고 빛나는 답변인『마크 트웨인의 미국』을 쓰도록 자극

---

433   Bernard de Voto(1897~1955). 미국의 사학자.

했다는 것이다.

메도스 테일러의 『암살단의 고백』

[리뷰]

(1829년 4월에 세 권으로 나누어져 출간되었고, 정확히 99년이 지난 지금 노년의 예이츠-브라운에 의해 재출간된) 이 기묘한 책은 만족시킨 적이 없던 호기심을 일깨운다. 줄거리는 (목도리를 걸친 채 맨발로) 8세기 동안 인도의 길과 어둠에 공포를 일으켰던 암살단, 종파, 또는 세습적 교살 집단에 관한 것이다. 영리를 목적으로 하는 암살이 그들에게는 종교적 의무였다. 이들은 여신 바와니의 숭배자들이었다. 이 여신은 검은색의 우상으로, 드루가, 파바티와 칼리마로 불리기도 했다. 사람들은 그녀에게 처형에 쓰는 천, 입문 의식에서 맛봐야 하는 성스러운 설탕 조각, 무덤을 파는 곡괭이를 바쳤다. 모든 사람들이 천이나 곡괭이를 가질 수 있는 것은 아니었다. 숭배자들이 "몸이 절단된 상태로 죽는 것이 금지된 것처럼 세탁장 주인, 시인, 고행승, 시크교도, 음악가, 무용가, 기름 제조자, 목수, 대장장이, 미화원으로 죽는 것 또한 금지되었다."

제자들은 용감하고, 순종적이었으며, 비밀 유지를 약속했고, 열다섯 명에서 200명의 남자들이 떼를 지어 광활한 지역을 떠돌았다. 라마시라는 사라진 언어를 사용했으며, 아미리차에서 세일란까지 인도의 어느 곳에서나 이해할 수 있는 기호 언어를 가지고 있었다. 그들은 네 개의 조직으로 구성되어 있었다. 신기한 이야기와 노래로 여행자를 유혹하는 자들, 여행객을 교살하는 집행자들, 무덤을 파 놓고 기다리는 자들, 죽은 자를 치우는 임무를 맡은 정화자들이다. 어둠의 여신은 이들에게 배신과 변장을 허용했다. 이 암살단은 다른 집단에 대항하기 위한 호위대로 계약되곤 했다. 예언자가 지시한 정확한 지점까지 한참을 걸어가서, 바로 그 지점에서 살육을 자행했다. 알라하바드의 부람이 아마도 가장 유명한 예일 텐데 40년 동안 900명 이상을 살해했다.

이 책은 실제 법적인 문서들에 기반하며, 당대에 토머스 드 퀸시와 불워 리턴의 찬양을 받았다. 현재의 편집인 F. 예이츠-브라운은 눈길을 끄는 제목을 삽입했다. '보석상과 점성술사', '너무 많이 아는 부인', '비만증에 걸린 은행가의 에피소드'는 그가 보여 준 형식의 단순함과 모순된다.

나는 이 작품이 만족된 적 없던, 그리고 물론 만족시킬 수 없는 호기심을 일깨운다고 말했다. 예를 들어, 나는 이 암살단이 여신 바와니를 숭배하는 것을 자신들의 직업으로 생각하는 성스러운 도적떼인지, 아니면 여신 바와니에 대한 숭배가 그들을 도적떼로 만든 것인지 알고 싶다.

1938년 6월 10일

폴 발레리의 『시학 개론』

[리뷰]

ㄴ

　고명한 시인이자 최상의 산문가인 폴 발레리는 에콜 드 프랑스에서 시학을 강의하고 있다. 이 짧지만 훌륭한 책은 그의 첫 번째 강의를 모은 것이다. 그 안에서 발레리는 시학의 근본 문제들, 아마도 해결할 수 있는 문제들을 깔끔하게 식으로 보여 준다. 크로체와 같이 발레리는 아직 우리에게는 (대문자로 된) 문학사가 없으며, 그 이름을 훔친 광대하고 존경받는 책들도 사실 문학가들에 대한 역사였다고 생각한다. 발레리는 이렇게 쓰고 있다. "문학사는 작가들의 역사, 그 영역에서 벌어지는 사건들, 혹은 작품의 경력이 아니라, 문학의 생산자나 소비자 같은 영혼의 역사다. 이 역사는 한 사람의 작가를 언급하지 않고도 용어에 이를 수 있을 것이다. 우리는 알려지지 않은 작가들의 전기를 전혀 개입시키지 않고도 「용기」 또는 가수들의 노래에 존재하는 시적 형식을 공부할 수 있다."

그는 문학이 근본적으로 고전적이고 기교적이라고 정의했다. "문학은 언어 소유지에 대한 일종의 적용이자 확장에 다름 아니며, 그럴 수밖에 없다." 그리고 이렇게 덧붙인다. "모든 문학적 창작은 일단 체계화되면 확립된 어휘군이 가진 잠재력의 결합으로 환원되므로, 문학 작품 중에서도 가장 대단한 작품은 언어가 아닐까 한다." 12페이지에 적혀 있는 글이다. 반면에, 40페이지에는 영혼의 작품은 오직 행위로만 존재하며, 그 행위는 명백하게 독자나 관객을 전제한다고 지적한다.

내가 잘못 안 게 아니라면 이러한 관찰은 언어가 중심이라는 생각을 수정하게 하며, 심지어 상반되기도 한다. 첫번째 의견은 문학이 일정한 어휘들을 결합하는 것이라고 진정시킨다. 두번째 의견은 이 결합의 효과가 독자에 따라 새롭고 다양하다고 주장한다. 전자는 숫자가 증가하지만 가능한 작품의 한정된 숫자를 확정한다. 반면 후자는 계속 증가하며 결정될 수 없는 숫자가 된다. 후자는 시간을 통한 오해와 부주의가 죽은 시인과 협력하게 된다는 사실에 동의한다.(이에 대해서는 세르반테스의 운문보다 더 좋은 예가 없다고 생각한다.)

살아 계신 신이시여, 이런 대단함이 나를 놀라게 합니다.

이 구절을 다시 쓸 때, 살아 계신 신은 '이런'과 같이 값싼 감탄사였고 놀라게 하는 것은 감탄한다는 것에 상응한다. 나는 그와 동시대인들은 이렇게 느끼지 않았겠는가 생각한다.

이 대단함이 나를 얼마나 놀라게 했는지 보라!

혹은 이와 비슷했을 것이다. 여기에서 우리는 강하고 위세
넘치는 화자를 확인하게 된다. 세르반테스의 친구인 시간은
사용법을 고치게 되리란 것을 알고 있었다.

W. H. D. 라우스의 『아킬레우스 이야기』

[리뷰]

호메로스의 서사시 속편에 대한 유명한 버전 서문에서 아
라비아의 로런스는 『오디세이』의 스물여덟 가지 영어 번역본
을 세는 것에 만족한다. (다시 말해 불멸과도 같은) 이러한 풍요
로움은 오래된 노래가 지닌 생명력의 징표가 될 수 있지만, 마
찬가지로 호메로스는 죽었고 잘못된 번역이 그에게 삶을 느
끼도록 하기에는 무용하다. '순백의 시인 호메로스', '동음 운
율의 호메로스', '자음의 시인 호메로스', '강조법을 선호하는
호메로스', '알렉산드리아 출신의 호메로스', '6음절의 호메로
스', '시적 산문의 호메로스', '완곡법을 사용하는 호메로스',
'성경과 일치하는 호메로스', '부알로[434]를 예견하는 호메로스.'
이 비유 중 어느 것도 부족함이 없지만, 만족시키는 것도 없
다. 이 책에서 라우스(W. H. D. Rouse) 박사가 우리에게 제안하
는 것은 '대화하는 호메로스'와 '조용한 호메로스'다. 라우스는
『일리아드』나 『아킬레이다』가 아닌 『아킬레우스 이야기』를

---

434   니콜라 부알로(Nicholas Boileau, 1636~1711). 프랑스
의 시인.

썼다. 또한 (우리의 루고네스처럼) "여신은 아킬레우스 플레이아데스의 분노를 노래한다."라고 번역하지 않는다. 오히려 "펠레오 가문의 왕자인 아킬레우스의 고통스러운 분노, 즉 나의 관심사인 화가 난 남자"로 옮긴다. 헥토르와 안드로마케의 이별, 헥토르의 죽음, 그 시체를 거두는 유명한 장면을 가지고 라우스의 버전을 앤드루 랭 혹은 심지어 버클리의 것과 비교한다. 라우스의 버전은 강력하진 않지만, 다른 것들에는 없는 미덕이 있다. 논란이 될 만큼 쉽게 읽힌다는 것이다. 그리스어에 대한 나의 무지가 내가 호메로스의 여러 버전들에 대해 조금은 조예가 있는 것처럼 보이게 만든다. 라우스의 작품과 매우 다른 것은 르콩트 드릴의 것이다. 그리고 유사한 것이 있다면 버틀러의 작품이다.

항상 논쟁이 되는 지점은 호메로스의 특징적 형용사이다. 루고네스가 '구름 같은' 제우스라 칭하는 반면, 라우스 박사는 '구름을 모으는' 주피터라 부른다. 루고네스가 '빠른' 아킬레우스라고 부른다면, 라우스는 '가벼운 발을 가진' 아킬레우스라고 말한다. 루고네스가 '화살 쏘는' 아폴로에 대해 말하면, 라우스는 '멀리 쏘는' 아폴로에 대해 말한다. 반면에, 아이네이아스, 알렉산드로스, 다이달로스, 메넬라오스, 라다만티스 등 이름 자체는 정확히 적고 있다.

거의 모든 번역본에서 『일리아드』는 거리감이 느껴지고, 의례적 어투가 사용되며, 이해하기가 쉽지 않다. 반면, 라우스의 작품은 재미있으며, 평이하고, 험담이 가득하고, 사소한 것을 소개한다. 아마도 라우스의 번역이 더 정확할 것이다.

1938년 6월 24일

힐레어 벨록

[전기]

조지프 힐레어 피어 벨록은 1870년 파리 인근에서 태어났다. 프랑스인 변호사 루이 스완턴 벨록의 아들이다. 사람들은 그에 관해 지나치게 이야기를 많이 한다. 그는 프랑스인이자 영국인이고, 옥스퍼드 대학생, 역사가, 군인, 경제학자, 시인, 반유대주의자, 협잡꾼, 체스터턴의 모험을 좋아하는 학생이자 체스터턴의 스승이었다. 웰스는 (큰 관심 없이) 그를 님이나 몽펠리에의 카페에서 한 그라나다인을 위해 행복하게 주교 의식을 행하던 타타르인 성직자의 이식된 형태로 판단한다. 체스터턴과 동맹을 구축하기 위해서 쇼는 30년 전에 이 둘이 합쳐져서 키메라가 되었다고 주장했다. "네발을 가진 허영심 많은 괴물이자 유명한 체스터 벨록은 종종 많은 문제를 일으킨다." 체스터턴은 자서전의 많은 부분을 벨록에게 할애하며, (다른 무엇보다도) 벨록이 초상화 속의 나폴레옹과 닮았고, 그중에서도 나폴레옹의 기마 초상과 닮았다고 말했다.

벨록은 영국에서 교육받았지만 프랑스 군대에 입대하기 위해 학업을 중단했다.(이 일 때문에 그는 영국 군인으로 묘사되었다.) 돌아와서는 옥스퍼드 대학에 있는 발리올 컬리지에 들어갔고 1895년에 졸업했다. 그리고 즉시 문학에 매진한다. 초기 작품들의 주제인 폭력은 그의 성공을 이끌었다. 1896년에 미국을 방문했다가 거기서 캘리포니아 출신 미국인 엘로디 애그니스 호건과 결혼했으며 1898년에 영국 국적을 취득했다. 1906년부터 1910년까지 사우스 샐퍼드에서 공동 내각의 자유당 의원을 지냈다.

벨록은 모라스[435]와 비견된다. 이 둘은 가톨릭, 고전주의, 라틴적 성향에 대한 애호가 명확히 일치한다. 하지만 한 사람은 프랑스와 이미 그것들을 공유했지만, 다른 사람은 영국과 그렇지 않았다. 여기서 벨록이 가진 커다란 변증법적 솜씨가 드러난다.

자료와 벨록 자신의 고백으로 알려진 전설은 벨록이 100권 이상의 책을 썼다는 것이다. 여기에 몇 개의 제목을 옮기자면 『봉사의 상태』, 『영국 역사』, 『프랑스 혁명사』, 『로베스 피에르』, 『리슐리외 추기경』, 『울지』, 『아무것도 아니다』, 『모든 것이다』, 『모든 것에 관하여』, 『어떤 것』, 『유대인에 관하여』, 『금을 만든 남자』, 『현대 영국의 특징에 대한 에세이』, 『오래된 길』, 『벨린다』, 『제임스 2세』가 있다.

---

435   샤를 모라스(Charles Mourras, 1868~1952). 프랑스의 작가.

윌리엄 포크너의 『정복되지 않는 사람들』

[리뷰]

소설가들은 일반적으로 현실이 아니라 기억을 보여 준다. 실제 사실이나 핍진성 있는 사건을 기술하지만 사실은 이미 기억에 의해 복습되고 정렬된 것이다.(확실히 이 과정은 사용되는 동사의 시제와는 관계가 없다.) 반면, 포크너는 가끔 주의를 기울여 가공하지 않은 시간에 의해 단순화되지 않은 순수 현재를 재창조한다. '순수 현재'는 심리학적으로 이상적이지 않다. 따라서 포크너에게서 보이는 일정한 해체는 원래의 사건보다 훨씬 더 혼란스럽게, 그리고 풍요롭게 보인다.

이전 작품들에서 포크너는 시간과의 놀이에 천착하고, 연대기적 순서를 교묘하게 뒤집고, 의도적으로 미로를 만들고 혼란을 증폭시켰다. 이런 이유로 그의 모든 미덕은 이 퇴행적 특징에서 나온다고 주장되었다. 직접적이고 불가역적인 이 소설은 그러한 의혹을 불식시킨다. 포크너는 그의 인물을 설명하려고 노력하지 않는다. 그들이 느끼고 행하는 것을 보여 준다. 사건은 특이하지만, 서사가 생명력이 넘쳐 그것들을 다른 방식으로 생각하지 못하게 된다. 부알로는 "실제로 일어난 일은 그럴듯하게 보이지 않을 수 있다."라고 말한 바 있다. 포크너는 실제처럼 보이도록 하기 위해 그럴듯하지 않은 것들을 많이 사용했고 목적을 이루었다. 다시 말해 상상하는 세계는 실제가 아니며 마찬가지로 그럴듯하지 않은 것을 내포한다.

윌리엄 포크너는 도스토예프스키에 비견된다. 그렇게 접근하는 것은 옳지 않지만, 포크너의 세계는 물질적이고 육체적이어서 베이야드 사르토리스 대령이나 템플 드레이크 곁에서는 명백한 살인범 라스콜니코프가 라신의 왕자처럼 연약해 보인다. 갈색빛 강물, 드문드문 위치한 별장들, 흑인 노예들, 기사단으로 구성된 나태하면서도 잔인한 전쟁,『정복되지 않는 사람들』에 나타난 독특한 세계는 미국과 그 역사의 혈족이며 마찬가지로 토착적이다.

바다 또는 아침이 가지는 친밀함처럼 육체적으로 우리를 건드리는 책이 있는데, 나에게는 이 책이 그런 것 중 하나였다.

니컬러스 블레이크의『야수는 죽어야 한다』

[리뷰]

니컬러스 블레이크(Nicolas Blake)가 출간한 네 편의 탐정 소설 중에서 내가 읽은 세 번째 책이다. 네 편 중 첫 번째 작품인『증거에 대한 질문』을 즐겁게 읽은 기억이 있지만, 기쁨에 대한 상황도 인물의 이름도 기억나지 않는다.『문제가 진행되고 있다』라는 두 번째 책은 이야기가 기본적으로 엘러리 퀸의『이집트 십자가 미스터리』또는 이든 필포츠의『붉은 머리 가문의 비극』과 비슷하기에 원작보다 더 재미있다는 인상을 주었다. 마지막인『야수는 죽어야 한다』도 매우 훌륭하다. 여기서 그 내용을 이야기하는 것은 삼가겠는데, 나는 독자가 호기심을 가지고 책을 빌리거나 훔치거나 구입하는 것을 선호하기 때문이다. 독자들이 후회하지 않을 것으로 확신한다. 지금은 더 말할 수 없다, 분별없겠지만 한 가지만 말하자면 이 신나는 책은

비록 비교할 수 없을 만큼 열등하지만 S. S. 밴 다인의 책과 유
사하다고 할 수 있는데 이 무시무시한 책에는 불행한 이집트
학자에 관한 이야기가 담겨 있다.

탐정 이야기는 단순히 탐정에 관한 것일 수 있다. 반면에,
탐정 소설이 읽히려면 심리학적 성격을 포함해야 한다. 단순
한 추리만으로는 300페이지는커녕 30페이지도 끌고 갈 수 없
기 때문이다. 시간상으로뿐 아니라 역사상 최초의 탐정 소설
은 윌키 콜린스의 『월장석』(1868)으로, 훌륭한 심리 소설이기
도 하다. 모든 작품에서 블레이크는 이 전통을 기쁘게 따랐다.
독자들을 압도하지도 않고 시간과 계획을 복잡하게 만드는 오
류도 범하지 않았다.

이 책의 마지막 부분에서 나는 니컬러스 블레이크가 도로
시 세이어스와 애거서 크리스티 여사와 비교된다고 생각했다.
흥미로운 유사점이나 여성주의에 대해 말하는 것이 아니다.
나는 그들이 사람을 기운 빠지게 하고 말을 거칠게 한다고 생
각한다. 그러니 차라리 그를 리처드 헐, 밀워드 케네디 혹은 앤
서니 버클리와 비교하는 것이 맞겠다.

해럴드 니컬슨

[전기]

페르시아 주재 영국 참사의 아들인 해럴드 니컬슨(Harold Nicolson)은 1896년 테헤란에서 태어났다. 유서 깊은 영국 혈통 출신으로 아일랜드, 페르시아, 헝가리, 불가리아, 모로에서 유년 시절을 보냈다. 웰링턴 칼리지에서 수학했으며 옥스퍼드에서 공부했다. 1909년에 외교부에 들어갔고, 1910년 마드리드의 영국 대사관에서 근무했다. 1911년에는 콘스탄티노플로 옮기고 1년 후 빅토리아 색빌웨스트와 결혼했다. 그녀에 대해서는 확실히, 그리고 은밀하게 그녀의 작품이 자신의 작품보다 더 가치 있다고 말했다. 1919년에 해럴드 니컬슨은 평화 회의를 위한 영국 대표단의 일원이 되었고 파리에 머물면서 천천히 베를렌[436]에

---

436   폴 베를렌(Paul Verlaine, 1844~1896). 프랑스의 시인.

관한 자료를 모았다. I925년에는 외교관으로서 테헤란에 다시
갔다. I929년에는 베를린으로 옮겼다. 같은 해에 외교관을 그
만두고 체계적으로 문학의 길을 걷기로 결심했다. I92I년에
『폴 베를렌』이라는 책을 처음 출간했다. I923년에 테니슨에
관한 비평서를 냈고 I925년에는 자서전 중에서 가장 겸손하다
고 할 수 있는 다양한 인물들을 출간했는데, 이 책은 일종의 고
백으로 여기에는 자신을 아홉 명의 소소한 등장인물로 나눈다.

확인을 요청한 미국 기자에게 해럴드 니컬슨은 다음과 같
이 대답했다. "나는 사과 과수원에 있는 I9세기 집에 산다. 테
니스를 잘 못 친다. 나에게는 너무 젊어 보이는 옷을 입는다. 나
는 그림을 좋아하며 음악을 싫어한다. 나는 미국인에게 흥미
를 느끼지만 한 번도 미국에 가 본 적은 없다. 미국에는 두 가지
부정할 수 없는 좋은 점이 있다고 생각한다. 하나는 건축이고,
다른 하나는 훌륭한 시인인 아치볼드 매클리시이다. 휴 월폴
씨는 미국인들은 매우 지적인데, 특히 보스턴에 사는 미국인
들이 그렇다고 나에게 말했다."

니컬슨의 비판적 전기 중 가장 기억할 만한 작품은 『폴 베
를렌』(I92I), 『테니슨』(I923), 『바이런』(I924), 『스윈번』(I926)
이다. 영국 전기에는 특이한 장점이 있다. 경망스러워 보이지
않으면서도 영웅들을 완전하게 드러낸다는 것이다.

다른 작품들로는 『달콤한 물』(I92I), 『영국 전기의 진화』
(I928), 『한 외교관의 초상』(I93I)이라는 소설이 있다. 마지막
작품은 작가의 아버지에 관한 전기이다.

E. T. 벨의 『수학 인간』

[리뷰]

(작가가 원한 것은 아니지만 이 책에 그 외에는 다른 것이 없는) 수학의 역사에는 구제할 수 없는 결점이 있다. 사건의 연대기적 순서가 자연의 논리적 질서와 호응하지 않는다는 것이다. 요소들에 관해 잘 정의한 부분은 많은 경우 마지막에 오며, 실천이 이론에 선행하고, 보통 사람들은 선구자들의 충동적 노력보다는 근대인들의 노력을 더 잘 이해한다. 예를 들어, 나는 알렉산드리아의 디오판토스가 보여 준 다양한 수학적 진실을 의심하지 않지만, 그의 작품을 경외할 만큼 수학을 잘 알지는 못한다.(형이상학에 관한 기초 수업처럼 곤혹스럽다. 이상주의를 청중에게 보여 주기 위해서는 먼저 플라톤의 잡히지 않는 원리를 설명해야 하고, 거의 종국에는 버클리가 만든 논리적으로는 이전이나 역사적으로는 이후에 마련된 확실한 체계를 보여 줘야 하는 것과 같다.)

앞 문단을 언급한 이유는 이 좋은 책을 읽기 위해서는 애매하거나 기본적일지라도 일정한 지식이 전제되어야 한다는 것을 지적하기 위해서다. 이 책은 원래 교훈적인 작품이 아니다. 엘레아학파의 제논부터 독일 할레 출신의 게오르크 루드비히 칸토어까지 유럽 수학의 역사를 다룬다. 이 두 이름의 결합에는 어떠한 신비도 없다. 23세기라는 시간이 이들을 가르고 있지만 동일한 곤혹스러움이 이 둘에게 피로와 영광을 가져다주었다. 독일어의 기이한 숫자가 어떤 방식으로 그리스어의 수수께끼를 해결하기 위해 활용되었는지 추론할 수 있다. 이 책을 수놓은 이름은 또 있다. 자신의 불행을 위해 불합치성을 발견하게 된 피타고라스, '모래알의 수'를 계산한 아르키메데스, 기하 대수학의 데카르트, 불행하게도 유클리드의 언어를 형이상학에 적용한 바뤼흐 스피노자, '말하기보다 계산을 먼저 배운' 가우스, 무한 지점의 창안자인 빅토르 퐁슬레, 논리의 수학자인 불, 칸트 식 공간을 무너뜨린 리만이 그 목록에 있다.

(흥미로운 소식이 풍부한 이 책이 중국 작품 『나는 왕이다』에서 도형 공식이 라이프니츠에게 제안한 숫자화의 이분법적 체계를 언급하지 않은 것은 의아한 일이다. 십진법 체계에서 열 가지 상징은 어떤 양을 대표하기에 충분하다. 이분법 자료에서의 둘, 하나와 영과 같다. 기초는 십진법이 아니라, 이진법이다. I, 2, 3, 4, 5, 6, 7, 8 그리고 9는 이렇게 쓰인다. I, IO, II, IOO, IOI, IIO, III, IOOO 그리고 IOOI. 이 체계의 합의에 따르면 0을 전체에 더하는 것은 2로 곱하는 것과 같다. 3은 II로 쓴다. 거기서 두 배인 6은 IIO이 된다. I2는 네 배인 IIOO이다.)

존 스타인벡의 『쥐와 인간에 관하여』

[리뷰]

잔인함 또한 문학의 덕목이 될 수 있다. I9세기의 북아메리카인들은 이 장점을 제거했다. 행복인지 불행인지 무능력했다.(우리는 그렇지 않다. 우리는 이미 아스카수비 대령의 『레팔로사춤』과 에스테반 에체베리아의 『도살장』, 『마르틴 피에로』에서 인디오를 살해하는 장면, 에두아르도 구티에레스가 지독한 사악성을 표현하는 단조로운 장면들을 보여 줄 수 있다.) 미국 작가들은 사악함을 제대로 드러내지 못한다. 존 메이시가 쓴 『미국 문학의 영혼』이라는 작품 초반에 이러한 부분이 잘 드러난다. "우리의 문학은 이상주의적이고, 섬세하며, 나약하고, 달콤하다. 큰 강과 위험한 바다를 경험한 율리시스는 일본 판화의 전문가이다. 왕위 계승 전쟁의 참전 용사가 마리 코렐리 양과 경쟁하여 승리한다. 경험 많은 사막의 정복자가 장미와 정원에 대해 노래한다."

이 흥미로운 다양성은 1912년으로 거슬러 올라가며 당시에는 결코 시대착오적이지 않았다. 30년도 안 돼 모든 것이 바뀌었고 현재에 와서는 시대착오적인 것이 되었다. 지금 미국에서는 리얼리즘이 그 어느 때보다 강력하고 구체적이다. 19세기의 열렬한 자연주의자들 사이에서 이론에 비해 현실은 관심을 끌지 못했다. 복음주의적 목표나 정치적 목적에 항상 이끌리는 러시아인들도 그렇지 않았다.

제임스 케인의 『포스트맨은 벨을 두 번 울린다』보다는 다소 폭력성이 덜한 『쥐와 인간에 관하여』는 이 장르의 걸작이다. 간략하고 명확한 것이 특징이다. 에드거 앨런 포가 말한 작품의 통일성을 저해하는 어떠한 중단도 없이 읽힌다. 잔인한 것은 애처로운 것에서 나온다. 존 스타인벡(John Steinbeck)의 『쥐와 인간에 관하여』는 (어떤 역설도 없이) 잔인한 동시에 감동적이다.

1938년 6월 22일

레온하르트 프랑크

[전기]

레온하르트 프랑크(Leonhard Frank)는 1882년 뷔르츠부르크에서 태어났다. 목수의 아들로 소년 시절부터 가난에 익숙했다. 열세 살에 공장에서 돈을 벌기 시작했다. 후에는 병원 실험실의 조무사로 일했다. 그리고 의사의 운전기사를 했다. 문학을 하기 전에는 그림을 공부했는데 성공을 거두진 못했다.

그의 첫 번째 소설인 『도적단들』은 베를린에서 먼 서쪽과 바다를 원하는 소년들의 이야기로 1914년에 나왔다. 1916년에는 시간이 지나 자신의 선생님을 살해한 한 남자의 이야기를 그린 『원인』을 출간했다. 1918년에는 『인간은 선하다』를 출간했는데 이 책은 가장 유명한 작품으로 전쟁에 반대하는 일련의 서사로 구성된다. 그 속의 인물들은 일반적인 전형보다는 구체성이 떨어지는 개인들이다. 혁명의 영향 아래서 『시민』(1924)이라는 소설을 썼는데 우화로 알려지기보다는 각기 다른 장면들을 섞고 편집한 영화적 방식으로 알려졌다. 이 과정은 죽음이 가까워 오자 형제가 되었다가, 구출되자 다시 모르는 사이가 된 사람들의 이야기를 그린 단편집 『마지막 마차』 (1926)에서도 반복된다. 같은 해에 짧은 소설 『카를과 안나』를 발표했는데 이 책은 「집으로의 귀환」이라는 유명한 영화의 모티브가 되었다. 3년 후에 비극 소설인 『형제와 자매』를 발표했다. 그의 마지막 소설 『꿈속의 동료들』은 1936년 네덜란드에서 나왔다.

프랑크는 프랑스 북부, 스위스, 영국을 떠돌다가 지금은 파리에 묻혀 있다.

C. E. M 조드의 『도덕과 정치 철학에의 안내』

[리뷰]

신문의 독자나 현재를 알고 싶어 하는 독자는 이 작품의 추상적이고 광범위한 제목에서 도망치고 싶은 생각이 들 수도 있다. 그들에게 말하건대, 두려워할 이유는 없다. 오히려 정반대이다. 우리가 800페이지의 이 훌륭한 책에서 비난할 것이 있다면 그것은 현재성의 부족이 아니다. 오히려 이 책은 현재를 다루고 있다. 이 책이 1937년에 나온 데에는 그만한 이유가 있다. 무정부주의는 내용 안에 포함될 여지가 없다. 헤겔주의자 슈티르너[437]

437　　막스 슈티르너(Max Stirner, 1806~1856). 독일의 철학자이자 개인적 아나키즘의 선구자.

는 포함되지 않았지만 같은 헤겔주의자인 카를 마르크스가 나온다. 많은 장을 할애하여 사회주의를 소개하고 논하는데, 작가는 푸리에, 오언, 리카도, 생시몽의 이름을 역사적 변방에 큰 의미 없이 위치시킨다. (민주주의자인) 작가는 온화한 평정심을 가지고 파시즘과 공산주의의 원리를 소개한다.

공산주의는 본질적으로 지적이다. 파시즘은 감상적이다. 좋은 마르크스주의자는 역사의 변증법적 운동, 환경의 주권적 영향, 계급 투쟁의 불가피성, 이 투쟁의 경제적 기원, 자본주의에서 공산주의로 이행하는 시기의 폭력성, 개인주의적 인간의 비중요성과 집단의 중요성을 예언해야 한다.(그러는 중에 지금까지도 공산주의 예술이 만들어지지 않았다는 것은 이상한 일이다. 소비에트 영화를 위해 혁명은 불가피한 것이 아니라 착취당한 노동자 천사들이 악마와도 같은 자본주의자들의 탐욕에 대항한 군사적 충돌이었다.) 파시즘은 오히려 영혼의 상태이다. 사실상 추종자들에게 모든 이들에게 숨겨진 애국적이고 인종적인 편견을 과장하는 것 외에는 요구하는 것이 없다. 조드는 정확히 칼라일을 파시즘의 최초 이론가라고 명한다. 1843년에 그는 민주주의가 민중을 다스리는 영웅을 내려 주지 않는 것에 대한 좌절이자, 이제는 영웅 없이 살아야 한다는 단념의 결과라고 썼다. 그리하여 파시즘과 공산주의는 민주주의를 저주한다는 점에서 일치한다.

또 하나의 공통적 특징으로 보이는 지도자에 대한 우상적 숭배에 대해 조드는 몇 개의 재미있는 예를 모았다. 모스크바의 공영 잡지 기자는 다음과 같이 말하며 한숨을 쉰다. "스탈린 체제의 태양 아래에, 스탈린 시대에 살고 있다는 것은 얼마나 행복한 일인가!" 베를린에서의 '노동자를 위한 십계명'은 다음과 같이 시작한다. "매일 아침 총통에게 인사하고 매일 저녁 우리 스스로 넘치는 활력을 느끼는 것에 대해 총통에게 감사한다." 그것은 단순한 아첨이 아니라 마법이다.

1938년 8월 5일

아서 매컨

[전기]

신문 기자인 존 권터는 다음과 같이 말한다. "아서 매컨 (Arther Machen)은 데이비드 로이드 조지, 스핑크스, 가면을 쓴 방다, 조지 워싱턴, W. J. 브라이언과 닮았으며 마찬가지로 아서 매컨 자신과 유사하다. 피곤해 보이는 파란 눈의 소유자인 부인 멜레나 블랑카는 손이 매우 조심스러우며, 밀랍과도 비슷하다. 파도를 타는 새와 같이 머리 끝에 모자를 쓰고 망토를 두른 채 비 오는 런던 거리를 걷는다."

아서 매컨은 1863년에 칼리언의 오래된 마을에서 태어났다. 칼리언이라는 이름은 카스트라 레지오눔(Castra legionum)이라는 로마 이름에서 나왔으며 아서 왕의 전설을 간직하고 있다. 그는 웨일스 출신 수도사의 아들이다. 고독한 어린 시절뿐 아니라 인생 전체를 지배한 로마의 폐허와 셀틱 숲의 어스름, 그리고 아버지가 소유했던 어지러운 도서관이 매컨에게 영향을 주었다. 그의 인생은 그가 쓴 책에 잘 나타나 있다. 『먼 사물들』(1922), 『가까이 있는 것과 멀리 있는 것』(1923)에는 명백하게 드러나며, 『꿈의 언덕』(1907)에는 마법에 관한 부분이 나온다. 열여섯 살에 엘레우시스[438]의 신비를 다루는 첫 번째 시를 출간한다. 젊은 시절의 시는 작가가 아무에게도 보여 주지 않은 한 권의 책에만 남아 있다. 하지만 신비롭고 악마적인 첫걸음이라는 주제는 모든 작품에 드러난다. 그는 열아홉 살에 런던에 갔다. 이 도시 북서부 외곽의 '어두운 미로'에서 드퀸시라는 다른 고독한 이가 쓴 눈부신 고백을 반복해 읽었으며, 첫 번째 책인 『담배의 해부』를 열심히 썼다. 1887년에 마르그리트 당굴렘의 『엡타메롱』 영국어판을 출간한다. 1895년에는 『세 명의 사기꾼』이라는 환상 소설을 출간했다. 1902년에는 『상형 문자』라는 책을 통해 미학적 탐구를 이어 나갔다. 1903년에는 셰익스피어의 작품을 올리는 극단의 배우가 되었다. 1914년에는 《이브닝 뉴스》의 통신원으로 일했다. 『위대한 귀향』(1915)은 그의 책 중에서 가장 유명하다. 『공포』(1917)는 웰스에 가까운 그럴듯한 환상을 보여 주는 좋은 예이다.

비평가들은 매컨이 쓴 몇 편의 서사에 나타난 불분명함을 비판한다. 비밀 회합과 사탄에 대한 부정확한 묘사를 지적한다. 나는 이런 비난이 잘못됐다고 본다. 매컨의 책에서 죄에 관한 개념은 근본적이다. (그에게) 죄는 신의 법리를 자발적으로 위반하는 것이라기보다는 지독한 영혼의 상태이다. 거기에서

---

438   그리스의 종교 중심지.

그가 창조한 인물의 고독이 나온다. 그런 이유로 구체적인 악을 행하는 것이 아닌 악의 순수한 유혹이 그들을 포위한다.

그가 쓴 많은 책 중에서 『영혼의 집』(1906)은 가장 사랑받는 작품으로 꼽힌다. 이 책에 「흰색 사람들」이라는 이야기가 나온다.

루이스 언터마이어의 『하인리히 하이네』

[리뷰]

유대인 작가 중 하이네에게 영광을 바치지 않는 이는 없다. 학문적으로 하이네가 셰익스피어나 세르반테스와 달리 아이러니하고 비참한 자신의 삶을 교묘하게 이용한 것과 자신의 작품에 대해 명확한 언어를 사용한 것을 볼 때 이 현상은 어려운 학문적 주제이기도 하다. 전기 작가들은 설명하고자 하는 주인공이 계속 앞서가면 곤란을 겪게 된다. 그런 처지를 들키지 않으려고 (『불타 버린 리바이어던』의 작가인) 유대계 미국인 시인 루이스 언터마이어(Louis Untermeyer)는 뉴욕에서 하이네에 관한 전기를 발표했다. 하지만 불행하게도 기존의 반복에서 벗어나지 못했다. 그는 독창성을 추구했으며, 지그문트 프로이트 박사의 독특한 은어 사용에서 독창성을 발견했다. 그 가운데 한 가지 예를 들어 보자. 그의 책에는 1828년에 "젊은 하인리히가 양가적 감정 속에서 함부르크 거리를 배회했다."라는 구절이 있다. 잊을 수 없는 장관임에 틀림없다.

많은 작품들이 그렇듯이 하이네가 이 책을 살렸다. 하이네는 명성보다 우월하다. 시적인 작품 가운데서「서정시 간주곡」
에 나타난 역동적인 에너지를 기억하는 것은 당연하다. 이 작
품을 지나치게 선호하는 것은 공평하지 않다. 마찬가지로 훌
륭한 작품인「유대의 멜로디」,「독일」,「역사들」,「비미니」를
망각할 수 있기 때문이다.(「유대의 멜로디」의 가장 훌륭한 스페인
어 버전이 아르헨티나 시인인 카를로스 그루엔베르그의 작품이라는
것을 상기할 필요가 있을까?)

이 책이 기술하는 하이네에 관한 많은 사건 중에서 몇 가지
를 옮겨 보겠다.

"파리에 있는 독일인들은 나에게 향수를 갖고 다니게 한다."

"아주 지겨운 책을 읽다가 잠이 들었다. 그러는 중에도 나
는 계속 읽었고 지루함 때문에 깨어나는 꿈을 꿨다. 그것이 서
너 번 반복되었다."

한 친구에게 말했다. "당신은 내가 어리석다고 생각할 것이
다. 하지만 누군가가 나를 막 찾아와서 우리는 의견을 교환했다."

"아니다. 나는 아우펜베르크[439]를 읽지 않았지만, 마찬가지
로 읽어 본 적 없는 다를랭쿠르[440]와 비슷할 것이 분명하다고
생각한다."

---

439   요제프 폰 아우펜베르크(Joseph von Auffenberg,
       1798~1857). 독일의 극작가.
440   다를랭쿠르 자작(d'Arlingcourt, 1788~1856). 프랑스
       의 작가이자 시인.

시내암의 『수호전』

[리뷰]

정치적 사건은 한 나라의 문학에 영향을 미칠 수밖에 없다. 예측할 수 없는 것은 이 영향력의 특정한 효과이다. 13세기 초에 중국은 몽고인들에 의해 쫓겨났다. (50년간 지속되어 수백 개의 훌륭한 도시를 파괴한) 이 황폐함의 마지막 효과는 중국 문학계에 연극과 소설을 등장시킨 것이었다. 당시에 산적에 관한 유명한 소설인 『수호전』이 쓰였다. 7세기 후에 독일 제국은 독재자에 의해 점령당했다. 이 지독한 체제의 주변적 효과로 독일어로 쓴 창작 작품이 쇠퇴하고, 번역 작품이 유행했다. 『수호전』도 독일어로 번역되었다.

프란츠 쿤 박사는(『붉은 방의 환상』에 대한 그의 버전에 대해 이 글에서 언급한 바 있다.) 이 어려운 작업을 즐겁게 수행했다. 독자들의 휴식을 위해 원작을 열 개의 책으로 나누고 각 챕터에 선정적인 제목을 달았다. 「사원의 네 번째 명령」, 「붉은 머리의 악마」, 「철의」, 「호랑이와의 모험」, 「마법의 전사」, 「나무로 된 물고기」, 「불평등한 형제」, 「나팔 소리」, 「휘파람」, 「붉은 깃발」. 책의 후기에서는 시내암의 작품과 이 작품을 경멸하는 중국 연구자들에 대해 언급한다. 두 번째 지적은 정확하다고 할 수 없다. 상당히 많이 보급된 자일스의 『중국 문학의 역사』(1901)는 시내암에 대해 한 페이지를 할애한다. 첫 번째는 논쟁의 여지가 없다. 13세기에 쓰인 이 '피카레스크 소설'과 같은 장르에 속하는 17세기 스페인 작품에 비해도 전혀 못한 데가 없다. 어떤 측면에서 보면 더 큰 장점이 있다. 장광설이 없고,

종종 행위를 서사적으로 확장하여 성과 도시라는 장소가 나오고, 초자연적이고 마법적인 것을 설득력 있게 보여 준다. 마지막 특징은 이 장르의 모든 소설 중에서 가장 오래되고 훌륭한 아풀레이우스[441]의 『황금 당나귀』에 버금간다는 것이다.

섬세한 필체로 만들어진 70개의 삽화가 작품에 포함되어 있다. 나무에 새긴 판화를 의미한다. 유럽의 조각가들은 장르의 촌스러움을 과장하기도 한다. 동양 작가들과 오래전 작가들은 그 촌스러움을 뛰어넘고자 했다.

---

441   루키우스 아풀레이우스(Lucius Apuleius, 127~170).
       고대 로마의 소설가.

1938년 8월 19일

시어도어 드라이저

[전기]

드라이저의 머리는 지질학적 측면에서 놀라울 만큼 뛰어나며, 피할 수 없는 시간의 힘으로 캅카스산맥에 묶여 영원한 돌로 인해 고통을 당하는 프로메테우스의 머리이다. 드라이저의 작품은 그의 비극적인 얼굴과 다르지 않다. 산과 사막처럼 서툴지만, 마찬가지로 원초적이고 고립되어 있다는 의미에서 중요하다.

시어도어 드라이저(Theodore Dreiser)는 1871년 8월 27일 인디애나주에서 태어났다. 가톨릭 신앙을 가진 부모 밑에서 가난하게 자랐다. 젊어서는 다양한 직업을 전전했는데, 이는 미국의 운명과 예전에 (사르미엔토와 에르난데스 그리고 아스카수비가) 이 공화국을 정의했던 보편성과 맥락이 닿아 있다. 알 카포네[442]가

---

442   1930년대 미국의 금주법 시대에 시카고를 주무대로
       활동한 범죄 조직 두목.

연발총을 정확하게 구사하기 훨씬 이전인 1887년에 시카고를 배회하고 다녔다. 그곳의 북적거리는 맥줏집에서 사람들은 정부에 의해 교수형을 당한 일곱 명의 불운한 무정부주의자들에 대해 끊임없이 토론했다. 1889년에 신문기자가 되겠다는 기이한 야망을 갖게 됐다. "길을 잃어버린 개의 오기로" 편집국을 드나들었다. 1892년에 《시카고 데일리 글로브》에 들어갔다가 1884년에 뉴욕으로 가서 4년 동안 《에브리 먼스》라는 제목의 음악 잡지를 이끌었다. 그동안 스펜서의 『첫 번째 원칙』을 읽었고, 고통스럽게도 부모에게 물려받은 믿음을 잃었다. 1898년에 세인트루이스 출신의 "아름답고, 종교적이며, 사려 깊고, 책 읽기를 좋아하는" 여성과 결혼했지만 그 결혼은 행복하지 못했다. "나는 구속을 견디지 못했다. 그녀에게 자유를 달라고 부탁했고 그녀는 그렇게 해 주었다."

1900년에 첫 번째 소설 『시스터 캐리』를 출간했다. 누군가는 드라이저가 언제나 그의 적들을 잘 선택한다고 말했다. 『시스터 캐리』가 출간되자마자 편집자들은 판매대에서 책을 거두어들였다. 당시에는 재난과도 같은 일이었지만, 훗날의 명성에는 엄청나게 도움이 되었다. 10년 동안 침묵하다가 『제니 게르하르트』를 썼고, 1912년에 『자본가』를, 그리고 1913년에 『40년의 여행자』라는 자전적 전기를 냈다. 1914년에는 『거인』을, 1915년에는 (검열에 의해 금서가 된) 『천재』를, 1922년에는 『나 자신의 책』이라는 또 다른 자서전을 낸다. 소설 『아메리카의 비극』(1925)은 여러 주에서 금서가 되었는데, 영화화되어 전 세계로 퍼져 나갔다.

"미국을 더 잘 이해하기 위하여" 드라이저는 1928년에 러

시아로 떠났다. 1930년에『신비와 놀라움, 삶의 공포에 관한
책』을 펴냈고, '자연적이면서 동시에 초자연적인' 한 편의 드
라마를 썼다.

　그 나라에 절망의 문학에 관한 토양을 만들자고 제안한 것
은 오래전 일이었다.

무라사키의『겐지 이야기』

[리뷰]

　동양학자 아서 웨일리[443]의 편집자들은 이미 유명세를 얻은
무라사키 시키부(紫式部)의『겐지 이야기』번역본을 한 권으로
출간했다. 이전에는 여섯 권이나 되어 접근이 겨우 가능하거
나 아예 접근하기가 어려웠던 책이다. 이 버전은 고전으로 분
류할 수 있는데, 놀랍게도 매우 자연스럽다. 작가는 (바람직하
지 않은 단어인) 이국주의보다는 소설의 인간적인 열정에 더 관
심을 두었다. 이는 타당한 관심이었다. 무라사키의 작품은 정
확히 심리학적 소설에 들어맞는다. 1000년 전 명예를 가진 여
성이 일본의 두 번째 황후에 관한 글을 썼다. 유럽에서는 19세
기 이전에는 상상할 수 없는 일이었다. 이는 무라사키의 대작
소설이 필딩이나 세르반테스보다 더 긴장감 있고, 더 기억할
만하며, 더 훌륭하다고 말하려는 것이 아니라, 담고 있는 문명

443　　　Arthur Waley(1889~1966). 영국의 동양학자.

의 내용이 더 복잡하고 훨씬 더 섬세하다고 말하고자 하는 것이다. 다시 말해, 무라사키 시키부가 세르반테스만큼 재능이 있다고 주장하려는 것이 아니라, 더 섬세한 대중의 관심을 받았다고 말하려는 것이다. 『돈키호테』에서 세르반테스는 낮을 밤과 구별하는 데서 그쳤지만, 무라사키는 (열 번째 장인 '꿈의 다리'에서) 창문을 통해 "내리는 눈 뒤로 지워지는 별"을 감지한다. 이전 문단에서는 "훨씬 더 멀게 보이는" 안개 속 습기에 찬 긴 다리를 언급한다. 아마도 첫 번째 특징은 비현실적일 테지만 그 둘은 이상하게도 효과를 자아낸다.

나는 시각적 질서에 대한 두 가지 특징을 보여 주었다. 그중 하나는 심리학적인 것이다. 커튼 뒤에 있던 여인이 한 남자가 들어오는 것을 본다. 무라사키가 말한다. "본능적으로 그가 자기를 볼 수 없다는 걸 알면서도 그녀는 손으로 머리를 감춘다."

두세 줄로 54장이나 되는 소설을 판단하는 것은 불가능한 일이다. 하지만 내 책을 읽는 누구에게나 이 책을 추천한다. 이 짧고 불충분한 주석을 가능하게 한 영어 번역의 제목은 『겐지 이야기』이고 작년에 독일어로 번역되었다. 프랑스에서는 초반 아홉 개의 장이 완전히 번역되었다. 그리고 미셸 르봉이 쓴 『일본 문학 선집』에도 일부가 들어 있다.

앤서니 버클리의 『낫 투 비 테이큰』

[리뷰]

다른 요소가 부족할 경우 탐정 소설은 순전히 경찰에 관한 소설이 될 수 있다. 모험이나 풍경, 대화, 심지어 성격도 필요하지 않다. 한 가지 사건과 그 사건에 관한 해결로 제한될 수 있다.(최초의 탐정 소설 중 하나는 에드거 앨런 포의「마리 로제의 수수께끼」(1842)인데, 암살에 관한 논의에 다름 아니었다.『잘레스키 왕자』시리즈를 구성하는 세 개의 이야기에서 M. P. 실[444]은 소크라테스의 방식을 반복한다.) 하지만 탐정 소설이 읽을 만한 글이 되려면 다른 요소를 갖추어야 한다. 특징과 환경, 언어적 즐거움 외에는 어떤 탈선도 없는 '순수한' 탐정 소설의 우울한 예는 신비롭기로 유명한 프리먼 윌스 크로프츠[445]의「항아리」라는 짧은 연대기이다.

그가 쓴 이전 소설을 언급하면서 앤서니 버클리(Anthony Berkeley)는 탐정 소설의 장치가 이제는 고갈되었고, 이 상황을 극복하는 힘은 심리 소설의 논리를 작동시키는 것이라고 주장했다. 이는 혁명적인 주장이 아니다. 윌키 콜린스의『흰옷을 입은 여인』(1860),『월장석』(1868)과 같은 초기 탐정 소설은 찰스 디킨스 방식의 심리 소설이다.

탐정 소설『낫 투 비 테이큰』은 심각하게 읽을 작품은 아니다. 작가가 제시하는 사건은 별로 흥미롭지 않지만 해결책은 사건보다 낫다. 둘 다 우화에 나오는 인물이나 작품의 환경보다 사실적이지도, 주의를 끌지도 못한다. 책은 약 250페이지로 구성된다. 227페이지에서 작가는 (엘러리 퀸의 방식으로) 독자

---

444 매슈 핍스 실(Matthew Phipps Shiell, 1965~1947). 영국의 저술가.

445 Freeman Wills Crofts(1879~1957). 아일랜드의 저술가.

들에게 누가 암살자이고 어떻게 살인이 발생했는지를 탐구하게 한다. 독자로서 나는 실패했음을 고백하겠다. 하지만 그 과정에서 사건에 흥미를 느낀 것은 사실이다. 작가에게는 그것이 더 중요한 것이다.

『낫 투 비 테이큰』은 독살을 다룬다. 내 생각에, 독살자가 멀리 떨어져 있어도 독으로 사람을 죽일 수 있다는 단순한 가정은 이 장르의 가치를 축소시키거나 말살하는 결과를 가져올 수 있다. 만약 도구가 주먹이나 탄환이라면 범죄의 순간이 한정된다. 도구가 독일 경우 그 순간은 확장되고 희미해진다.

1938년 9월 2일

에드나 퍼버

[전기]

　　에드나 퍼버(Edna Ferber)의 다양한 소설은 미국에 관한 일종의 신화 혹은 애정 어린 서사시이다. 각각의 소설은 다른 시대와 지역을 상정한다. 주인공은 영웅적이며 이들은 주로 노력을 통해 행복을 얻게 되는데, 이것은 우리 시대의 스캔들이며 사실주의적 관행 중 하나를 깨뜨리고 있다.

　　에드나 퍼버는 1887년 8월 미시간주의 도시 캘러머주에서 태어났다. 어머니는 미국인이고 아버지는 헝가리 출신이었는데 둘 다 유대인이었다. 미국의 여느 작가들처럼 기자라는 우회로를 통해 문학에 이르렀다. 스물세 살에 첫 단편 『못난 여성 영웅』을 발표했다. 후에 1년 이상의 시간을 들여 장편 소설을 썼지만 결국은 쓰레기통으로 들어갔다. 그녀의 어머니가 원고를 찾아낸 덕에 1911년 『던 오하러』가 뉴욕에서 출간되었다. 1915년에는 『에마 맥체스니와 캔』을, 1917년에는 『파니 자신』

을, I92I년에는『소녀들』을, I924년에는『그토록 큰』을, I926
년에는『쇼 보트』를, I930년에는『시마론』을, I933년에는『아
메리칸 뷰티』를 출간했다.

『그토록 큰』, 『쇼 보트』, 『시마론』은 영화로 만들어졌다.
『그토록 큰』은 어머니와 딸의 사랑과 우정을 다룬다. 『쇼 보트』
는 증기선으로 험한 미시시피를 돌아다니는 비극적 배우를 그
리고 있다. 『시마론』은 오클라호마의 영웅 시절을 다룬다.

그녀는 코메디와 단편을 쓴 작가이기도 하다.

에드나 퍼버는 "나의 희망은 시카고 중심, 메이슨과 스테이
트의 모퉁이에서 해먹에 앉아 사람들이 오가는 것을 바라보면
서 행복하게 늙어 가는 것이다."라고 말했다.

로드 던세이니의『햇빛 계급장』

[리뷰]

군사와 수렵술에 관한 그림으로 장식된 이 책은 로드 던세이니
의 자서전이다. 하지만 고백은 의도적으로 삭제되었다. 실수는 아
니다. 과도함을 통해 기를 죽이고 내밀함으로 인해 오히려 거부감을
주는 자서전 작가들이 있다. 의도적으로 석양을 기억하지 않거나,
의도적으로 호랑이를 언급하지 않는 방식을 통해 자신의 고유한 특
징을 우리에게 드러내지 않는 작가들도 존재한다. 프랭크 해리스[446]

---

446   Frank Harris(I83I~I93I). 아일랜드 출신의 미국 소
       설가. 저널리스트로도 활약했다.

가 앞의 예라면, 조지 무어[447]는 뒤의 예가 될 수 있겠다. 마찬가지로 로드 던세이니는 간접적인 방식을 선호한다. 아쉬운 점은 그가 추구하는 방식이 언제나 효과를 발휘하지는 않는다는 것이다.

『몽상가의 이야기』 일부를 상기하는 것만으로도 로드 던세이니의 상상력이 부족하지 않다는 것을 알 수 있다. 예를 들어, 비밀 모임에 의해 템스강 가의 진흙에 영원히 묻혀 있는 남자, 모래의 소용돌이, 혹은 미래의 대전투에서 죽은 이들이 출몰하는 평야의 이야기가 있다. 그럼에도 불구하고 그가 "하늘과 땅 및 왕, 민중, 전통"을 발명했다고 주장하는 것은 오류라고 생각한다. 또한 이 다양한 발명의 목록은 동양적 분위기에서 유래한 의미 없는 이름에 한정되어 있다고 생각한다. 그렇지만 글롬, 밀로, 벨순드, 펠돈다리스, 고누스, 키프에게 세례를 준 기쁨은 큰 가치를 지니지 않는다. 마찬가지로『경이적인 도시, 바다린』대신『경이적인 도시, 바두쿤트』라고 쓴 것을 후회하는 것도 언급할 필요가 없었다.

사하라를 묘사한 30장의 한 문단을 여기에 옮겨 보겠다.

"역을 떠나면서 시간을 확인하기 위해 왼손을 들었다. 그때 시간이 더 이상 중요하지 않다는 것을 깨달았고 시계를 보지 않고 팔을 내리고 사막으로 들어갔다. 기차에서는 시간이 크게 중요하지만 사막에서는 동이 트는 시각과, 해가 지는 시각, 정오를 제외하고는 중요하지 않다. 흰 불빛 아래에서 모든 동물이 잠들 때 영양 떼들은 시야에서 사라진다".

---

447   George Moore(1852~1933). 아일랜드의 소설가.

로드 던세이니는 정돈되진 않았지만 읽기 편한 이 책에서 시계와 영양, 검과 달, 천사와 백만장자에 대해 이야기한다. 그가 말하지 않은 것은 광대한 우주에서 오직 하나, 바로 문학가들뿐이다. 이 놀라운 누락에 대해서는 두 가지 설명이 존재한다. (덜 그럴 듯한) 첫 번째 이유는 문학가들이 그에 대해 말하지 않기 때문이다. 더 그럴 듯한 두 번째 이유는 이 도시를 장식하는 데 있어 영국의 작가들이 별로 중요하지 않기 때문이다.

H. G. 웰스의 『케임퍼드 방문』

[리뷰]

옥스퍼드와 케임브리지는 영국에서 가장 오래된 대학이라는 자부심을 갖고 있다. 18세기 말에 깁슨은 둘 중 어느 대학이 더 오래됐는지는 모르지만, 둘 다 가장 오래된 것의 노쇠함과 병을 보여 주기에는 충분하다는 논쟁에 참여했다.

이 이야기에서 웰스는 두 대학의 자만심에 담긴 오류를 비판한다. 후기에서는 이 글에 나오는 사람과 장소가 허구라고 말했다. 하지만 (케임브리지의 한 음절과 옥스퍼드의 한 음절에서 따온) 케임퍼드라는 이름이 두 대학을 섞거나 혹은 그 이상을 나타내는 것도 사실이다. 풍자의 체계는 천재적이다. 음성으로 나타나는 유령을 등장시키는데, 그 소리는 예의가 바르지만 피할 수가 없어서 학문적 모임이나 교수들의 은밀한 고독에 침입한다.

작가는 매우 능숙한 솜씨로 그 목소리가 환상이 아니라는

것을 우리에게 납득시킨다. 두 번째 장에서 문학을 전공하는
한 교수는 악몽을 꾼다. 이 악몽은 목소리의 작품으로 교수를
깨우고 어둠 속에서 그와 대화를 계속한다. 다섯 번째 장에서
웰스는 '위조' 목소리가 두세 번 나온다는 것을 열거하며, 목소
리를 거부하게 하는 이유를 다양하게 설명한다. 화자의 이러
한 솜씨는 독창적이고 효과적이다.

　『케임퍼드 방문』을 구성하는 70페이지는 매우 즐겁다. 주
목할 만한 사람들도 나온다. 예를 들어 T. S. 엘리엇에 대해서
는 다음과 같이 존경을 표하기도 한다. "그에게 있어 모든 문학
적 노력의 주요 대상은 자만심과 격앙과 어두움이다."

　이러한 비유가 유발하는(혹은 유발할 수 있다면) 주요한 문
제는 목소리의 초자연적인 성격과 작가가 목소리에게 말을 하
게 하는 사소함 사이의 불균형이다.

　책에 등장하는 청각적이고 교훈적인 유령은 불완전하게
변장한 H. G. 웰스에 다름 아니라는 것, 그리고『달의 첫 방문
자』이나『플래트너 사건』에서보다는 덜 등장한다는 것을 어떻
게 증명하지 못하겠는가?

J. B. 프리스틀리의 『종말의 인간』

[리뷰]

이 책의 초반에 나오는 장들은 『자살 클럽』과 『후안 니컬슨의 불운』을 쓴 훌륭한 작가 스티븐슨의 영향을 (거짓으로) 보여 주는데, 언급된 작품들은 할리우드에서 만든 강력한 작품이다. 처음 세 장은 세 가지의 신비를 엿보게 한다.(하나는 프랑스 남부에서, 다른 것은 런던과 캘리포니아에서 일어난다.) 네 번째 장에서는 부분적인 세 개의 미스터리가 중심적 미스터리의 얼굴이라는 것이 밝혀지는데, 그것을 드러내기 위해 여섯 개의 장이 이어진다. 이 작품에서 운명은 일상적인 기준이라고 하기에는 믿을 수 없을 만큼 강력하다. 즉, 시간의 경과 속에서 '신의 섭리'에 의한 우연이 너무 많다. 같은 논리로 문학가는 어떤 작품에는 우연이 너무 부족하다고 비난할 수 있다. '놀라움'이 넘쳐 나지만 그 모든 것은 이미 예정되어 있었다. 그것은 상당히 나쁘다. 경험이 많은, 혹은 체념한 사람에게 이 허구 장르가

놀라운 것은 놀라움이 일어나지 않으리라는 것이다. 나는 할
리우드를 언급했다. 그 이름을 언급한 데에는 이유가 있다. 『종
말의 인간』은 존 보인턴 프리스틀리가 이 상업적인 도시에 그
린 전혀 섬세하지 않은 유혹이다. 앤드리아 맥 미첼이라는 여
주인공은 로절린드 러셀이 연기했다. 조지 후커는 (음성적인 것
을 제외하고도) 게리 쿠퍼라는 것을 알 수 있었다. 말콤은 레슬
리 하워드가 연기했다. 상당히 영화적인 특징으로서 이 소설
의 악인들은 선한 이들보다 흥미롭지만, 작가는 그것을 무시
하거나 무시하는 척한다. 작가는 하나의 파벌을 만든다. 최종
심판을 위한 형제들로 그 교리를 설명하는 대신에, 몇 가지 사
랑 이야기를 만들어 낸다. 놀랍게도 이단의 창시자보다 여성
에 더 관심을 두고 있는 것이다.

　다시 작품을 읽어 보니 불공정한 것 같지는 않다. 여섯 번째
장에 나오는 한 문단을 요약해 적어 본다. "밤의 추위, 새 칼처
럼 깨끗하고 빛나는 아침을 간직한 영광스러운 아침이다. 사
막은 만들어진 지 얼마 되지 않은 것 같다. 거리는 엄청나다. 공
기는 대지보다 새롭다. 역사는 여전히 그에게 인간적 불안과
고통스러운 소리로 다가오지 않는다. 사랑에 빠진 인간의 커
다란 기대에 선동되어 말콤은 모호하게 잔인하고 노란 사막과
공기의 우정 어린 마법 사이에서 정신을 잃은 것 같은 기분이
들었다."

프랭크 스위너턴의 『조지아의 문학 장면』

[리뷰]

한자 동맹과도 같이 '알바트로스'와 펭귄, 투칸, 펠리컨이라는 이름으로 결성된 값싸고 토착적인 무리에 겁을 먹은 에브리맨스 라이브러리는 비록 늦었지만 대세에 따라 현대적이되기로 결정했다. 그리고 목록에 아서 에딩턴을 그림의 단편과 나란히 배치하고, 존경받는 베다 옆에 올더스 헉슬리를 배치했다. 이러한 자발성에 충실하는 한편 파노라마와 같은 프랭크 스위너턴(frank Swinnerton)의 책을 출간했다. 이 책은 최근 30년간의 영국 문학과 앤드루 랭과 조지 세인츠버리가 구성한 영국 문학사를 보충하고 있다. 특히, 영국 문학이 학파 간의 토론이라기보다는 개인들로 구성된 다수의 대중이라는 것을 기억한다면 이는 어려운 주제라고 할 수 있다. 프랑스 문인들은 (그리고 그들을 모방하는 남미와 스페인인들은) 전통에 복종하고, 수정하거나 강조하는 이들이다. 영국 문인들은 개인주의자들이라 정통이냐 이단이냐를 탐구하는 일에 별로 관심이 없다. 프랑스 문학사가들은 자신을 정의하면서 죽은 작가들을 정의해야 한다. 영국사가들은 그 범주를 창조해야 한다.

(행복하게도) 프랭크 아서 스위너턴은 인간을 분류하는 것보다 사람들에게 더 관심을 둔다. 때때로 단순한 상품으로 취급하기도 한다. 예를 들어 정치적, 신학적으로 어떤 견해에 대한 유사성이 없이 근본적으로 다른 체스터턴과 벨록을 시간으로 판단하는 것이다. 다른 것들은 모두 임의적이다. 예를 들어 매컨이나 던세이니에게는 한 단어의 영광조차 바치지 않지만,

한 장 전체를 도로시 세이어스와 에드거 월리스에게 할애한
다. 나는 몇 개의 가벼운(혹은 과도한) 오류를 발견했다. 명확하
고, 자주 일어나며, 공정하고, 이해할 만한 오류이다.

『조지아의 문학 장면』에는 우상 파괴적인 일화가 풍부하
다. 311페이지에서는 올더스 헉슬리가『대영 백과 사전』스물
네 권을 손에 들지 않고는 피서나 캘리포니아로의 여행을 결
단코 떠나지 않으리라고 우리에게 말한다.

이든 필포츠의『악당의 초상』

[리뷰]

암살은 영국적인 삶이 아니라 영국 문인들의 전매 특허다. 맥베스, 조너스 처즐윗, 도리언 그레이, 바스커빌의 개는 이러한 애호에 대한 훌륭한 예시이다. 살인이라는 이름에도 스페인어에는 없는 울림이 있으며, 귀가 먹먹할 만큼 많은 표제를 갖고 있다.『순수 예술의 하나로 간주되는 살인에 관하여』,『모르그가의 살인 사건』,『이익을 위한 암살』,『성당에서의 암살』이 그렇다.(마지막은 애거서 크리스티가 아니라 T. S. 엘리엇의 작품이다.)

이든 필포츠(Eden Phillpotts)의『악당의 초상』은 이 경이로운 전통을 답습한다. 화려하지만 조용하게, 범죄자라는 운 좋고 총명한 사람의 관점에서 범죄(라기보다는 오히려 연쇄 범죄)의 역사와 역사 이전을 서술한다. 이것이 프랜시스 아일스[448] 및 이든 필포츠가 쓴 소설『내과 의사 힐 다이셀프』와 유사하

다. 나는 소설이나 영화에서 우리가 일인칭 주인공에게 감정
이 이입된다는 점을 알고 있다. 필포츠는 이 잔인한 책에서 흥
미로운 심리 법칙을 이용하고 우리에게 주인공인 어윈 템플-
포춘과 우정을 맺도록 강요한다. 우리는 저항할 수 없이 그의
불명예에 동조하게 된다.

　이 작품에는 두 개의 불완전함이 존재한다. 하나는 대화에
나오는 불쾌하고 비현실인 화려함이다. 다른 하나는 중심인물
이나 주인공을 포함한, 정형화되고 도식적인 성격이다. 마지
막에 나오는 주인공은 단순한 악당을 넘어서서, 인간적 특징을
통해 악당이라는 정의를 초월해야 했다. 그렇지만 최상의 힘에
의해 만들어진 단순한 도덕적 괴물이 되는 일은 결코 없다.

　이제 막 언급한 검열은 강력하게 작동하는 힘이다. 이러한
문제에도 책이 승리하여 생존했다는 사실은 이든 필포츠의 소
설적 솜씨를 반증하는 증거이다.

존 햄튼의 『21막의 연극』

[리뷰]

　이 선집에서 한 막을 구성하는 20개의 조각은 각기 다른 스
무 명의 작품이다. (그레고리 부인의 눈물 나게 애국적인 사건인)
첫 번째 조각은 1907년으로 거슬러 간다. (노라 랫클리프의 집회

448　Francis Iles(1893~1971). 영국의 저술가로 본명은 앤
　　　서니 버클리 콕스이며 여러 개의 필명을 갖고 있다.

를 다루는) 마지막 부분은 1936년에 나왔다. 거의 모두가 I막짜리 희곡이나 한 막이 구분되지 않는 것은 잘못이라는 생각을 갖고 있다. 스무 조각 중에서 오직 세 조각만이 이 우울한 가정에서 우리를 구제한다. J. M. 싱의 「바다로 가는 이들」, 로드 던세니의 「선술집에서의 하룻밤」, 슬레이든 스미스의 「천국으로 가지 않는 남자」가 여기에 속한다.(고든 보텀리 박사[449]의 합창극 「해변의 모래」도 포함시킬 수 있다.)

이 예외적인 부분의 공통된 특징은 무엇일까? 나는 심리주의에 대한 완전한 부재와 서사적이고 간결하며 시각적인 점이 특징이라고 확언하겠다. 이 작품들은 세 개의 짧은 이야기와 서사이다. 로드 던세이니의 「선술집에서의 하룻밤」은 가장 효율적이고 훌륭한 예시이다. 세 명의 선원이 인도에서 동상의 눈에 박혀 있는 루비를 훔친다. 신을 숭배하는 사제 세 명이 이 신성 모독에 복수하고 루비를 되찾기 위해 그들의 뒤를 쫓는다. 선원들은 술책을 통해 사제들을 죽이고 매우 즐거워한다. 이 비밀을 아는 사람은 이제 세상에 남아 있지 않다. 그들이 술에 취한 순간 갑자기 눈먼 신이 그들을 죽이기 위해 선술집에 나타난다.(로드 던세이니 이후에 나온 책인 『조킨스 씨는 아프리카를 기억한다』는 악몽으로 변해 버린 사막의 터키석에 대한 이야기이다. 누군가 그것을 저녁에 훔쳐 갔고 석양에 그것들을 되돌려 줬다. 이야기의 제목은 「금의 신」이다.)

나는 다시 모은 작품 중에서 가장 훌륭한 것을 언급했다. 반

---

449   Gordon Bottomley(1874~1948). 영국의 시인.

대로 아일랜드인 존 어빙의 작품 「진보」는 가장 형편없다. 편집자인 존 햄튼(John Hampden)이 서문에서 그 점을 밝혔다. 이 서문에 (아이러니 없이) 언급된 노엘 카워드[450]의 '천재성'은 맞는 사실이다.

---

450   Noel Coward(1899~1973). 영국의 극작가이자 배우.

두 권의 환상 소설

(미국이 단순한 땅덩어리에서 독립적 행성이 되는 것을 상상한 『지구의 고뇌』라는 작품의 작가) 자크 스피츠(Jacques Spitz)가 새로운 소설 『유동적 인간』에서 소인과 거인을 등장시켰다. 웰스, 볼테르, 조너선 스위프트가 이전에 이 흥미로운 인체 측정학 놀이를 했다는 사실은 논쟁이 필요 없을 정도로 유명해서 이제 그리 중요하지도 않다. 새로운 것은 스피츠가 고안해 낸 다양성이다. 생물학자인 플로어 박사는 원자를 팽창하고 축소하는 과정과, 인간의 특정한 부분과 살아 있는 기관을 수정하는 방법을 발견했다고 상상한다. 박사는 난쟁이를 만드는 것으로 시작한다. 이후 유럽의 전쟁이 적절한 시기에 이 실험의 확장을 허용한다. 전쟁 위원회는 그에게 7000명을 보내 주었다. 화려하지만 약한 거인 대신에, 플로어는 이들의 키를 약 4센티미터로 만들었다. 축소된 병사들은 프랑스의 승리를 결정지었

다. 몇 밀리미터에 지나지 않지만 위협적일 만큼 거대한 그림자를 가진 이들도 있다. 자크 스피츠는 유머를 통해 불공평한 인간성의 심리학, 윤리학, 정치학을 연구한다.

미국 작가 윌리엄 조이스 카우언(William Joyce Cowen)의 『다섯 가지 삶을 사는 인간』에 나오는 논지는 더 이상하다. 한 영국인 장군이 1918년의 전투에서 동일한 얼굴과 이름, 그리고 안에 탑과 유니콘이 금박으로 새겨진 동일한 반지를 가진 독일 장군을 네 번 죽였다. 마지막에 작가는 매우 훌륭한 설명을 내놓는다. 그 독일인은 조국을 위해 전쟁에 참여했다가 죽은 육신을 비추는 복제 군인이다. 마지막 페이지에서 작가는 마술적 설명은 믿을 수 없는 설명보다 못하다는 결론을 내린다. 그리고 우리에게 얼굴과 이름과 동일한 뿔을 가진 네 명의 복제된 형제를 드러낸다. 복제된 쌍둥이, 이 비현실적인 반복은 나를 망연자실하게 만들었다. 아돌포 베케르[451]의 다음 말을 반복해야겠다.

그 이야기를 들었을 때, 나는 깊은 곳에서
금속으로 만들어진 종이의 차가움을 느꼈다…….

나보다 금욕적인 휴 월폴[452]은 "카우언 씨가 우리에게 준 해결책의 진실성에 대해 확신하지 못하겠다."라고 했다.

---

451   Adolfo Bécquer(1836~1870). 스페인의 시인.
452   Hugh Walpole(1884~1941). 뉴질랜드 출신 영국 소
        설가.

영국의 비극 소설

[리뷰]

달콤하면서도 강력한 제목인『브라이턴 록』은 재래종 사탕 수수를 지칭하는 명칭이기도 하다. 그레이엄 그린이 작가로, 많은 논의가 가능한 책인데 모두가 불충분하지만 그 모두가 어떤 측면에서는 진실을 담고 있다고도 할 수 있다. 베니토 페 레스 갈도스를 생각하면 리얼리즘 소설이 아니고 어니스트 헤 밍웨이를 생각하면 리얼리즘 소설이다. 또한 심리학적 소설로 생각되기도 하는데, 이 흥미로운 형용사가 (프랑스 한림원의) 폴 부르제[453]가 아닌, (동인도 해양의) 조지프 콘래드를 기억나 게 한다는 조건에서 그렇다. 마찬가지로『죄와 벌』,『맥베스』 를 탐정 소설로 본다면 이 작품도 탐정 소설로 볼 수 있다. 나는 이와 비슷한 예를 다양하게 찾아낼 수 있다. 이 두 작품은 그린 의 작품처럼 암살의 정체를 점차적으로 드러내고, 이 드러냄 은 죄의식을 통해 투영되는 공포와 고뇌를 보여 준다. 후회하 지 않는다는 점에서 윤리적으로 갖게 되는 죄의식이다.

어떤 책이 치열하다는 것은 단조롭다는 것을 인정하거나 혹은 암시하는 것이다. 놀랍게도『브라이턴 록』은 이 슬픈 법 칙을 다시 한번 강조한다. 호랑이의 긴장감과 체스 전투가 보 여 주는 다양함을 지니고 있다. 충실함에 관한 한 그렇다는 말 이다. 이야기의 배경이 되는 곳은 브라이턴의 더러운 변두리

---

453   Paul Bourget(1852~1935). 프랑스의 소설가, 비평가.

이다. 불쌍한 주인공들은 가톨릭 혹은 유대인 갱단으로 황혼
무렵, 경마장 밖에서 나이프로 잔인하게 머리를 자르거나 죽
을 때까지 총질을 한다. 독자는 "영국에서도 이런 일이 일어나
는가?"라고 질문한 다음, 당연히 이 절망적인 책이 미국이 영
국적인 삶에 미치는 영향을 증언하는 것인지, 아니면 더 간단
하게 영국인에 대한 (윌리엄 포크너를 지칭하는) 미국인의 영향
을 얘기하는 것인지 골똘히 생각한다. 개인적으로 평가하자면
이 작품의 악한 주인공 핑키 브라운은 『성역』의 주인공인 파파
이를 정확하게 옮겨 놓은 것으로 보인다.

　　포크너의 계승자(그리고 그를 요약하는 사람), 혹은 유럽 해
체를 노래하는 비극적 시인인 그레이엄 그린은 오늘날 가장
유능한 영국 소설가 중 한 명이다. 윌리엄 플로머는 이렇게 썼
다. "대화의 솜씨라는 측면에서 비교하자면 헤밍웨이보다는
덜 단조로우며, 여성과도 같은 민감함은 종종 풍경을 묘사할
때의 버지니아 울프를 생각나게 한다. 그레이엄 그린은 매우
사적(私的)이고 성숙한 소설가이다."

아인슈타인 원리의 개요

[리뷰]

　　우리가 알베르트 아인슈타인의 두 이론을 (거짓으로조차)
판독하도록 허용하는 많은 메모 중에서 가장 명확한 것은 아마
도 제목이 없는 '상대성'과 '로빈슨'일 것이다. 테크니컬 프레스
가 그것을 출간했고 C. C. W.가 그에 무사히 서명했다. 출판사

에 따르면 가장 만족스러운 장은 사차원을 다룬 부분이다.

사차원은 17세기 후반 영국 플라톤주의자 헨리 모어[454]가 처음 상상했다.(흥미로운 것은 이 발명에 동기를 준 것은 기하학이 아닌 형이상학적 성격이다.) 사차원을 논하는 기하학 주창자들은 이런 방식으로 설명하곤 한다. 움직이는 점이 선을 만들고, 움직이는 선이 면을 만들며, 움직이는 면이 부피를 만든다면, 옮겨 가는 부피는 왜 사차원이 품을 수 없는 형체를 만들지 못하겠는가? 궤변은 계속된다. 선은 아무리 짧더라도 무한한 점들로 구성된다. 사각형은 아무리 짧더라도 무한한 선으로 구성된다. 육면체는 아무리 짧더라도 무한한 수의 사각형을 담고 있다. (사차원으로 된 육면체 형태의) 극육면체는 항상 무한한 육면체를 담고 있다. 이런 상상적인 기하학 집단이 계산된다. 극육면체가 존재하는지는 알 수 없지만, 각각의 형상이 여덟 개의 큐브, 스물네 개의 면, 서른두 개의 각, 열여섯 개의 점에 의해 제한된다는 것은 안다. 모든 선은 점들에 의해 규정된다. 모든 면은 선들에 의해 규정된다. 모든 부피는 면들에 의해 제한된다. 그리고 모든 극부피는(혹은 사차원의 부피는) 부피에 의해 규정된다.

이것이 전부는 아니다. 높이의 측면인 삼차원을 통해서 원에 갇힌 점은 원주를 건드리지 않고 벗어날 수 있다. 상상할 수 없는 사차원을 통해서 천장, 바닥 혹은 벽을 통하지 않고 독방에서 나갈 수 있다.

---

454   Henry More(1614~1687). 영국의 철학자.

(웰스의『플래트너 사건』에서 한 남자는 공포의 세계에 갇혔다.
다시 현실로 돌아왔을 때 그가 왼손잡이이고 오른쪽에 심장이 있다고
말해 주었다. 다른 차원의 세계에서 거울과 같이 그 남자를 완전히 뒤
집어 놓았다. 장갑이 뒤집히는 것과 마찬가지로 그의 손을 뒤집었다.)

문학계 단신

아일랜드 내전의 마지막에 시인 올리버 고가티[455]는 킬데어
주의 바로 부근에 덩그렇게 남아 있는 집에 유폐되었다. 다음
날 동이 트면 사살되리라는 걸 알고 그는 핑계를 대고 정원으
로 나왔고 얼음 같은 물로 뛰어들었다. 총탄이 한밤을 갈랐다.
총탄이 빗발치는 어두운 물 밑을 수영하면서 그는 강에게 다
른 쪽 연안으로 자신을 데려가 준다면 백조 두 마리를 바치겠
다고 약속했다. 강의 신이 그의 목소리를 들어 그를 구해 주었
고 남자는 약속을 지켰다.

455　올리버 세인트 존 고가티(Oliver St. John Gogarty,
　　　1878~1957). 아일랜드의 시인.

세상에서 가장 오래된 노래의 영국 버전

[리뷰]

1916년에 동양 문학에 대해 공부하기로 결심했다. 신념과 열의를 갖고 한 중국 철학자의 영어판을 읽던 도중 인상적인 구절을 발견했다. "사형 선고를 받은 이에게는 절벽 가장자리를 따라가는 것이 중요하지 않은데 그는 이미 삶을 단념했기 때문이다." 여기서 번역자는 자신의 번역이 아래 방식으로 번역을 한 경쟁자인 다른 중국 학자보다 낫다고 별표를 달아 설명했다. "종들은 아름다움과 결점을 판단할 필요가 없도록 하기 위해 예술 작품을 파괴한다." 그리하여 나는 파올로와 프란체스카처럼 읽기를 중단했다. 신비한 염세주의가 내 영혼으로 미끄러져 들어왔다.

운명이 나를 중국 문학이나 아랍 문학의 걸작에 대한 '문자 그대로의 버전' 앞에 데려다 놓을 때마다, 나는 이 힘들었던 사건을 떠올린다. (『겐지 이야기』를 매우 효과적으로 번역한) 아서 웨일리가 『시경(詩經)』 혹은 『노래집』에 관하여 막 출간한 번역서 앞에서 나는 다시 그 기억을 떠올린다. 본래 널리 퍼져 있던 이 노래들은 우리 시대보다 9세기나 8세기 먼저 중국의 농부와 군인들이 만들었다고 한다. 다음에 몇 개의 노래를 번역한다. 대칭적 저항으로 시작하겠다.

>전쟁의 대신이여,
>우리는 왕의 발이자 이빨입니다.
>왜 휴전도 휴식도 없이
>우리를 비참하게 하나요?
>전쟁의 대신이여,
>우리는 왕의 발이자 송곳니입니다.
>왜 같은 장소에서 하루도 쉬지 못하게 하여
>우리를 비참하게 하나요?
>전쟁의 대신이여,
>진실로 당신은 신중하지 못합니다.
>우리를 왜 비참하게 하나요?
>우리들의 어머니는 굶어 가고 있습니다.

사랑으로부터 나오는 이 탄식은 걸음을 옮긴다.

>그날은 폭풍과 같은 바람이 불었다.
>당신은 나를 보고 웃었다,
>하지만 농담은 잔인하고 미소엔 조롱이 담겨 있었다.
>심장이 아팠다.

그날 커다란 모래 폭풍이 몰려왔다.
선량하게 오기로 약속했지만
당신은 출발하지도 도착하지도 않았다.
길고 긴 내 생각들.
거센 바람과 어둠
매일이 캄캄하다.
나는 누워서도 잠을 이루지 못한다.
욕망이 나를 침몰시킨다.
애처롭고, 애처로운 그림자를
천둥이 다시 덮쳐 온다.
나는 누워서도 잠을 이루지 못한다.
욕망이 나를 파괴한다.

이제 가면을 쓴 무희들이 춤을 춘다.

일각수의 껍질!
공작의 사람들이 몰려든다.
아, 일각수여!
일각수의 이마여!
공작의 친지들이 몰려든다.
아, 일각수여!
일각수의 뿔이여!
공작의 자녀들이 몰려든다.
아, 일각수여!

스페인 회화에 관한 두 권의 책

[리뷰]

폴 자모의『스페인 회화』는 '알타미라 동굴의 사냥꾼과 마
술사로부터 마리아노 호세 포르투니의 훌륭하지만 건조한 예
술까지' 스페인에서 제작된 회화에 관한 이야기를 담고 있다.
다른 한 권은 레몽 에스콜리에의『그레코』로 이 그리스 출신의
화가가 보여 주는 빛나는 예술의 다양한 시기를 보여 준다. 양
자는 모두 훌륭한 그림을 포함하는데 전자가 특히 그렇다. 또
한 둘 다 자신의 방식으로 일반화를 위해 노력한다. 회화적인
것은 아름다운 것보다 종종 관심을 덜 받는다. 스페인 회화를
연구하지만, 스페인에 관한 이론의 기능을 중심으로 연구한
다. 책의 초반에서 폴 자모는 이렇게 주장한다. 스페인은 "꺾을
수 없는 생명력과 죽음에 대한 영웅적 경멸을 동시에 소유하
고 있다. 말하자면 예술 영역에서 자연주의와 신비주의가 선
천적으로 결합되어 있는 것이다." 논쟁의 소지가 있는 이 주장
은 리베라와 모랄레스, 수르바란, 발데스 릴, 무리요, 그레코,
고야, 벨라스케스의 작품을 '설명'하는 것으로 충족된다. 벨라
스케스의 그림 중 하나는 작품 속에 그림이 포함되어 있다. 이
는『돈키호테』라는 장편 소설 속에 두 편의 짧은 소설을 담고
있는 세르반테스의 특징과 일치한다. 이러한 태도는 전형적으
로 스페인적인 것과 호응한다. 확실한 것은 모든 문학이 알고
있는 장치를 의미한다.『천하루 밤의 이야기』는 그것을 복사하
고 어지럼증이 일 만큼 다시 복제한다.『햄릿』에서 셰익스피어
는 장면 속의 장면을 보여 준다.『코믹한 환상』에서 코르네유는

일반적인 묘사에 종속되는 두 개의 묘사를 보여 준다.

레몽 에스콜리에는 엘 그레코가 1537년에 태어났다고 주장한다. 하지만 1577년까지는 스페인 영토를 밟지 않은 것으로 알려져 있다. 원래 도메니코 테오토코풀리라는 이름으로 이탈리아에서 교육받았고, 톨레도 사람들은 항상 그를 엘 그레코라고 불렀다. (400년이 지난 후에) 그의 존재는 스페인 민족의 다양한 기원에 관한 흥미롭고 즐거운 논쟁의 근거가 되었다.

봄피아니의 『실천 백과 사전』

[리뷰]

몇 가지 형식적 엄포와 공포를 제외하고는 이 유명한 백과사전의 첫 번째 두 권은 오히려 경이롭다. 제1권은 문화의 역사를 다룬다. 이 역사에 따르면 문화의 꽃은 현재 이탈리아 체제다. 제2권은 이 체제에 대한 존중할 만한 설명을 제공한다.(기록된 것들은 전쟁 기계, 만장일치라는 환상, 에티오피아로의 승리와 입성, 화가 난 표정의 동상, 빛나는 메달 및 열렬한 숭배를 보여 준다.) 문장학에 관한 기사는 각 제목에서 국가가 매긴 세금을 설명한다. 백작은 1만 8000리라, 공작은 3만 리라, 후작은 3만 6000리라, 왕자는 6만 리라를 내야 한다. 이 흥미로운 기사 다음으로는 지리학, 전기학, 신화학, 경제학에 관한 짧은 사전과 대수를 다루는 표를 비롯하여 라틴어, 독일어, 영어 및 프랑스어 문법의 개요가 나온다.

1938년 11월 18일

J. W. 던과 영원성

[리뷰]

존 윌리엄 던이 쓴 최초의 작품으로 『시간 실험』이라는 책의 스페인어 버전이 있다. 그는 런던에서 자기 이론의 요약본 또는 공표문을 내놓았다. 제목은 『새로운 불멸』이며 약 140페이지로 구성되었다. 던이 쓴 세 권 중에서 가장 명확하지만 가장 설득력이 떨어지는 책이다. 다른 책에서는 다양한 도표, 방정식, 강조가 우리를 엄격한 변증법적 과정에 참여하도록 돕는다. 이 책에서 던은 화려함을 줄이고 있는 그대로의 논리를 보여 준다. 지속성, 원칙에의 의지, 속임수라는 해결책이 드러난다. 그럼에도 불구하고 제안하는 논지는 매력적이어서 보여 주려 노력할 필요는 없다. 단순한 가능성은 우리가 좋아할 만한 요소이다.

신학자들은 영원성을 모든 과거와 미래의 순간의 동시적이고 빛나는 소유로 정의했으며, 그것을 신의 특징 중 하나로 파악했다. 던은 놀랍게도 우리는 이미 영원의 소유 안에 있으며 우리의 꿈이 그것을 입증한다고 말했다. (그에 의하면) 그 꿈 안에서 방금 지난 과거와 곧 도래할 미래가 서로 영향을 준다. 철야 속에서 연속적인 시간이 동일한 속도로 흘러간다. 꿈속에서는 매우 광범위한 공간을 사고할 수 있다. 꿈꾸는 것은 이러한 성찰을 관장하며 그것들을 통해 일련의 역사가 만들어진다. 우리는 스핑크스와 저장고(貯藏庫)의 모습을 보면서, 저장고가 스핑크스로 변하는 장면을 상상한다. 내일 알게 될 사람을 그제 밤에 우리를 보았던 얼굴에 집어 넣는다.(이미 쇼펜하우어는 인생과 꿈이 같은 책의 페이지에 있으며 순서대로 그것을 읽는 것이 사는 것이고 페이지를 넘기는 것은 꿈이라고 쓰고 있다.)

던은 우리에게 죽음 속에서 이미 우리가 소유한 영원성을 행복하게 다루는 법을 배울 것이라 말한다. 우리 삶의 모든 순간을 회복하고 그 순간들을 결합하여 우리는 기쁨을 누릴 것이다. 신은 우리와 협력한다. 소리에서 화음으로, 단순 화음에서 악기의 화성에 이르게 될 것이다.(피아노의 협주에서 영감을 받은 이 메타포에 관한 내용은 작품의 열한 번째 장에 나온다.)

오스카 와일드에 관한 전기

[리뷰]

오스카 와일드(Oscar Wilde)는, 자신의 재능은 작품 속에 나타나고 자신의 천재성은 삶 속에 드러난다는 유명한 말을 남겼다. 확실한 것은 그의 삶이 작품보다 더 흥미롭다는 사실이

다. 사람들은 열두 페이지의 「스핑크스」를 읽는 대신, 400페
이지에 걸쳐 설명해 주는 해리스를 읽었다. 사실은 불공정하
다 할 수 없다. 「궁정가의 집」, 「스핑크스」 및 아포리즘을 떠올
려 볼 때 와일드의 글에는 완벽함 외에는 어떤 미덕도 없다. 로
세티, 베를렌, 스윈번, 키츠 등에서 기인하는……. 반면에 그
의 삶은 근본적으로 비극적이다. 불운 속에서 살아남은 사람
의 삶이 아니다. 어두운, 하지만 불가피하게 불운을 찾아다닌
사람이다. 책임감이 강했던 와일드는 퀸스베리 경의 불명예를
고발했다. 그러고는 감옥으로부터 자신을 분리시키는 밤을 그
리워하는 처지가 되었다. 쇼펜하우어는 우리 인생에서 벌어지
는 모든 사건은 아무리 불행하다 할지라도 꿈의 과정과 마찬
가지로 우리 의지의 작품이라고 말했다. 와일드는 아마도 이
환상적 주장의 가장 독보적인 예시가 될 것이다. 와일드는 어
쩌면 감옥을 열망했는지도 모른다.

　미국에 오랫동안 거주했던 러시아 문인인 보리스 브라솔[456]
은 최근 와일드의 삶을 다시 기록했다. 프랭크 해리스의 방식
으로 위선적이고 회색빛에 감싸인 19세기 영국에 살았던 자유
인의 결투로 그의 삶을 묘사했다. 새로운 논지는 없지만 거짓
일 수도 있다. 보리스 브라솔은 비현실적으로 보이지 않기 위
해 와일드의 천재성과 대비되는 런던을 어두운 크림반도로 과
장해야 했다. 흥미로운 것은 와일드의 작품을 집중적으로 조
명하지 않았다는 점이다. 그의 부수적인 성격을 강조하며 무

456　Boris Brasol(1885~1963). 러시아 출신 미국의 저술가.

심하게『도리언 그레이의 초상』을 찬양한다. 하지만 로버트 로스가 칭찬한「사회주의하에서 인간의 영혼」이라는 논문은 거부했다.「아서 새빌 경의 범죄」에서는 '광기의 한 요소'를 발견한다.(혹은 발견한 체한다.)

이 책에는 와일드에 대한 유명한 일화들이 담겨 있다. 독자들이 기억하지 못하는 일화를 옮겨 보겠다. 어느 날 파리에서 와일드는 비열하기로 유명한 작가를 한 사람 소개받았다. 와일드는 망연자실한 얼굴로 그녀를 바라보았다. "그녀는 와일드에게 자신이 프랑스에서 가장 못생긴 여자라는 것을 확인해 달라고 말했다." 와일드는 인사를 하면서 정중하게 답했다. "여사님, 세상에서입니다."

와일드는 이런 말도 했다.

"기억을 잃어버린 사람이 그의 기억에 관해 쓴다."

"속됨은 다른 사람들에 대한 태도이다."

"신문을 읽는 것은 오직 읽을 수 없는 것만 발생한다는 확신에 이르는 길이다."

"평범한 사람들이 다른 사람들에게 좋은 모범을 보이지 않는다면, 그들을 어디에 쓸 수 있을까?"

"아름다운 것이 좋은 것보다 더 가치 있다. 하지만 추한 것보다는 좋은 것이 더 가치 있다."

앨런 그리피스의 『물론이지, 비텔리!』

[리뷰]

이 소설의 주장은 절대로 창의적이지 않다. 아니, 쥘 로맹과 현실을 고려할 때 이미 예상된 바다. 하지만 매우 재미있다. 주인공인 로저 디스는 한 가지 일화를 만들어 내 친구들에게 이야기했으나 아무도 믿지 않았다. 자신을 정당화하기 위해 그는 사건이 1850년 영국 남부에서 일어났고 '유명한 첼로 연주자 비텔리'가 범인이라고 주장했다. 아무도 이 가짜 이름을 기억하지 못했다. 자신의 임기응변이 성공하자 거만해진 디스는 지역의 한 잡지에 비텔리에 관한 비망록을 발표했다. 놀랍게도 그를 기억하고 작은 오류를 지적하는 사람들이 나타났다. 논쟁이 일어나기 시작했다. 승리감에 도취한 디스는 "초상화, 크로키, 서명이 포함된" 비텔리에 관한 전기를 발표한다.

한 영화 회사가 이 책의 판권을 획득한 후 컬러 영화를 찍기 시작했다. 비평계는 영화에 나오는 비텔리의 삶과 사건이 거짓이라고 주장했다. 디스는 논쟁에 가담했지만 패배하고 말았다. 그는 화가 나서 속임수였다는 것을 폭로하기로 했지만 아무도 그를 믿지 않았다. 사람들은 그가 미쳤다고 에둘러 말했다. 집단 신화는 그보다 훨씬 더 강력했던 것이다. 클러터벅 비텔리라는 사람이 나타나 자신의 삼촌에게 가해진 모욕을 방어했다. 툼브리지 웰스의 심령술 센터는 죽은 자로부터 직접 전갈을 받는다. 이 책이 피란델로가 쓴 것처럼 로저 디스 자신도 결국은 비텔리를 믿게 될 것이다.

노발리스는 "모든 책은 자신을 반대하는 책을 갖게 된다."

라고 말했다. 이 책은 훨씬 더 잔인하고 기묘할 것이다. 누군가가 존재하지 않거나 결코 존재한 적이 없다고 말하는 공모자들에 관한 이야기이기 때문이다.

문학계 단신

메이 웨스트[457]가 열정을 담아 쓴 소설 『계속된 범죄자』가 N. R. F.에 의해 프랑스어로 옮겨지고 파리에서 출간되었다. 유명한 여배우에 대한 소설 중 가장 유명한 작품으로 그녀는 주장을 적고, 대화를 만들고, 역할을 나누고, (우리가 곧이곧대로 믿는다면) 그녀가 일한 영화의 여러 장면에 대한 촬영을 지도했다. 『계속된 범죄자』에 나오는 인물들은 코카인과, 격투기 선수, 창녀, 폭력배, 백만장자와 흑인을 밀수하는 이들이었다. 위엄 있는 눈빛을 한 금발의 베이비 고든은 이 세계를 예측 가능하도록 지배한다. 작가는 자살과 다양한 난교 파티를 만들어 낸다. 프랑스어로 번역된 책의 제목은 『냉혹한 범죄자』로 별로 유쾌하지 않다. 번역가가 원제목의 대조를 감지하지 못한 것일까, 아니면 그것을 좋아하지 않은 것일까?

---

457   Mae West(1893~1980). 미국 여배우이자 극작가, 각본가.

1938년 12월 2일

브르통의 『풍요로운 선언』

[리뷰]

선언들이 발표된 지 20년이 지났다. 이 권위적인 문서는 예술을 혁신하고, 구두점을 없애고, 맞춤법을 피하고, 종종 파격 어법을 받아들인다. 문인의 작품이라면 운율을 비판하고 비유의 잘못을 지적하는 것이 즐거울 것이다. 화가라면 순수 색감을 옹호하거나 비난하는 것이 기쁠 것이다. 음악가라면 불협화음을 비난할 것이다. 건축가라면 밀라노의 과도한 성당보다 수수한 가스 탱크를 선호할 것이다. 그럼에도 불구하고 모든 것이 자신의 시간을 갖는다. 앙드레 브르통(André Breton)이나 디에고 리베라[458]가 방출한 종이의 양은 내가 소유했으나 불태워 버린 방대한 종이보다 많다.

---

458   Diego Rivera(1886~1957). 멕시코 화가로 혁명 이후 벽화 운동을 주도했다.

이 문서에는 '독립적인 혁명 예술을 위하여. 예술의 절대 해방을 위한 디에고 리베라와 앙드레 브르통의 선언'이라는 고집스러운 제목이 붙어 있다. 텍스트는 훨씬 더 장황하고 어눌하다. (양립할 수 없는) 정확히 두 가지를 말하기 위해 약 3000단어가 사용된다. 우선은 라 팔리스[459] 장군 혹은 공리주의적 진실이 보여 준 위엄이다. 예술은 자유로워야 하지만, 러시아에서는 그렇지 않다는 것이다. 리베라와 브르통은 다음과 같이 쓴다. "소련의 전체주의 영향 아래에서 모든 종류의 정신적 가치에 대한 적대적인 쇠퇴가 전 세계로 확산되고 있다. 지식인과 예술가로 변장한 피와 진흙탕 속에서 비굴함을 자원으로 삼아 원칙을 믿지 않으면서 사악한 놀이를 하며, 거짓 증언이 습관이 되고, 변명을 즐기는 사람들이 속임수를 부린다. 스탈린 시대의 관제 예술은 고용된 역할을 숨기고 가리기 위해 우스꽝스러운 노력을 이어 간다. 오늘이든 내일이든 간에 우리에게 압력을 가하여 예술을 규율에 복종시키는 것에 동의하라고 하는 이들의 방식과는 근본적으로 양립할 수 없다고 생각한다. 또한 예술에 모든 것을 허가하는 공식이 가지는 미묘한 자발성에 대해서도 반대할 것이다." 이로부터 어떤 결론을 이끌어 낼 수 있을까? 나는 이것뿐이라고 생각한다. 마르크스주의는 (루터 신교단, 달, 말, 셰익스피어의 시와 같이) 예술을 위한 자극이 될 수 있지만, 그것이 유일하다고 주장하는 것은 불합리하다. 예술이 정치의 부분이라 말하는 것도 불합리하다. 그럼에

---

459   La Palice(1470~1525). 프랑스의 군사 장교.

도 불구하고 이것이 이 믿을 수 없는 선언이 주장하는 내용이다. '예술에 모든 허가를'이라는 공식을 인증한 앙드레 브르통은 자신의 경솔한 판단을 후회하며 두 페이지에 걸쳐 급하게 결정된 사항을 다시 부정한다. '정치적 무관심주의'를 거부하고 "일반적으로 반동이라는 훨씬 불순한 목적을 위해 봉사하는" 순수 예술을 비판하며, "현대 예술이 해야 할 최상의 과제는 혁명을 준비하는 데 의식적이고 활동적으로 참여하는 것이다."라고 선언한다. 이어 "지역적으로 그리고 국제적으로 필요한 모임을 조직할 것"을 제안한다. 운율을 가진 산문의 즐거움을 고갈시키려는 목적에서 "다음 시대에는 공식적으로 독립적 혁명 예술의 국제회의 설립에 공헌하는 세계적 모임(F. I. A. R. I)을 조직할 것이다."라고 외친다.

위원회의 현학적 태도와 이 다섯 대문자에 종속된 불쌍한 독립 예술이여!

H. G. 웰스의 마지막 소설

[리뷰]

(영국 사람들이 아랍의 밤이라고 아름답게 명명한) 경이로운 『천하루 밤의 이야기』로 볼 때, 세계 문학에서 가장 유명한 작품들이 가장 나쁜 제목을 갖는다는 주장은 결코 과장이 아니다. 예를 들어 『젊은 베르테르의 슬픔』과 『죄와 벌』의 제목이 저주할 만하다는 것은 인정하지만, 『라만차의 기지 넘치는 기사 돈키호테』와 같이 애매하고 알 길 없는 제목을 생각해 내기

도 어려워 보인다.(시 중에는『악의 꽃』이라는 용서할 수 없는 이름을 반복하는 것만으로도 충분하다.)『고통의 아프로포스』라는 이상한 제목의 책은 읽을 수가 없다고 독자들이 나에게 말하지 못하도록 뒤에 좋은 예시들을 언급했다.

『고통의 아프로포스』는 프랜시스 아일스의 심리학 탐정 소설과 겉으로 보기에는 동일하다. 이 작품은 한 남자와 한 여자의 사랑과 시간이 지나면서 생긴 참을 수 없는 증오를 보여 준다. 훌륭한 비극적 특징을 위해서는 화자가 여자를 죽이는 결말을 예감하게 한다. 확실히 웰스는 이런 비극적인 가정에 관심이 없었다. 그는 죽음과 나아가서는 살인의 엄숙함을 믿지 않았다. 그보다 장례 의식에 남다른 관심을 보였고, 마지막 날이 그 전보다 더 큰 의미가 있다고 생각했다. 아마도 H. G. 웰스는 당시 언급하고 있던 역사를 제외하고는 모든 것에 관심이 없었다고 말해도 좋을 것이다. 이 작품을 구성하는 인물 중 그가 관심을 둔 사람은 단 한 명, 바로 돌로레스 윌벡이다. 다른 인물들은 생물학적으로, 민속학적으로 그리고 정치적으로 다루어질 뿐이다. 작가가 즐기는 여담 속에서 그리스인들에 반하는 욕설이 나온다.

"헬레니즘 문화! 당신들은 그것이 무엇인지 질문해 본 적이 있습니까? 그것은 어디에나 있는 코린트 식 기둥머리 장식, 덕지덕지 덧칠된 건물, 붉은 색깔의 조각상, 앞마당의 장군들, 지나치게 화려한 호메로스와 그의 신경질적이고 눈물 많으며 비유로 가득찬 영웅들입니다."

힐레어 벨록의 『밀턴』

[리뷰]

내가 아는 한 모두가 만족하는 밀턴에 대한 연구는 없다. 가넷과 마크 패티슨의 원고는 조사보다 존경을 담고 있다. 존슨의 연구가 그의 다른 연구처럼 뛰어난 것은 사실이지만 이 역시 깊이 있게 다가가지는 못했다. 배젓과 매콜리의 연구는 (아마도) 각각 밀턴에 대해서만 다루는 게 아니므로 50페이지 이상은 넘길 필요가 없다. 여섯 권이나 되는 데이비드 마송의 긴 전기는 밀턴뿐 아니라, 다른 많은 것들도 포함한다. 콜리지가 작성한 몇 페이지 글에도 이 결정적인 작품은 빠져 있다. 힐레어 벨록은 (8절지로 된 300페이지라는) 충분한 분량의 책에 전기를 담아 내고 있는데, 재미는 있어도 결과는 성공적이지 않다.

밀턴에 대한 영국인들의 숭배는 스페인 사람들의 미겔 데 세르반테스에 대한 숭배에 비견할 만하다. 두 사람의 산문은 마치 미신처럼 완벽하다고 믿어진다. 사실 루고네스와 그루삭[460]은 세르반테스에 대한 숭배를 거부한다. 이 논쟁적인 책에서 벨록은 존 밀턴을 해체한다. 그가 쓴 가장 훌륭한 산문 「문명화된 양식의 기록인 완벽한 명료성」을 부정한다. 문구는 공정하고 훌륭하다. 하지만 영국에서 한 세기 후에 탄생한 깁슨이나 스위프트의 작품에는 비견되지 않는 것으로 평가된다.

460　폴 그루삭(Paul Groussac, 1848~1929). 프랑스 출신의 아르헨티나 작가이자 문학 비평가. 1885년부터 아르헨티나 국립 도서관 관장을 지냈다.

작가는 밀턴의 작품을 연구한다. 몇 가지 아름다움은 인정하지만, 공통의 원칙을 발견하거나 상상하지는 못한다. 밀턴의 작품이 불균형하다는 점을 반복적으로 지적하면서도 해결책은 찾아내지 못한다.

매콜리의 경고에도 불구하고 밀턴은 일반적으로 청교도로 간주된다. 벨록은 이러한 일반적인 평가를 전적으로 반박한다. 후기에서 1650년에 라틴어로 쓰인, 하지만 1825년까지 빛을 보지 못했던 '영국인 존 밀턴의 기독교 원리에 관한 두 권의 책'을 요약해 놓았다. (오랫동안 네덜란드에서 불운하게 잠자고 있던) 이 작품은 모든 영혼이 불멸은 아니라고 주장하면서 예수의 영원성을 부정하고, 삼위일체를 부정하며, 물질세계가 무에서 만들어졌다는 것도 거부하며, (글에서 나온 주장을 통해) 이혼과 일부다처제를 옹호한다.

1938년 12월 23일

힐레어 벨록의 이야기, 에세이, 시

[리뷰]

조지프 힐레어 피어 벨록은 가장 훌륭한 산문가이자 영국어를 사용하는 가장 유창한 시인이라는 명예를 즐겨 왔다. 그렇지만 아무도 그것이 조금은 자극적 표현이라는 것은 부정하지 않을 것이다. 명성에 부합하는 작가는 지극히 드물다는 것이 조금 위로가 되는 점이다. 완벽함이란 부정적인 관념이다. 그것은 명백한 실수가 없음을 의미하지 미덕을 보여 주는 것은 아니다. 320페이지의 이 책에서 벨록 자신은 뉴먼[461]이 쓴 『4세기의 아리우스』라는 책보다 더 훌륭한 산문은 존재하지 않는다고 말한다. "역사적 순간에 벌어지는 단순한 우연성은 나에게 지루할 틈을 주지 않는다. 하지만 많은 독자들은 매우 지루

---

461 존 헨리 뉴먼(John Henry Newman, 1801~189). 영국
    성공회의 성직자이자 옥스퍼드 대학의 신학 교수.

해할 것이다. 그럼에도 그의 산문은 완벽하다. 사건의 명확한 숫자에 대해 서술하고 개념의 명확한 숫자를 표현할 준비를 마친 뉴먼은 가장 정확한 단어를 선택하고, 가장 적합한 순서로 완성하는데, 그것은 완벽하다."

나는 두 개의 막연한 최상급("가장 정확한 단어를 선택하고…… 가장 적합한 순서로")으로 이루어진 이전의 정의는 아무런 가치가 없다고 생각한다. 하지만 우리가 무관심하게 지나치는 사물에 대해 쓴 매혹적인 산문이 있는 것은 안다.(예로는 앤드루 랭, 조지 무어, 알폰소 레예스의 산문을 들 수 있다.) 벨록의 산문도 이 신비로운 목록에 속할까? 나는 확신하지 못하겠다. 산문가로서의 벨록은 중요하지 않거나 잘 드러나지 않는다. 소설가로서의 벨록은 보통에서 참을 수 없는 수준으로 나아간다. 문학 평론가로서의 벨록은 설득시키기보다는 확언하기를 좋아한다. 내 생각에 역사가로서의 벨록은 아주 존경할 만하다.

역사에 대한 연구에서 있어서는 나무가 숲을 가리지도, 숲이 나무를 가리지도 않는다. 놀라운 해석과 개인의 세부 사항에 관한 서술이 행복하게 합치된다. 그는 잔 다르크, 카를로스 I세, 크롬웰, 리슐리외, 울지, 나폴레옹, 로베스피에르, 마리 앙투아네트, 크랜머, 정복자 기예르모의 전기를 썼다. 웰스와는 기억할 만한 논쟁을 벌였다.

나폴레옹의 전기에서 (이 책에 다시 실은) 한 페이지를 옮겨 보겠다.

오스테를리츠 전투

불로뉴에서 I마일 혹은 2마일 떨어진 곳에 파리의 고속도

로 위로 브리크 다리 오른쪽에는 수수하고 고전적인 집 한 채
가 매혹적인 자태로 홀로 서 있었다. 1805년 여름 황제가 쉬는
동안, 오랜 유럽의 평화 후에 한 번 더 혁명과 장군에 도전하
는 연합이 결성되었다.

　여전히 어두웠다. 8월 13일 새벽 4시 이후에 소식이 도
착했다. 빌뇌브 장군이 이끄는 프랑스 군대는 만차해협에서
기다리다 페롤로 돌아왔다. 나폴레옹의 이중 계획과 대안으로
부터 영국의 침입은 그 어느 때보다 의심스러웠다. 빌뇌브는
시간이 본질적인 요인이라는 것을 이해하지 못했다. 이 재난
이 황제를 멈춰 세웠다. 반대편과 영토 내부에서 형성된 협공
은 강해졌고, 동쪽에서 오스트리아와 러시아가 들어오면서 황
제를 위협했다.

　단을 찾아오게 했는데, 그는 황제가 모자를 관자놀이
까지 덮어쓰고, 번쩍이는 눈과 입술은 분노에 휩싸인 채 빌뇌
브에게 저주를 퍼붓고 있는 모습을 보았다. ……저주가 멈추
었을 때 황제가 사납게 말했다. '여기 앉아서 쓰게.'

　단은 종이가 쌓여 있는 책상 앞에 펜을 들고 앉아 새벽
녘에 놀라운 전언을 받아 적었다. 오스테를리츠에서의 승리로
인해 절정에 도달한 오스트리아로의 진격 계획에 대한 내용이
었다. 커다란 사업의 단계, 다양한 방식, 상승기, 우기가 시작
되는 것에 대한 기억을 안내하는 문서는 없었지만, 이제 모든
전투가 종이 위에 기록되었다. 이후 황제의 머릿속에 있던 생
각이 실현되었다. 단은 이 계획이 완성된 예언처럼 예견되고
정확하게 연결된다는 사실에 놀라움을 금치 못했다.

문학계 단신

마호메트에 맞선 H. G. 웰스

이슬람이 경전을 숭배한다는 것은 잘 알려진 사실이다. 이슬람 신학자들은 코란은 영원하고, 코란을 구성하는 104장은 대지와 하늘에 선행하며 종말까지 지속될 것이고, 원본인 책의 어머니는 천국에 있으며, 거기에서는 천사들이 책을 지키고 있다고 주장한다. 이런 특권에 만족하지 못한 다른 학자들은 코란이 인간이나 동물의 형태로 나타날 수 있으며, 신의 알 수 없는 섭리를 실행하는 데 공헌할 것이라고 전파한다. (그 작품의 17장에 나와 있는) 신 자신은 인간이 다른 코란을 만들기 위해 악마와 협력한다 할지라도, 목적을 달성할 수 없을 것이라고 말한다. H. G. 웰스는 (자신이 쓴 「짧은 세계사」의 43장에서) 인간적-악마적 무능력에 대해 만족을 드러냈고, 2억 명의 이슬람 신도들이 이 혼란스러운 책을 존중한다는 것을 한탄한다.

런던에 거주하는 이슬람교인들은 화가 나 사원에서 희생 의식을 거행하기 시작했다. 침묵의 회합 중에 교조적이고 긴 수염을 가진 압둘 야쿱 칸 박사는 「짧은 세계사」 한 권을 바닥에 던져 버렸다.

1939년 1월 6일

쇼펜하우어에 관한 토마스 만의 책

[리뷰]

영광은 사람을 망가뜨리기도 하는데 누구도 쇼펜하우어 같지는 않을 것이다. 망가진 원숭이의 얼굴을 한 표지를 달고 레판토 지역 출판사에 의해 만들어진 『사랑, 여성 그리고 죽음』이라는 선정적인 제목으로 엮인 이 기분 나쁜 선집은 스페인과 아메리카 대중에게 쇼펜하우어를 소개했다. 형이상학 교수들은 이 실수를 참거나, 오히려 선동하면서 그를 비관주의자로 환원한다. 그 환원은 사악하고 우스꽝스러워서 라이프니츠를 낙관주의자 이상도 이하도 아니게 만들어 버린다.(반면에 토마스 만은 쇼펜하우어의 비관주의가 그 이론과 분리 불가능한 부분이라고 보았다. "모든 책자는 쇼펜하우어가 첫째로는 의지의 철학자이고, 둘째로는 비관주의자라고 말한다."라고 덧붙인다. 하지만 둘 다 틀렸다. 의지의 철학자이자 심리학자인 쇼펜하우어는 비관주의자가 될 수 없었다. 의지는 근본적으로 불행한 것이다. 불안정, 필요성,

욕심, 욕망, 열정, 고통이며, 의지의 세계는 고통의 세계가 되어야 한다……) 나는 낙관주의와 비관주의가 본능적이고 감정적인 판단이라 쇼펜하우어가 다루는 형이상학과는 관계가 없다고 생각한다.

마찬가지로 작가들과도 비교할 수 없다. 버클리, 흄, 앙리 베르그송, 윌리엄 제임스 같은 다른 철학자들은 생각한 바를 정확하게 말한다. 하지만 이들에게는 쇼펜하우어의 열정과 설득의 미덕이 빠져 있다. 바그너와 니체에게 미친 영향력은 유명하다.

토마스 만은『쇼펜하우어』(1936, 스톡홀름)라는 이 새 책에서 쇼펜하우어의 철학을 젊은이의 철학으로 보았다. 각자가 자신의 나이에 맞는 철학이 있으며 우주에 관한 쇼펜하우어의 시는 관능과 죽음의 의미를 지배하는 젊은 시기를 나타낸다고 생각한 니체의 의견과 연결된다. 이 훌륭한 요약에서『마의 산』의 작가는 쇼펜하우어의 주요 작품인『의지와 표상으로서의 세계』만을 언급한다. 그것을 다시 읽었다면『쇼펜하우어의 행복론과 인생론』에 등장하는 조금은 지나친 환영을 언급했을 것이다. 그 책에서 쇼펜하우어는 우주의 모든 사람을 (예상한 대로 의지로 볼 수 있는) 한 명의 육화된 형태 또는 가면으로 환원하면서, 우리 생의 모든 사건은 아무리 불행해 보여도 꿈의 불행과 마찬가지로 '내'가 만든 순수한 창작물이라고 확언한다.

『단편 선집』

마세도니오 페르난데스는 『최근 일지』에서 가장 길었던 방
문이 처음에는 짧았다고 언급하기 위해 기분 전환의 시간을 가
졌다. 우리는 그것을 믿지 않는다. 긴 방문은 처음부터 매우 길
었으며 연대기적으로 몇 분을 넘기지 않더라도 계속 그럴 것이
다. 책에서도 같은 경우가 나타난다. (노발리스의 주장에 따르면)
몇몇은 목표에 도달하지 못했다는 단순하면서도 충분한 이유
로 무한한 것이다. 이 책에 나오는 단편의 다수가 그러하다. 제
목[462]은 두 개의 서문에서 영감을 받은 것으로 하나는 극사실주
의이고 다른 것도 이와 유사하다. 제목 자체가 1938년에 출간
된 가장 훌륭한 미국과 영국의 단편 작품들임을 보여 준다. 이
주장을 받아들이는 것은 단편을 쓰는 행위가 체스터턴, 포, 키
플링, 헨리 제임스의 조국에서는 사라졌거나 사라지고 있다는
우울한 결론에 이른 것이다. 나는 그렇게 생각하지 않고, 이 선
집이 부적합하다고 생각하지도 않는다. 문제에 대한 해결책은
언급한 네 명의 영광스러운 이름에 간접적으로 담겨 있다. 아
무도 체스터턴, 포, 키플링 그리고 아마 제임스조차도 닮으려
하지 않는다.

---

462   보르헤스는 1938년에 나온 (미국과 영국의) 『가장 훌
      륭한 단편』을 지칭하고 있다. 이 선집은 에드워드 J. 오
      브라이언이 준비하여 한 권으로 낸 선집이다. 그 표지
      가 《엘 오가르》에 이 서평과 함께 등장한다. (원주)

이 사실은 상징적이다. 『천하루 밤의 이야기』에서 프란츠 카프카에 이르기까지의 논쟁에서 단편은 주요한 요소였다. 맨 후드, 에릭 나이트, 세라 밀린이라는 몇몇 예외를 통해 이 책의 작가들은 논쟁을 피하거나 축소시킨다.(논쟁이 되는 유명 작가들과 비슷해지는 것에 대한 두려움이 그것을 억누르고 있는지도 모른다.) 마찬가지로 어떤 상황을 제시하지만 이것을 발전시키거나 해결하려고 하지도 않는다. 내 생각에 이들은 너무 어린 것 같다. 그 서투름이나 열정 또는 애정에 대해 말하는 것이 아니라 그 근본적 목적이 다른 어떤 것도 화려하게 만들지 않으려는 데 있기 때문이다. 이러한 억제의 결과는 흥미롭지만, 재미있지는 않다.

제임스 배리 경

[전기]

내가 생각하기에 세계 모든 나라에서 수업의 주제가 되는 인물, 가령 채플린이나 히틀러처럼 사람들이 쉽게 상상할 수 있는 인물을 창조하는 것은 작가에게 가장 어려운 작업일 것이다. 사실 소수의 작가들이 그럴 수 있었고 예외적인 작가들이 부분적인 성과를 거두었다. 아서 코난 도일 경은 셜록 홈스로 그것을 얻었고, 제임스 배리(James Barrie) 경은 피터 팬으로 거의 그렇게 되었다.

제임스 매슈 배리는 1860년 5월 9일 스코틀랜드의 작은 마을에서 태어났다. 그의 집안은 가난했다. 초등학교에서 배리는 나쁜 학생이었다. 낙서할 때를 제외하고는 책을 펴지 않았다. 문학을 시작할 때도 훌륭하지 않았다. 지역 신문에 크리켓 경기를 연재하거나 '가족의 아버지'라고 편지에 서명했는데, 학교에서 방학을 연장하기 위해 이 서명을 빈번하게 사용했다.

처음에 배리는 작은 마을에서의 삶 외에 다른 인생은 알 수 없을 것이라고 생각했다. 이후 이 약점을 극복하기로 결심했고 『옛날의 전원시』와 『드럼즈의 창』이라는 초기 작품을 발표했다. 이 책들이 감상적 성격을 지향한 것은 아니지만 감상적 전원 소설이라는 장르를 만들어 냈다. 이후 이에 대한 반동으로 사실주의 운동이 전개되었는데 가장 훌륭한 예로는 더글러스[463]의 『녹색 문의 집』을 들 수 있다.

1891년에 발표한 『작은 영주』는 배리의 이름을 널리 알렸다. 5년 뒤에 『마거릿 오글니』라는 제목으로 어머니에 대한 감동적인 전기를 출간했다. 이 책은 다음과 같은 구절로 그의 문학 세계를 설명한다. "어린 시절, 이제는 내 장난감을 포기해야 할 시간이 가까워졌다는 것을 알았을 때, 나는 참을 수 없는 공포를 느꼈다. 나는 비밀스럽게 이 놀이를 계속하기로 결심했다." 그 장난감들이 바로 유명인들이었다. 그중에 가장 유명한 것은 『피터 팬』이다. 드라마 형태의 작품으로는 『경이로운 크리치토』(1903), 『벽난로 옆에 앉아 있는 앨리스』(1905), 『친애하는 브루투스』(1917), 『메리 로즈』(1920), 『소년 데이비드』(1936)가 있다.

배리는 (크리켓에 관해 대화할 때를 제외하고는) 이마가 넓고 말이 없다. 지금은 부자가 되어 템스강이 보이는 집에서 살고 있다. 사회와 당구, 그리고 석양을 사랑한다.

463　조지 더글러스 브라운(George Douglas Brown, 1869~1902). 영국의 사실주의 소설가.

기억할 만한 첫 번째 책

[리뷰]

현재 H. G. 웰스는 상상적 사건을 창조해 내는 것보다 정치
적, 사회적 여담을 더 선호한다. 아직은 『달의 첫 방문자』 혹은
『투명인간』의 방식으로 환상 소설을 흉내 내고 있는 것이 사실
이다. 하지만 잘 살펴보면 현재 그가 하는 시도는 풍자나 알레
고리 이상은 아니다.

흥미롭게도 두 명의 후계자가 스승의 추상성을 보충하고
있다. 한 사람은 올라프 스테이플던으로 『마지막 인류와 최초
의 인류』, 『런던의 마지막 인간』, 『별의 창조자』를 썼다. 그의
악명 높은 특징은 상상력이 풍부하지만 세부 묘사가 부족하
고, 소설의 모든 기법을 절대적으로 경멸한다는 점이다. 1001
개나 되는 놀라운 공상 세계를 창조할 수 있는 능력을 가지고
있지만, 각각의 세계를 단 한 페이지에 지리와 천문학에 관한
일반적인 내용으로 담아 낸다.

또 다른 계승자는 C. S. 루이스[464]이다. 그의 최신작 『침묵의
행성을 벗어나』는 동일한 제목을 주제로 삼는다. 루이스는 화
성으로의 탐험과 그곳에 거주하는 자애롭고 똑똑한 괴물 사이
에서 일어나는 한 인간의 모험을 다룬다. 작품은 일종의 심리
적 성격을 지닌다. 독자들에게 세 가지 '인간성'에 대한 이야
기와 화성의 현기증 나는 지리는 주인공의 모험보다 중요하지

---

464   클라이브 스테이폴스 루이스(Clive Staples Lewis,
1898~1963). 영국의 소설가이자 철학자.

않다. 영웅은 거칠고 거의 참을 수 없는 상황에 처하는 장면으로 시작하여 화성인과 자신을 동일시하는 것으로 끝난다.

루이스의 상상력은 한정적이다. 내가 만약 화성 전체를 요약한다면, 웰스나 포의 독자는 그다지 놀랍지 않다고 판단할 것이다. 훌륭한 것은 이러한 상상력에 대한 열정과 환상 세계에 대한 일관성 있고 면밀한 조사이다.

어떤 소설가의 텍스트는 상상하면 할수록 고갈된다는 인상을 우리에게 준다. 반면에 C. S. 루이스는 이 책에 나와 있는 것보다 화성에 대해 훨씬 더 많은 지식을 갖고 있다.

행성 여행을 묘사하는 장들은 심지어 시적인 분위기를 풍기기까지 한다.

당대의 시대적 영향을 보여 주는 흥미로운 예로는 C. S. 루이스의 허구에 나오는 붉은 화성이 평화로운 행성으로 묘사된다는 것이다.

1939년 2월 24일

카렐 차페크

[전기]

   (상대적으로) 보편적인 독일어를 거부하고 자신의 모국어
가 갖는 한계를 받아들인 체코 작가들 중에서 차페크는 아마
도 가장 유명한 사람일 것이다. 그의 작품은 많은 나라에서 번
역되었으며 그의 드라마는 뉴욕과 런던에서 상연되었다.

   카렐 차페크(Karel Capek)는 1890년 1월 9일 보헤미아 북쪽
의 작은 도시에서 태어났다. 의사의 아들로 프라하 대학에서
철학으로 박사 학위를 받았으며, 독일과 파리에서 공부했다.
윌리엄 제임스와 존 듀이의 작품으로부터 큰 영향을 받았다.
훗날 "나에게 가장 큰 영향을 준 것은 미국 철학이었다."라는
글을 남겼다. 오랫동안 언론인 생활을 했으며, 1920년에 『단어
의 비판』이라는 논쟁적인 소책자를 발표했다. 창조자인 인간
에게 반란을 일으킨 기계 인간의 이야기를 그린 첫 희곡《R. U.
R.》로 명성을 얻었다. 다음 해에 『곤충의 코미디』를 선보이고,

1922년에는 『마크로풀로스 사건』을 발표했는데 작품은 버나
드 쇼의 『므두셀라로 돌아가라』(1921)와 마찬가지로 아주 오
래도록 사는 것을 성취할 가능성을 묻는다. 같은 해에 환상 소
설인 『절대성의 공장』을, 2년 후에는 『크라카티트』를 발표했
는데, 후자는 강력한 폭약의 이름으로 그 발명자는 공식을 발
설하기보다는 기소와 감옥행을 택하게 된다.

　연극에 대한 작업도 다양하다. 자신의 형제와 함께 작업한
「창조자 아담」은 주목할 만하다. 「하얀 채찍」은 독재를 비판하
며, 흥미로운 드라마로는 「어머니」가 있다. 이 작품에 등장하
는 다양한 인물은 죽은 후에 나타난다.

　그가 디자인한 여행 책자들도 기억할 만하다. 근대 프랑스
시인 선집과 함께 『T. G. 마사리크와의 대화』, 『두 개의 주머니
이야기』(1929)는 간단한 탐정 소설 시리즈이다.

　카렐 차페크는 1938년 12월 말에 프라하에서 사망했다.

콜리지의 『두 가지 약력』

[리뷰]

　런던에서 새뮤얼 테일러 콜리지(Samuel Taylor Coleridge)에
관한 두 개의 전기가 동시에 출간되었다. 하나는 에드먼드 체
임버스[465]의 작품으로 시인의 삶 전반을 다루고 있다. 로런스

465　　Edmund Chambers(1866~1954). 영국의 문학 비평가
　　　　이자 셰익스피어 전공자.

핸슨의 다른 작품은 방황기와 수련기를 그리고 있다. 두 작품
모두 정확하고 사려 깊은 책이다.

하지만 작품보다 존경을 받지 못하는 작가들도 있다. 예를
들어, 『돈키호테』를 쓴 세르반테스, 『마르틴 피에로』를 쓴 에
르난데스가 그런 경우다. 반면에 어떤 작가들은 변형되고 불
성실해진 나머지 풍요로운 정신의 그림자를 투영하는 것 이상
의 작품을 남기지 못했다. 콜리지의 경우가 그렇다. 500페이지
가 그의 시 작품으로 채워진다. 이 많은 시 속에서 「늙은 선원」
만이 거의 기적에 가까울 정도로 영광을 누린다. 나머지는 다
루어지지도 읽히지도 않는다. 그의 산문 다수도 비슷한 운명
을 맞는다. 천재적인 육감, 풍부함, 궤변, 순수한 도덕성, 어리
석음과 표절이 섞여 혼란을 자아낸다. 아서 사이먼스[466]는 『문
학 전기』라는 주요한 작품에 관해 영어로 된 비판 조약 중 가장
중요하며, 모든 언어로 존재하는 작품 중에서 가장 지루하다
고 비꼬았다.

콜리지는 (그의 대담자이자 친구인 드퀸시와 같이) 아편에 중
독되어 지냈다. 이런 이유로 램은 그를 '타락천사'라고 불렀다.
앤드루 랭은 보다 이성적으로 '당대의 소크라테스 대화자'라
고 이름 붙였다. 그의 작품은 이 방대한 대화를 읽어 내는 메아
리와 같다. 이 대화로부터 영국 낭만주의 운동의 모든 것이 유
래한다고 한다.

나는 콜리지의 빛나는 직감을 언급했다. 일반적으로 미학

---

466   Arthur Simons(1918~1979). 미군 대령.

적 주제에 관한 것이다. 그럼에도 여기에는 몽상적 성격이 존재한다. (1818년 초에 발표하기 위해 쓴 메모에서) 콜리지는 악몽이 가지는 사나운 이미지는 결코 공포의 경험으로부터 나오는 것이 아니라 전시와 효과라고 설명했다. 예를 들어, 우리는 불쾌감을 겪는데 누운 채 가슴으로 생각하며 수수께끼를 재현하는 것으로 그 불쾌감을 정당화한다. 불쾌감이 수수께끼를 만드는 것이지, 수수께끼가 공포를 낳는 것이 아니라는 것이다.

도로시 세이어스가 쓴 『범죄의 옴니버스』

[리뷰]

도로시 세이어스는 뛰어난 선집을 통해 함량 미달의 소설을 보상하곤 한다. 그럼에도 불구하고 이전에는 특별한 경우를 위해 지켜 오던 관용의 책임을 작가들에게 확장시킨 것 같다. 세 번째이거나 네 번째 작품인 새 책, 『범죄의 옴니버스』 서문은 그의 서명이 담겨 있지만, 이야기의 대부분은 속는 독자보다도 더 취약하다. 지칠 줄 모르는 편집자가 이 한계를 넘어서기 위해 직접 이야기를 만들어 낸 것은 아닌지 의문스러울 정도다. 선집에 포함된 작가들이 보여 주는 어두움은 이 가정을 입증한다. 토머스 버크는 악마 같은 중국인을 제시한다. 마누엘 콤로프는 『천하루 밤의 이야기』에서 나환자 유난 왕의 역사에 관한 (전혀 설득력이 없는) 유사 과학적 버전 또는 예측을 내놓는다. 오르몬드 그레빌은 '완벽한 범죄'에 관한 가정을 보여 주며, 헨리 웨이드는 우연히 그의 제자들을 미라로 만드는 이집트 학자가 된다. 좋은 탐정 소설과 환상 소설의 숫자는 한정되어 있지 않은 것이 분명하다. 세이어스는 초기 선집에서 이를 고갈시키고 이제는 초기에 부정했던 것을 가지고 마지막을 채우는 잘못된 방식으로 선택하고 있다.

이 책에는 50편이 넘는 서사가 담겨 있다. 웰스의 훌륭한 단편『고인이 된 엘비스 햄의 이야기』는 이 책의 가치를 높여 준다. 마찬가지로 로드 던세이니, 존 어빙, A. E. 코파드, 멜빌 데이비드슨의 단편이 있다. 로드 던세이니의 단편은 화성으로의 탐사를 그리고 있는데, 이곳에서는 (걸리버의 네 번째 여행과 같이) 인간이 식인종에 의해 목장에서 길러지고 사육되는 단순한 가축 종으로 간주된다.

크리스토퍼 코드웰의『죽어 가는 문화에 관한 연구』

[리뷰]

버나드 쇼와 H. G. 웰스, 그리고 두 로런스의 에세이가 포함되어 있다. 두 로런스 중 한 명은 소설가이고 다른 한 명은 아랍 해방자다. 이 책은 사후에 출간된 작품으로 작가인 크리스토퍼 코드웰(Christopher Caudwell)은 국제 연맹의 전선에서 싸우다 작년에 카스티야에서 사망했다.

우선 이 책은 원리적인 측면에서 몇 가지 한계를 지니고 있다. 쇼, 웰스 그리고 두 로런스는 근본적으로 천재적인 인물이다. 이 책은 지나간 변증법적 유물론의 영향 아래서 착안되었기 때문에 언급된 인물들을 죽어 가는 문화의 상징으로 축소한다. 문제점이 알려졌지만, 작가의 열정과 즐거운 호전성은 그 부당함을 잊게 한다.

(『환상과 현실』과 같은 선구자처럼)『죽어 가는 문화에 관한 연구』는 마르크스주의의 독특한 변증법에 기반하여 작성되었다. 어떤 부분에서는 원죄가 '부르주아의 상징'이라고 적혀 있다. 다음 페이지에서는 마르크스주의가 심리학의 필요성을 종식시켰다고 주장한다.

1939년 3월 10일

리턴 스트레이치

[전기]

자일스 리턴 스트레이치(Giles Lytton Strachey)는 1880년 런던에서 태어나 1932년 1월 21일 버크셔의 백작령에서 숨을 거두었다. 이 날짜와 장소로 그의 전기는 끝이 난 것 같다. 비하해서 말하면 그는 전기를 쓰기에는 부족한 영국 기사 중의 한 명이다. 우리의 알마푸에르테가 그랬던 것처럼 "그의 삶에 관심이 없기 때문"이거나, 문학이나 역사를 보여 주는 먼 인물들의 삶에 더 관심이 가기 때문이다. 그는 키가 크고 말랐으며, 랍비처럼 불그스름한 턱수염을 기르고 안경 뒤에 날카로운 얼굴을 숨긴 거의 추상적인 인물이다. 지나치게 신중하여 말을 하지 않았다.

작가인 제인 스트레이치 여사와 리처드 스트레이치 장군의 아들로 지적인 분위기에서 성장했다. 케임브리지에서 수학하고 1912년에 첫 작품인 『프랑스 문학의 랜드마크』를 출간했다. 1918년에는 매닝, 플로렌스 나이팅게일, 아놀드 장군, 고든 장군에 관한 네 개의 놀라운 전기인『위대한 승리』를 출간했다. 이 책은 (그리고 그 연작은) 이후 곧 에밀 루트비히[467]가 모방한 장르의 완벽한 모습을 보여 준다. 스트레이치에게 아이러니는 공통된 주제이다. 아이러니보다 더 주목할 것은 도시의 무감각과 억제할 수 없는 낭만적 충동이 행복하게 공존한다는 점이다. "나는 이후를 생각하지 않고 쓴다."라고 리턴 스트레이치는 말했다. 정치적 의도를 통해 문학 작품을 평가하는 이들에게는 용서받을 수 없는 고백이다.

1921년에 3년 동안 준비한『빅토리아 여왕』을 출간했다. 그의 주요 작품이라고 할 수 있는 책이다.『책과 인물의 성격』(1922),『교황』(1926),『작은 초상』(1931)도 출간했다. 역사가들을 완전히 만족시키지는 못했지만 내 기대를 충족시킨 낭만적 실험 소설『엘리자베스와 에식스』를 잊어서는 안 되겠다.

E. S. 팽크허스트의『델포스 혹은 국제 언어의 미래』

[리뷰]

이 흥미로운 책은 인공 언어를 옹호하는 동시에, 페아노가 주장한 단순화된 라틴어 또는 '국제어'를 특별히 옹호하고 있다. 열정을 갖고 쓴 것 같지만, 작가인 팽크허스트(E. S.

---

467   Emil Ludwig(1881~1948). 폴란드 출신의 작가.

Pankhurst)가『대영백과사전』을 편찬하는 데 헨리 스위트[468] 박
사가 기여한 점을 과도하게 부각시키는 상황은 그가 드러내
보이는 열정이 사실은 인위적이고 꾸며진 것이 아닌가 의심하
게 한다.

　작가와 헨리 스위트 박사는 인공 언어를 이전의 언어와 이
후의 언어로 구분한다. 즉, 원래의 것과 파생된 것으로 말이
다. 전자는 야심이 크고 비실용적이다. 그의 초인간적인 목표
는 영속적인 방식으로 모든 인간의 사고를 분류하는 것이다.
그는 현실을 완전히 분류하는 것이 불가능하지 않다고 판단한
다. 또 우주의 혼란스러운 목록을 정리한다. 이렇게 만들어진
목록은 놀랍게도 1668년까지 거슬러 올라간다. 윌킨스[469]는 우
주를 마흔 개의 분야로 나누고 각각 두 글자로 된 한 음절의 이
름으로 명명한다. 이 분류는 (하나의 자음이 지시하는) 부분으로
다시 나뉘고, 이 부분은 모음이 지시하는 종으로 구분된다. 이
러한 방식으로 de는 요소를 의미한다. deb은 불을, deba는 불꽃
을 의미한다.

　200년 후에 레텔리어도 유사한 방식을 선택한다. 그가 제
안한 국제어로 a는 동물을 의미한다. ab는 포유류를, abo는 육
식류를, aboj는 고양이과를, abi는 고양이를, abod는 개과를,
abode는 개를, abi는 초식 동물을, abiv는 말과를, abive는 말을,
abivu는 노새를 의미한다.

　이후에 만들어진 언어는 흥미가 떨어진다. 그중에서 가장

468　　Henry Sweet(1845~1912). 영국 출신의 언어학자.

469　　John Wilkins(1614~1672). 영국의 자연 과학자.

복잡한 것은, 1879년 초에 독일 사제 요한 마르틴 슐라이어가
국가 간의 평화를 증진하기 위해 창안한 볼라퓌크이다. 1880년
에 완성했고 이를 신에게 바쳤다. 그의 어휘는 불합리하지만,
한 단어에 많은 어조를 압축하는 능력은 경멸할 수 없는 가치
를 지닌다. 볼라퓌크는 변화무쌍해서 동사가 50만 5440가지
의 다른 형태를 가질 수 있다.(예를 들어 Peglidalöd는 '당신은 인사
를 받아야 한다'라는 의미이다.)

볼라퓌크는 에스페란토어가 나타나자 사라졌고, 에스페
란토어는 중립어에 의해 사라졌으며, 중립어는 국제어에 의해
소멸되었다. 루고네스에 의하면 "공정하고, 간편하며 경제적
인" 후자들은 로망스어를 소유한 모든 언어에 의해 즉시 이해
가능하다.

여기 중립어로 작성된 문장이 하나 있다.

중립어는 단순히 쓸 때뿐 아니라 말할 때에도 사용될 수
있다. 따라서 제2회 세계 의학회에서 나의 목표는 이 언어를
사용하여 '낭창'[470]이라는 병에 관한 보고를 하는 것이고, 나는
모든 의사들이 이해하기를 바란다.

470　　　결핵성 피부염의 일종.

1939년 3월 24일

H. G. 웰스의 『신성한 공포』

H. G. 웰스가 쓴 이 장편 소설을 극복하고, 이 소설이 장르의 가장 주요 법칙을 무시하고 경멸한다는 사실을 증명하는 것은 매우 쉬운 일이다. 이 작품은 읽기가 힘들다. 또한, 읽지 말아야 한다고 설득시키기가 매우 쉽다. 『마담 보바리』, 『카라마조프가의 형제들』, 『쾌락주의자 마리오』, 『허영의 축제』를 읽을 수 없었던 내가 하루 동안 이 비정형적 소설을 읽은 것은 매우 쓸모없는 일이었다. 사건은 복잡하다. 그럼에도, 신성한 공포를 발산하는 매력은 소설적이지 않은 것 같다. 주인공 루디 위틀로는 작가의 천재적인 생명력에 비해 흥미가 떨어지는 인물이다. 작가는 처음에는 그를 성격이 좋지 않고 하찮게 묘사한다. 주인공과 어떤 방식으로든 동일시하지 않으면서 (400페이지가 넘는) 장편 소설을 쓰는 것이 불가능하다는 것을 잊은 것이다. 산초와 돈키호테는 세르반테스와 닮아 간다. 부바르

와 페퀴셰는 플로베르와 비슷해지며 배빗은 싱클레어 루이스와 닮아 간다. 그리고 루드 위틀로는 웰스와 닮아 간다. 이 유사성을 받아들이고 나자 웰스는 악한 행동을 범하게 하여, 그에게 죽음을 선고한다. 이 책은 1918년경에 시작되어 2000년이 훨씬 지난 후에 끝난다. 작품의 유토피아적 성격으로 인해, 이 '시간의 거대한 공간'은 평범해진다. 국가는 개인보다 오래 지속된다. 웰스는 더 큰 문학적 편리성을 위해 수많은 세대가 이어지게 했고 주인공들에게 믿을 수 없을 만큼 긴 수명을 제공했다.

이스라엘에 대한 옹호

[리뷰]

좋은 동기도 잘못 옹호될 수 있다. 자명한 이치와 원리를 공식화하면서 남자들의 대다수, 그리고 모든 여성과 언론인은 동기가 좋다면 그에 찬성하는 논리 또한 좋다고 생각한다. 그 결과 나쁜 이론가들의 수단을 정당화시켜 준다. 루이스 골딩[471]은 이 흥미로운 오류를 반복하지 않는다. 나는 그의 동기는 좋지만, 논리가 없다는 것을 알고 있다.

루이스 골딩은 반유대주의를 반박한다. (적어도 이론상으로) 이 기획은 쉽다. 그것을 위해서는 반유대주의자들의 명백

---

471   Louis Golding(1895~1958). 영국의 저술가.

하고 깨기 쉬운 궤변을 부수는 것으로 충분하다. 하지만 골딩은 이것으로 만족하지 않는다. 이 궤변을 한번 무너뜨린 후에는 이것을 뒤엎고 적들에게 적용시켜야 한다. 그러한 궤변들은 (불합리하게) 유대인이 독일 문화에 공헌했다는 것을 부정한다. 골딩은 (불합리하게) 독일의 문화를 유대인의 공헌으로 한정시킨다. 인종주의는 상식을 벗어나지만, 이에 대칭되는 논리로 이스라엘의 인종주의를 나치 인종주의와 맞서게 하는 것이다. 필요한 방어를 넘어 불필요한 반격으로 나아간다. 이것은 무용한 일인데 왜냐하면 이스라엘의 미덕은 독일의 단점을 명확히 하는 것이 아니기 때문이다. 무용할 뿐만 아니라 신중하지 못한 일이기도 하다. 왜냐하면 이는 어떤 방식으로는 적의 논지를 받아들이는 것으로, 이 논지는 유대인과 그렇지 않은 사람과의 근본적 차이를 강조한다.

미리 요약하자면, 이 책『유대인 문제』는 "모든 각도에서 마주한 유대인의 문제에 대한 간략하지만 전반적인 조사"를 약속한다고 독자를 속인다. 이미 벨록이 자신의 책『유대인』(런던, 1937)에서 능숙하게 시행한 조사 대신, 골딩은 우리에게 고칠 수 없는 열정으로 변호와 순교록을 제공한다. 아이러니, 분노, 자비를 통해 베네이스라엘[472] 사람들의 세속 역사를 언급한다. 피로 얼룩진 피난의 역사, 그리고 근본적으로는 영웅의 역사를. 책은 200페이지이며 마지막 40페이지는 아서 밸푸

---

472   Bene Israel. 이스라엘의 아들들이란 뜻이며 인도의 유
대인 공동체를 지칭한다.

어[473]가 시리아에서 겪은 경험을 성찰한다. 작가는 남아메리카 공화국에서의 시온주의 가능성을 믿지 않는데, 그곳은 "일반적으로 불안정한 정부와 말라리아 열병으로 고통받고 있기 때문이다."라고 말한다.

오래되고 강력한 믿음을 가진 작가들이 이 주장을 강화한다. 또한 앙리 베르그송, 이즈리얼 장윌, 지그문트 프로이트, 알베르트 아인슈타인, 파울 에를리히, 폴 무니 등 유명 인사들의 초상화도 한몫한다.

화이트헤드의 『사고의 방식』

[리뷰]

앨프리드 화이트헤드(Alfred. N. Whitehead)를 이해하지 않고는 우리 시대의 철학을 이해한다고 말할 수 없다. 하지만 화이트헤드를 이해할 수 있는 사람은 거의 없다. 그의 이론은 뚜렷하지 않아서 가장 강도 높은 비판자들이 오히려 화이트헤드가 주장한 바를 동의하고 지지한다고 말할 정도이다. 각 단어, 각 페이지, 그리고 각 장은 어느 정도 이해할 만하다. 어려운 점은 부분적인 이해를 조화롭게 통합하는 것이다. (나에게 확증한 것처럼) 이 모든 것이 존재한다. 나는 화이트헤드가 어떤 방식으로든 항상 중요한 플라톤의 보편적 법칙을 이해했다는 것을

---

473   Arthur Balfour(1848~1930). 영국 총리를 역임한 보수당 정치가.

알고 있다. (화이트헤드가 '영원한 대상'이라고 명명한) 이 형식은 시간과 공간으로 진입한다. 그것들이 지속적으로 결합되는 방식이 현실을 결정한다. (잘 이해가 되지 않는 독자는 영원한 대상들을 분류하는 『과학과 근대 세계』라는 작품의 열 번째 장을 참고해도 좋다.)

『사고의 방식』이 읽기 어려운 것은 난해함 때문이 아니라 애매함 때문이다. 화이트헤드의 모든 작품이 그렇듯이 통찰력 넘치는 문단이 다수 포함되어 있다. 예를 들어 마지막 페이지에는 다음과 같은 글이 있다. "지속적으로 철학적 사고를 황폐하게 하는 가정이 있다. 그것은 확실성, 당연한 확실성인데, 그것으로부터 인간은 자신의 경험에 적용할 수 있는 모든 근본적 사고를 소유한다. 마찬가지로 이 사고는 인간의 언어에서, 즉 단어의 나열이나 구절로 명백하게 표현된다고 생각된다. 이 위치를 나는 '완벽한 사전의 오류'라고 부른다."

체스터턴은(그가 아니면 누가 생각이나 했을까?) 이미 열정적으로 그것을 알렸다. 『벽』(1904)이라는 책의 87페이지에서 시작된 부분 하나를 옮겨 본다. "인간의 영혼에는 정글의 색보다 셀 수 없이 어지럽고, 이름 모를 색들이 자리하고 있다. ……이 색들은 모든 혼합과 변화에도 불구하고 고함과 외침의 임의적 메커니즘에 의해 재현될 수 있다. 주머니 안에서 실제로 모든 기억의 신비와 열정의 고뇌가 만들어 내는 소음이 나온다."

"화이트헤드는 『사고의 방식』이 자신이 이전에 발간한 책 『자연과 인생』을 완성하고 있다고 주장한다. 나는 철학적 진실이 명백한 진술보다는 오히려 전기적 사실을 잘 모으는 것에서 나온다는 것을 보여 주고 싶다. 이런 이유로 철학은 시와 유사하며 이 둘은 문명이라고 불리는 종국의 의미를 표현한다."

이 작품은 「창작의 충동」, 「활동」, 「자연과 인생」, 「형이상학의 목적」이라는 네 개의 장으로 구성되어 있다.

1939년 4월 7일

쥘 로맹의『베르됭』

[리뷰]

1916년 2월 25일 베르됭 전투에서 사라진 한 프러시아 포병대의 순찰차가 반구형의 건물과 개폐형 다리에 충돌했다. 이 건물의 지하실에서는 스물세 명의 지친 병사들이 자고 있었다. 프러시아 중령이 이들을 깨워 이제 죄수가 되었음을 알렸다. 놀란 이들은 그가 막 두오몽 요새를 진압했다는 것을 알게 되었다. 몇 시간 후에 독일 뉴스는 방어자들의 완강한 저항에도 불구하고 두오몽 세력이 무력에 의해 진압되었고 카이저의 보호 아래 브란덴부르크 체제가 성립되었다고 선언했다. …… 그것에 서명한 장군은 군인이었지만 그는 민간인들의 바람과 절망적인 요구를 잘 알고 있었다.

쥘 로맹의 전쟁 소설에는 이전의 역사적 에피소드가 나타나지 않지만, 그것은 전쟁 소설의 전형적인 특징이다.『베르됭의 전주』와『베르됭』은 무엇보다도 전쟁에 존재하는 셀 수 없는 우연의 법칙과 전쟁의 예상 불가능성을 강조하고 있다. 리델 하트는 이러한 운명의 역사가였고, 쥘 로맹이 이제 그에 대한 소설을 썼다. 로맹은 말한다. "군대의 리더는 꿈을 꾸는 것이 아니라는 걸 확신하기 위해 불안하게 입술을 물어뜯으며 편안한 마음으로 준비했으나 상상하지 못했던 사건이 계속 발생하는 것을 목격한다. 그것은 수백만의 사람들에 의해 만들어지는 전쟁이다. 모든 전략에 무관심한 수백만 사람들이 가진 물적 재산을 알게 된다……."

호전적이든 그렇지 않든, 문학은 전쟁의 (다른 측면이 약화되는 와중에) 물질적 측면에 자주 주목한다. 호메로스는 영웅들의 상처를 외과적으로 자세하게 묘사한다. 키플링은 새로운 병사들의 내장에 생기는 곰팡이를 언급한다. 바르뷔스의 책에서 병사는 피가 나는 종창에 더 이상 미련을 두지 않는다. 쥘 로맹은 아마도 전쟁의 복합성을 보여 준 첫 번째 소설가일 것이다. 육체적, 심리적, 지적 복합성을 말이다. 그의 소설은 베르됭 전투의 전기로서 200일 동안 프랑스의 한 지역을 파괴한 전쟁이라는 지독한 유기체를 탐구한다.

로맹보다 더 밀도 있는 작품을 쓴 작가로는 앙리 바르뷔스와 프리츠 폰 운루[474]가 있지만, 지적이고 복합적인 면은 로맹이 훨씬 돋보인다.

---

474   Fritz von Unruh(1885~1970). 독일의 극작가.

두 권의 탐정 소설

[리뷰]

결정된 문학 장르에는 근본적 오류가 있다고 항상 생각해 왔다. 그런 장르 중 하나가 우화로서, 도덕적인 선전을 목적으로 순진한 호랑이와 본능에 충실한 새라는 특별한 상황으로 나를 놀라게 하고, 화나게 하며, 당황하게 한다. 내가 이해할 수 없는 또 하나의 장르는 탐정 소설로, 불가피한 여분과 확장이 나를 불편하게 한다. 모든 탐정 소설은 매우 단순한 문제로 구성되는데, 5분이면 완전하게 드러낼 것을 소설가는 300페이지가 지날 때까지 드러내지 않는다. 이런 지연의 이유는 상업적이다. 지면을 채우는 것 외에는 다른 필요성을 느끼지 않는 것이다. 이 경우 탐정 소설은 길게 늘인 단편이 된다. 나머지의 경우에는 성격 소설이나 풍속 소설의 변종이라 할 수 있다.

그의 죽음을 가져온 한 방울은 존 로드와 카터 딕슨의 협력으로 완성되었다. 멈출 때를 제외하고는 문이 열리지 않는 엘리베이터에서 살해된 남자라는 중심 미스터리는 르루가 쓴 들어갈 수 없는 노란 방을 더 재미있고 새롭게 만든 것처럼 보인다. 불행하게도 마지막 두 장은 기계적 성역의 결말로 우리를 당황케 한다. 도식으로 강화된 이 결말은 로드와 카터 딕슨에 의해 발명된 권총 자살로 끝나며, 총성이 한 번 울리고 난 뒤 바로 해결된다. "우리는 그날 더 이상 읽지 못했다.(Quel giorno più non vi leggemmo avante.)"

R. 오스틴 프리먼의 『스톤웨어 몽키』는 이보다 우수하다. 이 허구 작품을 읽어 본 독자라면 즉시 '바꿔야 할 부분을 바꾸

어(mutatis mutandis)'라는 엘러리 퀸의 가장 훌륭한 소설의 논지를 바로 알아챌 것이다. 작가는 자신이 구성한 미스터리가 약간 신비하다는 것을 알고 있어서 불가피한 '드러냄'의 시간이 도래하자, 마치 우리가 알고 있다는 듯이 그것을 가능한 한 간략하게 처리한다. 당황하고 놀라는 와중에도 예견된 과정의 진화를 따라가는 특별한 즐거움을 누릴 수 있다.

문학계 단신

티베트 소설 『미팜』의 영어 버전이 런던에서 출간되었다. 라마 용덴이 쓴 책이다. 이 책의 목표 중 하나는 티베트의 삶과 종교에 관한 서구인들의 오류를 수정하는 것이다. 이러한 의도는 작품의 진실성을 훼손할 수 있다. 비극적 결말로 치닫는 순수한 사랑 이야기라는 줄거리는 결정적으로 진부하다. 그렇지만 명백한 특징이 소설을 살린다. 놀라움을 주기 위해서가 아니라 구체적 사실로서의 기적적인 사건을 조용히 언급하기 때문이다.

1939년 4월 21일

서머싯 몸의 『크리스마스 휴일』

[리뷰]

프랑스나 할리우드 소설가에 의해 고안된 것 같은 너무나 전형적인 찰리 메이슨은 '기분 전환'을 위해 파리에서 한 주를 보낸다. 어렸을 적 친구인 사이먼 페니모어는 그에게 적당한 숙소를 제공하고 러시아 출신의 여성을 소개해 주었는데, 그 남편은 사악한 살인을 저지른 장본인이었다. 그녀는 일주일 동안 그에게 그 살인이 어땠는지를 자세히 설명했고, 이 협약의 비밀스러운 목표가 남편이 속죄하는 것임을 알리려 했다. 러시아 여성 리디아는 신을 믿지 않았지만 죄와 용서, 육신의 타락에 대한 속죄의 미덕을 믿었다. (도스토예프스키를 읽어 본 적 없는) 찰리는 이 고백을 경청했고 이후 이를 간직한 채 영국으로 돌아왔다. 엄중한 현실을 음미하게 되었고 그 맛은 쓴 것이었다. ⋯⋯몸의 마지막 소설의 주제는 이와 같다.

작가가 찰리를 심각하게 생각하지 않은 것은 분명하다. 불행하게도 리디아를 더 진지하게 바라보는데 이는 어떤 측면에서 자신을 순진한 찰리와 동일화시키는 행위이다.

이 불완전한 요약(혹은 기억) 속에서 소설이 뛰어나다고 할수는 없지만, 읽는 동안은 그렇게 느껴진다. 수백 개의 세부 항목이 정황적 순서 또는 언어적 순서로 책을 구성한다. 서머싯몸은 그것들을 상상해 내고 장인 정신으로 조합했다.

여러 번에 걸쳐 (로버트 버거, 마담 레옹틴, 사이먼 페니모어, 테디 조던 등의) 주변적 인물이 주인공보다 더 생생하게 그려지며 다른 소설들도 그럴 것으로 예상된다.

앞부분은 조금 서투르게 느껴질 만큼 부주의하고, 오히려 조급하거나 혹은 확신에 찬 듯이 작성되었다. 소설이 진행되면서 우리의 관심은 점점 더 커지고 활발해진다.

두 편의 정치 시

[리뷰]

캠벨[475]의 『꽃피는 총구』와 베허[476]의 『7명의 생존자』로 판단하건대, 공산주의도 나치즘도 아직 자신들의 월트 휘트먼을 만나지 못한 것이 분명하다. 공산주의에서의 부재를 나치즘에

| 475 | 로이 캠벨(Roy Campbell, 1901~1957). 스코틀랜드계 남아프리카공화국의 시인. |
| 476 | 요하네스 베허(Johannes Becher, 1891~1958). 독일 시인이자 공산주의 정치가. |

서의 부재보다 더 쉽게 예상할 수 있는데, 왜냐하면 변증법적 유물론과 역사에 대한 경제적 해석은 시로 만들기가 힘들기 때문이다. 반면에, 나치즘은 충동적이고 비논리적인 특징이 있는데 아직도 이를 표현할 시인을 찾지 못했다는 점이 의아하다.

스코틀랜드계 작가 로이 캠벨은 계속 그렇게 되기 위해 노력한다. 로젠버그와 하우저의 이론에 경도되기 이전 그는 랭보의 좋은 제자였다. 나바라와 카스티야 지역에서 2년간 군대에 있었던 것이 열정을 꺾지는 않았지만, 그가 가진 수사적 장점을 잃게 했다. 『꽃피는 총구』는 국제 연합, 붉은 군대의 병사들, 좌파 지식인 그리고 유대인에 대한 모욕으로 가득 찬 작품이다. 이 목록은 만들어졌다기보다는 앙심을 품은 것에 가깝다. 몇몇 훌륭한 풍자 연은 바이런의 목소리를 연상시킨다. 그리고 많은 부분에서 괴벨스의 목소리를 떠올리게 한다. 마찬가지로 프랑코 장군과 투우를 상찬하고 있다.

공산주의자인 시인 요하네스 베허의 책 또한 이전만큼이나 공허하다. 1916년까지 그는 유럽에서 첫째가는 시인 중 한 사람이었다.(언어적 성찬을 곁들이자면 거의 최고의 시인이었다.) 당시 베허는 군가적 시를 통해 전쟁 범죄를 비판했다. 다른 국가보다는 덜 호전적이고 여유로웠던 윌리엄 2세의 독일은 이 시들의 출간과, 문학계 밖에서 유포되는 것을 금지하지 않았다. 베허는 지금 추방당해 모스크바에 살고 있다. 슬프게도 스탈린 체제의 범죄를 추앙하는 임무를 맡고 있다.

200페이지짜리 그의 책에서 나는 독일에 관한 향수를 다룬 부분과 밤에 관한 심각한 소네트를 재평가하고 싶다. 또한 『거울』의 한 부분도 인정할 만한데, 빛으로 가득한 거울과 지붕, 현기증 나는 거울로 된 바닥의 미로에 갇힌 한 남자에 대해 이야기하고 있다.

문학계 단신

스티븐 스펜서와 존 레만이 엮은 『스페인을 위한 시』라는 흥미로운 선집이 런던에서 출간되었다. 오든이 쓴 「스페인」은 기억할 만한 시 중 하나로 다음과 같이 시작한다.

> 뜨거운 아프리카에서 떨어져 나와,
> 창조된 유럽에 속한 이 황량한 정방형 모양의 땅에,
> 강줄기로 금 그어진 이 고원에,
> 우리의 사상이 육체를 갖는다. 우리의 열정이 뿜어낸 사나
> 운 형태는
> 여기에 살아 있고 명확하게 만들어진다…….

그리고 이렇게 이어진다.

> 오늘 투쟁이 존재한다.
> 오늘 다가오는 죽음에 대한 예견된 슬픔이 존재한다.
> 필요한 살인에 대한 죄의식이 존재한다.

1939년 5월 5일

G. B. 해리슨의 『셰익스피어 소개하기』

다양하지만 본질을 담고 있는 이 책은 간략한 것이 장점이며 내가 생각하기에 셰익스피어에 대한 연구 중 가장 서문이 훌륭하다. 『폭풍우』부터 『맥베스』나 『햄릿』에 이르기까지의 연대기적 연구를 선호하는 G. B. 해리슨(G. B. Harrison)의 모든 의견에 공감하는 것은 아니다. 그렇지만 그의 소견과 정보에는 감탄하지 않을 수 없다. 구체적인 예를 찾아보자. 셰익스피어는 한 막에서 인정하는 장면의 다양한 변화로 인해 검열당하기도 하고 칭찬받기도 한다. 이런 측면에서 현재의 판본으로 판단하자면, 『안토니오와 클레오파트라』의 마지막 장은 열세 개의 재현 불가능한 장면을 담고 있는데 각각의 장면이 알렉산드리아의 다른 장소에서 연출된다. 해리스는 엘리자베스 시대의 연극이 장식이 부족하다는 점을 상기시키면서 시작한다. 그는 1623년에 나온 2절 판본을 통해 텍스트에는 장소를 언급하지 않았다는 것을 확인하고, 셰익스피어와 당대인들에게는 사건의 장소가 중요하지 않았으리라 추정했다. 엄격하게 말하면 장소의 변동은 없는 것이다. 셰익스피어 작품의 모든 장면에 명확한 장소가 있는 것은 아니다. 셰익스피어는 장소의 통일성을 침해한 것이 아니라, 그것을 초월하거나 무시했다.

셰익스피어의 작품이 만들어 내는 다양한 문제들에 대해 놀라지 않고 이런 작품을 그냥 지나치기란 불가능하다. 전기적인 요소 외에도 문학적, 도덕적, 시적, 심리학적 질서가 그렇다.(우리의 그루삭은 확실히 감지했다. "셰익스피어는 평범한 운명을 완성하고 은퇴한 사람처럼 자신의 고향으로 돌아와 자신이 쓴 것을 전혀 떠올리지 않으면서 인생을 마쳤다. 이 훌륭한 인간의 절대적 망각은 셰익스피어 자신보다 더욱 경이로운 현상이었다.")

이러한 풍성함은 셰익스피어가 과도하게 숭배되지 않는 데 도움이 됐다.(반대로 세르반테스주의는 스페인을 상당한 정도로 쇠락시켰다고 주장할 수 있다. 괴테주의자, 단테주의자와 셰익스피어주의자는 복잡한 회로를 구성한다. 세르반테스주의자는 속담을 수집하는 사람이다. 스페인에게는 케베도주의가 세르반테스주의보다 더 적당했을 것이다.)

윌리엄 포크너의 『야성의 종려』

[리뷰]

내가 아는 한 아무도 아직은 소설의 형식에 대한 역사와 소

설의 형태학을 정리하지 않았다. 가정적이고 엄정한 이 역사
는 작품의 서술을 등장인물에게 위탁하는 흥미로운 과정을 개
척한 윌키 콜린스, 방대한 시 「반지와 책」(1888)에서 동일한 범
죄를 열 개의 입과 영혼을 통해 열 번이나 상세하게 설명한 로
버트 브라우닝, 두 사람의 대화자가 제3자의 이야기를 추정하
고 재구성하도록 한 조지프 콘래드의 이름을 강조할 것이다.
윌리엄 포크너에 대해서도 그렇다. 쥘 로맹과 함께 그는 소설
의 과정과 운명, 인물의 성격에 동일하게 관심을 보여 준 소수
의 소설가 중 한 명이다.

　　포크너의 주요 소설인 『8월의 빛』, 『음향과 분노』, 『성역』
에서 기술적 새로움은 필요하고 불가피하다. 『야성의 종려』에
서 그 새로움은 매력적이기보다는 불편하고, 정당화되기보다
는 분노를 불러일으킨다. 이 책은 두 개의 이야기로 구성되며,
두 가지 평행한 (그리고 반대되는) 이야기가 서로 교차한다. 첫
번째 이야기인 「야성의 종려」는 육욕 때문에 파괴된 남자의 이
야기이다. 두 번째 이야기인 「노인」은 기차를 습격한 무채색
눈을 가진 청년의 이야기로, 오랜 기간 감옥 복역 후에 범람한
미시시피강은 그에게 무용하고 가혹한 자유를 부여한다. 짧은
두 번째 이야기가 길게 삽입된 첫 번째 이야기를 계속해서 자
르고 들어온다.

　　윌리엄 포크너는 과연 우리 시대 최고의 소설가 불릴 만하
다. 『야성의 종려』는 그가 가진 지식을 접합하기에 가장 적합하
지 않은 작품이지만, (포크너의 모든 책들과 마찬가지로) 다른 작
가의 가능성을 넘어서는 긴장감 넘치는 내용을 담고 있다.

1939년 5월 19일

동양 문학의 박물관

[리뷰]

"돌연변이와 이종적인 것들의 뒤섞임보다 더 시적인 것은 없다."는 꽤 기억에 남는 노발리스의 시구이다.

사소한 것에 대한 독특한 끌림은 플리니우스의『박물지』, 로버트 버튼의『우울의 해부』, 프레이저의『황금 가지』, 그리고 플로베르의『유혹』과 같이 몇몇 유명한 책의 매력이다.『드래곤 북』은 다목적 레파토리의 매력을 보여 주는데, 이 책의 300페이지는 인류 문학에서 가장 오래 지속되는 문학, 그러니까 거의 30세기의 역사를 지닌 광대한 중국 문학의 다양하고 흥미로운 광경을 펼쳐 보인다.

여섯 부분으로 나누어진 이 책에서 가장 시적이지 않은 부분은 아마도 시를 논한 대목일 것이다.(이것이 중국 문학의 특징이라는 말은 아니다.) 엮은이인 에드워드 양은 자신이 작업한 버전을 웨일리의 고전적인 버전보다 선호한다. 이 선호에 공감하기는 어렵다.

책에는 많은 속담이 삽입되어 있다. 여기에 몇 가지를 소개
해 본다.

"가난한 사람들에게는 검소함이 어렵지 않다."

"돈이 있으면 용이 된다. 그렇지 않으면 구더기가 된다."

"돌로 만들어진 사자는 비를 무서워하지 않는다."

"싼값에 팔린 노예는 병에 걸릴 것이다."

"이상한 음식은 아주 이상한 병을 낳는다."

"심장이 꽉 차 있으면 밤이 짧아진다."

"얼음과 같은 겨울 공기를 목에 느끼는 것이 화가 난 코끼
리의 거친 숨을 느끼는 것보다 낫다."

"아내가 하는 말을 들어라. 하지만 한마디도 믿지 말아라."

"인생에서 가장 중요한 것은 무덤에 잘 묻히는 것이다."

두 번째 장에는, 중세의 맹수 격투 노예를 기억나게 하는 괴
물 공원이라는 개념이 나온다. 그 안에는 가슴에 눈이 달리고
배꼽에 입이 달린 형천(形天)의 처형 이야기가 담겨 있다. 그리
고 후이는 인간의 얼굴을 가진 개로, 그의 미소는 태풍을 예고
한다. 제강은 여섯 개의 발과 네 개의 날개가 있지만 얼굴도 눈
도 없는 선홍색의 초자연적인 새이다. 가무잡잡하고 조용한
'북방의 원숭이'는 팔짱을 낀 채 사람들이 쓰는 걸 멈추길 기다
렸다가 먹물을 마신다. 마찬가지로 사람은 365개의 뼈를 가지
고 있는데 "이 숫자가 하늘이 한 번 회전하는 날수와 정확히 일
치한다."라는 것과, 365가지의 동물 종이 있다는 것을 배우게
된다. 이것이 바로 대칭의 힘이다.

4장은 장자의 유명한 형이상학적 꿈을 요약한다. 이 작가

는 약 24세기 전에 자신이 나비인 꿈을 꾸었고 깨어났을 때 자기가 나비가 된 것을 꾼 사람인지 혹은 지금 사람이 되는 꿈을 꾼 나비인지 알지 못했다.

엘러리 퀸의 『네 개의 심장』

[리뷰]

누구나 인정하듯, 탐정 장르는 약 100년 전 미국의 천재적인 창작자 에드거 앨런 포에 의해 만들어졌다. (아마도 문학 중에서 가장 인공적이라고 할 수 있는) 이 장르는 이스트맨 수사와 알 카포네가 지배하는, 말이 통하지 않는 현실을 이겨 내지 못하고 논리적인 방식으로 범죄가 발생하던 영국으로 건너왔다. 영국에는 탐정 소설 작가들이 넘쳐 났다. 미국의 탐정 소설 작가는 엘러리 퀸과 고인이 된 S. S. 밴 다인뿐이라고 해도 과언이 아니다. 지금까지 소개된 엘러리 퀸의 작품은 약 열세 권이다.(『이집트 십자가 미스터리』, 『그리스식 관의 미스터리』, 『중국 오렌지 미스터리』가 가장 좋은 작품일 것이다.)

엘러리 퀸의 소설은 언제나 재미있다. 하지만 작가가 그리는 상황은 즐겁지 않다. 마지막 작품이 그의 작품 세계에 완전한 오점을 남겼다고는 할 수 없다. 작가는 공포감이나 기이한 효과를 자아내기 위해 즐겁지 않은 것을 과장하는 경향이 있다. 반면에, 『네 개의 심장』은 모든 인간적, 심지어는 생물학적 가능성을 넘어서는 광물과 같은 무차별성을 지니고 있다. 엘러리 퀸의 최근 소설을 보면 작가는 모든 등장인물 안에 내재

된 불행함을 예지하는 것 같지 않다. 그 결과 이전과 달리 우리
로 하여금 그의 내밀한 사적 영역 안에 들어가 그가 보여 주는
애정 행각과 격한 감정을 목도하면서 분노하게 만든다.

　이전의 사건이라는 조건이 주어졌을 때, 힘의 어떤 측면은
사건들을 수정하고 완화하는 부가적인 사건을 만들어 낸다.
나는 이틀 밤 동안『네 개의 심장』을 구성하는 스물세 개의 장
을 읽었는데 어떤 부분에서도 지루함을 느끼지 않았다. 그렇
다고 문제에 대한 논리적인 결론을 생각해 낸 것은 아니었다.

1939년 6월 2일
허구가 허구 속에서 살 때

[에세이]

내가 무한의 문제에 대해 처음 생각한 것은 유년 시절에 신비로움과 현기증을 선사했던 큰 상자의 카스테라로부터 시작되었다. 이 비정상적 물체의 측면에는 일본을 그린 삽화가 있었다. 그 장면에 아이가 그려져 있었는지 전사가 그려져 있었는지는 잘 기억나지 않는다. 그렇지만 삽화 안의 이미지도 같은 카스테라 상자가 동일한 형태로 다시 나타나고, 거기에 다시 동일한 형상이 나타나면서 그렇게 (적어도 잠재적으로는) 무한히 이어졌다. ……14년 또는 15년 후인 1921년까지 러셀의 작품 중 하나에서 조사이어 로이스[477]와 유사한 창작물을 발견했다. 로이스는 영국 영토의 크기로 그려진 영국 지도를 가정한다. 정확하

---

477   Josiah Royce(1855~1916). 미국의 철학자.

게 말하자면 이 지도는 지도 안의 지도를 포함해야 하며, 그 지도는 지도 안의 지도 안의 지도를 포함해야 하며, 마찬가지로 이렇게 무한히 이어진다. ……예전에 프라도 박물관에서 「시녀들」이라는 벨라스케스의 유명한 그림을 보았는데, 그 끝에는 화폭 바깥에서 거울에 비친 펠리페 4세와 아내의 초상을 그리고 있는 벨라스케스 자신의 모습이 있었다. 산티아고의 십자가가 화가의 가슴을 비춘다. 왕이 벨라스케스에게 기사 작위를 수여하기 위해 십자가를 그린 일화는 유명하다. 프라도 박물관은 이 마법을 따르기 위해 거울 앞에 이 그림을 놓았다고 한다.

그림 안에 그림을 삽입하는 회화의 절차는 글을 쓸 때 허구를 다른 허구 안에 위치시키는 것과 유사하다. 세르반테스는 『돈키호테』에 짧은 소설을 포함시킨다. 루키우스 아풀레이우스는 『황금 당나귀』에 사랑과 영혼에 관한 우화를 삽입한다. 그러한 삽입구는 오류를 허용하지 않는 성격으로 인해 어떤 사람이 실제로 큰 소리로 읽거나 노래하는 상황만큼이나 평범하다. 진실과 이상이라는 두 가지 측면은 섞이지 않는다. 반면에, 『천하루 밤의 이야기』는 어지러울 정도로 복제, 재복제되어 외부의 이야기에 중심적 이야기가 퍼져 나가지만 이 현실에서 벗어나려 하지 않으며, (심오했던) 그 효과는 페르시아 양탄자처럼 피상적이다. 시리즈 도입부의 이야기는 유명하다. 매일 밤 처녀와 결혼하고 새벽녘에 처형하기로 한 왕의 무시무시한 약속과, 놀라운 이야기로 왕을 즐겁게 해 주려는 셰에라자드의 결심은 이 두 사람의 관계를 넘어 천하루 후 그녀가 그의 아들을 보여 주기에 이른다. 천한 개의 부분을 완성해야 할 필요성은 작품의 모사가들로 하여금 모든 종류의 이야기를 삽입하도록 강제한다. 어떤 것도 가장 마술적인 602번째 밤처럼 방해가 되는 것은 없다. 이 기이한 밤에 왕은 자신의 이야기를 왕비의 입으로 듣게 된다. 모든 다른 이야기들을 품은 이야기의 초반을 듣는 것이다. 마찬가지로 괴상한 방법으로 자기 자신을 듣는다. 독자는 흥미로운 위험이 되는 이러한 개입이 가져오는 다양한 가능성을 확실히 감지할 수 있을까? 페르시아 여왕 그리고 움직이지 않는 왕이 언제나 불완전한, 그리고 이제는 무한하게 순환하는 천하루 동안의 이야기를 듣게 되기를……『천하루 밤의 이야기』에서 셰에라자드는 많은 이야기를 언급하는데, 이 이야기 중 하나는 거의『천하루 밤의 이야기』에 관한 이야기이다.

셰익스피어는『햄릿』의 제3막에서 장면 안에 하나의 장면을 만든다. 왕의 독살을 재현한 부분은 일정 정도 무대 중심성을 해체하면서 무한한 확장의 가능성을 암시한다.(1840년의 논문에서 드퀸시는 이 부수적 부분이 부각되는 스타일로 인해 그것을 포함하는 전체 드라마가 더욱 진실에 가깝게 보인다는 점을 확인했다. 여기에 나는 그것의 근본적인 목적이 반대라는 것, 즉 현실을 비현실적으로 보이게 한다는 점을 추가하고 싶다.)

『햄릿』은 1602년으로 거슬러 올라간다. 1635년 말에 젊은 작가 피에르 코르네유[478]는『우스운 환영』이라는 마술 코미디 작품을 썼다. 클린도르의 아버지인 프리드망은 아들을 찾아

---

478   Pierre Corneille(1606~1684). '프랑스 비극'의 창시
       자. 몰리에르, 라신과 함께 프랑스의 3대 극작가로 불
       린다.

유럽의 각국을 돌아다녔다. 신앙보다는 호기심으로 '천재 마
술사'인 알캉드르의 동굴을 방문한다. 환영을 통해 그는 아들
의 파란만장한 인생을 보여 준다. 그가 라이벌을 찌른 후 법망
을 피해 달아나다가 어느 정원에서 살해당했으며, 그 후에 친
구들과 대화하는 것을 보았다. 알캉드르는 우리에게 그 미스
터리를 풀어 준다. 클린도르는 라이벌을 죽인 후에 희극 배우
가 된다. 그리고 피가 홍건한 정원의 장면은 (코르네유가 만든
허구로서의 '현실'인) 현실이 아니라 비극에 속한다. 우리는 그
것을 모른 채 극장에 있다. 작품은 이런 체계로 인해 생긴 예상
밖의 상황에 대한 칭찬으로 끝난다.

　　　우리의 위대한 왕, 전쟁의 벼락인,

　　　그는 이름만으로 전 세계를 두려움에 몰아넣었고,

　　　머리에 월계관을 쓰고, 가끔은 프랑스 극장에서

　　　눈빛과 경청하는 귀를 보여 주었다.

　코르네유가 마술사의 입으로 그다지 마술적이지 않은 시
를 말하게 하는 것은 슬픈 일이다.

　구스타프 마이링크의 소설 『골렘』(1915)은 꿈에 관한 이
야기다. 꿈속에 꿈이 나온다. 이 꿈들 속에 다른 꿈들이 나온
다.(고 나는 생각한다.)

　나는 언어의 미로를 언급했다. 어떤 것도 플랜 오브라이언[479]

479　　Flann O'Brien(1911~1966). 아일랜드의 소설가로 본
　　　명은 브라이언 오놀런(Brian O'Nolan)이다.

의 새로운 작품인『스윔 투 버즈에서』만큼 복잡한 것은 없다. 더블린에 사는 한 학생이 자신의 술집을 찾는 이웃들(그 안에 그 학생도 있다.)에 관한 소설을 쓰는 더블린 술집 주인에 관한 소설을 쓴다. 그리고 동시에 이 이웃들은 술집 주인과 학생을 묘사하는 소설을 쓰며, 다른 작가들은 다른 소설가들에 관한 소설을 쓴다. 학생이 모방하여 적어 놓은 실제 혹은 상상의 인물들이 쓴 아주 다양한 원고 한 권이 완성된다.『스윔 투 버즈에서』는 단순한 미로가 아니다. 오히려 아일랜드 소설을 구성하는 많은 방법에 대한 토론이자, 운문과 산문 연습의 레퍼토리로서 아일랜드에 존재하는 모든 형식을 그려 내거나 패러디한다. (미로의 건축가이자 문학의 프로메테우스이기도 한) 조이스라는 스승의 영향을 부정할 수 없지만, 이 복합적인 책에서는 그 영향이 압도적이라고 할 수 없다.

쇼펜하우어는 꿈과 깨어 있음이 같은 책을 구성하는 페이지들이며 그것을 순서대로 읽는 것은 사는 것이고, 페이지를 넘기는 행위는 꿈꾸는 것이라고 썼다. 그림 안의 그림, 책에서 펼쳐져 나온 다른 책은 우리가 정체성을 이해하도록 돕는다.

1939년 6월 16일

조이스의 마지막 책

[리뷰]

『피네간의 경야』라는 제목으로 집필되던 책이 막 출간되었는데, 16년간의 활력 넘치는 그의 문학 작업에서 가장 성숙하고 빛나는 결실이라고 사람들은 말한다. 나는 이 책을 읽으면서 조금 당황스러웠다. 새로운 매력이나 다양한 언어유희가 없는 것을 알게 되었고, N. R. F.와 《타임스》의 문학판이 조이스에게 헌정한 놀라운 칭송을 확인했다. 이런 환호를 보낸 엄격한 작가들은 복잡한 언어의 미로에서 법칙을 발견했다고 말했지만, 그것을 적용하거나 공식화하기를 삼갔으며 한 줄 혹은 한 문단을 분석하지도 않았다. ……그들도 나와 함께 본질적 당혹스러움과 도움이 되지 못하는 혼란스러움을 공유하는 것 같다. 그리고 (내가 그렇듯이) 제임스 조이스의 공식 통역자인 스튜어트 길버트의 해석상의 조약을 내심 기다리는 것 같다.

조이스는 우리 시대 최고의 작가 중 한 사람이며, 그중에서도 가장 훌륭한 작가일 것이다. 『율리시스』에는 셰익스피어나 토마스 브로니 경이 쓴 가장 훌륭한 작품에 뒤지지 않는 문장과 문단이 있다. 『피네간의 경야』에도 기억할 만한 표현들이 있다. 예를 들어, "밤에 여기저기 흐르는 강 주위로(Beside the rivering waters of, hither and thithering waters, of night)"가 있는데 번역하지는 않겠다. 매우 긴 책이 갖는 효율성은 매우 예외적이다.

『피네간의 경야』는 꿈결의 영어에서 일어난 허튼소리의 연쇄체에 가깝기 때문에, 능수능란하지 못해 실망스럽다고 평가하기는 어렵다. 과장한다고 생각하지 않는다. Ameise는 독일어로 개미를 뜻하며, amazing은 영어로 놀랍다는 뜻이다. 제임스 조이스는 개미를 자극하는 놀라움을 의미하기 위해 ameising이라는 형용사를 만들어 냈다. 여기 조금 더 쉬운 예가 있다. 영어로 baniste는 난간을 뜻하고, star는 별을 의미한다. 조이스는 이를 하나의 단어로 만들어 이 둘의 이미지를 조합한 banistar라는 단어를 만들어 냈다.

쥘 라포르그와 루이스 캐럴은 이 놀이를 더 나은 방식으로 실험한다.

아랍 전설

버튼이 『천하루 밤의 이야기』에 대한 자신의 유명한 번역에 추가한 메모 중에서 이 흥미로운 전설을 옮겨 보겠다.

두 명의 왕과 두 개의 미로

(알라신이 더 잘 알겠지만) 믿음을 지닌 의연한 사람들이 이야기하길, 초기에 바빌로니아 섬들을 다스리는 왕이 있었는데 건축가와 마술사를 모아 이들에게 복잡하고 섬세한 미로를 건설하도록 했다. 이 미로에는 아무리 신중한 사람이라도 진입할 수가 없었으며, 설령 들어갔다 하더라도 길을 잃어버렸다. 이 작품은 스캔들이 되었는데, 왜냐하면 혼란과 경이는 신의 고유한 역할이지 인간의 역할이 아니기 때문이다. 시간이 흐른 후 그의 궁에 한 아랍 왕이 방문했다. 바빌로니아의 왕은 (단순히 손님을 놀리기 위해) 그에게 미로를 통과하게 했는데, 거기서 아랍 왕은 길을 잃고 해가 질 때까지 헤매면서 당황하고 능욕을 당했다. 이에 신에게 구원을 청했고 신이 문을 열어 주었다. 그의 입술에서는 어떤 불평도 나오지 않았지만, 바빌로니아 왕에게 자신은 아랍에 더 좋은 미로를 갖고 있으며 신이 허락한다면 언젠가 보여 주겠다고 말했다. 이후 아랍으로 돌아와 장군들과 성주들을 모아 바빌로니아 왕국을 공격했다. 큰 행운이 따라 이들의 성을 무너뜨리고 사람을 죽인 후 바빌로니아 왕을 포로로 잡아들였다. 그리고 그를 빠른 낙타 위에 묶어서 사막으로 데리고 갔다. 사흘 동안 말을 타고 난 후 그에게 말했다. "오, 시간과 물질과 세기(世紀)의 왕이여! 당신은 바빌로니아에서 내가 수많은 계단과 문과 벽이 있는 동으로 만들어진 미로에서 길을 잃게 했소. 지금 전능하신 신께서 당신에게 나의 미로를 보여 주도록 허락하셨소. 여기에는 올라야 할 계단도, 열어야 할 문도, 지나다녀야 할 지루한 복도

도, 보행을 막는 벽도 없소."

그런 후에 그에게 줄을 풀어 주고 사막 한가운데 놓아주
었다. 거기에서 그는 허기와 갈증으로 죽었다. 죽지 않은 것은
신의 영광이었다.

1939년 7월 7일

W. H. D. 루스의
『호메로스 매뉴얼』

영국 문학은 『오디세이』에 관한 스물아홉 개의 번역본을
갖고 있는데 이는 『일리아드』 번역에는 조금 못 미치는 수준이
다. 첫 번째 번역자는 기사 조지 채프먼으로 1598년에 원작에
맞게 호메로스의 『일리아드』 일곱 권과 『시인들의 왕자』를 옮
겼다. 마지막 번역자는 상냥하고 박식한 헬레니즘 전문가 W.
H. D. 루스(W. H. D. Rouse)다.

"모든 문학 장르와 마찬가지로 운문을 번역할 때는 어겨서
는 안 될 자체의 법칙이 있다. 첫 번째 법칙은 시도를 하지 말아
야 한다는 것이다."라고 얼마 전 우리 아르헨티나의 그루삭이
레오폴도 디아스[480]의 실험에 영감을 받아 주장했다. 루스 박사

---

480   Leopoldo Díaz(1862~1947). 아르헨티나의 시인.

는 앤드루 랭과 르콩트 드릴[481]이 예언한 의견을 공유한다. 강력하게 공유하지 않는 것은 그가 가진 성경적이고 조화로운 스타일에 대한 선호이다. 루스는 호메로스의 서사시 두 편을 구어체와 대화적 방식으로 만들었는데, 칭찬을 받지도 인용되지도 않았지만 쉬운 독해를 이끌어 냈다. 『오디세이』를 번역하지 않고 『율리시스의 이야기』를 번역했다. '궁수 아폴로' 대신에 '멀리 쏘는 아폴로'에 대해 이야기하고, '구름의 제우스'가 아닌 '구름을 모으는 주피터'에 대해 말한다.(논리적인 것의 미덕을 지나치게 신뢰하는 바르셀로나 대학의 반케 이 팔리우 박사는 "밤이 되자 황소를 훔친 헤르메스와 그를 향해 멀리 화를 쏘아 보낸 아폴로"에 관해 말한다. 또한 "등심초가 풍부한 멜레스강에서 말에게 물을 먹인 후, 재빨리 이즈미르를 시켜 마차로 금 불덩이를 포도주가 풍부한 클라로스로 이동시킨" 처녀에 대해 이야기한다.)

『호메로스』는 일반적인 서문의 형식으로 호메로스에 관한 연구의 소개서가 되고자 한다. 예의를 갖추고, 하지만 확신에 찬 어조로 작가는 104페이지에서 제임스 조이스뿐만 아니라 그의 통역사인 질베르트에게도 감명을 준 빅터 베라르의 페니키아 식 가설을 언급한다. 두 번째 장에서는 진실하기보다는 냉정하게 "울프의 이단은 이제 끝났다."라고 선언하며 전통적이고 분리할 수 없는 호메로스에 대한 신앙을 반복한다. 10장에서는 그리스의 고전적 인물들과 스칸디나비아 시인들이 만들어 낸 인물을 대비시킨다. 이 시인들은 피 대신에 '검의 물'

---

481   Leconte de Lisle(1818~1894). 프랑스의 시인.

을, 까마귀 대신에 '죽은 자들의 닭'을, 전사(戰士) 대신에 '죽은
자들의 닭 주변'이라고 표현한다.

작품에서 가장 훌륭한 장 중 하나는 고고학자 하인리히 슐
리만(1822~1890)에게 바치는 부분으로, 그는 히살리크 언덕에
서 트로이에 관한 발굴을 시작했고 도시의 폐허가 아닌 글이
나 한 사람의 기억처럼 포개진 여덟 개의 도시를 발굴했다. 성
스럽고 유구한 역사를 지닌 대부분의 도시가 프리아모스[482]보
다 오래되었으며, 그중 세 도시는 헤라클레스보다 더 오랜 기
원을 갖는다.

선견자 존 윌킨스

[리뷰]

영국의 언론은 헤스턴의 군대 비행장을 확장한 것과 그 결
과 크랜포드 인근 마을이 파괴된 것을 큰 논평 없이 보도했다.
회색 돌로 만들어진 크랜포드의 사제관은 14세기로 거슬러 올
라가는데, 1640년까지 비행 기계의 선구자 중 하나인 존 윌킨
스(John Wilkins)가 살았다.

윌킨스만큼 호기심을 일으킨 사람은 드물었다. 그는 체스
터의 주교였고, 옥스퍼드 워덤 칼리지의 교장이었으며 크롬
웰의 처남이었다. 이러한 가족, 학문, 교회에서의 특별한 위치

---

482   그리스 신화에 나오는 트로이의 왕.

는 아쉽게도 그의 유일한 전기 작가인 P. 라이트 헨더슨의 주의를 교란시켰다. 헨더슨은 "급하고 심지어는 게으르게" 그의 작품을 훑어본다고 말하는 순진함(혹은 철면피함)을 드러냈다. 그럼에도 작품은 우리에게 상당히 중요하다. 권수가 많다. 몇 편은 교조적인 특징이 있고 대부분이 유토피아적이다. 첫 작품은 1638년에 나왔으며 『달에서 세상의 발견, 즉 이 행성에 거주할 수 있는 곳이 있다고 주장하는 담화』라는 제목이었다.(1640년에 나온 세 번째 판본은 달로 여행할 가능성을 기획하고, 주장하는 부가적인 장을 포함한다.) 『수성 혹은 비밀과 빠른 소식 전달자』(1641)는 암호문의 설명서다. 『수학의 마술』(1648)은 「아르키메데스」와 「미궁」이라는 제목의 두 권의 책으로 구성된다. 후자는 11세기 어떤 영국 사제가 "인공 날개를 달고 어느 스페인 성당의 가장 멋진 탑에서" 날았다는 사실을 언급한다. 『진정한 글쓰기와 철학적 언어에 관한 에세이』(1668)는 우주의 목록을 제시하며, 이 목록으로부터 엄격한 국제어를 추출한다. 윌킨스는 우주를 두 개의 글자로 된 1음절의 이름이 지시하는 40개의 범주로 나눈다. 이 범주는 다시 (자음이 지시하는) 장르로 나뉘며, 이 장르는 모음이 지시하는 종으로 구분된다. 이런 방식으로 de는 요소를 의미한다. deb은 불을, deba는 불꽃을 지칭한다.

윌킨스가 '하늘을 나는 사람들'에 관해 사유한 곳에서 강철로 된 비행기가 하늘을 가로지르게 된다. 나는 일종의 반박할 수 없는 확증이자 그에게 주어지는 보상에 가까운 이 우연의 일치에 윌킨스가 만족했으리라고 예상한다.

문학계 단신

우리 시대의 특징 중 하나는 산술적이고 생물학적인 이유로 디온 자매가 우주와 행성에 관한 관심을 불러일으켰다는 것이다. 윌리엄 블래츠 박사는 매혹적인 사진으로 꾸며진 두꺼운 책 한 권을 이들에게 헌정했다. 세 번째 장에서 그는 "이본은 가장 나이가 많다는 것으로, 마리는 가장 적다는 것으로 쉽게 알아볼 수 있으며, 애넷은 모두가 그녀를 이본으로 착각하기 때문에, 세실은 에밀리와 너무 닮았기 때문에 구별할 수 있다."라고 주장했다.

1940년 12월 13일
독일 숭배의 정의

[에세이]

어원학을 강력하게 비방하는 사람들은 단어의 기원에 대한 연구가 이 단어들이 지금 의미하는 바를 설명하지 못한다고 주장한다. 어원학을 옹호하는 사람들은 아마도 현재 의미하지 않는 것을 항상 보여 준다고 대답할 것이다. 예를 들어, 주교는 교각의 건설자가 아니며, 세밀화는 연단에 그려진 것이 아니고, 수정의 재료는 얼음이 아니며, 표범은 흑표범과 사자의 혼혈이 아니고, 후보자가 표백되지 못했을 수도 있으며, 석관은 채식주의자의 반대가 아니고, 악어는 도마뱀이 아니며, 붉은 도장은 진홍빛처럼 붉지 않고, 아메리카의 발견자는 아메리고 베스푸치가 아니며, 독일 숭배가 독일을 좋아하는 것은 아님을 보여 준다는 것이다.

틀린 말이 아니며, 과장은 더더욱 아니다. 솔직히 말해, 나는 독일을 숭배하는 많은 아르헨티나 사람들과 대화를 나누어

본 적이 있다. 그들은 독일과 불멸의 독일인에 대해 말하고 싶어 했다. 그러면서 횔덜린, 루터, 쇼펜하우어, 라이프니츠를 언급했다. '독일을 숭배'하는 사람들은 이 이름들을 독일과 동일시하며, 1592년 영국인들이 발견했고 독일과의 관계에 대해 아직도 내가 모르는 남극의 군도에 대해 말하고 싶어 했다.

독일에 대한 무지가 이 말의 정의를 소진시키지는 않는다. 여러 특징 중에서도 다음에 나오는 내용은 언급될 필요가 있다. 한 남아메리카 공화국의 철도 회사에 영국인 주주가 있다는 사실은 독일 숭배자를 상당히 슬프게 한다. 1902년의 남아프리카 전쟁의 혹독함도 독일 숭배자를 괴롭게 한다. 또한 독일 숭배자는 반유대주의자이다. 로젠블랫, 그룬버그, 니렌스타인, 릴리엔탈과 같은 독일 출신의 성(姓)이 지배적이며, 이디쉬 혹은 주에디쉬라는 독일어 방언을 사용하기까지 하는 슬라브계 독일인들의 공동체도 쫓아내기를 원한다.

앞에 언급된 진술로부터 독일 숭배가 사실은 영국 혐오임을 추정할 수 있겠다. 영국은 독일을 완전히 무시하지만, 영국과 경쟁하는 나라는 열렬히 반대한다. 이제 사실이 정말 그런지 알게 되겠지만, 완전히 사실은 아니고 상징적인, 심지어 상징적인 부분도 그렇지 않다는 것을 알게 될 것이다. 그것을 증명하기 위해 많은 독일 숭배자들과 했던 대화에서 본질적인 것을 추출하여 재구성해 보겠다. 이 대화에서는 또 다른 과오에 빠지지 않을 것을 맹세하는데, 왜냐하면 우리 인간에게 주어진 시간은 무한하지 않으며 이러한 회의들의 결과는 헛되기 때문이다.

나의 이야기 상대는 흔들림 없이 1919년 베르사유에 대한 보상금을 독일에 강제한 사실에 대해 비난하기 시작했다. 나는 승리의 시대에 억누를 수 없는 상황에서 이 문서를 알린 웰스나 버나드 쇼의 텍스트를 통해 범죄와도 같은 오류를 묘사했다. 독일 숭배자는 이 텍스트를 한 번도 비난하지 않았다. 그는 승리한 국가는 억압과 복수를 하지 말아야 한다고 주장했다. 그러면서 독일은 당연히 이 폭력을 없애고자 한다고 주장했다. 나는 그의 의견에 동의했다. 그 후, 바로 직후에 설명할 수 없는 일이 일어났다. 나의 경이로운 이야기 상대는 독일이 경험한 이전의 불공정함이 1940년에 영국과 프랑스뿐 아니라(왜 이탈리아는 포함하지 않을까?), 이 불공정함과 전혀 상관이 없는 덴마크, 네덜란드, 노르웨이도 파괴하게 했다고 주장했다. 1919년에 독일은 적들에게 공격받았다. 이 사건은 독일이 유럽의 모든 나라와 그 주변을 방화하고, 파괴하고, 정복하는 것을 허용했다. 잘 알려져 있듯 이 이유는 기형적이다.

나는 이야기 상대에게 논지가 기형적이라는 점을 조심스럽게 지적했다. 그는 나의 철 지난 기우를 비웃으면서 예수교 또는 니체적 이유를 들이댔다. 목적은 수단을 정당화하고, 필요에는 법칙이 부족하며, 가장 강력한 의지 이외의 다른 법칙은 존재하지 않으며, 제국은 강력하고, 제국의 비행기가 코번트리[483]를 파괴했다는 등등의 예를 설명했다. 나는 예수의 도덕을 차라투스트라나 검은 개미의 도덕으로 대체하지 않겠다고, 1919년에 독일이 겪었던 불공정함에 동정을 표하는 것을 허용

---

483   영국 잉글랜드 중부의 공업 도시.

해서는 안 된다고 중얼거렸다. 그는 이 날짜를 잊고 싶어 하지
않았다. 영국과 프랑스는 강력하다. 가장 강력한 이들의 의지
외에 다른 법칙은 존재하지 않는다. 결과적으로 비난을 받은
국가들은 독일을 침공할 때 절차를 제대로 갖추었으며, 이 계
획을 실행하기까지 결정을 미루고 심지어 동정하기까지 했다.
이 무미건조한 추상적 논리를 경멸하면서 나의 이야기 상대는
히틀러의 연설을 묘사하기 시작했다. 신의 섭리를 지닌 자의
지치지 않는 연설은 다른 수다와 선동을 무의미하게 만들며,
전쟁 선언으로 타오른 폭탄은 제국주의의 폐허를 예고했다.
그 후, 바로 그 직후에 두 번째 불가사의한 일이 발생했다. 그것
은 도덕적인 자연에서 기인한 것이며 거의 믿을 수 없었다.

　나는 대화 상대가 하늘에서 내려오는 폭탄, 번개와 같은 공
격, 기관총, 밀고, 위증이 아니라, 언어라는 습관과 도구로 인
해서 히틀러를 숭배한다는 점을 알고 있었다. 그는 사악하고
사나운 것을 좋아했다.

　독일식 승리는 그에게 중요하지 않았다. 그는 영국이 굴욕
을 당하고 런던이 불타기를 원했다. 토론은 시카고의 지하 범
죄 세계에서 자신들의 영웅을 존경하는 것처럼 히틀러를 찬양
하는 방식으로 진행되었다. 히틀러의 악행은 그에게 매력이고
장점이었기 때문에 토론 자체가 불가능했다. 아르티가스, 라
미레스, 키로가, 로사스, 우르키사의 옹호자는 그의 범죄를 용
서하거나 약화시킨다. 히틀러의 옹호자도 특별한 범죄를 부른
다. 히틀러주의자는 항상 양심을 품고, 비밀을 숭배하며, 때로
는 공개적이며, 사라진 '활력'과 잔인함에 대해 이야기한다. 상
상력의 결핍으로 인해 미래가 현재와 다르지 않으며, 지금까

지 승리를 거둔 독일은 패배를 경험할 수 없다는 논리를 갖고 있다. 그는 승리하는 사람들의 편에 있기를 열망하는 영악한 인간이다.

아돌프 히틀러가 일종의 정당성을 획득하는 것은 불가능하지 않지만 독일 숭배자들에게는 정당성이 없다.

4부 개인 소장 도서

서문

1985년에 이스파메리카 출판사는 필독서 100권 전집을 출
간했다. 『개인 소장 도서 서문』은 호르헤 루이스 보르헤스가
이 전집에 속한 작품들을 위해 쓴 서문 모음집이다.

작품 선정도 보르헤스가 맡았지만, 그가 남긴 서문은 64개
뿐이다. 1986년에 세상을 떠나는 바람에 예상했던 전집이 완
성되지 못한 것이다.

우리는 1988년에 마드리드의 알리안사 출판사에서 출간
한 『개인 소장 도서 서문』의 판본을 따랐다. 이 책에는 66개의
서문이 수록되어 있지만, 우리는 그중 두 개를 생략했다. 생략
된 두 개의 서문은 윌키 콜린스의 『월장석』과 에드워드 기번의
『로마 제국 쇠망사와 자서전 선집』으로, 1975년 부에노스아이
레스의 토레스 아구에로 출판사가 출간한 『프롤로그 중의 프
롤로그를 담은 몇 편의 프롤로그』의 일부를 구성하고 있다.

서문

세월의 흐름과 함께 우리의 기억은 온갖 것이 구비된 서재
가 된다. 그것은 책으로 또는 페이지로 구성된다. 그런 것을 읽
는 일은 우리의 기쁨이자 행복이며, 그래서 우리는 그것을 다
른 사람들과 나누고 싶어 한다. 이 개인 서재의 작품들이 반드
시 유명할 필요는 없다. 이유는 명확하다. 명성이 있는 교수들
은 문학 작품의 아름다움보다는 작품의 움직임과 날짜에 더
관심을 보인다. 그리고 독자를 기쁘게 하기 위해서가 아니라
분석하기 위해 책들을 지루하게 파헤친다.

나는 지금 이 모음집의 서문을 쓰고 있고, 이미 이 모음집이
어떻게 될 것인지 대충 짐작하고 있다. 이 모음집에서 나는 앞
에서 언급한 기쁨을 제공하고자 한다.

나는 내 문학 습관에 따라, 또는 특정한 전통에 따라, 또는
특정 학파에 따라, 아니면 특정 국가나 특정 시대에 따라 작품

을 선정하지 않을 것이다. 나는 전에 이렇게 말한 적이 있다. "다른 사람들은 자신들이 쓴 책들을 자랑한다. 하지만 나는 내가 읽은 책들을 자랑한다."

내가 훌륭한 작가인지는 모르겠지만, 나는 내가 훌륭한 독자 또는 어쨌든 감성적이고 감사할 줄 아는 독자라고 생각한다. 나는 이 서재가 아주 다양해져서 결코 채워지지 않는 호기심처럼, 나를 수많은 언어와 수많은 문학을 탐구하게 이끌었고, 지금도 이끌고 있는 호기심처럼 되기를 바란다. 소설이 비유적인 우화나 오페라만큼 인위적이라는 것을 알고 있지만, 나는 소설도 포함시킬 생각이다. 소설 역시 내 인생으로 들어왔기 때문이다. 다시 반복하지만, 이 이질적인 책들의 모음집은 내가 편애하는 책들로 채워진 서재이다.

마리아 코다마와 나는 전 세계의 땅과 바다를 돌아다녔다. 우리는 텍사스와 일본, 제네바와 테베를 방문했고, 반드시 필요한 책들을 모으기 위해 성 아우구스티누스가 그랬던 것처럼 기억의 복도와 궁궐을 돌아다녔다.

한 권의 책은 여러 개의 가지 중 한 가지에 불과하다. 냉담하고 무관심한 세계에 살고 있는 여러 권의 책 중 한 권일 뿐이다. 그런 상태는 독자와, 즉 책의 상징들로 향하게 될 사람과 만나기 전까지 지속된다. 책이 독자와 만나면 감동이 일어난다. 그것은 아름다움이라 불리는 특별한 감정이다. 그 아름답고 사랑스러운 미스터리는 심리학도 문학 비평도 해석하지 못한다.

앙겔루스 실레시우스는 "장미가 장미인 데는 이유가 없다."라고 말했다. 그리고 수세기가 지난 다음 휘슬러는 이렇게 공언했다. "예술은 저절로 탄생한다."

나는 당신이 이 책들이 기다려 왔던 독자가 되기를 바란다.

호르헤 루이스 보르헤스

훌리오 코르타사르
『단편 소설집』

잘 알려지지 않은 비밀인데, 나는 1940년대 중반 무렵 어
느 문학 잡지의 편집자였다. 어느 날 오후, 그러니까 평소의 오
후와 다름없던 오후에, 얼굴 생김새는 잘 기억나지 않지만 키
가 아주 큰 청년이 단편 소설 원고를 가져왔다. 나는 그에게 열
흘 후에 다시 오면 내 의견을 알려 주겠다고 말했다. 그는 다음
주에 다시 찾아왔다. 나는 그에게 그의 단편 소설이 마음에 든
다고, 이미 인쇄소에 건네주었다고 말했다. 얼마 후 훌리오 코
르타사르는 노라 보르헤스[484]가 연필로 그린 삽화 두 개가 실린
그의 단편 소설집을 활자체로 접했다. 몇 년이 흘렀고, 어느 날
밤 파리에서 그는 내게 비밀을 털어놓았다. 이 단편 소설집이

---

484   Norah Borges(1901~1998). 아르헨티나의 화가이자
            예술 비평가. 호르헤 루이스 보르헤스의 동생이다.

자기의 첫 출판 작품이라는 것이었다. 그에게 도움이 되었다는 사실이 영광스러웠다.

그 단편 소설집에서 「점령된 집」은 보이지 않는 존재에 의해 집이 점차 점령되는 내용이었다. 나중 작품에서 코르타사르는 이런 줄거리를 보다 간접적으로, 그래서 더욱 효과적으로 다시 채택했다.

단테이 가브리엘 로세티가 『폭풍의 언덕』을 읽었을 때, 그는 친구에게 이렇게 썼다. "행위는 지옥에서 일어나는데, 지명은 죄다 영국의 것이야. 이유는 나도 모르겠어." 코르타사르의 작품도 그렇다.

이야기의 등장인물은 평범한 사람들로 설정된다. 그들은 우연한 사랑과 우연한 싸움과 같은 일상에 지배된다. 그들은 담배 상표, 가게의 유리 진열장, 계산대, 위스키, 약국, 공항, 플랫폼과 같은 평범한 것들 속에서 움직인다. 그들은 라디오와 신문에 빠져 살아간다. 지형은 부에노스아이레스나 파리에 해당한다.

처음에는 순전히 기록 문학이라고 믿을 수도 있다. 그러나 점차 우리는 그렇지 않음을 느끼게 된다. 화자는 교묘하게 우리를 그의 잔혹한 세계로 이끈다. 그곳은 행복이 불가능한 세상이다. 구멍이 많고 여러 존재들이 뒤섞여 있는 세상이다. 한 사람의 의식이 동물 속으로 들어갈 수도 있고, 동물의 의식이 인간의 의식 속으로 들어갈 수도 있다. 또한 시간을 갖고 놀이를 즐기기도 한다. 이런 몇몇 단편 소설에서는 두 종류의 서로 다른 시간이 흐르고 합쳐진다.

문체는 그리 세심하고 꼼꼼한 것 같지 않지만, 각각의 단어는 신중하게 선택되었다. 아무도 코르타사르의 단편 소설들의 줄거리를 이야기할 수 없다. 각각의 작품은 특정한 단어들이 특정한 순서로 배열되었다. 그걸 요약하려고 하면 무언가 귀중한 것이 소실되었다는 것을 확인하게 된다.

『외경 복음서들』

이 책을 읽으면 거의 마법에 가까운 방식으로 기원후의 초기 시절로 돌아가게 된다. 당시는 종교가 일종의 열정이었던 시대다. 교회 교리와 신학자들의 주장은 한참 후에야 생겨난다. 처음에 중요했던 것은 하느님의 아들이 33년 동안 사람으로 살았으며, 채찍을 맞고 희생되어 죽음으로써 아담의 모든 세대를 구원했다는 새로운 생각이었다. 그 진실을 예고하는 책 중에『외경 복음서들』이 있었다. 오늘날 '외경'이라는 단어는 위조된 것 혹은 거짓된 것을 의미하는데 원래 의미는 감추어져 있다. 외경이라 일컬어지는 작품들은 대중에게 금지되었고, 그것을 읽을 수 있는 사람은 극소수였다.

아무리 신앙심이 부족한 사람도, 그리스도가 인류의 기억에서 가장 강렬하고 명확한 인물이라는 것은 부인할 수 없다. 그는 잘 알려지지 않은 지방에서 자기의 주장을 설교했는데,

운 좋게도 그 교리는 지금 전 세계에 퍼져 있다. 그의 열두 제자는 문맹이었고 가난했다. 모래에 썼다가 금방 지웠던 몇 단어를 제외하고 그는 아무것도 쓰지 않았다.(피타고라스와 부처 역시 말을 통해 제자들을 가르쳤다.) 그는 논리적 논거를 사용하지 않았다. 그가 생각하는 자연스러운 방식은 바로 '은유'였다. 호화롭고 사치스러운 장례식을 비난하기 위해 그는 죽은 자들의 장례는 죽은 자들에게 맡겨 두라고 말했다. 그리고 회칠한 무덤이라며, 바리새인들의 위선을 비난했다. 그는 젊은 나이로 십자가에서 미천하게 돌아가셨다. 당시 십자가는 교수대였고, 이제는 그의 상징이다. 그의 미래가 얼마나 넓을지 전혀 의심하지 못한 채 타키투스[485]는 지나가는 말처럼 그를 크레스투스라고 불렀다. 이 세상의 그 누구도 인류의 역사를 그리스도만큼 지배했으며, 지배하는 사람은 없다.

이 책은 정전으로 인정된 복음서를 부인하거나 반박하지 않는다. 동일한 전기를 이상하게 바꾸어 이야기하면서, 우리에게 뜻하지 않은 기적을 드러낼 뿐이다. 이 책은 우리에게 다섯 살 때 예수가 흙으로 참새 몇 마리를 만들었으며, 그 참새들이 하늘로 날아올라 공중에서 노래를 부르면서 모습을 감추었고, 그 장면을 보자 함께 놀던 아이들이 깜짝 놀랐다고 말한다. 또한 그가 잔인한 기적도 일으켰다고 전하는데, 그것은 아직 이성의 힘에 도달하지 못한 전능한 아이의 고유한 속성이라 할

---

485   푸블리우스 코르넬리우스 타키투스(Publius Cornelius Tacitus, 56~117). 고대 로마의 역사가. 대표작으로 『게르마니아』, 『타키투스의 역사』가 있다.

수 있다. 구약 성경에서 지옥(스올(Sheol))은 무덤이며, 3행 연구로 작성된 『신곡』에서는 지하 감방과 정확한 지형으로 만들어진 세계이다. 이 책에서 지옥은 사탄, 즉 죽음의 왕자와 대화하고 주님을 찬미하는 거만한 인물이다.

이 『외경 복음서들』은 수세기 동안 잊혔다가 이제야 다시 발견되었다. 신약 성경의 정전들과 함께 예수의 교리를 다룬 가장 오래된 도구였다.

프란츠 카프카
『아메리카』, 단편 소설들

1883년과 1924년은 프란츠 카프카의 삶을 경계 짓는 해였다. 누구나 알듯이 중요하고 유명한 사건들이 포함된 해이기도 하다. 1차 세계 대전, 리에주 전투, 승리와 패배, 영국 함대의 동맹국 봉쇄, 기근 시절, 처음에는 엄청난 희망이었지만 이제는 차리즘이 된 러시아 혁명, 제정 러시아의 붕괴, 브레스트 리토프스크 조약[486] 사이에 맺어진 평화 조약, 2차 세계 대전의 싹이 된 베르사유 조약[487] 등을 말한다. 또한 막스 브로트의 전

---

486 1918년 3월 3일 소비에트 러시아의 볼셰비키 정권과 동맹국(독일 제국, 오헝 제국, 불가리아 왕국, 오스만 제국)이 체결한 강화 조약.

487 1919년 6월, 독일 제국과 연합국 사이에 맺어진 1차 세계 대전의 평화 협정.

기가 기록한 사사로운 사실도 포함된다. 즉, 아버지와의 불화, 고독, 법학 공부, 사무실 근무 시간, 수많은 원고, 결핵 같은 것 말이다. 문학 분야에서는 광범위한 바로크적 모험도 실행되었다. 거기에는 독일 표현주의, 요하네스 베허, 예이츠, 제임스 조이스가 이룩한 언어의 업적도 있다.

카프카의 운명은 당대의 상황과 고민을 우화로 바꾸는 것이었다. 그는 아주 맑고 투명한 문체로 야비하고 탐욕스러운 악몽을 썼다. 그가 성경을 애독했고, 플로베르와 괴테와 스위프트를 신봉했던 것은 결코 헛된 일이 아니었다. 그는 유대인이었지만, 내가 기억하는 한 그의 작품에는 '유대인'이라는 단어가 나오지 않는다. 그의 작품은 시간을 초월하며 아마도 영원할 것이다. 카프카는 우리의 고통스럽고 이상한 세기를 대표하는 위대한 고전 작가이다.

길버트 키스 체스터턴
「푸른 십자가」와 다른 이야기

길버트 키스 체스터턴이 카프카가 될 수도 있었다는 주장
은 전혀 틀린 말이 아니다. 그는 밤이 세상보다 더 큰 구름이며,
눈으로 이루어진 괴물이 악몽을 꿈꿀 수도 있다고 썼는데, 그
악몽이 『소송』이나 『성』의 악몽보다 훌륭하지 않거나 압도적
이지 않다고는 말할 수 없다. 실제로 그는 악몽을 꾸었고, 로마
의 종교에서 구원을 찾았다. 그는 그 종교가 보편적인 상식에
바탕을 두고 있다는 이상한 주장을 하기도 했다. 내면적으로
그는 19세기의 세기말 현상을 경험했고, 에드워드 벤틀리에게
보낸 어느 편지에서 "친구여, 자네와 내가 젊었을 때 세상은 아
주 늙었었어."라고 썼으며, 휘트먼과 스티븐슨의 위대한 목소
리를 통해 자신의 청춘 시절을 밝혔다.

이 책은 일련의 단편 소설들로 구성되어 있으며, 이 소설들
은 탐정 소설처럼 보이지만, 그보다 훨씬 더 많은 것을 내포한

다. 각각의 작품은 우리에게 수수께끼를 제시하는데, 처음에는
도저히 풀 수 없는 것처럼 보인다. 그런 다음 마법적이고 잔혹
한 해결책을 제시하고, 마침내 합리적이고 논리적이고자 애쓰
는 진실에 이른다. 각각의 단편 소설은 우화인 동시에 짧은 연
극 작품이다. 등장인물들은 무대에 들어서는 배우들과 같다.

　글 쓰기에 입문하기 전에 체스터턴은 그림을 그렸다. 그래
서인지 그의 모든 작품은 이상할 정도로 시각적이다.

　탐정 소설이 소멸한다고 해도 그 장르는 계속될 것이다. 그
것은 브라운 신부가 발견하는 이성의 핵심 때문이 아니라, 이
전에 우리가 두려워했던 초자연적이고 괴기적인 것 때문이다.
이 책에 수록된 여러 작품 중에서 하나를 골라야 한다면, 나는
「묵시록의 세 기사」를 택할 것이다. 이 작품의 우아함은 체스
놀이의 우아함에 비교될 만하다.

　체스터턴의 그 많은 작품 중 행복을 주지 않은 채로 끝나는
작품은 없다. 우연히 나는 두 권의 책을 기억하게 되었다. 하나
는 1912년에 출간된 『백마 발라드』이다. 이 작품은 금세기에
너무나 잊힌 서사시적 이야기를 고귀하게 구원한다. 다른 작
품은 1925년에 출간된 『영원한 인간』이다. 이 이상한 세계사
는 날짜가 없으며, 거의 고유 명사도 없고, 지상에서 인간의 운
명이 얼마나 비극적으로 아름다운지를 보여 준다.

모리스 마테를링크
『꽃의 지혜』

아리스토텔레스는 철학은 경이로움에서 탄생한다고 했다. 존재의 경이로움, 시간을 사는 존재의 경이로움, 다른 사람과 동물과 별이 있는 이 세상을 살아가는 존재의 경이로움에서 탄생한다고 말이다. 시도 경이로움으로부터 탄생한다. 에드거 앨런 포의 글과 마찬가지로 모리스 마테를링크의 글도 공포의 경이로움에서 나온다.

첫 번째 시집『온실』(1889)에서 그는 자신을 불안하게 하는 모호한 것들을 열거한다. 예를 들어 탑 속에서 굶주리는 공주, 사막 한가운데 있는 선원, 환자들을 돌보는 아득히 먼 옛날의 사슴 사냥꾼, 백합 속의 밤새들, 어느 화창한 날에 풍겨 오는 천국의 냄새, 옥좌에 앉은 거지, 고대의 눈과 고대의 비 등을 언급한다. 이렇게 열거된 것들을 보고 막스 노르다우 박사는 그것들을 쉽게 패러디했다. 분노한 혹평을 담고 있는 글『타락』은 그가 고발하는 작품들의 선집으로서 훌륭한 역할을 수행했다. 예술은 작가가 서술하는 사실들을 합리화하고 준비하는 습성을 갖고 있다. 반면에 마테를링크는 극작품에서 이상한 것들을 의도적으로 보여 주면서 우리가 상상하게 만들지만 설명하지는 않는다. 『맹인들』(1890)의 주인공은 숲속에서 길을 잃은 두 맹인이다. 같은 해에 출간된 『침입자』에서는 어느 노인이 집 안으로 들어오는 죽음의 발자국 소리를 듣는다. 『파랑새』(1909)에서 과거는, 꼼짝하지 못하는 밀랍 인형들의 거주 공간이다. 그는 최초의 상징주의 극작가였다.

처음에 마테를링크는 미스터리의 미학적 가능성을 탐구했다. 그런 다음 그것을 해독하고자 했다. 어렸을 때 가졌던 가톨릭 신앙을 넘어 그는 경이로움, 생각을 전달하는 텔레파시, 찰스 하워드 힌턴[488]의 4차원, 수학적 능력을 지닌 엘버펠트의 특이한 말들, 꽃들의 지혜를 연구했다. 정돈되고 일사불란한 곤충들의 공화국에서 영감을 받아 그는 두 권의 책을 썼다. 플리니우스[489]는 이미 개미들에게 예지와 기억의 능력이 있다고 보았다. 마테를링크는 1930년에 『흰개미의 삶』을 출간했다. 『꿀벌의 삶』이라는 유명한 책에서는 엄정하면서도 상상력 있게,

---

488　Charles Howard Hinton(1853~1907). 영국의 수학자이자 과학 소설 작가. 4차원에 관심을 보였으며 '4차원 정육면체(tesseract)'라는 말을 주조했다.

489　가이우스 플리니우스 세쿤두스(Gaius Plinius Secundus, 23~79). 고대 로마의 박물학자로 대(大)플리니우스라고 불린다. 자연계를 아우르는 백과사전 『박물지』를 저술했다.

베르길리우스와 셰익스피어의 찬양으로 유명한 꿀벌의 습관을 탐구했다.

모리스 마테를링크는 1867년에 벨기에의 헨트에서 태어나 1949년 니스에서 사망했다. 1911년에는 노벨 문학상을 수상했다.

디노 부차티
『타타르 황야』

우리는 고대 그리스와 로마의 작가들을 알고, 고전 작가들을 알며, 19세기 작가들과 이미 내리막길을 걷는 20세기 초반의 작가들을 안다. 그러나 현대 작가들은 잘 알지 못한다. 그들은 너무나 많은 데다, 시간이 별로 지나지 않아 아직 제대로 된 선집이 없기 때문이다. 그러나 앞으로 올 세대들은 디노 부차티라는 이름을 잊지 못할 것이다.

부차티는 1906년에 오스트리아와 국경을 이루고 있는 베네토주(州)의 벨루노라는 오래된 도시에서 태어났다. 언론인으로 일했고, 후에 환상 문학에 몰입했다. 그의 첫 책은 1933년에 출간한 『산사람 바르나보』이며 마지막 작품은 그가 사망한 해인 1972년에 출간한 『발 모렐의 기적』이다. 그는 많은 작품을 발표했으며, 대다수가 우화적이고 비유적으로 인간의 불안과 마법적 분위기를 발산한다. 그는 스스로 포와 고딕 소설의

영향을 받았다고 밝혔다. 그에게서 카프카의 냄새가 난다고
말하는 비평가도 있었다. 그렇다면 부차티의 작품을 해치지
않는 범위에서 유명하고 훌륭한 두 대가를 수용하면 어떨까?

　이 책은 아마도 그의 대작일 것이다. 그리고 발레리오 주를
리니의 아름다운 영화에 영감을 주었다. 이 작품은 기한이 정
해지지 않은 무한한 유예라는 방법에 지배되는데, 엘레아학
파와 카프카가 소중하게 여기던 것이다. 카프카 소설의 분위
기는 의도적으로 보일 정도로 회색이며 평범하고, 관료주의와
지루함의 맛을 풍긴다. 그러나 이 작품은 그렇지 않다. 여기에
는 하나의 전야(前夜)가 있는데, 바로 두려워하면서도 오랫동
안 기다리던 커다란 전투의 전야이다. 디노 부차티는 이 책에
서 소설을 자기 작품의 근원인 서사시보다 앞선 것으로 다룬
다. 여기서 황야는 사실인 동시에 상징이다. 텅 빈 그곳에서 주
인공은 많은 사람들을 기다린다.

헨리크 입센
「페르 귄트」, 「헤다 가블레르」

입센의 열렬한 지지자 중 가장 유명한 인물인 조지 버나드 쇼는 『입센주의의 정수』에서 작가에게 그의 작품에 대한 설명을 요구하는 것은 말이 안 된다고 했다. 그 설명이야말로 그 작품이 찾고 있는 것이기 때문이다. 이야기를 만들어 내는 것은 이야기의 도덕성을 이해하는 것보다 선행되는 일이다. 입센의 경우 그가 만들어 낸 이야기는 주제보다 더 중요하다. 그러나 작품이 개봉되었을 때는 그렇지 않았다. 입센 덕분에 이제는 많은 사람들이 여자도 자신의 삶을 살 권리를 갖고 있다고 생각하게 되었다. 1879년에 그런 주제는 큰 소동을 야기했고 괘씸하게 여겨졌다. 런던에서는 『인형의 집』에 마지막 장면, 그러니까 뉘우친 노라 헬메르가 가정과 가족으로 돌아가는 장면을 덧붙여야 했다. 파리에서는 정부(情夫)를 추가해서 관객이 행위를 이해하게 만들었다.

나는 이 모음집에서 상상력과 환상성을 본질로 하면서 동시에 현실적인 두 작품을 신중하게 선택했다. 첫 번째 작품 「페르 귄트」는 내가 보기에 이 작가의 대작일 뿐만 아니라 문학의 명작이기도 하다. 이 작품의 모든 것은 환상적이다. 예외가 있다면 이 작품이 일깨우는 확신뿐이다. 「페르 귄트」는 악당 중에서도 가장 무책임하며 가장 사랑스러운 인물이다. '나'의 환상이 그를 지배한다. 방탕한 허풍선이인 그는 황제라는 '자기 자신'의 직위를 탐낸다. 카이로의 정신병원에서 정신병자들은 먼지 속에 쓰러진 그에게 그런 칭호의 왕관을 씌워 준다. 이 작품에는 악몽적인 요소와 동화적인 요소가 병존한다. 그래서 이 작품이 보여 주는 극단적인 모험과 수시로 바뀌는 장소들을 우리는 공포 속에서, 또는 감사하는 마음으로 받아들인다. 어떤 사람은 감동적인 마지막 장면이 주인공이 죽은 후 사후 세계에서의 일이라고 추측하기도 했다.

「헤다 가블레르」(1890)에서 입센은 훌륭한 글쓰기 기법을 통해 모든 비극은 기계적이며, 작중 인물의 기능으로 귀결되는 것이 아니라, 이런저런 감정을 유도하기 위해 만들어졌다는 의심을 하게 만든다. 실제로 「헤다 가블레르」는 수수께끼 같다. 이 작품에서 히스테리를 보는 사람이 있는 반면에, 순전히 세속적인 면을 보는 사람도 있다. 그리고 희생자를 요구하는 작은 맹금을 보는 사람도 있다. 헤다 가블레르가 수수께끼 같은 것은 너무나 사실적이기 때문이라고 말할 수 있다. 그것은 각자가 너무나 사실적이라 다른 사람들에게, 혹은 우리 자신에게 수수께끼처럼 보이는 것과 같다. 이왕 말이 나왔으니 말인데, 가블레르 장군이 딸인 헤다에게 물려주는 권총들은 행위에 필요한 도구일 뿐만 아니라 작중 인물이기도 하다.

입센이 항상 다루는 주제는 현실과 낭만적 현실의 불일치이다. 입센을 찬양한 조지 버나드 쇼와 입센을 비난한 막스 노르다우[490]는 그를 세르반테스에 견주었다.

헨리크 입센은 오늘과 내일의 작가이다. 그의 위대한 그림자가 없는 이후의 연극은 상상할 수도 없다.

---

490 Max Nordau(1849~1923). 유대계 독일 의사이자 작가. 초기 유대 민족주의자이며, 팔레스타인을 유대인의 장래 안식처라고 믿는 시온주의자들의 가치관 형성을 주도했다.

주제 마리아 에사 드 케이로스
『상급 관리』

19세기 말에 폴 그루삭은 남아메리카에서 유명해진다고
해서 무명에서 벗어나는 것은 아니라고 했다. 그때의 그 생각
은 포르투갈에도 적용되었다. 작지만 뛰어난 조국에서 유명한
주제 마리아 에사 드 케이로스(1845~1900)는 유럽의 다른 국
가에는 거의 이름을 알리지 못한 채 세상을 떠났다. 이제 국제
비평계는 뒤늦게 그를 당대 최초의 소설가이자 산문가 중 한
사람으로 칭송한다.

에사 드 케이로스는 매우 울적하고 슬픈 경우다. 가난한 귀
족이었던 것이다. 코임브라 대학교에서 법학을 공부했고, 학
부 과정을 끝내자 평범한 지방에서 평범한 일을 했다. 1869년
에 친구인 레젠드 백작을 동행하여 수에즈 운하 개통식에 참석
했다. 그리고 이집트에서 팔레스타인으로 갔는데, 그때의 모험
과 행적이 글로 쓰여 수많은 세대들에게 수없이 읽혔다. 3년 후

영사직을 맡으면서 외교관의 길을 걷는다. 그렇게 아바나, 뉴
캐슬, 브리스틀, 중국과 파리에서 살았다. 그는 프랑스 문학을
사랑했다. 고답파의 미학에 애정을 느꼈으며, 자신의 다양한
소설에서 플로베르의 미학을 구사했다. 『사촌 바실리오』에서
『마담 보바리』가 후견인의 그림자라는 사실이 드러나지만, 에
밀 졸라는 그가 원형보다 더 뛰어나다고 평가하면서 이런 말
을 덧붙였다. "플로베르의 제자가 여러분에게 말한다."

　에사 드 케이로스의 책에 쓰인 문장들은 정성스럽게 다듬
어지고 조율되어 있다. 여러 종류의 수많은 작품을 썼지만 각
각의 장면은 성실하게 구상되어 있다. 작가는 스스로를 사실
주의자라고 정의하지만, 그 사실주의는 망상적인 것, 냉소적
인 것, 고통스러운 것과 신앙적인 것을 배제하지 않는다. 그
가 애정 어린 말로 빈정대며 사랑했던 포르투갈처럼, 에사 드
케이로스는 동양을 발견했고 그것을 드러냈다. 『상급 관리』
(1880)는 환상적인 이야기이다. 작중 인물 중 하나는 악마이
다. 다른 인물은 리스본의 지저분한 하숙집에서 중국 중앙에
있는 테라스에서 종이 연을 펼치던 어느 중국 관리를 마법적
으로 죽인다. 독자는 이 불가능한 이야기를 기쁜 마음으로 수
용한다.

　19세기의 마지막 해에 파리에서는 두 명의 천재가 사망했
다. 바로 에사 드 케이로스와 오스카 와일드이다. 내가 아는
한, 두 사람은 만난 적이 없지만, 아마도 둘 다 상대방을 훌륭하
게 이해했을 것이다.

레오폴도 루고네스
『예수회 제국』

알론소 키하노의 삶에서 가장 중요한 사건은 돈키호테가 되겠다는 이상한 결심을 하게 만든 책들을 읽었다는 것이다. 이와 유사하게 루고네스에게서 어느 작품을 발견하는 것은 바다나 여자와 가까이 있는 것처럼 생생한 일이다. 그의 작품 뒤에는 하나같이 영향을 끼친 후견인의 그림자가 있다. 제목 자체가 이미 시라고 할 수 있는 『정원의 석양』 뒤에는 알베르 사맹[491]의 그림자가 있으며, 『이상한 힘』 뒤에는 에드거 앨런 포가 있다. 그리고 『감성 달력』 뒤에는 쥘 라포르그가 있다. 그렇지만 그토록 다양한 출처에서 비롯된 책들을 쓸 수 있는 사람은 루고네스뿐이다. 상징주의 운율을 반항적인 스페인어로 옮

---

491   Albert Samain(1858~1900). 프랑스의 상징주의 작가.

기는 것은 결코 우습게 볼 업적이 아니다. 호메로스, 단테, 위고와 월트 휘트먼은 그에게 없어서는 안 될 작가들이다.

「루벤 다리오와 공범자들」(이것은 루고네스의 구절이다.)이라는 시로 그는 스페인어 문학에서 가장 큰 모험을 감행했다. 바로 모데르니스모[492]에 가담한 것이다. 이 위대한 문학 운동은 주제, 어휘, 감정과 운율을 혁신했다. 바다 이쪽에서 시작된 모데르니스모는 스페인으로 전파되었고, 그곳에서 아마도 위대한 시인들인 후안 라몬 히메네스[493]와 마차도 형제[494]에게 영감을 주었다.

신념과 원초적 열정의 인간인 루고네스는 복잡한 문체를 만들었으며, 관대하고 자비롭게도 라몬 로페스 벨라르데[495]와 에세키엘 마르티네스 에스트라다[496]에게 영향을 주었다. 이 아

492　스페인어권 문학에서 '모데르니스모'는 1920년에서 1950년 사이에 특히 시 영역에서 전개된 문학 운동을 일컫는다. 대표적인 시인이 루벤 다리오이다.

493　Juan Ramón Jiménez(1881~1958). 스페인의 시인. 모데르니스모 시인답게 자연이나 고독을 사랑하는 마음을 반영하고, 소리나 색채로 충만한 시풍을 구사했다. 1956년에 노벨 문학상을 수상했다.

494　안토니오 마차도(Antonio Machado, 1875~1939)와 마누엘 마차도(Manuel Machado, 1874~1947)를 일컫는다.

495　Ramón López Velarde(1888~1921). 멕시코의 국민 시인. 대표 시집으로『경건한 피』, 『마음의 소리』가 있다.

496　Ezequiel Martínez Estrada(1895~1964). 아르헨티나의 시인이자 수필가. 대표 시집으로『눈먼 사람의 노래』, 『황혼의 시』가 있다.

름다운 문체는 주제와 일치하지 않는 경향이 있다.『마르틴 피에로』의 예찬을 시작한『가우초 노래 가수』(1915)에는 문학도들이 '팜파'라고 부르는 대평원과 얽히고설킨 시기 사이의 너무나 분명한 불균형이 있다. 그러나『예수회 제국』은 그렇지 않다. 1903년에 아르헨티나 정부는 루고네스에게 사료의 편찬을 위임했고, 그 결과 나온 것이 바로 이 책이다. 루고네스는 1년을 예수회가 신정(神政) 공산주의라는 이상한 경험을 실천한 곳에서 보냈다. 이 책에는 화려하고 힘찬 그의 산문과 우리에게 보여 주는 지역의 풍요로움이 자연스러울 정도로 유사하게 서술된다.

루고네스의 이 '역사 에세이'와 호세 게바라[497]의 저서『파라과이 역사』에 대한 그루삭의 유사한 작업을 비교해 보면 흥미로운 점이 눈에 띈다. 루고네스는 예수회 신부들의 책에 넘쳐흐르는 기적의 전설을 기록했다. 하지만 그루삭은 지나가듯, 이런 기적 같은 이야기의 출처는 아마도 일종의 교서, 즉 "기적이 없다면 덕행은 충분하지 않다."라는 정확한 말로 시성의 조건을 언급하는 교서일 거라고 암시한다.

레오폴도 루고네스는 1874년에 코르도바라는 지방에서 태어났고, 1938년에 티그레 군도의 한 섬에서 세상을 떠났다.

497　José Guevara(1719~1806). 스페인 출신의 파라과이 신부.

앙드레 지드
『위폐범들』

앙드레 지드는 수많은 것들을 의심했지만, 불가결한 환상인 자유 의지에 대해서는 한 번도 의심해 본 적이 없는 듯하다. 그는 인간은 자유롭게 행동할 수 있다고 믿었고, 평생을 문학의 실천과 기쁨 그리고 윤리의 혁신에 바쳤다. 그는 1869년에, 즉 프랑스가 제2제정 체제에 있을 때 파리에서 태어났다. 프랑스 문학사에서는 매우 드물게 개신교 교육을 받았으며, 열정적으로 읽은 첫 책은 복음서였다. 소심하고 말이 없던 그는 말라르메가 이끄는 화요 모임에 자주 참석했고, 피에르 루이스, 폴 발레리, 클로델, 와일드와 대화를 나누었다. 첫 작품인 『앙드레 왈테르의 수기』(1891)에서 그는 상징주의자들의 장식적인 방언을 사용했다. 작품은 작가의 산물이라기보다 한 시대의 산물이었다. 후에는 명확성이라는 훌륭한 전통에 항상 충실했다. 알제리에서의 체류는 그에게 매우 중요한 사건이었다. 프랑스로 돌아와 1897년에 『지상의 양식』을 출간했다. 이 작품은 육체의 욕망을 찬양하지만 욕망을 완전히 만족시키는 것은 찬양하지 않는다. 이후의 작품들을 열거하자면 목록이 너무 길어질 것 같다. 그는 그 작품들에서 감각적 쾌락, 모든 도덕적 규율로부터의 해방과 가변적인 '자유 재량권,' 그리고 이성보다는 욕망에 좌우되는 행복한 행위가 중요하다고 설교했다. 그리고 그런 주장을 통해 젊은이들을 타락시켰다는 이유로 고발당했다.

지드는 영국 문학을 사랑했으며, 빅토르 위고보다 존 키츠를 더 좋아한다고 말했다. 위고의 공개적이며 예언적인 말투보다 키츠의 내면의 목소리를 더 좋아했다는 의미이다. 1919년에 그는 20세기 최초의 문학 잡지인 《누벨 르뷔 프랑세즈》를 공동 창간했다.

앙드레 말로[498]는 그를 가리켜 우리 시대의 유명한 현대인이라고 썼다. 괴테처럼 지드는 한 권의 책에만 있는 것이 아니라, 그의 전체 책 속에, 그리고 그 모든 책들의 대조 속에 있다.

그의 소설 중에서 가장 유명한 것은 『위폐범들』이다. 흥미롭고 훌륭한 이 소설은 소설이란 장르의 분석을 포함한다. 『일기』에는 그의 글쓰기가 보여 주는 다양한 단계가 언급된다. 1947년, 그러니까 사망하기 1년 전에 그는 만장일치로 노벨 문학상 수상자로 선정됐다.

---

498   앙드레 조르주 말로(Andre-Georges Malraux, 1901~
       1976). 프랑스의 작가이자 정치가. 대표작으로 『인간
       의 조건』, 『희망』이 있다.

허버트 조지 웰스
『타임머신』, 『투명인간』

벡퍼드나 포와는 반대로, 이 책에 수록된 글들은 악몽이며, 의도적으로 19세기 말과 20세기 초에 많은 이들이 추구하던 환상적인 문체를 거부한다. 웰스는 그 시대, 즉 우리 시대는 마술이나 부적의 힘을 믿지 않으며, 수사적 허식이나 과장도 믿지 않는다고 지적했다. 지금처럼 그 당시에도 상상은 과학적이고 초자연적인 것에 기반을 두고 있지 않다면 황당함을 수용했다. 그가 쓴 각각의 작품에는 불가사의가 하나씩 존재한다. 그 불가사의를 구성하는 상황들은 아주 소소하고 음산하며 일상적이다. 『투명인간』(1897)을 살펴보자. 기게스[499]가 몸을 보이지 않도록 그리스인들은 청동 말에서 발견한 청동 반

---

[499]   Gyges(?~기원전 652). 리디아의 왕.

지의 힘을 빌려야 했다. 그러나 웰스는 정말 있을 법하게 백색증에 걸린 남자를 보여 준다. 그는 이상한 액체로 목욕을 하고 벌거벗은 채 맨발로 다녀야 한다. 옷과 신발은 그와 달리 눈에 보이기 때문이다. 웰스의 작품에서 신랄함은 이야기만큼 중요하다. 그의 투명인간은 우리의 고독을 상징하며, 그 상징성은 오랫동안 지속될 것이다. 쥘 베른은 순전히 예언적인 것만을 고안했지만, 자신이 고안한 것은 불가능을 현실화한다고 웰스는 말했다. 두 사람은 모두 인간이 결코 달에 도착할 수 없다고 믿었지만, 우리의 시대는 당연히 놀란 표정을 지으며 그런 공적을 지켜보았다.

웰스가 천재였다는 사실은 그가 항상 겸손하게, 그리고 때때로 냉소적으로 글을 썼던 것만큼 놀랍다.

웰스는 1866년에 런던에서 그리 멀리 않은 곳에서 태어났다. 미천한 가정 출신으로 가난과 불행이 무엇인지 알았다. 그는 공화주의자이자 사회주의자였다. 인생의 마지막 시기에 이르자 꿈을 쓰는 것을 멈추고 인간이 세상의 시민이 되는 데 도움이 되는 대작들을 부지런히 썼다. 웰스에 대한 최고의 전기는 그가 우리에게 남긴 두 권 분량의 『자서전 실험』(1934)이다. 그는 1946년에 세상을 떠났다. 웰스의 소설은 내가 읽었던 최초의 책들이면서, 아마도 마지막 책들이 될 것이다.

로버트 그레이브스
『그리스 신화』

시인으로, 시 연구자로, 현명하고 박학한 인문주의자로, 소
설가로, 이야기꾼으로, 그리고 신화학자로 다양하게 존경받는
로버트 그레이브스는 금세기의 가장 인간적인 작가 중 한 사람
이다. 그는 1895년에 런던에서 태어났다. 그의 선조 중 한 사람
이 독일의 역사학자 레오폴트 폰 랑케[500]였고, 아마도 그레이브
스는 그의 보편적인 호기심을 물려받은 것 같다. 어렸을 때 변
두리 공원에서 스윈번의 축복을 받았다. 스윈번은 랜더[501]의 축

---

[500]   Leopold von Ranke(1795~1886). 엄정한 사료 비판을
         기초로 근대 사학을 확립한 사학자. 대표작으로『로마
         교황사』,『종교 개혁 시대의 독일사』가 있다.

[501]   월터 새비지 랜더(Walter Savage Landor, 1775~1864).
         영국의 작가. 대표작으로『상상적 대화』가 있다.

복을 받았고, 랜더는 새뮤얼 존슨 박사의 축복을 받았다. I차 세계 대전 동안 그 유명한 '로열 웨일스 퓨질리어' 연대에 소속 되어 싸웠다. 운명과도 같았던 이런 단계는 1929년에 출간된 『그런 모든 것과의 작별』에 잘 반영되어 있다. 그는 제라드 홉 킨스[502]의 뛰어난 작품성을 인정한 최초의 작가 중 한 사람이었 지만, 그의 운율과 '돌발 리듬'이라는 비규칙적 운율 체계를 시 험하지는 않았다. 그는 결코 근대인이 되려고 하지 않았으며, 시인은 시인으로 글을 써야지 한 시대인으로서 글을 써서는 안 된다고 선언했다. 또한 그는 예술을 하는 사람들의 성스러 움을 믿었다. 그에게 있어 예술이란 유일하고 영원한 것이었 기 때문이다. 또한 문학 학파나 그들의 선언문을 신봉하지 않 았다. 『평범한 낙원의 꽃』(1949)에서 그는 베르길리우스, 스윈 번, 키플링, 엘리엇과 에즈라 파운드를 거부하는데, 이것은 이 상한 일이 아니다. 그의 대표작 『하얀 여신』(1946)은 시어에 대 한 최초의 문법이 되고자 했지만, 아마도 그레이브스가 생각 해 내고 만든 사실상의 훌륭한 신화일 것이다. 그 신화의 하얀 여신은 달이다. 그레이브스가 보기에 서양의 시는 복잡한 달 의 신화에서 파생하거나 그것이 변한 것에 불과하다. 오늘날 그 복잡한 신화는 그에 의해 회복되었다. 그는 시가 마술적인 기원으로 돌아가기를 원했다. 내가 이 서문을 구술하는 동안, 사랑하는 지인들에 둘러싸인 채, 그리고 이미 잊은 것처럼 보

---

502   제라드 맨리 홉킨스(Gerard Manley Hopkins, 1844~
       1889). 영국의 시인이며 예수회 신부. 대표작으로 『도
       이칠란드의 난파』, 『황초롱이』가 있다.

이는 인간의 육체에서 거의 해방이 된 채 로버트 그레이브스
의 생명은 마요르카에서 서서히 꺼져 가고 있다. 그렇게 그는
환희와 맞닿은 조용하고 차분한 흥분 속에 잠겨 있다.

그리말[503]을 포함해 거의 모든 그리스 연구자들이 기록하는
신화는 순전히 박물관의 유물이거나 흥미로운 고대의 우화이
다. 그레이브스는 그것들을 연대순으로 연구하고, 변형된 형
태 속에서 기독교가 지우지 못한 생생한 진실이 어떻게 점차
발전되었는지를 살펴보았다. 그것은 사전이 아니라, 수세기를
포함하고 있는 상상적이면서도 조직적인 작품이다.

---

503   피에르 그리말(Pierre Grimal, 1912~1996). 프랑스의
       역사가이며 고전학자. 대표작으로『그리스 로마 신화
       사전』이 있다.

표도르 도스토예프스키
『악령』

　사랑을 만나는 때처럼, 바다를 만나는 때처럼, 도스토예프스키를 만나는 것은 우리의 삶에서 결코 잊을 수 없는 중요한 사건이다. 이 사건은 보통 10대 시절에 일어난다. 나이를 먹으면 좀 더 평온하고 차분한 작가를 찾기 때문이다. 1915년 제네바에서 나는 콘스턴스 가넷[504]이 아주 읽기 편하게 번역한 영어판으로 『죄와 벌』을 열심히 읽었다. 주인공의 한 명은 살인자이고 다른 한 명은 창녀인 이 소설이, 나는 우리를 에워싼 전쟁만큼이나 끔찍하다고 생각했다. 농노들에게 살해된 군의관의 아들인 도스토예프스키는 가난과 질병과 감옥과 추방을 경험

504　Constance Garnett(1861~1946). 영어 번역가. 톨스토이, 도스토예프스키, 체호프, 투르게네프 등을 번역하여 영어권 독자에게 소개했다.

했다. 그는 부지런히 글을 썼고, 여행을 했으며, 노름을 좋아했다. 그리고 죽을 때가 되어서야 이름을 알렸다. 그는 발자크를 숭배했으며, 불확실한 음모에 가담했다가 사형을 선고받았다. 실제로 동료들이 처형된 교수대 아래에서 감형을 받고, 시베리아의 옴스크 유형지에서 4년간 강제 노동을 했다. 그로서는 결코 잊을 수 없는 경험이었다.

그는 푸리에, 오언,[505] 생시몽[506]을 공부했고 자신의 생각을 표명했다. 나는 도스토예프스키가 모든 존재를 이해하고 용서하며 받아들일 수 있는, 헤아릴 수 없을 만큼 위대한 일종의 신이라고 상상했다. 그 때문에 그가 예전에 그토록 냉대하고 비난했던 정치 운동으로 내려갔다는 사실에 놀라움을 금치 못했다.

도스토예프스키의 작품을 읽는 것은 우리가 모르는 대도시로, 혹은 전쟁의 그림자로 들어가는 일이다. 『죄와 벌』은 내게 여러 가지를 알려 주었지만, 그중에서도 내 것이 아닌 세상을 드러내 주었다. 『악령』을 읽기 시작하면서는 아주 이상한 일이 일어났다. 조국으로 돌아온 느낌이 들었던 것이다. 이 작품의 대초원 지대는 팜파 지대로 확대되었다. 바르바라 페트로브나와 스테판 트로피모비치 베르코호벤스키는 발음하기

---

505   로버트 오언(Robert Owen, 1771~1858). 영국의 사상
       가이며 사회주의자. 사회주의라는 용어를 최초로 사
       용한 사람이다.

506   클로드 앙리 드 루브루아 생시몽(Claude Henri de
       Rouvroy, Saint-Simon, 1760~1825). 프랑스의 사상가
       이자 경제학자. 계몽주의 사상의 영향을 받았으며, 공
       상적 사회주의자 중의 한 사람이다.

어려운 이름이었지만, 늙고 무책임한 아르헨티나 사람이었다. 이 소설은 화자가 비극적 종말을 모른다는 듯이 아주 즐겁고 쾌활하게 시작한다.

블라디미르 나보코프[507]는 어느 러시아 문학 선집의 서문에서 도스토예프스키의 작품은 단 한 페이지도 선집에 포함될 자격이 없었다고 말했다. 이 말은 도스토예프스키가 각각의 페이지가 아니라 이 작품을 이루는 전체 페이지로 평가되어야 한다는 의미이다.

---

507   Vladimir Nabokov(1899~1977). 러시아에서 태어난 미국 소설가이자 곤충학자. 대표작으로 『롤리타』, 『아다』가 있다.

에드워드 캐스너와 제임스 뉴먼
『수학과 상상력』

죽지 않는 사람(혹은 불멸의 인간)은 감옥에서 손가락을 세는 것부터 특이한 집합 이론을 비롯해 그보다 더한 것까지 모든 수학을 상상하고 이해할 수 있을 것이다. 이런 사색가이자 고안자의 모델로 파스칼을 들 수 있다. 그는 열두 살 때 에우클레이데스[508]가 구축한 기하학 명제를 서른 개 이상 발견했다. 수학은 경험 과학이 아니다. 우리는 직관적으로 3 더하기 4는 7이며, 그것을 못이나 체스의 말 또는 카드로 시험해 볼 필요가 없다는 것을 안다. 호라티우스는 불가능을 나타내기 위해 검은 백조에 대해 말했다. 그가 자신의 시를 다듬는 동안 어두

---

508   Eucleides(?~?). 고대 그리스의 수학자이자 작가. 기하학 원본이라고 불리는 『에우클레이데스의 원론』으로 유명하다.

운 색깔의 백조 떼가 오스트레일리아의 강물을 헤치며 나아갔다. 호라티우스는 검은 백조를 상상하지 못했지만, 그것들에 대해 알고 있었다면, 즉시 그 음산한 세 마리의 백조들에 네 마리를 더하면 7이라는 숫자가 된다는 것을 알았을 것이다. 러셀은 광대한 수학은 방대한 동어 반복이며, 3 더하기 4라는 말은 7이라는 말과 다르지 않다고 썼다. 어쨌든 상상과 수학은 대립되지 않는다. 그것은 자물쇠와 열쇠처럼 서로를 보완한다. 음악처럼 수학 역시 세상을 배제할 수 있다. 그러면서 세상의 분위기를 이해하고 세상의 숨겨진 법칙을 탐험한다.

아무리 짧더라도 하나의 선은 무한한 수의 점으로 이루어진다. 아무리 작아도 하나의 면은 무한한 수의 선으로 이루어진다. 그리고 입체는 무한한 수의 면으로 구성된다. 4차원 기하학은 초입체의 조건을 연구했다. 초공간은 무한한 수의 초구체(hypersphere)로 이루어진다. 그리고 초입방체(hypercube)는 무한한 수의 입방체로 구성된다. 그것들이 존재하는지는 알 수 없지만, 법칙은 알려져 있다.

이 서문보다 이 책에 있는 글들은 훨씬 더 즐겁고 신난다. 나는 독자들에게 이 책을 살펴보고 이상한 삽화들을 주의 깊게 보라고 권하고 싶다. 여기에는 놀라운 것들이 넘쳐흐른다. 예를 들어 8장의 위상 기하학적 섬들이 그렇다. 또한 놀랍게도 그것은 종이 한 장과 가위만 있으면 누구든 만들 수 있는 하나의 면으로만 이루어져 있다.

유진 오닐
「기묘한 막간극」, 「위대한 신 브라운」,
「상복이 어울리는 엘렉트라」

두 개의 다른 운명, 또는 다르게 보이는 두 개의 운명이, 1888년에 태어나 1953년에 세상을 떠난 오닐에게로 모인다.

하나는 모험가이자 바닷사람의 운명이다. 수많은 행복을 안겨 주고, 아마도 고통도 선사했을 극작품을 쓰기 전에 그는 연극배우로 활동했다. 새뮤얼 클레멘스[509]가 캘리포니아에서 금을 찾았던 것처럼, 그는 온두라스에서 금을 찾았다. 우연인지 운명(사실 이 두 단어는 동의어이다.)의 장난인지 그는 부에노스아이레스로 왔다. 그는 작품에서 분명하게 향수를 드러내지는 않은 채 '콜론 대로와 경비원들'을 회상한다. 그리고 선원들

---

[509] 마크 트웨인(Mark Twain, 1835~1910)의 본명. 미국의 소설가. 대표작으로 『톰 소여의 모험』, 『허클베리 핀의 모험』이 있다.

이 돈으로 사랑을 찾고 술에 취해 혼란스러운 상태에서 그런 사랑을 찬양하는 '바호' 지역도 떠올린다. 그는 남아프리카와 영국도 여행했다. 1923년부터 1927년까지 로버트 에드먼드 존스[510]와 함께 맨해튼 남쪽에서 '빌리지' 극단을 이끌었다.

그의 전기에서 우리의 관심을 끄는 것은, 힘들었던 상황보다 그가 그런 상황에서 지칠 줄 모르는 상상력을 발휘해 이룩한 무엇이다. 아우구스트 스트린드베리처럼, 그는 자연주의에서 상징성과 환상성으로 나아갔다. 그리고 쇄신이나 혁신을 위해 인간에게 주어진 최고의 도구는 전통이라는 사실을 깨달았다. 물론 비굴하게 모방된 전통이 아니라, 여러 갈래로 파생되어 훌륭하게 된 전통을 뜻한다. 그는 우리 시대의 방언으로, 그리고 약간 이름을 달리하면서 이미 소포클레스가 각색한 그리스의 옛 우화들을 반복했다. 또한 콜리지의 「늙은 선원의 노래」를 무대에 올렸다. 「기묘한 막간극」(1928)에서는 우선 등장인물들의 말소리가 들린다. 그리고 다른 목소리로 그들의 은밀한 생각이 들린다. 그는 항상 가면에 관심을 보였고, 그것들을 그리스인이나 노(일본의 가무극)도 생각하지 못한 방식으로 사용했다. 「위대한 신 브라운」(1926)의 주인공인 착실한 미국인 사업가의 미망인은 남편이 사용했던 가면에 사랑스럽게 키스한다. 「상복이 어울리는 엘렉트라」(1931)에서 배우들의 얼굴과 메논가(家)의 대저택 정면은 가면처럼 무표정하고 딱딱

---

510 Robert Edmond Jones(1887~1954). 미국의 연극 무대 장치가. 무대 장치와 배경을 단순화하여 20세기 미국의 사실주의적 무대 장치에 혁신을 일으켰다.

하다. 여기서는 비유적인 의미보다 그런 상징들의 경향이 더
중요하다.

　버나드 쇼는 이렇게 썼다. "오늘의 작품은 아무것도 새롭지
않다. 단지 새로움이 있을 뿐이다." 독창적이고 창의적인 경구
들이 반드시 정확한 것은 아니다. 그러나 분명한 것은 유진 오
닐이 세계의 연극을 혁신했고 계속 혁신하고 있다는 사실이다.

아리와라노 나리히라
『이세 이야기』

프랑스처럼 일본은 특히 문학의 나라다. 다시 말하면, 일반 사람들이 문학을 즐기며 사랑하는 나라다. 10세기로 거슬러 올라가는 이 이야기들도 그것을 잘 보여 주는 증거이다. 이 작품은 일본 산문의 가장 오래된 사례 중 하나이며, 중심 주제는 서정시이다. 일본의 역사는 서사시였지만, 다른 나라들에서 일어난 것과 달리, 그 서사시의 원칙에는 칼이라는 것이 없다. 처음부터 변치 않는 주제는 자연과 계절과 나날들의 다양한 색깔, 그리고 사랑의 행운과 불행이었다. 이 책에는 200여 개의 '와카'[511]와 시를 읊는 실제 상황 또는 황당한 상황이 포함되

---

[511] 6~14세기의 일본 궁정시를 일컫는다. 짧은 시 형태인 단카(短歌)와 동의어로 사용되지만, 후세의 하이쿠, 렌가 등과는 구별된다.

어 있다. 작품의 주인공은 아리와라노 나리히라인데, 대부분 한 남자로 서술되지만, 가끔 이름으로 불리기도 한다. 가토 슈이치[512]는 『일본 문학사』(1979)에서, 이 인물을 돈 후안에 비교한다. 이 이야기들은 수많은 사랑의 모험을 언급하지만, 이는 잘못된 비교이다. 돈 후안은 방탕한 가톨릭 신자로 수많은 여자들을 유혹하고, 하느님의 것이라고 알려진 법을 아무렇게나 위반했다. 반면에 나리히라는 순수한 이교도 세계의 쾌락주의자다. 그는 도교나 불교의 팔정도[513]도 전혀 개의치 않는다. 선과 악의 이쪽이건 저쪽이건, 이 일본의 고전은 도덕적인 것과 비도덕적인 것을 고려하지 않는다.

앞서 언급한 가토 박사에 따르면, 이 책은 그 유명한 『겐지 이야기』의 선구적 작품이라고 볼 수 있다.

크레타섬의 사람들처럼 이세 주민들은 거짓말쟁이로 유명했다. 이 작품의 제목은 여기에 수록된 이야기들이 거짓이라는 것을 암시한다. 하지만 익명의 작가가 이토록 많은 시를 쓰고, 나중에 극적인 상황들을 상상하여 그것을 설명했다는 것은 전혀 불가능한 일이 아니다.

---

512   加藤周一(1919~2008). 전후 일본의 대표적 지식인이며 반전 평화 운동가. 대표 저서로 『양의 노래』, 『현대 유럽의 정신』이 있다.

513   깨달음과 열반으로 이끄는 수행의 여덟 가지 길을 의미한다.

허먼 멜빌
「베니토 세레노」,
「수병 빌리버드」, 「필경사 바틀비」

작가의 운명이 작품과 유사하지 않은 경우가 종종 있다. 그러나 허먼 멜빌은 그렇지 않다. 그는 엄격한 가정에서 고독하게 자랐고, 이것은 이후 그의 우화가 보여 주는 상징을 형성하는 데 결정적인 기여를 했다. 그는 1819년에 뉴욕에서 태어났다. 훌륭했지만 파산한 집안이자 엄격한 칼뱅주의 전통을 따르는 가문의 아들이었다. 열세 살 때 아버지를 잃었으며, 열아홉 살 때 처음으로 긴 항해를 시작했다. 그리고 선원으로 일하면서 리버풀로 갔다. 1841년에는 낸터킷을 출항한 포경선을 탔다. 선장은 선원들에게 매우 엄하고 가혹했다. 멜빌은 태평양의 한 섬에서 도망쳤다. 식인종이었던 섬사람들은 그를 환대했다. 100일 낮과 밤을 그곳에서 보낸 후, 오스트레일리아 포경선에 의해 구조되었다. 그 배에 오른 뒤 멜빌은 반란을 주도했고, 1845년경에 다시 뉴욕으로 돌아왔다.

첫 작품 『타이피』는 1846년에 출간되었다. 그리고 1851년에는 소설 『모비 딕』을 출간하지만, 거의 주목을 받지 못했다. 비평계는 1920년경에야 이 작품을 발굴해서 재평가했다. 이제 이 작품은 유명하다. 흰 고래와 에이해브 선장은 인간의 기억이라는 이질적인 신화 속에 자리하고 있다. 이 책에는 오묘하게 행복한 구절들이 넘쳐흐른다. "설교사는 무릎을 꿇고 너무나 독실하고 경건한 기도를 바쳤기에, 마치 바다 바닥에서 무릎을 꿇고 기도하는 사람처럼 보였다." 흰색이 끔찍한 색이 될 수도 있다는 발상은 이미 포의 작품에서 구상되었다. 또한 이 책에는 칼라일과 셰익스피어의 그림자도 떠든다.

콜리지처럼 멜빌은 허무와 절망에 젖어 있었다. 사실상 『모비 딕』은 악몽이다.

성경을 사랑했던 그는 마지막 여행을 떠났다. 1855년에는 이집트와 팔레스타인의 땅을 돌아다녔다.

너새니엘 호손[514]이 그의 친구였다. 멜빌은 거의 잊힌 채 뉴욕에서 1891년에 세상을 떠났다.

1856년에 출간된 「필경사 바틀비」는 프란츠 카프카를 예시한다. 기묘하기 이를 데 없는 주인공은 집요할 정도로 행동을 거부하는 모호한 인물이다. 작가는 이유를 설명하지 않지만, 우리의 상상력은 그를 곧 수용하면서 가엾게 여긴다. 사실 이 작품의 주인공은 둘이다. 한 사람은 완고한 바틀비이고, 다

---

514   Nathaniel Hawthorne(1804~1864). 미국 소설가. 우의적이고 상징적인 이야기를 많이 썼다. 대표작으로 『주홍 글씨』, 『큰 바위 얼굴』이 있다.

른 한 사람은 그의 완고함을 포기하고 결국 그를 불쌍하게 여기며 사랑하게 된다.

「수병 빌리버드」는 정의와 법이 충돌하는 이야기로 요약할 수 있다. 그러나 이런 요약보다 더 중요한 것은 주인공의 성격이다. 그는 전함을 타고 업무를 수행하던 중 사람을 죽이지만, 끝까지 왜 자기가 재판을 받고 선고를 받아야 하는지 이해하지 못한다.

「베니토 세레노」에 대해서는 아직도 논쟁이 계속되고 있다. 이 작품을 멜빌의 대표작이며 세계 문학의 대작 중 하나라고 평가하는 사람이 있는 반면, 그것을 일련의 실수라고 여기는 사람도 있다. 또한 허먼 멜빌이 의도적으로 설명이 불가능한 작품을 쓰면서 역시 설명이 불가능한 이 세상의 정확한 상징이 되게 했다고 생각하는 사람도 있다.

조반니 파피니
「비극적 일상」, 「눈먼 조종사」, 「말과 피」

금세기에 이집트의 프로테우스[515]와 비교할 수 있는 사람으로는 조반니 파피니를 들 수 있겠다. 한때 지안 팔코라는 필명을 썼던 그는 문학사 연구자이자 시인이었으며, 실용주의자이고 낭만주의자였으며 무신론자였지만, 이후 신학자가 되었다. 우리는 그의 진정한 얼굴을 알지 못하는데, 그만큼 그의 가면이 많기 때문이다. 가면에 대해 말하는 것은 아마도 부당한 일일지 모른다. 긴 생을 살면서 파피니는 대립되는 주장과 신조들을 줄곧 성실하게 지켜 왔을 것이다.(말이 나왔으니, 여기서 루

---

515   그리스 신화에 나오는 해신으로 '바다의 노인'이라 불렸다. 예언을 하는 능력이 있었으며, 나일강 하구 근처에 있는 파로스섬이나, 크레타와 로도스 사이에 있는 카르파토스섬에 살았다.

고네스의 비슷한 운명을 떠올려 보자.) 작가가 작은 목소리로 말할 수 없는 문체가 있다. 논쟁을 할 때면 파피니의 어조는 항상 낭랑하고 강했다. 그는 『데카메론』을 부정했고, 『햄릿』을 거부했다.

파피니는 1881년 피렌체에서 태어났다. 전기를 쓴 작가들은 그가 가난한 집안 출신이었다고 했지만, 피렌체에서 태어났다는 사실은 불확실한 가계도를 넘어서 수백 년의 훌륭한 전통을 물려받았음을 의미한다. 독서는 그에게 쾌락이었다. 시험 때문에 억지로 책을 읽은 것이 아니라, 책을 읽는 것이 행복 그 자체였던 것이다. 그의 첫 번째 관심 대상은 철학이었다. 베르그송, 쇼펜하우어, 버클리의 책을 번역했고 주석을 달았다. 쇼펜하우어는 인생의 몽상적 본질에 대해 말했고, 버클리에게 세계사는 하느님의 기나긴 꿈이며, 하느님은 그 역사를 창조하고 무한하게 감지했다. 파피니에게는 그런 개념이 추상 작용만은 아니었다. 또한 그는 이 책을 구성하는 단편 소설도 썼다. 이 작품들은 20세기 초에 발표되었다.

1912년에 파피니는 『신들의 황혼』을 출간하는데, 이는 니체의 『우상의 황혼』을 변형한 제목이다. 사실 니체의 책 제목은 『운문 에다』의 첫 번째 노래인 「신들의 황혼」을 변형한 것이었다. 그는 관념론에서 실용주의로 나아가면서, 그것을 심리적이고 마술적인 것으로 정의했으며, 윌리엄 제임스의 실용주의를 전적으로 따르지는 않았다. 몇 년 후 그는 파시즘을 합리화하게 된다. 우울한 자서전 『유한한 인간』은 1913년에 출간되었다. 그의 가장 유명한 책으로는 『그리스도 일대기』, 『고그』, 『살아 있는 단테』, 『악마 이야기』 등이 있는데, 명작이라

는 것이 어느 정도 작가의 순수함을 요구하는 장르라고 한다
면, 이것들은 명작이 되기 위해 쓰인 작품이다.

　1921년에 그는 공개적으로 가톨릭으로 개종했다. 그리고
1956년에 피렌체에서 세상을 떠났다. 나는 열 살 때 형편없는
스페인어 번역본으로 「비극적 일상」과 「눈먼 조종사」를 읽었
다. 다른 책들을 읽으면서 이 책들은 나의 기억에서 지워졌다.
그리고 이것이 지워졌다는 사실을 전혀 의심하지 않은 채 가
장 현명한 방법으로 사용했다. 망각은 기억의 가장 심오한 형
태가 될 수 있기 때문이다. 1969년경에 나는 케임브리지에서
「타인」이라는 환상적인 이야기를 썼다. 이제 어안이 벙벙하고
감사하는 마음으로 나는 그 이야기가 이 책에 수록된 단편 소
설 「한 연못 속의 두 모습」의 이야기를 그대로 반복하고 있음
을 확인한다.

아서 매컨
『세 명의 사기꾼』

어느 네덜란드 역사가가 애매하게 근대라고 불렀던 시기가
시작되었을 무렵, 유럽 전역으로 『세 명의 사기꾼』이라는 책의
제목이 유포되었다. 이 책의 주인공들은 모세와 예수 그리스도,
그리고 마호메트였다. 소스라치게 놀란 사법 당국은 책을 찾아
없애려고 했지만 찾아낼 수가 없었다. 그도 그럴 것이 그런 책
은 존재하지 않았기 때문이다. 이 책은 파급 효과가 상당이 컸
는데, 그것은 존재하지도 않는 책의 내용 때문이 아니라, 책의
제목과 그 안에 포함된 이름들 때문이었다.

그 난리법석을 떨었을 때처럼 이 책의 제목은 『세 명의 사
기꾼』이다. 아서 매컨은 스티븐슨의 영향 아래서 이 작품을 썼
다. 문체는 그가 밝힌 스승의 것에 걸맞게 아주 유려해 보였다.
이야기의 배경은 런던이다. 처음으로 『신 아라비안나이트』에
서 드러났고, 한참이 지난 후 체스터턴이 브라운 신부의 연대

기에서 조사하고 탐험할, 마술적이며 끔찍한 가능성으로 가득한 바로 그 런던 말이다. 제목은 세 인물의 이야기가 사기라는 것을 알려 주지만, 그렇다고 그 이야기가 전하는 훌륭한 공포와 전율을 축소시키지는 않는다. 게다가 모든 소설은 사기이다. 여기서 중요한 것은 소설이 솔직하게 꿈꾸어진 것이라는 사실을 느끼는 것이다. 『영혼의 집』, 『불타는 피라미드』와 『가까이 있는 것과 멀리 있는 것』 같은 작품을 보면 매컨도 우리에게 이야기하는 것을 모두 믿지는 않았으리라 생각된다. 그러나 우울한 자전적 작품인 『꿈의 언덕』은 그렇지 않다. 그의 거의 모든 소설에는 『돈키호테』와 그 외 몇몇 작품처럼 꿈속의 꿈이 있고, 이 꿈들은 거울 놀이를 구성한다. 가끔은 밤의 향연을 허락하여 영혼의 타락이 육체의 타락을 통해 나타나기도 한다. 매컨은 '몽스의 천사'[516]를 만들어 내는데, 이들은 1차 세계 대전이라는 힘들고 괴로운 시간에 영국군을 구원해 주었다. 이 전설은 이제 대중 신화의 일부가 되었고, 그 천사에 대해서는 아무것도 알지 못하는 가난하고 못 배운 사람들의 입에서 입으로 전해졌다. 단순히 이름을 넘어 자기 작품이 이토록 오래 전해지는 것을 보았다면 그는 틀림없이 기뻐했을 것이다.

　매컨은 베네치아 사람인 카사노바의 『회고록』 열두 권을 번역했는데, 이 책이 항상 사실만을 말한다고는 볼 수 없으며, 그렇다고 항상 방탕한 이야기만을 다루는 것도 아니다.

516　1914년에 출간된 『사수들』은 하늘에서 천사가 내려와 용사들을 승리로 이끈다는 내용이 주를 이룬다.

아서 매컨(1863~1947)은 이 땅을 꿈으로 가득 채운 『브리튼 이야기』의 기원이 되는 웨일스의 산악 지대에서 태어났다.

문학에는 짧지만 거의 베일에 싸인 대작이 있다. 『세 명의 사기꾼』이 그런 작품 중 하나이다.

프라이 루이스 데 레온
「아가(雅歌)」와 「욥기」 해설서

성경의 그리스 이름은 '책들'이란 의미의 복수형이다. 사실
상 그것은 히브리 문학의 기초 서적들로 구성된 서재라 할 수
있다. 시간순으로 엄격하게 정리되지는 않았지만 성령, 즉 히
브리어로 루아흐('영혼' 또는 '바람')의 것이라고 여겨지는 책들
이다. 성경은 우주 창조, 역사, 시, 우화, 명상과 예언자들의 분
노를 포함한다. 저자들은 다른 시대와 다른 지역에 살았던 사
람들이다. 신앙심 깊은 독자에게 그들은 성령의 필경사에 불
과하다. 카발라주의자에 따르면, 성령은 각각의 단어뿐 아니
라 각각의 글자와 숫자의 가치와 가능하거나 숙명적인 숫자들
의 조합도 결정한다. 이런 책들 중에서 가장 흥미로운 것이 「욥
기」이다.

프루드[517]는 1853년에 이 책은 때가 되면 인간이 쓴 책 중에서 가장 훌륭한 책으로 인정받을 것이라고 예언했다. 만고불변의 주제는 바르고 정의로운 사람도 불행해질 수 있다는 것이다. 욥이 티끌과 잿더미 속에서 탄식하고 저주하자, 친구들은 그에게 충고를 한다. 우리는 이유를 알고 싶지만, 그리스인 특유의 이유는 셈족의 영혼과는 관계가 없으며, 이 작품은 화려한 은유를 제공하는 것으로 그친다. 토론은 치열하고 집요하게 전개된다. 마지막 장에서 하느님의 목소리가 폭풍 속에서 들려오고 하느님을 비난하거나 변론하는 사람 모두에게 벌을 내린다. 그리고 하느님의 섭리는 설명이 불가능하다면서, 간접적인 방식으로 그가 만든 가장 이상한 짐승들, 즉 코끼리[518]와 고래, 혹은 리바이어던과 비교한다. 막스 브로트는 『이교 사상, 기독교 정신 그리고 유대교』에서 이 대목을 분석했으며, 세상은 이러한 수수께끼에 의해 지배될 것이라고 썼다.

「욥기」가 언제 쓰였는지는 불확실하다. H. G. 웰스는 「욥기」가 플라톤의 대화에 대한 히브리인들의 위대한 대답이라고 지적했다.

여기에 우리는 루이스 데 레온 사제의 판본과 각 절에 대한 설명, 그리고 고대 이탈리아 방식으로 11음절의 운을 맞춘 운

---

517 제임스 앤서니 프루드(James Anthony Froude, 1818~1894). 영국의 역사가이며 전기 작가. 대표작으로 『울지의 몰락부터 스페인 무적함대 격퇴까지의 영국 역사』가 있다.

518 베헤못인데, 성경처럼 이 이름도 복수이다. 아주 커다란 짐승들을 뜻한다.

문 판본을 그대로 출판한다. 일반적으로 루이스 사제의 산문은 뛰어날 정도로 차분함을 유지한다. 그러나 히브리 원본은 폭력의 음악을 강요한다. 그래서 나팔소리가 울리자, 이렇게 말한다. "힝! 힝! 멀리서 전쟁 냄새가 풍기고 지휘관들의 목소리와 병사들의 고함이 들린다."

이 전집에는 또한 「아가」서도 포함된다. 루이스 사제는 "노래 중의 노래"라고 번역한다. 그것을 전원 목가로 정의하고 비유적 의미를 부여한다. 남편은 그리스도로, 아내는 교회로 예언된다. 속세의 사랑은 하느님의 사랑을 표상할 것이다. 어쩌면 스페인어권에서 가장 격렬한 작품일지도 모르는 십자가의 성 요한의 작품이 이 책에서 비롯된다는 사실은 구태여 떠올릴 필요가 없을 것이다.

조지프 콘래드,
「암흑의 핵심」, 「밧줄의 끝」

하느님의 힘과 최고의 지혜, 그리고 기묘하게도 첫사랑을 다루는 작품은 바로 단테의 「지옥편」이다. 문학에서 가장 유명한 그 지옥은 피라미드를 뒤집어 놓은 모양의 형무소이다. 그곳은 이탈리아의 유령들과 잊을 수 없는 11음절의 운문으로 가득하다. 그런데 그것보다 더욱 끔찍한 지옥이 있다. 바로 「암흑의 핵심」이 보여 주는 지옥이다. 그곳은 바로 아프리카의 강으로, 말로 선장은 폐허와 밀림을 따라 강변을 거슬러 올라간다. 그것은 말로의 목표물인 혐오스러운 커츠의 계략일 수도 있었다. 1889년에 테오도르 콘라트 코르제니오프스키는 콩고 강을 거슬러 올라가 스탠리 폭포까지 항해한다. 오늘날 유명한 이름이 된 조지프 콘래드는 1902년에 런던에서 「암흑의 핵심」을 발표했다. 아마도 인간의 상상력이 만들어 낸 이야기 중에서 가장 강도 높은 작품일 것이다. 이 소설이 이번 책의 첫 번째 이야기이다.

두 번째 작품은 「밧줄의 끝」인데, 이것도 앞의 작품 못지않
게 비극적이다. 독자가 책을 읽어 가면서 점차 알아 가도록 여
기서는 이야기의 핵심을 밝히지 않겠다. 이야기의 초반부에
이미 그 흔적들이 보인다.

과도한 칭찬을 남발하지 않는 H. L. 멩켄은 「밧줄의 끝」이
짧건 길건 길이와 상관없이, 그리고 새것이건 옛것이건 시간
과도 상관없이, 영국 문학에서 가장 뛰어난 소설 중의 하나라
고 평가한다. 그는 이 책에 실린 두 작품을 요한 세바스찬 바흐
의 음악과 비교한다.

H. G. 웰스는, 콘래드가 말로 하는 영어는 아주 엉망이지만
글로 쓴 영어는 놀라울 정도로 섬세하고 훌륭하다고 증언했다.

폴란드 혁명가의 아들인 콘래드는 아버지가 유배되어 있
던 우크라이나에서 1857년에 태어났다. 그리고 영국의 켄트
주에서 1924년에 사망했다.

오스카 와일드,
에세이와 대화들

　스티븐슨은 매력이라는 미덕이 없으면 다른 미덕은 소용이 없다고 말했다. 문학의 기나긴 역사에는 와일드보다 훨씬더 복잡하고 상상력이 뛰어난 작가들이 있지만, 그 누구도 와일드만큼 매력적이지는 않다. 우연히 나누는 대화에서도 그랬고, 우정을 나눌 때도 그랬으며, 행복했던 시절에도 그랬고, 고난의 세월에도 그랬다. 그의 펜이 그려 내고 묘사한 각각의 줄에서 그는 계속 그렇게 매력적인 존재였다.

　비슷한 부류의 다른 작가들과 달리, 오스카 와일드는 '호모 루덴스,' 즉 놀이하는 인간이었다. 그는 연극과 장난했다. 「진지함의 중요성」 또는 알폰소 레예스[519]가 원하는 것처럼 「엄격

---

[519]　Alfonso Reyes(1889~1959). 멕시코의 작가이자 철학자. 보르헤스와 친하게 지냈다.

함의 중요성」은 이 세상에서 유일하게 샴페인 맛을 지닌 극작품이다. 그는 시와도 장난을 쳤다.「스핑크스」는 애상적인 색채 하나 없이 완전히, 그리고 아주 교묘하게 언어적 유희를 즐긴다. 운 좋게도 그는 에세이와도 유희를 즐겼다. 물론 소설과도 마찬가지다.『도리언 그레이의 초상』은『지킬 박사와 하이드』의 주제를 장식적으로만 변화시킨 작품이다. 그가 운명과 나눈 유희는 비극적이었다. 패하리란 것을 알면서도 소송을 시작했고, 결국 감옥에 가는 수모를 당했다. 자발적인 유배를 떠나면서 그는 지드에게 '정원의 반대편'을 알고 싶었다고 말했다.

그의 어떤 경구(警句)가 조이스의『율리시스』에 영감을 주었는지는 알 수 없다.

오스카 와일드는 1854년에 더블린에서 태어났다. 그리고 1900년에 파리의 알자스 호텔에서 세상을 떠났다. 그의 작품은 결코 늙거나 노쇠해 보이지 않는다. 마치 오늘 아침에 쓴 것처럼 보이기까지 한다.

앙리 미쇼
『아시아의 야만인』

　1935년경에 나는 부에노스아이레스에서 앙리 미쇼를 만났다. 나는 그를 미소를 잃지 않고 온화하며 아주 명석한 사람으로 기억한다. 그는 대화를 잘하지만 열성적이지는 않으며, 쉽게 빈정대는 사람이었다. 당시 그는 어떤 것도 믿지 않았다. 파리도 믿지 않았고, 문학 모임도 믿지 않았으며, 누구나 그래야 했던 것처럼 파블로 피카소를 예찬하지도 않았다. 유사한 공평성을 유지하며 그는 동양의 지혜도 불신했다. 이 모든 것은 그의 책『아시아의 야만인』에서 확인된다. 나는 이 책을 의무 같은 것이 아니라 그냥 놀이로써 스페인어로 번역했다. 우리는 그가 잠시 거주했던 볼리비아의 슬프고 슬픈 소식을 들을 때면 놀라곤 했다. 당시 그는 동양이 자기에게 무언가를 선사할 것이라고, 또는 그 누구도 모르게 이미 자기에게 무언가를 선사했다고 의심하지 않았다. 그는 파울 클레의 작품과 조르

조 데 키리코[520]의 작품을 높이 평가했다.

85년이라는 긴 인생을 살면서 그는 두 개의 예술을 실천했다. 바로 미술과 문학이었다. 후기 작품에서는 이 둘을 결합했다. 시의 표의 문자들은 청각뿐 아니라 시각적으로도 구성되어 있다는 중국과 일본의 개념에 바탕을 두고 그는 흥미로운 경험을 했다. 올더스 헉슬리처럼 환각제를 찾았고, 악몽의 지역으로 들어가 펜과 붓에 영감을 불어넣었다. 1941년에 앙드레 지드는『앙리 미쇼를 발굴하자』라는 작은 책을 출간했다.

내가 파리에 있던 1982년경, 그가 나를 찾아왔다. 우리는 잠깐 동안 일상적인 대화를 나누었다. 그가 몹시 지쳐 있었기 때문이다. 나는 그 대화가 마지막이 될 것임을 예감했다.

그의 출생 연도와 사망 연도는 1899년과 1984년이다.

---

520   Giorgio de Chirico(1888~1978). 이탈리아의 화가이자
        디자이너. 형이상학적 회화를 대표하는 인물이다.

헤르만 헤세
『유리알 유희』

독일어 공부를 시작하던 1917년경에 나는 벤츠만[521]의 선집에서 헤르만 헤세의 짧은 시를 발견했다. 어느 여행자가 싸구려 숙소에서 하룻밤을 보낸다. 그 숙소에는 분수가 하나 있다. 여행자는 다음 날 떠나지만, 자기가 떠나도 물은 계속 흐를 것이며, 먼 땅에 있어도 자기는 그 분수를 떠올릴 것이라고 생각한다. 나는 이제 부에노스아이레스에서 헤세의 그 짧은 시를 떠올린다. 이후 나는 그의 다른 책들을 읽었다.

헤르만 헤세는 1877년에 뷔르템베르크에서 태어났다. 아버지는 개신교 선교사로, 인도에서 선교 활동을 했다. 헤세는

---

521   한스 벤츠만(Hans Benzmann, 1869~1926). 독일의 서
      정시인. 많은 선집을 출간한 출판인으로 널리 알려졌
      다. 대표 선집으로 『독일 근대시』가 있다.

수리공으로, 서점 직원으로, 그리고 골동품점에서 일했다. 수많은 다른 젊은이들처럼 햄릿의 의심 많은 독백을 그대로 반복했으며, 목숨을 끊으려고도 해 보았다. 1899년에 첫 시집을 출간했다. 그리고 1904년에는 자전적 성격의 소설 『페터 카멘친트』를 발표했다. 사실주의, 상징주의, 그리고 표현주의의 시대를 살았지만, 그는 그 어떤 학파나 운동에도 참여하지 않았다. 그의 작품 대부분은 독일어로 '빌둥스로만,' 즉 영혼의 성장 과정을 그리는 소설에 해당했다.

1911년에 그는 인도를 여행했다. 아니, 그곳으로 돌아갔다고 말하는 게 정확할 것이다. 그는 그 나라를 수없이 생각해 왔기 때문이다. 1912년에는 스위스의 베른에 거주지를 정했다. 1차 세계 대전 동안에는 로맹 롤랑이나 러셀처럼 평화주의자였다. 전쟁 기간 동안 교도소에 수감된 독일 죄수들을 물리적, 정신적으로 도왔다. 1919년에 『클링조어의 마지막 여름』을 출간했고, 1921년에는 『싯다르타』, 그리고 1926년에는 『유리알 유희』를 발표했다. 3년 전인 1923년에 그는 이미 스위스 시민권을 취득했다. 1962년에 스위스의 루가노 근처에 있는 몬타뇰라에서 세상을 떠났다.

헤세의 수많은 작품 중에서 『유리알 유희』는 가장 야심적이고 가장 두꺼운 소설이다. 비평은 이 작품의 제목에 포함된 '유희'가 음악에 대한 장대한 은유와 다름없다고 평가했다. 여기서 작가는 이 놀이를 제대로 상상하지 못했음이 분명하게 드러난다. 만일 그랬다면, 소설을 읽는 독자들은 주인공들의 말이나 걱정, 그리고 그들을 둘러싼 광활한 환경보다 그 놀이에 더 관심을 보였을 것이다.

이넉 아널드 베넷
『생매장』

이넉 아널드 베넷(Enoch Arnold Bennett, 1867~1931)은 플로베르의 제자로 여겨졌지만, 플로베르보다 자비롭고 유쾌한 경우가 적지 않았다. 이런 점에서 그는 디킨스의 훌륭한 후계자였다. 그는 오늘날 고전으로 여겨지는 세 편의 장편 소설을 남겼다. 『늙은 부인들의 이야기』(1908), 『클레이행어』(1910), 『라이시먼 계단』(1923)은 두말할 필요도 없는 명작이다. 다시 말하면, 읽기 난해하면서도 감동을 주는 작품들이다. 이상할 정도로 칭찬에 인색한 『영국 문학사』에서, 조지 샘프슨[522]은 그를 위대한 인물로 평했지만, 그 형용사는 불경함과 기복을 암시

---

522   George Sampson(1873~1950). 문학 연구자. 대표작으로 『케임브리지 영국 문학 약사』, 『일곱 편의 에세이』가 있다.

하며, 그것은 베넷과 그의 차분한 문체와도 전혀 어울리지 않는다. 사실 그의 글은 수정처럼 투명해서 거의 주목을 받지 못했다. 베넷은 조용한 열정을 가지고 문학에 헌신했다. 친한 친구인 H. G. 웰스와 달리, 그는 자기 생각이나 의견을 자기 작품에 끼워 넣지 않았다.

『생매장』은 1908년 작품이다. 주인공 프라이엄 파를은 재능이 많은 화가지만 매우 소심하고 내성적이다. 그는 런던 왕립 예술원 연례 전시회에 그림 하나를 시종과 함께 보내고, 다음 해에도 다른 그림을 시종에게 가져가게 한다. 이 작품은 주인공의 빛과 그림자를 이야기하지만, 그것은 모두 그의 소심함과 비사교성에서 비롯된 행위일 뿐이다. 비평은 이 작품을 아널드 베넷이 쓴 최고의 가정극이라고 평가하지만, 그런 추상적인 정의, 아마도 반론할 수 없는 정의는 이 작품 속에 담긴 수많은 행복과 놀라움에 대해서는 아무것도 말해 주지 않는다.

아널드 베넷은 윌리엄 버틀러 예이츠를 처음으로 인정한 인물이기도 하다. 그는 이렇게 썼다. "예이츠는 우리 시대의 위대한 시인 중 한 사람이다. 예닐곱 명의 독자인 우리가 그 사실을 알고 있기 때문이다."

클라우디우스 아엘리아누스
『동물의 본성에 관하여』

　　이 책은 '동물의 본성에 관하여'라는 제목을 달고 있지만, 작가 클라우디우스 아엘리아누스는 '동물학자'라는 단어의 현재 의미에서 볼 때 동물학과는 전혀 상관이 없는 사람이다. 속 (屬)이 종(種)으로 파생된다는 이론이나 동물 해부 또는 장황하고 따분한 설명 따위는 그의 관심을 끌지 못했다. 물론 이 책의 맺음말에서 그는 자신의 지식을 무척 사랑한다고 자랑하지만, 서기 2세기에 그 목소리는 실재하는 존재들뿐 아니라 존재하지 않는 것의 상상이나 공상을 모두 포함했다.

　　이 잡다한 이론서는 걸핏하면 본래의 주제에서 일탈했다. 이런 무질서는 작가의 자유의사에 따른 것이었다. 아엘리아누스는 단조로움으로 인한 지루함을 피하기 위해 주제들을 섞어 짜면서 책을 읽는 사람들에게 '꽃이 만발한 일종의 초원'을 제공하는 편을 택했다. 그는 동물의 습관과, 그런 습관을 지닌 예들의 도덕성에 관심을 보인다.

　클라우디우스 아엘리아누스는 최고의 로마인 유형, 즉 그리스 정신을 지닌 로마인의 유형을 구체화했다. 그는 이탈리아를 벗어난 적이 없지만, 라틴어로는 한 줄도 쓰지 않았다. 그는 항상 그리스 문화의 권위자였다. 이 책을 읽는 독자는 이 작품의 자료 때문에 플리니우스의 이름을 찾아야 한다고 여기겠지만 그건 헛된 수고일 것이다. 수세기가 지나자 이 책은 무책임한 이론이 되지만 동시에 흥미와 재미를 선사한다. 클라우디우스 아엘리아누스는 소피스트, 즉 수사학을 가르치고 그것을 실천하는 수사학자라는 공식 직함을 얻게 되었다. 우리는 그의 전기를 구성하는 사실들에 대해서 아무것도 아는 게 없다. 그의 조용한 목소리만 남아 꿈을 이야기할 뿐이다.

소스타인 베블런
『유한계급론』

오래전 읽었을 때, 나는 이 책이 일종의 풍자라고 생각했다. 나중에야 이것이 저명한 사회학자의 첫 번째 작업이라는 사실을 알게 되었다. 한 사회를 가까이에서만 바라봐도 그것이 유토피아가 아니라는 것을 알 수 있으니 이 책의 공평한 묘사는 거의 풍자로 치부될 위험이 있다. 1899년에 출간된 이 책에서 베블런은 유한계급을 찾아내 정의하는데, 그 계급의 이상스러운 의무는 과시하듯이 돈을 쓰는 것이다. 그 계급에 속한 사람들은 아주 비싼 동네로 유명한 특정 동네에만 산다. 리베르만[523]이나 피카소가 엄청난 돈을 청구한 것은 탐욕 때문이

---

523   막스 리베르만(Max Liebermann, 1847~1935). 독일의
       선구적 인상파 화가. 베를린 분리파 창립자 중의 한 사
       람이다.

아니라, 구매자들을 실망시키지 않기 위해서였다. 구매자들의 목표는 그들이 서명한 캔버스를 구입하는 데 필요한 돈을 지불할 수 있음을 보여 주는 것이었기 때문이다. 베블런에 따르면, 골프라는 스포츠가 성공한 것은 많은 땅을 필요로 하는 상황 때문이었다. 그는 라틴어와 그리스어 공부는 이 두 언어가 쓸모없다는 사실에 뿌리를 두고 있다고 오판하기도 했다. 만일 어느 회사의 임원이 과시용 소비를 할 시간이 없다면, 그의 아내나 아이들이 대신 해 준다. 그래서 유행은 정기적으로 변하는 것이다.

  베블런은 미국에서 이 책을 착안하고 그곳에서 썼다. 여기 우리 사회에서 유한계급 현상은 훨씬 심각하다. 정말 한 푼 없는 사람들을 제외하고는 모든 아르헨티나 사람들이 이 계급에 속한 것처럼 행동한다. 어렸을 때 나는 가장 더운 몇 달 동안 집에 숨어서 살던 가족들을 보았다. 사람들에게 별장이나 몬테비데오에서 휴가를 보내는 것처럼 보이기 위해서였다. 자신의 거실을 서명된 그림으로 치장하고 싶다고 고백한 부인도 있었다. 물론 서명의 서체 때문은 아니었다.

  노르웨이 이주민의 아들인 소스타인 베블런은 1857년에 위스콘신에서 태어나 1929년에 캘리포니아에서 사망했다. (미국은 스칸디나비아 사람들에게 많은 빚을 지고 있다. 휘트먼 최고의 후계자가 칼 샌드버그라는 사실을 기억하자.) 그는 많은 작품을 썼다. 그리고 사회주의 경제학의 교리를 철저하게 주장했다. 말기에 쓴 여러 저서에서 그는 역사의 불길한 종말을 예언했다.

귀스타브 플로베르
『성 앙투안의 유혹』

　　귀스타브 플로베르(1821~1880)는 문학을 하겠다고 맹세하고 또 맹세했지만 나중에 화이트헤드가 '완벽한 사전의 오류'라고 부르게 될 과오에 빠졌다. 그는 이 얽히고설킨 세상의 모든 것에는 정확한 단어, 즉 프랑스어로 '르 모 쥐스트(le mot juste)'라고 부르는 것이 이전부터 존재하며, 작가는 그 단어를 찾아내는 사람이라고 믿었다.

　　그는 그 단어가 항상 가장 듣기 좋은 소리라는 것이 검증되었다고 생각했다. 그는 급히 글을 쓰지 않았고, 또 그러기를 거부했다. 그래서 그의 작품에는 그가 살펴보고 다듬지 않은 행이 하나도 없었다. 그는 성실하려고 노력했고, 실제로 성실했으며, 그 과정에서 영감을 얻는 경우가 적지 않았다. "산문은 어제 태어났다."라고 그는 썼다. 그러면서 "운문은 특히 고대 문학의 형식이다. 운율 배합은 이미 고갈되었다. 그러나 산문

은 그렇지 않다."라고 덧붙였다. 또한 다른 곳에서는 이렇게 썼
다. "소설은 자신의 호메로스를 기다린다."

플로베르의 많은 책 중에서 가장 특이하고 이상한 것은『성
앙투안의 유혹』이다. 그는 고대의 인형극과 피터르 브뤼헐,[524]
바이런의『카인』, 그리고 괴테의『파우스트』에서 영감을 받았
다. 1849년, 1년 반의 끈질긴 작업 끝에 플로베르는 친한 친구
인 부이예와 뒤 캉[525]을 불러서, 500페이지 이상의 방대한 원고
를 열정적으로 읽어 주었다. 나흘이나 연속해서. 두 사람의 의
견은 단호했다. 그 원고를 불에 집어 던지고 잊어버리라는 것
이었다. 그들은 플로베르에게 서정성을 버리고 평범한 주제를
찾으라고 충고했다. 플로베르는 체념한 뒤『마담 보바리』를 썼
고, 이 작품은 1857년에 출간되었다.『성 앙투안의 유혹』에 관
해 말하자면, 그는 친구들의 사형 선고를 무시하고, 원고를 개
작하고 축약하여 1874년에 출판했다.

이 작품은 극작품인 양 무대 지문이 포함되어 작성되었으
며, 우리에게는 다행히도 그의 모든 후기 작품을 제한하고 손상
시킨 과도한 윤리관이 배제되어 있다. 환상의 공간은 서기 3세
기를 다루지만, 결국 그것은 19세기의 문제로 귀결된다. 즉, 성
앙투안은 귀스타브 플로베르이기도 한 것이다. 격앙되고 근사

---

524   Pieter Brueghel(1525년경~1569). 브라반트 공국의 화
       가.「장님」.「성 앙투안의 유혹」등이 유명하다.
525   막심 뒤 캉(Maxime Du Camp, 1822~1894). 프랑스 작
       가. 대표작으로『두 번의 시칠리아 원정』,『문학의 추
       억』등이 있다.

한 마지막 부분에서 사제는 브라만이나 월트 휘트먼처럼 우주가 되고자 한다.

알베르 티보데[526]는 『성 앙투안의 유혹』을 가리켜 거대한 '악의 꽃'이라고 썼다. 이 끔찍하고 멍청한 은유를 들었다면 플로베르는 뭐라고 했을까?

---

526   Albert Thibaudet(1874~1936). 프랑스의 수필가이자 문학 비평가.

마르코 폴로
『동방견문록』

　우리 역사에서 가장 중요한 사건 중의 하나는 동양을 발견
한 것이다. 동양이라는 이 멋지고 훌륭한 단어는 여명뿐 아니
라 수많은 유명 국가들을 포함한다. 헤로도토스, 마케도니아
의 알렉산드로스 대왕, 성경, 바스코 다 가마,[527]『천하루 밤의
이야기』, 클라이브[528]와 키플링은 동양으로의 모험을 보여 주
는 다양한 단계이며, 아직 그 모험은 끝나지 않았다. 또 다른 단

527　　Vasco da Gama(1460~1514). 포르투갈의 항해자이며
　　　　탐험가. 인도로 가는 항로를 최초로 발견한 유럽인이
　　　　다.

528　　로버트 클라이브(Robert Clive, 1725~1774). 영국의
　　　　군인. 플라시 전투에서 프랑스를 무찌르고 영국령 인
　　　　도의 토대를 마련했다.

계(메이스필드[529]가 근본적이며 가장 중요하다고 여긴)는 바로 이 책이다.

우리에게는 다행스럽게도, 제네바 군인들은 1296년에 베네치아의 갤리선 한 척을 나포했다. 한 남자가 그 배를 지휘하고 있었는데, 나중에 그는 다른 선장들과는 다소 다르다는 것이 알려진다. 오랫동안 동양에 있던 그는 바로 마르코 폴로이다. 그는 제네바에 함께 수감되어 있던 동료 루스티켈로 다 피사[530]에게 라틴어로 자신의 기나긴 여행 연대기와 그가 탐험했던 왕국들에 대한 설명을 구술했다. 감방은 문학을 하기에 아주 적절한 장소인 듯 보인다. 베를렌과 세르반테스만 떠올려봐도 충분히 알 만한 일이다. 토착어가 아니라 라틴어로 구술했다는 사실은 작가가 많은 독자들을 지향하고 있었음을 암시한다. 마르코 폴로는 상인이었지만, 중세 때 상인은 신드바드일 수 있었다. 고대의 대상들은 갖은 고생을 하며 수없이 실크로드라는 험난한 길을 오갔고, 그렇게 수놓은 한 장의 천이 베르길리우스의 손에 들어가 6운각 시로 탄생했다. 마르코 폴로는 바로 그 실크로드를 통해 험난한 산맥과 사막을 지나 중국에 도착했다. 중국 황제는 그를 보호했고, 그에게 여러 가지 어려운 임무를 부여했으며, 그를 양저우의 통치자로 임명했다. 그는 다양한 언어로 말하고 쓸 줄 알았다.

---

529   존 메이스필드(John Masefield, 1878~1967). 영국의 계관 시인. 대표 시집으로 『짠물의 노래』, 『수선화의 뜰』이 있다.

530   Rustichello da Pisa. 『동방견문록』의 공저자로 알려졌다

  마르코 폴로는 사람들이 상상하는 것이 '현실'이라고 부르
는 것만큼이나 현실적이라는 것을 알았다. 그의 책에는 기적
이나 경이로운 사건들이 가득하다. 생각나는 대로 몇 가지만
나열해 보면, 알렉산드로스 대제가 타타르인들을 막기 위해
세운 성벽, '산중의 노인' 하산 이븐 사비트가 만든 천국의 정
원, 어둠의 왕국이 보이기도 하고 보이지 않기도 하는 지역, 칼
리프가 굶어 죽어 가는 보물로 가득한 탑, 친구의 목소리와 얼
굴을 택해서 여행자들이 길을 잃게 만드는 사막의 악마들, 산
꼭대기에 있는 아담의 무덤, 검은 호랑이들…….

  이 책의 주인공은 두 명이다. 한 사람은 몽골 제국의 막강한
황제인 쿠빌라이 칸으로, 그가 바로 콜리지의 세 번의 꿈에 나
타나는 쿠블라 칸이다. 다른 주인공은 숨기지도 않지만 드러
내지도 않는 신중하고도 호기심 많은 베네치아 사람이다. 그
는 쿠빌라이에게 봉사했으며, 그의 펜은 그를 영원불멸의 인
물로 만들었다.

마르셀 슈보브
『상상적 삶』

몇 권의 책 덕분에 '돈키호테'가 된 그 스페인 사람처럼, 문학 작품을 쓰고 그것을 더욱 풍요롭게 만들기 전의 슈보브는 매우 훌륭한 독자였다. 운 좋게도 그는 가장 문학적인 국가인 프랑스에서 살았고, 18세기의 가치를 상실하지 않고 유지했던 19세기를 살았다. 랍비 집안 출신으로 동양의 전통을 이어받았고, 거기에 서양 전통을 덧붙였다. 난해하고 심원한 도서관 분위기는 항상 그의 분위기이기도 했다. 그는 그리스어를 공부했으며, 사모사타의 루키아노스[531]의 작품을 번역했다. 그리고 많은 프랑스인처럼 영국 문학을 사랑했다. 그는 스티븐슨

---

531   Lukianos(120?~180?). 고대 그리스의 풍자 작가. 대표
       작으로 『신들의 대화』, 『죽은 사람들의 대화』가 있다.

과 섬세하고 어려운 웨브[532]의 작품을 번역했다. 또한 어떤 편
견도 없이 휘트먼과 포를 존경하고 찬양했다. 프랑수아 비용[533]
이 사용했던 중세 은어에 관심을 보였고, 『몰 플랜더스』를 번
역했는데, 이 작품은 그에게 정황 창조[534]의 기술을 가르쳐 주
었을 것이다.

그의 『상상적 삶』은 1896년 작품이다. 이 작품을 쓰기 위해
그는 흥미로운 방법을 만들었다. 주인공들은 실제 인물들이
다. 그러나 사건은 꾸민 이야기일 수도 있고 황당무계할 수도
있으며, 환상적인 경우도 드물지 않다. 이 책의 특별한 맛은 바
로 그런 불확실함으로부터 나온다.

이 세상의 모든 곳에는 마르셀 슈보브의 신자들이 있는데,
그들은 작은 비밀 결사를 구성한다. 그는 명성을 구하지 않았
다. 그리고 신중하게 '행복한 소수'를 위해 글을 썼다. 그는 상
징주의자들의 모임에 자주 참석했으며, 레미 드 구르몽[535]과 폴
클로델의 친구였다.

1935년경에 나는 『불한당들의 세계사』라는 제목의 순박한

---

532   메리 글래디스 웨브(Mary Gladys Webb, 1881~1927).
영국의 소설가. 결혼 전 성이 메러디스이다. 대표작으
로 『귀한 독약』, 『황금 화살』이 있다.

533   François Villon(1431~1463). 프랑스의 시인. 본명은
프랑수아 드 몽코르비에르다. 주요 시집으로 『추억의
노래』, 『유언집』이 있다.

534   보르헤스가 「문학에서 상정하는 현실」에서 사용한 용
어로 가장 효과적이고 어려운 방법이다.

535   Remy de Gourmont(1858~1915). 프랑스의 시인이자
소설가. 대표작으로 『룩셈부르크의 하룻밤』이 있다.

책을 썼다. 그 책의 수많은 출처 중에서 아직까지 비평가들의 지적을 받지 않은 것이 바로 슈보브의 이 책이다.

슈보브는 1867년부터 1905년까지 살았다.

조지 버나드 쇼
「카이사르와 클레오파트라」,
「소령 바버라」, 「캔디다」

버나드 쇼에 대해서는 무엇을 말하고 무엇을 말하지 말아야 할까? 그는 독창적이고 재능이 있는 사람으로 여겨지지만, 또한 "천하고 야비한 목적으로 사용되는 것이 유일한 비극이다. 나머지 비극은 죽어야 할 운명과 불행일 뿐이다." 혹은 "나는 천국의 뇌물을 버렸다." 또는 "학대받은 것은 자랑이 아니다."를 비롯해 여러 유명한 말을 남긴 사람으로도 평가된다.

그의 일생은 너무 잘 알려져 있다. 그는 1856년 더블린의 개신교 집안에서 태어났다. 그가 처음으로 결정한 것 중의 하나는 아일랜드에서 도망치는 것이었다. 1876년에 그는 런던에 있었는데 그곳에서 윌리엄 모리스를 만났고, '굼뜬 사람' 퀸투스 파비우스 막시무스[536]의 이름에서 조직 이름을 따온 페이비언 협회(Fabian Society)[537]에 가입했고, 세상은 혁명이 반드시 일어나지 않더라도 점차로 사회주의가 될 것이라고 생각했다.

그는 18세기의 투명한 문체로 이질적인 소설 다섯 편을 출간했다. 또한 연극 비평과 음악 비평도 했다. 바그너와 입센에 대한 두 권의 유명한 책에서는 이 작가들의 사상을 설명하고 보완한다. 거의 마흔 살이 되어서야 자기가 연극에 재능이 있다는 것을 알게 되었다. 그의 첫 번째 극작품은 1892년에 출간되었다. 그리고 영국에 대한 풍자가 영국에서 성공을 거두기에 좋은 주제라는 것을 깨달았다. 1901년에는 희곡집 『청교도들을 위한 세 편의 희곡』을 출간했는데, 아주 역설적인 제목이었다. 그것은 청교도들이 이 작품의 상연을 금지했기 때문이다.

1921년에 그는 『므두셀라로 돌아가라』를 썼다. 거기서 우리에게 하느님의 힘이 얼마나 다양한 양상을 띠고 있는지 보여 주면서, 그 힘이 행성과 돌, 나무와 동물과 인간을 파생시키고 결국 근원으로 되돌아온다고 말한다. 이 철학은 또 다른 아일랜드 사람인 9세기의 요하네스 스코투스 에리우게나의 주장과 일치한다.

그는 오래 사는 것을 탓하며 훈계했지만, 정작 자신은 아흔네 살이 되어서야 세상을 떠났다.

오스발트 슈펭글러는 『서구의 몰락』에서 파우스트 문화의 가장 의미 있는 마지막 작품은 이 책에 수록된 「소령 바버라」라

536　Quintus Fabius Maximus(기원전 275년경~기원전 203). 로마 공화국 시대의 군인이자 정치인. 정면 대결을 피하면서 지구(遲久) 전술을 구사한 인물로 유명하다.

537　영국의 사회주의 운동으로 혁명보다는 계몽과 개혁을 통한 이념 실천을 행동 방법으로 사용했다

고 썼다. 우리 시대의 작가들은 인간 조건의 허약함을 즐긴다.
유일하게 영웅을 상상할 수 있는 사람은 버나드 쇼였다. 「카이
사르와 클레오파트라」의 주인공은 플루타르코스와 셰익스피
어의 카이사르보다 훨씬 더 복잡한 인물이다.

프란시스코 데 케베도
「똑똑한 포르투나와 모두의 시간」,
「마르쿠스 브루투스」

케베도는 많은 것을 보았다. 그는 자기 시대의 스페인이 몰락하는 것을 보며 유명하고 고귀한 시구로 노래했고(나는 내 조국의 벽을 보았다/한때 탄탄했지만, 이제는 허물어진 벽을), 고발 편지에서는 감히 너무나 우습고 엉뚱한 시구로 시작했다.("입에 손가락을 갖다 대는 한이 있어도 나는 입을 다물지 않을 것이다.") 이렇게 노래한 것은 셰익스피어처럼 이 작가도 모든 원칙은 좋은 것이며, 자기는 계속 시를 지을 수 있는 재능이 있다는 것을 알고 있었기 때문이다. 그는 항상 정치적 열정에 사로잡혀 있었다. 파괴적인 플랑드르 전쟁과 궁정 신하의 희망 때문에 한눈을 판 나머지 그는 아메리카의 발견을 제대로 보지 못했다고 말할 수 있다. 그가 거기에서 중요하게 여긴 것은 금은보화와 해적의 공격을 받는 군함뿐이었다. 하지만 그는 감각적인 사람이었고, 아마도 고행자가 되고자 했었을 것이다. 그리고 언젠가 실제로 그랬을 것이라고 추측할 수 있는데, 그것은 그에게 사제와 같은 면모가 있었기 때문이다. 그는 스페인어의 모든 단어를 음미했다. 그는 자기의 적인 공고라의 은어와 방언에도 관심을 보였다. 또한 히브리어, 아랍어, 그리스어, 라틴어, 이탈리아어와 프랑스어도 연구했다. 몽테뉴를 읽었고, 그를 '몬타냐(산)' 씨라고 불렀지만, 그에게서 배운 것은 아무것도 없었다. 미소와 아이러니를 몰랐고 오로지 분노만 마음에 들어 했다. 그의 작품은 일련의 경험, 다시 말하면 일련의 언어적 모험이다.

우리는 두 작품을 골랐다. 하나는 「똑똑한 포르투나와 모두의 시간」인데, 이것은 환상적인 이야기들로 구성된다. 집들은 주인에게서 떠나 이사하고, 어떤 남자는 대리석으로 목욕을 하고 석상이 되며, 시인은 어느 원고를 읽는데 너무나 거무스름해서 그것을 들고 있는 손이 제대로 보이지 않으며, 부엉이와 박쥐들이 달려든다. 여기서 볼 수 있듯이 문체는 화가 치밀 정도로 바로크적이다. 다른 페이지에서는 "축배의 저녁노을 아래 굼벵이처럼 빛나는 뚱보의 얼굴"과 같은 아름다운 문장도 읽을 수 있다.

「마르쿠스 브루투스」는 아직도 모든 서양 언어에서 지속되는 라틴어에 대한 향수를 보여 준다. 세심하게 다듬은 그의 문장에서 스페인어는 거의 라틴어에 가깝다. 케베도는 자신의 모델이라 할 수 있는 말베치 후작[538]의 『로물루스』를 번역했다.

---

538   비르질리오 말베치(Virgilio Malvezzi, 1595~1654). 이
      탈리아의 역사가이자 에세이스트.

그는 단락별로 번역하면서 플루타르코스의 그리스 텍스트에
주석을 달았다.

　프란시스코 데 케베도 이 비예가스는 1580년에 마드리드
에서 태어나 같은 도시에서 1645년에 숨을 거두었다. 우리 시
대의 케베도라고 할 수 있는 루고네스는 그를 스페인의 가장
고귀한 문장가라고 평가했다.

이든 필포츠
『붉은 머리 가문의 비극』

이든 필포츠는 이렇게 썼다. "대영 박물관의 부주의한 색인 목록에 따르면, 나는 149권의 책을 쓴 작가이다. 참으로 후회 스럽고 놀라운 일이다."

"영국 작가들 중에서 가장 영국적인" 이든 필포츠는 이름 에서부터 너무나 분명하게 유대인 가문의 일원임이 드러난 다. 그는 인도에서 태어났고, 혈통을 부정하지 않았지만, 이즈 리얼 쟁월처럼 유대인에 대해서만 쓰는 작가는 아니었다. 다 섯 살인 1867년경에 아버지 헨리 필포츠 대위는 그를 영국으 로 보냈다. 열네 살 때는 고원인 다트무어의 황무지를 처음으 로 횡단했다. 데번셔 한가운데 있는 흐리고 메마른 평원 지대 이다.(여기에 문학 창작의 미스터리가 있다. 1876년의 그 여행(약 40 킬로미터의 힘든 하이킹)은 이후 출간된 거의 모든 작품을 결정했다. 그 여행을 다룬 첫 번째 작품인 『안개의 아이들』은 1897년에 출간되

었다.) 열여덟 살 때 그는 런던으로 갔다. 당시에는 위대한 배우
가 되겠다는 희망과 의지를 갖고 있었다. 그러나 관객을 보고
는 마음을 고쳐먹었다. 1880년부터 1881년까지 어느 회사의
사무실에서 아무런 보람도 느낄 수 없는 일을 했다. 밤에는 글
을 쓰고 그것을 다시 읽으며, 그 글을 지우거나 수정하거나 늘
리거나 보충하거나 불길 속으로 던져 버렸다. 그리고 1892년
에 결혼했다.

영광을 누린 작가라고는 말하기 어렵지만, 명성이 있는 작
가임에는 분명하다. 필포츠는 조용한 사람이었고, 지치지 않
고 수없이 대서양을 건너 강연회에 참석했다. 그는 정원사와
도 비단향꽃무와 히아신스에 관해 토론할 줄 아는 사람이었
다. 애버딘, 오클랜드, 밴쿠버, 심라,[539] 봄베이의 조용한 독자들
은 그를 기다렸다. 이 조용한 영국 독자들은 언젠가 글을 쓰면
서 가을 묘사에 나타난 사실적 특징을 확인하거나, 이야기의
비극적 종말을 심각하게 안타까워하곤 했다. 그들은 세계 각
지에서 이든 필포츠의 영국 정원에 심을 조그만 씨앗을 보낸
사람들이기도 하다.

이든 필포츠의 소설은 흔히 세 종류로 구분된다. 첫째는 가
장 중요한 범주인 다트무어 소설이다. 지역성을 다루는 이런
범주의 작품에는 『배심원』, 『아침의 아이들』, 『남자들의 아이
들』이 있다. 두 번째 범주는 역사 소설이다. 여기에는 『에반드
로스』, 『티폰의 보물』, 『라벤더 용』, 『달의 친구들』이 있다. 마

539　　인도 북부의 도시.

지막 범주는 탐정 소설이다. 여기에는 『딕위드 씨와 럼브 씨』,
『의사여, 네 병이나 고쳐라』, 『회색 방』이 속한다. 이 범주에 속
한 작품들의 엄격함과 경제성은 감탄이 나올 정도다. 개인적
으로 평가하기에는 『붉은 머리 가문의 비극』이 최고의 작품이
다. 다른 작품인 『천성』은 탐정 소설처럼 시작하지만 나중에
비극적인 역사로 심화된다. 이런 무관심(혹은 조심성)은 필포
츠의 전형적인 특징이다. 그는 또한 극작가이기도 하다. 몇몇
작품은 딸과 함께 썼고, 아널드 베넷과 함께 쓴 작품도 있다. 또
한 시를 쓰기도 했는데, 시집으로는 『100개의 소네트』와 『사
과 요리』가 있다.

나는 수백 편의 탐정 소설을 검토해야만 했는데 그렇게 힘
들지는 않았다. 특히 『붉은 머리 가문의 비극』은 매우 흥미로
웠다. 이 책의 줄거리는 약간 변형되어 니컬러스 블레이크의
『문제가 진행되고 있다』에서 반복된다. 필포츠의 다른 작품에
서는 처음부터 분명하게 미스터리가 해결된다. 그러나 전개
되는 이야기가 너무나 매력적이어서 그런 것은 전혀 중요하지
않다. 그러나 이 책은 그런 것 없이도 독자들에게 유쾌한 당혹
감을 선사한다.

쇠렌 키르케고르
『공포와 전율』

쇠렌 키르케고르, 예언적 색채가 나는 그의 성은 '묘지(교회에 부속된 뜰)'를 의미한다. 그는 1813년에 코펜하겐에서 태어났고 1855년에 같은 도시에서 사망했다. 그는 실존주의의 창시자, 아니 조금 더 정확하게 말하자면 실존주의의 아버지로 불린다. 자기 아이들보다 더 알려지는 것을 바라지 않은 그는 조용하고 눈에 띄지 않는 삶을 살았다. 또 한 사람의 유명한 덴마크인인 햄릿 왕자처럼 의심과 번민으로 자주 괴로워했다. 라틴어에 기원을 둔 번민(angustia)이라는 단어에 그는 새로운 공포의 전율을 부여했다. 그는 철학자라기보다는 신학자에 가까웠고, 신학자라기보다는 설득력 있고 섬세한 사람이었다. 루터주의 개신교도인 그는 하느님의 존재와 예수의 강생(降生)을 증명하는 주장을 부정했고, 이성의 관점에서 그것들을 부조리하고 터무니없다고 평가했으며, 신자들 각자에게 개인

적인 신앙 행위를 영위하라고 제안했다. 그는 교회의 권위를
인정하지 않았고 모든 사람에게는 각자 선택의 의무가 있다고
썼다. 또한 헤겔의 변증법과 말투를 거부했다. 항상 앉아서 글
을 쓰고 생각하는 삶을 살았기 때문에, 그의 인생은 사색과 기
도로 풍요로웠으되, 눈에 보이는 물질은 그렇지 못했다. 종교
는 가장 강한 그의 열정이었다. 그는 이상하게도 아브라함의
희생에 관심을 보였다.

어느 신문에 그를 비웃는 풍자만화가 게재되자 키르케고
르는 그런 풍자만화를 야기한 것이 아마도 자기 삶의 진정한
종말일지도 모른다고 생각했다. 그는 파스칼의 영혼 구원을
아주 많이 믿었다. 그래서 이렇게 썼다. "만일 마지막 심판 이
후 지옥에 단 한 명의 죄인이 남는다면, 아마도 내가 그 죄인
일 것이다. 나는 지옥의 심연에서 하느님의 정의를 찬미할 것
이다."

미겔 데 우나무노는 키르케고르의 작품을 읽기 위해 덴마
크어 공부를 시작했고, 그런 힘든 학습 기간이 충분히 가치 있
었다고 말했다.

그의 선집 편집자들이 부탁한 어느 글에서, 키르케고르는
철학 토론에 부적절하다고 판단하던 그의 모국어를 겸손하게
찬양했다.

구스타프 마이링크
『골렘』

파라셀수스[540]의 제자들은 연금술을 통해 호문쿨루스[541]를 만들어 냈다. 반면에 카발라주의자들은 하느님의 비밀스러운 이름을 알아내려고 노력하면서 진흙 인간의 이름을 신중하고도 천천히 발음했다. 한 단어로 이루어진 그 아들의 별명은 골렘이었다. 그것은 먼지에서 나왔고 아담이 창조되었던 물질로 만들어졌다. 아르님[542]과 호프만[543]이 그 전설을 알게 되었다.

540　Paracelsus(1493~1541). 문예 부흥기 시대에 살았던 독일 출신의 스위스 의사이자 연금술사.

541　Homunculus. 난쟁이라는 뜻이지만, 여기서는 연금술사가 만들어 내는 인간 또는 그 기술을 말한다.

542　루드비히 아힘 폰 아르님(Ludwig Achim von Arnim, 1781~1831). 독일의 시인이자 소설가.

543　에른스트 테오도어 빌헬름 호프만(Ernst Theodor

1915년 오스트리아인 구스타프 마이링크는 이 소설을 쓰면서 그 전설을 새롭게 고쳤다. 요란한 전쟁 소식에 지쳐 있던 독일 은 현재를 잊게 만드는 그 멋지고 환상적인 글을 감사히 수용 했다. 마이링크는 골렘을 프라하의 유대인 거주 지역에 33년 마다 나타나는 인물로 만들었다. 그 인물이 모습을 드러내는 곳은 접근이 불가능한 창문이었다. 문이 없는 원형의 방에 달 려 있었기 때문이다. 그는 화자의 또 다른 자아일 뿐만 아니라 수백 년 된 유대인 지역에서 살아왔던 여러 세대의 영적인 상 징이다. 이 책의 모든 것은 이상하다. 심지어 목차도 프라하, 펀치, 밤, 유령, 빛처럼 하나의 단어로만 이루어져 있다. 루이 스 캐럴[544]의 글처럼, 소설은 꿈으로 이루어져 있으며, 그 꿈에 는 다른 꿈이 들어가 있다. 그 책을 쓸 때까지 마이링크는 기독 교 신앙을 버리고 불교의 교리를 믿고 있었다.

환상 문학의 훌륭한 테러범이 되기 전에, 마이링크는 훌 륭한 풍자시인이었다. 그의『독일 부르주아의 풍요로운 뿔』 은 1904년에 출간되었다. 1916년에 마이링크는『녹색 얼굴』 을 발표한다. 그 작품의 주인공은 '떠도는 유대인'인데, 독일어 로 '영원한 유대인'이라고 불린다. 1917년에는『발푸르기스의 밤』을 출간했고, 1920년에는『서쪽 창문의 천사』라는 너무나

Wilhelm Hoffmann, 1776~1822). 독일 낭만주의 작가 이자 작곡가. 대표작으로『수고양이 무어의 인생관』, 『악마의 영역』이 있다.

544   Lewis Carroll(1832~1898). 영국의 소설가. 대표작으 로『이상한 나라의 앨리스』,『거울 나라의 앨리스』가 있다.

아름다운 제목의 작품을 발표했다. 이 작품의 무대는 영국이
며, 작중 인물은 연금술사들이다. '마이어'라는 평범한 이름을
마이링크로 바꾼 구스타프는 1868년에 비엔나에서 태어났고
1932년에 바이에른주의 슈타른베르크에서 사망했다.

헨리 제임스
「대가의 교훈」, 「사생활」, 「양탄자의 무늬」

헨리 제임스는 엄격한 칼뱅주의를 버리고 스베덴보리의
몽상적 교리를 따른 동명 신학자의 아들로 1843년 뉴욕에서
태어났다. 그의 아버지는 자기 아이들이 미국 촌놈이 아니라
세계주의자가 되기를 바랐다. 헨리와 그의 형 윌리엄은 신중
하고 꼼꼼하게 유럽의 교육을 받았다. 처음부터 헨리 제임스
는 자기가 인생의 배우가 아니라 관객이라는 사실을 무시하지
않았다. 그의 작품을 통해 우리는 그가 섬세하고 창의적인 관
객이라는 사실을 확인할 수 있다. 그는 항상 미국인이 지적으
로는 유럽인보다 열등하고 윤리적으로는 유럽인보다 뛰어나
다고 믿었다. 그는 불행할 때는 연극을 시도했고, 행복할 때는
소설과 단편 소설을 썼다. 콘래드나 디킨스와 달리, 등장인물
을 창조한 것이 아니라, 계획적일 정도로 모호하고 복잡한 상
황을 만들어서 무한한, 아니 무한에 가까운 독서를 가능하게

만들었다. 그의 책 대부분은 천천히 분석해야 제대로 음미할 수 있다. 영국과 이탈리아와 프랑스에 대한 사랑은 공공연히 드러냈지만 독일을 사랑한다고는 말하지 않았다. 또한 파리는 세상의 모든 연인들에게 환하게 밝혀진 등불이라고 썼다. 그는 I차 세계 대전이 끝나기 전인 1916년에 런던에서 세상을 떠났다.

제임스는 문학적인 삶이 소중한 주제가 될 수 있다는 것을 깨달았다. 여기에 실린 세 편의 소설을 읽는 독자는 문학 작품을 쓰는 행위는 서사시가 그토록 애용했던 무기를 사용하는 것만큼 격렬하고 흥미롭다는 것을 확인하게 될 것이다. 첫 번째 작품의 문체는 풍자적이다. 두 번째 작품은 믿을 수 없을 만큼 환상적이다. 그것은 로버트 브라우닝의 말년에서 비롯되었다고 한다. 세 번째 작품은 제임스의 방대한 모든 작품이 보여주는 일종의 상징이다.

헤로도토스
『역사』

공간은 시간으로 측정된다. 당시 세상은 지금보다 더 광활했지만, 헤로도토스는 기원전 500년 전에 걸음을 내딛기 시작했다. 그는 테살리아와 스키타이족의 드넓은 초원 지대로 발길을 옮겼다. 그리고 흑해를 항해해서 드네프르강[545]의 어귀까지 갔다. 그리고 사롤리스와 페르시아의 수도인 수사를 오가는 고되고 위험한 여행을 했다. 또한 바빌로니아와 이아손의 목적지였던 콜키스도 방문했다. 또한 그라사에도 체류했다. 섬과 섬을 돌아다니면서 에키나데스 군도를 탐험했다. 이집트에서는 헤파이스토스 사원의 사제들과 대화를 나누었다. 그는 동일한 신들이 각 언어에 따라 다르게 불린다고 생각했다. 그

---

545   러시아 스몰렌스크주의 발다이 구릉에서 발원하여,
       벨라루스와 우크라이나의 남서부로 흐르는 큰 강.

는 성스러운 나일강을 거슬러 올라갔다. 아마도 첫 번째 폭포까지 갔던 것 같다. 흥미롭게도 그는 도나우강이 나일강의 대조 악절과 같다고, 그리고 반대의 경우도 마찬가지라고 상상했다. 그는 전쟁터에서 이나로스[546]에게 패한 페르시아 군인들의 유해를 보았다. 또한 아직 젊은 스핑크스들도 보았다. 그리스 사람인 그는 "정말 멋진 모든 지역 중에서도 가장 멋진 지역"이라는 말로 이집트에 대한 사랑을 고백했다. 그는 그 지역에서는 옛날에 시간의 흐름이 어땠는지 느꼈다. 그러면서 341세대 동안의 사람들과 사제들과 왕들에 관해 말했다. 또한 1년이 열두 신이 지배하는 열두 달로 나뉜 것은 이집트인들 덕분이라고 평가했다.

그는 다행히도 페리클레스[547]의 시대에 살았으며 소포클레스와 고르기아스[548]의 친구였다.

키케로[549]는 그리스어로 '역사'라는 단어는 조사와 확인을 의미한다는 것을 잊지 않으면서 그를 '역사의 아버지'라고 불렀다. 1842년 초에 출간된 가장 행복한 글에서 드퀸시는 고대

---

546 Inaros. 이집트 26대 왕조 계열의 리비아 왕자의 아들. 기원전 460년 아테네 동맹의 도움으로 페르시아를 상대로 반란군을 일으켜 승리했다.

547 Pericles(기원전 495년경~기원전 429). 고대 아테네의 정치가이자 웅변가. 아테네의 황금시대를 열었다.

548 Gorgias(기원전 485년경~기원전 385). 고대 그리스의 소피스트이자 철학자이며 웅변가.

549 마르쿠스 툴리우스 키케로(Marcus Tullius Cicero, 기원전 106~기원전 43). 로마 시대의 정치가이자 웅변가이며 철학자.

작가가 아니라 현대 작가들에게 주로 적용되는 '신선함'이라
는 말로 그를 찬미했다. 그는 헤로도토스를 최초의 백과전서
파이며 최초의 문화 기술자(記述者)이자 지리학자라고 평했
다. 그러면서 '산문의 아버지'라는 별명을 붙여 주었다. 콜리지
에 따르면, 모든 문학에서 시가 산문보다 앞서는데, 그래서 이
별명은 '시의 아버지'라는 말보다 사람들을 더 놀라게 했다.

   앞서 언급한 에세이에서, 드퀸시는 아홉 권으로 구성된 그
의『역사』에 대해 말하면서 그것을 소중한 보물이라 단언했다.

후안 룰포
『뻬드로 빠라모』

에밀리 디킨슨[550]은 출판은 작가의 운명에서 본질적이고 중요한 부분이 아니라고 믿었다. 후안 룰포는 그 의견에 동의하는 것 같다. 그는 독서와 고독을 사랑했으며, 원고를 쓰고 그것을 수정하고 교정한 후 찢어 버리곤 했다. 첫 번째 책인 단편집 『불타는 평원』(1953)은 마흔 살에야 출간되었다. 고집 센 그의 친구 에프렌 에르난데스[551]가 그에게 원본 원고를 억지로 빼

---

550 Emily Dickinson(1830~1886). 미국의 시인. 미국에서 가장 천재적인 시인의 한 사람으로 꼽힌다. 거의 2000편의 시를 썼으며, 주로 사랑과 죽음과 이별, 영혼과 천국 등을 소재로 삼는 명상시가 대부분이다.

551 Efrén Hernández(1904~1958). 멕시코 소설가이자 시인. 대표작으로 『말 없는 벽 사이에서』, 『비둘기, 지하실, 탑』이 있다.

앗아 출판사에 가져갔다. 이 작품집에 실린 열아홉 개의 단편 소설은 수많은 국가와 수많은 언어권에서 그를 유명하게 만들어 준 소설을 어느 정도 예시한다. 자기 아버지 페드로 파라모를 찾으러 온 화자가 알지 못하는 사람과 만나고, 그 사람은 화자에게 두 사람이 형제이며 그 마을의 모든 사람들은 파라모라고 불린다고 말해 준다. 그 순간부터 독자는 이미 환상 문학 속으로 들어왔다는 사실을 깨닫지만, 뻗어 나갈 방향이 불명확한 소설의 내용은 예측하지 못한다. 그러나 이미 이 소설의 무게에 사로잡혀 압도된다. 문학 비평계는 매우 다양한 분석을 시도했다. 하지만 아마도 가장 읽기 쉽고 복잡한 것은 에미르 로드리게스 모네갈[552]의 글일 것이다. 이 작품에 담긴 역사, 지리, 정치, 포크너의 문학 기법과 다른 몇몇 러시아 작가와 스칸디나비아 작가들의 기법, 사회학과 상징주의는 열심히 연구되었지만, 지금까지 그 누구도 무지개를(존 키츠의 이상한 은유를 사용해서 말하자면) 풀어낼 수는 없었다.

『페드로 빠라모』는 스페인어권, 아니 세계 문학 전체에서 가장 훌륭한 소설의 하나이다.

---

552   Emir Rodríguez Monegal(1921~1985). 우루과이의 문학 비평가이자 대학 교수. 1969년부터 미국의 예일 대학에서 강의하면서 라틴아메리카 현대 소설의 세계화에 크게 공헌했다. 대표 비평서로 『호르헤 루이스 보르헤스: 문학 전기』, 『라틴아메리카 소설의 붐』이 있다.

조지프 러디어드 키플링
『단편집』

내가 보기에 이 작품집에 수록된 단편 소설은 모두 대작이 될 역량을 갖추고 있다. 전반부의 작품들은 허망하게도 단순하고, 후반부의 작품들은 의도적으로 모호하고 복잡하다. 이것들을 키플링 최고의 작품들이라고 말할 수는 없지만, 매우 독특한 작품인 것만은 분명하다. 키플링이 젊었을 때 쓴 「백 가지 슬픔의 문」은 로마 병사의 감동적인 이야기이다. 이 병사는 알지도 못하고 의도하지도 않은 채 예수가 된다. 이 모든 작품에서 작가는 현명하고 순수하게 자기가 듣고 본 것을 이야기하면서 마치 자기도 이해하지 못했다는 듯한 태도를 취한다. 그리고 전통적인 논평을 덧붙이는데, 이것은 독자들이 그의 생각에 동조하지 않게 하기 위한 장치이다.

키플링의 위대한 본질은 몇몇 좋지 않은 상황 때문에 감추어졌다. 키플링은 대영 제국을 상이한, 아마도 약간 적대적인 영국에게 보여 주었다. 사회주의자인 웰스와 쇼는 자기들에게 모호한 힌두스탄을 보여 주면서, 대영 제국을 백인의 의무이자 짐이라고 주장하는 이 의외의 청년을 다소 의아한 눈으로 쳐다보았다. 불가피하게 두 사람은 이 천재를 그의 정치적 견해로 판단하는 실수를 범했다. 오늘날에도 이런 나쁜 예를 따르는 추종자들이 많다. 그들은 일반적으로 참여 문학에 대해 말한다.

봄베이에서 태어난 러디어드 키플링은 첫 번째 시집 『7대양』을 아름답게 이 도시에 헌정했다. 그는 영어보다 힌디어를 먼저 배웠고, 거의 죽을 때까지 두 언어로 생각하는 능력을 유지했다. 한 시크교도는 단편 소설 「어느 각하의 전쟁」은 힌디어로 구상되었고, 나중에 영어로 옮겨진 게 분명하다고 말했다. 키플링은 항상 프랑스를 찬양했으며, 이제는 자신의 조국인 영국보다 더 애정을 갖고 기억한다. 학교에서는 라틴어를 억지로 배웠다. 그는 억지로 외워야 했던 호라티우스를 증오하기 시작했다. 그러나 몇 년 후 호라티우스는 그가 불면의 기나긴 밤들을 이겨 내도록 도와주었다. 키플링은 항상 고독하고 다소 냉담한 사람이었다. 그의 자서전 『나 자신에 관한 어떤 것』은 제목처럼, 우리에게 일부만 말할 뿐, 많은 것을 말해 주지는 않는다. 심리 분석이 찾는 내밀한 것은 하나도 없다. 과묵한 사람의 속성인 이런 신중함 때문에 우리는 그를 더 잘 알게 되었다. 그의 큰아들은 1차 세계 대전 중에 전사했다. 그는 영국이 프랑스로 파견한 10만 명의 자원병 중 한 사람이었다. 키플링은 로마를 언급하는 작품에서 아들의 죽음을 애도하며 울었다. 다양하고 다채로운 그의 작품에는 수많은 행복과 슬픔이 있는데, 우리는 그것을 결코 알 수 없으며 알아서도 안 된다.

위고와 마찬가지로 키플링은 그림을 잘 그렸다. 그것을 보여 주는 증거가 『왜냐고 묻는 딸을 위해 쓴 키플링의 바로 그 이야기들』에 삽입하기 위해 먹물로 그린 삽화이다.

조지 무어는 셰익스피어 이후에 사전을 통째로 외우고 글을 쓴 영국 작가는 키플링뿐이라고 말했다. 그는 풍부한 어휘를 관리할 줄 알았지만 잘난 체하지 않았다. 한 행, 한 행을 아주 성실하게 천천히, 그리고 전혀 치우치지 않도록 일일이 다듬었다. 그의 초기 주제는 바다, 동물, 모험가와 군인 들이었다. 그리고 후기 주제는 질병과 복수였다.

키플링은 두 번째 암 수술 후 1936년에 숨을 거두었다. 마지막 작품 중 「육체의 고통에 대한 찬가」라는 시가 있는데, 그 시에서 그는 육체의 고통 덕분에 영혼이 다른 지옥을 잊는다고 말했다.

나는 오랫동안 살아오면서 여기에 선택한 작품들을 수백 번은 읽은 것 같다.

윌리엄 벡퍼드
『바테크』

우리 인생의 대부분을 구성하는 꿈은 아르테미도로스[553]부터 융에 이르기까지 장황하게 연구되었다. 그러나 이 장르의 호랑이라는 악몽은 그렇지 않다. 망각과 기억의 모호한 잿더미인 밤의 꿈은 낮이 남겨 두는 것이다. 악몽은 일반적인 밤샘과는 전혀 다른 특별한 맛을 준다. 몇몇 예술 작품에서 우리는 의심할 수 없는 맛을 알아본다. 나는 지옥의 4곡에 나오는 고귀한 성, 피라네시[554]의 감옥, 드퀸시의 몇몇 페이지와 메이 싱

---

553   Artemidoros(?~?). 에페소스에서 기원전 2세기경에
       예언가로 활동했으며, 대표작으로는 『꿈의 해석』이
       있다.
554   조반니 바티스타 피라네시(Giovanni Battista Piranesi,
       1720~1778). 이탈리아의 판화가이자 건축가.

클레어, 그리고 벡퍼드의『바테크』를 생각한다.

　윌리엄 벡퍼드는 엄청난 재산을 물려받았고, 그 돈을 학업과 예술 창작에 바쳤다. 또한 대저택을 짓고 쾌락을 즐기며 과시하듯이 유폐 생활을 했고, 책과 판화를 수집하는 데 많은 돈을 썼다. 사람들 말에 따르면, 심지어 처음에는 프랑스 혁명 이전에 살았던 사람들만이 알았던 '인생의 즐거움(douceur de vivre)'에 유산을 썼다고 한다. 그의 음악 스승은 모차르트였다. 그는 포르투갈의 신트라와 영국의 폰트힐에 덧없이 높은 탑을 세웠다. 그리고 자기와 같은 시대를 사는 사람들을 위해 정신 나간 귀족 행세를 했다. 어느 정도 바이런, 또는 오늘날 우리가 바이런에 대해 갖고 있는 이미지와 유사했다. 열일곱 살 때에는 자신이 몹시 존경하던 플랑드르 화가들을 풍자하는 전기를 썼다. 그의 어머니는 기번과 마찬가지로 영국 대학을 불신했고, 그래서 윌리엄은 제네바에서 교육을 받았다. 네덜란드와 이탈리아를 돌아다녔고, 이 나라들에 대해 서간문 형태로 익명의 책을 헌정했지만, 출간과 함께 모두 없애 버려서 여섯 부만이 남아 있다.『바테크』는 그가 1781년의 사흘 낮과 이틀 밤 동안 썼다는 말이 있다. 이 전설은 이 작품의 통일성을 보여 주는 증거이다. 벡퍼드는 이 작품을 프랑스어로 썼다. 당시 영어는 다른 게르만 언어들처럼 주요 언어가 아니었다. 1876년 말라르메는 이 작품의 원본을 재인쇄한 판본에 서문을 썼다.

　이 책을 읽어 보면『천하루 밤의 이야기』의 영향이 분명하게 느껴진다. 또한 이야기를 고안해 내고 그런 생각을 훌륭하게 써낸 것도 분명하다. 앤드루 랭은「지하 불길의 성」의 이야기가 이 책의 가장 큰 자랑거리라고 선언, 아니 제안한다.

대니얼 디포
『유명한 몰 플랜더스의 행운과 불행』

솔직하게 말하자면, 대니얼 디포의 가장 중요한 업적은 현
실에서 접할 수 있는 상황적 특징들을 발견해 냈다는 사실이
다. 이것은 이전의 영국 문학에서 거의 무시되던 요소이다. 이
런 것이 뒤늦게 발견되었다는 것은 잘 알려진 사실이다. 내가
기억하는 한,『돈키호테』에 단 한 번도 비가 내리지 않는다는
것도 유명한 이야기이다. 아마도 우나무노는 그런 기법 놀이
를 넘어서야 한다고 말했을 것이다. 사실 디포의 작업에서는
사랑스럽고 죄 많은 인물들이 계속 만들어졌으며, 결코 우쭐
대지 않는 문체에서는 독특한 행복을 느낄 수 있다는 점이 놀
랍다. 세인츠버리[555]는 그의 작품이 모험 소설과 오늘날 심리

---

[555] 조지 세인츠버리(George Saintsbury, 1845~1933). 영
국의 문예 비평가이자 역사가.

소설이라고 부르는 것의 중간 단계를 형성한다고 지적한다. 다시 말하면, 사실상 이 두 가지 경향이 이 작품에서 혼합되어 사용된다는 것이다. 『돈키호테』는 돈키호테라는 작중인물뿐 아니라, 그가 행하는 작업에 관한 것이기도 하다. 『로빈슨 크루소』(1719)는 무인도에서 자기 방을 만드는 독일 혈통의 단순한 선원일 뿐만 아니라, 백사장에 인간의 흔적을 남기는 것이 얼마나 모질고 몸서리쳐지는 일인지도 보여 준다. 이왕 말이 나왔으니 말하자면, 디포는 브리스틀 항구에서 칠레의 서쪽에 있는 후안페르난데스 제도에서 4년 4개월을 살았던 알렉산더 셀커크와 긴 대화를 나누었는데, 바로 그 사람이 로빈슨 크루소의 원형이다. 그는 교수대 아래에서 도둑 왕인 잭 셰퍼드와 대화를 나누기도 했다. 디포는 스물두 살에 교수형을 당한 그의 전기를 썼다.

시골 귀족의 손자이자 푸주한의 아들인 대니얼 디포는 런던에서 태어났다. 그의 아버지는 포(Foe)라고 서명했다. 익히 추측할 수 있듯이, 대니얼은 거기에 귀족 가문을 뜻하는 접두어를 붙여 '디포'라는 이름을 사용했다. 그는 비국교도 학교에서 훌륭한 교육을 받았다. 그리고 사업 때문에 포르투갈, 스페인, 프랑스, 독일과 이탈리아를 여행했다. 그는 투르크 제국에 반대하는 정치 선전물을 쓴 것으로 알려져 있다. 한때 방물 가게를 차려 성공을 거두었으나 파산했고, 감옥에 갇혀 형틀을 쓰기도 했다. 그는 첩보원 활동을 경멸하지 않았으며, 영국과 스코틀랜드의 연합을 위해 일했다. 그는 상비군을 두둔했다. 그리고 모든 당파적 원칙을 무시하여 보수당과 자유당 모두와 사이가 좋지 않았다. 윌리엄 3세, 즉 오라녜 공작이 왕위에 오

르자 사람들은 그가 순수 혈통의 영국인이 아니라고 비난했
다. 디포는 10음절의 연구(聯句)로 작성된 강경한 어조의 정치
선전물에서 순수 혈통의 영국인을 말하는 것은 자기모순인데,
그 이유는 유럽 대륙의 모든 인종이 유럽의 개수통인 영국에
서 뒤섞였기 때문이라고 설명했다. 그 흥미로운 시에는 이런
글이 있다.

The roving Scot and buccaneering Dane,

whose red hair offspring everywhere remain.

(방랑하는 스코틀랜드 사람과 해적질하는 덴마크 사람,

그들의 붉은 머리 자손들은 사방에 남아 있다.)[556]

이 혹평 덕분에 그는 연금을 받게 되었다. 1706년에는 『빌
부인의 망령』이라는 선전물을 출간했다.

『선장 싱글턴』은 확연히 아주 다른 문체로 라이더 해거드[557]

---

556   이 부분은 보르헤스가 디포의 「순혈 영국인(True-
Born Englishman)」을 잘못 기억해서 옮긴 것으로 보인
다. 디포의 작품은 다음과 같다. "The Pict and painted
Briton, treacherous Scot,/ By hunger, theft, and rapine
hither brought;/ Norwegian pirates, buccaneering Danes,
/ Whose red-haired offspring everywhere remains,/ Who,
joined with Norman-French, compound the breed/ From
whence your true-born Englishman proceed."

557   헨리 라이더 해거드 경(Sir Henry Rider Haggard,
1856~1925). 영국의 소설가. 대표작으로 『솔로몬 왕
의 동굴』이 있다.

가 아프리카를 무대로 쓰게 될 소설을 미리 예시했다.

　그는 또한 악마학자로서 1726년에『악마의 정치사』를 출간했다.

　육체적인 것은 다룰 엄두를 내지 못했던 신중하기 짝이 없는 스페인의 피카레스크 소설이『유명한 몰 플랜더스의 행운과 불행』, 즉 다섯 번 결혼해서 다섯 명의 남편을 갖고 근친상간을 범하며 오랫동안 투옥된 몰 플랜더스의 머나먼 조상이라고 생각되는 것은 결코 놀라운 일이 아니다.

　마르셀 슈보브는 이 책을 프랑스어로 번역했고, 포스터[558]는 이 책을 꼼꼼하게 읽고 분석했다.

558　　에드워드 모건 포스터(Edward Morgan Foster, 1879~1970). 영국의 작가이자 평론가.

장 콕토
『직업의 비밀』과 다른 글들

우리는 문학사와 역사의 부침에 따라 문학 작품을 바라보는 프랑스의(그리고 오늘날에는 세계의) 관습이 장 콕토에게 도움이 되는지 아니면 피해가 되는지 결코 알 수 없을 것이다. 그는 학파, 신념, 변화, 성명서, 그리고 논쟁이라는 이상한 놀이에 열정을 느끼기보다는 체념하고서 들어갔다. 열일곱 살 때이미 그는 유명인이었다. 그는 기사(騎士) 마리노[559]처럼 예술의 목적은 감탄과 놀라움을 주는 것이라고 항상 믿었다. 다다이즘 운동을 배제하지 않은 채 이후의 여러 문학 사조를 자신

---

[559]   잠바티스타 마리노(Giambattista Marino, 1569~
        1625). 17세기 이탈리아 시문학을 지배했던 마리니즘
        의 창시자. 대표 작품으로 『아도네』가 있다.

의 것으로 만들었다. 그는 브르통, 차라,[560] 마리탱,[561] 피카소, 사티,[562] 아폴리네르,[563] 그리고 스트라빈스키[564]의 친구였다. 그는 관객과 호흡할 수 있는 예술인 연극과 발레를 선호했다. 또한 1차 세계 대전에 참전했다. 그의 소설 『사기꾼 토마』는 그가 결코 좋아하지 않았던 그 단계에 관한 아름다운 기념비이다. 오스카 와일드처럼 그는 아주 똑똑한 사람이면서 경박한 사람처럼 보이려고 장난을 쳤다. 말이 나왔으니, 그가 사용한 짧은 은유 "기타, 죽음의 구멍"이라는 구절을 떠올려 보자. 틀림없이 그는 집시가 노래할 때 연주하는 슬픈 기타를 생각했을 것이다. 그가 마지막으로 선사한 놀라움은 예술원 회원 의자에 앉은 것과 가톨릭으로 개종한 것이었다.

이 책은 그의 작품 중 가장 알려지지 않았지만, 동시에 그의

---

560   트리스탕 차라(Tristan Tzara, 1896~1963). 루마니아계 프랑스 시인. 다다이즘의 창시자로 알려져 있다. 대표작으로 『비슷한 인간』, 『내면의 얼굴』이 있다.

561   자크 마리탱(Jacques Maritain, 1882~1973). 프랑스의 철학자이며 신토머스주의 철학의 대표자. 주요 저서로 『베르그송 철학』, 『인식의 단계』 등이 있다.

562   에릭 알프레드 레슬리 사티(Éric Alfred Leslie Satie, 1866~1925). 프랑스의 작곡가이자 피아니스트. 대표작으로 「사라반드」, 「세 개의 짐노페디」가 있다.

563   기욤 아폴리네르(Guillaume Apollinaire, 1880~1919). 프랑스의 시인. 대표작으로 『알코올』, 『칼리그람』이 있다.

564   이고르 스트라빈스키(Igor Stravinsky, 1882~1971). 러시아의 작곡가. 주요 작품으로 「불새」, 「봄의 제전」 등이 있다.

많은 책 중에서 가장 밝고 즐겁다. 이 책은 교조적인 성명서 차
원을 넘어, 불가사의한 시에 대한 일련의 현명하고 세밀한 의
견으로 구성되었다. 많은 비평가들과 달리, 콕토는 손수 시를
배웠고 행복한 마음으로 시를 썼다. 이 책을 읽는 것은 그의 진
실한 유령과 대화하는 것이다.

토머스 드퀸시
『이마누엘 칸트의 마지막 나날』과 다른 글들

드퀸시. 그만큼 오랫동안 나를 행복하게 한 사람은 없었다. 나는 루가노에서 그를 알게 되었으며, 지중해의 맑고 커다란 호숫가를 달리면서 숨이 막힐 것 같은 아름다움으로 가득한 "The central darkness of a London brothel(어느 런던 색싯집의 가운데 어둠)"이란 구절에 운율을 붙여 큰 소리로 읊었다.

그는 1918년에 내 앞에 나타났다. 1차 세계 대전의 마지막 해였다. 끔찍한 소식이 도착했으며, 나는 그것이 테베의 스핑크스가 낸 수수께끼가 비극적으로 해결된 것보다, 혹은 얼굴이 잠으로 가득할 수많은 사람들 중에서 '옥스퍼드 거리의 앤'[565]을 찾는 부질없는 짓이나, 또는 여름에 싸우거나 그 눈치

---

565   『어느 영국인 아편 중독자의 고백』에 나오는 인물로,
       드퀸시와 친하게 지냈으며 '고귀한 영혼'을 지닌 열다

를 살펴보는 행동보다 더 비현실적으로 보였다. 열세 살 때 그
는 기막힌 말솜씨로 유창하게 그리스어를 구사했다. 그는 워
즈워스의 초기 독자에 속했으며, 또한 당시 영국에서 거의 알
려지지 않았던 해박한 독일어를 처음으로 공부한 사람이기도
했다. 노발리스처럼 괴테의 작품을 읽을 뻔했고 리히터[566]를 지
나칠 정도로 숭배했다. 또한 신비나 불가사의 없이는 살 수 없
으며, 문제를 발견하는 것이 설명을 발견하는 것만큼 중요하
다고 고백했다. 그는 특히 이탈리아 음악에 매우 조예가 깊었
다. 그와 동시대를 살았던 사람들은 그를 가장 예의 바른 사람
으로 기억했다. 그리고 '보다 소크라테스식'으로 그 누구와도
대화를 나누었다. 그는 소심한 사람이었다.

그의 작품은 모두 열네 권으로 구성되어 있으며, 그중 단
한 페이지도 작가에 의해 악기처럼 조율되지 않은 것은 없
다. 그는 한 단어로도 감동을 줄 줄 알았다. 예를 들면 드퀸시
가 꼼짝도 하지 않고 꿈을 꾸는 동안 시끄럽게 외치는 'consul
romanus(로마 집정관)'[567] 같은 표현이 그렇다.

소설 『클로스터하임 혹은 가면무도회』와 내가 논할 자격이
없는 학문인 정치 경제에 대한 몇몇 대화를 제외하면, 그의 열
정적이고 방대한 작품은 에세이로 이루어져 있다. 사실 그의

섯 살의 성 노동자이다.

566　　요한 파울 프리드리히 리히터(Johann Paul Friedrich
　　　　Richter, 1763~1825). 독일의 소설가. 대표작으로 『티
　　　　탄』, 『지벤케스』 등이 있다.

567　　드퀸시는 그리스인들을 내면적이고 정신적인 존재로,
　　　　로마인들을 행동적이고 지배적인 인물로 대조시킨다.

에세이는 해박하고 재미있는 논문에 가깝다.『천하루 밤의 이야기』를 통독하고 몇 년이 지난 후, 드퀸시는 마법사가 땅바닥에 귀를 대고 땅 위를 돌아다니는 수많은 발자국 소리를 듣는 장면을 떠올린다. 마법사는 그 발자국이 한 사람의 것이며, 그 주인공이 누구인지 안다. 그는 마법 램프를 발견할 운명을 타고난 중국의 어느 어린아이다. 나는 갈랑[568]과 버튼[569]의 번역본에서 관련 일화를 찾아보았지만 헛수고였다. 나는 그것이 드퀸시의 무의식적 재능, 즉 과거를 보강하고 확장하는 적극적인 기억이라는 사실을 확인했다. 지적 쾌락과 미학적 쾌감이 그의 작품에서 하나로 통합되고 있는 것이다.

568   앙투안 갈랑(Antoine Galland, 1646~1715). 프랑스의 동양학자.『천하루 밤의 이야기』를 처음으로 유럽어로 옮긴 것으로 유명하다.

569   리처드 프랜시스 버튼(Richard Francis Burton, 1821~1890). 영국의 아랍 전공자.『천하루 밤의 이야기』를 영어로 번역해 아홉 권으로 출간했다.

라몬 고메스 데 라 세르나
『실베리오 란사』

고메스 데 라 세르나가 코끼리 등에 올라서, 혹은 서커스단의 공중그네에서 강연을 했다는 사실은 모르는 사람이 없다. (공중그네에서 말하는 것도 잊을 수 없지만, 공중그네에서 우리에게 전해진 말은 더 잊을 수 없다.) 그는 빨간 잉크로 글을 썼고, 자기 이름을 자랑했다. 라몬이라는 이름을 그는 대문자로, 일종의 마법 글자처럼 그렸다. 그는 분명히 천재였고 그런 하찮은 일을 생략할 수도 있었다. 그런데 그런 하찮은 것에서 놀이, 즉 삶과 죽음이라는 또 다른 놀이에 삽입된 관대한 놀이를 볼 수는 없는 것일까?

라몬 고메스는 1888년 스페인에서 태어났다. 스페인 내전 때문에 부에노스아이레스에 왔고, 이곳에서 1963년에 사망했다. 하지만 나는 그가 이곳에 존재한 적이 없다고 생각한다. 조이스가 항상 더블린을 품고 다녔듯이, 그도 마드리드를 품고 다녔기 때문이다.

쥘 르나르[570]는 "작은 메모 하나면 족하다."라고 썼다. 그의 안부 인사가 아마도 우리의 작가에게 무지갯빛의 '그레게리아'[571]에 영감을 주었던 것 같다. 페르난데스 모레노[572]는 그것을 거품에 비교했다. 각각의 그레게리아는 순간적인 계시이다. 고메스 데 라 세르나는 별로 힘들이지 않고 우리에게 그것을 아낌없이 주었다.

내가 읽은 그의 첫 책은 이 서문 다음에 나오는 책이다. 작가는 해가 저물 무렵 재떨이가 두 친구의 담뱃재로 가득 찼다고 말하지 않고, 저녁때 우리의 죽음이 남긴 재로 가득 찼다고 말한다.

그는 우리에게 100여 권의 책을 남겼다. 지금 이 순간 내가 떠올리는 것은 1948년에 출간된 그의 자서전이다. 흥미롭게도 그 책의 제목은 『자사전(自死傳)』이다. 그는 또한 유명한 스페인 화가들의 전기도 썼다. 나는 그가 고야[573]의 투우 그림을 보고 처음으로 환상적 성격을 지적한 사람이라고 생각한다.

---

570   Jules Renard(1864~1910). 프랑스의 소설가이자 극작
       가. 대표작으로 『바람둥이』, 『조국』 등이 있다.
571   한 줄이나 한 문장으로 철학이나 유머 혹은 실용적 사
       고를 표현하는 짧은 글.
572   발도메르 페르난데스 모레노(Baldomero Fernández
       Moreno, 1886~1950). 아르헨티나의 시인이자 아르헨
       티나 학술원 회원.
573   프란시스코 호세 데 고야 이 루시엔데스(Francisco José
       de Goya y Lucientes, 1746~1828). 스페인의 화가이자
       판화가.

앙투안 갈랑
『천하루 밤의 이야기(모음집)』

전통적으로 질과 양이 대립되는 경우, 항상 우선시되는 것은 질이다. 그러나 두 번째 요인인 양을 요구하는 작품, 즉 길고 엄청난 분량의 책이 있다. 『천하루 밤의 이야기』(혹은 버튼이 붙인 제목처럼 『천일야화』)는 1001개가 되어야 한다. 어느 글에서는 1000에 대해 말하지만, 1000은 정해지지 않은 숫자, 즉 '많다'와 동의어이다. 그러나 1001은 무한한 숫자, 즉 무한하면서도 동시에 정확한 숫자이다. 1이 덧붙은 것은 짝수에 대한 미신적 두려움 때문이라고 추정하는 사람들도 있다. 그러나 오히려 미학적 질서의 발견이라고 믿는 편이 나을 것이다.

한 권의 책이 되기 전 『천하루 밤의 이야기』는 피타고라스의 교리나 부처의 가르침과 같이 구전되던 이야기였다. 최초의 단편 소설 작가들은 아마도 '밤의 이야기꾼들,' 즉 환상적인 이야기로 마케도니아의 알렉산드로스 대왕의 밤샘을 즐겁게 해 주던 '밤 사람들'이었을 것이다. 이 이야기는 아마도 힌두스탄에서 페르시아로, 페르시아에서 소아시아의 도시와 왕국으로, 소아시아에서 이집트로 전해졌을 것이다. 우리는 누군가가 알렉산드리아에서 그것들을 수집해서 편찬했을 것이라고 어렵지 않게 추측할 수 있다. 그럴 경우 마케도니아의 알렉산드로스 대왕이 시작과 끝을 관장했을 것이다. 이렇게 구전되던 이야기가 글로 쓰인 것이 12세기라고 말하는 사람도 있고, 16세기라고 말하는 사람도 있다. 밤의 분위기는 이슬람이다. 제목의 숫자를 합리화하기 위해 필경사들은 임시로 이야기를 삽입했다. 그런 이야기들 중에는 샤흐리야르 왕과 셰에라자드에 대한 서문과 끝없는 이야기를 만들어야 하는 아름다운 위험에 관한 이야기도 있다. 신드바드의 일곱 여행 중 하나는 율리시스의 항해와 일치한다.

이 책은 조심스럽게 꾸어진 일련의 꿈이다. 이 책에 수록된 이야기들은 무진장 다양하지만, 혼란스럽지 않다. 양탄자의 대칭을 떠올리게 하는 대칭이 지배하기 때문이다. 이야기에는 3이라는 숫자가 자주 나온다. 나는 가장 충실한 판본을 선택하는 현대의 현학에 빠지는 대신 가장 즐겁고 쾌적한 판본을 찾았다. 그것은 동양학자이자 고전학자인 앙투안 갈랑의 판본이다. 갈랑은 1704년부터 유럽에 『천하루 밤의 이야기』를 알렸다. 그는 이 작품의 마법적 성격을 강조했고, 느리고 지겨운 부분은 축소했으며, 음란하고 외설적인 부분은 삭제했다. 버튼은 갈랑의 이야기 재능이 좀처럼 찾아보기 힘들 정도로 훌륭하다고 지적했다. 갈랑이 처음에 이렇게 재미를 돋우지 않았다면, 이후의 번역은 시도되지 않았을 것이다. 이런 점에서 그

는 우리의 은인이다. 수세기가 지났지만, 그래서 사람들은 계
속 셰에라자드의 목소리를 듣는 것이다.

로버트 루이스 스티븐슨
「신 아라비안나이트」, 「마카임」

며칠 전 밤에 모르는 사람이 마이푸 거리에서 내 걸음을 멈
춰 세웠다.

"보르헤스 씨, 당신에게 감사하고 싶은 게 하나 있어요."

그게 뭐냐고 묻자 그가 답했다.

"당신 때문에 스티븐슨을 알게 되었거든요."

일리가 있는 말이다 싶어 나도 행복했다. 나는 이 책을 읽고
나면 다른 사람도 그런 행복을 함께 느끼게 될 거라고 확신한
다. 몽테뉴나 토머스 브라운 경[574]의 작품을 만날 때처럼, 스티
븐슨을 발견하는 것은 문학에게 선사받는 지속적 행복 중 하
나이다.

574　Sir Thomas Browne(1605~1682). 영국의 의사이며 작
　　가. 명상록인 『종교 의학』으로 널리 알려져 있다.

스티븐슨은 1850년 초에 스코틀랜드의 에든버러에서 태어났다. 아버지는 등대 토목 기사였다. 한 줄로 늘어선 유명한 등대들은 그가 세운 등대 탑과 그가 켠 등대의 불빛을 연상시킨다. 스티븐슨은 힘들고 용감한 삶을 살았다. 친구에 관해 쓴 것처럼 그는 죽을 때까지 미소를 짓겠다는 의지를 지켰다. 결핵에 걸려 영국에서 지중해로, 지중해에서 캘리포니아로, 캘리포니아에서 남태평양의 사모아로 가야만 했고, 거기서 1894년에 사망했다. 사모아 원주민들은 그를 '투시탈라,' 즉 이야기꾼이라고 불렀다. 스티븐슨은 기도문과 우화, 그리고 시까지 모든 문학 장르를 시도했다. 그러나 죽은 다음에는 이야기꾼으로 기억되기를 바랐다. 그는 칼뱅주의를 버렸지만, 힌두교도들처럼 세상은 도덕법에 의해 지배되고 있으며, 악당이나 호랑이 또는 개미도 스스로 하지 말아야 할 것이 있다는 사실을 알고 있다고 믿었다.

1891년에 앤드루 랭은 "동화와 같은 런던에서 일어나는 플로리스탄 왕자의 모험"이라면서 (「신 아라비안 나이트」를) 칭찬했다. 바로 그 환상적인 런던이 우리 책에 수록된 처음 두 단편소설의 공간이며, 1882년에 스티븐슨이 꿈꾼 곳이다. 우리에게는 다행스럽게도 20세기 초에 브라운 신부가 그 런던을 탐험한다. 체스터턴의 문체는 바로크적이다. 하지만 스티븐슨의 문체는 고전적이며 풍자적이다.

유리 거울과 물의 거울은 많은 세대들에게 '분신'을 의미했다. 스티븐슨은 항상 이 분신에 관심을 두었다. 그의 작품에는 이 주제에 관한 네 개의 변주가 있다. 첫 번째 변주는 오늘날 잊힌 극작품 「조합장 브로디」에 있다. 그는 이것을 W. E.

헨리[575]와 공동으로 썼는데, 이 작품의 주인공은 가구상인 동시에 도둑이다. 두 번째는 우화적 단편 소설 「마카임」에 있는데, 이 작품의 끝은 예측 불가능하며 숙명적이다. 세 번째 변주는 「지킬 박사와 하이드」에서 발견되며, 악몽으로 인해 작품의 내용이 전개된다. 이 이야기는 한 번 이상 영화화되었다. 감독들은 하나같이 한 명의 배우에게 두 사람 역을 맡기지만, 그것은 마지막 부분에서 일어나는 뜻밖의 사건으로 파괴된다. 네 번째 변주는 설화시 「타이콘데로가」에 나오는데, 여기서 분신, 즉 생령(生靈)이 자기가 데려갈 사람을 찾으러 온다. 그는 바로 스코틀랜드의 고지에 사는 사람으로 생령은 그를 죽음의 길로 이끈다.[575]

로버트 루이스 스티븐슨은 세계 문학사에서 가장 빈틈이 없고 가장 창의적이며 가장 열정적인 작가에 속한다. 앙드레 지드는 스티븐슨에 대해 이렇게 썼다. "그가 삶에 취한다면, 그것은 약한 샴페인 같을 것이다."

---

575 윌리엄 어니스트 헨리(William Ernest Henley, 1849~
     1903). 영국의 시인.

레옹 블루아
「유대인을 통한 구원」,
『가난한 사람의 피』,『어둠 속에서』

레옹 블루아는 익히 알려진 이유로 위고를 증오했다. 그런
데 그의 작품을 읽는 독자 역시 눈부실 정도로 감탄하거나 전
적으로 그를 거부한다. 그에게는 불행이었지만, 문체의 예술
을 위해서는 다행스럽게도 그는 모욕적 언사의 대가였다. 그
는 영국이 밉살스러운 섬이며, 이탈리아는 부정(不貞)으로 뛰
어난 곳이고, 로트실트 남작을 만났는데 "그의 손이라고 부르
기로 합의한 것"을 잡았으며, 천재는 모든 프로이센 사람에 의
해 엄격히 거부되었고, 에밀 졸라는 피레네산맥의 바보이며,
프랑스는 선택된 민족이고, 지구의 나머지 국가들은 그 접시
에서 떨어지는 빵 부스러기로 만족해야 한다고 썼다. 기억나
는 대로 인용해 보았지만, 잊을 수 없을 만큼 의도적으로 정
성 들여 작업한 이 금언들은 레옹 블루아라는 이름의 예언자
와 공상가를 망각 속으로 지워 버린다. 카발라주의자들처럼,

그리고 스베덴보리처럼 그는 세상이 한 권의 책이며, 각각의 피조물은 하느님의 암호 표시라고 생각했다. 그 누구도 그 피조물이 누구인지 모른다. 블루아는 1894년에 이런 글을 썼다. "차르는 1억 5000만 명의 영적인 수장이며 아버지이다. 겉으로 드러나는 건 지독한 책임감뿐이다. 그러나 아마 하느님 앞에서가 아니라 몇몇 인간들 앞에서만 책임감을 지닐 것이다. 그의 제국에 있는 가난한 사람들이 그의 통치 기간에 탄압받았다면, 그리고 그 통치 기간에 거대한 재앙이 일어났다면, 차르의 군화를 닦는 하인이 진정한 단 한 명의 책임자인지 아닌지 누가 알겠는가? 심원의 오묘함 속에서 누가 진짜 차르이며, 누가 왕이고, 누가 단순한 하인이라고 으스댈 수 있을까?" 그는 천문학적 공간은 영혼의 심연을 보여 주는 거울과 다르지 않다고 생각했다. 과학뿐 아니라 민주주의 체제도 똑같이 부정했다.

그는 많은 문학 장르에 접근했다. 우리에게는 자전적 성격을 띠고 바로크 문체를 구사한 두 편의 소설 『절망한 사나이』와 『가난한 여자』를 남겼다. 또한 나폴레옹 보나파르트를 신비적으로 찬양한 에세이 『나폴레옹의 영혼』을 썼다. 「유대인을 통한 구원」은 1892년 작품이다.

「바가바드기타」, 「길가메시 서사시」

여기에 아시아 문학에서 유명한 두 편의 시가 있다. 하나는 「바가바드기타」이다. 이 제목은 '신의 노래' 혹은 '행복한 사람의 노래'라고 번역될 수 있다. 기원전 2세기나 3세기에 쓰였으며 작가의 이름은 알려지지 않는다. 힌두교도들은 그들의 작품을 어느 신, 또는 어느 종파, 이야기의 어느 인물 또는 단순히 '시간'의 것이라고 여긴다. 귀담아들을 만한 가정이지만, 학자들은 이런 말을 들으면 몹시 놀란다. 이 시는 700개의 노래로 이루어졌으며, 총 21만 2000개의 노래로 이루어진 「마하바라다」라는 서사시에 삽입되어 있다. 시 속에서는 두 나라의 군대가 대치한다. 주인공 아르주나 왕자는 전쟁터에 들어가기 전에 주저한다. 무장을 하고 적진에 있는 자기 친척과 친구와 스승을 죽이는 것이 두렵기 때문이다.

그의 전차 몰이꾼은 그에게 계급에 맞는 의무를 수행하라고 부추긴다. 그는 우주가 꿈과 같으며, 전쟁도 마찬가지라고 주장한다. 영혼은 불멸하며, 육체는 죽으면 다른 사람에게 옮겨 간다. 전쟁에서 패배하느냐 승리하느냐는 중요하지 않다. 중요한 것은 의무를 다하고 열반에 이르는 것이다. 나중에 그 몰이꾼이 최고신 비슈누의 1000가지 이름 중의 하나인 크리슈나라는 것이 드러난다. 이 시의 한 대목은 서로 대립되는 것이 실은 동일하다고 말한다. 에머슨과 보들레르가 이런 동일성을 모방했다. 인도로부터 우리에게 전쟁을 찬양하는 노래가 도착한다는 것은 흥미로운 일이다. 「바가바드기타」에서는 힌두 철학의 여섯 학파가 하나로 합쳐진다.

이 책에 수록된 또 다른 작품은 「길가메시 서사시」이다. 아마도 연대기적으로는 세계 최초의 서사시일 것이다. 이 서사시는 4000년 전에 작성되거나 수집되었다. 아슈르바니팔 왕궁의 유명한 서고에 있는 열두 개의 명판에 이 작품이 쓰여 있다. 여기서 숫자는 아무렇게 선택된 것이 아니라, 이 작품의 점성학적 순서에 해당한다. 이 서사시의 주인공은 길가메시 왕과 엔키두이다. 엔키두는 들판의 영양들과 함께 지내는 원시인이며, 길가메시를 파괴하기 위해 모신(母神) 아루루가 만든 사람이다. 그러나 둘은 친구가 되어 모험을 떠나는데, 그 모험은 헤라클레스의 열두 과업(네메아의 사자를 퇴치할 것, 레르나의 독사 히드라를 퇴치할 것, 케리네이아의 암사슴을 생포할 것, 에리만토스의 멧돼지를 생포할 것, 아우게이아스의 외양간을 청소할 것, 스팀팔로스의 새를 퇴치할 것, 크레타의 황소를 생포할 것, 디오메데스의 야생마를 생포할 것, 히폴리테의 허리띠를 훔칠 것, 게리온의 황소 떼를 데려올 것, 헤스페리데스의 사과를 따 올 것, 하데스의 수문장 케르베

로스를 생포할 것)을 미리 보여 준다. 또한 이 서사시에는『오디
세이아』에 나오는 하데스의 집으로의 하강, 아이네이아스의
하강, 시빌라, 그리고 단테의『신곡』에 나오는 내세의 여행도
미리 예시된다. 삼나무 숲을 지키고 몸은 거친 청동 비늘로 뒤
덮인 거인 후와와의 죽음은 이 다채로운 시가 보여 주는 수많
은 기적 중의 하나이다. 죽은 사람들의 가련한 처지와 개인적
불멸을 찾는 일은 이 작품의 본질적인 주제이다. 이런 점에서
이미 모든 것이 이 고대 바빌로니아의 책에 있다고 말할 수도
있을 것이다. 이 서사시는 아주 오래된 것에 대해 오싹할 정도
의 공포를 느끼게 하며, 우리에게 헤아릴 수 없는 시간의 흐름
을 느끼게 한다.

후안 호세 아레올라
『환상 단편 소설집』

  나는 스스로 자유 의지를 믿지 않는다고 생각하지만, 후안 호세 아레올라를 그 이름이 아닌 다른 단어로 요약하라고 하면(그 어떤 것도 우리에게 이런 조건을 강요하지는 못한다.), 바로 자유일 거라고 확신한다. 명석한 지혜에 지배되는 무한한 상상의 자유 말이다. 1941년의 작품과 1947년의 작품, 그리고 1953년의 작품을 모아 놓은 그의 책에는 '다양한 창작'이라는 제목이 붙어 있는데, 아마도 그 제목은 그의 작품 전체를 포괄할 것이다.

  역사적, 지리적, 정치적 상황을 경멸하는 후안 호세 아레올라는 의뭉스럽고 완고한 민족주의 시대에 세계와 환상의 가능성에 시선을 고정한다. 이 책에 수록하기 위해 선정된 단편들 중에서 나는 특히 「불가사의한 밀리그램」에 깊은 인상을 받았다. 스위프트라 해도 틀림없이 승인했을 작품이다. 이것은 잘

지어진 모든 이야기가 그렇듯이 상이한 해석, 아마 서로 반대 되는 해석도 가능할 작품이다. 이 작품의 가치는 명확하다. 카 프카의 위대한 그림자는 그의 가장 유명한 단편 「역무원」에 투 사된다. 하지만 아레올라의 작품에는 스승과 달리 천진하고 쾌활한 면이 있는데, 때때로 그것은 약간 기계적이기도 하다.

내가 아는 한 아레올라는 그 어떤 명분을 위해서도 일하지 않았으며, 문학 역사가들과 문학 교수들이 빠지곤 하는 그 어떤 하찮은 학파나 주의에도 참여하지 않았다. 그는 쾌락을 위해, 그리고 모두의 즐거움을 위해 상상이 흘러나오게 놔두었다.

아레올라는 1918년에 멕시코에서 태어났다. 그는 아무 곳 에서나, 아무 때나 태어날 수 있었던 사람이다. 나는 그와 몇 번 만나지 못했지만, 어느 날 오후 함께 『아서 고든 핌의 마지막 모험』[576]에 관해 이야기했던 일은 기억한다.

---

576   에드거 앨런 포의 유일한 장편 소설이다.

데이비드 가넷
「여우가 된 부인」,
「동물원의 남자」, 「선원의 귀향」

나는 이 책에 수록된 잊을 수 없는 세 작품을 쓸데없이 검토하려고 시도하지는 않을 생각이다. 존 키츠가 쓴 것처럼, 무지개를 떼어 내려고 하지 않을 것이다. 나는 독자가 요약을 통해서가 아니라 훌륭한 점들을 직접 건드려 보고 놀라기 바란다. 가넷의 경우, 아니 아마도 모든 경우에 내용은 그다지 비중이 크지 않다. 정말 중요한 것은 서술 방식, 단어와 작품의 운율이다. 카프카의 단편 소설 중에서 가장 유명한 작품을 급히 요약하면 아마도 「여우가 된 부인」과 거의 같을 것이다. 그러나 두 작품은 완전히 다르다. 카프카는 절망적이고 압도적이다. 반면에 가넷은 매우 섬세한 풍자와 18세기의 산문가답게 정확하게 작품을 서술한다. 체스터턴은 호랑이가 끔찍한 우아함의 상징이라고 쓰고 있다. 그 경구는 나중에 버나드 쇼에게 적용되는데, 아마 가넷에게 적용해도 전혀 틀린 말이 아닐 것이다.

데이비드 가넷은 기나긴 문학 전통의 후계자였다. 대영 박
물관 큐레이터였던 그의 아버지 리처드 가넷은 우리에게 밀턴
과 콜리지, 칼라일과 에머슨에 관한 짧고 깔끔한 전기를 남겼
고 이탈리아 문학사를 저술하기도 했다. 어머니 콘스턴스 가
넷은 고골과 도스토예프스키와 톨스토이의 작품을 영어로 옮
겼다.

그의 후기 작품에는 여러 권의 소설과『황금 메아리』라는
비아냥 섞인 제목의 긴 자서전이 있지만, 모두 초기 작품을 넘
어서지 못했다. 사실 지금 그의 명성은 바로 이 초기 작품들에
서 비롯된다.

이 책에 수록된 처음 두 편의 단편 소설은 환상 문학의 성격
을 띤다. 그것들은 항상 상상 속에서 일어난다. 마지막 작품인
「선원의 귀향」은 사실적이다. 우리는 그 작품의 내용이 결코
사실이 아니기를 바란다. 너무나 사실적이고 고통스럽기 때문
이다.

이 이야기들은 문학 장르에서 가장 오래된 것에 속한다. 바
로 악몽이다.

조너선 스위프트
『걸리버 여행기』

아일랜드는 작고 가난한 나라이며, 인구는 겨우 300만 명
이 될까 말까 하지만, 아주 다양하고 많은 천재들을 배출했다.
아마도 세상에 알려진 첫 번째 천재는 스코투스 에리우게나일
것이다. 그는 9세기에 범신론 교리를 계획하고 설명했다. 조
너선 스위프트는 당연히 마지막 천재가 아니다. 그는 더블린
에서 태어났고, 오스카 와일드처럼 트리니티 칼리지를 졸업했
다. 아르헨티나 사람들이 파리에 끌리듯이, 그리고 미국 남부
사람들이 부에노스아이레스에 끌리듯이, 그는 훌륭한 아일랜
드 사람처럼 런던에 끌렸다. 그는 어려운 핀다로스[577]의 송가를

---

577   Pindaros(기원전 518년경~기원전 466년). 고대 그리
       스의 가장 위대한 서정시인. 여러 제전에서 거둔 승리
       를 축하하는 합창용 송가인 에피니키온의 대가이다.

시도했다. 그러자 그의 친척인 존 드라이든[578]은 이렇게 말했다. "조너선, 넌 결코 시인이 되지는 못할 것 같다."

그러나 그는 다른 방식의 작가가 되었다. 그는 정치에 뛰어들었고, 자유당에서 보수당으로 옮겼다. 1729년에 『가난한 사람들의 아이들이 부모의 짐이 되지 않기 위한 겸허한 제안』을 출판했다. 지옥의 아홉 고리보다 훨씬 더 잔혹한 이 계획은 공공 도살장 설립을 제안하면서 그곳에서 부모들은 판매 목적으로 키운 대여섯 살 정도의 자기 아이들을 팔 수 있게 하자고 주장했다. 이 선전 책자의 마지막 페이지에서 그는 치우침 없이 공평하게 행동하고 있다고 지적하면서, 자기는 아이가 없고 이제 아이를 낳기에도 너무 늦었다고 밝혔다.

그는 죽음을 애타게 기다리면서 30년 동안 육체적, 정신적 고통을 겪었다. 그래서 새커리는 이렇게 썼다. "스위프트를 생각하면 몰락한 위대한 제국이 생각난다." 키플링은 작가란 이야기를 만들어 낼 자유가 있지만, 그 이야기의 교훈이 무엇인지 알 권리는 없다고 지적했다. 스위프트는 인류를 심판하기로 마음먹었고, 아이들이 읽을 수 있는 책을 남겼다. 이것은 아이들이 레뮤얼 걸리버 선장의 처음 두 번의 여행은 읽지만, 끔찍한 뒤의 여행들은 읽지 않고 넘어간 덕분이다.

그는 기억력을 잃어 가장 가까운 과거의 일조차 기억하지 못했다. 친구와 작별하면서는 이렇게 말하곤 했다. "잘 자게.

578　John Dryden(1631~1700). 영국의 시인이자 극작가. 대표작으로 『압살롬과 아히토펠』, 『알렉산더의 향연』이 있다.

더 이상 우리가 만나지 않길 바라네." 인생의 마지막 시기에 그는 이 방에서 저 방으로 옮겨 다니면서 마치 자기 내면의 뿌리에서 벗어나지 않으려는 것처럼 "나는 나다."라고 반복해서 외쳤다.

그는 자기 비문을 라틴어로 썼고, 1745년 10월 13일 오후 3시에 운명했다.

폴 그루삭의
문학 비평

폴 그루삭은 유명한 법학자 자크 퀴자[579]의 고향인 툴루즈
에서 태어났다. 남아메리카로 이주한 경위에 대해서는 알려진
바가 없지만 부에노스아이레스에 내렸을 때 그는 열여덟 살이
었다. 교사였고 교수였으며, 장학관이었고 투쿠만 사범 학교 교
장으로 일했으며, 항상 호기심이 왕성하고 책을 탐독하는 독자
였다. 1885년부터 아르헨티나 국립 도서관장으로 일했으며,
1929년 죽을 때까지 이 직책을 유지했다. 그가 가장 사랑했던
친구들은 산티아고 데 에스트라다,[580] 카를로스 페예그리니,[581]
그리고 알퐁스 도데[582]였다. 클레망소[583]의 부탁으로 키플링의

579　Jacques Cujas(1522~1590). 프랑스의 법학자. '법률의
　　　수호신'이라고 불린다.

「이프(If)」를 번역했다.

그의 경력에는 신랄함이 요구되는 논쟁적 장르가 풍부하다. 여기에 그의 글 시작 부분을 그대로 옮겨 적는다. "N. N. 씨의 변론이 매매된 상황이 그의 주장을 널리 알리는 데 심각한 장애가 되었다는 것을 우리는 유감스럽게 생각한다." 그루삭은, 후안 크리소스토모 라피누르[584]는 자기가 가르치던 과목에 관해 무언가를 알게 되려는 순간 철학 교수직을 그만두었다고 썼다. 이 책의 독자는 그의 글에서 이와 유사한 수많은 기지를 발견할 것이다.

그루삭 개인의 운명은 모든 사람의 운명처럼 상당히 이상했다. 그는 자기 조국과 자기 언어로 명성을 얻고자 했다. 그가 자유롭게 구사할 수 있는 언어로는 그 목표를 이루었지만, 그에 만족하지 않았으며, 먼 이국 땅은 그에게 항상 유배지나 다름없었다. 그의 진정한 과업은 앞길이 막막한 대륙에게 프랑스의 아이러니와 엄격함을 가르쳐 주는 것이었다. 그는 "남아

---

580   Santiago de Estrada(1841~1918). 아르헨티나의 역사학자.

581   Carlos Pellegrini(1846~1906). 아르헨티나의 정치인. 1890년부터 1892년까지 아르헨티나 대통령을 지냈다.

582   Alphonse Daudet(1840~1897). 프랑스의 소설가. 대표작으로 『풍차 방앗간 편지』, 『마지막 수업』이 있다.

583   조르주 클레망소(Georges Clemenceau, 1841~1929). 프랑스의 언론인이자 정치가. 《로로르》지의 편집장을 지냈다.

584   Juan Crisóstomo Lafinur(1797~1824). 아르헨티나의 시인이자 철학자이며 보르헤스의 증조부.

메리카에서 유명해진다고 해서 무명에서 벗어나는 것은 아니
다."라는 말로 씁쓸함을 감추지 않았다.

그는 위고와 셰익스피어, 그리고 플로베르와 라틴 시인들
을 높이 평가했다. 라블레[585]는 결코 좋아하지 않았다. 그리고
심리학에 관심을 보였다. 『지적 여행』이라는 글에서는 우리의
정신이 매일 몰지각한 꿈의 세계에서 모습을 드러내 상대적
분별력을 회복하는 것이 참으로 이상하다고 지적했다.

그가 쓴 전기 중 가장 감동적인 것은 1907년에 출간된 리니
에르스[586] 전기일 것이다.

그루삭은 비평가였고 역사가였으며, 무엇보다 문장가였다.

---

585   프랑수아 라블레(François Rabelais, 1494?~1553). 프
랑스의 작가이자 프랑스 르네상스의 선구자. 대표작
으로 『가르강튀아와 팡타그뤼엘』이 있다.

586   산티아고 드 리니에르스(Santiago de Liniers) 또는 자
크 드 리니에르스(Jacques de Liniers, 1753~1810). 프
랑스 출신의 군인으로 스페인 군대에서 복역했으며,
리오 델라 플라타 지역의 부왕(副王)을 지내기도 했다.

마누엘 무히카 라이네스
『우상들』

무히카(Mujica)는 거의 모든 것에 회의적이었다. 그러나 아름다움이나(그런데 왜 우리는 순전히 지역적인 특징을 포기하지 않는 걸까?) 중앙 집권제의 훌륭한 대의명분에 대해서는 결코 그렇지 않았다. 그는 일라리오 아스카수비[587]와 에스타니슬라오 델 캄포에 관한 전기를 썼지만, 로사스를 추종했던 에르난데스에 관한 전기는 쓰지 않았다.

나와 무히카 라이네스만큼 서로 다른 사람을 상상하기는 쉽지 않다. 그러나 우리는 좋은 친구였다. 우리는 우리에게 공통의 먼 조상이 있다는 것을 알아냈다. 그 조상은 돈 후안 데 가

587　　Hilario Ascasubi(1807~1875). 아르헨티나의 시인이자 정치인. 대표 시집으로 『가우초 하신토 시엘로』, 『파울리노 루세로』가 있다.

라이였는데, 나는 그가 실제로 후안 데 가라이[588]였다고 믿는
다. 우리는 우정을 나누었지만 자주 만나지는 않았고, 서로 마음
을 털어놓는 사이도 아니었다. 나는 맹인이다. 그리고 어떤 면에
서는 항상 그랬다. 무히카 라이네스에게는 테오필 고티에[589]처
럼 눈에 보이는 세상이 존재했다. 또한 부분적으로 나에게는
금지된 연극과 오페라도 즐길 수 있었다. 아마도 그는 겉치레,
모임, 학술 모임, 기념일과 모든 의식이 공허하다고, 아마 비극
적이라고 느꼈을 테지만, 그러면서도 그 가면을 즐겼다. 그는
받아들이며 웃을 줄 알았다. 무엇보다 그는 용감한 사람으로,
선동을 묵과하지 않았다.

　많은 작품을 썼지만 그의 작품에는 항상 비밀스러운 부분
이 있다. 나는 『우상들』을 선택했다. 정말 유명한 다른 여러 책
에서 마누엘 무히카 라이네스는 군중 속의 일원이 된다. 이 책
은 가장 사람이 적게 등장하는 작품이다. 에이번 강변에서 시
작하는 이 작품의 등장인물들은 어느 정도 셰익스피어와 밀턴
의 모습을 하고 있다. 모든 작가는 세상의 몇몇 단면에서 세상
의 공포와 아름다움을 느낀다. 마누엘 무히카 라이네스는 과
거에 세력을 누리던 위대한 집안들의 몰락을 보며 특히 그런
감정을 강렬하게 느낀다.

588　Juan de Garay(1528~1583). 스페인 군인으로 남아메
　　　리카의 정복자이다. 1573년에 아르헨티나를 세웠다.
589　피에르 쥘 테오필 고티에(Pierre Jules Théophile
　　　Gautier, 1811~1872). 프랑스의 시인이자 소설가이며
　　　비평가. 대표작으로 『죽은 연인 아바타르』, 『낭만주의
　　　의 역사』가 있다.

후안 루이스
『훌륭한 사랑의 책』

초기에 발표한 어느 소설에서 청년 피오 바로하[590]는 『돈키호테』와 『훌륭한 사랑의 책』을 제외한 모든 스페인 문학을 비난했다. 사형 선고를 취소하고, 그가 인정한 것을 인정하자. 작가의 삶에 대해서는 알려진 것이 거의 없다. 이름은 후안 루이스(Juan Ruiz)이고, 알칼라 데 에나레스에서 태어났으며, 불명확한 죄 때문에 3년 동안 감옥에 갇혔고, 1351년에는 더 이상 수석 사제가 아니었다는 것 정도만 알려져 있다. 이제 그의 삶은 그가 쓴 책의 삶이다. 그는 초서(Chaucer), 그리고 보카치오와 동시대인이었다. 세 시인들의 '일치와 차이'를 공평하게 살

---

590   피오 바로하 이 네시(Pío Baroja y Nessi, 1872~1956).
        스페인의 소설가. 대표작으로 『삶을 위한 투쟁』, 『어
        느 행동인의 비망록』이 있다.

펴본다면 아주 행복하고 즐거운 독서가 될 것이다.

사람처럼 국가는 그들이 모르는 운명을 완수한다. 스페인의 운명 중 하나는 스페인이 혐오하던 이슬람과 유럽의 가교 역할을 하는 것이었다. 여러 가지가 뒤섞인 『훌륭한 사랑의 책』에서 프로방스의 시와 안달루시아 아랍인들의 시는 하나가 된다. 성모 마리아에게 바치는 성가는 너무나 노골적으로 산의 여자들에게 바치는 다른 노래와 번갈아 나타난다. 육체 씨와 사순절 부인의 싸움이 그것인데, 거기에 비곗살 씨가 개입해서 수난 부인의 경건한 기억에 수작을 건다. 이 시집의 주인공 중 하나는 뚜쟁이, 즉 무어 여자들과 수녀들의 중매인인데, 시간이 흐르면서 나중에 그 뚜쟁이의 이름은 셀레스티나가 된다. 작품이 진행되면서 뚜쟁이는 죽고, 수석 사제는 그녀의 비문을 쓴다. "나는 까치. 지금 이 무덤 안에 지금 있다……." 이 작품에는 우화와 이야기들이 풍부하다. 그 이야기들의 출처는 아랍의 우화와 오비디우스이다.

이제 우리는 제목을 추상적 개념인 것처럼 읽는 경향이 있다. 하지만 여기에는 그런 게 없다. '훌륭한 사랑'이란 작중인물이다. 그것은 정직한 사랑이며, 지성을 통해 그 목적을 이룬다. "육체를 기쁘게 하고 영혼에 도움이 되는" 사랑이다. 훌륭한 사랑의 반대는 나쁜 사랑이다. 이런 사랑에는 육욕이 있는데, 그것은 "네가 어디에 있든" 항상 있으며, 세상을 비웃고 사람들을 슬프게 한다. 나쁜 사랑은 과장된 이미지이며 아마도 시인의 중상모략적인 모습일 것으로 추정된다. 나쁜 사랑은 이야기를 만들어 내는 사람이자 이야기의 인물 중 하나일 것이다.

이 책의 의도는 금욕 생활을 권하는 것이지만, 언어는 상당히 감각적이고 예민하며 동시에 뻔뻔해 보이기까지 한다. 오스카 와일드는 언젠가 "무례한 언동의 훌륭한 번득임"에 관해 말했다. 이 구절은 이 흥미로운 책에 적용이 가능하다. 잔인하게도 이것은 오늘날 중세라고 불리는 것을 풍자한다. 그러나 신앙을 풍자하는 것이 아니라, 바로 신앙적 관점에서 풍자하는 것이다.

윌리엄 블레이크
『시 전집』

예언자이며 판화가이자 시인인 윌리엄 블레이크는 1757년 런던에서 태어났고, 같은 도시에서 1827년에 세상을 떠났다. 그는 가장 그 시대 사람 같지 않은 사람이었다. 신고전주의 시대에 그는 항상 듣기 좋은 것만은 아닌 신들을 가지고 개인적인 신화를 만들었다. 신들의 이름은 오르크, 로스, 에니사몬이다. 오르크(Orc)는 코르(Cor)의 애너그램(철자 바꾸기 놀이)이며, 아버지에 의해 아틀라스의 산에 쇠사슬로 묶여 있다. 로스(Los)는 솔(Sol, 태양)의 애너그램이며, 시적 권능이다. 에니사몬(Enitharmon)의 어원은 불분명하지만, 달을 상징으로 갖고 있으며 경건함을 의미한다. 『앨비언 딸들의 환상』에서 여신 우순(Oothoon)은 실크 그물과 다이아몬드의 덫을 치고는 사랑하는 남자를 위해 "부드러운 은이나 혹은 성난 금으로 만든 여자아이들"을 감금한다. 낭만주의 시대에 그는 자연을 경멸했고, '식물 세계'라는 별명을 붙여 주었다. 그는 영국 밖으로 나간 적이 한 번도 없지만, 스베덴보리처럼 죽은 사람들의 지역과 천사들의 지역을 떠돌았다. 불타는 모래의 평원, 단단한 불의 산, 악의 나무와 천으로 짠 미로의 국가들을 여행했다. 1827년 그는 노래를 하면서 세상을 떠났다. 가끔씩 노래를 멈추고는 "이건 내 노래가 아니야, 내 노래가 아니야!"라고 설명하면서, 눈에 보이지 않는 천사들이 그에게 이 노래의 영감을 주었다고 한다. 그는 쉽게 분노하는 성마른 사람이었다.

그는 용서는 나약함이라고 믿었다. 그래서 이렇게 썼다. "두 쪽 난 벌레는 쟁기를 용서한다." 아담은 지혜의 나무에 열린 열매를 맛보았기 때문에 에덴동산에서 쫓겨났다. 그리고 유리즌[591]은 도덕법을 널리 퍼뜨렸기 때문에 천국에서 쫓겨났다.

그리스도는 사람이 믿음을 갖고 윤리를 지켜야 구원받는다고 가르쳤다. 스베덴보리는 거기에 지성을 덧붙였다. 블레이크가 우리에게 제시한 구원의 길은 도덕의 길, 지성의 길, 그리고 미학의 길이었다. 그러면서 그리스도는 각각의 비유가 시로 된 미학의 길을 설교했다고 말했다. 교리가 사실상 전혀 알려지지 않은 붓다처럼, 그는 금욕주의를 비난했다. 그가 쓴 『악마의 격언』에서 우리는 이런 글을 읽을 수 있다. "과도함의 길은 지혜의 궁전으로 이어진다."

그의 초기 저서는 글과 판화가 하나의 통일체가 되는 경향

---

591   블레이크의 시에 등장하는 중요한 인물 중의 하나로, 세상을 율법으로 재단하고 이성과 논리로만 파악하는 존재로 제시된다.

이 있다. 그는 「욥기」, 단테의 『신곡』, 그레이[592]의 시에 훌륭한
삽화를 그렸다.

블레이크에게 아름다움은 독자와 작품이 만나는 순간이
며, 그것은 신비적인 결합의 하나이다.

스윈번, 길크리스트,[593] 체스터턴, 예이츠와 데니스 소라트[594]
는 그에게 각자 자신들의 책을 헌정했다.

윌리엄 블레이크는 문학에서 가장 이상한 사람 중 하나이다.

---

592   토머스 그레이(Thomas Gray, 1716~1771). 영국의 시
인이자 고전학자. 「시골 묘지에서 쓴 비가」로 유명해
졌다.

593   알렉산더 길크리스트(Alexander Gilchrist, 1828~
1861). 윌리엄 블레이크의 전기 작가.

594   Denis Saurat(1890~1958). 영국계 프랑스 학자이자 작
가. 대표작으로 『프랑스 정신』, 『죽음과 꿈꾸는 사람』
이 있다.

휴 월폴
『어두운 광장에서』

휴 월폴은 1884년에 뉴질랜드에서 태어났다. 아버지는 오
클랜드 성공회 성당의 신부였다. 휴는 영국에서 교육을 받았
고 케임브리지 대학교를 졸업했다. 1910년에『마흔의 매러디
크』를 출간했다. 1차 세계 대전 동안에는 러시아로 갔다. 활동
적이고 평화를 사랑했던 그는 적십자에서 봉사했다. 그리고
한 번 이상 죽을 고비를 맞았지만, 그 누구를 죽이려 한 적은 없
었다. 그리고 영웅적인 행동으로 훈장을 받았다.

전쟁에서 돌아오면서『암흑의 숲』을 출간했다. 그것은 충실
한 전쟁 경험의 산물이었다. 이 책에서 출발한 주제는 1919년
에 출간된『비밀 도시』에서도 이어진다.『마흔의 매러디크』는
그가 쓴 네 권의 고딕 소설 중 첫 번째 작품이다. 그는 포장지
에 그 작품을 썼다. 두 번째 소설인『모험 전주곡』은 환상적 성
격을 띠었고, 그 때문에 책을 읽은 친구들은 깜짝 놀랐다. 그 당

시, 그러니까 1912년에는 사실주의 작품이 대세였기 때문이
다. 세 번째 소설에는『붉은 머리 남자의 초상』이라는 잊지 못
할 제목이 붙어 있다. 이 작품은 할리우드의 관심을 불러 영화
로 제작되었는데, 찰스 로튼이 주연을 맡았다. 처음은 화려하
고 훌륭하지만 끝은 첫 부분과 어울리지 않는 작품이다. 네 번
째 작품인『어두운 서커스 위로』는 독자의 평가를 받게 될 것
이다. 월폴은 이 소설을 자신의 최고 작품으로 여겼다. 그는 어
머니가 가장 못생긴 딸에게 느끼는 사랑을 이 작품에게 느낀
다고 말했다. 레싱은 이야기가 묘사적이거나 늘어지면 안 되
고 이어져야 한다고 가르쳤다.

휴 월폴은 항상 이야기하는 법을 알고 있었다. 북유럽의 무
용담처럼 그는 인물을 분석하지 않는다. 대신 우리는 행동하
는 인물들을 본다. 단순하고 소박한 배화교가 그의 작품을 이
끌며, 등장인물은 착하거나 나쁘고, 악당이거나 영웅이다. 그
는 우리에게 어떤 사람이 세상에서 가장 사악한 사람인지를
말하고, 우리는 이상하게도 그것을 철석같이 믿게 된다. 행위
는 하룻밤에 모두 일어날 수 있지만, 그 유일한 밤은 아랍의
『천하루 밤의 이야기』처럼 복수이다. 이 위험하고 긴장된 책의
빠른 속도와 모험을 통해 부적은 화자를 보호한다. 그 부적은
다름 아닌 한 권의『돈키호테』이다.

18세기에 호레이스 월폴[595]은 고딕 소설을 창안하여 시험했

---

595   Horace Walpole(1717~1797). 영국의 작가. 고딕 로맨
        스를 유행시킨 중세의 공포 이야기『오트란토의 성』
        으로 유명하다.

지만, 지금 보면 우습기 짝이 없다. 성이나 유령에 의지했지만 소용없었다. 우리의 작품에서 휴 월폴은 저승의 도움 없이 이 장르의 정점에 도달했다. 그는 케직에서 1941년에 세상을 떠났다.

에세키엘 마르티네스 에스트라다
『시집』

문학은 일상적으로 역사적 관점으로 평가된다. 호세 에르
난데스는 자신의 작품『마르틴 피에로』를 미트레 장군에게 헌
정했다. 그러자 미트레 장군은 당대의 어휘를 사용해 매우 재
치 있는 답장을 그에게 보냈다. 그 편지에는 "이달고[596]는 언제
나 당신의 호메로스일 것입니다."라는 구절이 적혀 있었다. 미
트레 장군은 이달고가 지극히 평범하며, 몇 년 후 에르난데스
와 아스카수비가 유명하게 만들 장르를 시작했다는 사실을 모
르지 않았다. 명성을 얻는 데는 글을 잘 쓰는 것보다 특정 장르
를 시작하고 성명서에 서명하고 세상을 놀라게 하는 것이 중
요하다. 이런 비판적 생각은 에세키엘 마르티네스 에스트라다

---

596   바르톨로메 호세 이달고(Bartolomé José Hidalgo,
       1788~1822). 우루과이 작가이며 가우초 시의 선구자다.

의 경우에 적절하다. 그는 이런 흔적을 단 하나도 투영하지 않았고, 특정 학파의 설립자도 아니었다. 그는 출발점이 아니라 정점이었다. 그래서 잊히거나 알려지지 않았다.

그의 시는 감탄이 나올 정도로 훌륭하지만, 『팜파의 엑스레이 사진』(1933), 『사르미엔토』(1946), 『마르틴 피에로의 죽음과 변신』처럼 산문으로 쓴 수많은 작품들 때문에 잊혔다. 그의 조국관은 우울하다. 그의 생애 말기에 일어난 사실들이 그것을 확인해 준다. 루고네스는 그의 의견에 동의한다며 속마음을 털어놓았다. 그러나 사람들을 맥 빠지게 만들 수 있기 때문에 결코 입 밖으로 내지 말아야 할 것들이 있다.

이 책은 루고네스와 다리오의 사전 작업이 없었더라면 생각할 수도 없었지만, 이 안에는 그들의 모델과 동등한 혹은 그것들을 뛰어넘는 작품들이 많다. 지금 이 순간 나는 휘트먼, 에머슨 그리고 포에게 헌정한 시들을 떠올린다. 동시에 「마테차」라는 제목이 붙은 페이지를 떠올린다.

에세키엘 마르티네스 에스트라다는 1895년에 산타페 지방에서 태어났다. 그는 라플라타 대학, 바이아블랑카의 남부 대학, 멕시코 국립 자치 대학에서 강의했다. 그는 오라시오 키로가[597]의 친한 친구였다. 마르티네스 에스트라다는 1964년 바이아블랑카에서 사망했다.

---

597 Horacio Quiroga(1878~1937). 우루과이의 단편 작가이자 시인. 라틴아메리카 단편 소설의 대가로 일컬어진다. 대표작으로 『밀림 이야기』, 『광기와 죽음을 사랑하는 단편 소설들』이 있다.

에드거 앨런 포
『단편집』

휘트먼과 포가 없는 현대 문학은 상상할 수 없다. 각자가 독특하다면 모르겠지만, 지극히 정상적인 두 사람이 이토록 다르다는 것은 상상하기 어려운 일이다.

에드거 앨런 포는 1809년에 보스턴에서 태어났다. 그곳은 그가 나중에 혐오하게 될 도시였다. 두 살 때 고아가 되어 앨런이라는 사업가에게 입양되었으며, '앨런'이라는 성은 포의 두 번째 이름이 되었다. 그는 버지니아에서 자랐고, 버지니아 신사에 걸맞은 고급 남부 교육을 받았다. 그리고 영국으로 보내져 그곳에서 교육을 받았다. 그 나라에 오랫동안 체류하면서 학교 건물에 대한 묘사를 남겼다. 그 건물은 너무나 이상해서 누구든 자기가 몇 층에 있는지 알 수가 없었다. 1830년에 웨스트포인트 사관 학교에 입학했지만, 노름과 술을 너무 즐기는 바람에 퇴학당했다. 공격적이고 신경과민 증세가 있었지만, 언제나 열심히 일했고, 시와 소설 분야에서 다섯 권의 두꺼운 책을 남겼다. 1835년에 그는 당시 겨우 열세 살이었던 사촌 여동생 버지니아 클렘과 결혼했다.

그는 조국보다는 세계의 다른 국가에서 시인으로 더 높게 평가를 받았다. 그의 유명한 시 「종」을 읽고 에머슨은 포에게 '징글맨,' 즉 '딸랑이 맨'이라는 별명을 붙여 주었다. 그는 모든 동료 작가들과 사이가 좋지 않았다. 황당하게도 그는 롱펠로가 표절을 했다고 비난했다. 그리고 그가 독일 낭만주의 제자로 불리자, 이렇게 대답했다. "끔찍한 것은 독일에서 오는 것이 아니라 영혼에서 온다."

그의 작품에는 항상 당당한 자기 연민이 넘쳤고, 놀라움을 표현하는 감탄사적 문체를 구사했다. 그는 술에 취해 볼티모어 한 병원의 일반 병실에서 사망했다. 섬망 상태에서 그는 초기 단편 소설의, 남극점에서 죽은 어느 선원이 했던 말을 반복했다. 1849년에 선원과 그는 동시에 죽었다. 샤를 보들레르는 그의 모든 작품을 프랑스어로 번역했고, 매일 밤 그를 위해 기도했다. 말라르메는 그에게 유명한 소네트를 헌정했다.

이 책에 수록된 1841년의 단편 소설 「모르그가의 살인 사건」에서 탐정 소설이라는 장르가 유래한다. 로버트 루이스 스티븐슨, 윌리엄 윌키 콜린스, 아서 코난 도일, 길버트 키스 체스터턴, 니컬러스 블레이크를 비롯해 수많은 다른 작가들이 모두 포의 후계자들이다. 그리고 그의 환상 문학 작품 중에서 우리는 「M. 발데마르 사건의 진실」, 「소용돌이 속으로 떨어지다」, 「구덩이와 추」, 「병 속에서 발견된 원고」, 「군중 속의 사람」을 떠올릴 수 있는데, 모두 전례가 없을 독창적인 작품들이다.

 1846년에 출간된 『작법(作法) 이론서』에서 위대한 낭만주
의자인 포는 시를 쓴다는 것은 뮤즈의 재능을 발현하는 것이
아니라 지적인 작업이라고 주장했다.

푸블리우스 베르길리우스 마로
『아이네이스』

라이프니츠는 두 개의 서재에 대한 우화를 언급했다. 하나는 각각의 가치가 다르고 서로 다르게 생긴 100권의 책이 있는 서재이고, 다른 하나는 모두 똑같이 완벽한 100권의 책을 갖춘 서재이다. 그런데 후자의 서재는 100권의 『아이네이스』로 이루어져 있다는 점이 의미가 있다. 볼테르는 베르길리우스가 호메로스의 작품이라면, 호메로스의 모든 작품 중 최고라고 썼다. 베르길리우스는 1700년 넘게 유럽에서 가장 훌륭한 고전 작가였다. 그러나 낭만주의는 그를 부정했고, 거의 지워 버렸다. 이제 미학이 아니라 역사를 중시하면서 우리는 책을 읽고, 그런 습관 때문에 그는 또다시 위협받고 있다.

『아이네이스』는 인위적인 서사 작품, 그러니까 여러 세대의 사람들이 자신들도 모르게 만든 것이 아니라, 한 사람이 신중하게 만든 작품 중에서 가장 훌륭한 사례라 할 수 있다. 베르

길리우스는 대작을 쓰기로 마음먹었고, 흥미롭게도 그 목표를
이루었다.

내가 여기서 '흥미롭게도'라고 말하는 것은 명작들이 우연
이나 자유분방함의 산물이 되는 경향이 있기 때문이다.

마치 짧은 시인 것처럼, 이 방대한 시는 페트로니우스[598]가
호라티우스의 작품에서 깨달은(난 그 이유를 결코 알 수 없을 것
이다.) '세심한 행복'을 느끼며 모든 행이 일일이 세밀하게 다듬
어졌다. 그럼 거의 아무렇게나 골라서 몇 가지 예를 살펴보자.

베르길리우스는 아카이아인들이 어두워지는 틈을 이용해
서 트로이로 들어갔다고 말하지 않았다. 대신 달의 다정하고
상냥한 침묵에 관해 말했다. 그는 트로이가 파괴되었다고 쓰
지 않고, "과거의 트로이"라고 썼다. 그는 운명이 불행했다고
쓰지 않고, "신들이 그를 다른 식으로 이해했다."라고 썼다. 지
금 범신론이라고 부르는 것을 표현하기 위해, 그는 "모든 것들
은 유피테르로 가득하다."라는 말을 남겼다. 베르길리우스는
인간들이 가진 전쟁의 광기를 비난하지 않았다. 그는 그것을
"쇠에 대한 사랑"이라고 표현했다. 그는 아이네이아스와 시빌
라가 어두운 밤 아래서 그림자들 사이로 홀로 방황했다고 말
하지 않고, "그들은 어둠 속으로 갔다, 외로운 밤의 그림자 아
래로."라고 썼다.

물론 이것은 순전히 수사법, 특히 도치법의 문제가 아니다.

---

598   가이우스 페트로니우스 아르비테르(Gaius Petronius
Arbiter, ?~66). 로마의 정치가이자 작가. 대표작으로
『사티리콘』이 있다.

'홀로'와 '어두운'은 이 구절에서 위치를 바꾸지 않았다. 두 형태, 즉 일상적인 형태와 베르길리우스가 사용하는 형태는 이두 단어가 표현하는 장면에 똑같이 정확하게 해당했다.

각 단어의 선택과 각 구절의 전환은 일류 작가 중에서도 일류인 베르길리우스마저 잔잔하고 평온한 바로크 시인이 되게한다. 그의 펜은 신중하고 꼼꼼하지만 물이 흘러가는 것처럼서술되는 아이네이아스의 행동과 모험에 방해가 되지 않는다. 여기에는 거의 마술적인 사건들이 있다. 아이네이아스는 트로이에서 도망쳐 카르타고에 상륙한다. 그리고 어느 사원의 벽에서 트로이 전쟁의 모습과 프리아모스 왕, 아킬레우스와 헥토르의 모습을 본다. 그리고 여러 모습 중에서 자기 자신의 모습도 본다. 여기에는 비극적인 사건도 있다. 카르타고의 여왕은 그리스 배가 출항하는 것을 보고서야 자기가 애인에게 버림받았다는 사실을 알게 된다. 익히 예측할 수 있듯이 영웅적인 면도 많다. 어느 전사는 이렇게 말한다. "내 아들아, 내게서용기와 진정한 힘을 배우고, 다른 사람들에게서는 행운을 익혀라."

베르길리우스. 지구상의 모든 시인 중에서 그처럼 많은 사랑을 받은 사람은 없다. 그는 아우구스투스, 로마, 그리고 다른나라들과 다른 언어들을 통해 아직도 제국인 그 제국을 넘어서는 시인이다. 베르길리우스는 우리의 친구다. 단테는 베르길리우스를 자신의 안내자로 삼고 『신곡』에서 가장 연속적이고 반복되는 인물로 삼으면서, 영속적인 미학 형태를 부여하고, 그렇게 모든 사람들이 고마움을 느끼게 한다.

볼테르
『단편 소설집』

우리는 날마다 '낙천주의'라는 단어를 사용한다. 볼테르는 라이프니츠의 낙관론에 맞서 이 단어를 주조했으며, 이것은 우리가 가능한 최상의 세계에서 살고 있음을 보여 준다. 이런 생각은 「전도서」에 나와 있으며 교회의 승인을 받은 사항이었지만, 당연히 볼테르는 그러한 의견을 묵살했다.(논리적으로 생각해 보면, 악몽 하나, 암 하나만으로도 충분히 무효화시킬 만한 의견이다.) 아마도 라이프니츠는 볼테르가 우리에게 선사했던 세상이 최고라고 여겨질 권리가 있다고 반박했을 것이다.

파리에 가난한 공증인의 아들로 태어난 프랑수아 마리 아루에 드 볼테르는 루이 르 그랑 학교에 들어가면서 예수회 신부들의 후견을 받았다. 그는 연극을 했고, 잡다한 지식을 배웠으며, 법을 약간 공부했고, 이신론(理神論)도 공부했다. 많은 여자들과 사랑을 나누었고, 위험한 괴문서를 썼으며, 투옥되기도 하고 추방도 당했으며, 비극적인 작품을 썼고, 꾸준히 여러 예술 보호자들의 지원을 받았으며, 논쟁이라는 지칠 줄 모르는 칼을 휘둘렀고, 많은 돈을 벌었으며, 엄청난 명성을 얻었고, 결국 영광의 자리에 올랐다. 그의 별명은 '왕 볼테르'였다. 그는 영국을 부러워한 최초의 프랑스 사람 중 하나였다. 또한 영국을 찬양하는 글을 썼는데, 그것은 프랑스에 대한 풍자이기도 했다. 그리고 셰익스피어의 작품을 발견했고 그것을 거부했으며, 동양 제국들의 광대함과 천문학적 공간의 방대함을 느꼈다. 또한 디드로의 백과전서에 협력했다. 그는 이탈리아 사람들이 명민하다는 증거로, 유럽 영토에서 가장 작은 나라인 바티칸을 가장 강력한 국가 중의 하나가 되도록 했다는 것을 들었다. 그는 많은 것을 썼지만, 그중에서도 우리에게 『칼 12세의 역사』를 남겼다. 이 책에는 서사시적 요소가 많다. 그는 글쓰기의 행복을 결코 포기하지 않았다. 유쾌하기 그지없는 그의 작품은 97권이나 된다. 케베도는 그리스인들의 악의 없는 신화를 비웃었고 볼테르는 그가 살던 시대의 신화인 기독교 신화를 비웃었다. 그는 성모와 성인들에게 봉헌된 교회들이 넘쳐 난다고 지적하고는 하느님에게 봉헌된 소성당을 세웠다. 아마도 지구상에서 유일할 것이다. 그 성당의 정면에는 크기가 같은 글자로 "DEO EREXIT VOLTAIRE(볼테르가 하느님에게 세워 주었다)"라고 적혀 있다. 이 소성당은 제네바에서 멀지 않은 페르네에 있다. 그는 전혀 의도한 바 없이 프랑스 혁명을 준비했다. 아마도 그는 그 혁명을 몹시 싫어했을 것이다.

대중과 학계의 허영기 중 하나는 바로 풍부한 어휘를 불편하게 소유하는 것이다. 16세기에 라블레는 통계적으로 많은 어휘를 사용하는 실수를 범할 뻔했다. 그런데 신중한 프랑스는 그것을 거부하고 많은 단어들보다 엄격한 정확성을 선호했다. 볼테르의 글은 프랑스어에서 가장 고상하면서 투명하고, 적재적소에 사용된 쉬운 단어들로 구성되어 있다.

성격이 다른 두 권이 이 책을 구성하는 소설과 단편의 자극제가 되었다. 하나는 동양학자 갈랑이 서양에 선보인 『천하루밤의 이야기』이다. 다른 책은 스위프트의 『걸리버 여행기』이다. 그러나 훨씬 더 중요한 것은 두 책의 출처가 전혀 유사하지 않다는 사실이다.

존 윌리엄 던
『시간 실험』

언젠가는 문학사 연구자 중 누군가가 가장 최근의 문학 장르 중 하나에 관한 역사를 쓰지 않을까 생각한다. 그건 바로 제목이다. 내 기억에 이 책만큼 훌륭한 제목을 가진 책은 없는 것 같다. 여기서 제목은 순전히 장식의 역할에 그치지 않는다. 그것은 작품을 읽도록 부추기고, 작품은 결코 우리를 실망시키지 않는다. 이 책은 추론적 성격을 띠고 있으며, 세계에 대한 우리의 생각에 훌륭한 가능성을 열어 준다.

존 윌리엄 던은 공학자이지 문인이 아니다. 그는 한 가지 발명품으로 항공학에 기여했다. 그리고 1차 세계 대전에서 그것의 효율성을 증명했다. 수학적이고 논리적인 그의 정신은 신비적인 모든 것과 상반된다. 그는 매일 밤 꾸던 꿈을 개인적으로 기록한 통계를 통해 이상한 이론에 도달했다. 그 통계를 발표하고 세 권의 책에서 옹호했고, 그 책들은 고통스러운 논쟁

을 야기했다. 웰스는 그가 1895년에 출간한 『타임머신』의 첫
장을 너무나 진지하게 받아들였다고 비난했다. 그러자 던은
지금 출판하는 책의 재판에서 그에게 응답했다. 말콤 그랜트
는 『하느님과 생존을 위한 새로운 주장』(1934)에서 그의 이론
을 반박했다.

그의 작품을 구성하는 세 권 중에서 가장 기술적인 것은
『일련의 우주』(1934)이다. 그리고 마지막 책 『아무것도 죽지
않는다』(1940)는 무선 통신을 겨냥해 작성한 순전히 대중적인
홍보 서적이다.

던은 우리에게 무한한 일련의 시간을 제안하는데, 각각의
시간은 다른 시간 속으로 흘러든다. 그는 우리가 죽고 나면 영
원성을 즐겁게 다루는 법을 배우게 될 것이라고 확신했다. 우
리는 우리가 살았던 모든 순간들을 회복할 것이고, 그것들을
우리가 좋아하는 대로 조합할 것이다. 하느님과 우리의 친구
들, 그리고 셰익스피어는 우리에게 협력할 것이다.

아틸리오 모밀리아노
『광란의 오를란도에 대한 에세이』

크로체와 데 상크티스[599]가 만든 황금 전통의 후계자인 아틸리오 모밀리아노는 이탈리아 문학을 오랫동안 공부하고 사랑하면서 일생을 바쳤다. 그는 카타니아, 피렌체, 그리고 피사 대학에서 강의했다. 첫 번째 저서『만초니에 대한 에세이』는 1915년에 출간되었다. 그의 대표작은『이탈리아 문학사』일 것이다. 이 책은 1933년과 1935년에 각각 출판되었다. 여기서 그는 가브리엘레 단눈치오[600]가 쓴 각각의 페이지는 선집의 한 페

---

599 프란치스코 데 상크티스(Francesco De Sanctis, 1817~1883). 이탈리아의 문학 비평가. 대표 저서로『이탈리아 문학사』가 있다.

600 Gabriele d'Annunzio(1863~1938). 이탈리아의 시인이자 소설가. 대표작으로『쾌락』,『죽음의 승리』가 있다.

이지라고 말했는데, 이 말에는 비난의 의미가 담겨 있다. 나는
『신곡』의 여러 판본을 살펴보았는데, 최고의 판본은 I945년에
출간된 모밀리아노의 것이라고 확신한다. 익히 알려진 것처
럼, 오래된 주석들은 신학적 성격을 띠고 있다. I9세기는 작품
에서 작가가 살아온 상황과 베르길리우스와 성경이 어떻게 반
영되었는지를 연구했다. 카를로 그라베[601]가 그랬던 것처럼, 모
밀리아노는 세 번째 유형의 주석, 즉 미학적 주석을 덧붙인다.
이 방법은 지극히 정상적이다. 그것은 우리에게 어떤 감동을
주느냐에 따라, 그리고 얼마나 아름다우냐에 따라 작품을 평
가하는 것이지, 교리적 이유나 정치적 이유로 판단하지는 않
기 때문이다. 무솔리니의 독재 아래서 그는 I년간 감옥에 갇혔
는데 그 시간 동안『예루살렘』이라는 훌륭한 책을 썼다. 유대
인 혈통인 아틸리오 모밀리아노는 I883년 쿠네오에서 태어났
고 I952년 피렌체에서 세상을 떠났다.

　『돈키호테』6장에서 세르반테스는 기독교 시인 루도비코
아리오스토[602]에 대해 말한다. 여기서 두 사람은 프랑스와 브
르타뉴의 책들을 즐겼지만 그것들이 가짜라는 사실을 알고 있
었다. 세르반테스는 카스티야의 을씨년스러운 현실을 두 곳
과 대립시킨다. 아리오스토는 비꼬듯이 현실을 찬양한다. 그

601　Carlo Grabher(I897~I968). 이탈리아 문학 비평가. 역
　　　사적, 학술적 차원에 머물렀던『신곡』의 주석을 미학
　　　적 차원으로 확장했다는 평가를 받는다.
602　Ludovico Ariosto(I474~I533). 이탈리아의 시인. 대표
　　　작으로『광란의 오를란도』가 있다.

는 카스티야의 땅이 광기의 왕국이며, 사람에게 허용된 유일한 자유는 무한한 상상의 자유라는 사실을 알고 있었다. 그리고 그런 확신 속에서 『광란의 오를란도』를 구상했다. 모밀리아노는 이 작품이 투명하면서도 미로와 같다고 평했다. 그러면서 오늘날의 독자는 에드거 앨런 포처럼 장시를 읽는 습관을 잃어버렸으며, 그 페이지들이 펼치는 커다란 유리 미로 속에서 쉽게 길을 잃는다고 지적한다. 그리고 얼마 후 그는 달(잃어버린 시간이 축적되는)은 모든 시의 머나먼 영적 근원이라고 단언한다.

모밀리아노는 아리오스토가 존경심이 아니라 다정함을 발산한다고 썼다. 그렇게 글을 쓰면서 그는 단테 알리기에리를 생각했던 게 분명하다. 그는 전혀 단테와 대화하고자 하지 않았다. 하지만 아리오스토와 대화를 나누는 것은 그에게 아주 커다란 경이였을 것이다. 아틸리오 모밀리아노는 1952년 피렌체에서 사망했다.

윌리엄 제임스
『종교적 경험의 다양성』,
『인간의 본성에 관한 연구』

데이비드 흄이나 쇼펜하우어처럼, 윌리엄 제임스는 사상가이며 작가였다. 그는 훌륭한 교육을 받았다는 것을 보여 주듯 명료하게 글을 썼다. 그는 스피노자나 칸트 혹은 스콜라 철학자들처럼 이상한 전문 용어를 만들어 내지 않았다.

윌리엄 제임스는 1842년에 뉴욕에서 태어났다. 아버지인 신학자 헨리 제임스는 두 아들이 미국의 지방 촌놈이 되기를 원하지 않았다. 윌리엄과 그의 동생 헨리는 영국과 프랑스와 이탈리아에서 교육을 받았다. 윌리엄은 미술 공부를 했다. 미국으로 돌아와서는 스위스의 자연주의자인 아가시[603] 교수와

603　진 루이스 루도프 아가시(Jean Louis Rodolphe Agassiz, 1807~1873). 스위스 출신의 미국 지질학자이자 동물학자. 빙하 시대설을 세운 학자이다. 저서로『빙하에

함께 아마존 유역을 탐사했다. 그는 의학에서 생리학으로, 생리학에서 심리학으로, 심리학에서 형이상학적 사색으로 나아갔다. 1876년에 심리학 실험실을 세웠다. 그의 건강은 좋지 않았다. 언젠가 한번은 자살의 유혹에 빠지기도 했다. 거의 모든 사람들처럼 그는 햄릿의 독백을 반복했다. 그 어둠에서 그를 구원해 준 것이 신앙이었다. 그는 이렇게 썼다. "자유 의지에 따른 나의 첫 번째 행위는 자유 의지를 믿는 것이었다." 그렇게 그는 부모의 지독하고 철저한 믿음, 즉 칼뱅주의에서 해방되었다.

찰스 샌더스 퍼스[604]가 창시한 실용주의는 이런 신앙 활동의 연장이었다. 그 단어에 담긴 교리 덕분에 나중에 그는 유명세를 얻었다. 그는 우리에게 인간 행동의 결과의 관점에서 모든 개념을 파악하고 이해할 것을 요구했다. 이런 생각은 파피니, 바이힝거,[605] 우나무노의 작품으로 파생된다. 제임스가 쓴 책 중의 한 권인 『믿으려는 의지』(1897)라는 제목은 그의 주장을 요약한다고 볼 수 있다.

제임스는 우리가 우주라고 부르는 것의 본질적인 실체는 경험이며, 경험은 주체와 객체, 인식자와 피인식자, 영혼과 물질 같은 범주보다 더 중요하다고 주장했다. 존재의 문제에 대

관한 연구』, 『어류 화석 연구』가 있다.

604 Charles Sanders Peirce(1839~1914). 현대 분석 철학과 기호 논리학의 선구자.

605 한스 바이힝거(Hans Vaihinger, 1852~1933). 칸트주의를 실용주의 방향으로 발전시킨 독일의 철학자. 대표 저서로 『알스 오프 철학』이 있다.

한 이런 이상한 해결책은 유물론보다 관념론에 가깝고, 루크
레티우스[606]의 원자론자 철학보다 버클리의 신학에 가깝다.

제임스는 전쟁 반대론자였다. 그는 징병 제도는 육체노동
으로 대체되어야 한다고 주장했다. 육체노동은 인간에게 규율
을 강제할 것이고 전쟁의 충동에서 해방시키리라는 것이다.

이 책에서 제임스는 종교의 다양성을 수용하고 각 개인이
자신의 전통에 해당하는 믿음을 갖는 것이 당연하다고 여긴
다. 그는 모든 종교는 신념의 권위가 아니라 근본일 경우에 도
움이 될 수 있다고 평가했다. 그리고 눈에 보이는 세상은 보다
다양하고 넓은 영적 세계의 일부이며, 그것은 감각에 의해 드
러날 수 있다고 주장했다. 또한 개종, 성스러움, 신비적 경험에
대한 구체적인 경우를 연구했다. 그리고 구체적인 수신자가
없는 기도가 효율적이라고 장려했다.

1910년은 두 천재, 바로 제임스와 마크 트웨인이 사망한 해
다. 그리고 지금 우리가 기다리는 혜성이 나타난 해이기도 하다.

---

606   티투스 루크레티우스 카루스(Titus Lucretius Carus, 기
원전 99~기원전 55). 고대 로마의 시인이자 철학자.
철학 서사시 『사물의 본성에 관하여』의 저자이다.

스노리 스툴루손
『에길 스칼라그림손의 사가[607]』

이 책은 불처럼 본질적인 위대한 영혼, 그리고 불처럼 무자
비한 영혼의 짐을 짊어지고 있다. 에길 스칼라그림손은 전사
였고 시인이었으며 음모자였고 족장이었으며 해적이었고 마
법사였다. 그의 이야기는 유럽 북부를 아우른다. 10세기 초에
그가 태어난 아이슬란드, 노르웨이, 영국을 비롯해 발트해와
대서양이 그 무대이다. 그는 칼을 다루는 솜씨가 뛰어났는데,
그 솜씨로 많은 사람을 죽였다. 그리고 시의 운율과 복잡한 은
유를 훌륭하게 사용했다. 일곱 살 때 이미 첫 시를 지었고, 거기
서 어머니에게 커다란 배 한 척과 아름다운 노를 달라고 부탁

---

607   Saga. 12~13세기에 북유럽에서 성행한 산문체 이야
       기. 영웅적인 주인공의 모험담이나 무용담이 주요 내
       용이었다.

하면서, 자기는 바다를 가르고 해안을 공격하고 자기와 맞서는 사람들에게 죽음을 선사할 것이라고 썼다. 고대 영시 선집에는 「머릿값」이라는 시가 아직도 실려 있는데, 이 시 덕분에 요크시에서 목숨을 구했다. 또한 그는 브루난부르흐 전투에서 색슨군의 승리를 축하하는 송가를 한 편 쓰는데, 그 전투에서 사망했고 자기가 직접 묻어 주었던 동생 토롤프의 죽음을 애도하는 애가가 포함되었다. 노르웨이에서 도망친 그는 말의 두개골에 72개의 룬 문자로 이루어진 두 절의 저주를 새겨 놓았다. 그 숫자는 그에게 힘을 주었고, 결국 머지않아 저주가 실현되었다.

그는 아킬레우스처럼 성마르고 욕심이 많은 사람이었다. 그에게는 아린뵤른이라는 충성스러운 친구가 있었다. 그의 자녀들은 그가 늙자 그를 욕보이고 함부로 대했다. 이런 내용들이 이 책에 담겨 있지만, 이 책은 그것을 공명정대한 운명의 관점에서 언급할 뿐, 찬양하거나 비난하지 않는다.

이 책은 13세기에 쓰였고, 작가는 알려지지 않았다. 하지만 독일 문학 연구자들은 이 책이 위대한 역사가이며 수사학자인 스노리 스툴루손의 작품이라고 여긴다. 이것은 사가이다. 다시 말하면, 글로 쓰이기 전에 구전되었다는 의미이다. 이야기꾼들은 수세대에 걸쳐 이 이야기를 전해 들으며 다듬었다. 실제 사실들이 정확히 그렇게 일어나지 않았다는 것, 본질적으로 그 이야기보다 극적이지도 근엄하지도 않았다는 것은 부인할 수 없다.

이 중세 연대기는 소설처럼 읽을 수 있다.

작품 해설

단테의 꿈인가, 보르헤스의 꿈인가

I부 『단테에 관한 아홉 편의 에세이』　　　　　송병선

알려져 있듯이, 보르헤스는 1930년대 후반 전차를 타고 멀리 떨어진 도서관으로 출퇴근하면서 단테의 『신곡』을 체계적으로 읽기 시작했다. 그래서인지 보르헤스의 작품에는 항상 『신곡』이 직간접적으로 언급된다. 그만큼 단테의 작품은 보르헤스와 밀접한 관계가 있다. 보르헤스는 「아르헨티나 작가와 전통」에서 "우리 전통은 모든 서구 문화입니다. 우리는 서구의 어떤 나라 사람들보다도 서구 전통에 대한 권리가 있습니다." (『영원성의 역사』, 216쪽)라고 주장하면서 "아르헨티나인이 되고자 아르헨티나적인 것에 매달릴 수는 없습니다."라고 강조했다. 유럽의 문학 정전을 아르헨티나식으로 전유하는 것이 중요하다고 말한 것이다. 단테의 『신곡』은 보르헤스의 이런 생각, 즉 자신의 미학은 아르헨티나 작품이 아니라 세계 문학을 통해 형성된다는 것을 상징적으로 보여 주는 작품이다.

보르헤스가 유럽의 정전, 특히 단테의 『신곡』을 주관적으로 이해하여 자신의 것으로 만들었음을 가장 잘 보여 주는 것은 1977년 강연이다. 거기서 눈멀고 늙은 보르헤스는 단테의 시가 얼마나 강렬한지 떠올리면서, 죽은 사람들의 세상이 어떻게 이루어져 있는지 요약한다. "죽음을 피하지 못한 우리는, 단테가 믿었던 대로 거꾸로 된 지옥의 산이나, 연옥의 계단 또는 천국의 동심원 하늘과 만날 것이라고 믿습니다. 또 고대의 그림자들과 대화를 나누고 몇몇 그림자들의 대답은 이탈리아어의 3행 연구에서 찾을 수 있을지도 모른다고 생각합니다." 이 말은 보르헤스의 기억 속에 고대의 인물들이 특별한 위치를 차지하고 있음을 보여 준다. 하지만 단테의 책에서 이런 인물들은 소수이며, 단테가 여행 중에 만나는 영혼 중의 90퍼센트 이상은 그와 거의 동시대를 살았던 이탈리아 사람들이다. 이렇듯 보르헤스는 부정확하게 기억하지만, 다양한 오독 혹은 이단적 해석으로 각 세대의 독자들이 더욱 이 작품을 풍부하게 만들 수 있다고 강조한다.

보르헤스가 아르헨티나 문학 작품이 아니라 세계 문학에서 자신의 미학을 찾았다는 것은 그리 새로운 사실이 아니다. 아르헨티나에서는 그것이 특별한 취향으로 여겨지지 않기 때문이다. 그것은 단테에게서 시간을 초월한 고전을 보았던 독자의 전통과도 일치한다. 『단테에 관한 아홉 편의 에세이』는 보르헤스가 1948년부터 1951년까지 문학잡지에 발표했다가 1982년에야 단행본으로 출간한 책이다. 여기서 그는 단테의 『신곡』에 있는 이탈리아적 색채를 무시하고 수많은 중세의 특징도 간과한다. 그러면서 『신곡』에서 자기가 어떤 일화를 좋아했는지 보여 주고, 그런 일화가 자기 문학에 어떻게 통합되었는지를 간접적으로 드러낸다.

예를 들어 보르헤스는 「『지옥편』 4곡의 고귀한 성」에서 일반적인 문학 비평과는 달리 "며칠 전날 밤에 콘스티투시온 기차역 플랫폼에서 나는 갑자기(uncanniness), 즉 조용하고 차분한 공포의 완벽한 경우를 떠올렸다. 바로 『신곡』의 시작 부분이었다. 그 작품을 살펴보니 그 뒤늦은 기억이 옳았음이 확인되었다. 지금 내가 말하는 부분은 너무나 유명한 노래 중의 하나인 「지옥편」의 4곡이다."라고 썼다. 이것은 『신곡』에 대해 쓰는 글이 재독(再讀)에 바탕을 둔 분석적인 글이 아니라, 그의 글쓰기 방식인 '기억'에서 나왔다는 것을 보여 준다. 또 보르헤스는 기존의 해석과 대립하는 의견을 제시하면서, 『신곡』이 명성을 누리는 이유가 있음을 밝히기 위해서가 아니라, 보다 '내밀한' 이유로, 즉 자기가 이 작품에 왜 그토록 매력을 느끼는지 추측하거나 이해하려는 목적으로 쓴다.

단테의 작품과 보르헤스의 시학은 그가 말하는 고대 고전의 그림자들에서도 그 관계를 엿볼 수 있다. '지옥'에 대한 네 개의 글 중에서 두 개가 훌륭하고 유명한 이교도, 즉 율리시스와 고성소(古聖所)의 성에 사는 사람들을 다루고 있는데, 그들은 작중인물로 등장하는 단테뿐 아니라, 독자 보르헤스도 감동하게 한다는 것을 알 수 있다. 이 일화들은 매우 중요한 바를 시사하는 것 같다. 그것은 단테의 작품을 비평하거나 해석한 유명한 비평가들이 핵심으로 여겼기 때문이 아니라, 보르헤스가 그곳에서 단테를 이단적으로 해석하기 때문이다. 즉, 단테의 『신곡』을 꿈의 재료로 보는데, 이것은 보르헤스에게서 매우 생산적으로 작용한다. 이런 생각은 「우골리노의 진위성 문제」, 그리고 「꿈속에서의 만남」에서 발전된다. 보르헤스는 단테에 대한 표준적인 해석에서 벗어나 자기 나름의 생각으로 작품을 흡수하면서 비옥하게 만든다.

보르헤스와 마리아 코다마의 여행 일지

2부 『아틀라스』 　　　　　　　　　　　　송병선

　"1960년대 말부터 우리는 함께 여행하기 시작했고, 나는 그에게 세상을 묘사해 줘야 했습니다." 마리아 코다마는 자신과 보르헤스의 관계를 이렇듯 꾸밈없고 직설적으로 말한다. 『아틀라스』는 두 사람의 단순한 여행기를 넘어서 그들이 아메리카, 유럽과 아시아를 돌아다닌 증거이며, 두 사람의 기억과 생각과 노력을 엿볼 수 있는 책이다. 여기서 '코다마'라는 단어가 일본어로 '나무의 정령'이라는 사실을 떠올릴 필요가 있다. 만일 나무가 보르헤스이고 그것의 정령이 마리아라면, 『아틀라스』는 두 사람의 일심동체를 그 무엇보다 잘 보여 준다고 할 수 있다.

　이 책에서 가장 먼저 눈에 띄는 것은 머리말에서 보르헤스가 인용하는 이름들이다. 바로 보르헤스가 꾸준히 관심과 열정을 보이는 이름인 것이다. 신드바드는 익히 알려져 있듯이

『천하루 밤의 이야기』에 나오는 항해 모험담의 주인공으로 몇몇 비평가에 따르면 18세기 초에 이 작품에 삽입되었으며, 또 다른 비평가들은 적어도 1637년 터키 판본 출간 이후부터 이 작품의 일부가 되었다고 한다. 한편 붉은 에이리크는 노르웨이 태생의 바이킹 항해자이다. 그는 경쟁 가문의 아이들을 살해했다는 이유로 고발되어 고향을 떠나야 했다. 그리고 그린란드를 발견해서 그곳을 식민화했다. 폴란드의 천문학자 코페르니쿠스는 지동설을 주장한 사람으로, 그의 책『천구의 회전에 대하여』는 현대 천문학의 출발점으로 여겨진다. 이들은 모두 실제 지역이건 상상의 지역이건 지리와 관련된 지식과 문화를 보여 줌과 동시에 미지의 것을 갈망하면서 그것을 실현한다는 공통점을 지닌다. 이런 점에서 새로운 지역이나 새로운 지식을 발견하려는 정신을 가진 사람은 신드바드이며 코페르니쿠스이고 붉은 에이리크이다. 이렇게 보르헤스와 코다마는 독자를『아틀라스』로 안내한다.

　『아틀라스』에는 역사와 사상에 대한 보르헤스의 생각이 담겨 있을 뿐만 아니라, 그의 흥미로운 전개 방식도 엿볼 수 있다. 가령 보르헤스는 이스탄불을 방문하면서 카르타고를 떠올리고, 그곳의 문화는 그들의 적인 로마인들에 의해 훼손되었다고 말한다. 그러면서 그와 비슷한 일이 터키에서도 일어나지 않았는지 묻고는, 터키는 서양인들에게 십자군 전쟁을 떠올리게 하는데, 그것은 "역사에 기록된 가장 잔혹한 모험이었지만 가장 비난받지 않은 전쟁"이었다고 말한다. 그러면서 그는 기독교인들의 증오를 생각하고, 그것이 "이슬람교도들의 증오 못지않게 광적"이라고 지적한다. 또 그 지역에 있는 여러 곳(보스포루스해협, 골든 혼, 그리고 흑해)을 떠올리면서, "스칸디나비아 사람들이 비잔티움 황제의 의장대"를 이루었다고 상상한다. 한편 「볼리니의 뒷골목」에서 보르헤스는 사나움과 폭력이라는 주제를 선택한다. 그리고 권총과 소총, 핵무기와 베트남 전쟁, 그리고 레바논 전쟁이라는 현대의 전쟁을 19세기 가우초들이 리바다비아 병원 근처에서 벌인 칼싸움 혹은 결투에 대비시킨다.

　이 작품에는 보르헤스의 단편 소설에 많이 사용된 두 개의 상징도 빠지지 않는다. 그것은 바로 미로와 호랑이다. 크레타 섬의 미로를 설명하면서, 보르헤스는 단테가 그 미로의 중앙을, 사람의 머리를 한 황소로 상상했다고 떠올린다. 그리고 코다마와 함께 그 미로에서 길을 잃었지만, 아직도 더 끔찍한 미로인 시간 속에서 길을 잃고 헤매고 있다고 밝힌다. 한편 호랑이에 관한 생각에서는 여러 호랑이가 실제 피와 살로 이루어진 진짜 호랑이와 경쟁한다. 어릴 때 읽은 백과사전의 호랑이 삽화, 펜으로 그린 호랑이, 블레이크, 체스터턴, 키플링이 언급한 호랑이들을 말한다. 보르헤스는 그것들이 모두 실제 호랑이라고 밝히면서, 그 이유는 "실제 떡갈나무가 꿈속의 떡갈나무보다 더 현실적이라고 말할 수 없"기 때문이라고 설명한다. 『아틀라스』는 보르헤스의 짧은 명상록처럼 보이지만, 이것이 중요한 이유는 그의 문학 사상이 실제 혹은 상상의 현실 속에서 드러나고, 여행담 속에서 그의 서사 방식이 구현되기 때문이다.

보르헤스 문학의 비밀, 독서(讀書)

3부 『나를 사로잡은 책들』   박정원

이 책은 서문에서도 언급하고 있듯이 보르헤스가 1936년에서 시작해 1940년까지 그가 참여했던 잡지《엘 오가르(El hogar)》에 기고했던 글들을 모아 낸 책으로 주로 외국 작가들과 작품들에 관해 평론한 글을 담고 있다. 현재 아르헨티나의 최고 문학 평론가인 베아트리스 사를로(Beatriz Sarlo)는 한 인터뷰에서 『나를 사로잡은 책들』을 보르헤스의 비평적 측면을 이해하는 데 있어 가장 중요한 작품으로 들고 있다. 우리가 지금까지 알고 있던 소설가 혹은 시인으로서가 아닌 문학 평론가이자 비평가로서 보르헤스의 면모를 살펴보고자 할 때 이 책은 필독서와도 같다.

글이 기고된 시간 순서로 배치된 이 책은 크게 네 가지 형식의 글로 구분된다. 문학에 관련된 주제에 관해 자유롭게 서술한 에세이가 그 하나이며, 외국 작가를 소개하는 글과 작품에 관한 서평을 담고 있는 글이 주요한 축을 담당하고 있다. 그리고 마지막으로 문학계의 동향을 소개하는 글을 포함한다. 잡지에 실린 글들을 다시 엮어 낸 책이라는 사실을 고려할 때 각각의 글들은 대체로 짧다. 하지만 간결함이 보르헤스 미학의 핵심 중 하나라는 사실을 상기한다면 이 짧은 글들 속에서도 보르헤스 특유의 비평적 관점과 시각을 확인할 수 있다. 그 중에서도 문학과 관련된, 그리고 다른 작가와 작품에 대한 보르헤스의 개인적인 의견을 상당한 정도로 드러내고 있다는 사실도 주목할 지점이다. 하지만 여기에서도 보르헤스는 자신의 장기인 아이러니한 글쓰기를 유감없이 발휘하고 있어서 그의 글을 이해하기 위해서는 상당한 집중력과 주의가 필요하다. 그와 동시에 보르헤스가 초대하는 지적 유희의 공간에 기꺼이 동참하려는 마음가짐과 인내심이 요구되기도 한다.

우선 이 책에서 무엇보다 우리의 눈길을 사로잡는 것은 보르헤스의 엄청난 독서 경험과 방대한 지식이다. 그의 작품을 읽어 본 독자라면 이미 그의 독서량과 지식의 깊이가 대단하다는 점을 짐작하고 있었겠지만, 이 책은 그 실체를 확인하게 해 준다. 여기에는 19세기와 20세기 전반기에 걸쳐 문학사에 영향을 끼친 주요 작가들이 등장한다. 영국, 프랑스, 이탈리아, 독일, 북유럽, 러시아를 비롯한 유럽의 소설가와 시인을 비롯하여 같은 아메리카 대륙의 북쪽에 자리한 동시대의 미국 작가들의 작품과 문학계 동향에 대해서도 해박한 지식을 드러낸다. 서구 작가들과 문학에 정통했던 것으로 잘 알려진 보르헤스가 버지니아 울프, 윌리엄 포크너, 어니스트 헤밍웨이 등 우리에게 잘 알려진 당대의 작가들을 분석하고 평가하는 장면은 낯설면서도 흥미롭다. 그렇지만 보르헤스는 비서구 문학에 대해서도 흥미를 갖고 중국, 일본, 인도 및 아랍의 고전에 대해서도 지면을 할애하면서 20세기 초반 세계 문학의 지도를 그려 간다. 이렇게 평론 영역에도 오롯이 드러나는 방대한 독서는 그의 문학 세계를 특징짓는 또 다른 요소로 보르헤스의 다양한 작품 속에 등장하는 동서고금의 현란한 지식과 정보의 원천이 되었다는 사실을 부정할 수 없다. 또한 허구의 작품에도 자주 각주를 삽입하는 방식으로 역사적 사실과 거짓 정보를 뒤섞는다. 이런 기술을 통해 독자와의 지적 유희를 벌이는데 이 또한 엄청난 독서 경험이 없었다면 불가능했을 그만의 특징이다.

사실 왕성한 독서량은 다른 작가들에게서도 나타나며 상당수의 유명 작가들이 독서 일기를 출간하기도 했다. 하지만 이 책은 보르헤스의 독창적 문학 세계를 꿰뚫을 수 있다는 점에서 특별하다. 보르헤스 특유의 짧은 호흡 속에 담긴 비평은 작가와 작품을 각 국가의 문학사에 (자신만의 방식으로) 위치시키는 동시에 장르적 성격 안에서 작품의 특징을 설명하는 계보학적 시도를 담고 있다. 이 과정에서 그의 평론은 순간적인 증폭을 경험한다. 각각의 작가와 작품에 대한 분석에서 개별 문학 장르 속의 선구자들과 동시대의 경쟁자들이 등장하고, 다른 지역의 작가 혹은 작품이 비교 대상이 되면서 시공간적으로 토론의 공간이 확장된다. 이를 통해 보르헤스는 장르의 내부에서 개별 작품을 평가하는 가운데 기존의 장르적 개념과 전통, 범주에 의문을 제기하고, 뒤흔들며, 종국에는 새로운 방식의 재구성을 제안한다. 그리고 문학 비평 안에 철학, 정치학, 과학, 종교학 등의 지식과 정보를 포함하면서 다양한 학문 영역을 가로지르고 교차시킨다. 또한 다양한 지식을 뒤섞고 혼합하는 방식과 마찬가지로 문학 장르 사이의 위계를 넘나든다. 즉, 위대한 문학으로 정전(正傳)화된 작품들과 소위 대중 소설이라고 일컬어지는 주변적 장르들을 아무렇지 않은 듯 나란히 배치하고 분석하는 방식을 통해 독자에게 혼란을 주고 논쟁의 장으로 자연스럽게 초대하고 있다. 여기에 독자들은 마치 암호를 해독하듯 보르헤스가 다양한 분야의 지식을 혼합하여 만들어 놓은 수수께끼에 참여하게 되는 것이다.

'암호의 해독'이라는 측면에서 탐정 소설은 보르헤스를 사로잡은 특별한 장르였다. 여기에서도 그 면모가 여실히 드러난다. 보르헤스는 대중 문학으로 분류되어 본격적인 비평의 대상이 되지 못하던 탐정 소설 작가들을 소개하면서 이 장르에 대한 편견과 무지를 간접적으로 비판하고 그 가치를 재평가한다. 또한 이 장르를 재정의하고 그 성격을 규정하면서 어떤 작품이 훌륭한가에 대한 논쟁을 이어 나간다. 특히 그는 탐정 소설의 목적이 심리적인 공포감을 극대화하는 것이 아니라는 것을 보여 준 선구자들에 주목하였다. 이를 위해 이 책은 에드거 앨런 포, 엘러리 퀸, S. S. 밴 다인, 이든 필포츠, 올라프 스테이플던 등의 작가들을 반복적으로 언급한다. 이들은 사건에 대한 치밀한 상황 설정과 구체적 세부 사항을 창조해 내는 방식을 통해 사건의 전모를 드러내면서 독자들에게 지적 쾌감을 선사한다. 여기에 더해 사건을 해결해 가는 탐정의 추리를 통해 다른 시각에서 현실을 이해하는 방법을 제안한다. 탐정 장르를 리얼리즘 소설의 한계에 대한 일종의 대안으로 주목하면서, 소설이 현실을 재현하는 역할이 전부가 아니라는 것을 보여 준 것이다. 이렇게 보르헤스는 탐정 장르를 통해 소설이 작가에 의해 창조된 세계이며, 작가는 허구의 세계를 설계하는 조물주라는 문학관을 전개하고 있다.

같은 맥락에서 20세기 중후반 환상 문학의 유행을 선도했던 보르헤스는 이 장르의 선구자 격인 작가들을 비평적 작업을 통해 복권한다. 웰스, 조너선 스위프트, C. S. 루이스과 함께 이들의 영향을 받은 유럽과 미국의 작가들을 소개하면서 이 장르의 전개 과정에 주목한다. 보르헤스에게 환상 소설은 과학 소설인 SF 장르를 포괄하는 확장된 의미를 지니고 있는데, 이 장르의 본질은 '완전한 허구'를 창조하는 것이다. 그 허구는 단순히 현실을 반영하는 거울이 아니라, 이야기 속에서 새로운 이야기가 생성되는 이야기의 화수분과도 같으며 그로 인해 그 안에 자신만의 정치학, 윤리학, 심리학을 장착하게 된다. 보르헤스가 유난히 『천하루 밤의 이야기』의 이미지를 독자에게 자주 상기시키는 것도 이와 관련이 있다. 그가 생각하는 이상적인 서사 모델은 '이야기 속 이야기'의 구조 속에서 상상의 세계가 열리고, 세계가 증식되면서 시간이 새롭게 (재)구성되는 것이다. 픽션과 논픽션을 막론하고 보르헤스의 글에는 '순간', '영원성', '회귀', '무한'이라는 개념들이 반복적으로 등장하면서 피상적 현실의 재현 가운데에서는 얻을 수 없는 시간에 대한 사유가 진척된다. 이렇게 보르헤스의 철학적 사유는 철학의 전통 위에서가 아닌 허구의 창조, 즉 문학의 과정을 통해 전개된다는 특징을 다시 한번 확인하게 된다. 따라서 모든 기존 학문과 지식의 분류학(taxonomy)이 정해 놓은 구획의 경계를 허물고 재구성하는 보르헤스에게 환상 문학은 하위 범주나 주변적 문학 장르가 아니었다. 오히려 그가 진정으로 추구했던 서사의 모델이었다는 예상을 가능하게 한다. 다시 말해 보르헤스는 '환상'의 개념을 재정의한다. '허무맹랑한 이야기'와 '신기한 이야기'를 넘어 작가 자신이 구축하는 완벽한 '허구의 세계'를 뜻하고 있다.

아마 이 완전한 허구의 세계를 향해 나아가는 것을 방해하는 현실이 존재했다면 그것은 자신의 조국 아르헨티나였을 것이다. 세계 각국의 문학을 자유자재로 가로지르고 세계적 작가들을 거침없이 논하는 그도 아르헨티나 문학에 대해서는 자신의 주관적 감정을 숨기지 못하는 모습이 드러난다. 이렇게 비평과 에세이를 포함하는 책에서 보르헤스의 개인적이고 내밀한 측면을 읽어 내는 것은 또 다른 즐거움이다. 그는 "나는 부에노스아이레스 사람이고, 부에노스아이레스의 아들이자 손자, 증손자, 고손자"(281쪽)라고 자신의 정체성을 분명하게 밝히면서 아르헨티나 국민문학의 계보를 작성한다. 하지만 다른 한편으로는 "작가이자 아르헨티나인이 되는 것이 일종의 모순이고 거의 불가능하다고 확신"(276쪽)한다고 주장하면서 이민자들로 이루어진 이 국가가 보이는 문학적 냉담함과 지적 무관심 속에서 겪는 좌절과 고뇌를 가감 없이 토로하고 있다. 사실 베아트리스 사를로가 보르헤스와 20세기 아르헨티나 작가들을 '주변부에서의 현대성'이라는 이론적 틀을 통해 전개하는 것도 이와 연관되어 있다. 범세계적인 비전과 지식으로 무장한 문인들은 아르헨티나라는 주변적 현실과 맞서면서 새로운 혹은 '다른' 근대의 역사를 작성하는 역할을 담당했다. 장년기의 보르헤스가 이 시기 이렇게 현실과 이상 사이에서 부딪히는 모순과 내적 갈등을 토로하고 있다면, 1940년에 이르면서 방향의 선회가 나타난다. 이후 라틴아메리카 포퓰리즘의 시발점이 된 페로니즘[608]이 아르헨티나 정치를 압도하고 엘리트주의에 반대하는 대중의 시대가 바야흐로 본격화되기 시작한다. 그러자 군중과 대중의 정치에 환멸을 느낀 보르헤스는 아르헨티나 국민 문학에 대한 관심을 뒤로하고 본격적으로 범세계주의적인 방향으로 나아간다.

눈치 빠른 독자들은 이미 알겠지만, 이 비평집에서 보르헤스는 다른 라틴아메리카 작가들을 거의 언급하지 않는다. 이 책의 목적이 외국 작가를 논하는 것이었음에도 말이다. 보르헤스가 라틴아메리카 작가들을 외국 작가로 느끼지 않을 만큼 친밀감을 가졌던 것은 물론 아니다. 이처럼 라틴아메리카 문학에서 아르헨티나의 위치와 역할은 상당히 독자적이다. 우리가 중국, 일본 등을 포함하는 아시아 문학에 대해 생각하는 것과는 달리 라틴아메리카 작가들 사이에는 20세기 초반부터 이미 상당한 교류가 진행되었고, (미국을 제외하고는) 같은 대륙의 문인들이라는 연대감이 형성되어 있었다. 하지만 세계 문학을 가로지르는 이 책에 다른 라틴아메리카 작가가 거의 언급되지 않는다는 것은 흥미로운 일이다. 즉, 당대 보르헤스 인식의 창(窓)은 주로 대서양을 향해 열려 있었으며, 특히 유럽

---

608   Peronism. 1946년 집권한 후안 도밍고 페론 대통령과 영부인 에바 페론이 노동자와 도시 대중의 지지를 얻어 펼친 민족주의적이고 민중주의적인 정책.

을 비롯한 서구와의 지적·문학적 교류와 작업을 통해 진행되었음을 방증하는 것이다. 이는 물론 아르헨티나 사회와 역사의 특수성이 반영된 것이기도 하지만 보르헤스에게 더욱 강력했던 특징이기도 하며, 이로 인해 이후 탈식민주의적 관점에서 논쟁과 비판의 대상이 되기도 했다. 그만큼 그는 아르헨티나라는 주변부에서 서구 문학과의 치열한 토론을 통해 코스모폴리탄 문학을 구축하고자 했다. 그리고 결과적으로는 오히려 서구보다 더 서구적인, 그리고 서구 근대를 넘어 탈근대적 징후와 면모를 보여 주면서 세계 문학의 중심 이동을 가능하게 만든 작가로 평가받고 있다.

그럼에도 불구하고 보르헤스가 노벨 문학상을 받지 못했다는 점은 다소 놀랍다.(물론 이 상을 받지 못한 다른 세계적 작가들의 존재를 부정하는 것은 아니다.) 이 책에서 보르헤스는 노벨상에 관한 매우 흥미로운 논평을 남긴다. 그는 당시까지 작가와 그 작품에 의해서라기보다는 국가별로 수상의 안배가 이루어지는 노벨 문학상의 문제점을 비판하며 다음과 같은 말을 예언과도 같이 덧붙인다.

나는 100년 안에 아르헨티나 공화국에서 세계적 중요성을 지닌 작가가 배출될지에 대해서는 장담하지 못하겠다. 하지만 모든 대서양 국가들 사이의 로테이션이라는 단순한 명목 때문에 100년 안에 아르헨티나 작가가 노벨상을 탈 가능성은 있다고 생각한다.

— 239쪽

보르헤스의 예상은 빗나갔다. 이 글을 쓴 후 80여 년이 넘도록 아르헨티나는 보르헤스 자신을 포함하여 노벨 문학상 작가를 배출하지 못했다. 그가 주장하는 대륙별 순환 원칙이 고려되어 라틴아메리카 작가들에게 수상의 차례가 왔을 때도, 다른 라틴아메리카 국가들과 비교해 상대적으로 덜 '이국적'이고 지나치게 '범세계주의적'인 아르헨티나의 작가들은 수상목록에 포함되지 못했다. 하지만 노벨 문학상 수상자가 되지 못했음에도 보르헤스가 지난 세기를 넘어 21세기에 이르기까지 동서양을 막론하고 후대의 작가들에게 엄청난 영향을 주었다는 사실은 누구도 부정할 수 없다. 또한 지구의 반대편에 위치한 우리나라에까지 20세기를 대표하는 작가로 손꼽힐 만큼 대중적 인기를 얻고 있는 것도 사실이다. 보르헤스는 자신이 '세계적 중요성'을 지닌 작가가 되리라는 사실을 전혀 예상하지 못했을까? 이런 의미에서 자신을 지나치게 과소평가했던 80년 전의 보르헤스 비평을 읽는 것은 그를 사랑하는 독자들에게는 또 하나의 즐거움이 될 것이다.

필독서로 안내하는 등대의 불빛

4부 『개인 소장 도서 서문』　　　　　　　송병선

일반적으로 개인 소장 도서는 우리가 일생을 살아가면서 읽는 책들로 구성되며, 이것은 우리의 존재 양식을 결정한다. 우리가 존재하는 동안 우리와 함께하는 책들이며, 우리 자신의 일부를 이루는 책들이기 때문이다. 이런 것들은 훌륭한 책일 수도 있고 그렇지 않은 책일 수도 있다. 그러나 질적으로 뛰어나지 않은 책들은 우리의 기억에서 쉽게 사라진다는 점을 고려한다면, 우리에게 흔적을 남기는 것들은 명작인 경우가 많다. 보르헤스가 『개인 소장 도서 서문』에서 언급하는 책들도 대부분 '정전'의 범주에 들어가거나 들어갈 자격이 있는 것들이다.

익히 알려져 있다시피, 보르헤스가 아버지의 서재를 발견한 것은 그의 어린 시절 가장 중요한 사건이었다. 그는 그곳에 있던 오래된 책들을 읽으면서 행복을 느꼈다. 보르헤스의 여동생 노라에 따르면 어린 보르헤스는 서재 바닥에 누워 책들을 마구 읽었다. 바로 그 시절에 자기가 읽는 책들이 얼마나 뛰어난지 혹은 얼마나 중요한지도 모른 채, 그는 평생을 자기와 함께할 작가들을 만나게 되었다. 그렇게 그는 키플링, 웰스, 스티븐슨, 체스터턴, 포, 오스카 와일드, 파피니 등의 작품을 접했다. 그러나 보르헤스의 눈은 서서히 실명의 길로 나아갔고, 1955년에는 거의 앞을 보지 못하면서 책의 세계와 완전히 결별한다. 그는 자기 친구이자 스승인 마세도니오 페르난데스의 가르침을 따라, 그리고 시각 장애인이었던 호메로스와 밀턴처럼 대화의 기술을 습득하고, 기억이라는 비밀스러운 고독으로 도피한다.

보르헤스는 「바벨의 도서관」에서 도서관 혹은 서재를 세상과 삶의 상징이자 은유로 수용했다. 그리고 『개인 소장 도서 서문』을 썼을 때, 그는 이미 앞을 볼 수 없는 관대하고 다정한 시인으로, 전 세계 독자들의 존경을 한 몸에 받고 있었다. 그런데 이 책을 출간하기 10여 년 전에 『프롤로그 중의 프롤로그를 담은 몇 편의 프롤로그』를 썼고, 많은 작품과 작가들에게 대한 짧은 비평문을 썼다. 그러나 두 작품은 많은 차이를 보인다. 『개인 소장 도서 서문』은 세계적으로 알려진 보편적인 작가나 작품들이 많이 수록되지만, 『프롤로그 중의 프롤로그를 담은 몇 편의 프롤로그』의 대부분은 라틴아메리카 작가들에 관한 글이며, 미학적 관점으로 볼 때 의심스러운 작가들도 몇 명 있다.

『개인 소장 도서 서문』은 독자에게 아주 다양한 작품들을 보여 준다. 여기서 보르헤스는 청년 시절에 읽었으며 평생 존경하게 될 영국 작가들뿐만 아니라, 문체가 우아하기로 유명한 베르길리우스부터 코르타사르나 무히카 라히네스 같은 동시대 작가들의 작품도 포함시킨다. 또 외경 복음서나『에길 스 칼라그림손의 사가』혹은 최초의 서사시라는 평가를 받는『길 가메시 서사시』같은 고대의 작품부터 플로베르와 도스토예 프스키 같은 근대 작가들의 작품도 다룬다. 그리고 20세기 초 에 커다란 반향을 일으켰던 앙드레 지드나 장 콕토 같은 작가 들도 잊지 않는다.

　그러나『개인 소장 도서 서문』에는 문학 작품만 있는 것이 아니라, 철학책이나 역사서, 심지어 수학 관련 서적도 들어 있 는데, 이것은 보르헤스가 인류 문화의 모든 영역에 관심이 있었 음을 보여 주는 단면이다. 아마도 이 목록에서 세르반테스나 휘 트먼 같은 작가가 빠진 것을 의아하게 생각하는 사람도 있을 것 이다. 보르헤스는 이 작가들을 잊지 않았다. 그러나 불행히도 보르헤스는 계획했던 100개의 서문 중에서 64개만을 썼고, 그 렇게 이 책을 완성하지 못한 채 세상을 떠났다. 아마도 100권 전집의 서문을 모두 썼다면 분명히 이 작가들도 포함시켰을 것이다. 보르헤스처럼 훌륭한 작가들은 등대의 불빛이고, 이 런 불빛을 따라가면 대부분 유익한 결과를 얻는다.『개인 소장 도서 서문』은 우리가 읽어야 하고 알아야 하며 배워야 하고 사 랑해야 할 작품들이 무엇인지 알려 주는 안내자로 많은 도움 이 될 것이라고 믿는다.

작가 연보

1899년   8월 24일 아르헨티나 부에노스아이레스에서 변호사의
　　　　　아들로 태어남.

1900년   6월 20일 산 니콜라스 데 바리 교구에서 호르헤 프란시
　　　　　스코 이시도로 루이스 보르헤스라는 이름으로 세례를
　　　　　받음.

1907년   영어로 다섯 페이지 분량의 단편 소설을 씀.

1910년   아일랜드의 작가 오스카 와일드의 『행복한 왕자』를 번
　　　　　역함.

1914년   2월 3일 보르헤스의 가족이 유럽으로 떠남. 파리를 거쳐
　　　　　제네바에 정착함. 중등 교육을 받고 구스타프 마이링크의
　　　　　『골렘(Golem)』과 파라과이 작가 라파엘 바레트를 읽음.

1919년   가족이 스페인으로 여행함. 시 「바다의 송가」 발표.

1920년   보르헤스의 아버지가 마드리드에서 문인들과 만남. 3월
　　　　　4일 바르셀로나를 출발함.

1921년	부에노스아이레스로 돌아옴. 문학 잡지《프리스마(Prisma)》창간.
1922년	마세도니오 페르난데스와 함께 문학 잡지《프로아(Proa)》창간.
1923년	7월 23일, 가족이 두 번째로 유럽으로 여행을 떠남. 플리머스 항구에 도착하여 런던과 파리를 방문하고, 제네바에 머무름. 이후 바르셀로나로 여행하고, 첫 번째 시집 『부에노스아이레스의 열기(Fervor de Buenos Aires)』 출간.
1924년	가족과 함께 바야돌리드를 방문한 후 7월에 리스본으로 여행함. 8월에 리카르도 구이랄데스와 함께《프로아》2호 출간.
1925년	두 번째 시집 『맞은편의 달(Luna de enfrente)』 출간.
1926년	칠레 시인 비센테 우이도브로와 페루 작가 알베르토 이달고와 함께 『라틴아메리카의 새로운 시(Indice de la nueva poesia americana)』 출간. 에세이집 『내 희망의 크기(El tamano de mi esperanza)』 출간.
1927년	처음으로 눈 수술을 받음. 후에 노벨 문학상을 받게 될 칠레 시인 파블로 네루다와 처음으로 만남. 라틴아메리카의 최고 석학 알폰소 레예스를 만남.
1928년	시인 로페스 메리노를 기리는 기념식장에서 자신의 시를 낭독. 에세이집 『아르헨티나 사람들의 언어(El idioma de los argentinos)』 출간.
1929년	세 번째 시집 『산마르틴 공책(Cuaderno San Martin)』 출간.
1930년	평생의 친구가 될 아돌포 비오이 카사레스를 만남. 『에바리스토 카리에고(Evaristo Carriego)』 출간.
1931년	빅토리아 오캄포가 창간한 문학 잡지《수르(Sur)》의 편집 위원으로 활동함. 이후 이 잡지에 본격적으로 자신의

글을 발표함.

1932년 『토론(Discusión)』출간.

1933년 여성지《엘 오가르(El hogar)》의 고정 필자로 활동함. 이 잡지에 책 한 권 분량의 영화평과 서평을 발표함.

1935년 『불한당들의 세계사(Historia universal de la infamia)』출간.

1936년 『영원성의 역사(Historia de la eternidad)』출간.

1937년 버지니아 울프의『자기만의 방(A Room of One's Own)』과 『올랜도(Orlando)』를 스페인어로 번역함.

1938년 아버지가 세상을 떠남. 지방 공립 도서관 사서 보조로 근무함. 큰 사고를 당하고 자신의 지적 능력이 상실되었을지 몰라 걱정함. 프란츠 카프카의『변신』번역.

1939년 최초의 보르헤스적인 작품으로 평가되는「피에르 메나르, 『돈키호테』의 저자(Pierre Menard, autor del Quijote)」를《수르》에 발표함.

1940년 아돌포 비오이 카사레스와 실비나 오캄포와 함께『환상 문학 선집(Antología de la literatura fantástica)』출간.

1941년 『두 갈래로 갈라지는 오솔길들의 정원(El jardin de senderos que se bifurcan)』출간. 윌리엄 포크너의『야생 종려나무(The Wild Palms)』와 앙리 미쇼의『아시아의 야만인(Un barbare en Asie)』번역.

1942년 비오이 카사레스와 공저로『이시드로 파로디의 여섯 가지 사건(Seis problemas para Isidro Parodi)』출간.

1944년 『두 갈래로 갈라지는 오솔길들의 정원』과『기교들(Artificios)』을 묶어『픽션들(Ficciones)』이라는 제목으로 출간.

1946년 페론이 정권을 잡으면서 반정부 선언문에 서명하고 민주주의를 찬양했다는 이유로 지방 도서관에서 해임됨.

1949년 히브리어의 첫 알파벳을 제목으로 삼은『알레프(El Aleph)』

출간.

1950년   아르헨티나 작가회의 의장으로 선출됨.

1951년   로제 카유아의 번역으로 프랑스에서『픽션들』이 출간됨.

1952년   에세이집『또 다른 심문들(Otras inquisiciones)』출간됨.

1955년   페론 정권이 붕괴되면서 국립 도서관 관장으로 임명됨.

1956년   '국민 문학상' 수상. 부에노스아이레스 대학에서 영국 문
학과 미국 문학을 가르침. 이후 12년간 교수로 재직.

1960년   『창조자(El hacedor)』출간

1961년   사무엘 베케트와 '유럽 출판인상(Formentor)' 공동 수상.
미국 텍사스 대학 객원 교수로 초청받음.

1964년   시집『타인, 동일인(El otro, el mismo)』출간.

1967년   예순여덟 살의 나이로 엘사 아스테테 미얀과 결혼. 비오
이 카사레스와 함께『부스토스 도메크의 연대기(Croni-
cas de Bustos Domecq)』출간.

1969년   시와 산문을 모은『어둠의 찬양(Elogio de la sombra)』출간.

1970년   단편집『브로디의 보고서(El informe de Brodie)』출간. 엘
사 아스테테와 이혼.

1971년   영국 옥스퍼드 대학에서 명예 박사를 받음.

1972년   시집『금빛 호랑이들(El oro de los tigres)』출간.

1973년   국립 도서관장 사임.

1974년   보르헤스의 전 작품을 수록한『전집(Obras completas)』
출간.

1975년   단편집『모래의 책(El libro de arena)』출간. 어머니가 아
흔아홉의 나이로 세상을 떠남. 시집『심오한 장미(La rosa
profunda)』출간.

1976년   시집『철전(鐵錢, La moneda de hierro)』출간. 알리시
아 후라도와 함께『불교란 무엇인가?(¿Qué es el bu-

dismo)』 출간.

1977년 시집『밤 이야기(Historias de la noche)』 출간.

1978년 소르본 대학에서 명예 박사를 받음.

1980년 스페인 시인 헤라르도 디에고와 함께 '세르반테스 상'을 공동 수상. 에르네스토 사바토와 함께 '실종자' 문제에 관한 공개서한을 보냄. 강연집『7일 밤(Siete noches)』 출간.

1982년 『단테에 관한 아홉 편의 에세이(Nueve ensayos dantescos)』 출간.

1983년 미국 위스콘신 대학에서 명예 박사를 받음. 프랑스 국가 최고 훈장인 레지옹 도뇌르 훈장을 받음.『셰익스피어의 기억(La memoria de Shakespeare)』 출간.

1984년 도쿄 대학과 로마 대학에서 명예 박사를 받음.

1985년 시집『음모자(Los conjurados)』 출간.

1986년 4월 26일에 마리아 코다마와 결혼. 6월 14일 아침에 제네바에서 세상을 떠남. 1936년부터 1939년 사이에《엘 오가르》에 쓴 글을 모은『나를 사로잡은 책들(Textos cautivos)』 출간.

『단테에 관한 아홉 편의 에세이』, 『아틀라스』, 『개인 소장 도서 서문』 옮긴이
송병선

한국외국어대학교 스페인어과를 졸업하고, 콜롬비아의 카로 이 쿠에르보 연구소에서 석사 학위를, 하베리아나 대학교에서 문학 박사 학위를 받았다. 하베리아나 대학교 전임 교수로 일했으며, 현재는 울산대학교 스페인 · 중남미학과 교수로 재직 중이다. 저서로는 『보르헤스의 미로에 빠지기』, 『영화 속의 문학 읽기』, 『'붐소설'을 넘어서』(2008년) 등이 있으며, 역서로는 『거미 여인의 키스』, 『콜레라 시대의 사랑』, 『내 슬픈 창녀들의 추억』, 『부에노스아이레스 어페어』, 『내일 전쟁터에서 나를 생각하라』, 『꿈을 빌려 드립니다』, 『피델 카스트로: 마이 라이프』(2008년), 『매드 무비』(2009), 『판탈레온과 특별봉사대』, 『데지레 클럽, 9월 여름』, 『루시아, 거짓말의 기억』, 『나쁜 소녀의 짓궂음』, 『썩은 잎』 등이 있다.

『나를 사로잡은 책들』 옮긴이
박정원

서울대학교 서어서문학과를 졸업하고 미국 피츠버그 대학교에서 라틴아메리카 문학 및 문화 연구로 박사 학위를 받았다. 노던콜로라도 대학교 교수를 역임했으며 현재는 경희대학교 스페인어학과 교수로 재직 중이다. 미국-멕시코 국경 서사, 이주 문학, 라틴아메리카 영화와 대중문화를 연구하고 있으며, 옮긴 책으로 『하위주체성과 재현: 라틴아메리카 문화이론 논쟁』 등이 있다.

아틀라스
보르헤스 논픽션 전집   5

1판 1쇄 찍음   2019년 12월 20일
1판 1쇄 펴냄   2019년 12월 27일

지은이   호르헤 루이스 보르헤스
옮긴이   송병선 박정원
발행인   박근섭 박상준
펴낸곳   ㈜민음사

출판등록   1966. 5. 19. 제16-490호
주소   서울시 강남구 도산대로 1길 62(신사동)
         강남출판문화센터 5층 (우편번호 06027)
대표전화   02-515-2000   팩시밀리   02-515-2007
홈페이지   www.minumsa.com

한국어판   ⓒ ㈜민음사, 2019. Printed in Seoul, Korea

ISBN   978-89-374-3653-6(04800)
ISBN   978-89-374-3648-2(04800)(세트)